Harry Potter™
哈利波特

✦ 死神的聖物 ✦

Harry Potter and the Deathly Hallows

J.K. 羅琳 J.K. ROWLING 著
林靜華、張定綺、彭倩文、趙丕慧 譯

本書

獻給七個

不同的

對象：

獻給尼爾，

獻給潔西卡，

獻給大衛，

獻給肯琪，

獻給黛，

獻給安妮，

還有獻給你們，

一直

不離不棄，

守護

哈利直到

最後一刻

的

你們。

喔，種族滋生的痛苦煎熬，
死亡淒厲的刺耳尖叫
與刺破血管的銳利鋒刀。
血流成河的無盡悲愁，
無人能夠忍受的詛咒。

然而撫慰亦來自家中，
無須向外尋求，
血腥的紛爭並非來自他人，
而是**他們**本身。我們對你歌詠，
地底深處的黑暗神明。

此刻請你凝神傾聽，來自冥府的幸福力量——
回應呼喚，給予幫忙。
祝福子子孫孫，讓他們感到勝利就在前方。

——艾斯奇勒斯，《祭奠者》

死亡只是前往世界的彼岸，有如遠渡重洋的友人，他們依然活在彼此心中。朋友深深渴望能相依相伴，而這份濃厚的情感將宛如鮮活的生命，使得他們無所不在。他們可以透過這面神聖的玻璃看見彼此，而且無拘無束、真心誠摯地自由交談。這就是朋友給予的慰藉，即使在旁人眼中，朋友或許已然逝去，但在他們心中，朋友的友誼與陪伴將永存不朽。

——威廉・佩恩，《再談孤獨的果實》

CONTENTS

黑魔王登基

月光照耀的窄巷，兩名男子突然平空出現在幾碼外的地方。剎那間，兩人相對佇立，用魔杖直指對方的胸膛，接著他們就認出彼此，然後將魔杖塞入斗篷裡收好，踏著輕快的腳步朝同一個方向走去。

「有消息嗎？」個子較高的人問道。

「最好的。」賽佛勒斯．石內卜答道。

小巷左邊是一片低矮雜亂的荊棘，右邊矗立著一道修剪得整齊美觀的高聳樹籬。兩人往前走去，長斗篷的下襬在腳踝邊飄動。

「我本來以為我會遲到，」牙克厲說，在懸垂的枝椏下，他粗拙的五官在明暗交錯的月光中乍隱乍現，「事情比我原先預期的要麻煩一些，但我希望他會滿意。你好像很有自信，難道你的消息會讓他龍心大悅？」

石內卜淡淡點點頭。他們往右轉，踏上小徑旁的一條寬闊車道。高聳的樹籬隨著他們一同轉向，通往遠處兩扇由鍛鐵打造、阻擋兩人去路的氣派大門。他們並未停下腳步，接著兩人默默舉起左手，做了一種類似敬禮的動作後，就直接穿門而入，彷彿那黑色的金屬只不過是一陣煙霧。

紫杉樹籬掩蓋住兩人的腳步聲，突然右方傳來一陣窸窸窣窣的聲響，牙克厲再次抽出魔杖，指向他同伴的頭頂上方，卻發現那只不過是一隻純白色的孔雀，正神氣活現地在籬笆上漫步。

「魯休思這傢伙可真會享受，**孔雀**啊……」牙克厲哼了一聲，將魔杖重新塞進斗篷裡。

筆直車道盡頭的黑暗中浮現出一座氣派的宅邸，樓下的菱形窗口透出閃耀的光芒，籬笆外的黑暗庭園傳來噴泉的叮咚樂聲。石內卜和牙克厲邁開步伐，踩過劈啪作響的小石子，快步走向大門。雖然沒看見有人來應門，但大門卻在他們接近時立即朝內敞開。

玄關的燈光昏暗，空間寬廣，裝飾得十分富麗堂皇，還鋪著一塊幾乎掩蓋住大半石面地板的豪華大地毯。石內卜和牙克厲大步向前，牆上那些面容蒼白的畫像全都緊盯著他們不放。兩人走到一扇通往下一個房間的厚重木門時，都遲疑了一會，好讓心跳平靜下來，然後石內卜轉動黃銅門把。

客廳裡擠滿了人，全都默默圍坐在一張華麗的長桌旁邊，房中其他常用的家具全都雜亂地堆置在牆邊。在一座上面掛著鍍金鏡子的豪華大理石壁爐架下方，一盆嗶啵作響的爐火是室內唯一的光源。石內卜和牙克厲在門前多逗留了一會，等雙眼逐漸適應昏暗的光線後，他們的目光就不由自主轉向上方那怪誕的景象：一個顯然已經失去知覺的人影，彷彿被一條隱形的繩索倒掛在半空中，不停慢慢旋轉，而旁邊的鏡子，與下方那未鋪上桌布卻擦拭得光可鑑人的桌面，也映照出相同的畫面。房中沒有任何人抬頭望著那幅獨特的景象，除了那個幾乎坐在人影正下方的蒼白年輕人。他似乎每隔一分鐘，就忍不住抬頭瞄上一眼。

「牙克厲，石內卜，」從長桌主位傳來一個高亢而清晰的嗓音，「你們差點就遲到了。」

說話的人就坐在壁爐正前方，所以一開始，兩名新到的訪客只能隱約辨識出他的剪影。但等他們一走近，就看到昏暗中浮現出一張發光的面龐，他的臉上毛髮全無，有著像蛇般的細縫鼻孔和一對瞳孔細長的閃爍紅眼，慘白的膚色讓他看起來彷彿散發出一種珍珠白色的光暈。

「賽佛勒斯，坐這裡，」佛地魔指著他右手邊的座位說，「牙克厲——你坐杜魯哈旁邊。」

兩人按照指定的位置分別坐下。桌邊大部分的人都轉頭望著石內卜，而佛地魔一開口也是第一個問他。

「怎麼樣？」

「我的主人，鳳凰會打算在下週六的黃昏，將哈利波特帶離他目前的安全藏身處。」

這句話明顯引起桌邊所有人的興趣，有些人渾身發僵，其他人則是坐立不安，所有人全都凝視著石內卜和佛地魔。

「週六……黃昏。」佛地魔重複道。他的紅眼咄咄逼視石內卜的黑眼，有些人別過頭去，顯然害怕自己被這兇狠的目光灼傷。但石內卜卻面不改色地回視佛地魔的面龐，過了一陣子，佛地魔無肉的嘴唇扭出某種類似微笑的神情。

「很好，非常好。這個情報是來自——」

「來自我們討論過的內線。」石內卜說。

牙克厲俯身向前，望著長桌前方的佛地魔和石內卜，所有人又都轉頭看他。

「我的主人。」

「我的主人，我聽到的可不是這樣。」

牙克厲等了一會，但佛地魔沉默不語，於是他繼續說下去：「那個叫鈍力的正氣師透露，波特會等到三十號，也就是他滿十七歲的前一晚，才會被轉送到其他地方。」

石內卜露出微笑。

「我的內線告訴我，他們計畫放出一些假風聲，這個消息想必是故意用來混淆視聽的。鈍力顯然是被施了迷糊咒，這也不是第一次了，大家都知道他向來很容易受到影響。」

「我向您擔保，我的主人，鈍力這次好像還挺確定的。」牙克厲說。

「要是他中了迷糊咒，那他當然會對此深信不疑，」石內卜說，「牙克厲，我向你保證，正氣師局絕對不會再參與保護哈利波特的行動。鳳凰會認為魔法部已經被我們滲透了。」

「所以說鳳凰會至少還弄對了一件事，嗯？」一個坐在牙克厲不遠處的矮胖男人說道，他發出一陣咻咻氣喘的笑聲，笑聲在桌子四周嗡嗡迴盪。

佛地魔並沒有笑，他的目光轉向上方，望著頭頂上那個緩緩旋轉的人影，似乎陷入了沉思。

「我的主人，」牙克厲繼續說下去，「鈍力認為，他們會出動所有的正氣師去護送那個男孩——」

佛地魔舉起一隻又大又白的手，牙克厲立刻閉上嘴，忿恨地看著佛地魔將目光轉向石內卜。

「他們接下來打算把那個男孩藏在什麼地方？」

「在鳳凰會的一名成員家中，」石內卜說，「根據內線情報，鳳凰會和魔法部已經在那裡布下滴水不漏的嚴密防護設施。在我看來，等他安全抵達那個地方之後，我們就沒有機會逮住他了。我的主人，除非魔法部能在下週六之前垮台，那我們就可能有機會找到並解除一些必要魔法，好一舉破解所有的防護措施。」

「怎樣，牙克厲？」佛地魔朝著餐桌另一端喊道，紅色的雙眼映照出爐火的詭異光芒，「魔法部會在下週六之前垮台嗎？」

所有人又再次轉過頭來，牙克厲挺起胸膛。

「我的主人，這方面我有好消息稟報。我已經排除萬難、費盡工夫，成功對派厄思・希克泥施了蠻橫咒。」

坐在牙克厲附近的許多人都露出大為動容的神情，坐在他隔壁的杜魯哈，一名長了張歪扭長馬臉的男人，伸手往他背上拍了一下。

「這算是個起步，」佛地魔說，「但單靠希克泥一人難成大事。必須在我展開行動之前，讓昆爵身邊的人全都歸於我們旗下。刺殺魔法部長的行動必須一舉得手，只要失敗一次，就勢必會大幅阻礙我的雄圖霸業。」

「是的——我的主人，您說得沒錯——但話說回來，希克泥可是魔法執法部門的主管，他不僅能常常接近魔法部長，同時也跟魔法部其他部門的主管關係密切。在我看來，既然我們現在已經掌控住魔法部的一名高層，應該很容易說動其他主管來投靠我們的陣營，這樣他們就可以同心協力一起把昆爵拉下台。」

「這得看我們的好朋友希克泥在成功策反其他人之前，會不會先露出馬腳。」佛地魔說，「無論如何，看來我們是不太可能在下週六前讓魔法部歸於我的旗下。等那個男孩到達目的地之後，我們就不可能逮到他了，所以我們必須在他的旅途中下手。」

「這方面我們可是占了一個優勢，我的主人。」牙克厲說，他似乎下定決心要獲得他主人的一絲認可，「我們現在已經在魔法運輸部門安插了幾名內線，波特若是施展現影術或是使用呼嚕網，他們就會立刻向我們通報。」

「他絕不會使用這兩種方法的，」石內卜說，「鳳凰會目前已經徹底排除任何受到魔法部控管的交通方式。只要跟魔法部有關的一切，他們全都不信任。」

「這樣也好，」佛地魔說，「他勢必得在戶外移動，那我們顯然能更加容易得手。」

佛地魔再次抬頭望著那個緩緩旋轉的人體，繼續說道：「我會親自出馬去對付那個男孩。關於哈利波特，過去我們已經犯過太多錯誤，我自己也難辭其咎。波特至今依然能活在世上，主要是因為我的疏失，而不是他自己的功勞。」

所有坐在桌邊的成員全都憂慮不安地望著佛地魔，從他們臉上的表情看來，每個人都擔心佛地魔會把哈利波特仍然活著的過錯怪罪到他們頭上。但佛地魔似乎不是在對他們說話，依然自顧自對著上方那個失去知覺的人體繼續說下去。

「我太大意了，而且太常受到機運的阻撓，這些因素破壞了我精心籌備的計畫。但我現在已經認清情勢，我了解到那些過去並不明瞭的事情。我必須親手殺了哈利波特，不達目的絕不善罷干休。」

他一說完這些話，就有如回應般突然響起了一聲哭號，一陣淒厲痛苦、餘音不絕的恐怖慘叫。許多坐在桌邊的人全都嚇得低頭往下看，因為那聲音似乎來自於他們腳下。

「蟲尾，」佛地魔說，照舊維持他那平靜、若有所思的語氣，目光依然定定注視著上方那個旋轉的人體，「我不是吩咐過你，要讓我們的囚犯保持安靜嗎？」

「是的，我——我的主人。」一名坐在桌子中央位置的小男人喘著氣答道，他剛才一直低俯著身子縮在座位上，因此乍看之下，那裡好像根本沒人似的。此時他趕緊連滾帶爬地從椅子上跳起來，慌慌張張竄出房間，轉眼間就失去蹤影，只留下一道詭異的閃爍銀光。

「我剛才說到，」佛地魔繼續說下去，再次望著手下們提心吊膽的面孔，「我現在已認清事實。比方說，在我動手殺死波特之前，我必須向你們其中一位借根魔杖來用用。」

他四周的人全都一臉驚恐，他剛才的說法，幾乎等於是在向他們借條手臂來用用。

「沒人自告奮勇嗎？」佛地魔說，「讓我瞧瞧……魯休思，我想你已經不需要用到魔杖了。」

魯休思．馬份抬起頭來。他的皮膚在火光下顯得十分蠟黃，他的眼窩深陷，還有著明顯的黑眼圈。他開口說話時，嗓音聽起來異常沙啞。

「我的主人？」

「你的魔杖，魯休思。我要你的魔杖。」

「我……」

魯休思往旁邊瞥了他的妻子一眼。她的雙眼直愣愣盯著前方，面孔就跟他一樣毫無血色，一頭金色長髮散亂地披在背上，但她纖細的手指在桌下迅速握了一下他的手腕。受到她的提醒，魯休思趕緊將手探入長袍，取出一根魔杖遞給佛地魔，而佛地魔將魔杖舉在面前，用一雙紅眼仔細查看。

「這是什麼材質？」

「榆木，我的主人。」魯休思輕聲答道。

「魔杖芯呢？」

「龍——龍的心弦。」

「很好。」佛地魔說，接著他取出自己的魔杖，併在一起比較兩根的長短。

魯休思．馬份不由自主地動了一下，在那一瞬間，他看起來似乎是想要接過佛地魔的魔杖來做為交換。而這個動作沒有逃過佛地魔的眼睛，他滿懷惡意地睜大雙眼。

「要我把魔杖給你嗎，魯休思？**我的**魔杖？」

有些人吃吃竊笑起來。

「我已經給了你自由，魯休思，這樣你還不知足嗎？我注意到，你和你的家人最近似乎不太快樂……是因為我待在府上，惹得你們不高興了嗎，魯休思？」

「沒這回事——沒這回事，我的主人！」

「一派**胡言**，魯休思……」

在那張殘酷的嘴唇停止蠕動後，那柔和的語聲似乎仍在室內嘶嘶迴盪。嘶聲越來越響亮，有一、兩名巫師忍不住打了一個哆嗦，他們聽到有某個龐然巨物正在餐桌下的地板上往前滑行。

巨蛇從桌下竄出頭來，緩緩爬上佛地魔的椅子。牠彷彿永無止境地持續往上攀升，最後棲息在佛地魔的肩膀上。牠的脖子就跟成年男子的大腿一樣粗，而牠那對有著細長瞳仁的雙眼眨也不眨地瞪視前方。佛地魔心不在焉地用他那又細又長的手指撫摸巨蛇，目光依然緊盯著魯休思．馬份不放。

「眼前的處境為何讓馬份家族顯得愁容滿面？難道他們多年來一直口是心非，並非像他們所公開宣稱的，誠心期盼我能東山再起、重掌大權嗎？」

「當然不是，我的主人，」魯休思．馬份答道。他用顫抖的手拭去上唇的汗水，「我們一直都在誠心期盼——現在也是一樣。」

在魯休思左邊，他的妻子用僵硬古怪的姿勢點了點頭，目光刻意避開佛地魔和巨蛇。而在他的右邊，他的兒子跩哥剛才一直都在凝視上方那個毫無生氣的人體，這時他飛快瞄了佛地魔一眼，再迅速移開目光，嚇得不敢跟佛地魔視線相接。

「我的主人，」一名坐在桌子中央位置的黑髮女人說，她的聲音充滿了壓抑的情感，「您的光臨是我們家族的榮幸，這可是我們家族最大的喜事。」

這女人坐在她的妹妹旁邊，她有著一頭黑髮與厚重的眼瞼，不僅外貌跟水仙毫不相似，甚至連神態舉止都完全不同。水仙面無表情、直挺挺地呆坐不動，貝拉卻是往前俯向佛地魔，顯然言語並不足以傳達出她渴望親近主人的殷切期盼。

「最大的喜事？」佛地魔重複道，他的頭微微歪向一邊，忖度著貝拉的話語，「貝拉，這話從妳口中說出，確實是意義非凡。」

貝拉立刻脹紅了臉，眼眶中盈滿了喜悅的淚水。

「我的主人知道我說的向來都是實話！」

「最大的喜事……甚至勝過你們家族這星期的大喜事嗎？」

貝拉張開嘴巴凝視著他，顯然是聽得一頭霧水。

「我不明白您的意思，我的主人。」

「貝拉，我指的是妳的外甥女，同時也是魯休思和水仙的外甥女。她剛嫁給了狼人雷木思・路平，你們想必感到萬分驕傲。」

桌邊爆出一陣譏嘲的大笑聲。許多人俯身向前，欣喜地互使眼色，有些人則揮拳捶擊桌面。這陣喧鬧惹惱了巨蛇，牠大大咧開嘴巴發出憤怒的嘶聲，但食死人們正忙著為貝拉和馬份一家所受到的羞辱而興奮喧鬧，根本沒聽到牠的嘶聲。貝拉的臉在前一刻還泛著幸福的紅暈，此刻卻已轉變為醜陋的暗紅色。

「她不是我們的外甥女，我的主人。」她在滿室喧騰的歡鬧聲中大聲喊道，「我們——水仙和我——在我們的姊妹嫁給那個麻種之後，就再也沒瞧過她一眼。她生的臭丫頭跟我們兩個一點關係也沒有，更別說是她嫁的那頭畜生了。」

「你怎麼說呢，踀哥？」佛地魔問道，雖然他的語氣十分平靜，但在震耳欲聾的尖叫嬉鬧聲中仍顯得無比清晰，「你會幫忙照顧那些小野獸嗎？」

喧鬧聲變得更加鼓譟。踀哥．馬份驚恐地望著他的父親，但魯休思只是低頭望著自己的大腿。然後踀哥迎上他母親的目光，她用幾乎無法察覺的動作搖搖頭，接著就繼續面無表情地望著對面的牆壁發愣。

「夠了，」佛地魔說，伸手撫摸那頭發怒的巨蛇，「夠了。」

笑聲立即沉寂下來。

「在漫長的歲月中，許多最古老的家族難免會出現一些病徵。」佛地魔說，而貝拉屏氣凝神，用懇求的目光凝視著他，「你們必須自行清理門戶，難道你們不該維護家族的健康嗎？除掉那些會威脅到其他人健康的病灶。」

「是的，我的主人，」貝拉輕聲說，她的雙眼再次盈滿感激的淚水，「我一有機會就立刻下手！」

「妳會找到機會的，」佛地魔說，「不論是在妳的家族，或是在這整個世界……我們都必須剷除那些會感染我們的腐壞部分，直到世界只剩下最純正的巫師血統……」

佛地魔舉起魯休思．馬份的魔杖，直接指向那個懸掛在桌子上空緩緩旋轉的人影，輕輕彈了一下。人影發出一聲呻吟之後甦醒了過來，開始掙扎著想要掙脫那隱形的束縛。

「你認得我們的客人嗎，賽佛勒斯？」佛地魔問道。

石內卜抬起雙眼，望著那張上下顛倒的面龐。所有食死人此刻全都望著上方的俘虜，似乎認為他們已獲准流露出好奇心。在這個女人的面龐轉到火光下時，她用一種嚇壞了的沙啞嗓音說：「賽佛勒斯！救救我！」

「啊，認得。」石內卜等囚犯又再次緩緩轉開時才出聲答道。

「你呢，跩哥？」佛地魔問道，用另一隻沒握魔杖的手撫摸蛇的口鼻。跩哥反射性地猛然搖了一下頭，在女人醒過來之後，他似乎再也不敢多看她一眼。

「但你絕不會選修她教授的課程。」佛地魔說，「我先對其他人介紹一下，我們今晚的貴賓是慈恩．波八吉。不久之前，她還在霍格華茲魔法與巫術學校任教。」

桌邊響起一陣恍然大悟的輕噓聲，一名身材壯碩的駝背齙牙女子咯咯大笑。

「是的……波八吉教授負責教導幼年巫師與女巫所有關於麻瓜的知識……說他們跟我們其實沒有多大不同……」

一名食死人朝地上吐了一口口水，慈恩．波八吉再次轉過來面對石內卜。

「賽佛勒斯……求求你……求求你……」

「安靜。」佛地魔說，再次輕輕抽動馬份的魔杖，而慈恩彷彿被塞住嘴巴似地立刻安靜下來，「光只是腐化與污染魔法界孩童的心靈，波八吉教授顯然仍不滿足。在上個星期，她在《預言家日報》上發表了一篇慷慨激昂的文章，大力為麻種辯護。她表示，巫師必須接受這些偷取我們知識與魔法的竊賊。在波八吉教授看來，純種的日漸衰微是最值得期待和慶賀的樂觀榮景……她簡直是要我們所有人全都去跟麻瓜交配……或者，顯然跟狼人也不錯……」

這次沒有任何人大笑，大家都聽出佛地魔的語氣流露出明顯的嗔怒與輕蔑。慈恩．波八吉第三次轉過來面對著石內卜，淚水從她眼中泉湧而出，滲入她的髮際。她再次緩緩轉向另一方向時，石內卜回過頭來望著她，臉上幾乎不帶任何表情。

「啊哇呾喀呾啦。」

一道綠光照亮了室內的每個角落。慈恩砰通一聲重重跌落在下方的桌面上，桌子一陣搖晃，發出吱吱嘎嘎的聲響。坐在椅子上的幾名食死人嚇得往後仰，跩哥則摔倒在地上。

「吃晚餐了，娜吉妮。」佛地魔柔聲說，巨蛇蜿蜒滑下他的肩膀，爬到光可鑑人的木頭桌面上。

2 追思

哈利流血了。他用左手緊握住右手，低聲咒罵著用肩膀頂開臥室房門。一陣踏過瓷器碎片的嘎扎嘎扎聲響起，他踩到了一杯擱在他臥室門外地板上的冷茶。

「怎麼搞的——？」

他環顧四周，水蠟樹街四號的樓梯平台空無一人，這杯茶大概是達力自以為聰明的蠢陷阱吧。哈利抬高流血的手掌，用另一隻手將杯子碎片掃成一堆，再扔進臥房裡一個已經快被塞爆的垃圾袋。接著他就乒乒乓乓地大步走進浴室，打開水龍頭把鮮血淋漓的手指沖乾淨。

他還得再多等上四天才能施展魔法，這讓他感到既愚蠢又沒意義，而且氣得七竅生煙……但他必須承認，手指受傷很可能會讓他在跟敵人交手時處於下風。他從沒學過該如何治療傷口，而此刻他開始思索這個問題——特別是考慮到他即將面臨的處境——這似乎可以算是他魔法教育中的一項重大缺憾吧。他一面暗暗提醒自己到時候別忘了請妙麗教他，一面扯下一大把廁所衛生紙，儘可能把地上的茶水擦乾淨，然後才回到臥室，砰的一聲關上房門。

哈利花了一整個早上的時間，把六年來從不曾徹底整理過的學校大皮箱完全清空。過去多年來，每當學校開學的時候，他向來只是把上面四分之三的東西取出來，再重新放回去或是更換新用品，從來不去理會箱子底部那層亂七八糟的殘渣——舊羽毛筆、乾燥的黑甲蟲眼珠子、無法配成雙的單隻襪子。幾分鐘前，哈利把手探入這堆底層的沃土，隨即感到左手無名指一陣刺痛。雖然他趕緊把手收回來，卻看到上面淌滿了鮮血。

此刻哈利的動作變得稍微小心了一些，他再次跪在大箱子旁邊，伸手往底層摸索，而在取出一個以微弱光芒輪流顯現出「**支持西追．迪哥里**」和「**波特是大爛貨**」的舊徽章、一個又破又舊的測奸器，和一個裡面藏著一張署名為「R.A.B.」紙條的小金匣之後，他終於找到了刺傷手的尖銳物品。他立刻認出了那是什麼，那是大約兩吋長的碎裂鏡片，他死去教父天狼星遺留給他的魔鏡。哈利將它放置一旁，小心翼翼地摸索箱底的其他地方，但他教父送給他的最後禮物，卻只剩下一堆玻璃碎屑，宛如一片鋪在殘渣最底部的閃亮砂礫。

哈利坐直身軀，仔細審視那塊割傷他的碎片，但鏡中只映照出他明亮的綠眼珠，其他什麼也沒有。他把碎片擱在床上那份早晨送達的《預言家日報》上，並努力抑制住那股有如排山倒海般迅速襲來的辛酸回憶與痛楚悔恨，然後就伸手往箱底的垃圾堆裡亂翻亂找，急著想要找出害鏡子碎裂的原因。

他又多花了一個鐘頭的時間才把箱子清理乾淨，把無用的廢物扔掉，再根據今後需要與否，把剩下的物品一一安置妥當。他的制服長袍和魁地奇球袍、大釜、羊皮紙、羽毛筆和大部分課本都堆在房間角落，不準備帶走。他很好奇他的阿姨和姨丈會如何處理這些物品，大概會把它們當成某種恐怖罪行的證據，偷偷在深夜裡燒得一乾二淨吧。他的麻瓜服飾、隱形斗篷、魔藥學藥材箱、一些書籍、海格送給他的相簿、一疊信函和他的魔杖，已全都重新裝進一個舊帆布背包。帆布背包前方的口袋裡，放著劫盜地圖和那個藏了一張署名為「R.A.B.」字條的小金匣。小金匣會放在這麼重要的位置，並不是因為它價值非凡——就一般人看來它可以說是一文不值——而是因為他曾為了取得它付出過重大的代價。

最後就只剩下書桌上那一大堆擱在雪鴞嘿美旁邊，看起來規模十分壯觀的報紙，每一份都代表著哈利這個暑假在水蠟樹街度過的每一個日子。

他從地板上站起來，舒展了一下筋骨，再走到桌邊。他開始飛快地翻閱報紙，一份接一份地把它們扔進垃圾堆裡，而在這整個過程中，嘿美甚至連動都沒動上一下；這隻貓頭鷹在睡覺，要不然就是在裝睡，牠在生哈利的氣，因為他最近很少放牠出來活動。

哈利在翻到最後幾份報紙的時候，動作立刻慢下來，開始仔細搜尋他在回到水蠟樹街過暑假不久時所看到的一篇文章。他記得那份報紙的頭版，刊登了一小篇關於霍格華茲麻瓜研究教師慈恩．波八吉辭職的消息。他終於找到了那份報紙，然後坐了下來，翻到第十版，重新閱讀他一心想搜尋的文章。

追憶阿不思．鄧不利多

艾飛．道奇

我是在十一歲時，踏入霍格華茲的第一天就認識了阿不思．鄧不利多。我們最初之所以會互有好感，無疑是因為我們兩人都感到自己像是局外人。我在入學前不久，染上了龍痘，雖然那時我已不再具有傳染性，但我布滿痘疤的面孔和泛綠的膚色卻讓大家不願跟我親近。而阿不思呢，他在踏入霍格華茲時背負著醜聞的重擔。不到一年前，他的父親博知維犯下了一樁攻擊三名幼年麻瓜的殘酷罪行，經過媒體大幅報導而人盡皆知。

阿不思從未企圖否認他父親（日後死於阿茲卡班）的罪行；相反地，當我鼓起勇氣詢問他時，他坦然告訴我，他知道他父親確實有罪。除此之外，儘管許多人不厭其煩地百般追問，但鄧不利多卻再也不願提到這件傷心事。事實上，有些人甚至還極力讚揚他父親的行動，並一廂情願地認定阿不思同樣也是麻瓜仇視者。他們實在是大錯特錯，所有認識阿不思的人都可以證明，他從未流露出一絲反麻瓜傾向。事實上，他大力維護麻瓜權益的堅定立場，使他在未來的歲月中樹立了許多敵人。

然而，在短短幾個月內，阿不思自己的名氣就大大超越他的父親。等他修完一年級課程後，就再也沒有人將他視為麻瓜仇視者之子，而是霍格華茲有史以來最才智超群的高材生。我們這些有幸能跟他結為好友的人，全都把他當作我們的榜樣，因而獲益良多，他也總是慷慨無私地給予我們許多幫助與鼓勵。之後他向我坦承，他最大的興趣就是教書。

他不僅贏得了學校所有的獎項，同時也很快開始跟當時魔法界最著名的權威人物通信交流，其中包括傑出的煉金術士尼樂．勒梅，著名歷史學家芭蒂達．巴沙特，以及魔法理論學家阿達柏．瓦夫林。他有幾篇文章成功刊登在《今日變形術》、《挑戰符咒》與《實用魔藥師》等學術性刊物。看來鄧不利多未來的事業似乎就此一帆風順、平步青雲，成為魔法部長只是時間早晚的問題。然而，日後他即將接任魔法部長的傳言雖然時有可聞，但他自己卻未曾有過成為部長的政治野心。

在我們於霍格華茲就讀三年後，阿不思的弟弟阿波佛同樣也入學就讀，他們兩人並不相像。阿波佛跟阿不思大不相同，他不愛念書，每當遇到爭執，他並不會心平氣和地講道理，反倒大剌剌地直接找人決鬥。兩兄弟感情不睦的傳聞甚囂塵上，但事實並非如此。他們的個性雖然天差地遠，但兩兄弟其實處得還挺不錯的。我要為阿波佛說句公道話，永遠生活在阿不思的陰影之下，並不是件愉快的事。身為他的朋友，總是得面對在他身邊顯得相形失色的危機，而身為他的兄弟，箇中滋味顯然就更不好受了。

在阿不思和我從霍格華茲畢業後，我們打算沿襲當時的傳統，一同去遊歷世界，拜訪外國巫師以增廣見聞，然後再各自單飛展開不同的事業，但悲劇卻在此時橫加阻撓。就在我們出發前夕，阿不思的母親甘德拉溘然長逝，養家的重擔因此完全落到了阿不思一人身上。我延期出發，先去參加甘德拉的葬禮致哀，然後再獨自踏上孤獨的旅程。阿不思家裡有兩個年幼的弟妹需要照料，又缺乏足夠的積蓄，他顯然毫無可能與我同行了。

接下來這段歲月，是我們這一生中最少碰面的時光。我寫信給阿不思，有些不夠體貼地對他細細描述我的旅途見聞，告訴他我在希臘僥倖逃過獅面龍尾羊的魔爪，以及我和埃及煉金術士一同做實驗等種種奇遇。他在信中很少對我提到他的日常生活，而我猜想，對他這樣一名才華洋溢的巫師而言，他當時的生活想必是沉悶得令人沮喪。我完全沉浸在各種新奇的旅遊見聞中，因此當我在長達一年的旅途將近尾聲，聽到鄧不利多一家又再次遭到無情悲劇的重擊時，我實在感到驚駭至極。他的妹妹亞蕊安娜也離開了人世。

雖然亞蕊安娜的身體一直都不太好，但在這兩兄弟剛失去母親的情況下，喪妹的打擊實在來得太急太快，對他們兩人造成了極為深遠的影響。阿不思的所有摯友——而我自認有幸能列名其中——都一致認為，亞蕊安娜的死，以及阿不思自認難辭其咎的自責（不過，他當然是清白無罪的）在他身上烙下了永恆的印記。

我返回家鄉後，看到的是一個已遍嘗成年人辛酸苦痛的年輕人。阿不思變得比以前緘默內斂，也不再像過去那般無憂無慮。而有如雪上加霜的是，失去亞蕊安娜不僅未曾讓阿不思和阿波佛重建親密的兄弟情誼，反倒使他們兩人變得更加疏遠（但這種情況並未持續太久——日後他們又重新恢復一種雖稱不上親密，但絕對真摯無疑的兄弟之情）。自那時開始，他就幾乎絕口不提他的父母與亞蕊安娜，而朋友們也都能體諒他的心情，不再在他面前提到這些事情。

許多文章都大幅描述阿不思在未來歲月中所創下的輝煌功績。鄧不利多對於魔法學術知識難以盡數的傑出貢獻，特別是他對於龍血十二種用途的重大發現，以及他在擔任巫審加碼首席魔法師期間對於眾多案件的智慧判決，都將會使我們以後數代子孫受益良多。此外，大家也認為鄧不利多在一九四五年與葛林戴華德的雙雄對決，可說是魔法史上空前絕後的一場精采決鬥。那些曾親眼目睹這場決鬥的人，都紛紛撰文表示，當他們在觀看這兩位傑出巫師大顯神通激烈爭鬥時，他們心中不禁升起莫大的恐懼與敬畏。鄧不利多的勝利，以及這個結果對於魔法界所造成的影響，被公認為是魔法史上的重要轉捩點，足以與建立國際保密法令，或是「那個不能說出名字的人」敗亡潛逃相提並論。

阿不思．鄧不利多從未因此而變得驕矜或是虛榮，不論是任何微不足道或是卑劣可鄙的人，他都可以在他們身上看到某種珍貴的特質，我想這是因為他早年的失落與傷痛，賦予他寬容慈悲的偉大情操。失去他，帶給我難以描繪的無盡思念，但我個人的失落，絕對無法與整個魔法界的損失相提並論。鄧不利多無疑是霍格華茲有史以來最具有啟發力，並且最受愛戴的校長。他至死也絲毫不改他一生的信念：他直到最後一刻都在努力追求更偉大的良善，就像他在我遇到他的那一天，主動跟一名感染龍痘的小男孩握手時一般心甘情願、無怨無悔。

哈利看完這篇文章後，依然凝視著那張附在追思文旁的照片。鄧不利多臉上掛著他那親切和藹的熟悉笑容，但即使是在報紙上，當他的目光越過半月形眼鏡上方凝視著哈利時，卻依然讓哈利感到有如被X光照射般無所遁形，而他心中除了原先的傷痛，又微微感到一絲屈辱。

他一直都以為自己很了解鄧不利多，但在看過這篇追思文後，他不得不承認自己對這位老校長幾乎可說是一無所知。他從來沒在心中想像過鄧不利多童年或少年時的模樣，在哈利心目中，鄧不利多彷彿打從一出生，就是哈利所認識的那位莊嚴的銀髮老人。一想到青少年時期的鄧不利多，就像是硬要去想像一個白痴妙麗或是一隻和善的爆尾釘蝦一樣，讓人感到奇怪得很。

他從沒想過要去詢問鄧不利多的過往，沒事去問東問西顯然不太得體，甚至可說是冒昧無禮。儘管如此，鄧不利多與葛林戴華德的傳奇決鬥可是家喻戶曉的事情，而哈利竟然從沒想過要去探聽這場決鬥，或是鄧不利多其他的輝煌事蹟。沒有，他們總是在談論哈利，哈利的過去、哈利的未來、哈利的計畫……哈利知道他處境艱險，未來危機四伏且動盪不安，但他此刻卻不禁深深遺憾他不曾及時把握機會，請鄧不利多多談論一下自己，縱使他並沒有忘記，他曾經問過校長一個私人問題，但那卻是他這輩子第一次懷疑鄧不利多並未坦誠相告：

「在你看這面鏡子的時候，你看見了什麼？」

「我？我看見我手裡抓了一雙厚厚的羊毛襪。」

思索了幾分鐘後，哈利把追思文從《預言家日報》上撕下來，小心翼翼地折好，塞進《實用防禦魔法及其對抗黑魔法之使用》第一冊裡面。然後他把剩下的報紙扔進垃圾堆裡，再轉身打量，房間看起來整齊多了。現在就只剩下今天的《預言家日報》依然躺在床上尚未收拾妥當，上面還擱著那破裂的鏡片。

哈利越過房間，拎起當天的《預言家日報》，讓鏡片滑落到床上，然後攤開報紙。他今天一大早收到送信貓頭鷹寄達的報紙卷時，只匆匆瞄了一下頭版，確定上面沒有關於佛地魔的消息，就順手把它扔到一旁。哈利相信魔法部必然對《預言家日報》施壓，不讓他們刊登任何跟佛地魔有關的報導。因此直到此刻，他才看到他錯過了什麼。

在頭版中央一張鄧不利多滿面憂思、大步疾行的照片下方，有一小行橫排標題：

鄧不利多——終於露出真面目？

下週預告。一名被公認為當代最偉大魔法師其殘缺天才的驚人內幕。在剝除安詳銀鬚智者的公眾形象後，麗塔．史識揭露鄧不利多至死不為人知的過往，細述他那動盪不安的童年、無法無天的青春、長達一生的爭執，以及內疚自責的秘密。**為何**一名被視為未來魔法部長的政壇明日之星，會甘願屈就做學校校長？以「鳳凰會」聞名的秘密組織，到底有**什麼**真正的目的？**什麼**才是鄧不利多的真實死因？

這些問題的答案，以及其他更多的疑問，即將在麗塔．史識撰寫的爆炸性新傳記作品《鄧不利多的人生與謊言》中一一揭曉。本報記者貝蒂．布瑞思維特獨家專訪，詳情請參閱第十三版。

哈利扯開報紙，翻到了第十三版。這篇文章上方的照片顯示出另一張熟悉的面孔：一名戴著寶石鑲邊眼鏡、留著一頭精雕細琢金色鬈髮的女人，她咧開嘴唇、露出牙齒和得意洋洋的勝利微笑，對著他搖動手指。哈利儘可能不去看那幅令人作嘔的畫面，繼續閱讀下去。

相較於她著名的犀利辛辣文筆，麗塔．史識本人倒是十分溫柔親切。在她那舒適宜人的家中，她親自在玄關迎接我，直接帶領我踏入廚房，讓我享用了一杯熱茶和一片磅蛋糕，不用說，另外還附送上一大堆新出爐的熱騰騰八卦。

「嗯，當然，鄧不利多可以算是傳記作家的最大夢想，」史識表示，「如此漫長而豐富的一生。我確定我的作品只是打前鋒，未來還會出現更多、更多的鄧不利多傳記。」

史識在這方面顯然搶先了一步。她在鄧不利多於六月離奇死亡之後的短短四星期內，就完成了這部長達九百頁的鉅著。我詢問她，是如何在短時間內完成這項速度驚人的壯舉？

「喔，妳當記者的時間若是跟我一樣久，妳就會養成準時交稿的好習慣。我知道魔法界全都渴望能知道完整的內幕，而我希望自己能成為第一個滿足大眾需求的作者。」

我提到最近媒體曾大幅報導，巫審加碼的特約顧問，同時也是阿不思·鄧不利多一生摯友的艾飛·道奇表示：「史識的著作甚至比巧克力蛙卡更加荒誕無稽。」

史識聽了仰頭大笑。

「親愛的道奇！我記得幾年前我曾經採訪過他，談論關於人魚人權的問題。他根本是個老糊塗啦！他似乎還以為我們是坐在溫德米爾湖湖底，老是嘮嘮叨叨地提醒我要當心鱒魚咧！」

但艾飛·道奇對於此書內容失真的指控，已經引起了許多迴響。史識真的認為短短四個星期，就足以勾勒出鄧不利多精采漫長一生的完整全貌嗎？

「喔，親愛的，」史識笑吟吟說，親暱地用指關節敲了我一下，「妳心裡跟我一樣明白，一大袋加隆，一股不達目的勢不罷休的熱忱，和一枝尖銳又好用的速記筆，可以讓妳獲得多少情報！再說，想要抹黑鄧不利多的人可是大排長龍呢。妳該知道，並不是所有人都把他奉若神明——他實在得罪太多權貴人士啦。但老道奇也可以從鷹馬下來，別再神氣活現地繼續拿喬了，因為我已經找到了一個大多數記者都願意用魔杖交換的珍貴消息來源。一個過去從未公開發言，並且在鄧不利多最騷動狂烈的青春歲月中跟他關係親密的摯友。」

史譏新書的宣傳廣告無疑透露出，這本著作必然會使那些深信鄧不利多一生毫無瑕疵的人大為震驚。我詢問她，什麼會是她在書中揭露的最勁爆內幕？

「哎呀，少來了，貝蒂，我可不會在大家購買這本書之前，就透露我書中所有的賣點！」史譏大笑道，「但我可以向妳保證，所有仍然認為鄧不利多就像他鬍子一般潔白無瑕的人，將會有如被當頭棒喝般大夢初醒！我們這麼說好了，任何聽過他極力怒斥『那個人』的人，絕對想不到他自己在年輕時也涉獵過黑魔法！而身為一名晚年呼籲大家要懂得包容的巫師，在自己年少氣盛時可也沒那麼胸懷大量！是的，阿不思．鄧不利多有著一段極為黑暗的過往，更別說是他那異常可疑的家庭背景了，難怪他會無所不用其極地隱瞞這一切。」

我詢問史譏，她指的是不是鄧不利多的弟弟阿波佛，他在十五年前曾因濫用魔法被巫審加碼判罪，在當年可算是一樁小醜聞。

「喔，就扒糞來說，阿波佛的事只是冰山一角，」史譏大笑道，「不，不，我要揭發的事情，可比一個愛跟山羊鬼混的弟弟嚴重得多，甚至比他那傷害麻瓜的父親還要糟糕——這兩件事鄧不利多都壓不住消息，再怎麼說，他們兩人畢竟都接受過巫審加碼的公開判決。不，真正引起我好奇心的是他的母親和妹妹，而我只須稍稍挖掘一下，就發現這還真是個污穢齷齪的醜聞巢穴——不過，就像我剛才所說的，妳必須詳細閱讀我書中的第九到十二章，才能了解事情的來龍去脈。我現在只能說，難怪鄧不利多從來不肯透露他的鼻子是怎麼斷的。」

儘管有著駭人的家醜，但史譏是否企圖全盤否認鄧不利多開創出眾多魔法新知的傑出才智呢？

「他是還挺有頭腦的啦，」史譏承認，「但許多人都質疑，他那些所謂的成就，是否真的完全是他一個人的功勞。我在書中第十六章透露，艾瓦‧敵隆思必就曾經宣稱，在他發現到龍血的八種用途時，鄧不利多『借用』了他的文章。」

我大膽表示，我們不可否認，鄧不利多的某些成就，確實具有舉足輕重的重要地位，但她如何看待鄧不利多擊敗葛林戴華德的驚天一戰？

「喔，聽我說，我真高興妳提到葛林戴華德，」史譏露出故意吊人胃口的笑容表示，「我想那些天真得以為鄧不利多大顯神通、光榮獲勝的人，現在得先做好心理準備，好迎接一枚震撼彈——或者該說是屎炸彈。真的是臭氣薰天、齷齪至極。我只能說，大家可別那麼確定，世上真有那麼一場精采壯觀的傳奇性決鬥。在大家看過我的書之後，可能不得不坦然接受，葛林戴華德當年只不過是施法讓魔杖尖端冒出一條白手帕，靜悄悄走過來罷了！」

史識拒絕再透露任何關於這方面的訊息，於是我們將話題轉向她的讀者們最感興趣的感情問題。

「喔，是的，」史識連連點頭說，「我用了一整章的篇幅來描述波特和鄧不利多的感情。世人稱之為病態，甚至是邪惡。我得再次宣告，貴報的讀者必須買我的書，才能看到完整的故事，但可以確定的是，鄧不利多在一開始就對波特有著不自然的好感。至於這是否真的對那個男孩大有助益——這個嘛，我們等著瞧吧。波特確實經歷了一段極端痛苦難熬的青春期，這在霍格華茲已經算是公開的秘密了。」

我問史識是否仍然跟哈利波特保持連絡？她曾在去年寫了一篇著名的波特專訪，一篇爆炸性的文章，波特在這份獨家專訪中透露他深信「那個人」已東山再起。

「喔，那當然，我們的交情好得很哪。」史識說，「可憐的波特沒什麼真正的朋友，而我們兩人又是在他生命中最艱困的時刻——也就是三巫鬥法大賽期間——相識相知，我大概是現今世上唯一能夠真正了解哈利波特的人。」

這段話巧妙地將話題轉向鄧不利多生前最後一刻的種種謠言，史識是否認為波特曾親眼目睹鄧不利多的死亡真相？

「這個嘛，我不想透露太多內容——書中全都有清楚交代——但根據霍格華茲城堡裡的目擊證人表示，他們確實在鄧不利多不知道是自己跳下來還是被人推落，從空中掉下來的時候，看到波特從現場狂奔而出。波特稍後作證指控賽佛勒斯・石內卜是兇手，但眾所周知，波特向來就對他心懷憎恨。這其中是否還有其他隱情？這得交給整個魔法社會來進行裁決——當然得等他們先看過我的書再說。」

在這段引人好奇的話語之後，我告辭離去。史識無疑寫出了一本暢銷鉅作，鄧不利多的眾多仰慕者，此刻也許正在提心吊膽地等待，書中會爆出什麼關於他們心目中英雄的驚人內幕。

哈利讀完了整篇文章，依舊茫然瞪視著那張報紙。一股既憎惡又憤怒的情緒令他感到胃裡作嘔，他將報紙揉成一團，用盡全身力氣把它扔到牆上，紙團墜落到他那早已塞爆的垃圾袋周圍的廢物堆裡。哈利開始漫無目標在房中大步兜圈子打轉，拉開空無一物的抽屜，抓起已安置妥當的書本，再重新放回原來的地方，幾乎沒有意識到自己到底在做些什麼，而史識文章中的某些句子一直在他腦中嗡嗡迴盪：用了一整章的篇幅來描述波特和鄧不利多的感情……世人稱之為病態，甚至是邪惡……他自己在年輕時也涉獵過黑魔法……我已經找到了一個大多數記者都願意用魔杖交換的珍貴消息來源……

「胡扯！」哈利大聲怒喝，他透過窗口，看到隔壁鄰居原本要重新啟動割草機，這時卻緊張地抬起頭來。

哈利重重跌坐在床上，鏡子碎片猛然自他身邊蹦到一旁。他拾起鏡片，翻轉過來，腦中不斷想著鄧不利多，以及麗塔．史譏那些惡意毀謗的謊言……

突然一道耀眼的藍光閃過。哈利愣住了，受傷的手指又不小心被銳利的鏡片刺了一下。這只是他的想像，必然只是想像罷了。他回頭瞄了一眼，牆壁的顏色是佩妮阿姨挑選的難看桃子色，完全看不到鏡片所映照出的淡藍色彩。他再次專注凝視鏡片中的倒影，但卻只看見自己的亮綠色眼珠在回視著他。

這全都是哈利的想像，就只是這樣而已，完全是因為他太過思念逝去的校長，才會出現這樣的幻覺。唯一可以確定的是，阿不思．鄧不利多再也不會用他那對洞悉一切的淡藍色雙眼凝視著他了。

3 德思禮一家出逃

前門砰一聲關上的聲音傳到樓上，又響起一個聲音高喊：「喂！你！」

被這樣喊了十六年，哈利知道是他的姨丈在叫他，但他沒有立即回應。他還在注視鏡子的碎片，剛才有那麼一瞬間，他以為自己看見了鄧不利多的眼睛。直到他的姨丈又喊了一聲：「**小鬼！**」哈利才慢吞吞站起來，走到房間門口，然後停下來，將那一小片鏡子放進他要帶走的帆布背包裡。

「你儘管慢慢來吧！」哈利出現在樓梯口時，威農．德思禮大吼，「下來，我有話問你！」

哈利雙手插在牛仔褲口袋裡，緩緩走下樓。進了客廳，他發現德思禮一家三口都在，而且全都換上了外出的旅行裝：威農姨丈穿著一件淡黃褐色的前開襟拉鍊夾克，佩妮阿姨穿著一件雅致的鮭魚色大衣，而哈利肌肉結實的金髮大塊頭表哥達力則穿著他的皮夾克。

「什麼事？」哈利問。

「坐下！」威農姨丈說，哈利抬抬眉毛。「請！」威農姨丈這才又加一句，並稍稍畏縮了一下，彷彿這個字尖銳地刺痛了他的喉嚨。

哈利坐下，他大概知道會發生什麼事。他的姨丈來回踱著方步，佩妮阿姨和達力則用焦慮的表情注視著他的動作。最後，威農姨丈的紫色大臉因為專注而皺成一團，他在哈利面前停下來開口說話。

「我改變主意了。」他說。

「真令人意外。」哈利說。

「你不可以用那種口氣——」佩妮阿姨拔高嗓子說，但威農姨丈揮手叫她住口。

「全都是唬人的，」威農姨丈說，用他的豬眼盯著哈利，「我決定了，我一點也不相信這些話。我們不走，我們哪裡也不去。」

哈利抬頭望著他的姨丈，覺得又厭煩又好笑。過去四個星期來，威農姨丈每隔二十四小時就改變主意一次，把行李裝上車，又把行李卸下車，隨著每次改變主意搬上搬下。哈利最喜歡的一次是，威農姨丈不知道上次他把行李卸下後，達力在他的皮箱中多裝了一對啞鈴，後來他把行李又裝上行李廂時不小心砸到腳，痛得他哇哇大叫並破口大罵。

「照你的說法，」威農．德思禮說著，又在客廳踱起方步，「我們——佩妮、達力和我——有危險，那個——那個——」

「我『那一掛』中的某個人，對。」哈利說。

「我才不相信呢，」威農姨丈又說，再度走到哈利面前停下來，「我睡到半夜醒來，想了又想，我認為這是個企圖奪取房子的陰謀。」

「房子？」哈利說，「什麼房子？」

「**這間**房子！」威農姨丈大聲說，額上的青筋暴了出來，「**我們的**房子！這一帶的房地產價格正在往上飆！你要叫我們離開，好變點把戲，趁我們不在時，這個房產就到了你的名下——」

「你瘋了？」哈利說，「奪取這間房子的陰謀？你真的像你外表那樣的蠢嗎？」

「你好大的膽子——！」佩妮阿姨大聲叫起來，但威農姨丈又揮手叫她閉嘴。對他個人外表的輕蔑，似乎比不上他所意識到的危機。

「難不成你忘了，」哈利說，「我已經有一棟房子，我教父留給我的，我幹嘛要這間？為了快樂的回憶？」

一陣沉默，哈利覺得他的姨丈把他這句話聽進去了。

「你說，」威農姨丈說，又開始踱方步，「這個魔王什麼的——」

「佛地魔，」哈利不耐煩地說，「這件事我們談過不下一百遍了，這不是隨便說說，而是事實。鄧不利多去年就告訴過你了，還有金利和衛斯理先生——」

哈利猜想他的姨丈刻意要忘掉這一次暑假剛開始不久，兩名成年巫師未預先告知就突然登門拜訪的那一段記憶。金利・俠鉤帽與亞瑟・衛斯理來訪，使德思禮一家大吃一驚。但哈利不得不承認，衛斯理先生曾經差點毀了半個客廳，威農姨丈肯定不高興再見到他。

「——金利和衛斯理先生也都說過了，」哈利毫不留情說，「一旦我滿十七歲，保護我的咒語就會解除，你們和我一樣都會失去保護。鳳凰會相信佛地魔會來找你們，要嘛折磨你們逼問我的下落，要嘛就是以為拿你們當人質，我就會來救你們。」

威農姨丈和哈利四目相接，哈利確信那一瞬間，他們兩人心中想的是同一件事。接著威農姨丈繼續踱方步，哈利又說：「你們一定要躲起來，鳳凰會會幫助你們。他們會給你們嚴密的保護，最好的保護。」

威農姨丈默默不語，繼續走來走去。屋外，夕陽落在水蠟樹叢上，隔壁鄰居的割草機又停了。

「不是有個魔法部嗎？」威農・德思禮忽然問道。

「有啊。」哈利說，有點詫異。

「那為什麼他們不能保護我們？我覺得我們是無辜的受害者，不過是庇護一個有污點的人，又沒犯罪，我們應該有權得到政府的保護！」

哈利笑了起來，他實在忍不住。這真是他姨丈最典型的作風，把希望寄託在政府機構，即使他對這個魔法界一向充滿了輕視與不信任。

「你聽到衛斯理先生和金利所說的話，」哈利回答，「我們認為魔法部已經被滲透了。」

威農姨丈踱到壁爐前又踱回來，他的呼吸沉重，濃密的黑鬍子被吹得一跳一跳，他的臉依然因為專注而發紫。

「好吧，」他說，又在哈利面前停下來，「好吧，就這樣，不要再多說了，我們接受保護。但我還是不明白，為什麼我們不能要金利那個傢伙來保護我們？」

哈利差點要翻白眼，但還是用力忍了下來。這個問題也已經談過好幾遍了。

「我說過了，」他咬著牙說，「金利要保護麻——我是說，你們的首相。」

「可不是嘛——他是最優秀的！」威農姨丈指著沒有打開的電視機說。德思禮一家曾在新聞報導上見過金利在麻瓜首相訪問醫院時，謹慎地走在他後面。因為這一點，加上金利很懂得如何穿得像麻瓜一樣，以及他那讓人安心的低沉緩慢嗓音，所以德思禮一家人以不同於看待其他巫師的眼光來看待金利，只不過那是因為他們沒見過金利戴耳環。

「啊，的確是，」哈利說，「不過黑絲霞．鍾斯和迪達勒斯．迪歌兩人更能勝任這個任務——」

「如果能先看看他們的履歷……」威農姨丈說，但哈利失去耐性了，他站起來，走向他的姨丈，一手指著電視機。

「這些事故都不是意外——這些車禍、爆炸、火車出軌，還有從我們上一次看新聞之後所有發生的事件。許多人失蹤、奄奄一息，這些都是他在幕後指使，也就是佛地魔。我已經一再告訴你，他殺害麻瓜只是為了好玩。甚至濃霧也是催狂魔所引起的，如果你不記得那是什麼東西，問你的兒子！」

達力立刻舉起雙手摀住嘴巴，在他父母及哈利的注視下，他緩緩放下雙手，問：

「還……還有更多嗎？」

「還有更多？」哈利笑道，「你的意思是，除了攻擊我們兩個的以外，還有更多嗎？當然還有，有好幾百個，說不定這次會有好幾千個一起出現，他們會給我們帶來恐懼和絕望——」

「好了，好了，」威農姨丈怒聲說，「我懂了——」

「但願如此，」哈利說，「因為一旦我十七歲，他們全部都能找到你們，當然也會攻擊你們。包括食死人、催狂魔，說不定還有行屍，也就是被黑巫師施了魔咒的死人屍體。假如你還記得上一回你想跑得比巫師快的那件事，我想你會同意你們需要協助。」

一陣短暫的沉默。經過這麼多年，海格砸毀小島木屋前門的那段久遠記憶，似乎又重現在眼前。佩妮阿姨望著威農姨丈，達力注視著哈利，最後威農姨丈脫口而出：

「可是，我的工作呢？達力的學校呢？四海為家的巫師們大概不會管這些事吧——」

「你還不懂嗎？」哈利大吼，**「他們會像對待我父母一樣折磨你們，然後殺了你們！」**

「爸，」達力大聲說，「爸——我要跟那些鳳凰會的人走。」

「達力，」哈利說，「有生以來第一次，你總算說了一句理智的話。」

他知道這場口舌之爭他贏了。假如達力恐懼到願意接受鳳凰會的協助，他的父母就會陪著他，他們絕不可能離開他們的小達達。哈利朝壁爐上的旅行鐘瞄了一眼。

「他們再過五分鐘就到了。」他說，見德思禮一家都沒反應，他就離開了客廳。他十分樂意和他的阿姨、姨丈以及表哥分開——或許是永遠分開，但無論如何還是有幾分尷尬。經過十六年的相看不順眼，到了臨別的時刻，你還能對彼此說些什麼呢？

回到他的房間，哈利毫無意識地玩弄他的帆布背包，然後隔著嘿美的籠子，餵牠幾顆貓頭鷹吃的堅果。嘿美不理他，堅果啪的一聲掉到籠子底部。

「我們很快就要離開了，很快。」哈利告訴牠，「然後妳就又可以飛了。」

門鈴響了，哈利遲疑了一下，轉身走出他的房間，然後下樓。他不能指望黑絲霞和迪達勒斯單獨應付德思禮一家。

「哈利波特！」哈利一打開門，一個興奮的聲音立刻說道，一個戴淡紫色高頂禮帽的小個子男人對他深深一鞠躬，「幸會！」

「謝謝，迪達勒斯，」哈利說。朝一頭黑髮的黑絲霞尷尬笑笑，「你們真好，願意來……他們都在這裡，我的阿姨和姨丈，還有表哥……」

「午安，哈利波特的親戚！」迪達勒斯愉快地說，大步走進客廳。德思禮一家看樣子似乎不怎麼高興，哈利有一半的心理準備，以為他們又會改變主意。達力看見這兩位女巫與巫師，更是縮到他母親的背後。

「我看你們都收拾好準備走了，好極了！就像哈利對你們說過的一樣，這項計畫很簡單，」迪達勒斯從他的西裝背心裡掏出一個巨大的懷錶看一看，然後說：「我們要比哈利早一步離開。基於在貴府上使用魔法的危險——因為哈利尚未成年，可能會讓魔法部有藉口逮捕他——我們會先開車到十哩外，然後消影到我們為你們挑選的安全處所。我想，你會開車吧？」他禮貌地詢問威農姨丈。

「會開車——？我當然會開車！」威農姨丈口沫橫飛說。

「你很聰明，先生，很聰明，我個人對這些按鈕啊、把手啊什麼的完全一竅不通。」迪達勒斯說。他顯然在討好威農．德思禮，只不過德思禮在聽了迪達勒斯的話後，明顯對計畫失去了信心。

「連開車也不會。」他小聲嘀咕，鬍子因此一蹦一跳，幸好迪達勒斯或黑絲霞似乎都沒有聽到。

「哈利，」迪達勒斯又說，「你在這裡等候你的護衛，計畫有點改變——」

「你說什麼？」哈利立刻說，「我以為瘋眼會來，用隨行現影術帶我走，不是嗎？」

「不能這樣做，」黑絲霞簡潔地說，「瘋眼會跟你解釋。」

德思禮一家一臉茫然地聽著他們對話，突然有個大嗓門大吼一聲：「**快點！**」把大家全嚇了一大跳。哈利看看四周，這才明白聲音來自迪達勒斯的懷錶。

「沒錯，我們的時間很緊迫。」迪達勒斯說，朝他的懷錶點點頭，然後又把它塞回他的西裝背心。「我們打算把你離家的時間設定在你家人消影的那一刻，哈利，這樣符咒就會在你們全家安全離開的時候解除。」他轉向德思禮一家，「那麼，我們已經整裝完畢，準備出發囉？」

沒有人回答他，威農姨丈仍然吃驚地注視著迪達勒斯鼓起的西裝背心口袋。

「也許我們應該去外面前廳等，迪達勒斯。」黑絲霞喃喃說。她顯然認為如果哈利和德思禮一家互道珍重，說不定還含淚道別時，他們倆還待在客廳的話就太不通人情了。

「不用了。」哈利喃喃說，但威農姨丈不多解釋地大聲說：「那咱們就這樣說再見了，孩子。」

他舉起右手臂和哈利握手，但到了最後一刻似乎又無法面對，只好握緊拳頭，像節拍器似地來回擺動。

「準備好了嗎，達達？」佩妮阿姨問，忙著檢查她的手提袋，避免與哈利的視線接觸。

達力沒有回答，只是站在那裡微微張著嘴巴，這副樣子讓哈利想起巨人呱啦。

「那就走吧。」威農姨丈說。

他已經走到客廳門口了，達力才喃喃說：「我不懂。」

「你不懂什麼，寶寶？」佩妮阿姨問。

達力接著舉起一隻火腿般粗大的手指著哈利。

「他為什麼不跟我們一起走？」

威農姨丈與佩妮阿姨僵在原地，同時瞪著達力，彷彿他剛剛說他想當個芭蕾舞孃似的。

「什麼？」威農姨丈大聲說。

「他為什麼不也一起走？」達力問。

「這個嘛，因為他——他不想，」威農姨丈說，轉頭瞪著哈利又說：「你並不想，不是嗎？」

「一點也不想。」哈利說。

「看吧，」威農姨丈對達力說，「好了，我們走了。」

威農姨丈走出客廳，接著他們聽到前門打開的聲音，但是達力仍然不動，佩妮阿姨遲疑地走了幾步之後，也停了下來。

「現在又怎麼啦？」威農姨丈大吼，再度出現在門口。

看來達力似乎是努力要把心中的話說出來，經過一番明顯的痛苦掙扎後，他說：「可是，他要去哪裡？」

佩妮阿姨與威農姨丈彼此面面相覷，看來達力確實把他們嚇到了。這時，黑絲霞．鍾斯打破沉默。

「可是……你們一定知道你們的外甥要去哪裡吧？」她問，一臉的不解。

「我們當然知道，」威農．德思禮說，「他要跟你們那一掛的人走，不是嗎？好了，達力，我們上車，你聽到那個人說了，我們得快一點。」

再一次，威農．德思禮走到門口，但達力依然沒有跟過去。

「什麼叫**我們**那一掛？」

黑絲霞一臉慍怒。哈利見過這種態度，對於他的親戚如此不重視名聞天下的哈利波特，女巫和巫師們似乎都感到非常震驚。

「不要緊，」哈利安慰她，「沒有關係，真的。」

「沒有關係？」黑絲霞重複他的話，不由自主地拉高音量，「這些人難道不知道你吃過什麼苦頭？不曉得你正面臨怎樣的危險？也不知道你在對抗『那個人』的陣營裡，占了舉足輕重的地位？」

「呃——他們不知道，」哈利說，「老實說，他們以為我只是多占了一個空間，不過我已經習慣了——」

「我不認為你多占了一個空間。」

如果哈利沒有看到達力的嘴巴在動，他也許不會相信，但他的嘴巴確實在動，因此他瞪著達力看了幾秒，這才相信大概是他的表哥在說話，因為達力的臉紅了。哈利自己也是既尷尬又吃驚。

「喔……呃……謝了，達力。」

再一次，達力想了好幾秒才含糊說：「你救了我一命。」

「也不盡然，」哈利說，「催狂魔要的是你的靈魂……」

他好奇地望著他的表哥。去年和今年暑假他們幾乎都沒有接觸，因為哈利並沒有在水蠟樹街待太久，而且大部分時間都待在自己的房間裡。直到現在，哈利才恍然大悟，或許今天早上他踢翻的那杯冷茶根本不是個蠢陷阱。哈利雖然有點感動，但是看到達力似乎費盡全力才把他的感覺表達出來，倒也鬆了一口氣。達力數度張嘴，欲言又止後，默默脹紅了臉。

佩妮阿姨忽然哭了起來。黑絲霞．鍾斯本來給她一個嘉許的臉色，但是看到她跑過去擁抱達力而不是哈利後，立即又一臉氣憤。

「這——這麼乖巧，達兒……」她貼著他寬闊的胸膛啜泣，「這——這麼可愛的孩——孩子……居然還會說——說謝謝……」

「可是他根本沒有說謝謝！」黑絲霞氣憤說，「他只說他不認為哈利多占了一個空間！」

「是啊，但是從達力的口中說出，就像說『我愛你』一樣。」哈利又好氣又好笑地說。佩妮阿姨卻依舊抱著達力，彷彿他剛把哈利從失火的房子裡救了出來。

「我們到底走不走？」威農姨丈大吼，再度出現在客廳門口，「我們的時間不是很緊迫嗎？」

「是呀——是呀，」迪達勒斯．迪歌說，剛才他一直用充滿興味的眼神看著這一幕，現在他好像突然清醒了過來，「我們真的得走了，哈利——」

他走上前，雙手握住哈利的手。

「——祝福你，希望我們能再見面。魔法界的希望都寄託在你的肩上。」

「喔，」哈利說，「好，謝謝。」

「再見了，哈利，」黑絲霞說，也握住他的手，「我們與你同在。」

「希望一切都順利。」哈利說著，瞥了一眼佩妮阿姨和達力。

「喔，我相信我們最後能成為好朋友的。」迪歌開朗地說，揮揮他的帽子離開房間，黑絲霞跟在他後面。

達力輕輕掙脫母親的懷抱走向哈利，哈利不得不壓抑住一股想用魔法威脅他的衝動，然後達力伸出他粉紅色的大手。

「我的天，達力。」哈利說，而佩妮阿姨又開始啜泣了。「催狂魔把不同的個性也吹進你身體了？」

「不知道，」達力喃喃說，「再見，哈利。」

「嗯……」哈利和達力握手，「也許我們會再見面。保重，達老大。」

達力勉強微微一笑，然後笨重地走出房間。哈利聽到他踩著沉重的腳步走出碎石子車道，然後聽到車門砰的一聲用力關上。

佩妮阿姨原本用手帕蒙著臉，聽到聲音才看看四周。她似乎沒料到自己會單獨和哈利在一起，便將她的溼手帕匆匆往口袋一塞，說：「那麼——再見了。」然後就不再看他，朝門口走去。

「再見。」哈利說。

佩妮阿姨停下來，回頭看著哈利。那一瞬間，哈利有個奇怪的感覺，好像她想對他說些什麼。佩妮阿姨用怪異、顫慄的眼光看了他一眼，似乎有話要說，但她的頭微微一扭，便又急忙跟在丈夫和兒子身後離開房間。

4 七個波特

哈利跑回樓上的房間，剛好趕上從窗口目送載著德思禮一家的車子，轉出車道開上馬路。迪達勒斯的高頂禮帽高高凸出在後座的佩妮阿姨與達力中間，汽車右轉走到水蠟樹街盡頭，車窗瞬間被夕陽映照成火一般的猩紅色，然後車子就開遠了。

哈利拎起嘿美的籠子、火閃電和帆布背包，朝他難得如此整齊的房間匆匆看了最後一眼，然後舉步艱難地下樓又回到客廳，將鳥籠、掃帚和帆布背包擱在前廳樓梯口的地板上。外面的光線已經迅速暗了下來，前廳在黃昏的光線下布滿陰影。哈利在一片寂靜中站著，知道這將是他最後一次離開這間屋子，感覺格外奇怪。很久以前，每當德思禮一家外出享樂，把他一個人扔在家裡時，那些獨處的時光一直是他少有的樂趣：從冰箱偷拿一點好吃的東西後，他便急忙上樓玩達力的電腦，或是打開電視機，任意轉換頻道直到他滿意為止。想起這些時光，讓他有種怪異的空虛感，彷彿想起他已經失去的弟弟。

「妳不想再看一眼這個地方嗎？」他問嘿美，牠仍舊把臉埋在翅膀底下生悶氣。

「我們再也不會回來了喔，妳不想回憶那些快樂的時光嗎？我是說，看看這塊門墊，那些回憶真美好……我把達力從催狂魔手中救回來後，他就吐在這上面……結果他很感激，妳相信嗎？……還有去年夏天，鄧不利多從那個前門走進來……」

哈利的思緒一時斷了線，嘿美沒有幫助他恢復，依舊把頭埋在翅膀底下。哈利轉身背對前門。

「還有這下面，嘿美——」哈利拉開樓梯底下的一扇門，「——是我以前睡覺的地方！那時候妳還不認識我——我的天，裡面真小，我都忘了……」

哈利看著裡頭堆積如山的鞋子和雨傘，想起他每天早晨醒來，抬頭看到的都是樓梯底下，那裡多半只有一、兩隻蜘蛛。那時候他還不了解自己的真實身分，還沒查出父母的死因，也還不曉得為什麼經常會有這麼奇怪的事發生在他身上。但即使是在那些日子裡，哈利仍然記得那些緊跟著他的夢：那些紛亂的夢，夢裡有綠色的閃光，還有一次是一輛飛天摩托車——哈利在描述這個夢的時候，威農姨丈還差點撞車……

突然有個震耳欲聾的聲音從附近某個地方傳來。哈利立刻站起來，一轉身卻一頭撞上低矮的門框。他停了一下，咒罵了幾句威農姨丈最愛拿來罵人的話，然後就摸著頭，蹣跚走進廚房，從窗口望進後花園。

夜色似乎是一波波在擴大，連空氣也在顫動。然後，當滅幻咒解除後，人就一個接一個出現了。最醒目的是海格，他戴著一頂安全帽和護目鏡，騎著一輛附加一具黑色邊車的巨型摩托車。在他四周的其他人都從掃帚下來，還有兩個人騎著瘦骨嶙峋、長著黑色雙翼的馬。

哈利打開後門，衝進人群中。寒暄的聲音此起彼落，妙麗擁抱他、榮恩拍他的背，海格則說：「都好嗎，哈利？準備出發哩？」

「當然，」哈利說，對著大夥兒笑得很開心，「但我沒想到你們來這麼多人！」

「計畫改變了。」瘋眼大聲說。他拿著兩個裝得鼓鼓的大袋子，那隻魔眼滴溜溜看往昏暗的天空，轉到房子之後再看到花園。「咱們先找個隱密的地方，再詳細告訴你。」

哈利帶他們回到廚房，說說笑笑坐下來，有的坐在佩妮阿姨亮晶晶的工作檯上，有的則是靠在她一塵不染的家電用品上。榮恩又高又瘦；妙麗蓬鬆的頭髮綁成一條長辮子垂在背後；弗雷與喬治露出一模一樣的笑容；比爾一臉的疤痕，蓄著長髮；衛斯理先生滿臉慈祥，頂著大禿頭，眼鏡有點歪；沙場老將瘋眼傷痕累累，只剩下一條腿，湛藍的魔眼在眼窩中滴溜溜亂轉；東施的短髮今天是她最愛的亮粉紅色；路平頭髮更白了，臉上的皺紋也更多了；花兒修長而美麗，一頭絲般的銀金色長髮；禿頭的金利有著黑皮膚和寬肩膀；海格一頭蓬亂的頭髮和鬍子，弓背縮頸以免腦袋撞到天花板；還有矮小骯髒、鬼鬼祟祟的蒙當葛．弗列契，一雙無精打采的短腿獵犬眼睛和一頭缺乏光澤的頭髮。此情此景，看得哈利滿心歡悅，他真喜歡這些人，就連蒙當葛他也喜歡，雖然上次他們見面時，哈利還差點想勒死他。

「金利，我還以為你在保護麻瓜首相？」他隔著人群說。

「他一個晚上沒有我也不礙事，」金利說，「你比較重要。」

「哈利，猜猜看？」東施坐在洗碗機上說，揮動左手給他看，上面戴著一枚閃亮的戒指。

「妳結婚了？」哈利大聲喊，看看她又看看路平。

「可惜你不能來，哈利，我們也沒聲張。」

「太好了，恭喜——」

「好了，好了，我們以後有時間再好好聊！」穆敵在喧譁聲中大吼，廚房裡恢復平靜。穆敵將袋子扔在腳下，轉向哈利說道：「迪達勒斯大概告訴你了，我們被迫放棄A計畫。派厄思．希克泥變節了，這是一個很大的問題。他下達命令，凡是以呼嚕網和這間屋子連結，在這裡放港口鑰，或是以現影術出入此處等等，都是必須監禁的違法行為，而且還是以保護你、防止『那個人』接近你為名。這一點意義也沒有，因為你母親的符咒已經在保護你了。他這樣做其實是要阻止你安全地離開這裡。

「第二個問題是，你尚未成年，這表示你身上還有魔法偵測咒。」

「我不——」

「魔法偵測咒、魔法偵測咒！」瘋眼不耐煩地說，「這個咒語可以偵測十七歲以下兒童施展魔法的行為，是魔法部用來偵測未成年使用魔法的手段！如果你，或是你身邊的人使用咒語讓你離開這裡，希克泥就會知道，食死人也會知道。

「但是我們不能等到魔法偵測咒解除，因為一旦你滿十七歲，你母親用來保護你的所有保護便會立刻失去作用。總而言之，派厄思．希克泥認為他已經把你逼到絕境。」

哈利不得不同意這位未曾謀面的希克泥。

「那我們要怎麼辦？」

「我們要用我們僅有的交通工具，也就是魔法偵測咒偵測不到的東西。因為我們使用它們時不需要用到咒語，像是掃帚、騎士墜鬼馬，還有海格的摩托車。」

哈利看出這個計畫的缺點，但他默不作聲，讓瘋眼自己說出來。

「現在，你母親的符咒只有在兩種情況下才會失效。第一是當你成年的時候，第二——」穆敵朝這間樸素的廚房比了一下，「——你不再稱這個地方是你的家。今晚你和你的阿姨、姨丈就要各奔東西了，你很清楚你們不會再住在一起了，對吧？」

哈利點頭。

「所以，這次你離開後就不會回來了，而且在你踏出這間屋子的那一刻，符咒就會立刻失效。我們選擇提早解除，因為如果我們不這麼做，一旦你滿十七歲，『那個人』就會馬上來抓你。

「對我們有利的一點是，『那個人』不知道我們今天晚上就要把你弄出去。我們故意洩漏了一個假情報給魔法部，他們以為你三十號才會離開。不過，我們的對手是『那個人』，所以我們不能指望他算錯日期。他會派一、兩個食死人在這一帶的天上巡邏，以防萬一。因此，我們在十二間不同的屋子施放咒語保護它們，讓每一間房子看起來都像是我們可能藏匿你的地方。那些房子都和鳳凰會有點關係——我的房子、金利的房子、茉莉那邊牡丹姑婆的房子——你明白了吧？」

「明白。」哈利說，其實仍然不怎麼明白，因為他還是看出這個計畫有漏洞。

「你會去東施父母的家，一旦你進入我們在他們家施放的保護咒範圍，你就可以使用港口鑰去洞穴屋。有任何問題嗎？」

「呃——有，」哈利說，「他們一開始也許不知道我要去這十二間屋子中的哪一間，可是這不就很明白了嗎？一旦——」他很快點了一下人數，「我們十四個人都飛往東施父母家？」

「啊，」穆敵說，「我忘了說重點，我們十四個人不會全部飛往東施父母家。今晚會有七個哈利波特飛過天空，每一個哈利波特都會有個同伴，每一組人飛往不同的安全地方。」

穆敵從他的斗篷裡面掏出一瓶看起來像泥巴的東西，他無須多說，哈利立即明白接下來的計畫。

「不！」哈利大聲說，聲音響遍廚房，「不要！」

「我早說了你會有這種反應。」妙麗有些得意說。

「你以為我會讓其他六個人冒生命的危險——！」

「——這還真是我們第一次為你冒生命危險呢。」榮恩說。

「這不一樣，讓你們假裝是我——」

「我們也不喜歡，哈利，」弗雷誠摯地說，「想想看，萬一出了差錯，我們會永遠變成頭上有疤痕又瘦不拉嘰的呆子。」

哈利笑不出來。

「我不合作的話，你們也沒辦法，你們需要我的頭髮。」

「啊哈，這就是計畫可能失敗的地方，」喬治說，「除非你合作，否則我們沒機會拿到你的頭髮。」

「是啊，我們十三個對付一個禁止使用魔法的小鬼，我們是沒機會。」弗雷說。

「好笑，」哈利說，「真好笑。」

「如果不得不來硬的，那就來吧。」穆敵大聲嚷嚷。他注視著哈利，魔眼微微顫動，「這裡每一個人都成年了，波特，他們都準備要去冒這個險。」

蒙當葛聳聳肩做了個鬼臉，穆敵的魔眼轉向一邊瞪著他。

「咱們不要再爭辯了，時間一點一點在消逝，我要幾根你的頭髮，孩子，現在就要。」

「可是這太瘋狂了，沒有必要，沒有必要——」

「沒有必要！」穆敵怒吼，「在『那個人』出現，一半的魔法部都站在他那邊的情況下？波特，如果我們運氣好，他會上鉤，然後策劃在三十號當天突襲你，而他會很氣沒有叫一、兩個食死人監視你，要是我就會這麼做。在你母親的符咒仍然有效之前，他們也許拿你或這間屋子沒辦法，但咒語就要失效了，他們又大約知道這裡的地點。我們唯一的機會是利用誘餌，就算『那個人』也無法把自己分成七等份。」

哈利接觸到妙麗的眼光，立刻移開。

「所以，波特——給幾根你的頭髮吧，拜託。」

哈利看看榮恩，榮恩對他使個眼色，意思是：「就給他吧。」

「現在！」穆敵又大吼一聲。

在眾人的眼光注視之下，哈利伸手到他頭頂，拔了幾根頭髮下來。

「很好，」穆敵說，身體往前傾，拔出那瓶魔藥的塞子，「請你把它們放進去。」

哈利將頭髮放入泥般的液體內。頭髮一接觸到表面，魔藥立刻開始起泡、冒煙，接著立即變成澄亮的金色。

「喔喔，你看起來比克拉與高爾可口多了，哈利。」妙麗說著，見榮恩抬高眉毛，她微微臉紅說：「哎呀，你知道我的意思——高爾的魔藥看起來像乾鼻屎。」

「好吧，那麼各位假波特請過來這裡排成一排。」穆敵說。

榮恩、妙麗、弗雷、喬治和花兒在佩妮阿姨一塵不染的水槽前排好。

「還少一個。」路平說。

「這裡。」海格粗聲說，抓起蒙當葛脖子後面鬆弛的皮膚，把他扔在花兒旁邊。花兒立刻皺起鼻子，換位置站到弗雷與喬治中間。

「我說了，我當護衛會好一點兒。」蒙當葛說。

「閉嘴。」穆敵對他大吼，「我告訴過你了，你這個沒種的傢伙，我們碰上的食死人，他們的目標是要活捉波特，不是要殺死他。鄧不利多常說『那個人』要親自解決波特，當護衛的反而要小心，因為食死人不會對他們手下留情。」

蒙當葛一臉的不相信，但穆敵已從斗篷裡拿出六只蛋形玻璃杯分給每一個人，然後在每個杯子倒進一點變身水。

「那麼大家就一起乾杯吧……」

榮恩、妙麗、弗雷、喬治、花兒以及蒙當葛同時仰頭喝下，變身水進入喉嚨後，幾個人都苦著臉發出驚呼。剎那間，他們的五官都像熱蠟一樣開始冒泡變形。妙麗和蒙當葛往上抽高；榮恩、弗雷和喬治則往內縮；他們的頭髮顏色都變深了，妙麗和花兒的頭髮則似乎都縮進頭顱裡。

穆敵毫不在意地鬆開他帶來的大袋子，等他再度直起腰時，他的面前已經出現六個大聲哈氣的哈利波特。

弗雷與喬治互相對視之後，同聲說：「哇——我們長得一模一樣！」

「我不知道，我覺得還是我好看一點。」弗雷看著茶壺上的影子說。

「哇，」花兒從微波爐的門上檢查自己，「比爾，不要看窩——窩好驢。」

「衣服太大的人，我這裡有小一點的衣服。」穆敵說，指著第一個袋子，「衣服太小的，這裡也有大一點的衣服。別忘了眼鏡，旁邊口袋裡有六副眼鏡。換好衣服後，另外一個袋子裡面有行李。」

真正的哈利心想，這或許是他見過最怪異的事。他看著六個分身在袋子中摸索，拉出一套套衣服，戴上眼鏡，把自己的東西收起來。當他看著他們沒事似地開始當眾脫衣服，顯然展示他的身體比展示自己的身體更自在時，他真想叫他們放尊重一點。

「我就知道，金妮說刺青的那件事是騙人的。」榮恩望著他沒穿衣服的上身說。

「哈利，你的近視真的很深。」妙麗戴上眼鏡時說。

穿好衣服後，六個假哈利從第二個袋子裡拿出帆布背包和貓頭鷹鳥籠，每個鳥籠裡都裝著一隻雪鴞。

「很好，」當假哈利們都穿好衣服、戴上眼鏡、裝好帆布背包面向他後，穆敵說：「配對的名單如下，蒙當葛和我一組，騎掃帚——」

「為什麼我和你一組？」最靠近後門的哈利嘀咕說。

「因為你需要監督。」穆敵大聲說。的確，當他繼續分配時，那隻魔眼始終沒離開過蒙當葛。「亞瑟和弗雷——」

「我是喬治，」被穆敵指到的雙胞胎說，「連我們變成哈利，你也看不出來嗎？」

「抱歉，喬治——」

「只是拉拉魔杖、開開玩笑，我真的是弗雷——」

「別鬧了！」穆敵罵道，「另外那個——喬治或弗雷或管你是誰——你和雷木思一組。戴樂古小姐——」

「我帶花兒騎騎士墜鬼馬，」比爾說，「她不太喜歡掃帚。」

花兒走過去站在比爾旁邊，用多情又心甘情願的眼光看他，哈利則衷心希望他臉上不要再出現這種表情。

「格蘭傑小姐和金利一組，也是騎士墜鬼馬——」

妙麗放心地回金利一個微笑，哈利知道妙麗也對騎掃帚沒信心。

「剩下你和我了，榮恩！」東施開朗地說，她對榮恩招招手時又打翻了馬克杯架。

榮恩的表情可沒有妙麗那麼高興。

「那麼你和我一組，哈利，可以嗎？」海格說，表情有點焦慮。「我們騎摩托車，掃帚和騎士墜鬼馬都載不動我。摩托車的座位也不夠大，只夠我坐，所以你要坐邊車。」

「太好了。」哈利說，並不怎麼真心。

「我們認為食死人會以為你騎掃帚，」穆敵說，他似乎猜出哈利的感覺。「石內卜有很多的時間，大可告訴他們你的相關消息，所以萬一我們遇到食死人，我們敢打賭他們一定會挑一個看起來很會騎掃帚的波特。好了，」他說著，把裝了假波特衣服的袋子綁起來，率先走到後門，「三分鐘後我們就離開。後門不必鎖了，食死人來查看的話也擋不住他們……走吧……」

哈利匆匆進入前廳拿他的帆布背包、火閃電和嘿美的籠子，然後和其他人一起進入後花園。掃帚跳進每個人的手中立在旁邊；妙麗在金利的扶持下坐上高大的黑色騎士墜鬼馬；花兒也在比爾的協助下騎上另一匹；海格則站在摩托車旁準備就緒，臉上戴著護目鏡。

「是它嗎？這是天狼星的摩托車？」

「是啊，」海格低頭對哈利笑著說，「上回你坐上來時，哈利，我一隻手就能抱著你！」

哈利爬進邊車，不由得有點受辱的感覺，他看起來比別人矮了幾呎。榮恩見他坐在那裡，像個孩子坐在蹦蹦車裡似的，笑得很得意。哈利將他的帆布背包和掃帚塞在腳邊，兩個膝蓋夾住嘿美的籠子，實在很不舒服。

「亞瑟修了一下，」海格說，完全沒注意到哈利不舒服。他坐上摩托車，車子立即發出微微嘎吱聲響，並且下陷了數吋。「它的握把現在多了一點花樣，這是我的主意。」

他伸出一根粗大的指頭，指著計速器旁的一個紫色按鈕。

「請小心，海格。」衛斯理先生說，他抓著他的掃帚站在他們旁邊。「我還是不敢確定這樣是否可行，而且它只能在緊急狀況下使用。」

「好了，」穆敵說，「請大家準備。我要大家都在同一個時刻離開，否則就失去聲東擊西的意義了。」

每個人都騎上他們的掃帚。

「抓緊了，榮恩。」東施說。哈利看到榮恩雙手放在她的腰上時，有點心虛地偷看了路平一眼。海格發動摩托車，它像一頭龍似地吼叫起來，邊車開始震動。

「各位，祝你們好運。」穆敵大聲說，「大約一小時後在洞穴屋見，現在數到三，一……二……**三**。」

摩托車發出怒吼，哈利感覺邊車突然傾斜，他迅速升空，兩眼微微滲出淚水來，頭髮也從臉上往後掃。幾支掃帚在他四周往上升，鬼馬長長的黑色尾巴從旁邊一揮而過。他的腿被嘿美的籠子和他的帆布背包塞得緊緊的，已經開始痠痛麻木。他實在太不舒服了，幾乎忘了看水蠟樹街四號最後一眼。等他側過頭從邊車往下望時，已經分辨不出它是哪一棟了，他們往天上越飛越高——

然後，不知來自何方，也不知怎麼的，他們忽然被包圍了。至少有三十個穿斗篷的人飄浮在半空中，形成一個巨大的圈圈，把浮在半空中、毫無所知的鳳凰會成員圍在中央——

一陣刺耳的尖叫，一道強烈的綠光來自四面八方。海格大吼一聲，摩托車翻了過來。哈利忘了身在何處，街燈在他的頭頂，四面都有吼叫聲，他死命緊緊抓著邊車。嘿美的籠子、火閃電和帆布背包從他的膝蓋下滑了出去——

「不——**嘿美！**」

掃帚在空中打轉，然後掉到了地面，但是當摩托車再度往右方翻轉上升時，他只能抓住他的帆布背包帶子和籠子的頂端。片刻之後，又是一道強烈的綠光，貓頭鷹尖叫，跌落在籠子的地板上。

「不——**不！**」

摩托車往前衝，海格殺出重圍時，哈利瞥見戴著兜帽的食死人紛紛散開。

「嘿美——**嘿美**——」

但貓頭鷹一動也不動，玩具似地躺在籠子底部。哈利無法接受這個事實，他對其他人的擔憂與恐懼逐漸擴大。他回頭望過去，看見一群人在移動，一束束綠色的光，兩組騎掃帚的人升空漸行漸遠，但他看不清他們是誰——

「海格，我們必須回去，我們必須回去！」他在雷鳴似的引擎聲中高喊，拔出他的魔杖，將嘿美的籠子放到邊車底板上，不相信牠就這樣死了。「海格，**回頭！**」

「我的任務是把你安全送過去，哈利！」海格大聲說著，又加速前進。

「停——**停！**」哈利大叫，但是當他回頭看時，兩道綠光射了過來，從他左耳旁飛過。四名食死人已經退出圈圈追趕他們，朝著海格寬闊的背後窮追不捨。海格突然轉向，但食死人仍然緊跟在摩托車後面。更多的詛咒從背後射過來，哈利不得不壓低身子避開。他轉身大叫：「咄咄失！」一道紅光從他的魔杖射出，在四名分散逃避的食死人中間劈開一條空隙。

「抓緊了，哈利，這次要給他們好看！」海格大聲吼道。哈利抬頭一看，剛好看見海格伸出一根粗大的指頭按下油表附近的一個綠色按鈕。

一道牆出現。排氣管突然噴出一道磚牆，哈利伸長脖子看見它在半空中伸展。三名食死人立刻轉向避開，但第四名食死人就沒那麼幸運，只見他從眼前消失，像個石塊般從牆後面墜落，他的掃帚斷成碎片。他的一名同伴減慢速度搭救他，但海格壓低身體，抓緊握把以加快速度，食死人和那道空中圍牆一起被黑暗吞噬。

更多的索命咒從其餘兩名食死人的魔杖射出，他們瞄準的目標是海格。哈利回擊更多的昏擊咒，紅色和綠色的光在半空中互相撞擊，散發出五彩繽紛的火花。混亂中，讓哈利想起了煙火，下面的麻瓜一定不知道出了什麼事——

「再來一次，哈利，抓緊！」海格大聲喊叫，又按下第二個按鈕。這次從摩托車的排氣管噴出一張巨網，但食死人已有準備，他們不但立即轉向避開它，同時剛才減速搭救同伴的食死人也已趕了上來。他忽然從黑暗中出現，現在三個人都在追趕摩托車，每個人都朝它發射詛咒。

「這次一定成功，哈利，抓緊了！」海格又大喊。哈利看見他的一張巨掌整個壓在計速器旁的紫色按鈕上。

隨著一陣轟隆巨響，排氣管噴出熾熱、藍白色的龍火，在哐啷的金屬聲中，摩托車有如子彈出膛似地往前飆。哈利看見食死人猛然轉向離開，逃避那致命的火焰。他同時感覺邊車劇烈搖晃，接著它和摩托車體連接的地方因為突然上升的壓力而裂開。

「不要緊，哈利！」海格大聲說，他因為速度突然加快而全身往後平躺。現在沒有人在駕駛了，邊車在摩托車急馳的氣流中開始劇烈晃動。

「我有辦法，哈利，別擔心！」海格大叫，從他的外套口袋裡掏出他的粉紅色花傘。

「海格！不要！讓我來！」

「**復復修！**」

震耳欲聾的砰一聲，邊車和摩托車完全分了家，哈利被摩托車飛行的衝力推得往前衝，接著邊車開始下墜——

情急之下，哈利用他的魔杖指著邊車大喊：「溫咖癲啦唯啊薩！」

邊車有如軟木塞似地往上升，卻無法控制方向，但至少還在空中。不過他只能稍稍鬆一口氣，因為更多的詛咒從他身邊掠過，那三名食死人又逼近了。

「我來哩，哈利！」海格從黑暗中大喊，但哈利感覺邊車又再度往下沉。他儘可能蹲低，魔杖指著逼近的人影中央大喊：「噴噴障！」

惡咒擊中中間那名食死人的胸膛，他忽然在半空中擺出老鷹展翅的姿勢，彷彿被一道無形的障礙擊中，他的一名同伴差點撞上他——

然後邊車迅速往下墜，其餘的食死人射出一道詛咒，差點擊中哈利，他只好蹲低靠近邊車的邊緣，卻因此在他的座位邊敲斷了一顆牙齒——

「我來哩，哈利，我來哩！」

一隻巨手抓住哈利的長袍後面，將他從下墜的邊車中拉上來。哈利抓著他的帆布背包攀上摩托車的座椅，卻發現自己和海格背對背。當他們往上升高，遠離其餘兩個食死人時，哈利從口中吐出一口鮮血，用魔杖指著下墜的邊車，大喊：「爆爆炸！」

邊車爆炸時，哈利為嘿美感到無比的悲痛。離邊車最近的食死人從掃帚上被震下去，往下墜之後消失在視線範圍之外，他的同伴也落在後頭，失去了蹤影。

「哈利，對不起，對不起。」海格呻吟，「我不應該自己動手修理的——你沒地方坐——」

「沒問題，往前飛吧！」哈利大聲喊回去，這時又有兩名食死人從黑暗中出現，逐漸逼近。

當詛咒又在雙方之間交互發射時，海格一個急轉彎，開始迂迴前進。哈利知道海格因為顧慮他坐得不穩，所以不敢再按龍火按鈕。哈利朝追逐者連續發射昏擊咒，但也只能暫時維持他們不再接近。他再度發射惡咒攔阻他們，距離他們最近的食死人突然一個急轉彎後，帽兜滑了下來。藉著他下一個昏擊咒發出的紅光，哈利看見了史坦·桑派臉上出奇空洞的表情——是史坦——

「去去，武器走！」哈利大聲喊。

「是他，是他，那個才是真的！」

蒙面食死人的呼叫聲蓋過震耳欲聾的摩托車引擎聲，傳入哈利的耳朵。轉瞬間，兩名食死人就被拋在後面，消失不見了。

「哈利，怎麼回事？」海格大聲說，「他們到哪兒去了？」

「我不知道！」

但哈利害怕了，那個蒙面的食死人大叫：「那個才是真的！」他怎麼會知道？他凝視四周空無一物的黑暗，感受到它的威脅。他們到哪裡去了？

他在座位上轉過身來面向前方，緊緊抓住海格的外套背後。

「海格，再來一個龍火，我們趕快離開這裡！」

「那就抓緊哩，哈利！」

又是一聲震耳欲聾的怒吼，熾熱的藍白色火焰從排氣管噴出，哈利立即感覺自己的身體從他坐的小小空隙往後滑，海格的身體則往後倒壓在他身上，幾乎抓不住握把——

「我想我們甩掉他們了，哈利，我想我們成功哩！」海格大叫。

但哈利不相信，恐懼包圍著他。他看看左右，確信一定會有人追上來……為何此刻都不見了？其中一個手上還有魔杖……**是他，那個才是真的**……就在他試圖繳械史坦之後，他們這樣說……

「我們快到了，哈利，我們快成功哩！」海格又大聲說。

哈利感覺摩托車微微往下降，只不過地面上的燈光似乎仍然和星星一樣遙遠。

然後，他額頭上的疤痕像火燒似地劇痛起來。一名食死人出現在摩托車的一邊，兩發索命咒從後方射過來，以毫釐之差從哈利身邊掠過——

接著哈利看見他了。佛地魔有如一陣煙似地御風而行，沒有掃帚或鬼馬支撐他的身體，蛇般的臉孔在黑暗中發光，雪白的手指再度舉起他的魔杖——

海格恐懼地大吼一聲，操控摩托車垂直下降。為了逃生，哈利朝無邊的黑夜隨機發射昏擊咒。他看見一具人體從他旁邊飛過，知道他擊中其中的一個，但他又聽到砰的一聲，看見引擎冒出火花，摩托車在空中旋轉，完全失去控制——

綠色的光再度從他們身邊掠過。哈利已經分不清哪邊是上，哪邊是下，他的疤痕依舊在灼燒，覺得自己隨時都有可能死掉。一個戴著帽兜、騎著掃帚的人離他相當近，他看見他抬起手臂——

「**不！**」

海格憤怒大吼，從摩托車上往食死人身上撲過去。哈利在恐懼中看見海格和那個食死人都消失了蹤影，他們兩人加起來的體重超過掃帚的承載極限——

現在哈利只靠兩個膝蓋夾住持續下墜的摩托車，他聽見佛地魔尖叫：「**我的！**」結束了，他看不見也聽不見佛地魔在哪裡，這時他瞥見另一個食死人忽然掉下去，又聽到「啊哇呾——」。

哈利的疤痕痛到他緊閉上眼睛，此時他的魔杖卻自動發揮了作用。他感覺它像一股強烈的磁力吸住他的手，從他半閉的眼簾中，他看見它射出一道金色的火焰，聽見**啪答**一聲，和隨之而來的憤怒尖叫。剩下的那個食死人大聲嘶喊，佛地魔則尖叫一聲：「**不！**」不知怎麼地，哈利突然發現龍火按鈕就在他的鼻尖前面，於是他用沒拿魔杖的那一隻手用力按下按鈕，摩托車噴出更多火焰到空中，筆直朝地面衝去。

「海格！」哈利大聲喊，緊緊抓著摩托車保命，「海格——速速前，海格！」

摩托車的速度加快，直落地面。哈利的臉幾乎貼著握把，只見遙遠的燈光越來越近。他快撞到地面了，卻一點辦法也沒有。他的背後又傳來尖叫——

「**你的魔杖，塞溫，給我你的魔杖！**」

他先是感覺到了佛地魔，然後才看見他。哈利頭一偏，看見他的紅眼睛，以為那會是他此生看見的最後一件事，佛地魔準備再度對他發出詛咒——

突然佛地魔消失了。哈利往下看，看見海格雙手張開趴在地面上，哈利用力拉起握把，避免撞上海格，一手急急摸索煞車，但隨著一聲震耳欲聾的巨響和使地面為之震動的猛烈撞擊，哈利摔進了一攤泥塘裡。

5 折翼戰士

「海格？」

哈利奮力鑽出那堆殘破變形的金屬和皮革，手撐在深達數吋的泥漿裡，好不容易才站起身。他雖然不知道佛地魔在哪裡，但確定他隨時會從黑暗中撲上來。某個又溼又熱的東西從他的額頭沿著臉頰流下來，哈利爬出泥塘，跌跌撞撞走向癱在地上一坨又大又黑的東西，那應該是海格。

「海格？海格，你說話呀——」

但那堆黑乎乎的大東西動也不動。

「誰在那裡？波特嗎？你是哈利波特嗎？」

哈利沒聽過這個男人的聲音，然後有個女人喊道：「他們出事了，泰德！墜毀在花園裡！」

哈利感到一陣天旋地轉。

「海格。」他呆滯地重複道，然後腿一軟，癱倒在地。

接下來哈利意識到的事，就是自己仰躺在像墊子的東西上面，肋骨和右臂像火燒般疼痛。敲斷的牙齒已經長了回來，但額上的疤痕還在抽痛。

「海格？」

他張開眼睛，看見自己置身在一個點著燈的陌生客廳，躺在一張沙發上，溼答答沾滿爛泥的帆布背包擱在不遠處的地板上，一個肚子又大又圓的金髮男人正焦慮地盯著他看。

「海格沒事，孩子，」那個人說，「我太太在照顧他。你還好嗎？還有別處受傷嗎？我替你治好了肋骨、牙齒和手臂。順便告訴你，我是泰德，泰德．東施——小仙女的父親。」

哈利起身的速度太快，眼前直冒金星，一陣噁心頭暈湧上來。

「佛地魔——」

「放輕鬆。」泰德．東施道，一手按住哈利的肩膀要他躺回墊子上。「剛才的車禍很嚴重，到底怎麼回事？摩托車壞了？亞瑟．衛斯理跟那些麻瓜的機器又玩過頭了？」

「不是。」哈利只覺得疤痕像新綻開的傷口般痛得厲害，「食死人，一大群——追著我們——」

「食死人？」泰德提高聲音說，「你是什麼意思，食死人？我以為他們不知道你今晚搬家，我還以為——」

「他們知道了。」哈利道。

泰德．東施抬頭看，好像能看穿天花板，看到外面的天空。

「好吧，那就證明我們的保護咒有效，不是嗎？他們應該不能從任何方向進入離這裡方圓一百碼的範圍。」

這下子，哈利終於明白佛地魔為何會消失了，在某個時間點，摩托車進入了鳳凰會設下符咒的疆界。他只希望保護咒能繼續發揮作用，他猜想，就在他們交談的當下，佛地魔正在上空一百碼處梭巡，企圖入侵這個哈利想像中的透明大氣泡。

哈利把兩腿從沙發放到地上，他必須親眼看到海格，才能相信他還活著。但他還沒完全站起身，門就開了。海格從外面硬擠進來，他滿臉混著血跡的泥漿，走路有點跛，但奇蹟似地還活著。

「哈利！」

他撞翻了兩張精巧的桌子和一盆一葉蘭，兩大步跨過來，緊緊抱住哈利，差點把他剛接好的肋骨再次壓碎。「真是的，哈利，你怎麼逃脫的？我還以為我們兩個都完蛋哩！」

「是啊，我也這麼想，真不敢相信——」

哈利沒再往下說，他剛注意到有個女人跟在海格身後走進了房間。

「妳！」他伸手到口袋裡，但口袋是空的。

「你的魔杖在這裡，孩子。」泰德用魔杖敲敲哈利手臂道，「它就掉在你身邊，我撿了起來。還有，你大吼大叫的對象是內人。」

「哦，對——對不起。」

東施太太走進房間之後，看起來就不那麼像她姊姊貝拉了。她的頭髮是比較柔和的淺褐色，眼睛比較大，眼神也比較和善。不過，在哈利大叫之後，她的態度似乎變得比較冷漠。

「我們的女兒怎麼了？」她問。「海格說你們遭到伏擊，小仙女在哪裡？」

「我不知道。」哈利說。「所有其他人的情形，我們都不知道。」

她跟泰德交換了一個眼色。看到他們臉上的表情，哈利不禁覺得又害怕又充滿罪惡感。如果有任何其他人喪命，都是他的錯，是他同意這個計畫，把頭髮交給他們……

「港口鑰。」哈利忽然想起來。「我們得趕快回洞穴屋，了解情形——然後就可以通知你們，或——東施也可以，只要她——」

「小仙女不會有事的，美黛。」泰德說，「她已經是老手了，在正氣師那裡處理過很多難關。港口鑰在這裡，」他轉而對哈利說，「應該會在三分鐘內開啟，如果你們想使用的話。」

「是，我們要走了。」哈利道，他抓起帆布背包搭在肩上。「我——」

他看著東施太太，很想為了害她陷入恐懼而說幾句抱歉，他覺得自己必須負起責任，但他想到的每個字都顯得空洞而不誠懇。

「我會告訴東施——小仙女——跟家裡連絡，等她……謝謝你們替我們療傷，謝謝一切。我——」

他很慶幸能離開那個房間，跟著泰德．東施穿過一道小走廊，進到臥室裡。海格走在他們後面，連忙彎腰低頭以免撞上門楣。

「就在那裡，孩子，那就是港口鑰。」

東施先生說著，指著梳妝台上一把銀柄小髮梳。

「謝了。」哈利說著，正要伸手去拿並準備離開。

「等一下，」海格四下張望一眼說，「哈利，嘿美在哪兒？」

「她……她被擊中了。」哈利說。

想到這件事，哈利全身一震。他覺得自己好可恥，淚水刺痛了他的眼睛。那隻貓頭鷹是他的同伴，每當他被迫回到德思禮家，嘿美就是他跟魔法界的最大聯繫。

海格伸出一隻大手，難過地拍拍哈利肩膀。

「沒關係。」他啞著嗓子說，「沒關係，她這輩子活得很精采——」

「海格！」泰德．東施警告，髮梳發出明亮的藍光，海格差點來不及伸出食指去碰它。

哈利忽然感到背後一緊，好像有根看不見的魚鉤與釣線拖著他往前拉。他落入一片虛空，身體無法控制地不斷旋轉，手指牢牢黏在港口鑰上，跟海格一起從東施先生身旁飛了出去。幾秒鐘後，他的腳就碰到堅硬的地面，雙手雙膝落地掉在洞穴屋的院子裡。哈利聽見尖叫聲，他丟開已經不再發光的髮梳，有點搖晃地站起身，就看見衛斯理太太和金妮從後門旁的階梯跑下來。落地時同樣摔了一跤的海格，也搖搖擺擺爬起身來。

「哈利嗎？你是真的哈利嗎？發生了什麼事？其他人呢？」衛斯理太太喊道。

「妳是什麼意思？沒半個人回來嗎？」哈利喘著氣問。

答案清楚地寫在衛斯理太太蒼白的臉孔上。

「食死人埋伏等著我們。」哈利告訴她，「我們一起飛就被包圍了——他們知道今晚要行動——我不知道其他人出了什麼事。有四個人在追我們，我們盡力逃跑，後來佛地魔追上我們——」

他聽出自己的聲音裡有著自我辯駁的語氣，聽見自己在請求她諒解為什麼自己會對她兒子們的遭遇一無所知，但是——

「謝天謝地，你沒事。」衛斯理太太道，把他拉進懷裡，給他一個他自覺不配的擁抱。

「妳家有白蘭地嗎，嗄？茉莉？」海格問話的聲音有點發抖。「醫療用的？」

衛斯理太太本來可以用魔法取得酒瓶，但她快步走進那棟歪曲的房子裡，哈利知道她想藏起自己的臉。他轉身看著金妮，不用他開口，金妮立刻就提供了消息。

「榮恩和東施應該最先回來，但他們錯過了港口鑰，港口鑰自行回來，沒有帶著他們。」她指著附近地面上一個生鏽的油罐說。「還有那個，」她指著一隻舊膠底帆布鞋，「本來應該是我爸和弗雷使用的，他們是第二組，你和海格是第三組。」她看一眼手錶。「如果脫得了身，喬治和路平應該也會馬上回來才對。」

衛斯理太太拿來一瓶白蘭地，交給海格。他拔開瓶塞一口氣喝個精光。

「媽！」金妮指著幾呎外的一個點喊道。

黑暗中出現一點藍光，接著變得越來越大、越來越亮，路平和喬治出現了。他們在空中不斷旋轉，然後落下。哈利立刻知道出事了，路平扶著失去知覺、滿臉是血的喬治。

哈利跑過去，抓住喬治的腿，他跟路平合力把喬治抬進屋裡，穿過廚房進入客廳，讓他躺在沙發上。燈光照在喬治頭上時，金妮驚呼一聲，哈利的胃一陣抽搐。喬治一邊的耳朵不見了，令人怵目驚心的鮮紅血液，溼透了他半邊的臉和整個脖子。

衛斯理太太剛彎腰照顧兒子，路平就毫不客氣地抓住哈利手臂，將他一把拉進廚房。海格還在掙扎，企圖把巨大的身體擠過後門。

「喂！」海格有點不悅地說，「放開他！放開哈利！」

路平不理他。

「哈利波特第一次進我在霍格華茲的辦公室時，角落裡有什麼生物？」他搖晃著哈利問道。「回答我！」

「水槽裡有隻滾——滾帶落，對嗎？」

路平鬆開哈利，背靠著餐具櫃。

「搞啥鬼？」海格吼道。

「抱歉，哈利，但我必須驗明正身。」路平扼要地說，「我們被出賣了。佛地魔知道你今晚搬家，走漏消息的人一定是直接介入了我們的計畫，而你可能是個騙子。」

「那你幹嘛不驗我？」海格氣喘吁吁，還在跟門框掙扎。

「你是巨人混血，」路平抬頭看著海格說，「變身水的配方只適合人類使用。」

「鳳凰會的人不會告訴佛地魔我們今晚行動。」哈利說。這念頭太可怕，他無法相信任何人會做這種事。「佛地魔直到最後才追上我，一開始他根本看不出哪個哈利波特是我。如果他得知計畫，應該從一開始就知道我跟海格一組。」

「佛地魔追上你？」路平緊張地說，「結果怎樣？你們怎麼逃脫的？」

哈利簡單說明，追逐他們的食死人如何辨認出他是真正的哈利，他們如何放棄追逐、如何召喚佛地魔，而佛地魔又是如何在哈利與海格抵達東施父母家的庇護所的前一刻出現。

「他們認出你？但怎麼可能？你做了什麼？」

「我……」哈利努力回憶，但是整個旅程在驚慌混亂中顯得一片模糊。「我看見史坦．桑派……你知道的，就是騎士公車那個車掌。我只想讓他繳械，不想傷他──呃，他不知道自己在做什麼，不是嗎？他一定中了蠻橫咒！」

路平顯得驚駭莫名。

「哈利，這不是使用繳械咒的時候！這些人要綁架你、殺死你！即使你不打算殺人，起碼也要用昏擊咒！」

「我們離地好幾百呎！史坦迷失神志，如果我用昏擊咒，他摔下去也會死的，跟使用『啊哇呾喀呾啦』沒有差別！兩年前，『去去，武器走』也從佛地魔手中救過我。」哈利不服氣地補了一句。路平讓他聯想到赫夫帕夫那個尖嘴滑舌的災來耶．史密，他曾在哈利想教鄧不利多的軍隊繳械咒時大唱反調。

「是的，哈利，」路平痛苦而壓抑地說，「很多食死人都看到了那一幕！原諒我這麼說，但以死亡威脅迫在眉睫的時候來說，那種行為是很不尋常的。當著曾經聽說或親眼目睹過這件事的食死人面前再重施故技，簡直跟自殺沒有兩樣！」

「所以你認為我應該殺死史坦．桑派？」哈利生氣地說。

「當然不是，」路平道。「但食死人──說實在的，大多數人！──都認為你應該會還擊才對！『去去，武器走』是很有用的咒語，哈利，但食死人似乎認為那是你的招牌動作，我勸你最好改一改！」

路平讓哈利覺得自己像個傻瓜，但他內心還有一絲不服氣。

「我不會因為人家擋住去路就對他們丟炸彈。」哈利道，「只有佛地魔才會那麼做。」

路平還來不及反駁，海格終於擠進門內，蹣跚走到椅子前面一屁股坐下，但椅子立刻垮了。哈利不理會他的咒罵與道歉聲，回頭看著路平。

「喬治會好嗎？」

路平對哈利的怒火似乎隨著這個問題消散了。

「我想會的，不過他的耳朵是不可能復元了，因為是被詛咒打掉的——」

外面傳來腳步聲，路平立即撲向後門，哈利也跳過海格的腿，衝進後院。

兩個人影出現在院子裡，哈利跑過去，看到來人是已恢復本來面目的妙麗和金利，兩人都抓著一個彎曲的大衣衣架。妙麗撲進哈利懷裡，但金利看到他們卻絲毫沒有露出愉快的表情。隔著妙麗肩膀，哈利看到他舉起魔杖，指著路平胸口。

「阿不思．鄧不利多對我們兩個說的最後一句話？」

「『哈利是我們最大的希望，信任他。』」路平鎮定答道。

金利把魔杖轉向哈利，但路平說：「是他，我驗過了！」

「好吧，好吧！」金利把魔杖收回斗篷底下。「但有人背叛了我們！他們知道，他們知道今晚的行動！」

「看來是如此，」路平答道。「但顯然他們不知道會遇到七個哈利。」

「於事無補！」金利冷哼一聲。「還有誰回來了？」

「只有哈利、海格、喬治和我。」

妙麗伸手摀住嘴，壓抑住一聲悲嘆。

「你們遇到什麼？」路平問金利。

「被五個敵人追殺，傷了兩個，可能殺死一個。」金利說得極快。「我們還看見『那個人』，他追到半路忽然消失。雷木思，他會——」

「飛。」哈利替他接上，「我也看見他，他來追海格和我。」

「原來他是為此離開——去追你！」金利說道。「我還是想不通他為什麼消失，他怎麼知道要變更目標？」

「哈利對史坦．桑派有點太仁慈了。」路平道。

「史坦？」妙麗重複道。「我還以為他在阿茲卡班？」

金利毫不開心地哈哈大笑。

「妙麗，顯然有大批人越獄，消息被魔法部壓了下來。崔佛被我詛咒的時候帽兜掉了下來，他也應該在牢裡。你又遇到了什麼，雷木思？喬治在哪裡？」

「他失去了一隻耳朵。」路平道。

「失去一隻——？」妙麗失聲尖叫。

「石內卜幹的好事。」路平道。

「**石內卜**？」哈利喊道。「你該不會是說——」

「他在追逐時帽兜掀開了，『撕淌三步殺』是他的獨門功夫。真希望我能好好回敬他一招，但喬治受傷後，我必須全力保護他不要從掃帚上掉下去，他失血過多。」

他們四個都沉默下來，仰頭望著天空。天空中沒有任何動靜，星星毫不眨眼、冷漠無聲地回望他們，沒有被他們的夥伴飛來的黑影遮住。榮恩在哪裡？弗雷和衛斯理先生在哪裡？比爾、花兒、東施、瘋眼和蒙當葛又在哪裡？

「哈利，來幫個忙！」海格沙啞的聲音從門口傳來，他又卡住了。哈利很高興有點事做，於是把海格拉出來，然後穿過空盪盪的廚房，再回到客廳。衛斯理太太和金妮還在照顧喬治，衛斯理太太已經替他止了血，就著燈光，哈利看見喬治耳朵原來所在的地方，有個切得乾乾淨淨的大洞。

「他怎麼樣？」

衛斯理太太四下看一眼，說：「我沒辦法讓它長回去，黑魔法造成的破壞無法還原。但情況有可能更壞……至少他還活著。」

「對，」哈利說。「謝天謝地。」

「我好像聽見院子裡有別人？」金妮問道。

「妙麗和金利。」哈利說。

「感謝上帝。」金妮小聲說。他們相視無言，哈利很想擁抱她、抓住她。他甚至不在乎衛斯理太太就在旁邊，但他還沒來得及把這股衝動付諸實現，廚房裡就傳來一陣響亮的嘩啦聲。

「我會證明我是誰，金利，但我要先去看我兒子。識相的話，就趕快退後！」

哈利從來沒有聽過衛斯理先生這樣咆哮。他衝進客廳，禿掉的那塊頭頂亮晶晶的全是汗水，眼鏡也歪了。弗雷跟在他後面，兩人都臉色蒼白，但沒有受傷。

「亞瑟！」衛斯理太太哭哭啼啼說。「哦，謝天謝地！」

「他怎麼樣？」

衛斯理先生在喬治身旁跪下，而從哈利認識弗雷以來，這還是第一次看到他無話可說。他站在沙發背後，張口結舌地看著雙胞胎兄弟的傷口，好像無法相信眼前的一切。

或許是被弗雷和父親回家的聲音吵醒，喬治動了一下。

「你覺得怎樣，喬喬？」衛斯理太太輕聲問道。

喬治伸手去摸頭側。

「我像聖人一樣。」他喃喃道。

「這人怎麼回事？」弗雷哭喪著臉，表情很害怕。「心智也受損了嗎？」

「像聖人。」喬治重複道，睜開眼睛仰望他的哥哥。「瞧……我成『聖』了，有

『**洞**』的[1]，弗雷，懂嗎？」

衛斯理太太嗚咽的聲音越發響亮，血色突然湧上弗雷蒼白的臉。

「可憐啊，」他對喬治說，「可憐啊！全世界跟耳朵有關的笑話那麼多，你偏偏挑中『**洞**』這個字眼。」

「啊，好了啦。」喬治對他哭得淚人兒似的母親咧嘴一笑說，「至少現在要分辨我們兩個容易多了，媽。」

他四下張望。

「嗨，哈利——你是哈利吧？」

「是啊，我就是。」哈利應道，走到沙發旁邊。

「很好，起碼你平安回來了。」喬治道。「為什麼榮恩和比爾沒來我病床邊湊熱鬧呢？」

「他們還沒有回來，喬治。」衛斯理太太道。喬治的笑容立即消失了。哈利看了金妮一眼，示意她跟他一起到外面去。他們穿過廚房時，金妮壓低聲音說：「榮恩和東施應該要回來了才對，他們的距離不長，牡丹姑婆的住處離這裡並不算遠。」

哈利不發一語。自從抵達洞穴屋後，他就一直迴避所有令人害怕的念頭，但現在

1. 英文「神聖的」（holy）和「有洞的」（holey）發音類似。

恐懼把他團團包圍，彷彿會爬上他的皮膚，在他胸腔裡跳動、堵塞他的喉嚨。他們走下後院的台階，進入黑暗的院子時，金妮握住了他的手。

金利在後院裡踱方步，每次轉身都仰望天空一眼。他讓哈利想起已經像一百萬年前似的，同樣在客廳裡踱步的威農姨丈。海格、妙麗和路平挨著肩膀站在一起，默不作聲地抬頭仰望，哈利和金妮加入他們沉默的守候時，沒有人回頭看。

一分一秒感覺漫長得像是許多年，最輕微的風吹草動都會使他們全部跳起來，看著發出聲音的灌木叢或大樹，希望某個不知下落的鳳凰會成員，會安然無恙地從樹葉縫裡鑽出來——

就在這時，一根掃帚忽然出現在他們正上方，以極快的速度栽向地面。

「是他們！」妙麗尖叫道。

東施滑行了很長一段距離才落地，剷起許多泥土、碎石，濺得到處都是。

「雷木思！」東施喊道，她跌跌撞撞下了掃帚，衝進路平懷裡，他的臉僵硬而蒼白，彷彿說不出話來。榮恩顯得頭昏腦脹，蹣跚向哈利與妙麗走來。

「你們都沒事。」他喃喃說道，妙麗撲過去緊緊抱住榮恩。

「我還以為——我還以為——」

「我很好。」榮恩輕拍她的背說。「我沒事。」

「榮恩很棒！」東施放開路平親切地說。「表現好極了。他昏擊一個食死人，正中他頭部，是在飛行的掃帚上瞄準移動的目標耶——」

「真的？」妙麗抬頭看著榮恩，手臂仍環繞在他脖子上。

「總是口氣那麼意外。」榮恩有點不滿意地說，掙開她的手臂。「我們是最晚回來的嗎？」

「不是。」金妮道。「我們還在等比爾和花兒，還有瘋眼和蒙當葛。我去告訴爸媽你沒事，榮恩——」

金妮立刻轉身跑回屋裡去。

「你們為什麼耽擱？發生了什麼事？」路平聽起來幾乎像是在對東施發脾氣。

「是貝拉，」東施道。「她恨我就像恨哈利一樣，雷木思，她千方百計想殺我。我真想幹掉她，我跟她樑子結大了。但我們絕對讓道夫掛了彩……後來我們趕到牡丹姑婆那裡，已經錯過了港口鑰，她為我們擔心得不得了——」

路平下巴有條肌肉在跳動。他點點頭，卻好像沒法子再說什麼。

「所以你們的情形如何？」東施轉身對哈利、妙麗和金利問道。

他們分別敘述了各自的狀況，但不知下落的比爾與花兒、瘋眼與蒙當葛，就像一層寒霜籠罩著他們，刺骨的寒意越來越不能被忽視。

「我得回唐寧街，我一個小時前就應該趕到那裡。」金利掃視了最後一眼天空後，終於說。「他們回來時通知我一下。」

路平點點頭，金利跟其他人揮揮手，就走進黑暗，向門口走去。哈利好像聽見微弱的**啪**一聲，金利就在洞穴屋的邊界上消失了。

衛斯理夫婦快步跑下後門台階，金妮跟在他們身後。他們先擁抱榮恩，然後轉向路平和東施。

「謝謝你們，」衛斯理太太說，「照顧我們的兩個兒子。」

「別傻了，茉莉。」東施立刻道。

「喬治還好嗎？」路平問道。

「他出了什麼事？」榮恩問道。

「他失去了——」

但衛斯理太太這句話的下半截被一片驚呼聲淹沒，一匹騎士墜鬼馬剛飛進視線，降落在不遠處。比爾和花兒從馬背上滑下來，被風吹得蓬頭散髮，但沒有受傷。

「比爾！謝天謝地，謝天謝地——」

衛斯理太太向前跑去，但比爾只敷衍地擁抱她一下，就正視著他父親說：「瘋眼死了。」

沒有人說話，沒有人移動。哈利覺得自己體內好像有什麼東西一直墜落、墜落，墜入地心，永遠離他而去。

「我們看見的。」比爾說。花兒點點頭，她臉頰上的淚痕被廚房窗戶透出的光線映得閃閃發亮。「就在我們突破包圍時發生的。瘋眼和阿當離我們很近，他們也往北走。佛地魔——他會飛——直接向他們衝去。阿當很驚慌，我聽見他在尖叫，瘋眼設法制止他，但他施了消影術。佛地魔的詛咒正好迎面擊中瘋眼，他往後一翻，從掃帚上跌落——我們一點辦法也沒有，完全幫不上忙，我們背後還有六個敵人緊追不捨——」

比爾說不下去了。

「你們當然毫無辦法。」路平道。

大家都站著面面相覷。哈利無法理解，瘋眼死了，這是不可能的……瘋眼，那麼剽悍、勇敢，求生能力最強……

最後，雖然沒人提醒，但大家都好像忽然醒悟，這樣繼續在院子裡等候已毫無意義，便默默尾隨衛斯理夫婦回到洞穴屋。進入客廳時，弗雷和喬治已經在那裡嘻嘻哈哈起來。

「什麼事不對勁？」弗雷看見他們臉色不對，問道，「發生了什麼事？誰——？」

「瘋眼，」衛斯理先生說，「死了。」

雙胞胎的笑容扭曲成驚訝的怪臉，好像沒有人知道該怎麼辦。東施用手帕摀著臉默默哭泣，哈利知道，她跟瘋眼很親近，瘋眼在魔法部最欣賞她，對她特別照顧。海格坐在比較空曠的角落地板上，也掏出一條桌布大小的手帕在擦眼角。

比爾走到餐櫥前面，取出一瓶火燒威士忌和幾個杯子。

「來吧。」他一揮魔杖，就有十二個斟滿的酒杯，飛往室內每一個人手上，他自己高高舉起第十三個杯子說。「敬瘋眼。」

「敬瘋眼。」大家齊聲道，然後把酒喝下。

「敬瘋眼。」海格應聲道，他慢了半拍，還打了個嗝。

火燒威士忌灼痛哈利的喉嚨，好像也把感覺燒了回來，驅散那種與現實脫節的麻痺感，在他心中點燃一股類似勇氣的情緒。

「所以，蒙當葛不見了？」路平一口氣喝乾酒杯，說道。

氣氛立刻變了，每個人都顯得很緊張地望著路平。哈利覺得他們既希望他繼續說，又有點害怕接下來可能會聽到的話。

「我知道你在想什麼。」比爾道。「回來的路上，我也在懷疑，因為他們好像在等我們，不是嗎？但是蒙當葛不可能背叛我們，敵人沒料到會有七個哈利，我們出現的時候，他們非常困惑，而且我要提醒大家，這個點子可是蒙當葛想出來的。他怎麼不把這最重要的一點告訴他們呢？我想阿當是驚慌失措了，就這麼簡單。他從一開始就不想參加行動，是瘋眼逼他來的，而且『那個人』一出手就攻擊他們，光這一點就夠把人嚇慌了。」

「『那個人』的行動完全在瘋眼意料之中。」東施吸著鼻子說。「瘋眼說，他會以為真正的哈利一定跟最難纏、最有經驗的正氣師一起。他先去追瘋眼，蒙當葛現出原形後，他又去追金利……」

「是啊，者樣匪常好。」花兒搶著說。「但是卻無法解釋塔們為什麼會知道窩們挑中今晚幫阿利搬家，不是嗎？一定有人不小心，一定有人把日期告訴外面的人。只有者樣，才能說明為什麼塔們知道日期，卻不知道計畫內容。」

她環視每個人，漂亮的臉蛋上還留著淚痕，向他們發出無聲的挑戰，要他們提出不同的見解。唯一打破沉默的，就是海格用手帕摀著嘴巴打嗝的聲音。哈利看著海格，他剛剛冒著生命危險救了哈利——他愛海格，信任他，但海格曾經上過一次當，為了換取一顆龍蛋而把重要訊息洩漏給佛地魔……

「不。」哈利大聲說，大家都驚訝地看著他，火燒威士忌似乎使他的聲音變得格外洪亮。「我是說……如果有人犯錯，」哈利繼續道，「不小心說溜了嘴，我知道他們不是故意的，不是他們的錯。」他用難得響亮的聲音重複一遍。「我們必須互相信任，我相信你們每個人，我相信這房間裡的人都不可能把我出賣給佛地魔。」

哈利說完話，房裡又是一片沉默。他們都看著他，哈利覺得有點熱，一時不知道如何是好，只好再喝點火燒威士忌。喝酒的時候他想到瘋眼，瘋眼總是反對鄧不利多願意相信別人的作風。

「說得好，哈利。」弗雷突如其來地說道。

「對哦，對『耳』，對『耳』。」喬治道，用眼角餘光瞥著弗雷，只見弗雷的嘴角抽動了一下。

路平看著哈利，表情很古怪，幾乎像是憐憫。

「你覺得我是傻瓜？」哈利問道。

「不，我覺得你很像詹姆。」路平道。「他覺得不信任朋友是最大的恥辱。」

哈利知道路平的意思，他的父親曾經被一個名叫彼得．佩迪魯的朋友背叛過。他心裡湧起一陣不理性的怒火。他想爭辯，但路平轉頭不理他，把酒杯放在茶几上，對比爾說：「我們有工作要做，我可以問問金利是否——」

「不，」比爾立刻道，「讓我來，我去。」

「你們要去哪裡？」東施和花兒同聲問道。

「瘋眼的屍體。」路平道。「我們得把他找回來。」

「難道不能——？」衛斯理太太哀求地看著比爾，欲言又止。

「等？」比爾道。「除非妳寧願讓他落入食死人的手裡。」

沒有人開口，路平和比爾說聲再見就離開了。

其餘的人紛紛在椅子上坐下，只有哈利仍然站著。死亡的突兀與毫無轉圜餘地的現況，非常真實地籠罩著他們。

「我也要去。」哈利道。

十雙震驚的眼睛瞪著他。

「別做傻事，哈利。」衛斯理太太說。「你說的是什麼話？」

「我不能待在這裡。」

他揉揉額頭，那道疤又開始刺痛。一年多以來，從沒痛得這麼厲害過。

「只要我在這裡，你們就都有危險。我不想——」

「別說傻話！」衛斯理太太道，「今晚行動的目的就是把你平安送到這裡來，感謝老天，我們成功了。花兒同意在這裡結婚，不回法國，我們這麼大費周章，就是為了守在一起，照顧你——」

她不知道這麼說只是讓哈利更難過，心情一點都沒有變好。

「如果佛地魔發現我在這裡——」

「哪有可能？」衛斯理太太道。

「你現在可能在十二個不同的地方，哈利，」衛斯理先生說，「他不可能知道你躲在哪間房子裡。」

「我不是為我自己擔心！」哈利道。

「我們知道。」衛斯理先生鎮定地說，「但如果你離開，我們今晚的努力就毫無意義了。」

「你哪兒都不准去。」海格吼道，「我的天，哈利，為了把你弄到這兒來，費了我們多少力氣？」

「是啊，我流血的耳朵怎麼說？」喬治說道，並用一隻手臂把上半身撐起來。

「我知道——」

「瘋眼可不希望——」

「**我知道！**」哈利怒吼。

哈利覺得自己被包圍、被威脅，他們真的以為他不知道他們為他做了什麼嗎？他們難道不懂這正是他想要離開的理由，因為不想要他們為他承受更多磨難？接下來是一陣漫長而尷尬的沉默，他的疤持續地疼痛抽搐，最後衛斯理太太打破了沉默。

「嘿美在哪裡，哈利？」她用哄小孩的口吻說。「我們可以讓她跟豬水凫住在一起，給她吃點東西。」

他的五臟六腑像個拳頭緊緊揪成一團。他無法告訴她真相，只能喝乾最後一滴火燒威士忌以避免回應。

「等到消息傳開，讓大家知道你又打了一場勝仗，再做決定吧，哈利。」海格說，「他居高臨下發動攻勢，而你不但躲開，還擊退他哩！」

「不是我的功勞。」哈利平淡地說。「是我的魔杖，我的魔杖自己行動了。」

過了一會，妙麗溫和地說：「但那是不可能的，哈利。你的意思應該是，你並非有意識地使用魔法，而是本能反應。」

「不對。」哈利道，「當時摩托車往下墜落，我根本不知道佛地魔在哪裡，但魔杖從我手中跳出來，自行找到了他，並且對他發出咒語。我甚至根本不認得那個咒語，我從沒使用過金色的火焰。」

「有時候，」衛斯理先生說：「人在壓力下常常能施展做夢也想不到的魔法，沒受過訓練的幼童往往——」

「不是那樣的。」哈利咬牙切齒說道。他的疤痛得發燙，他覺得既憤怒又沮喪。想到他們都以為他擁有足夠跟佛地魔一決勝負的力量，他就恨極了。

大家都沒說話，他知道他們不相信他。現在回想起來，他也從未聽說過魔杖可以自行施展魔法這種事。

哈利的疤痛得像著火一般，他竭盡所能不讓自己大聲呻吟，並喃喃說聲需要新鮮空氣，然後就摘下眼鏡走出房間。

他穿過黑暗的院落，巨大又像具枯骨似的騎士墜鬼馬抬頭望著他，搧一搧形似蝙蝠的大翅膀，又繼續啃著青草。哈利在通往花園的門口停下腳步，望著那些長得太高的植物，搓揉疼痛的前額，思念起鄧不利多。

他知道鄧不利多會相信他。鄧不利多會知道哈利的魔杖為什麼會自己行動，又是用什麼方法自己行動，因為鄧不利多知道每件事的答案。他了解魔杖，曾經向哈利解釋過他的魔杖跟佛地魔的魔杖之間有種神秘的連結……但是鄧不利多就像瘋眼、天狼星、他的父母，還有他可憐的貓頭鷹一樣，已經不在人世，他再也不能跟他們交談了。他覺得喉嚨熱辣作痛，但這跟火燒威士忌無關……

忽然間，他的疤痕無緣無故痛到了極點。他緊抱著頭，閉上眼睛，一個聲音在他腦子裡尖叫。

「你說過，只要用別人的魔杖，就可以解決問題！」

他的腦海裡跳出一幅畫面：一個形容憔悴、衣衫破爛的老人躺在石地上，尖聲慘叫，那是種可怕、悠長的淒厲叫聲，痛苦到無法忍受的慘叫……

「不！不！求求你，求求你……」

「你敢在佛地魔王面前撒謊，奧利凡德！」

「我沒有……我發誓我沒有……」

「你幫助波特，幫他逃出我的手心！」

「我發誓我沒有……我以為只要用不同的魔杖就可以……」

「那你解釋看看，這是怎麼回事？魯休思的魔杖毀了！」

「我不懂……如果有連結……應該也只存在於……你們的兩根魔杖之間……」

「**撒謊**！」

「求求你……我求你……」

哈利看見那隻蒼白的手舉起魔杖，感覺佛地魔惡毒的怒火高漲，看見那個脆弱的老人倒在地上，痛苦得縮成一團——

「哈利？」

一切瞬間結束，就像來時一樣快。哈利站在黑暗中發抖，緊抓著花園大門，心跳得飛快，那道疤痕還在作痛。他過了一會才意識到榮恩和妙麗站在他身旁。

「哈利，回屋裡來吧。」妙麗低聲道，「你不會還想離開吧？」

「是啊，你一定得留下，兄弟。」榮恩在哈利背上重重拍了一下。

「你還好嗎？」妙麗又挨近一點問，接著看到哈利的臉色。「你氣色好壞！」

「這麼說吧，」哈利顫抖著聲音說道，「我大概比奧利凡德好一點……」

他敘述完剛才目睹的情形，榮恩很震驚，但妙麗卻徹底嚇壞了。

「但這種事應該結束了呀！你的疤——不是應該不再有這種反應了嗎？你千萬不要再開啟那種連結——鄧不利多要你把自己的心關起來！」

他沒有答腔，妙麗抓住他的手臂。

「哈利，他已經占領了整個魔法部和報紙，以及半個魔法界！可別再讓他進入你的腦子！」

6

穿睡衣的惡鬼

接下來幾天，屋裡一直沉浸在失去瘋眼的震撼中。哈利始終期待看見他像川流不息來通報消息的其他鳳凰會成員一樣，踏著大步從後門走進來。哈利覺得，只有行動才能紓解他的罪惡感與悲傷，所以應該早日出發，執行尋找分靈體和摧毀它們的任務。

「嗯，你滿十七歲以前，都還對付不了——」榮恩做出「分靈體」的嘴形，「因為你身上還有魔法偵測咒。我們在這裡草擬計畫，跟在任何別的地方都是一樣的，不是嗎？要不然，」他把聲音壓得極低，「難道你已經知道那些東西藏在什麼地方了嗎？」

「不知道。」哈利承認。

「我想妙麗做了些研究，」榮恩說，「她說要等你來了以後才拿出來。」

他們坐在早餐桌旁，衛斯理先生和比爾剛去上班了，衛斯理太太上樓去叫妙麗和金妮，花兒晃了一會，說要去洗澡。

「魔法偵測咒會在三十一號消失，」哈利說。「換言之，我只需要再住四天，然後就可以——」

「五天。」榮恩很有把握地糾正他。「我們必須待到婚禮結束。錯過婚禮，她們會把我們殺了。」

哈利知道，「她們」指的是花兒和衛斯理太太。

「只不過再多待一天而已。」榮恩見哈利一臉抗拒，趕緊說道。

「她們難道不知道這有多重要——？」

「當然不知道，」榮恩道，「她們根本毫無頭緒。但是既然你提起了，我就順便跟你談談。」

榮恩往通向走廊的那扇門瞧了一眼，確定衛斯理太太暫時還不會回來，然後湊近哈利。

「媽一直在設法從我和妙麗口中套話，她想知道我們要做什麼。接下來她會去找你，所以你得做好準備。爸和路平也都問過，但我們只說鄧不利多交代過你除了我們誰也不能說，他們就放棄了。但是媽可不一樣，她下了決心就非成功不可。」

榮恩的預言在幾小時內應驗了。午餐前不久，衛斯理太太把哈利拉到一旁，請他看看一隻落單的男襪，她猜是他從帆布背包裡拿出來的。一把哈利逼到廚房的角落，她就開始了。

「榮恩和妙麗好像覺得，你們三個要放棄霍格華茲的學業。」她用閒話家常的輕鬆語氣說。

「哦，」哈利說，「嗯，是啊，我們是有這麼打算。」

角落裡的脫水機自行啟動，擠捏著一件衣服，那看起來像是衛斯理先生的背心。

「能否請問你們，**為什麼**要放棄受教育的機會？」衛斯理太太說。

「嗯，鄧不利多留給我……一些工作。」哈利喃喃說。「榮恩和妙麗知道以後，就決定一起來完成。」

「什麼樣的『工作』？」

「抱歉，我不能——」

「哼，老實說，我認為亞瑟和我有權知道，而且我確定格蘭傑夫婦也會同意！」衛斯理太太說。哈利最怕這種「關心家長」的攻勢。他強迫自己直視她的眼睛，這麼做的時候，他注意到那雙眼睛的棕色調跟金妮一模一樣，而這點對他絲毫沒有幫助。

「鄧不利多不希望其他人知道，衛斯理太太，我很抱歉。榮恩和妙麗可以不必來，這是他們的選擇——」

「我覺得**你**也大可不必去！」她駁斥道，卸下了所有的偽裝，「你也不過剛成年，你們都一樣！這真是胡鬧，如果鄧不利多有工作要完成，整個鳳凰會都可以任他指派！哈利，你一定誤會了他的意思。或許他只是告訴你，他**想**完成某些事，你卻聽成是他要**你**去——」

「我沒有誤會，」哈利斷然說，「非得由我去做不可。」

他把那隻待人認領的單隻襪子交還給她，襪子上有金色的蒲草圖案。

「這不是我的襪子，我不是泥水池聯隊的球迷。」

「哦，當然不是，」衛斯理太太忽然恢復閒話家常的語氣，轉變速度之快讓人嚇了一跳。「我早該想到的。好吧，哈利，趁你還在，你不介意幫忙籌辦比爾和花兒的婚禮吧？還有好多事要做呢。」

「不──我──當然好。」哈利說，被突如其來轉變的話題弄糊塗了。

「你真體貼。」衛斯理太太說，然後微笑著離開了廚房。

從那一刻起，哈利、榮恩與妙麗就在衛斯理太太的安排之下，為婚禮的準備工作忙得不可開交，幾乎連思考的時間都沒有。從最正面的角度解釋這種行徑，就是衛斯理太太希望他們忘記瘋眼，以及最近這趟恐怖的旅行。但經過兩天馬不停蹄地清洗餐具，搭配禮物、絲帶、鮮花，趕走花園裡的地精，還有幫衛斯理太太製作大量的小點心之後，哈利開始懷疑她別有用心。她分配的工作似乎一直讓他無法和榮恩、妙麗獨處，自從第一天晚上，他告訴他們佛地魔如何折磨奧利凡德以來，三人就不曾有機會私下交談。

「我猜，媽以為只要不讓你們三個湊在一起擬定計畫，就可以拖延你們離開的時間。」住進洞穴屋的第三天晚上，排餐具準備用晚餐時，金妮含蓄地對哈利說。

「然後呢，她以為會怎樣？」哈利抱怨說。「她留我們在這裡做酥皮肉餅的時候，會有別人替我們除掉佛地魔嗎？」

他說這話時沒經過大腦，金妮的臉色頓時變得蒼白。

「原來是真的？」金妮說。「這就是你們打算要做的事？」

「我——不是——我開玩笑的。」哈利推託道。

他們面面相覷，金妮的表情除了震驚，還有點別的什麼。哈利驀然意識到，這還是自從在霍格華茲校園的隱密角落裡私下相處以來，他第一次跟金妮獨處。他確信她也憶起了那些時光。門突然打開了，讓兩人都跳了起來，衛斯理先生、金利和比爾魚貫走進來。

這陣子，常有其他鳳凰會成員來跟他們共進晚餐，因為洞穴屋已經取代古里某街十二號成為總部。衛斯理先生解釋說，自從他們的守密人鄧不利多去世，所有曾經被鄧不利多告知古里某街會址的人，就開始輪流擔任守密人。

「因為我們總共有大約二十個人，這會使忠實咒的效力大幅減弱。食死人有二十倍的機會從某人口中問出秘密，我們不敢預期還能保密多久。」

「但石內卜不是應該已經把地址告訴食死人了嗎？」哈利問道。

「是這樣的，瘋眼設了幾道專門對付石內卜的詛咒，以防他再次出現在那裡。我們希望那些咒語夠強，不但能防止他入侵，也能在他試圖談論那個地方時，綁住他的舌頭，但我們並沒有把握。無論如何，那個地方的防護已經是岌岌可危，再用它當總部等於是瘋了。」

那天晚上，廚房裡擠滿了人，連使用刀叉都很困難。哈利被塞在金妮身旁，而不久前他倆之間欲言又止的心結，使他巴不得多幾個人擋在他們中間。他想盡法子不碰到她的手臂，結果簡直沒辦法切開雞肉。

「瘋眼還是沒有消息？」哈利問比爾。

「什麼都沒有。」比爾答道。

他們無法為穆敵舉行葬禮，因為比爾與路平找不到他的屍體。以當時的黑暗與戰況的混亂，很難確定他究竟墜落在什麼地方。

「《預言家日報》絕口不提他已經死亡，或發現屍體的事。」比爾繼續道，「但這沒什麼意義，它這陣子安靜得很。」

「也沒有人針對我逃出食死人掌握時使用的各種未成年魔法，要求舉行聽證會嗎？」哈利隔著桌子高聲問衛斯理先生，他搖搖頭。「是因為他們知道我別無選擇，還是因為他們不希望我告訴全世界，佛地魔攻擊了我？」

「我想是後者吧，昆爵不願意承認『那個人』的法力跟他一樣強大，也不願意承認阿茲卡班發生集體逃獄的問題。」

「是啊，何必告訴大眾真相？」哈利道，他把餐刀握得太緊，以至於右手背上的疤痕清晰可見，他的皮膚烘托出白色的字跡：我不可以說謊。

「魔法部難道沒有人準備與他對抗嗎？」榮恩憤怒問道。

「當然有，榮恩，但很多人都嚇壞了。」衛斯理先生答道。「他們怕成為下一個失蹤的人，他們的子女會成為下一個攻擊目標！外面流傳著很多惡毒的謠言，比方說，我就不相信霍格華茲的麻瓜研究教授是自己辭職的，已經好幾個星期沒看到她了。同時，昆爵又整天都關在辦公室裡，我真希望他是在想對策。」

談話停頓了一下，衛斯理太太用魔法把盤子移到一旁，上了蘋果餡餅。

「窩們必須決定你要如何偽裝，阿利。」每個人都分到甜點後，花兒說。「為了參加婚禮。」見他滿臉困惑，她趕忙補充。「當然窩們的客人當中沒有食死人，但窩們可不能擔保，塔們喝飽香檳以後不會說溜嘴。」

由這番話推斷，哈利猜想她還在懷疑海格。

「是啊，這點子很好。」坐在主位的衛斯理太太說，她把眼鏡架在鼻尖，正在瀏覽寫在一張長得不得了的羊皮紙上洋洋灑灑的工作清單。「怎麼樣，榮恩，你把自己的房間打掃乾淨了嗎？」

「**為什麼**？」榮恩喊道，砰的一聲放下叉子，怒目瞪著母親。「我幹嘛要打掃我的房間？現在這樣子，哈利和我都過得很好！」

「再過幾天，我們就要在這裡為你哥哥舉行婚禮，年輕人——」

「難道他們要在我房間裡結婚？」榮恩氣鼓鼓問。「不會嘛！所以看在梅林下垂的左——」

「不要這樣頂撞你母親，」衛斯理先生說，「她叫你做就去做。」

榮恩橫眉豎目看著他父母，然後才拿起叉子，對付最後幾口蘋果餡餅。

「我可以幫忙，一部分垃圾是我帶來的。」哈利對榮恩說，但衛斯理太太打斷他們。

「不行，哈利，親愛的，我寧願你幫亞瑟清理雞棚。還有妙麗，如果妳能幫戴樂古先生和夫人換床單，我會感激不盡，妳知道他們明天上午十一點就到了。」

但結果雞棚沒什麼好清理的。

「嗯，你不必告訴茉莉，」衛斯理先生擋住哈利往雞棚的去路對他說。「但是，呃，泰德．東施把天狼星摩托車殘留的部分都送來了，呃，我都藏——應該說是保管——在這裡。很棒的玩意哪，有個排氣尾巴，我相信是這麼稱呼的，還有棒得不得了的電池，這也是了解煞車運作方式的好機會。我會把它重新組裝好，只等茉莉不在——不，我是說，等我有空。」

他們回到屋裡，四下不見衛斯理太太的蹤影，所以哈利溜到樓上，鑽進榮恩位於閣樓的臥房。

「我在打掃，我在打掃——！哦，是你啊。」榮恩見進來的是哈利，鬆了一口氣。他躺在顯然剛清理出來的床上。房間裡髒亂的情形一如往常，唯一的變化就是多了坐在角落的妙麗，腳邊是她那隻毛茸茸的黃毛貓歪腿。她在整理書，把它們分成兩大堆，哈利認出其中幾本是他的。

「嗨，哈利。」他在行軍床上坐下時，她招呼道。

「妳又是怎麼開溜的？」

「哦，榮恩的媽媽忘記她昨天已經交代金妮和我換過床單了。」妙麗道。她把《命理與測字》扔進一堆書裡，又把《黑魔法的興起與衰落》扔進另一堆裡。

「我們剛才還在聊瘋眼，」榮恩告訴哈利，「我猜他活了下來。」

「但比爾看見他中了索命咒。」哈利說。

「是啊，但比爾也遭到攻擊，」榮恩說。「他怎能確定自己看見了什麼？」

「即使索命咒沒有命中，瘋眼還是從將近一千呎的高度墜落。」妙麗手中掂著《英格蘭及愛爾蘭的魁地奇球隊》說道。

「他可以用屏障咒——」

「花兒說他被炸得魔杖從手中飛走。」哈利道。

「嗯，好嘛，如果你們希望他死，那就隨你們說。」榮恩不滿地說，把枕頭拍打成一個比較舒服的形狀。

「我們當然不希望他死！」妙麗震驚地說。「他死掉是件可怕的事！但我們要面對現實！」

哈利第一次想像瘋眼的身體像鄧不利多一樣破碎，但那隻眼睛卻仍在眼眶裡轉個不停。他覺得一陣椎心的反胃，卻又參雜著想笑的古怪衝動。

「說不定食死人做了善後，所以才沒有人找得到他。」榮恩自作聰明說。

「是啊，」哈利道。「就像巴堤．柯羅奇變成一根骨頭，埋在海格家前面的花園裡。他們可能把穆敵變形成別的形狀，然後塞在——」

「別說了！」妙麗尖叫道。哈利嚇了一跳，回頭正好看見她抱著她那本《符咒家的字音表寶典》哭了起來。

「哦，不是的。」哈利掙扎著想從陳舊的行軍床上爬起來。「妙麗，我不是要惹妳——」

但生鏽的彈簧一陣喀啦啦作響，榮恩搶先跳下床趕了過去。他一隻手臂攬住妙麗，另一隻手從牛仔褲口袋裡掏出一條他稍早用來清理過烤箱、看起來很噁心的手帕。他匆匆抽出魔杖指著那塊抹布，念道：「哆哆潔。」

魔杖吸走了大部分的油膩，榮恩一副對自己很滿意的樣子，把還稍微冒著煙的手帕遞給妙麗。

「哦……謝謝，榮恩……真抱歉……」她擤了鼻涕，打了個嗝，「真是太——太可怕了，不是嗎？就——就在鄧不利多……我就——就是無——無法想像瘋眼會死，不管怎麼說，他是那麼強悍的人！」

「是啊，我知道。」榮恩緊緊摟了她一下說道。「但妳知道，要是他在這裡，會對我們說什麼？」

「保──保持警覺。」妙麗擦著眼睛說。「對了。」榮恩點頭道。「他會要我們從他的遭遇中學習。我學到的是，不要信任那個膽小如鼠的廢物蒙當葛。」

妙麗勉強笑了兩聲，就彎腰撿起另外兩本書。過沒多久，榮恩猛然抽回摟著她肩膀的手臂，因為她把《怪獸的怪獸書》掉在他腳邊，那本書掙脫了束帶，狠狠一口咬在榮恩腳踝上。

「對不起，對不起！」妙麗喊道，哈利把書從榮恩腳踝上扯下來，重新綁好。

「妳拿這麼多書，到底想做什麼？」榮恩問道，然後一跛一跛跳回自己的床上。

「只是在決定要帶哪些書隨行，」妙麗道。「等我們要去找分靈體的時候。」

「對哦，當然。」榮恩用手一拍前額說，「我都忘了，原來我們要在行動圖書館裡找尋佛地魔。」

「哈哈。」妙麗低頭看著《符咒家的字音表寶典》說：「我不知道……我們會不會需要翻譯古代神秘文字？很有可能……我想最好帶著比較保險。」

她把《符咒家的字音表寶典》扔進兩堆書中較大的那一堆，然後又拿起《霍格華茲：一段歷史》。

「聽我說。」哈利道。

哈利坐直上身，榮恩與妙麗用同樣混合著無奈與不服氣的表情看著他。

「我知道你們在鄧不利多的葬禮後說過，你們要跟我一起來。」哈利發表開場白。

「又來了。」榮恩翻著白眼對妙麗說。

「我們早就料到他會這麼做。」她嘆口氣，繼續檢查那些書。「你知道，我想我**要**帶《霍格華茲：一段歷史》。雖然我們不回學校，但如果沒有它，我還是會覺得不對勁——」

「聽我說！」哈利又說了一遍。

「不要，哈利，**你**才應該聽我說。」妙麗道，「我們要跟你同行，這件事好幾個月前——事實上，好幾年前——就決定了。」

「但是——」

「閉嘴。」榮恩建議他。

「——你們確定考慮周詳了？」哈利鍥而不捨追問。

「想想看。」妙麗一臉兇相，把《與山怪共遊》放進不要的那一堆，「我花了好幾天收拾行李，以便一接到通知就立刻啟程。讓我告訴你，其中包括幾種難度相當高的魔法，還不提在榮恩媽媽的監視之下，把瘋眼囤積的變身水通通走私進來。

「我還修改了我父母的記憶，使他們以為自己的名字真的叫溫德爾和蒙妮卡．魏金斯，而且畢生心願就是移民到澳洲，現在他們已經這麼做了。這是為了使佛地魔不容易找到他們，從他們身上逼問我——或你——的下落。因為很不幸的，我跟他們講了一大堆與你有關的事。

「假設我在這場找尋分靈體的旅程中活下來，我會去找我爸媽，解除魔法。如果不能——也罷，我想我施的符咒應該夠好，能保障他們一生平安、幸福。你瞧，溫德爾與蒙妮卡．魏金斯不會知道他們還有一個女兒。」

妙麗的眼睛再度溢滿淚水。榮恩又離開他的床，再一次攬著她，對哈利皺起眉頭，好像在責備他不通人情世故。哈利想不出別的話說，尤其是榮恩很少有機會教別人人情世故。

「我——妙麗，對不起——我沒有——」

「沒有想到榮恩和我完全了解跟你同行會遇到什麼事？哼，我們了解得很。榮恩，讓哈利看看你做了什麼。」

「不好吧，他才剛吃過飯。」榮恩道。

「來嘛，應該讓他知道！」

「哎，好吧，哈利，到這裡來。」

榮恩再度收回摟著妙麗的手臂，快步走到門口。

「來呀。」

「幹嘛？」哈利問道，同時跟著榮恩出了房間，來到窄小的樓梯平台。

「低低降。」榮恩用魔杖指著低矮的天花板嘟囔道。一道活門在他們頭頂打開，一架梯子下降到他們腳邊。上方四方形的洞裡，傳出一種既像吸氣又像呻吟的可怕聲音，隨之而來還有一股排水溝的臭味。

「你養的惡鬼，是嗎？」哈利問道，他從來沒見過這種偶爾會打破夜間安寧的生物。

「是啊，沒錯。」榮恩往樓梯上爬，說道。「過來看一眼吧。」

哈利跟著榮恩上了幾級樓梯，他上半身先進了閣樓，才看見那怪獸蜷著身子，在距他幾步遠的地方呼呼熟睡，陰暗中只見牠張著大口。

「但牠……牠看起來……惡鬼通常會穿睡衣嗎？」

「不穿。」榮恩道。「牠們通常也沒有紅頭髮，不長那麼多膿疱。」

哈利仔細打量那傢伙，覺得有點噁心。牠的外貌和體型跟人類差不多，哈利的眼睛適應黑暗以後才看出，牠身上穿的衣服顯然是一套榮恩的舊睡衣。他也確定一般的惡鬼應該滿身黏液、禿頭，沒有那麼多毛，也不會全身長滿紫色的水泡。

「牠就是我，懂嗎？」榮恩道。

「不懂，」哈利道，「完全不懂。」

「我們回房間再解釋，我快受不了這味道了。」榮恩道。他們沿梯子爬下來，榮恩把梯子收回天花板，然後回到忙著把書分類的妙麗身旁。

「我們離開以後，那個惡鬼會下來住在我房裡。」榮恩說。「我想牠非常期待這一天——好吧，很難說，因為牠只會呻吟和流口水——但是每當我提起這件事，牠就猛點頭。總而言之，牠會變成一個有多發性點狀爛麻疹的我，很棒，是不是？」

哈利只露出一臉迷惑。

「真的很棒！」榮恩說。哈利不能理解這計畫的精采之處，讓他覺得很沮喪。

「你瞧，我們三個沒有回霍格華茲報到，每個人都會認為，妙麗和我一定跟你在一起，對吧？換言之，食死人會直接找上我們的家人，調查他們是否知道你的下落。」

「但是運氣好的話，我看起來就會像是跟我爸媽一起逃跑了。很多麻瓜出身的人都在談論暫時躲起來避避風頭。」妙麗說。

「但我不能把所有家人都藏起來，這樣太可疑了，而且他們也不能丟下工作。」榮恩道。「所以我們要把故事傳出去，說我得了嚴重的多發性點狀爛麻疹，因此不能回學校。如果有人來調查，媽和爸就可以讓他們看看躺在我床上滿身膿疱的惡鬼，多發性點狀爛麻疹傳染性很強，所以他們不會想接近牠。牠不會說話也沒關係，因為只要黴菌擴散到懸雍垂，就不能說話了。」

「所以你爸媽都同意這計畫？」哈利問道。

「爸贊成，他幫助弗雷和喬治變造這隻惡鬼。媽嘛……嗯，你已經知道她的態度了。我們離開之前，她無論如何也不會同意的。」

房間裡一陣沉默，只有輕微的啪啪聲，是妙麗繼續在把書分類的聲音。榮恩坐在那裡看著她，哈利在他們兩人身上看來看去，不知道說什麼才好。他們保護家人的措施，比什麼都更清楚地使他覺悟，他們真的要與他同行，而且完全了解會面臨多大的危險。他想告訴他們，這對他的意義多麼重大，但他就是想不出夠分量的字眼來表達他的心意。

在沉默之中，隱約傳來衛斯理太太在四層樓底下喊叫的聲音。

「恐怕金妮在某個無關緊要的餐巾環上遺留了一粒灰塵。」榮恩道。「我不懂戴樂古家的人為什麼要在婚禮前兩天趕來。」

「花兒的妹妹要當伴娘，她得來參加預演，但她年紀太小，不能單獨前來。」翻閱著《與報喪女妖共享休閒時光》，正在猶豫不決的妙麗道。

「好吧，但客人一到，保證媽的壓力有增無減。」榮恩說。

「我們真正該決定的，」妙麗不看第二眼就把《魔法防禦理論》扔進書堆，然後拿起《歐洲魔法教育評鑑》說，「就是離開這裡之後要到哪裡去。我知道你說過，要先去高錐客洞，哈利，我也知道原因。但……這麼說吧……我們不是該把分靈體列為第一優先嗎？」

「如果我們知道任何一個分靈體的下落，我當然同意妳的看法。」哈利說，他其實不相信妙麗真的了解他想回高錐客洞的動機。父母的墳墓只是吸引他前往的一部分理由，他有種不能理解的強烈直覺，覺得那地方會為他提供解答。或許只因為那是他在佛地魔的索命咒之下死裡逃生的地方，而現在他面臨挑戰，要重演過去的成功紀錄。哈利想要前往事發現場，是希望能了解整個過程。

「你想佛地魔會不會派人看守高錐客洞？」妙麗問道。「他可能認為一旦你獲得自由，可以做任何你想做的事之後，就會回去探視父母的墳墓。」

哈利不曾考慮到這一點。他正在思索有沒有辦法反駁時，榮恩開口了，一聽就是他自己的思路。

「那個名字縮寫是R. A. B.的人，」榮恩說道。「你知道，就是偷走真正小金匣的人？」

妙麗點點頭。

「他留下的字條說，他會摧毀它，不是嗎？」

哈利把帆布背包拉過來，取出藏有折好的R. A. B.紙條的冒牌分靈體。

「『我偷了真正的分靈體，打算盡快摧毀它。』」哈利念道。

「嗯，要是這位老兄**真的**將它摧毀了呢？」榮恩道。

「也可能是個女的。」妙麗打岔道。

「男女都無所謂啦。」榮恩道。「反正我們就少一件工作了！」

「是的，但我們還是必須設法找到真正的小金匣，不是嗎？」妙麗道。「這樣才能確定它是否真的被摧毀了。」

「取得以後，怎樣才**能**摧毀分靈體？」榮恩問道。

「嗯，」妙麗道，「我還在研究。」

「怎麼研究？」哈利問道。「我想圖書館裡不會有任何與分靈體有關的書吧？」

「確實沒有。」妙麗脹紅了臉說。「鄧不利多把它們通通下架了，但是他——他沒有銷毀那些書。」

榮恩坐直上身，瞪大眼睛。

「梅林的褲子啊，妳怎麼弄得到那些講分靈體的書？」

「那——不算偷的啦！」妙麗說，她的目光在哈利和榮恩身上掃來掃去，好像急著想辯解。「那些書雖然被鄧不利多從書架上撤下來，但還是圖書館的書。不管怎麼說，如果他**真的**不願意別人取得那些書，我想他一定會增加難度，防範——」

「說重點！」榮恩說。

「好吧……很簡單。」妙麗的聲音變得很小，「我只不過用了個召喚咒。你們知道的——*速速前*。然後——它們就從鄧不利多書房的窗戶飛進女生寢室來。」

「妳是什麼時候這麼做的？」哈利問道，並用既佩服又難以置信的目光看著妙麗。

「就在他——鄧不利多——的葬禮之後。」妙麗更小聲說，「就在我們講好，要離開學校一起去找分靈體之後。我回到樓上去拿我的東西，就——我想對於這種事，我們了解得越多越好……那裡又只有我一個人……所以我就試試看……結果成功了。它們直接從敞開的窗戶飛進來——我就把它們收進箱子。」

她吞了口口水，可憐兮兮說：「我想鄧不利多應該不會生氣吧，這跟我們利用這些知識來製造分靈體是不一樣的，不是嗎？」

「妳有聽見我們抱怨嗎？」榮恩道。「那些書現在在哪裡？」

妙麗翻找了一會，從書堆裡挑出一冊大書，封面是褪色的黑皮革。她帶著噁心的表情，小心托著那本書，好像它是剛死掉沒多久的東西。

「這本《黑魔法的秘密》對如何製作分靈體有詳盡的說明，這是一本可怕的書，真的很恐怖，全部在講邪惡的魔法。我很好奇，不知道鄧不利多是何時將它撤出圖書館的……如果是他當上校長以後，那我打賭佛地魔一定已經從書裡獲得所有他需要的知識了。」

「如果他已經讀過那本書，那他幹嘛要問史拉轟怎麼製作分靈體呢？」榮恩問道。

「他只想從史拉轟那裡了解，如果把靈魂分成七份，會有什麼後果。」哈利說，「鄧不利多確信，瑞斗向史拉轟提出有關分靈體的疑問時，已經知道如何製作分靈體了。我想妳說得對，妙麗，他多半是從這本書裡獲得那些資訊的。」

「我越讀就越覺得可怕，」妙麗道。「也越不相信他真的做了六個分靈體。書裡警告過，靈魂撕裂後，剩下的部分會變得多麼不穩定，而那還不過是製作一個分靈體的後果！」

哈利想起鄧不利多說過，佛地魔已「泯滅人性」。

「有沒有辦法讓自己重新合而為一呢？」榮恩問道。

「有啊，」妙麗露出一個空洞的微笑。「但是會極端痛苦。」

「為什麼？要怎麼做？」哈利問道。

「悔悟。」妙麗道。「你必須對一切的所作所為，真心的痛改前非。有個註腳說，顯然它帶來的痛苦可能會毀掉當事人。我認為佛地魔不可能這麼做，你們說呢？」

「不可能。」榮恩搶在哈利之前答道。「那麼書裡有提到怎麼摧毀分靈體嗎？」

「有。」妙麗像檢視腐爛的內臟般，翻動脆弱的書頁。「因為它警告所有的黑巫師，保護分靈體的魔法一定要威力強大。就我讀到的部分來看，哈利對付瑞斗日記的方式是消滅分靈體中少數絕對有效的手段之一。」

「怎麼，要用蛇妖的毒牙刺穿它嗎？」哈利問道。

「哦，好啊，那我們運氣真不錯，我們有很多蛇妖的毒牙。」榮恩說，「我還在想那些玩意要怎麼處理呢。」

「不一定非要蛇妖的毒牙不可，」妙麗耐心地說，「但必須毀滅性很強，能造成分靈體無法自行修復的傷害。蛇妖的毒液只有一種解藥，而且非常罕見——」

「——鳳凰的眼淚。」哈利點頭道。

「沒錯。」妙麗道，「問題在於，像蛇妖毒液殺傷力那麼強大的物質很少，而且連隨身攜帶都很危險。但我們一定要設法解決這個問題，因為僅僅把分靈體撕破、砸爛、打碎，都沒有效果。必須把它破壞到無法用魔法修復的程度。」

「但即使破壞了那塊靈魂碎片的寄生體，」榮恩道，「難道它不會跑去寄生在別的東西裡面？」

「那是因為分靈體跟人類正好相反。」見到哈利和榮恩全然不解的表情，妙麗急忙解釋道：「這麼說好了，榮恩，如果我拿起一把劍，刺穿你的身體，對你的靈魂並不會造成半點傷害。」

「這對我是很大的安慰，我知道。」榮恩道。

哈利笑了起來。

「事實也該如此！但我要強調的是，不論你的身體發生什麼變故，靈魂都會繼續生存，不受傷害。」妙麗道，「但分靈體正好相反，靈魂碎片完全依賴容納它的魔法軀殼才能生存，沒有了容器，它就無法存在。」

「那本日記被我刺中後就死了。」哈利道，他想起被刺穿的紙張湧出彷彿血液的墨水，還有佛地魔的靈魂碎片消失時發出的慘叫聲。

「只要用正確的方法摧毀那本日記，裝在裡面的靈魂就不再存活。在你之前，金妮也曾嘗試毀滅那本日記，把它扔進馬桶沖掉，但很顯然，它會重新出現，像新的一樣完好無缺。」

「等一下，」榮恩皺起眉頭說，「那本日記的靈魂碎片纏住了金妮，不是嗎？這又是如何辦到的？」

「只要魔法容器完好無缺，裝在裡面的靈魂碎片就能輕易出入跟分靈體太過接近的人的心智。我說的不是長時間拿著分靈體，這跟實體的碰觸無關。」她在榮恩發問前，趕緊補充了一句：「我的意思是，在情緒上太過接近。金妮把心事都向日記傾吐，使自己變得非常脆弱。你如果太喜歡、太依賴分靈體，就會惹上麻煩。」

「我很想知道鄧不利多是如何摧毀那枚戒指的。」哈利道。「我為什麼沒問過他？我從來沒有……」

哈利的語音漸弱，他想起各式各樣該問鄧不利多，卻沒有提出的疑問。也想起了直到校長死後，他才發現自己浪費了多少大好機會，沒能趁鄧不利多在世的時候，了解更多……問出每一件事……

臥房門轟的一聲打開，四壁都在搖晃，粉碎了原來的沉默。妙麗尖叫一聲，扔掉手中那本《黑魔法的秘密》；歪腿一溜煙躲到床下，生氣地嘶嘶叫；榮恩跳下床，踩到一張丟在地上的巧克力蛙包裝紙滑了一跤，頭還撞上了對面的牆壁；哈利直覺去摸魔杖，然後才發現面前站著衛斯理太太，她的頭髮亂七八糟，氣歪了一張臉。

「真抱歉打擾你們親密的小聚會。」她聲音顫抖著說，「相信你們一定都需要休息……但我房間裡的結婚禮物堆積如山，需要分類整理，我又好像有印象你們答應要幫忙。」

「啊，是的。」妙麗驚慌跳起來，把書踢得往四面八方飛出去。「我們要幫忙……我們很抱歉……」

她痛苦地看了哈利和榮恩一眼，就匆匆跟著衛斯理太太走出去。

「我好像變成家庭小精靈了，」榮恩壓低聲音抱怨，一邊揉著腦袋，一邊和哈利一起跟上去。「只是沒有工作成就感。這場婚禮越快辦完我越高興。」

「是啊。」哈利道，「然後我們除了找尋分靈體就沒有別的事了……就像度假一樣，是不是？」

榮恩笑了起來，但一看到衛斯理太太房間裡，等著他們處理的結婚禮物堆得像小山一般，笑容就突然消失了。

戴樂古一家人在隔天上午十一點抵達前，哈利、榮恩、妙麗和金妮已經相當怨恨花兒的家人了。榮恩心不甘情不願地拖著腳步回到樓上，換上一雙成對的襪子，哈利努力把頭髮梳得服帖一些。他們通過鑑定，確認足夠體面之後，就被趕進陽光普照的後院，準備歡迎貴客臨門。

哈利從未見過這裡這麼整潔。通常扔在後門台階上的生鏽大釜和舊雨鞋都不見了，取而代之的是門兩旁各擺了一大盆簇新的拍拍木。雖然沒有風，葉片卻懶洋洋款擺著，製造出一種迷人的波動效果。雞都關進籠子裡，地面掃過，附近的花園也修剪過、拔光雜草，顯得煥然一新。然而哈利還是比較喜歡原來植物生長得漫無章法的模樣，他覺得少了那群搞破壞的地精，這裡顯得很冷清。

哈利已經記不清鳳凰會和魔法部對洞穴屋施了多少種防護咒語，他只知道，已經沒有人能靠魔法旅行直接進入這地方。因此，戴樂古一家子必須搭乘港口鑰到附近一座小山丘，然後由衛斯理先生去接他們。客人抵達前的預告，是一陣非比尋常的高分貝笑聲。發笑者是衛斯理先生，過沒多久，他就出現在大門口，提著一大堆行李，替一個穿著草綠色長袍的金髮美女帶路，一看就知道她是花兒的母親。

「媽媽！」花兒喊道，衝上前擁抱她。「爸爸！」

戴樂古的外表遠不及他妻子有吸引力，他比她矮了一個頭，而且胖得不得了，留著一小撮尖尖的黑鬍子。但他看起來脾氣很好，穿著高跟皮靴一蹦一跳地迎向衛斯理太太，親吻她每一邊面頰兩次，搞得她不知道如何反應。

「太叨擾你們了，」他用低沉的聲音說道，「花兒告訴窩們，你們工作得很辛苦。」

「哦，沒什麼，沒什麼！」衛斯理太太調高音調，顫聲回答。「一點也不麻煩！」

榮恩伸腳踢飛一個從拍拍木後面探頭探腦張望的地精，惡劣的心情總算找到一個宣洩的出口。

「親愛的夫人！」戴樂古先生用兩隻胖嘟嘟的手捧著衛斯理太太的手不放，微笑道。「為窩兩家從此結為親戚，在下深感榮幸之至！請容窩介紹內人阿波琳。」

戴樂古夫人滑步向前，也彎腰親吻衛斯理太太。

「幸會。」她道。「妳先生告訴窩們好多有趣的故事！」

衛斯理先生一陣狂笑，衛斯理太太瞪了他一眼，他立刻安靜下來，做出一副只適合探望親密好友臥病在床時的表情。

「還有，你們當然已經見過小女佳兒！」戴樂古先生道。佳兒是花兒的迷你版，才十一歲，有一頭純淨無瑕、齊腰的銀金色長髮。她對衛斯理太太露出一個燦爛的微笑並上前擁抱她，然後對哈利拋了個媚眼，用力眨著她的長睫毛。金妮在旁大聲清了清喉嚨。

「很好，大家請進！」衛斯理太太愉快地說。然後就在此起彼落的「不，妳先請！」和「妳先請！」和「別客氣！」聲中，把戴樂古一家帶進屋裡。

不久他們就發現，戴樂古一家人是熱心幫忙、討人喜歡的客人。他們對看到的一切都很滿意，而且熱心協助婚禮的籌備工作。戴樂古先生聲稱，從座位的安排到伴娘的鞋子，每件事都「很迷人！」戴樂古夫人精通家務咒語，一轉眼就把烤箱清理得乾乾淨淨。佳兒跟在姊姊身後，連珠砲似地以法文喋喋不休聊著，但是只要幫得上忙，任何事她都願意出力。

唯一的缺點在於，洞穴屋從一開始就沒規劃要容納這麼多人。衛斯理夫婦自從靠大嗓門壓倒了戴樂古夫婦的抗議，堅持讓他們住進自己的臥室之後，就只好睡在客廳裡。佳兒跟花兒睡在原來派西的舊房間，伴郎查理從羅馬尼亞趕回來後，比爾必須跟他共用一個房間。在幾乎沒有機會一起商量的情況下，哈利、榮恩和妙麗為了逃出過於擁擠的室內，只好自告奮勇去餵雞。

「但她**還是**不肯讓我們獨處！」他們第二次嘗試在院子裡聚會，卻被抱著一大籃待洗衣物的衛斯理太太打斷時，榮恩不禁氣得抱怨道。

「哦，好啊，你們餵完雞了。」她邊走邊喊道。「最好還是先把牠們關起來，明天工人要來……搭婚禮的帳篷。」她解釋道，然後在雞棚前面停下腳步，一副筋疲力盡的樣子，「密拉曼的魔法帳篷公司……他們的工人都很優秀。比爾會帶他們進來……他們工作的時候，你最好別到外面來，哈利。我得承認，這裡布置了那麼多防護咒語，確實把籌備婚禮的工作搞得更複雜。」

「對不起。」哈利愧疚地說。

「哎，別傻了，親愛的！」衛斯理太太立刻說道，「我不是說——嗯，你的安全畢竟比較重要！事實上我一直想問，你打算怎麼慶生？哈利。再怎麼說，滿十七歲都是個大日子……」

「我不想添麻煩。」哈利連忙說，他可以預期這會帶給每個人額外的壓力。「真的，衛斯理太太，一頓正常的晚餐就夠了……那是婚禮的前夕……」

「哦，好吧，如果你確定要這樣，親愛的。我只請雷木思和東施，好嗎？再加上海格怎麼樣？」

「那太好了，」哈利道。「請千萬不要太麻煩。」

「一點也不會，一點也不會……一點都不麻煩……」

衛斯理太太用搜尋的眼神盯著他看了很久，然後露出一個略帶悲傷的微笑，挺起身子走開了。哈利看著她在曬衣繩附近揮動魔杖，潮溼的衣服便飛到空中自動掛好，心中對於自己給她帶來的不便與痛苦，忽然湧起一陣強烈的悔悟。

鄧不利多的遺囑

在涼爽的藍色晨曦中，他走在一條山路上。下方遠處，隱約有個小鎮籠罩在霧中。他要找尋的人是否在那裡？他迫切的需要那個人，心裡沒有別的念頭，只有那個人知道答案，能解答他所有的疑問……

「喂，醒來。」

哈利睜開眼睛，他仍然躺在榮恩骯髒閣樓臥房的行軍床上，太陽還沒有升起，房間裡黑黝黝的。豬水鳧把頭縮在小翅膀底下熟睡，哈利額頭的疤痕又刺痛了起來。

「你在說夢話。」

「有嗎？」

「有，『葛果羅威』。你不停地說『葛果羅威』。」

哈利沒有戴眼鏡，榮恩的臉看起來有點模糊。

「葛果羅威是什麼人？」

「我怎麼知道？是你在說這個名字。」

哈利揉揉額頭，思忖著。他恍惚覺得聽過這名字，卻想不起來是在哪裡。

「我想佛地魔在找他。」

「可憐的傢伙。」榮恩熱心地說。

哈利坐起身繼續揉著疤痕，現在他已經完全清醒了。他試著回憶在夢裡究竟看到些什麼，但只記得山巒起伏的地形，以及深谷中一座小山村的輪廓。

「我想他在國外。」

「誰，葛果羅威嗎？」

「佛地魔。我想他是在國外的某個地方找尋葛果羅威，那裡一點也不像英國的任何地方。」

「你覺得，你又看到他腦子裡去了嗎？」

榮恩聽起來很擔心。

「幫個忙，不要告訴妙麗。」哈利說。「她一直希望我不要再在睡夢中看見奇怪的東西……」

他抬頭看著豬水鳧的小籠子，一邊思忖著……「葛果羅威」這個名字為什麼感覺很熟悉呢？

「我想，」哈利緩緩道，「他跟魁地奇有關。有某種聯繫吧，但我不能——我想不起來到底是什麼。」

「魁地奇？」榮恩道。「你不會是想到那個葛果羅威吧？」

「他是什麼人？」

「德拉高米・葛果羅威。追蹤手，兩年前以史上最高的轉隊費加入查德利砲彈隊，一季之中最多快浮打點的紀錄保持人。」

「不對。」哈利道，「我想的絕不是這個葛果羅威。」

「我也盡量不想他。」榮恩道。「好吧，不管怎麼說，生日快樂。」

「哇——對耶，我都忘了！我十七歲了！」

哈利拿起放在行軍床旁邊的魔杖，指向放著他的眼鏡、亂糟糟的書桌說：「速速前，眼鏡！」雖然眼鏡距他不過一呎遠，但是看到它飛過來，仍然有種無與倫比的滿足感，起碼直到眼鏡戳到他的眼睛為止。

「正中目標。」榮恩爆笑道。

魔法偵測咒的束縛解除了，哈利樂不可支，他讓榮恩的東西滿屋飛舞，把豬水鳧吵醒了，牠興奮地在籠子裡拍打翅膀。哈利也嘗試用魔法繫鞋帶（要花好幾分鐘才能用手解開打好的結），然後純為找樂子，把榮恩那張海報裡，查德利砲彈隊的橘紅色隊服變成鮮豔的藍色。

「不過褲子的拉鍊最好還是用手拉。」榮恩促狹地笑著建議哈利，哈利連忙低頭察看。「這是你的禮物。在這裡拆，別讓我媽看見。」

「一本書？」哈利接過方形的包裹說道，「真不傳統，不是嗎？」

「這可不是普通的書，」榮恩說，「它可是個寶貝啊，《迷惑女巫不敗十二絕招》，所有你該知道跟女孩子有關的事，書裡都解釋得清清楚楚。要是我去年就擁有這本書，就會知道如何打發文妲，也就可以……算了，弗雷和喬治送了我一本，我從書裡學會很多。你會很意外，其實很多事都用不著魔杖的。」

他們進了廚房，發現餐桌上有一大堆禮物在等著。比爾和戴樂古先生已經快吃完早餐，衛斯理太太站在煎鍋前面，正在跟他們聊天。

「亞瑟要我祝你十七歲生日快樂，哈利。」衛斯理太太對哈利微笑道，「他必須一大早趕去上班，但他會回家吃晚餐。桌上是我們送你的禮物。」

哈利坐下來，拿起她指的那個方形包裹，把它拆開。裡面是個跟衛斯理夫婦送榮恩十七歲生日非常類似的手錶：黃金的錶面，運轉的星星取代了指針。

「傳統上，巫師成年後都要送他手錶。」衛斯理太太帶著焦慮從爐灶旁觀察他的表情說道。「這支錶恐怕不像榮恩的那麼新，本來是我弟弟費邊的東西，他對自己的東西不是很小心，所以背面有點凹痕，但——」

衛斯理太太接下來的話沒有人聽見，因為哈利站起身去擁抱她。他試著把很多沒有說出口的話藉這個擁抱傳達，或許她能了解，因為等哈利鬆開手的時候，衛斯理太太笨拙地拍拍他的臉頰，然後有點漫不經心地揮舞魔杖，結果半包培根從煎鍋裡跳出來，落到地板上。

「生日快樂，哈利！」妙麗匆匆走進廚房時說道，然後把一包東西放在禮物堆頂端。「只是件小東西，但我希望你會喜歡。你送他什麼？」她問榮恩，但他只裝作沒聽見。

「來呀，先拆妙麗的禮物！」榮恩道。

妙麗送給哈利一個新的測奸器，其他禮物包括比爾和花兒合送的魔法剃刀（「啊，是的，者會把你的鬍子剃得光滑無比。」戴樂古先生向他保證。「但是你得清楚告訴塔，你要塔做什麼……否則可能會發現自己的頭髮變得比原來預期的少……」）、戴樂古一家人送的巧克力，還有一大盒弗雷和喬治送的衛氏巫師法寶店最新產品。

哈利、榮恩和妙麗沒有在早餐桌上多做流連，因為隨著戴樂古夫人、花兒和佳兒的出現，廚房就擠得不怎麼舒服了。

「我替你把這些禮物打包。」三人一起上樓時，妙麗從哈利手中接過禮物，神采奕奕地說。「我已經快收拾好了，就等你們的其他幾條長褲洗好，榮恩——」

榮恩正要開口回答時，二樓的樓梯平台有扇門突然打開。

「哈利，請你進來一下好嗎？」

是金妮。榮恩忽然停下腳步，但妙麗抓住他的手肘把他拖上樓去。哈利心情緊張地跟著金妮走進她的房間。

他從來沒進過這個房間，這裡很小但很明亮。牆上貼著一張怪姊妹巫師樂團的大海報，還有一張海報是全由女巫組成的聖顱島女頭鳥魁地奇隊隊長關娜．瓊斯。敞開的窗戶前擺了一張書桌，可以眺望有次他跟金妮一組、榮恩跟妙麗一組，玩雙人對打魁地奇的那個果園。現在那裡搭了一座珍珠白色的大帳篷，頂端的金色旗子幾乎跟金妮的窗戶一般高。

金妮抬頭看著哈利的臉，深深吸一口氣說：「祝你十七歲生日快樂。」

「是啊……謝謝妳。」

金妮定睛看著他，但哈利卻覺得回看她就像注視明亮的火焰一樣困難。

「視野很好。」他指著窗外用有氣無力的聲音說。

她沒理會這句話，而哈利不怪她。

「我想不出該送什麼給你。」她說。

「不需要送我任何東西。」

她也不理會這句話。

「我不知道什麼東西會有用，但一定不能太大，因為你會帶不走。」

哈利偷望她一眼。她沒有淚眼汪汪，這是金妮許多優點之一，她很少掉眼淚。有時他猜想，上面有六個哥哥，一定把她訓練得很堅強。

她向他靠近一步。

「所以後來我想，我要給你一件可以記得我的東西，你知道，萬一你在執行隨便什麼樣的使命途中，遇見了迷拉。」

「老實說，我想我不可能有什麼約會的機會。」

「我相信再怎麼惡劣的環境，也會有一線光明。」金妮低聲道，然後就用她從不曾吻過他的方式開始親吻他，哈利也回吻她，那是種令人忘懷一切的幸福感，比火燒威士忌美妙多了。她是全世界唯一的真實，金妮，感覺她的存在，一隻手摟著她的背，另一隻手輕撫她散發陣陣幽香的長髮──

門砰的一聲在他們身後打開了，他們兩人跳了起來。

「哦，」榮恩故意說。「對不起。」

「榮恩！」妙麗就在他背後微微喘著氣。經過一陣緊張的沉默，金妮平淡地低聲說：「好吧，祝你生日快樂，哈利。」

榮恩的耳朵通紅，妙麗顯得很緊張。哈利很想當著他們的面用力把門甩上，但門打開之後，就好像有股冷風吹進房間，方才燦爛輝煌的一刻就像肥皂泡般破滅了。所有他應該與金妮斷交、迴避她的理由，都好像跟榮恩一起鑽進了房間，那些暫時拋到一邊的煩惱又一股腦地全回來了。

哈利看著金妮想說些話，但卻不知道該說什麼。金妮已經轉身背對著他，他猜，這次她恐怕要向眼淚屈服了，但當著榮恩的面，他做不出安慰她的動作。

「那我們待會見囉。」他說道，就尾隨其他兩人，走出金妮的臥室。

榮恩大踏步下樓，穿過仍然擁擠的廚房來到院子裡，哈利一路緊跟在後，妙麗小跑步追在後面，顯得很擔心。

一走到新修剪的草坪上，不必擔心有人偷聽，榮恩就轉身面對哈利。

「你已經甩了她，幹嘛又去招惹她？」

「我才沒有招惹她。」哈利說，這時妙麗已經追了上來。

「榮恩——」

但榮恩舉起一隻手，示意她不要講話。

「你提出分手的時候，她真的心都碎了——」

「我也一樣啊，你知道我為什麼那麼做，又不是我願意的。」

「是啊，但你又去跟她親親抱抱，讓她重燃希望——」

「她又不是傻瓜，她知道我們倆不會有結果，她根本不指望我們——最後會結婚，或者——」

哈利這麼說的時候，眼前浮現一幅生動的畫面：金妮身穿白紗，嫁給一個沒有臉孔，卻一副討厭相的高大男子。一陣天旋地轉，他好像受到了重重一擊，她的未來自由自在、沒有牽絆，而他……他的前途只看得到佛地魔。

「如果你一有機會就對她毛手毛腳——」

「這種事不會再發生。」哈利艱澀地說。天空萬里無雲，但他心頭充滿陰霾，沒有陽光。「好嗎？」

榮恩有點生氣，又有點慚愧，站在原地前後搖晃著身體，過了一會才說：「那就，嗯，真是……好啦。」

那天接下來的時間，金妮都沒有再嘗試找哈利單獨相處，也沒有洩漏他們曾經在她房間裡有過比寒暄更進一步接觸的蛛絲馬跡。儘管如此，查理回到家還是讓哈利鬆了一口氣。看衛斯理太太強迫查理坐在椅子上，舉起魔杖威脅，宣布他得好好剪個頭髮，有助於他分散注意力。

即使沒有查理、路平、東施和海格等人加入，哈利的生日晚餐會也足夠擠破洞穴屋的廚房，所以他們在花園裡排了好幾張長桌。弗雷和喬治變出好多紫色的燈籠，每個燈籠上都裝飾著大大的數字「十七」，懸在客人頭頂上方。多虧衛斯理太太悉心照料，喬治的傷口收得整齊而乾淨，但哈利還是不習慣看到他頭側有個黑洞，儘管雙胞胎為這件事編了很多笑話。

妙麗用魔杖噴出金色和紫色的彩帶，巧妙地自動掛在樹枝和花叢間。

「真好看。」榮恩看見妙麗最後一揮杖，把野山楂樹上的葉子通通變成金色，立刻誇讚道。「妳真會布置。」

「謝謝你，榮恩！」妙麗道，顯得又開心又有點迷惑。哈利轉過頭在心裡偷笑，他有種奇妙的預感，相信等到他有時間翻閱那本《迷惑女巫不敗十二絕招》時，一定會找到一個討論讚美的專章。接著他捕捉到金妮的眼神，給她一個微笑，然後才想起對榮恩的承諾，連忙跑去找戴樂古先生攀談。

「請讓開，請讓開！」衛斯理太太唱歌似地走出門，面前飄浮著一個海灘球尺寸的巨型金探子。過了一會，哈利才意識到，那就是他的生日蛋糕，衛斯理太太用魔杖使它懸在半空中，而沒有冒險捧著它走過崎嶇不平的地面。蛋糕終於放在餐桌中央時，哈利說：「看起來真是太棒了，衛斯理太太。」

「哦，沒什麼，親愛的。」她疼愛地看他一眼。榮恩在她背後對哈利豎起大拇指，用嘴形無聲說：「幹得好。」

七點鐘，所有客人都到齊了，由守候在路口的弗雷和喬治把他們帶進來。海格為了表示重視這場合，特地穿上他最好、最恐怖、最毛茸茸的咖啡色套裝。雖然路平跟哈利握手的時候面帶微笑，但哈利覺得他看起來很不快樂。真是奇怪，東施依偎在他身旁卻顯得心情愉快。

「生日快樂，哈利。」東施緊緊擁抱他一下。

「十七歲，嗄！」海格從弗雷手中接過一個水桶大小的酒杯時說道，「距我們第一次見面整整六年。哈利，你還記得嗎？」

「好像有印象。」哈利微笑著說。「你是不是撞壞了前門，讓達力長出一根豬尾巴，還說我是個巫師？」

「我忘了細節。」海格縱聲笑道。「你們好吧，榮恩、妙麗？」

「我們很好。」妙麗說。「你呢？」

「啊，還不壞。有點兒忙，我們有幾隻新生的獨角獸，你們回來的時候，我帶你們去看——」海格忙著掏口袋時，哈利避開榮恩和妙麗的眼光。「來，哈利——我本來想不出送你啥才好，但後來我想到這個。」他取出一個有點毛茸茸、袋口用繩子抽緊的小袋，配著顯然是用來掛在脖子上的長繩。「伸縮蜥皮袋。把東西藏在裡頭，除了原主誰也拿不出來。很少見的喔，伸縮蜥是很稀有的。」

「海格，謝謝你！」

「沒啥啦。」海格揮揮垃圾桶蓋那麼大的手掌說，「查理在那兒！我很喜歡他呢——嗨！查理！」

查理走過來，有點後悔地摸著那頭新剪的超短髮。他比榮恩矮，但體格粗壯，肌肉發達的手臂上有多處燒傷和抓傷的疤痕。

「嗨，海格，最近好嗎？」

「我想給你寫信好久了哩，蘿蔔好嗎？」

「蘿蔔？」查理笑道，「那隻挪威脊背龍？現在我們叫那妞兒『蘿蔔塔』。」

「怎麼——蘿蔔是女生？」

「哦，對啊。」查理道。

「怎麼分辨？」妙麗問道。

「雌龍兇得多。」查理道。他回頭張望一眼，壓低聲音說道，「但願爸快點趕回來，媽開始緊張了。」

他們都轉過頭去看衛斯理太太，她正在努力跟戴樂古夫人聊天，同時不斷轉頭去看大門。

「我看我們不用等亞瑟，直接開始吧。」過了一會，她對花園裡的人喊道，「他一定困在——哦！」

所有的人都看見了。一道閃光飛過院子落在桌上，化身為一隻銀光燦爛的鼬鼠，用後腳站立後，以衛斯理先生的聲音說道：

「魔法部長會跟我一起回家。」

那隻護法消失在空氣裡，花兒的家人驚訝地朝牠消失的地方不斷張望。

「我們不該來的。」路平立刻說，「哈利——很抱歉——下次再跟你解釋——」

路平抓住東施的手把她拉走，他們走到柵欄旁邊，翻過去後消失不見了。衛斯理太太顯得很困惑。

「部長——但是為什麼呢——？我不懂——」

已經沒有時間討論這個問題了。幾秒鐘後，衛斯理先生就平空出現在門口，他旁邊站著盧夫・昆爵，那頭亂蓬蓬的灰髮是他的註冊商標。

新來的兩個人大步穿過後院，走進花園，向燈籠照耀的餐桌走來，每個人都沉默地看著他們靠近。昆爵走進燈籠的光圈時，哈利注意到他比上次見面時顯得更蒼老、削瘦而冷酷。

「抱歉打擾了。」昆爵一跛一跛地走到桌前，站定了才開口說道。「尤其我看得出來，我是這場派對的不速之客。」

他的眼光在巨大的金探子蛋糕上停留了一會。

「祝你幸福長壽。」

「謝謝。」哈利道。

「我想私下跟你談談。」昆爵繼續說，「也包括榮恩・衛斯理先生和妙麗・格蘭傑小姐。」

「我們？」榮恩的聲音很詫異，「為什麼找我們？」

「先找個隱密的地方，我再告訴你們。」昆爵道。「有這樣的地方嗎？」他問衛斯理先生。

「有啊，當然。」衛斯理先生看起來很緊張。「呃，客廳怎麼樣？你們何不到客廳去？」

「請你帶路。」昆爵對榮恩說。「你不必跟我們來，亞瑟。」

哈利跟榮恩、妙麗一起站起來時，看見衛斯理夫婦交換了一個擔心的眼色。他們默不作聲地領路回屋裡去。哈利知道，其他兩人的想法跟他完全一樣，昆爵想必已透過某種管道，聽說他們三個打算休學的事。

他們穿過亂糟糟的廚房，走進洞穴屋的客廳，昆爵一直沒開口。雖然花園裡仍灑滿柔和的金色晚霞，但室內十分黑暗。哈利進門時，對油燈揮了一下魔杖，簡陋但溫馨的客廳立刻亮了起來。昆爵坐進衛斯理先生常坐的那張塌陷扶手椅，讓哈利、榮恩和妙麗肩靠著肩擠在沙發上。大家坐定後，昆爵就開始說話。

「我有問題要問你們三個，我想最好把你們分開，一個一個問。如果你們兩位，」他指著哈利和妙麗。「可以到樓上等候，我就從榮恩開始。」

「我們哪裡也不去。」哈利道，妙麗在旁邊拚命點頭。「你要嘛跟我們一起談，要嘛就什麼也別談。」

昆爵冷冷看了哈利一眼，評估他的斤兩。哈利覺得這位部長似乎是在考慮，這麼早就採取敵對立場是否值得。

「好吧，那麼就一起來好了。」他聳聳肩膀，然後清一下喉嚨說：「相信你們已經知道，我是為阿不思．鄧不利多的遺囑前來。」

哈利、榮恩與妙麗面面相覷。

「顯然是個意外！所以你們並不知道，鄧不利多留了東西給你們？」

「呃——我們大家？」榮恩道。「也包括妙麗和我？」

「是的，你們——」

哈利打斷他。

「鄧不利多去世已經一個多月了，為什麼等了這麼久，才把他留給我們的東西交給我們？」

「理由不是很明顯嗎？」昆爵還來不及回答，妙麗就搶著說。「他們要檢查他留給我們什麼。你們無權這麼做！」她說話的時候，聲音有一點顫抖。

「我當然有權。」昆爵不屑地說。「基於正當理由充公條例，魔法部有權沒收遺物——」

「那套法規是用來阻止巫師傳承黑魔法用品的。」妙麗道，「魔法部必須有有力的證據證明死者的財產違法，才能將它沒收！你難道要告訴我們，你認為鄧不利多企圖把受詛咒的東西傳給我們？」

「妳打算在魔法界從事法律工作嗎，格蘭傑小姐？」昆爵問道。

「不，我沒那種打算。」妙麗反駁道，「我希望能做對世界有益的事！」

榮恩笑了起來。昆爵的眼神才轉到他身上，就又因為哈利開口說話而移開。

「那麼，你為什麼又決定把屬於我們的東西交還給我們了呢？想不出保留它們的藉口嗎？」

「不，只是因為三十一天的期限到了。」妙麗接口道，「除非能證明遺物有危險，否則就不能逾期留置，對吧？」

「你自覺跟鄧不利多很親近嗎，榮恩？」昆爵不理妙麗，開口問道。榮恩顯得很驚訝。

「我嗎？不──不算吧……通常都是哈利……」

榮恩四下看一眼，再看著妙麗和哈利，看到妙麗給他一個「**趕快閉嘴！**」的眼色，但傷害已經造成了。昆爵的表情好像聽到了早在意料之中的答案，而且正合他心意。他像一隻獵食的老鷹，而榮恩的答案就是他的獵物。

「如果你沒有跟鄧不利多很親近，那他為什麼在遺囑裡留遺物給你？他遺贈的私人對象少得出奇，絕大部分的遺產──他的私人藏書、魔法儀器和其他私人財產──都留給了霍格華茲。你想，為什麼唯獨你雀屏中選？」

「我……不知道。」榮恩道。「我……剛才我說，我們不算很親近的時候……我的意思是，我認為他還算喜歡我……」

「你太謙虛了，榮恩。」妙麗道。「鄧不利多非常喜歡你。」

這種說詞實在是太牽強了一點。就哈利所知，榮恩從沒有跟鄧不利多單獨相處，他倆之間直接打交道的次數也幾乎等於零。然而昆爵好像沒在聽，他把手伸進斗篷，拿出一個比海格送給哈利那個大上許多的抽繩袋子，從裡面取出一捲羊皮紙，展開來大聲朗讀。

「『阿不思．博知維．巫服利．布萊恩．鄧不利多最後的遺囑』……有了，在這裡……『將我的熄燈器送給榮恩．畢利亞．衛斯理，希望他使用時想起我。』」

昆爵從袋子裡掏出一個哈利見過的東西，看起來像只銀色的打火機，但他知道，它能把一個地方的光線全部吸掉，然後只要輕輕按一下，就能恢復原狀。昆爵湊向前，把熄燈器交給榮恩。榮恩接過之後拿在手上翻來覆去地看，顯得很驚訝。

「這件物品極具價值，」昆爵注視著榮恩說。「甚至可說是獨一無二。它顯然是鄧不利多親手設計的，他為什麼要把這麼罕見的寶物留給你呢？」

榮恩搖搖頭，顯得很困惑。

「鄧不利多教過的學生有好幾千人，」昆爵緊追不捨問道。「但他遺囑裡只提到你們三個，為什麼？他認為你該怎麼使用他的熄燈器，衛斯理先生？」

「消除光線吧，我想。」榮恩喃喃道。「我還能怎麼用？」

顯然昆爵也沒有解答，他瞇著眼睛對榮恩看了一會，回頭繼續朗讀鄧不利多的遺囑。

「『我把我手頭的一本《吟遊詩人皮陀故事集》送給妙麗．珍．格蘭傑小姐，希望她覺得這本書既有趣又有啟發性。』」

昆爵從袋子裡拿出一本小書，看起來就跟樓上那本《黑魔法的秘密》一樣古老。它的封面有污漬，還有好幾處破損。妙麗一言不發從昆爵手中接過那本書，她把書放在腿上盯著瞧。哈利看到書名是用古代神秘文字寫的，他始終沒學會如何閱讀這種文字。他正看著，就瞧見一滴眼淚落在燙金的圖騰上。

「妳想鄧不利多為什麼留那本書給妳，格蘭傑小姐？」昆爵問道。

「他……他知道我喜歡書。」妙麗聲音沙啞地答道，同時用袖子擦拭眼睛。

「但為什麼是那本書？」

「我不知道，他大概覺得我會喜歡吧。」

「妳有沒有跟鄧不利多討論過密碼，或任何傳送秘密消息的方法？」

「沒有。」妙麗仍然用袖子擦著眼淚說。「如果魔法部花了三十一天都查不出這本書隱藏的密碼，我想我也做不到。」

她強忍住一聲嗚咽。他們三個人坐在一起，實在卡得太緊，榮恩好不容易才抽出手臂去摟妙麗的肩膀。昆爵繼續讀遺囑。

「『我送給哈利．詹姆．波特，』」他念道，哈利心情忽然興奮起來。「『他在霍格華茲參加的第一場魁地奇比賽中抓到的金探子，紀念靠毅力與技巧獲得的回報。』」

昆爵取出那顆胡桃大小的金色小球，它銀色的翅膀無力地拍動了幾下，哈利不禁大失所望。

「鄧不利多為什麼留這個金探子給你？」昆爵問道。

「毫無概念。」哈利道，「大概就是你剛剛念的理由吧……提醒我，只要……不屈不撓再加上別的什麼，就能獲得什麼樣的回報。」

「所以你認為，這只是一件象徵性的紀念品？」

「大概是吧，」哈利道。「還有什麼別的可能呢？」

「問問題的人是我才對。」昆爵把椅子搬得離沙發更近一點。現在外面天色真的黑了，從窗戶看出去，新搭的帳篷矗立在樹籬另一頭，像鬼影般白森森的。

「我注意到你的生日蛋糕也做成了金探子的形狀。」昆爵對哈利說，「這是為什麼？」

妙麗嘲弄地笑了起來。

「哎呀，一定不是因為哈利是個很棒的搜捕手，這樣就太明顯了。」她說，「糖霜裡一定藏著來自鄧不利多的秘密消息！」

「我不認為糖霜裡藏了什麼東西，」昆爵道，「但金探子是藏小東西的好地方。我相信你知道原因？」

哈利聳聳肩膀，妙麗卻替他回答了。

「因為金探子有接觸記憶。」妙麗搶著說道。哈利覺得為每個問題找出正確答案，已經是她根深柢固的習慣，她永遠無法壓抑這方面的衝動。

「什麼？」哈利和榮恩齊聲問道，過去他們一直以為妙麗根本不懂魁地奇。

「沒錯，」昆爵道，「金探子釋入空中之前，不曾接觸過赤裸的皮膚，甚至連製造它的人都戴著手套，沒有直接碰過它。如果對搜捕過程有爭議，它能夠靠魔法辨識第一個親手摸到它的人類。這個金探子，」他舉起那顆小金球，「會記得你的接觸，波特。這使我想到，鄧不利多即使有其他方面的缺點，魔法技巧卻高人一等。他可能對這顆金探子施了魔法，讓它只對你開放。」

哈利的心跳得極快，他相信昆爵說得沒錯，但他要如何避免在這位部長面前，用赤裸的手拿起金探子呢？

「你沒說話，」昆爵說，「或許你已經知道金探子的內容？」

「不。」哈利說，心裡還在盤算著，怎樣能在表面上看起來好像拿了金探子，而實際不要碰到它。如果他能精通破心術，讀懂妙麗的心思就好了，他幾乎能聽見她的腦袋在他身旁全速運轉著。

「拿去。」昆爵低聲說。

哈利看著部長黃色的眼睛，知道除了服從，沒有別的選擇。哈利伸出手，昆爵再度俯身過來，很慢、很小心地把金探子放進哈利的掌心。

什麼也沒有發生。哈利的手指抓緊金探子，它疲倦的翅膀拍了幾下就靜止不動了。昆爵、榮恩和妙麗都專注地盯著那顆有一部分看不見的小球，好像還在希望它會發生某種變化。

「真是戲劇化。」哈利冷冷說道，而榮恩和妙麗都笑了起來。

「那談話到此為止了，對吧？」妙麗問道，掙扎著離開那張沙發。

「未必。」昆爵滿臉不悅地說，「鄧不利多還留給你第二件遺物，波特。」

「是什麼？」哈利又燃起了興奮。

這次昆爵連朗讀遺囑的麻煩都省了。

「高錐客・葛來分多的寶劍。」昆爵說道。

妙麗和榮恩都愣住了。哈利四下張望，找尋那把劍柄鑲著紅寶石的寶劍蹤影，但昆爵沒有從那個本來就小得裝不下寶劍的皮袋裡取出那把劍。

「寶劍在哪裡？」哈利狐疑地問道。

「很不幸地，」昆爵說道，「鄧不利多無權將那把寶劍送人。高錐客・葛來分多的寶劍是重要歷史文物，因此它屬於——」

「它屬於哈利！」妙麗激動地說，「它選擇了他，寶劍是他找到的。它從分類帽中來到他手上——」

「根據可靠的歷史資料，那把寶劍可以在任何傑出的葛來分多學生面前出現。」昆爵道。「所以不論鄧不利多怎麼決定，都不能據此認為它是波特先生專有的財產。」昆爵抓抓他鬍子剃得很不整齊的臉頰，端詳著哈利，「你想為什麼——？」

「鄧不利多要給我那把寶劍？」哈利努力克制怒氣。「或許他認為那把劍掛在我房間牆上會很好看。」

「這不是開玩笑，波特！」昆爵吼道。「是否因為鄧不利多相信，只有高錐客·葛來分多的寶劍能擊敗史萊哲林的傳人？波特，他希望給你那把寶劍，是否因為他跟其他很多人一樣，相信你命中注定會消滅『那個不能說出名字的人』？」

「這理論很有趣。」哈利道。「有沒有人嘗試用寶劍刺穿佛地魔？或許這才是魔法部該做的事？而不是浪費時間拆卸熄燈器、隱瞞阿茲卡班大規模逃獄的消息。所以你一直在忙這件事，部長，關在辦公室裡設法分解金探子？人們正在死去，而我差點就是其中之一。佛地魔越過三個郡來追趕我，還殺了瘋眼穆敵，但是魔法部對這些事都守口如瓶，不是嗎？你還指望我們跟你合作！」

「你太過分了！」昆爵大吼地站起身，哈利也跳起來。昆爵一跛一跛地走向哈利，用魔杖尖端用力戳了他胸口一下。它像一根點燃的香菸，在哈利T恤的前胸燒灼出一個洞。

「喂！」榮恩跳起來，舉起自己的魔杖，但哈利說：「不行！你要給他逮捕我們的藉口嗎？」

「想起來了嗎？你們不是在學校裡。」昆爵呼吸的氣息噴到哈利臉上。「想起來了嗎？我不像鄧不利多一樣會原諒你的傲慢忤逆。你儘管把那道疤當皇冠戴在頭上，波特。但十七歲的小鬼沒資格教我怎麼做我的工作！該是你學學如何尊敬長輩的時候了！」

「你得自己設法贏得尊敬。」哈利說。

接著地板一陣震動，伴隨奔跑的腳步聲，然後客廳的門砰的一聲打開了，衛斯理夫婦衝了進來。

「我們——我們以為聽見——」衛斯理先生說了一半就停住，看到哈利和部長的鼻尖幾乎碰在一起，情勢顯得十分緊張。

「——有人在大吼。」衛斯理太太喘道。

昆爵從哈利面前退後幾步，看著他在哈利T恤上燒出的洞，似乎對自己的失態有點後悔。

「沒——沒什麼。」他低吼，「我……不滿意你的態度。」他再度瞪著哈利。「你似乎以為，魔法部要做的事跟你——或鄧不利多——希望的不一樣，但我們應該攜手合作。」

「我不喜歡你做事的方法，部長。」哈利道，「想起來了嗎？」

他第二度舉起右拳，讓昆爵看手背上那些仍然泛白的疤痕，清楚寫著「我不可以說謊」。昆爵的表情變得冷酷，他一言不發地轉過身，跛著腳走出了房間，衛斯理太太快步跟在他身後。哈利聽見她在後門口停下腳步，過了一會，她喊道：「他走了！」

「他想幹什麼？」衛斯理太太匆匆走回來時，衛斯理先生輪番看著哈利、榮恩和妙麗，一邊問道。

「把鄧不利多留下來的東西交給我們。」哈利道。「昆爵剛剛公布了鄧不利多遺囑的內容。」

在外面花園裡的晚餐桌上，大家輪流傳閱昆爵交給他們的三件東西。每個人都對熄燈器和《吟遊詩人皮陀故事集》驚歎不已，又很惋惜昆爵拒絕把寶劍交出來，但沒有人能對鄧不利多為何留給哈利一顆舊的金探子，提出任何合理的解釋。衛斯理先生拿著熄燈器檢查第三遍還是第四遍的時候，衛斯理太太試探地問：「哈利，親愛的，大家都很餓了，我們不願意沒有你就開動……我可以上晚餐了嗎？」

他們都吃得狼吞虎嚥，草草唱完生日快樂歌、大嚼蛋糕之後，派對就宣告結束。海格雖然應邀來參加第二天的婚禮，但他的體格太大，無法在已經擁擠不堪的洞穴屋過夜，所以先離開到附近的田野去給自己搭帳篷住上一晚。

「我們樓上見。」哈利在幫忙衛斯理太太把花園恢復原貌時，悄聲對妙麗說：「等大家就寢以後。」

回到閣樓的房間，榮恩把玩他的熄燈器，哈利拿著海格給的伸縮蜥皮袋，不裝黃金，卻裝了一堆他最珍視、看起來卻可能毫無價值的東西：劫盜地圖、天狼星的魔鏡碎片，以及R.A.B.的小金匣。他把袋口的拉繩抽緊，把袋子掛在脖子上，然後拿起那顆舊金探子，坐下來觀察它無力地拍著翅膀。終於妙麗來敲門，踮著腳尖走進來。

「嗡嗡嗚。」她對樓梯的方向揮動魔杖，輕聲念道。

「我還以為妳不贊成用那個咒語。」榮恩道。

「情勢改變了。」妙麗道，「現在示範熄燈器給我們看吧。」

榮恩立刻照著辦，他把熄燈器舉在面前按下，喀噠一聲，房間裡唯一的一盞燈立刻熄滅。

「問題是，」妙麗在黑暗中低聲說道，「我們用秘魯瞬間黑暗粉也做得到。」

又是輕輕**喀噠**一聲，一球燈光再度飛上天花板，照耀著他們。

「儘管如此，還是很酷。」榮恩帶有辯護意味地說道。「而且根據他們說的，這是鄧不利多親手發明的！」

「我知道，但他之所以在遺囑裡挑中你，一定不是為了讓你關燈更方便！」

「你們想，他是不是預料到魔法部會沒收他的遺囑，並且檢查他留下的每件物品呢？」哈利問道。

「一定的。」妙麗道。「他不能在遺囑裡告訴我們，為什麼留這些東西給我們，但這仍然無法說明……」

「……但他活著的時候為什麼不給我們一點提示？」榮恩問道。

「對啊，正是如此。」妙麗邊翻閱《吟遊詩人皮陀故事集》邊說道。「如果這些東西重要到必須當著魔法部面前傳遞，他應該會讓我們知道原因……除非他認為理由很明顯。」

「那麼他算盤打錯了，不是嗎？」榮恩道。「我總說他腦筋有點問題。聰明絕頂、無所不知，但就是有點秀逗。留一顆陳年金探子給哈利——到底搞什麼鬼？」

「我完全不懂。」妙麗說。「昆爵逼你拿起它時，哈利，我幾乎可以確定有什麼事會發生！」

「是啊，這個嘛，」哈利道，他把金探子夾在手指之間，脈搏不由得加快。「我總不能在昆爵面前太力求表現，對吧？」

「你是什麼意思？」妙麗問道。

「我有生以來，第一場魁地奇比賽中搜捕到的金探子？」哈利說。「你們不記得了嗎？」

妙麗一副若有所思的模樣。但榮恩卻張大嘴巴，瘋狂地用手輪番指著哈利和金探子，直到他能再度說得出話。

「這是你差點吞下去的那一顆！」

「完全正確。」哈利道。他心跳得極快，慢慢把金探子放到嘴邊。

金探子沒有打開。哈利心裡湧起一陣沮喪和苦澀的失望，接著慢慢放下小金球，但妙麗卻喊了起來。

「有字跡！上面有字跡，快看！」

哈利又驚又喜，金探子差點滑出手掌。妙麗的觀察很正確，幾秒鐘前還光滑無比的金色球面上，出現了七個向一側傾斜的纖細字跡，哈利一眼就認出是鄧不利多的筆跡。

我在結束時開啟。

他剛來得及看完，字跡就消失了。

「『我在結束時開啟……』這是什麼意思？」

妙麗和榮恩都搖搖頭，眼神一片空白。

「我在結束時開啟……在**接數**……在結束時開啟……」

但不論重複這句話多少遍，或變換聲調和字音輕重，都沒有辦法從中找到任何意義。

「還有那把寶劍。」他們終於決定放棄猜測金探子上字跡的意義時，榮恩說。

「他為什麼不直接告訴我？」哈利小聲說，「它就在**那裡**，去年我們上課的時候，劍一直掛在他辦公室的牆上！如果他要給我，當時交給我不就好了嗎？」

「他為什麼要給哈利那把劍？」

他覺得好像在參加考試時，面前有個應該答得出來的題目，但大腦卻運作遲緩，沒有反應。他是不是在去年跟鄧不利多的多次長談中，錯過了什麼東西？他是不是應該知道這一切的意義？鄧不利多是不是期待他應該會懂？

「還有這本書，」妙麗道，「《吟遊詩人皮陀故事集》……我從來沒聽說過這本書！」

「妳從來沒聽說過《吟遊詩人皮陀故事集》？」榮恩無法置信地說，「妳在開玩笑，對吧？」

「不，真的沒聽過！」妙麗訝異地回答道，「難道你聽過？」

「對啊，當然！」

哈利抬起頭。榮恩讀過妙麗沒讀過的書？這真是前所未有的事，然而榮恩覺得他們驚訝的表情很有趣。

「哎呀，別鬧了！所有古老的童話故事都是皮陀的作品，不是嗎？什麼〈幸運泉〉……〈巫師與跳跳鍋〉……〈巴比兔迪迪和咯咯笑樹樁〉……」

「我沒聽清楚，」妙麗咯咯笑道，「最後那個叫什麼？」

「別鬧了！」榮恩不敢相信地從哈利看到妙麗，「你們一定聽過巴比兔迪迪——」

「榮恩，你很清楚我和哈利是麻瓜養大的！」妙麗道，「我們小時候沒聽過這些故事，我們聽的是〈白雪公主和七個小矮人〉，還有〈灰姑娘〉——」

「那是什麼，一種病嗎？」榮恩問道。

妙麗再次埋頭研究那些古代神秘文字，說道：「原來這本書裡都是童話故事？」

「是啊。」榮恩有點沒把握地說，「我是說，人家都說，所有古老的故事都是皮陀寫的，但我不知道它們的原始版本是怎麼回事。」

「我很好奇，為什麼鄧不利多認為我應該讀這些故事？」

樓下傳來嘎吱聲。

「或許只是查理趁媽睡了，溜到樓下去設法讓他的頭髮長回來。」榮恩有點緊張地說。

「都一樣，我們該上床了。」妙麗悄聲道。「明天可別想賴床。」

「沒錯。」榮恩同意。「新郎母親犯下兇殘的三人命案，恐怕會給婚禮蒙上一層陰影。我來關燈。」

妙麗走出房間，榮恩又按了一下熄燈器。

8

婚禮

隔天下午三點，在果園內一頂巨大的白色帳篷外，哈利、榮恩、弗雷與喬治正等候著參加婚禮的賓客蒞臨。哈利已經喝下一大杯變身水，現在他是當地小鎮奧特瑞聖凱奇波上一個紅髮麻瓜男孩的翻版。弗雷用召喚咒偷來的男孩頭髮，讓哈利順利變身，計畫是讓哈利成為他們的「巴尼堂弟」，希望能將哈利蒙混在衛斯理家族的眾多親戚之中。

四個人手上都抓著座位分配表，以方便引導來賓入座。一群穿白袍的侍者在一個小時前便抵達了，還有一支穿著金色外套的樂隊。這些巫師此刻都坐在稍遠的一棵樹下，哈利可以看見從菸斗冒出的一團藍色煙霧正從樹下裊裊升起。

從哈利背後的帳篷入口處，可以看出裡面鋪著一塊長長的紫色地毯，地毯兩旁放著一排排看起來不堪一擊的金色椅子。帳篷的支柱上纏繞著白色與金色的花朵，弗雷與喬治在比爾與花兒即將結為夫婦的儀式地點上方，繫上了一大串巨大的金色氣球。帳篷外，蝴蝶與蜜蜂懶洋洋地在草地和灌木樹籬上飛舞。哈利有點不自在，他變身的麻瓜男孩比他略胖，在夏日的陽光下，身上的禮袍使他感覺又緊又熱。

「我結婚時，」弗雷拉拉他的長袍領口。「絕不會搞這些無聊的花樣，你們愛穿什麼就穿什麼。我會對媽施全身鎖咒，直到婚禮結束為止。」

「媽今天早上的表現其實還不差啦，」喬治說，「派西沒來，害她哭了一下，可是誰巴望他來？喔，天哪，打起精神吧——看，他們都到了。」

打扮得華麗光鮮的人群出現了，一個接一個從遠處的院子邊上突然現身。不出幾分鐘，一支行進的隊伍便成形了，蛇行穿過花園，朝著帳篷這邊過來。女巫們的帽子上插著奇異的花草和被施了魔咒的振翅鳥兒，許多巫師的寬領帶上鑲著閃閃發亮的珍寶。興奮的交談聲從微弱的嗡嗡響逐漸擴大，當人群接近帳篷時，談話聲已經蓋過了蜜蜂的聲音。

「好極了，我想我看到幾個迷拉表姊妹，」喬治邊說邊伸長了脖子好看個仔細，「她們需要有人幫忙了解咱們的英國習俗，我去照應她們……」

「別急，缺耳的。」弗雷說著，一個箭步越過一群嘰嘰喳喳的中年女巫，朝著隊伍走去。「來——擁我來寫住妳們。」他對兩位法國女孩說，她們吃吃笑著由他護送進去。喬治只好招呼那些中年女巫，榮恩則招呼衛斯理先生的魔法部老同事薄京，另外一對又聾又老的夫妻則交由哈利負責。

「門巫。」哈利再度走出帳篷時，聽見一個熟悉的聲音，這才發現是東施與路平站在隊伍前頭，東施這天的頭髮是應景的金色。「亞瑟告訴我們，你會變成一個鬈髮男孩。昨天晚上很抱歉喔，」哈利帶領他們走向走道時，東施又悄聲說，「魔法部最近非常敵視狼人，我們覺得自己的出現對你可沒有任何好處。」

「不要緊，我了解的。」哈利對著路平而不是東施說道，路平對他笑笑。但是他們轉身走開時，哈利看見路平的臉上又布滿愁雲慘霧。他雖不明白，但沒空追究，因為海格打斷了他的思緒。海格誤解了弗雷的引導，自己找位子坐，但他沒有坐在後排特地以魔法為他加大、加強的椅子，反而一屁股坐在五張椅子上，此刻這些椅子已經垮成一堆，成了一大堆金色的火柴棒。

正當衛斯理先生忙著修理破損的椅子，海格也忙著對一旁的人大聲道歉時，哈利急忙回到帳篷入口找榮恩，卻剛好迎面碰上一位長相怪異的巫師。他兩眼略微斜視，一頭棉花糖似的及肩白髮，帽上的流蘇垂在鼻尖前晃動，身上穿著一件會令人眼花的蛋黃色長袍，一個有點像三角形眼睛的詭異符號掛在他脖子的金鍊子上閃閃發亮。

「贊諾．羅古德，」他說，朝哈利伸手，「我女兒和我就住在山丘的那一邊，好心的衛斯理家族邀請我們。我想你認識我家的露娜吧？」他又對榮恩說。

「是的，」榮恩說，「她沒跟你一起來？」

「她在那個迷人的小花園裡和那些地精們打招呼，數量真是壯觀哪！沒幾個巫師知道我們能從這些充滿智慧的小地精身上學到許多東西，或是明白牠們正確的名稱應該是『花園精靈』。」

「我們的地精會說許多精采的髒話，」榮恩說。「不過，我想是弗雷和喬治教牠們的。」

哈利領著一群魔法師走進帳篷時，露娜匆匆趕了上來。

「哈囉，哈利！」她說。

「呃——我叫巴尼。」哈利手足無措地說。

「喔，你連名字也改了？」她輕鬆地問。

「妳怎麼知道——？」

「喔，從你的表情。」她說。

和她的父親一樣，露娜也穿著鮮黃色的長袍，頭髮上還別著一大朵向日葵。不過一旦習慣那種鮮豔的色彩之後，其實整體的效果還算不錯，至少她的耳朵沒有吊著蘿蔔。

贊諾和一位熟人談得正熱絡，沒有聽到露娜與哈利之間的談話。和那位巫師分手後，贊諾轉身面對他的女兒，露娜伸出手指說：「爹地，你看——有個地精真的咬了我呢！」

「好極了！地精的口水最好了！」羅古德先生說，抓起露娜伸出的手指，檢查流血的傷口。「露娜，我的寶貝，如果妳今天感覺到有任何特別的靈感——也許是格外想唱歌劇，或用人魚語朗誦——不要壓抑它！說不定妳就是靠這些花精得到了才華！」

榮恩正好往另一個方向擦身而過，聽見這些話時用力哼了一聲。

「榮恩，你儘管笑，」哈利領著她和贊諾走向他們的座位時，露娜不慌不忙說。「但我父親可是對花精的魔法很有研究的。」

「真的？」哈利說，他從很久以前就決定不去挑戰露娜或她父親與眾不同的觀點，「不過，妳真的不在那傷口上搽點藥嗎？」

「喔，不要緊。」露娜說著邊用夢幻的神情吸吮她的手指，並把哈利從頭看到腳，「你看起來很帥，我告訴爹地，大多數人可能會穿禮袍，但他認為應該穿陽光色彩的衣服參加婚禮。你知道的，可以討個吉利。」

羅古德父女離開後，榮恩又帶著一位緊緊攀著他手臂的老女巫出現。鳥喙似的尖鼻子、紅色的眼眶，以及插著羽毛的粉紅色帽子，讓她看來像極了一隻壞脾氣的紅鶴。

「……還有，你的頭髮太長，榮恩，剛剛我還以為你是金妮呢。梅林的鬍子啊，贊諾・羅古德穿的是什麼？他看起來像個蛋捲。咦，你又是誰？」她對哈利大聲說道。

「喔，牡丹姑婆，這是我們的巴尼堂弟。」

「又一個衛斯理？你們像地精一樣會生。哈利波特不在這裡嗎？我希望能見到他，我還以為他是你的朋友。榮恩，還是你在吹牛？」

「沒有——他不能來——」

「嗯，這是他的藉口吧？這麼說，他沒有像報紙上的照片看起來那麼蠢囉。我剛剛才教新娘如何戴上我的頭冠，」她對哈利大聲說，「妖精做的，你知道嗎？在我家傳了好幾百年了。她是個漂亮的女孩，可惜是——**法國人**。好了，好了，給我找個好位子，榮恩，我一百零七歲了，不該站太久的。」

榮恩從旁經過時給了哈利一個意味深長的眼色，隨後好一陣子沒再出現。下一次在入口相遇時，哈利已經又領了十幾個人入座。現在帳篷內幾乎全坐滿，帳篷外總算不見有排隊人龍了。

「惡夢一場，這個牡丹，」榮恩說，用袖子抹著他的額頭。「她以前每年聖誕節都會來我家，後來多虧弗雷和喬治晚餐時在她椅子下引爆一枚屎炸彈，才把她惹惱了。爸常說她會把他們從她的遺囑中除名——她還以為他們會在乎咧，事實上，以他們目前的經營狀況來看，他們以後會比家族中的任何人更有錢……哇。」見妙麗朝他們匆匆走來，榮恩忍不住驚訝地眨眨眼。「妳真好看！」

「老是那種驚訝的口氣。」妙麗說，但忍不住微笑。她穿著一套飄逸的紫丁香色禮服，腳下踩著同色高跟鞋，頭髮光滑亮麗。「不過，你的牡丹姑婆可不同意，我剛剛在樓上見到她，她在給花兒戴頭冠。她說『喔，我的天，這就是那個麻瓜出身的丫頭？』接著又說『儀態不好，而且腳踝太細了。』」

「別理她，她對每個人都很無禮。」榮恩說。

「在說牡丹？」喬治問，他和弗雷又從帳篷出來，「是啊，她剛剛才告訴我，說我的耳朵不對稱。老神經，我真希望老畢流思叔叔還在，婚禮上他最好玩了。」

「是不是那個看見狗靈，然後二十四小時之後就死了的那個人？」妙麗問。

「嗯，是啊，他是死得有點離奇啦。」喬治說。

「不過他發神經以前，可是派對上的靈魂人物。」弗雷說。「他總是先灌下一整瓶火燒威士忌，然後衝進舞池，掀開他的長袍，從那裡拉出一把一把的鮮花——」

「嗯，聽起來真可愛。」妙麗說，哈利哈哈大笑。

「不知道為什麼，他打了一輩子的光棍。」榮恩說。

「我真驚訝。」妙麗說。

他們都笑得前俯後仰，竟沒人注意到後面還有來客。一個黑髮青年，臉上有一個大大的鷹鉤鼻和又黑又濃的眉毛。他將邀請函遞給榮恩，兩眼卻盯著妙麗。「妳真漂釀。」

「維克多！」妙麗尖聲大叫，驚訝得扔下了她手上的珠珠包，掉在地上的包包發出和它極不相稱的沉重聲音，她紅著臉急忙撿起來。「我不知道你——我的天——真高興看到——你好嗎？」

榮恩的耳朵又紅了。他瞥了一眼喀浪的邀請函，彷彿不相信上面寫的字，然後有點大聲地說：「你怎麼會來？」

「花兒邀請沃。」喀浪抬起眉毛說。

哈利對喀浪本來就沒什麼成見，便主動與他握手。哈利覺得為了審慎起見，最好還是把喀浪從榮恩身旁帶開，便提議引導他入座。

「你的朋友不高興見到沃，」他們進入客滿的帳篷時，喀浪說。「或者踏是你的親戚？」他瞥了一眼哈利的紅鬈髮。

「堂哥。」哈利喃喃說道，但喀浪並沒有真正聽進去，他的出現引起一陣騷動，尤其是那些迷拉表姊妹。畢竟，喀浪是個著名的魁地奇球員，正當人們紛紛伸長脖子看他時，榮恩、妙麗、弗雷和喬治也匆匆步上走道。

「該坐下來了，」弗雷對哈利說，「否則新娘會從我們身上踩過去。」

哈利、榮恩與妙麗在弗雷與喬治背後的第二排座位坐下。妙麗的臉有點紅，榮恩的耳朵依舊紅通通的。一會後，他對哈利小聲說：「你有看到他留了一撮很矬的小鬍子沒？」

哈利不置可否地哼了一聲。

帳篷內充滿一股緊張不安的期盼，喃喃的耳語被不時爆出的興奮笑聲打斷。衛斯理夫婦緩緩步上走道，含笑對著親友招手，衛斯理太太穿著一套全新的紫色長袍和同色帽子。

一會後，比爾與查理站到帳篷前，兩人都穿著禮袍，釦眼上插著大大的白玫瑰。弗雷發出怪叫聲，迷拉表姊妹們吃吃笑著。悠揚的音樂似乎從金色氣球裡傳了出來，群眾都一起安靜下來。

「喔喔喔喔！」妙麗說，從她的座位轉頭望著入口。

當戴樂古先生與花兒步上走道時，在場的女巫和巫師們都齊聲讚歎。花兒優雅地緩步向前，戴樂古先生則是腳步輕盈、滿面笑容。花兒穿著一套非常簡單的白禮服，全身似乎散發出強烈的銀光，她的美豔使四周的人全部為之失色。金妮與佳兒都穿著金色禮服，比平常更漂亮。當花兒走到比爾跟前時，比爾看起來就像是從來沒遭受過焚銳．灰背的毒手。

「各位女士，各位先生。」一個有點像唱歌的聲音說。哈利看見鄧不利多葬禮上那位頭髮一簇簇的矮個子巫師，略略吃了一驚，他此刻就站在比爾與花兒面前。「今天我們齊聚一堂，祝賀這對忠貞不渝的愛侶結為連理……」

「是的，我的頭冠使一切都進行得非常順利。」牡丹姑婆略微壓低嗓子說，「不過我得說，金妮禮服的領口開得太低。」

金妮四下看了看，對哈利眨眨眼，很快又面向前方。哈利的心從帳篷飄到遠方，回到他與金妮在校園偏僻角落單獨會面的地方。那似乎是很久以前的事了，太美好的事總是那麼不真實，彷彿他是從一個正常人的生活，從一個額頭上沒有閃電疤痕的人偷來了些許亮麗時刻……

「你，威廉[2]．亞瑟．衛斯理，願意娶花兒．伊莉莎白……？」

坐在最前排的衛斯理太太和戴樂古夫人都捏著蕾絲手帕默默飲泣。從帳篷後方傳來喇叭似的聲響，告訴每一個人，海格已拿出他桌布般的大手帕。妙麗轉頭對哈利展開笑靨，她的眼中也盈滿淚水。

「……那麼，我宣布你們結為連理。」

頭髮一簇簇的巫師將魔杖高舉在比爾與花兒頭上，一陣銀色的星星立刻撒下，成螺旋狀環繞住這對相擁的新人。弗雷與喬治帶頭鼓掌，比爾和花兒頭上的金色氣球爆開，極樂鳥與小小的金鈴鐺隨即從氣球內飛出來，在鼓噪聲中增添幾許鳥鳴與清脆的鈴聲。

「各位女士，各位先生！」頭髮一簇簇的巫師大聲說。「請起立！」

每個人都站了起來，牡丹姑婆大聲抱怨。然後巫師揮動魔杖，帳篷的帆布圍籬一消失，他們坐的椅子也都優雅地上升，於是眾人站在只有金色柱子支撐的天篷底下，眼前是一片燦爛的陽光果園與田園風光。接著，一大片黃金溶液慢慢從帳篷中央伸展開來，形成一座亮閃閃的舞池。飄浮在半空中的椅子又優雅地回到地面，三三兩兩圍繞著一張張鋪著白布的小桌，穿金色外套的樂隊也步上舞台。

「很好。」榮恩讚許說。這時侍者從四面八方出現，有的端著銀盤送上南瓜汁、奶油啤酒和火燒威士忌，有的顫巍巍地送上一堆堆餡餅與三明治。

「我們應該過去向他們道賀！」妙麗說著，站起來踮起腳尖，望著比爾和花兒消

2.「比爾」（Bill）原名「威廉」（William），「比爾」為小名。

失在祝賀的人群中。

「等一下還有時間，」榮恩聳聳肩，從路過的托盤抓了三瓶奶油啤酒，遞給哈利一瓶。「妙麗，拿好，我們去找張桌子……不要去那邊！不要太靠近牡丹——」

榮恩領頭穿過空盪盪的舞池，一面左顧右盼，哈利確信他是在提防喀浪。等他們來到帳篷的另一邊，大部分的桌子已經都坐滿了，最空的一張只有露娜單獨坐在那裡。

「我們可以和妳一起坐嗎？」榮恩問。

「喔，可以啊，」她快樂地說，「爹地剛走開，他去給比爾和花兒送禮物。」

「什麼禮物？一輩子免費供應鍋底根？」榮恩問。

妙麗想從桌子底下踢他一腳，不料卻踢到哈利，只見哈利滿臉痛苦，一時說不出話來。

樂隊開始演奏，比爾和花兒在熱烈的掌聲中率先進入舞池。一會後，衛斯理先生領著戴樂古夫人也進入舞池，緊跟著是衛斯理太太和花兒的父親。

「我喜歡這首歌。」露娜說，隨著華爾滋的旋律搖擺。過了幾秒，她索性站起來滑進舞池，雙眼緊閉地獨自在原地旋轉、揮動手臂。

「她很了不起，不是嗎？」榮恩羨慕地說，「永遠那麼樂觀。」

但笑容立刻從他臉上消失。維克多．喀浪已坐進露娜空出來的位子，妙麗顯得又高興又慌亂，但這次喀浪不是來讚美她。他皺著眉頭說：「那個穿黃色衣服的男人是誰？」

「那是贊諾．羅古德，我朋友的父親。」榮恩說。他的語氣聽起來很不高興，明擺著就算喀浪再怎麼明白挑釁，他們也不會嘲笑贊諾。「跳舞去。」榮恩忽然對妙麗說。她有點嚇了一跳，但顯得很開心，便站起來，兩人一起消失在人群越來越多的舞池內。

「啊，踏們現在走在一起了？」喀浪暫時分心地問。

「呃——好像是。」哈利說。

「你是誰？」喀浪問。

「巴尼．衛斯理。」

兩人握手。

「你，巴尼——你和仄位羅古德很熟嗎？」

「沒有，我今天才認識他，怎麼了？」

喀浪從他的飲料上方皺著眉注視贊諾，後者正在舞池另一頭和幾位魔法師在聊天。

「因為，」喀浪說，「假如踏不是花兒的客人，我會找踏決鬥，當場決鬥，為了踏戴在胸前的那個骯髒標記。」

「標記？」哈利說，也望著贊諾。那個奇特的三角眼正在他胸前閃閃發亮。「為什麼？它有什麼不對？」

「葛林戴華德，那是葛林戴華德的標記。」

「葛林戴華德……被鄧不利多擊敗的黑巫師？」

「正是。」

喀浪的下巴咯咯作響，彷彿正在咬牙，接著他說：「葛林戴華德殺了很多人，沃的祖父就是其中之一。當然，踏在這個國家不是很有勢力，踏們說踏怕鄧不利多——可不是嗎？看踏如何被消滅，但仄個——」他用一根指頭指著贊諾，「仄是踏的符號，沃立刻就認出來了。葛林戴華德還在當學生時，就把踏刻在德姆蘭的牆上，油些白痴還把踏印在踏們的書和衣服上，以為仄樣很酷，可以讓別人對踏們留下深刻的印象——直到沃們仄些油親屬北葛林戴華德殺害的人，給踏們一點教訓。」

喀浪不懷好意地扳響他的指關節，對贊諾怒目而視。哈利有些不解，露娜的父親似乎不像是擁護黑魔法的人，而且帳篷內好像也沒有別人認出這個三角形、像古代神秘文字的圖案。

「你——呃——確定它就是葛林戴華德的——？」

「沃不會看錯，」喀浪冷冷地說，「沃從那個標記底下走過無數年了，沃很清楚。」

「那，有個可能是，」哈利說，「贊諾並不知道那個符號的真正意義，羅古德家的人相當……與眾不同。他可能從某個地方撿起這個東西，以為它是犄角獸的腦袋橫切面什麼的。」

「什麼的橫切面？」

「啊，我不知道那是什麼，但顯然他和他的女兒會在假日出去找……」

哈利發覺自己好像為露娜和她的父親做了不明智的解說。

「那個就是她。」他指著露娜說，她仍在獨自跳舞，雙手在頭上揮舞，彷彿在趕小蟲。

「踏為什麼要仄樣？」喀浪問。

「大概在趕走黑黴氣吧。」哈利說，他認得這種症狀。

喀浪好像搞不清楚哈利是不是在開他玩笑，他從長袍裡抽出魔杖，不懷好意地拍擊著大腿，魔杖尖端立即噴出火星。

「葛果羅威！」哈利大聲說。喀浪嚇了一跳，但哈利似乎興奮得無暇注意。看見喀浪的魔杖，他想起來了。三巫鬥法大賽前，奧利凡德曾經拿起它仔細地研究。

「踏怎麼啦？」喀浪狐疑地問。

「他是個魔杖製造師！」

「沃知道。」喀浪說。

「你的魔杖是他製造的！所以我才會想到——魁地奇……」

喀浪更懷疑了。

「你怎麼知道沃的魔杖是葛果羅威製造的？」

「我……我想我是從某個地方讀來的，」哈利說，「從一——一本球迷雜誌。」他臨時胡謅一氣，喀浪似乎緩和了下來。

「沃不知道沃曾經和球迷討論過沃的魔杖。」他說。

「那……呃……葛果羅威最近都在哪裡？」

喀浪一臉不解。

「踏幾年前就已經退休了，沃是最後幾個買到葛果羅威魔杖的人之一，踏們是最梆的——不過沃知道，你們英國人幫奧利凡德開了許多店。」

哈利沒有回答，他假裝和喀浪一樣在看人跳舞，但他其實是在努力思索。原來佛地魔在找一位著名的魔杖製造師，哈利不需要多費心思尋找別的理由：佛地魔一定是因為那天晚上在天空追逐哈利的時候，哈利的魔杖做出的驚人表現而找上他。冬青木與鳳凰羽毛製成的魔杖擊敗了借來的魔杖，這是奧利凡德所預想不到也不明白的事。葛果羅威會比他更了解嗎？他的技術真的比奧利凡德更好？奧利凡德不知道的魔杖秘密，他會知道嗎？

「仄個女孩長得很漂釀，」喀浪說，想起哈利還坐在他旁邊。喀浪指著金妮，她剛剛走過去和露娜一起跳舞。「踏也是你的親戚？」

「是的，」哈利說，忽然生起氣來，「她現在有男朋友，很會吃醋那一型的，大塊頭，你可別惹火他喔。」

喀浪嘀咕一聲。

「如果，」他喝光杯子裡的飲料後又站起來，「所油漂釀的女孩都北搶走了，當一個國際級魁地奇球員又油什麼意思？」

說完他大踏步走開。哈利從經過的侍者托盤上拿了一塊三明治，沿著擁擠的舞池邊上走，他要找榮恩，告訴他葛果羅威的事，但榮恩和妙麗正在舞池中央跳舞。哈利靠在一根金色的支柱上望著金妮，她此刻正和弗雷與喬治的朋友李．喬丹跳舞，他試著不要為他答應榮恩的事而生氣。

他以前沒參加過婚禮，所以無法判斷魔法界的婚禮與麻瓜的婚禮有何不同，但他確信麻瓜的結婚蛋糕上不會有兩隻鳳凰，而蛋糕被切開時，鳳凰還會飛走。他也確信在麻瓜的婚禮上，不會有香檳在人群間自動飄浮。接近黃昏時，飛蛾開始在天篷下亂撲。現在天篷裡已經點起了飄浮的金色燈籠，狂歡會越來越熱烈。弗雷與喬治早已和花兒的一對表姊妹消失在暗處。查理、海格和一小群戴紫色捲邊平頂帽的巫師則在角落裡高唱〈英雄歐多〉。

為了逃避榮恩一個喝醉酒的叔叔——他好像不能確定哈利是不是他的兒子——哈利在人群中閒逛，看見一名老巫師獨自坐在一張桌子旁。他那一頭白髮使他看上去有點像一株年老的蒲公英，頭上還戴著一頂被蠹蟲咬過的土耳其帽。他看上去有點面熟，哈利絞盡腦汁才忽然想起，他是艾飛．道奇，鳳凰會的成員，也是鄧不利多追思文的作者。

哈利向他走去。

「我可以坐這裡嗎？」

「當然，當然。」道奇說，他有個略帶哮喘的高嗓音。

哈利靠過去。

「道奇先生，我是哈利波特。」

道奇倒抽一口氣。

「我親愛的孩子！亞瑟告訴我你在場，偽裝成了別人……我真高興，真榮幸！」

道奇又緊張又高興地為哈利倒了杯香檳。

「我想過要寫信給你，」哈利小聲說。「在鄧不利多……那件令人震驚的事發生之後……我相信，你一定……」

道奇的小眼睛忽然現出淚光。

「我看過你為《預言家日報》撰寫的追思文，」哈利說，「我不知道你和鄧不利多教授那麼熟。」

「和大家一樣，」道奇邊說，邊用餐巾擦眼睛，「當然，我認識他最久，如果不把阿波佛算在內的話——有些人**的確**也沒把阿波佛算在內。」

「說到《預言家日報》……道奇先生，不知道你是不是有看過——？」

「喔，請叫我艾飛，親愛的孩子。」

「艾飛，不知道你有沒有看過麗塔．史譏那篇談鄧不利多的訪談？」

道奇立刻氣憤起來，脹紅了臉。

「喔，有的，哈利，我看了。那個女人，或者不如說是禿鷹還更真確些。她纏著我，要我接受她的訪談，我得慚愧地說我有些粗魯，罵她是愛管閒事的鱒魚。結果，你看到了，我被她毀謗為神志不清。」

「嗯，在那篇訪談中，」哈利繼續說。「麗塔．史譏暗示，鄧不利多教授年輕時曾涉獵黑魔法。」

「千萬別相信它！」道奇立刻說，「一個字也不能信，哈利！別讓任何事玷污你對阿不思．鄧不利多的記憶！」

哈利望著道奇誠摯、痛苦的臉，但他非但不能安心，反而有些挫折。道奇真以為哈利能那麼容易就**選擇**不要相信嗎？道奇難道不明白，哈利需要的是千真萬確，知道**一切**真相嗎？

或許是道奇察覺到哈利的感受，因為他一臉關切，急急說道：「哈利，麗塔．史譏是個可怕的——」

但他的話被一陣刺耳的笑聲打斷。

「麗塔．史譏？喔，我喜歡她，我常讀她的文章！」

哈利和道奇抬頭看見牡丹姑婆站在那裡，羽毛在她帽子上舞動，她的手上握著一杯香檳。「她寫了一本鄧不利多的書，你知道！」

「哈囉，牡丹，」道奇說，「是的，我們剛在討論——」

「喂！把你的椅子讓給我坐，我一百零七歲了！」

另一個紅髮的衛斯理堂兄弟一臉緊張，立刻跳起來讓出椅子。牡丹姑婆以令人吃驚的力道將椅子拉過來，一屁股坐在道奇與哈利中間。

「哈囉，又見面了，巴利，或什麼的。」她對哈利說，「好了，你說麗塔．史譏怎麼著，道奇？你知道她寫了一本鄧不利多的傳記嗎？我迫不及待想讀，我一定得記得向華麗與污痕訂購一本！」

道奇一聽，表情轉為僵硬嚴肅。牡丹姑婆喝乾了她的香檳後，用她瘦骨嶙峋的手朝經過的侍者彈指再要來一大杯。她又一口把香檳乾了，打了個嗝，然後說：「沒必要像一隻氣鼓鼓的青蛙！在他受到尊敬，以及多麼值得尊敬這些瞎話之前，阿不思可有不少有趣的謠言！」

「錯誤的斷章取義。」道奇說，臉又變成紅蘿蔔色。

「那是你說的，艾飛，」牡丹姑婆呵呵笑。「我發現你在那篇追思文中把人家唱反調的部分都略而不談！」

「很抱歉妳有這種看法，」道奇說，口氣更冷了。「我向妳保證，那是我打從心底寫出的文章。」

「喔，我們都知道你崇拜鄧不利多，即使他確實把他的爆竹妹妹拋棄了，我敢說你還認為他是聖人！」

「**牡丹！**」道奇驚呼。

一股與冰冷香檳無關的涼意，襲上哈利的心頭。

「妳是什麼意思？」哈利問牡丹，「誰說鄧不利多的妹妹是個爆竹？我以為她只是生病了？」

「那你就想錯囉，不是嗎，巴利！」牡丹姑婆說，對她所製造的效果感到很滿意。「反正，你又怎麼會知道？那些都是在你想都想不到的多年以前發生的。親愛的，事實真相連當時都在的我們也不知道，所以我才迫不及待想看史譏揭發真相！鄧不利多不聲不響地把自己妹妹關了很長一段時間！」

「不對！」道奇氣呼呼說，「完全不對！」

「他從沒告訴我，他的妹妹是個爆竹。」哈利不假思索說，心底還是涼的。

「他幹嘛告訴你？」牡丹尖聲說，在座位上晃了一下，想把視線集中在哈利身上。

「阿不思從來不提亞蕊安娜的原因，」艾飛以僵硬但感性的聲音說，「我想，這應該很明白，是因為他對她的死感到難過——」

「那為什麼沒有人見過她，艾飛？」牡丹大聲抱怨，「為什麼我們至少有一半以上的人不知道有她這個人存在，直到他們抬棺出門，為她舉行葬禮？亞蕊安娜被鎖在地窖時，聖人阿不思在哪裡？在霍格華茲光芒四射，卻從來不管他自己家門裡的事！」

「妳是什麼意思？『鎖在地窖裡』？」哈利問，「什麼意思？」

道奇一臉慘兮兮的表情，牡丹姑婆又呵呵大笑回答哈利。

「鄧不利多的母親是個可怕的女人，非常可怕，麻瓜出身，但我聽說她假裝她不是麻瓜——」

「她從來沒有假裝什麼！甘德拉是個好女人。」道奇難過地說，但牡丹姑婆不理會他。

「——驕傲又非常專制，是那種生了爆竹會很痛心的女巫——」

「亞蕊安娜不是爆竹！」道奇喘著氣說。

「那是你說的，艾飛，不然你說說看，她為什麼沒有去霍格華茲？」牡丹姑婆說。她又轉向哈利，「在我們那個時代，爆竹往往是禁忌，可是做得那麼絕，把一個小女孩關在屋子裡，假裝沒她這個人——」

「我告訴妳，事情不是那樣的！」道奇說道，但牡丹姑婆還是對著哈利硬是說下去。

「爆竹通常會被送去上麻瓜學校，並且鼓勵他們和麻瓜社會打成一片……這要比在魔法界為他們找個立足點好得多。在魔法界，爆竹永遠是次等人。不過甘德拉．鄧不利多想都沒想過要讓她的女兒進麻瓜學校——」

「亞蕊安娜身子弱！」道奇絕望地說，「她的健康太差，使她沒辦法——」

「使她沒辦法走出屋子？」牡丹笑著說，「但是她一直沒有被送去聖蒙果，而且也沒有治療師被請到家裡去看她！」

「說真的，牡丹，妳怎麼知道有沒有——」

「告訴你，艾飛，我的表弟藍斯洛當時就是聖蒙果醫院的治療師，他信誓旦旦地告訴我家人，亞蕊安娜從來沒去過醫院，藍斯洛覺得非常可疑！」

道奇看起來快哭出來了，牡丹姑婆似乎很自得其樂，她朝侍者彈指，又要來一杯香檳。哈利麻木地想到，德思禮家的人也曾經把他關起來、鎖起來，不讓他見人，罪名只因為他是個巫師。鄧不利多的妹妹命運和他相同，理由卻恰恰相反，她因為不會魔法而被監禁？而鄧不利多果真聽任她接受命運的擺布，自己遠赴霍格華茲，證明他自己才華出眾的天賦？

「好，假如甘德拉沒有先死去，」牡丹又說，「我會說是她動手結束了亞蕊安娜的生命——」

「妳怎麼能這樣講，牡丹？」道奇呻吟說。「母親殺死自己的親生女兒？想想看妳在說什麼！」

「如果這位母親能夠把她的女兒監禁至死，又有什麼不可能？」牡丹姑婆聳聳肩。「但如我所說，這與事實不符，因為甘德拉比亞蕊安娜先死——不過，大家好像也都沒有把握——」

「喔，無疑地，是亞蕊安娜殺了她，」道奇說，顯然有意譴責她，「有何不可？」

「對，亞蕊安娜或許因為想得到自由，而在拚命之下殺了甘德拉。」牡丹姑婆若有所思地說，「說說看，艾飛！你參加過亞蕊安娜的葬禮，不是嗎？」

「是的，我參加過，」道奇顫抖著嘴唇說，「那是我記憶之中最絕望的傷心事了。阿不思心碎——」

「碎的豈止是他的心，阿波佛不是還在葬禮中途，打斷了阿不思的鼻子嗎？」

如果道奇剛才的臉色難看，那他此刻的臉色更是不忍卒睹，就好像牡丹捅了他一刀似的。她咯咯大笑，又灌了一大口香檳，香檳沿著她的下巴滴下來。

「妳怎麼——？」道奇啞著聲音說。

「我母親和老芭蒂達．巴沙特很要好，」牡丹姑婆愉快地說，「芭蒂達對我母親敘述這件事時，我在門口偷聽。他們在棺木旁吵架！芭蒂達說的，阿波佛大聲罵說，亞蕊安娜的死都是阿不思的錯，然後一拳打在他的臉上。據芭蒂達說，阿不思根本沒還手，這就怪了，阿不思就算是雙手被綁在後面，在決鬥中也能輕易殺了阿波佛。」

牡丹又大口灌進更多香檳，敘述這些昔日的醜聞使道奇驚駭不已，但她卻感到興高采烈。哈利不知道該想些什麼，或相信什麼。他要真相，但道奇卻只是坐在那裡，用微弱的聲音無力地反駁說，亞蕊安娜只是生病而已。哈利相信，鄧不利多家中如果發生這種殘酷的事，他絕對不會袖手旁觀，但這件事無疑有些蹊蹺。

「還有，我告訴你，」牡丹說。她放下酒杯時略略打了個嗝，「我想芭蒂達一定有向麗塔．史譏洩漏秘密。史譏接受訪問時說，這些線索都來自一位接近鄧不利多的重要消息人士——天知道亞蕊安娜的事她全曉得，而且與事實相符！」

「芭蒂達絕不會告訴麗塔．史譏！」道奇小聲說。

「芭蒂達．巴沙特？」哈利說，「《魔法史》的作者？」

這個名字印在哈利的一本課本上，不過並不是他最常讀的一本書。

「是的，」道奇說，他趕緊抓住哈利的問題，有如即將溺斃的人抓住一艘救生艇，「是一位最有才華的魔法史學家，也是阿不思的老朋友。」

「我聽說她最近變得很痴呆。」牡丹姑婆愉快地說。

「如果是這樣的話，史譏利用她就更可恥了，」道奇說，「而且芭蒂達所說的任何話就更不可信！」

「喔，總有辦法讓人恢復記憶的，我相信麗塔．史譏一定懂得如何去做。」牡丹姑婆說，「但就算芭蒂達完全瘋了，我相信她一定還有一些老照片，說不定還有書信。她認識鄧不利多很多年了……我認為很值得跑一趟高錐客洞。」

哈利剛啜一口奶油啤酒，聽到這句話嗆了一下。他咳嗽起來，用帶淚的眼睛望著牡丹姑婆。道奇趕緊幫他拍背，等他聲音又恢復正常後，哈利問：「芭蒂達．巴沙特住在高錐客洞？」

「是啊，她在那裡住了一輩子了！鄧不利多一家人在博知維被關了以後就搬到那裡，而她就是他們的鄰居。」

「鄧不利多一家住在高錐客洞？」

「是的，巴利，我就是這麼說的。」牡丹姑婆不耐煩地說。

哈利感到枯竭、空虛。一次也沒有，鄧不利多六年來從沒告訴過哈利，他們倆都曾住過高錐客洞，而且在那裡喪失親人。為什麼？莉莉和詹姆埋葬的地方離鄧不利多的母親和妹妹不遠嗎？鄧不利多去掃墓時，會不會也從莉莉和詹姆的墳前經過？可是他一次也沒對哈利提起過……從來不提……

哈利無法解釋為何這件事對他來說如此重要，但他認為鄧不利多沒有告訴他，他們住過相同的地方、有過相同的經驗，就等於是對他說謊。他瞪著前方，完全沒注意到四周的一切，也沒發現妙麗已經從人群中出來，直到她拉了一張椅子在他旁邊坐下。

「我再也跳不動了，」她喘著氣，脫掉一隻鞋開始揉她的腳，「榮恩去找更多奶油啤酒。好怪喔，我剛看到維克多氣沖沖地從露娜父親的身旁走開，看樣子他們好像在吵架——」她壓低聲音並注視他，「哈利，你沒事吧？」

哈利不知道該從何說起，但是無所謂。就在此刻，一團巨大的銀色東西穿過天篷，落在舞池上方。這隻山貓閃亮優雅地輕輕降落在吃驚的舞客當中，所有的人都轉頭過來，離牠最近的舞客立刻都停下舞步不動。接著這個護法張大了嘴，大聲傳來金利・俠鉤帽低沉徐緩的聲音。

「**魔法部垮了，昆爵死了，他們來了。**」

9 藏身之處

一切似乎都變得模糊而緩慢。哈利與妙麗跳起來拔出魔杖，還有許多人是剛剛才弄清楚發生了怪事；銀色山貓消失時，還有許多人正要轉頭看牠。寂靜有如冰冷的漣漪，從護法降落的地方一波波往外擴散，接著有人尖叫。

哈利與妙麗衝進驚慌的人群中，賓客向四方逃逸。許多人用消影術逃跑了，用來保護洞穴屋的魔法被破解了。

「榮恩！」妙麗大聲喊。「榮恩，你在哪裡？」

他們擠在人群中穿過舞池，哈利看見穿著斗篷、戴著面具的人出現在人群中。接著他看見路平與東施，他們舉著魔杖，又聽見他們兩人大喊：「破心護！」這一喊從四面八方紛紛響起迴音——

「榮恩！榮恩！」妙麗大聲喊。她和哈利被恐慌的賓客推擠時，她幾乎哭了出來。哈利抓著她的手，免得兩人分散，這時一道光線從他們頭上掠過，是保護咒或是更邪惡的東西，他不知道——

然後他看到榮恩了，他抓住了妙麗的另一隻手。哈利感覺到她忽然轉身，黑暗壓迫著他，眼前的景物與聲音都消失了。當他在空間與時間中受到擠壓，遠離洞穴屋、遠離降落的食死人，甚至遠離佛地魔本人時，他只能感覺到妙麗的手……

「我們在哪裡？」榮恩的聲音說。

哈利張開眼睛，那一刻他以為他們還沒離開婚禮現場，四周似乎仍有許多人。

「圖騰漢廳路。」妙麗喘著氣說，「走，快往前走，我們得找個地方讓你們換衣服。」

哈利聽從她的話。他們沿著寬闊黑暗的道路半走半跑，路上聚集著大群喝酒鬧事的人，兩旁有許多已經打烊的商店，星星在他們頭上閃爍。一輛雙層巴士轟隆開過，一群歡樂的夜店客人在他們路過時，對他們頻送秋波。哈利和榮恩仍然穿著禮袍。

「妙麗，我們沒有衣服可換。」榮恩對妙麗說，一名年輕的婦人看到他們時忍不住發出刺耳的笑聲。

「為什麼我不把隱形斗篷帶在身上？」哈利說，忍不住在內心咒罵自己太蠢了，「去年一整年我都帶在身上──」

「不要緊，隱形斗篷我帶著，我有衣服讓你們兩個換。」妙麗說，「你們表現得自然一點，直到──這裡行了。」

她帶著他們拐進一條岔路，然後躲進一條陰暗的巷子裡。

「妳說妳帶了隱形斗篷，還有衣服……」哈利皺著眉對妙麗說。她手上除了一個珠珠包外什麼也沒有，只見她伸手在小小的珠珠包內摸索。

「有了，在這裡。」妙麗說，哈利與榮恩一臉驚愕，她拉出一條牛仔褲、一件運動衫、幾雙紅褐色的毛襪，最後還拉出銀灰色的隱形斗篷。

「妳怎麼辦到的——？」

「無形伸展咒，」妙麗說，「需要點技巧，不過我想我做得還可以。總之，我把我們需要的東西都塞進去了。」她把看似脆弱的珠珠包搖一搖，裡面發出許多重物滾動的聲音。「喔，要命，一定是那些書，」她說，往裡面看了一眼。「我按照學科分類，把它們都疊起來……喔，好了……哈利，你最好把隱形斗篷披上。榮恩，快點換衣服……」

「妳是什麼時候裝進去的？」榮恩脫下他的長袍時，哈利問道。

「我在洞穴屋就告訴過你，我打包這些重要東西已經好幾天了。你知道，以防我們得快速逃離。哈利，今天早上在你變身之後，我還打包了你的帆布背包，然後裝進這裡面……我有個預感……」

「妳真了不起，真的。」榮恩說，將他的長袍捲好交給她。

「謝謝你。」妙麗說，淺淺一笑，並將長袍塞進包包裡，「拜託，哈利，把隱形斗篷披上！」

哈利將隱形斗篷披在肩上，然後拉起帽兜蓋住頭。他的身形頃刻間消失無蹤，內心不禁生起感激之情。

「其他人——婚禮上的每一個人——」

「我們現在沒辦法操心那個了，」妙麗小聲說，「他們要的是你，哈利，我們回去的話只會害他們更危險。」

「她說得對，」榮恩說，他雖然看不見哈利的臉，但似乎知道他會反駁，「大半的鳳凰會員都在那裡，他們會照顧每一個人。」

哈利點頭，然後他想起他們看不見他的臉，便說：「是啊。」但他想到金妮時，一股恐懼就像胃酸一樣在翻滾。

「走吧，我想我們該走了。」妙麗說。

他們回到岔路，又走回到大馬路，對面有一群人正在人行道上醉醺醺地唱歌。

「好奇問一下，為什麼我們要到圖騰漢廳路？」榮恩問妙麗。

「我也不知道，忽然間就有這個念頭，但我相信我們在麻瓜世界比較安全，他們不會料到我們在這裡。」

「這倒是真的，」榮恩說，邊朝四下看了看，「可是，妳不覺得有點——太無防備了嗎？」

「不然要去哪裡？」妙麗問。對街的男人對她挑逗地吹口哨，她畏縮了一下。

「我們又不能去破釜酒吧住，不是嗎？古里某街也不能去，如果石內卜進得去的話……我想我們可以試試去我父母家，雖然我猜他們也有可能去那裡找……喔，真希望他們閉嘴！」

「妳好嗎，親愛的？」對面人行道上醉得最厲害的那個人大聲喊著。「想不想喝一杯？甩掉那個紅頭髮的，過來喝一杯！」

「我們找個地方坐下吧，」榮恩正準備張嘴喊回去時，妙麗急忙說，「看，這裡行了，進去！」

那是一家不起眼的夜間咖啡館，塑膠貼皮的桌面上沾了一層薄薄的油垢，但至少裡面沒人。哈利率先溜進一個廂座，榮恩坐在他旁邊，妙麗在他們對面坐下。背對著入口，她心裡總覺得怪怪的。她不時轉頭去看，感覺脖子快要抽筋了。哈利不喜歡坐著不動，但走來走去又會給人他們有什麼目的的錯覺。他在隱形斗篷底下感覺最後一點的變身水正在消失，他的手也恢復成原來的長度和大小，他從口袋掏出眼鏡戴上。

一、兩分鐘後，榮恩提醒說：「你們知道嗎？這裡離破釜酒吧不遠呢，它就在查令十字——」

「榮恩，不行啦！」妙麗立刻說。

「不是去住，而是去看看到底出了什麼事！」

「我們知道出了什麼事！佛地魔已經占領魔法部，我們還要知道些什麼？」

「好吧，好吧，只是提個建議而已！」

他們又恢復令人難堪的沉默。嚼著口香糖的女服務生慢吞吞走過來，妙麗點了兩杯卡布其諾，因為哈利是隱形的，如果幫他多點一杯會顯得很怪。此時兩名身材魁梧的工人進入咖啡館，擠進隔壁的廂座。妙麗壓低了嗓子說話。

「我說我們找個安靜的地方消影，再到郊外。到了郊外，我們就可以傳送訊息給鳳凰會。」

「那妳會使用那種能說話的護法嗎？」榮恩問。

「我練習過，我想我應該可以。」妙麗說。

「好吧，只要不給他們惹麻煩，不過，他們說不定已經被逮捕了。我的天，這東西真倒胃口。」榮恩啜了一口浮著許多泡沫的灰色咖啡後又說。女服務生聽到了，她慢吞吞地走去為新來的顧客點餐時，厭惡地瞪了榮恩一眼。兩名工人中體型較大的那個有一頭金髮，塊頭很大。哈利望著他，見他揮手叫女服務生走開。她瞪著他，覺得受到了侮辱。

「那就走吧，我不想喝這杯泥巴水。」榮恩說，「妙麗，妳有麻瓜錢可以付帳嗎？」

「有，我去洞穴屋之前，已經把我在建屋合作社的存款都提出來了，我敢說所有的零錢一定都壓在最底下。」妙麗嘆口氣，伸手進珠珠包內。

這時兩名工人做出一樣的動作，哈利無意識地瞄了他們一眼，然後三個人同時拿出了魔杖。榮恩過了幾秒鐘後才恍然大悟，他猛然探過身子，將妙麗往旁邊推倒在長凳上。食死人咒語的力道粉碎了榮恩腦袋邊的瓷磚牆，仍然隱形的哈利這時大喊一聲：

「咄咄失！」

高大的金髮食死人被一道紅光擊中臉部，他往旁邊一癱，立即不省人事。他的同伴沒看出是誰射出的咒語，又對榮恩發出另一個，閃亮的黑繩從他的魔杖尖端射出，將榮恩從頭綑到腳。女服務生尖叫著跑向門口，哈利又對綁住榮恩的食死人射出一道昏擊咒，但是射歪了，咒語從窗子反彈回來擊中女服務生，她立即倒在門前。

「轟轟破！」食死人怒吼，哈利面前的桌子立刻爆炸，爆炸的威力將他甩到牆上，並感覺到魔杖從手中掉落，隱形斗篷也滑開了。

「整整——石化！」妙麗不知從何處大喊，食死人像尊雕像似地往前倒下，砸在一堆碎瓷器、桌子與咖啡碎片上，發出轟然巨響。妙麗從藏身的長凳底下爬出來，抖去沾在頭髮上的玻璃菸灰缸碎片，渾身顫抖。

「吩——吩吩綻！」她說，用魔杖指著榮恩，榮恩立刻痛得慘叫，只見他膝蓋處的牛仔褲被劃破，現出一道很深的割傷，「喔，對不起，榮恩，我的手在抖！吩吩綻！」

繩子被割斷掉落，榮恩站起身甩甩手來恢復知覺。哈利拾起魔杖，走過滿地碎片，走到高大金髮食死人趴著的長凳邊。

「我早該認出他，鄧不利多死的那天晚上他也在場。」他說，用腳把那個黑髮的食死人踢翻過來。那人的眼睛在哈利、榮恩與妙麗身上快速轉來轉去。

「那是杜魯哈，」榮恩說，「我認得他，我在以前的通緝告示上見過他。我想那個大個子是索分．羅爾。」

「別管他們的名字了！」妙麗有點歇斯底里地說，「他們是怎麼發現我們的？我們現在該怎麼辦？」

她的恐慌反而使哈利的頭腦清醒了。

「把門鎖上，」哈利告訴她，「還有，榮恩，把燈關掉。」

他低頭注視著不能動彈的杜魯哈，飛快動著腦筋。門喀噠一聲鎖上，榮恩用熄燈器使咖啡館陷入一片黑暗，哈利聽見先前對妙麗搭訕的人大聲呼叫遠處的另一個女孩。

「我們要如何處置他們？」榮恩在黑暗中小聲對哈利說，接著又更小聲地問，「要不要殺了他們？他們想殺了我們呢，而且他們剛才差點就成功了。」

妙麗全身顫慄，往後退一步。哈利搖頭。

「我們只要除去他們的記憶就行了，」哈利說，「這樣比較好，可以切斷他們的線索。假如殺了他們，那麼我們就等於是洩漏行蹤了。」

「就聽你的，」榮恩說，聲音聽起來似乎鬆了一口氣，「可是，我沒使用過記憶咒。」

「我也沒有，」妙麗說，「不過我知道它的原理。」她深吸一口氣鎮定一下，然後用她的魔杖指著杜魯哈的前額，說：「空空，遺忘。」

杜魯哈的眼睛立即失焦，眼神像陷入夢境。

「厲害！」哈利說，拍拍她的背，「把另外一個和那個女服務生也除去記憶，然後我和榮恩清理一下。」

「清理？」榮恩說著，看看四周幾乎全毀的咖啡館。「為什麼？」

「假如他們醒來後發現自己在一處像被炸過的地方，你不覺得他們會起疑嗎？」

「喔，對喔，對……」

榮恩費了點工夫才從口袋拔出他的魔杖。

「難怪我拔不出來，妙麗，妳拿的是我的舊牛仔褲，好緊啊。」

「喔，真抱歉。」妙麗說，當她把女服務生拖離窗口時，哈利聽見她喃喃對榮恩說話，建議他可以把魔杖放在哪。

咖啡館恢復原狀後，他們將食死人又抬回他們的廂座，讓他們面對面坐著。

「可是他們是怎麼找到我們的？」妙麗問，看看那兩個了無生氣的人，「他們怎麼知道我們在哪裡？」

她轉向哈利。

「你——你想你身上該不會還有魔法偵測咒吧，哈利？」

「他不可能還有，」榮恩說，「魔法偵測咒在滿十七歲時就解開了。這是魔法界的律法，魔法偵測咒不能施在成人身上。」

「就你所知，」妙麗說，「有沒有可能食死人找到一個方法，把它放回一個十七歲的青年身上呢？」

「但哈利過去二十四小時都沒有靠近食死人，誰會把魔法偵測咒放回他身上？」妙麗沒有回答。哈利也覺得身上似乎有種不潔的感覺，難道食死人真是這樣找到他們的嗎？

「如果我不能使用魔法，你們也不能在我旁邊使用魔法，同時又不能洩漏我們的位置……」他說。

「我們絕不分開！」妙麗斷然說。

「我們需要一個安全的地方躲藏，」榮恩說，「給我們時間想一想。」

「古里某街。」哈利說。

其他兩人都驚訝得張大嘴巴。

「別傻了，哈利，石內卜進得去！」

「榮恩的爸爸說，他們已經對那裡下了惡咒來阻止石內卜——但就算那些咒語都失效，」妙麗想反駁，但哈利繼續說下去，「那又怎樣？我發誓，我最想見的就是石內卜！」

「可是——」

「妙麗，還有哪些地方可去？這是我們最好的機會，石內卜雖然是食死人，但他只有一個人。如果我身上還有魔法偵測咒，那麼不管我們走到哪裡，都會碰上一大群食死人。」

她無話可說，但她的表情顯示她還想辯駁。她打開咖啡館的門鎖，榮恩又用熄燈器恢復咖啡館的燈光。接著，哈利數到三，他們就解除了施放在那三人身上的咒語。趕在女服務生或任何一個食死人從睡夢中清醒前，哈利、榮恩與妙麗已經離開現場，再一次消失在逼人的黑暗中。

幾秒鐘後，哈利的肺舒張開來，他睜開眼睛。他們現在站在一個熟悉的簡陋小廣場中央，高大荒廢的房屋從四面八方俯視著他們。因為它的守密人鄧不利多之前曾對他們說過這裡的存在，所以他們能看得到十二號的房子。三人匆匆跑過去，每隔幾號便查看四周，確認沒有人跟蹤或發現他們。他們跑上石階，哈利用魔杖在門上敲了一下，便聽見好幾道金屬的喀嚓聲和拉動鐵鍊的聲音，接著大門呀的一聲打開，他們匆匆跨過門檻。

哈利把門關上時，老式的煤氣燈立刻點燃，在長長的大廳投下晃動的燈影。眼前的情景一如哈利的記憶，屋內的氣氛詭異，到處是蜘蛛網，牆上家庭小精靈被砍下的頭，在樓梯上投下怪異的影子。又長又黑的簾子遮住天狼星母親的畫像，唯一移動過的是山怪腿雨傘桶，現在正橫躺在地板上，彷彿東施又把它踢翻了。

「我想，有人來過這裡。」妙麗指著傘架，小聲說。

「有可能是鳳凰會離開時造成的。」榮恩悄聲回答。

「那他們用來防衛石內卜的惡咒在哪裡？」哈利問。

「或許要等他出現時，才會啟動？」榮恩說。

但他們還是站在門墊上緊緊靠在一起，背部緊貼著大門，不敢再往屋裡走。

「我們總不能一直站在這裡吧？」哈利說，往前跨了一步。

「賽佛勒斯．石內卜？」

瘋眼穆敵的聲音從黑暗中悄悄傳出，把三個人嚇了一大跳。「我們不是石內卜！」哈利啞著嗓子說，接著一陣嘶嘶冷風似的東西從他頭上掠過，他的舌頭立刻自動往後捲，使他無法說話。但他還沒來得及感覺，舌頭又恢復了原狀。

其他兩人似乎也經歷了同樣不愉快的感覺，榮恩發出反胃的聲音，妙麗口吃地說道：「那一——一定是——是瘋——瘋眼為石內卜而下的鎖舌咒！」

哈利又小心翼翼地往前走一步。大廳盡頭的陰影處有個東西在移動，他們還來不及開口，一個人形已從地毯上升起，一個高大、灰濛濛的恐怖人形。妙麗發出尖叫，簾子飛了開來，布萊克夫人也跟著尖叫。灰色的人形朝他們滑過來，越來越快，及腰的長髮和鬍鬚在後面飄動，它無肉的臉頰凹陷，眼窩是空的。此時一種恐怖的熟悉感襲來，讓人不由得提高警覺。它舉起一隻無力的手臂，指著哈利。

「不！」哈利大叫，他雖然舉起魔杖，卻發不出咒語。「不！不是我們！我們沒有殺你——」

一聽到「殺」這個字，人形立刻爆炸成一團粉塵。哈利咳嗽，兩眼都是淚水，回頭一看，妙麗蹲在門邊用雙手抱著她的頭。榮恩全身發抖卻還笨拙地拍著她的肩膀說：「沒——沒事了……走——走了……」

粉塵有如濃霧一樣包圍著哈利，遮掩了藍色的煤氣燈光，布萊克夫人依舊在尖叫。

「**麻種，髒貨，可恥的污點，玷污我先人的房子——**」

「**住口！**」哈利用魔杖指著她怒吼道，隨著砰的一聲和爆出的紅色火星，簾子蓋了下來，她又恢復沉默。

「那……那是……」妙麗斷斷續續說，榮恩扶著她站起來。

「是啊，」哈利說，「但不是真的他，不是嗎？只是用來嚇石內卜的。」

有用嗎？哈利心想，或者石內卜會像他殺死真正的鄧不利多一樣，輕鬆炸掉那個恐怖的人形？他的神經還在刺痛，他帶著其他兩人進入大廳，隨時準備迎接新的恐懼，但除了一隻老鼠沿著踢腳板快速跑過以外，四周毫無動靜。

「繼續往前走之前，最好先檢查一下，」妙麗悄聲提醒，舉起魔杖後說道：「人現現。」

毫無動靜。

「這個嘛，妳剛才受到很大的驚嚇，」榮恩好心地說，「那是什麼咒？」

「我沒做錯！」妙麗執拗地說，「那是個使人現身的咒語，現在除了我們以外沒有別人！」

「還有陳年粉塵。」榮恩說，朝殭屍似的人形出現的地毯瞥了一眼。

「我們上樓吧。」妙麗說，她朝同一個地方投以畏懼的眼光，然後她帶頭走上嘎吱作響的樓梯，來到二樓的會客室。

妙麗揮動魔杖點亮老舊的煤氣燈，然後坐在沙發上，在通風的房間中緊緊抱著兩隻手臂，微微顫抖。榮恩走到窗前，將沉重的絲絨窗簾拉開一吋。

「外面看不到什麼，」他開口報告。「想想，假如哈利身上還有魔法偵測咒，他們一定會跟到這裡。我知道他們進不了這間屋子，但——怎麼啦，哈利？」

哈利痛得大叫，有個像水上明光的東西從他心頭一閃而過，他的疤痕又像火燒似地開始疼痛。他看見一個高大的影子，感覺一股不屬於他自己的憤怒撲向全身，有如電擊般強烈而短暫。

「你看見什麼了？」榮恩問，走向哈利。「你看見他在我家嗎？」

「沒有，我只感覺到憤怒——他真的很生氣——」

「他有可能是在洞穴屋，」榮恩大聲說，「還有什麼？你看到什麼？他在詛咒誰嗎？」

「沒有，我只感覺到憤怒——我說不上——」

哈利覺得煩惱和困惑，妙麗不但幫不了忙，反而用畏懼的聲音問：「你的疤痕又痛了嗎？到底怎麼回事？我還以為那種連結已經關閉了！」

「是關閉了啊，有一陣子。」哈利喃喃地說。他的疤痕還在痛，使他無法集中精神。「我——我想只要他失去控制，它就又打開了，以前每次都是這樣——」

「可是，你一定要關閉你的心！」妙麗嚴厲地說，「哈利，鄧不利多不希望你利用那種連結，他要你關閉，所以你才要用鎖心術！否則佛地魔會在你的心裡種下虛假的影像，記得——」

「是，我記得，謝了。」哈利咬著牙說。他不需要妙麗提醒他，佛地魔曾經利用這同樣的連結，引誘他踏入陷阱並且導致天狼星喪命。他但願沒有告訴他們他的所見、所感，它使佛地魔更具威脅性，彷彿他就貼在這個房間的窗口上。他的疤痕越來越痛，他就像在抑制嘔吐衝動一樣的忍著。

他轉身背對榮恩與妙麗，假裝在研究牆上古老掛幔上的布萊克家族族譜。突然妙麗尖叫，哈利又立即抽出他的魔杖，轉身看見一道銀色的護法從會客室窗口上升，降落在他們面前的地板上，凝結成一隻鼬鼠，用榮恩父親的聲音說話。

「家人平安，不要回覆，我們都受到監視。」

護法消失不見了。榮恩發出像哭又像呻吟的聲音，一屁股坐在沙發上。妙麗也在他旁邊坐下，抓住他的手臂。

「他們都沒事，他們都沒事！」她喃喃說，榮恩似笑非笑地摟著她。

「哈利，」他從妙麗的肩膀上說，「我——」

「不要緊，」哈利說，他的額頭痛得受不了，「那是你的家人，你當然會擔心，換成是我，我也會擔心。」他想到金妮。「我也**很**擔心。」

他的疤痕痛到極點，和在洞穴屋的花園時一樣灼痛。他依稀聽見妙麗說：「我不要自己一個人睡，我們能不能用我帶來的睡袋，今晚就在這裡過夜？」

他聽見榮恩答應妙麗，可是他再也不能抗拒這股灼痛了，他不得不屈服。

「廁所。」他喃喃說，儘可能快步走出房間。

他差點來不及，用顫抖的手把門閂拴上後，他就抱著劇痛的頭部倒在地板上，接著在一陣猛烈的痛苦中，他感覺到一股不屬於自己的憤怒占據他的靈魂。他看見一間長長的房間，只剩壁爐內的一點點光線。一個高大的金髮食死人躺在地上，痛苦地尖叫、扭動，一個身材修長的人站在一旁俯視他，伸出魔杖，這時哈利以冷酷無情的高亢聲音開始說話。

「羅爾，我們是要繼續下去，還是就此結束，把你餵給娜吉妮？佛地魔王可不敢說這次他會饒了你……你把我叫回來就為了這個，為了告訴我哈利波特又逃走了？跩哥，再給羅爾嘗嘗我們不高興的滋味……動手，否則就換你親自嘗嘗我的怒火！」

一塊木頭落進火堆中，火焰升高，火光照亮一張驚駭、蒼白的尖臉——哈利有種從深水裡浮出的感覺，他深吸一口氣，睜開眼睛。

哈利四肢攤開，躺在冰冷的黑色大理石地板上，他的鼻子距離支撐大浴缸的銀色蛇尾狀腳架只有幾吋。他坐起來後，馬份憔悴、受驚的臉龐似乎烙印在他眼底。哈利為他所見的一切，也為跩哥受到佛地魔的利用而深感厭惡。

這時忽然傳來急促的敲門聲，哈利嚇了一跳，妙麗的聲音在外面說道：

「哈利，你要不要你的牙刷？在我這裡。」

「我要，好啊，謝謝。」他說，一面努力使他的聲音聽起來一派輕鬆，一面站起身開門讓她進來。

10 怪角的告白

第二天，裹著睡袋躺在會客室地板上的哈利一早便醒來。從沉重窗簾的隙縫中，依稀可以看到一線天空，那是一種介於黑夜與黎明之間，清涼、澄澈的藍墨水色。除了榮恩與妙麗徐緩的深沉呼吸外，屋內一片寂靜。哈利瞥見他們在旁邊地板上投下的影子，榮恩昨夜大獻殷勤，堅持讓妙麗睡在沙發的椅墊上，因此她的影子略高於他。她的手臂彎曲地垂在地板上，手指距離榮恩的手只有幾吋。哈利懷疑他們昨晚是否握著手入睡，而這樣的想法使他倍感寂寞。

他望著陰影幢幢的天花板，還有上頭結了蜘蛛網的水晶燈。不到二十四小時前，他還站在豔陽高照的帳篷入口，等候引導參加婚禮的賓客，此刻卻感覺那彷彿是上輩子的事了。現在會發生什麼事呢？他躺在地板上，想到分靈體，想到鄧不利多留給他恐怖又複雜的任務……鄧不利多……

鄧不利多死後令他揮之不去的哀傷，如今有了不一樣的感受。他在婚禮上從牡丹口中聽到的指控，似乎在他的腦袋裡扎了根，就像是一種疾病，感染了他對這位巫師偶像的記憶。鄧不利多可能讓這種事發生嗎？他會像達力一樣，只要不影響到他，便願意對刻意的疏忽與虐待袖手旁觀嗎？他可能坐視自己的妹妹遭到禁錮，從此消失於人世間嗎？

哈利想到高錐客洞，想到鄧不利多從未提過的墳墓。他又想到鄧不利多在遺囑中留下未多加說明的神秘物品，一股怨恨在黑暗中逐漸擴大。鄧不利多為什麼不告訴他？他為何不解釋？鄧不利多真的在乎哈利嗎？還是哈利只不過是一個有待拋光、磨利的工具，卻又不可信賴，難以託付？

哈利無法躺在那裡光想著痛苦的事，他想找點事做，好分散痛苦的念頭，於是他溜出睡袋、拾起魔杖，悄悄離開房間。到了樓梯口，他小聲說：「路摸思。」便靠著魔杖的光線踏上樓梯。

到了三樓的樓梯平台，便是上次到這裡時他和榮恩的臥室。他往裡面看了一眼，衣櫥的門大開，床罩被掀開。哈利想起樓下被打翻的山怪腿傘桶，看來自從鳳凰會離開後，有人搜過這間屋子。是石內卜嗎？或是蒙當葛？他在天狼星死前和死後，從這間屋子偷走了很多東西嗎？哈利的眼光移到牆上的畫像，那裡有時可以見到天狼星的高曾祖父非尼呀．耐吉．布萊克，但現在畫像是空的，只留下一片模糊的背景，非尼呀．耐吉顯然在霍格華茲的校長辦公室過夜。

哈利繼續上樓，直到最上層的樓梯平台，那裡只有兩扇門，面對他的一扇門掛著一個名牌，寫著「天狼星」。哈利以前從沒進過他教父的臥室，他把門推開，高舉魔杖，使光線的範圍儘可能放寬。

房間很大，想必一度也很氣派。裡面有張有著雕花床頭板的大床，一面高大的窗子掛著長長的絲絨簾幕，還有一盞蓋了厚厚一層灰塵的大吊燈，燈座上還插著蠟燭的殘根，凝固的蠟滴像結霜似地掛在上面。牆上的圖片和床頭板都蒙上一層厚厚的灰塵，一片蜘蛛網掛在吊燈與大型木製衣櫥間。哈利往裡面走去時，聽到一陣老鼠的騷動。

青少年時期的天狼星在牆上貼了許多海報與圖片，幾乎把牆上的銀灰色絲質壁布全給蓋住了。哈利只能猜想，天狼星的父母一定無法移除上頭的恆黏咒，因為他很確定他們一定不欣賞長子的裝飾品味。天狼星似乎是故意要惹惱父母，房間內張貼了許多葛來分多的大旗，全是褪色的猩紅色與金色，彰顯了他與史萊哲林家族其他成員的差異。牆上還有許多麻瓜摩托車的圖片，以及（哈利不得不佩服天狼星的勇氣）數張穿著比基尼泳裝的麻瓜女郎海報。哈利看得出她們都是麻瓜，因為她們在照片上是靜止不動的，褪色的微笑和凝結的眼神凍結在紙上。這和牆上唯一一張魔法照片正好相反，照片中四名霍格華茲學生互摟肩膀站著，對著相機笑得很開心。

哈利忽然開心了起來，他認出他的父親，他一頭雜亂的黑髮和哈利一樣亂翹，而且也戴著眼鏡。站在他旁邊的是天狼星，一派自在瀟灑。他那張略帶傲氣的臉，比哈利在他活著時看到的更年輕、更快樂。天狼星的右邊站著佩迪魯，比他矮一個頭，體型矮胖、兩隻眼睛水汪汪的，一副興高采烈的模樣，似乎很高興能夠加入這個很酷的小團體，和他最欣賞的叛逆少年詹姆與天狼星為伍。詹姆的左手邊是路平，當年的他就顯得有點邋遢，但他也很高興能受到喜愛與接納……或者純粹只是因為哈利知道內情，所以才從這張照片看出了這些事？他試著將它從牆上取下，反正這已經是屬於他的了——天狼星把全部東西都留給了他——但照片怎麼也撕不下來。看樣子，天狼星處心積慮，只為了阻止父母重新裝潢他的房間。

哈利看看四周的地板，窗外的天空逐漸明亮。一束光線照亮了幾張紙片、書籍和散落在地毯上的一些小東西。天狼星的臥室顯然也被搜過，不過似乎被斷定沒什麼價值。幾本書被用力抖過，以致內頁和書皮分了家，有幾張書頁還散落在地板上。哈利彎腰拾起那幾張紙片，認出其中一張是芭蒂達．巴沙特所著的舊版《魔法史》，另一張是摩托車的維修手冊。第三張上有手寫的筆跡，而且揉得縐縐的。哈利將紙張撫平，細看內容。

親愛的獸足：

謝謝你，謝謝你送給哈利的生日禮物！這是他目前最喜歡的禮物。他才一歲就會騎著玩具掃帚飛來飛去，我附上一張照片給你看。你知道它雖然只能上升到離地兩呎，但他差點殺了那隻貓咪，還把佩妮聖誕節送我的那只難看花瓶砸碎了（我毫無怨言）。當然，詹姆覺得很好玩，說哈利將來會是個了不起的魁地奇球員，但我們不得不把所有裝飾品都收起來，並在他騎掃帚時一直盯著他。

我們辦了一場非常安靜的生日茶會，只有我們和老芭蒂達。她一直對我們非常好，而且非常喜歡哈利。我們很遺憾你不能來，但鳳凰會還是最重要的，何況哈利還小，還不懂得過生日！詹姆被關在這裡有點沮喪，他努力不表現出來，但我看得出來——而且，他的隱形斗篷還在鄧不利多那裡，所以要跑也跑不了。假如你能來，他一定會很高興。蟲尾上個週末在這裡，我覺得他好像有點難過。也許是得知麥金農家的消息，我聽到這消息時哭了一整個晚上。

芭蒂達常常過來看我們，她是一個有趣的老太太，知道鄧不利多許多令人驚奇的軼事，我想假如他知道了，肯定會不高興！老實說，我不知道該相信多少，因為很難想像鄧不利多

哈利整個人僵在原地，他動也不動地站著，失去知覺的手指還握著那張不可思議的信紙，內心卻有一股無聲的爆炸，將快樂與哀傷以同樣強度的力道送進他的血管。他慢慢挨到床邊坐下。

他把那封信重讀一遍，但是和第一次一樣，不太懂得其中的含意，只好望著信中的筆跡發呆。她的g和他寫的一模一樣。他找遍信中的每一個g字，每個字都像隔著一道面紗，向他友善地打招呼。這封信是個意想不到的珍寶，證明莉莉．波特確實活過，

真實活過。她溫暖的手曾經撫過這張羊皮紙，以墨水寫出這些字、這些句子。而這些句子是關於他，關於哈利，關於她的兒子。

他焦急地抹去眼中的淚，重讀這封信，這次他專心地去解讀它的含意，就像聆聽一個印象模糊的聲音。

他們養過一隻貓……或許和他父母一樣，在高錐客洞死了……或者沒有人餵牠而跑掉了……天狼星為他買了第一根飛行掃帚……他的父母認識芭蒂達．巴沙特，是鄧不利多介紹他們認識的嗎？他的隱形斗篷還在鄧不利多那裡……這其中有點蹊蹺……

哈利停下來，思索他母親的話語。鄧不利多為什麼要拿走詹姆的隱形斗篷？哈利清楚記得，多年前他的校長曾經告訴過他：「我不需要斗篷就可以隱形。」或許是某個天賦較差的鳳凰會成員需要它的協助，鄧不利多幫他去借？哈利繼續往下思索……

蟲尾在這裡……佩迪魯這個叛徒好像有點「難過」，是嗎？他知道那會是他最後一次見到活生生的莉莉與詹姆嗎？

最後又是芭蒂達，她敘述了一些關於鄧不利多的不可思議往事，因為很難想像鄧不利多——

鄧不利多怎樣？鄧不利多本來就可能有許多難以想像的事。或許，他曾經在變形學測驗中考了最後一名，或者和阿波佛一樣曾經對山羊下過咒……

哈利站起來仔細查看地板，也許第二張信紙就在某個地方。他抓起每一張紙，急切地搜尋，和先前搜查房間的人一樣毫無顧忌。他拉開抽屜、抖開書本，站在椅子上用手去摸衣櫥的頂端，又爬進床底和椅子下面。

最後，他趴在地板上，終於在五斗櫃底下看到一張像是被撕破的紙片。他把它抓出來，結果正是莉莉信中所提的那張照片。一個黑髮寶寶騎在一根小小的掃帚上，在照片中飛進飛出，大聲咯咯笑，還有一雙肯定是詹姆的腿在後面追趕。哈利將照片連同莉莉的信塞進他的口袋，繼續尋找第二張信紙。

但是又繼續找了一刻鐘後，他不得不確信他母親這封信的後半段不見了。是她十六年前寫完以後就不見了，還是被搜查這個房間的人拿走了？哈利又把第一張信紙看了一遍，這次他尋找可能使第二張信紙價值更非凡的線索。食死人不可能對他的玩具掃帚感興趣……由此看來，唯一可能有用的東西或許是有關鄧不利多的情報。因為很難想像鄧不利多——怎樣？

「哈利？哈利！**哈利！**」

「我在這裡！」他大聲說，「什麼事？」

門外傳來急促的腳步聲，妙麗衝了進來。

「我們醒來，卻找不到你！」她上氣不接下氣說，然後轉頭大喊：「榮恩！我找到他了！」

榮恩焦急的聲音從下方幾層樓傳來。

「好！跟他說，他是個笨蛋！」

「哈利，拜託你不要無緣無故失蹤，我們嚇壞了！你幹嘛上來這裡？」她環視這間被搜過的房間。「你在做什麼？」

「看我剛剛找到的。」

他拿出他母親的信。妙麗接過去讀，哈利仔細觀察她的表情。當她讀完那一頁後，她抬頭看他。

「喔，哈利……」

「還有這個。」

他遞給她那張撕破的照片，妙麗看著寶寶騎在掃帚上飛進飛出，忍不住微笑。

「我在找信的後半段，」哈利說，「但不在這裡。」

妙麗看看四周。

「是你把房間搞得這麼亂，還是你進來以前就這麼亂了？」

「有人在我進來之前就搜過這房間了。」哈利說。

「我想也是，我一路上來看過的房間都很亂。你想他們在找什麼？」

「如果是石內卜的話，應該是鳳凰會的情報。」

「可是他需要的都已經有了。我的意思是，他**是**鳳凰會的人，不是嗎？」

「那，」哈利說，急著想討論他的推理。「有關鄧不利多的情報呢？好比這封信的第二張，我媽提到的這位芭蒂達，妳知道她是誰嗎？」
「誰？」
「芭蒂達・巴沙特，一個作者——」
「《魔法史》。」妙麗說，興趣來了。「原來你父母認識她？她是個了不起的魔法史學家。」
「而且她還活著，」哈利說，「現在就住在高錐客洞。榮恩的牡丹姑婆在婚禮上提起過她，芭蒂達也認識鄧不利多的家人，和她聊天一定很有意思，對不對？」
妙麗的微笑寓意深長，讓哈利覺得不太舒服。他收回那封信和照片，塞進掛在脖子上的袋子裡，一邊避開直視妙麗，以免不小心洩漏了心事。
「我了解你為什麼想和她談談你的爸媽，還有鄧不利多，」妙麗說，「但那樣對我們尋找分靈體沒有幫助，不是嗎？」哈利沒有回答，她又急急說下去，「哈利，我知道你真的想去高錐客洞，但我怕……我怕食死人會像昨天一樣，那麼容易就找到我們。這使我比以前更覺得我們不該去你父母埋葬的地方，我相信他們一定在那邊等著你去拜訪。」
「不光是這個，」哈利說，還是不肯看她，「牡丹在婚禮上說了一些有關鄧不利多的事，我想知道真相……」
他把牡丹告訴他的話一五一十說給妙麗聽。當他說完後，妙麗說：「當然，我明白為什麼你會難過，哈利——」

「——我不難過，」哈利騙她，「我只想知道它是事實還是——」

「哈利，你真以為你能從牡丹這種不懷好意的老太太，或從麗塔・史譏身上得到真相嗎？你怎麼能相信她們？你了解鄧不利多的呀！」

「我以為我了解。」哈利咕噥著說。

「可是你也知道，麗塔・史譏在寫你的時候，根本是謊話連篇！道奇說得對，你怎能讓這些人玷污你對鄧不利多的回憶？」

哈利移開視線，努力不洩漏心中的憤恨。還是那個老問題：選擇相信什麼。他想要知道真相，但為什麼大家都這麼堅持不該讓他知道？

「我們下樓去廚房好嗎？」頓了一下，妙麗提議。「找點東西當早餐？」

哈利同意了，但仍然有點忿忿不平。他跟著她離開房間，走到樓梯平台經過第二扇門前。門上有幾道深深的抓痕，抓痕上方掛著一塊小牌子，剛才在黑暗中他沒多注意。哈利在樓梯上停下來看那牌子，那是塊華麗的小牌子，手寫的整齊字體，有點像派西・衛斯理會掛在他臥室門上的東西：

獅子阿爾發・布萊克

Regulus Arcturus Black

未得明確許可
不得進入

哈利立刻興奮起來，但他不確定是為什麼。他再讀一次那塊牌子，妙麗卻早在下一層樓等他。

「妙麗，」哈利說，他很驚訝自己的聲音相當鎮定。「上來這邊。」

「什麼事？」

「我想我找到R.A.B.了。」

哈利只聽見倒抽一口氣的聲音，接著妙麗跑上樓梯。

「在你媽的信上嗎？可是我沒看到——」

哈利搖搖頭，指著獅子阿爾發的門牌。她讀了之後立刻緊緊抓住哈利的手，疼得他直縮手。

「天狼星的弟弟？」她小聲說。

「他以前是個食死人，」哈利說，「天狼星跟我提過他，他是在很年輕的時候加入的，後來想臨陣退縮——他們就把他殺了。」

「那就對了！」妙麗吃驚地說，「如果他是個食死人，他便能接近佛地魔，而假如他惡夢初醒覺悟了，他就會想要推翻佛地魔！」

她放開哈利的手，靠在欄杆上向下大叫：「榮恩！**榮恩**！上來，快點！」

一會後，榮恩氣喘吁吁地出現在樓梯上，一手握著魔杖。

「什麼事？如果又是大蜘蛛，我要先吃早餐再——」

接著，榮恩皺著眉頭順著妙麗手指的方向，望著獅子阿爾發的房門。

「什麼？那是天狼星的弟弟，不是嗎？獅子阿爾發……獅子……**R.A.B.**！那個小金匣——你該不會認為——？」

「我們去找找看。」哈利說，他推了推門，但是上鎖了。妙麗用魔杖指著門把說：「阿咯哈呣啦。」喀嚓一聲，門豁然打開。

三人同時跨過門檻，立刻四下張望。獅子的臥室比天狼星的略小，但昔日應該也是氣派非凡。天狼星的房間力求與眾不同，但獅子卻恰恰與他相反，到處可見代表史萊哲林的翠綠與銀色覆蓋在床上、牆上和窗上。布萊克家族的家徽及家訓「永遠純淨」，煞費苦心地描繪在床板的上方。下面是一大疊發黃的剪報，雜亂地疊在一起，成為一堆參差不齊的拼貼。妙麗走過去查看。

「這些都是有關佛地魔的，」她說。「獅子似乎仰慕了佛地魔好幾年才加入食死人……」

她坐在床上讀剪報時，略略揚起床罩上的灰塵，此時哈利注意到另一張照片，一支霍格華茲的魁地奇球隊含笑朝相框外的人招手。他靠過去看，發現他們的胸前都裝飾著史萊哲林的蛇形徽記。他立刻認出坐在最前排中央的便是獅子，他和他的哥哥一樣，有著一頭黑髮和高傲的神情，但他的個子比較瘦小，而且也沒有天狼星年輕時那麼英俊。

「他擔任搜捕手。」哈利說。

「什麼？」妙麗漫不經心地說，她仍沉浸在關於佛地魔的新聞剪報中。

「他坐在前排中央，那是搜捕手的……算了。」哈利說，他知道沒人在聽。榮恩正雙手雙腳趴在地上查看衣櫥底下，哈利看看四周哪裡可能是藏東西的地方，然後朝書桌走去。但同樣地，已經有人在他之前搜過了。抽屜內不久前才被翻動過，灰塵上有被動過的痕跡，但裡面沒有值錢的物品。只有舊的羽毛筆、顯然被粗暴對待過的舊課本、一瓶最近才被砸破的墨水，黏稠的墨跡覆蓋在抽屜內的雜物上。

哈利將沾到墨水的指頭往牛仔褲上擦時，妙麗說：「有一個更簡便的方法。」她舉起魔杖說，「速速前，小金匣！」

沒有任何動靜。正在搜查褪色窗簾折縫的榮恩顯得很失望。

「就這樣了嗎？不在這裡？」

「喔，它有可能還在這裡，但是它受到了反魔咒的控制，」妙麗說，「就是阻止它被魔法召喚的符咒。」

「就像佛地魔對洞窟內的石盆所下的咒語一樣。」哈利說，想起他曾經無法召喚那個假的金匣。

「那我們要如何才能找到它？」榮恩問。

「我們用人力尋找。」妙麗說。

「好主意。」榮恩翻著白眼說，又回去檢查窗簾。

他們花了將近一小時仔細搜查房間的每一個角落，但最後仍不得不斷定小金匣不在那裡。

此時太陽已經升起，即使透過髒兮兮的窗戶，陽光的光線依舊令人眼花。

「說不定是在這間房子的某個地方。」他們走到樓下時，妙麗以振奮的語氣說，因為哈利與榮恩越洩氣，她似乎就越有決心。「無論他有沒有摧毀它，他一定會藏起來，不讓佛地魔找到，不是嗎？還記得上一次在這裡時，我們想盡辦法擺脫的那些東西嗎？那座會對每一個人射出螺絲帽的老爺鐘，還有那件想把榮恩勒死的舊長袍，也許是獅子用以保護藏小金匣的符咒，儘管當時我們不……不……」

哈利與榮恩望著她，她站著，一隻腳舉在半空中，臉上現出記憶被消除的表情，眼神茫然失焦。

「……不知道。」她悄悄說完。

「有什麼不對嗎？」榮恩問。

「那時有個小金匣。」

「什麼？」哈利與榮恩齊聲說。

「在會客室的櫥櫃裡，沒有人能打開它，我們……我們……」

哈利感覺彷彿有塊磚頭從他的胸口往下滑進胃裡，他想起來了，他們在傳閱那個東西時，他甚至還把它拿在手上過。那時每個人都輪流試著打開它，最後它被扔進一袋垃圾裡，那袋垃圾裡還有裝著疣疥粉的鼻煙盒，以及讓每個人都昏昏欲睡的音樂盒……

「怪角從我們這裡偷走許多東西。」哈利說，這是唯一的機會，他們唯一的一點希望，他要好好把握，不到最後一刻絕不罷休。「他所有東西都收在廚房的櫥櫃裡，走。」

他一步兩階地跑下樓，另外兩個人也發出咚咚腳步聲響，緊跟在哈利身後。當他們穿過大廳時，嘈雜的聲音又吵醒了天狼星的母親。

「**髒貨！麻種！人渣！**」當他們衝進地下室廚房，把門砰的一聲用力關上時，她還在後面尖叫。

哈利跑到廚房另一頭，滑到怪角的櫥櫃門前停下腳步，把門用力拽開。裡面有一窩家庭小精靈睡過、又髒又舊的毛毯，但是已不見怪角搶救下來的閃亮小東西，只有一本破舊的《自然界的榮光：一部魔法家族史》。哈利不願意相信自己的眼睛，抓起毛毯用力抖，掉出來一隻死老鼠，陰森森地滾過地板。榮恩慘叫一聲，跌坐在一張廚房椅子上，而妙麗失望地閉上眼睛。

「還沒完呢，」哈利說，接著他拉高嗓門大喊：「**怪角！**」

啪答一聲巨響，哈利很不情願地從天狼星那裡繼承來的家庭小精靈，突然平空出現在冰冷、空盪盪的壁爐前。他的身子矮小，只有半個人高，蒼白的皮膚鬆垮垮的滿是皺摺，蝙蝠似的耳朵裡長著茂密的白毛。他還是穿著哈利第一次見到他時的那一身髒抹布，而且他向哈利鞠躬時，可以看出他對新主人的態度和外表一樣絲毫沒有改變。

「主人，」怪角用他嘶啞的牛蛙聲說。他深深一鞠躬，對著他的膝蓋喃喃說：「帶著純種叛徒衛斯理和那個麻種回到我女主人的舊宅──」

「我不准你叫任何人『純種叛徒』或『麻種』。」哈利咆哮著。哈利發覺，就算怪角沒有把天狼星出賣給佛地魔，他的尖鼻子和充滿血絲的眼睛實在也很難討人喜歡。

「我有話問你，」哈利說，他低頭望著怪角，心跳加速，「我命令你據實回答，明白嗎？」

「是，主人。」怪角說，又深深一鞠躬。哈利看見他的嘴唇無聲蠕動著，毫無疑問正在辱罵他被禁止說出的話。

「兩年前，」哈利說，他的心臟怦怦地用力撞擊著肋骨，「樓上的會客室有個很重的小金匣，我們把它扔了，你把它偷回來了嗎？」

沉默片刻後，怪角直起腰正視哈利的臉，然後說：「是的。」

「現在在哪裡？」哈利歡天喜地問道，榮恩和妙麗也一臉高興。

怪角閉上眼睛，彷彿不忍看見他們聽到他下一句話後的反應。

「不見了。」

「不見了？」哈利重複他的話，興高采烈的表情立刻不見了。「你是什麼意思，不見了？」

小精靈全身發抖，搖搖欲墜。

「怪角，」哈利兇狠地說，「我命令你——」

「蒙當葛．弗列契，」怪角啞著嗓子說，雙眼依然緊閉。「蒙當葛．弗列契全偷走了。貝拉小姐和仙仙小姐的照片、我家女主人的手套、第一級梅林勳章、有家徽的金杯，還有，還有——」

怪角大口吸氣，他的胸膛快速上下起伏，然後他睜開眼睛，發出令人顫慄的尖叫聲。

「——**還有那個小金匣，獅子主人的小金匣。怪角錯了，怪角辜負了他的命令！**」

哈利反應迅速，當怪角衝向壁爐前的火鉗時，他立刻往小精靈身上撲去，將他推倒在地。妙麗的尖叫混和著怪角的尖叫，但哈利的吼聲壓過他們兩人的聲音。「怪角，我命令你不許動！」

他感覺小精靈靜止不動後，這才放開他。怪角平躺在冰冷的石地板上，眼淚從鬆弛的眼眶緩緩流下。

「哈利，讓他起來！」妙麗悄聲說。

「好讓他再去撞火鉗？」哈利跪在小精靈身邊，氣沖沖說。「我可不這麼想。好，怪角，我要聽實話，你怎麼知道是蒙當葛．弗列契偷了小金匣？」

「怪角看到他偷！」小精靈抽抽搭搭地說，淚水不斷流過他的尖鼻，流進他一口灰牙的嘴裡，「怪角看見他從怪角的櫥櫃出來，手上抱著怪角的寶藏。怪角叫這個小偷住手，但蒙當葛．弗列契笑著跑——跑掉了……」

「你說那個小金匣是『獅子主人』的，」哈利說，「為什麼？他從哪裡得到的？獅子和它有什麼關係？怪角，坐起來。告訴我，你所知道有關小金匣的一切，以及獅子和它的關係！」

小精靈坐起來，但全身還是蜷縮成一團，把滿是淚水的臉埋在兩膝間，身體前後搖動。他再度開口時，聲音雖然悶悶的，但在寂靜、有迴音的廚房內卻聽得相當清楚。

「天狼星主人跑了，真是大快人心，因為他是個壞孩子，不守家規傷了我女主人的心。但獅子主人有他應有的傲氣，他知道怎樣才符合布萊克的家風和他純種血統的尊嚴。多年來他常提到那個黑魔王，黑魔王要把所有巫師都結合起來統治麻瓜和麻瓜出身的人……到了十六歲時，獅子主人便加入食死人。真教人驕傲哪，真教人驕傲，真教人樂於服侍……

「然後有一天，就在他加入一年之後，獅子主人下樓到廚房找怪角，獅子主人很喜歡怪角，獅子主人說……他說……」

年老的小精靈搖晃得更厲害了。

「……他說，黑魔王需要一個小精靈。」

「佛地魔需要一個**小精靈**？」哈利重複他的話，看看榮恩與妙麗，他們兩人也和他一樣大惑不解。

「喔，是的。」怪角呻吟道。「獅子主人於是自告奮勇推薦怪角。這是個榮耀，獅子主人說，這是他的榮耀，也是怪角的榮耀。怪角一定要聽從黑魔王的命令……然後再回——回家。」

怪角晃得更急速，呼吸中帶著啜泣。

「於是怪角去了黑魔王那裡，黑魔王沒有告訴怪角要做什麼，只是把怪角帶到海邊的一個山洞，山洞裡面還有個洞窟，洞窟內有個又大又黑的湖……」

哈利脖子上的寒毛直豎，怪角嘶啞的聲音似乎從那一潭黑水對面傳過來。他清楚地看到這一切，彷彿他也在現場。

「……那裡有艘小船……」

那裡當然有艘小船。哈利知道那艘船，小小的、發出鬼魅似的綠光，被施了魔法，能載著一名巫師和一名犧牲者航向湖心的小島。佛地魔就是用這種方法測試分靈體四周的防衛措施，藉一個無關緊要的生物，一個家庭小精靈……

「島上有個裝滿魔藥的盆——盆子，黑——黑魔王叫怪角喝魔藥……」

小精靈全身顫抖。

「怪角喝了，他喝的時候，看見可怕的東西……怪角的身體裡面在燒……怪角大聲呼叫獅子主人救他，哭著呼叫他的布萊克女主人，但黑魔王只是大笑……他命令怪角把魔藥全部喝光……他丟了一個小金匣在空盆子裡……又在裡面裝滿魔藥。

「然後黑魔王就駕著小船走了，留下怪角在島上……」

哈利彷彿能看見事情的經過。他看見佛地魔蒼白的蛇臉消失在黑暗中，一雙紅眼無情地注視著痛苦扭動的小精靈。小精靈將會在幾分鐘後一命嗚呼，等到他受不了灼熱的魔藥，不得不屈服於極度的口渴時……但想到這裡，哈利就再也想像不下去了，因為他不明白怪角是如何逃脫的。

「怪角需要水，他爬到小島邊，喝黑潭的水……結果有許多隻手，死人的手，從水中伸出來，把怪角拖進水中……」

「你是怎麼逃脫的？」哈利問，他一點也不驚訝自己的聲音變小了。

怪角抬起醜陋的腦袋，用他布滿血絲的大眼望著哈利。

「獅子主人要怪角回家。」他說。

「我知道——可是你是如何從行屍手中逃出來？」

怪角似乎不明白。

「獅子主人要怪角回家。」他重複說道。

「我知道，可是——」

「這很明顯，不是嗎，哈利？」榮恩說，「他消影啊！」

「可是……在洞內或洞外都無法使用現影術，」哈利說。「否則鄧不利多——」

「小精靈的魔法和巫師的魔法不同，不是嗎？」榮恩說。「我是說，他們可以用現影術和消影術進出霍格華茲，我們卻不能。」

哈利默默咀嚼這句話，佛地魔怎麼會犯下這種錯誤？就在此時，妙麗開口了，語氣冰冷。

「當然，佛地魔絕不會顧慮到家庭小精靈，就如同所有純種巫師都像對待動物般對待他們一樣……他絕不會想到他們可能會些自己不會的魔法。」

「家庭小精靈的最高守則是服從主人的命令，」怪角念道。「主人要怪角回家，所以怪角就回家……」

「喔，那，你聽從命令了，是嗎？」妙麗親切地說。「你完全沒有違抗命令！」

怪角搖頭，身體還是晃得很厲害。

「那你回來以後呢？」哈利問，「你把經過情形告訴獅子後，他說了什麼？」

「獅子主人非常擔心，非常擔心，」怪角啞著嗓子說，「獅子主人叫怪角躲起來，不要離開屋子。然後……沒多久之後……一天晚上，獅子主人到怪角的櫥櫃找怪角。獅子主人怪怪的，不像他平常的樣子，好像有很多心事，怪角看得出來……他叫怪角帶他去山洞，就是怪角和黑魔王一起去的那個山洞……」

於是他們出發了。哈利似乎可以清楚地看見他們，飽受驚嚇的年老小精靈，以及又黑又瘦、長得很像天狼星的搜捕手……怪角知道如何打開通往地下洞窟的隱密入口，知道如何升起小船，只不過這次是他心愛的獅子和他一起航向有毒魔藥盆的小島……

「他叫你喝魔藥？」哈利嫌惡地說。

但怪角搖頭哭泣。妙麗倏地用雙手摀住嘴巴，她似乎已經明白了。

「獅——獅子主人，從口袋掏出一個和黑魔王一樣的小金匣。」怪角說，眼淚從他的尖鼻子兩邊撲簌簌落下，「然後他叫怪角拿著，說等盆子空了，就要把小金匣調換過來……」

現在怪角從啜泣變成哀號了，哈利得專心聽才能聽得明白。

「然後他命令——怪角離開——不要管他。他叫怪角——回家——而且絕不能告訴我的女主人——他所做的事——但是要摧毀——第一個小金匣。然後他喝——完魔藥——怪角把小金匣調換——然後眼看著……獅子主人……被拖進水裡……然後……」

「喔，怪角！」妙麗哭著說，跪倒在小精靈身旁想擁抱他。怪角立刻站起來躲開她，一臉的嫌惡。

「怪角不准麻種碰到怪角，怪角的女主人會怎麼說呢？」

「我告訴過你不准叫她『麻種』！」哈利大聲斥責，但小精靈已經在懲罰自己，他倒在地上，用額頭猛力敲擊地板。

「阻止他——阻止他！」妙麗哭著說。「喔，你看不出來嗎？他們不得不服從的樣子，多教人痛心啊。」

「怪角——停，停止！」哈利大叫。

小精靈躺在地上喘息、顫抖，發亮的綠色黏液沾在他鼻翼四周，蒼白的額頭上撞擊地板的地方已經一片瘀青。他的兩眼紅腫、淚水盈眶。哈利從沒見過哪個生物這麼可憐。

「所以你就把小金匣帶回家了？」他殘忍地繼續問道，因為他決心要弄清楚這件事的來龍去脈。「你有試過摧毀它嗎？」

「怪角無論如何也無法在它上面留下任何痕跡，」小精靈呻吟道。「怪角試過任何方法，任何他知道的方法，但都沒用……在這個小金匣上面被施了太多強大的咒語，怪角確信摧毀它的方法便是打開它，但就是打不開……怪角懲罰他自己，他再試，他懲罰自己，他再試，但怪角無法遵從獅子主人的命令，怪角無法摧毀這個小金匣！他的女主人悲傷得發瘋，因為獅子主人失蹤了，怪角又不能告訴她發生了什麼事，不能，因為獅子主人禁——禁——禁止他告訴任何家——家——家人，洞——洞窟內發生的事……」

怪角抽噎得太厲害，說出來的話斷斷續續。妙麗望著怪角，淚水順著她的臉頰流下來，但她再也不敢碰怪角。即使一向不喜歡怪角的榮恩，也苦著一張臉。哈利跪坐在腳跟上，他搖搖頭試圖讓腦子清醒。

「我真不懂你，怪角，」他終於說，「佛地魔想殺你，獅子為了除去佛地魔而死，但你還是樂意為了佛地魔而背叛天狼星？你還是樂意去找水仙和貝拉，透過她們傳遞情報給佛地魔……」

「哈利，怪角不是這樣想的，」妙麗用手背揩拭眼睛說，「他是個奴隸，家庭小精靈一向不受善待，甚至是受到虐待，所以佛地魔對怪角的所作所為並沒有超出常軌。對怪角這樣的小精靈來說，巫師之間的爭鬥能有什麼意義？他對和氣待他的人都很忠心，布萊克太太對他一定是這樣，還有獅子也是，所以他才會心甘情願為他們服務，也盲目遵從他們的信念。我知道你要說什麼，」哈利想反駁，但她繼續說下去，「獅子改變了心意……但他似乎沒有向怪角多做解釋，對吧？我想我知道為什麼，如果怪角和獅子的家人都能維持古老的純正血統，他們會比較安全。獅子是在保護他們。」

「天狼星——」

「天狼星對怪角很壞，哈利，這樣很不好，你也知道的。天狼星住進來時，怪角已經在這裡獨居很久，說不定很渴望得到一些溫情。我相信『仙仙小姐』和『貝拉小姐』在他面前一定表現得非常和藹可親，所以他才會幫忙，把她們想知道的一切都告訴她們。我常說，巫師怎麼樣對待他們的家庭小精靈，就會獲得什麼樣的回報。你瞧，佛地魔如此……天狼星也是如此。」

哈利沒有反駁，他看著怪角躺在地上抽泣，想起天狼星死後不久，鄧不利多曾經對他說過一句話：我想天狼星從來不認為怪角也和人類一樣，具有敏感的心機……

「怪角，」一會後哈利說道，「等你想要起來的時候，呃……請你坐起來。」

幾分鐘後怪角才停止抽噎，然後撐起身體再度坐起來，像個孩子般用指關節揉眼睛。

「怪角，我要請你做一件事。」哈利說。他瞄了妙麗一眼，向她求助。他想以和藹的語氣下令，但又不能假裝這不是命令。不過，他語氣的改變似乎得到她的讚許，妙麗給了他一個鼓勵的微笑。

「怪角，我要你——呃，請你，去找蒙當葛．弗列契，我們必須找出獅子主人的小金匣在哪裡。這件事真的很重要，我們要把獅子主人開始進行的工作完成，我們要——呃——一定不能讓他白白死掉。」

怪角放下他揉著眼睛的拳頭，望著哈利。

「找蒙當葛．弗列契？」他嘶啞著嗓子說。

「而且把他帶來，帶來古里某街，」哈利說，「你想，你能為我們做這件事嗎？」

怪角點點頭站起來時，哈利忽然有了一個靈感，他拉開海格送他的皮袋子，取出那個假的分靈體——也就是被獅子掉包，並且放了一張紙條給佛地魔的小金匣。

「怪角，我，呃，我想把這個送給你。」他說，將小金匣放進小精靈手中，「這是獅子的東西，我相信他會希望你保有它，以感謝你為他做的——」

小精靈看了一眼小金匣後，發出驚駭與悲慘的長嚎，又再度倒在地上。榮恩說：「這對他來說太激烈了，兄弟。」

他們又花了將近半個小時才讓怪角平靜下來。得到布萊克家族的傳家寶讓他太過激動了，以至於虛弱得連站都站不穩，好不容易才能顫巍巍地走幾步路。他們陪著怪角回到他的櫥櫃，看著他把小金匣安全塞進骯髒的毛毯裡，並向他保證，他不在的時候，他們一定會以保護它為第一要務。然後怪角分別向哈利和榮恩彎腰鞠躬，甚至朝妙麗站的方向微微做了個有趣的痙攣動作，想必是個敬禮，這才發出**啪答**一聲巨響，消影離開了。

11

賄賂

假如怪角能夠從一整湖的行屍中逃出來，哈利有信心最多幾個小時他便能逮到蒙當葛。因此一整個早上，他都抱著很高的期望，在屋子裡走來走去。然而，那天早上，甚至下午，怪角都沒有回來。到了晚上，哈利又洩氣又焦急，加上晚餐大部分是發霉的麵包，妙麗試了幾次要將它變形都沒有成功，使他的心情更是雪上加霜。

第二天怪角沒回來，第三天也沒有。但兩名穿斗篷的人卻出現在古里某街十二號外面的廣場上，一直待到晚上，眼光始終注視著他們看不見的房子方向。

「肯定是食死人，」榮恩說。他、哈利與妙麗從會客室的窗戶觀察他們，「你想，他們知道我們在這裡嗎？」

「我不認為，」妙麗說，但她一臉的驚恐，「否則他們就會派石內卜進來抓我們了，不是嗎？」

「你想他會不會進來過，但舌頭被穆敵的詛咒鎖住了？」榮恩問。

「對啊，」妙麗說，「否則他早就告訴那群人怎麼進來了，不是嗎？不過他們說不定在看我們會不會出現，畢竟他們都知道這間屋子現在是屬於哈利的。」

「他們怎麼會——？」哈利問。

「巫師的遺囑都會受到魔法部的檢查，記得嗎？他們一定知道天狼星把這間屋子留給你了。」

食死人出現在屋外，更加重古里某街十二號屋內的不祥氣氛。自從衛斯理先生的護法現身之後，他們就沒再接獲任何人的訊息，緊張的情緒開始升高。不安加上焦躁，榮恩養成了在口袋裡玩弄熄燈器的惱人習慣。這使得妙麗格外生氣，她靠著研究《吟遊詩人皮陀故事集》來打發等待怪角的時間，不喜歡光線忽明忽暗。

「你不要這樣好不好！」第三天下午依舊等不到怪角，所有光線又都被吸走後，她終於忍不住大叫。

「抱歉，抱歉！」榮恩說，喀嚓一聲又把燈光恢復。「我沒意識到自己在玩它！」

「你就不能找點有用的事做嗎？」

「什麼事，讀童話故事嗎？」

「這本書是鄧不利多留給我的，榮恩——」

「——這個熄燈器也是他留給我的，或許我也應該用它！」

哈利無法忍受這種拌嘴，於是趁他們不注意時，悄悄溜出房間。他下樓朝廚房走去，他常常前去晃晃，因為他確信那是怪角最有可能再度出現的地方。但還沒走到通往大廳的樓梯平台，他就聽見前門有人敲門，接著是喀噠的金屬聲，以及鐵鍊的聲音。

他身體裡的每一條神經似乎都拉緊了，哈利拔出魔杖，躲到被砍下的家庭小精靈頭顱旁的陰影處等候。門開了。哈利看見門縫裡透進來一絲廣場上的路燈燈光，一個穿斗篷的人影挨進大廳，然後把大門關上。闖入者才往前跨出一步，穆敵的聲音就開口問道：「**賽佛勒斯．石內卜？**」接著粉塵似的人形從大廳另一頭升起，高舉著手朝他衝過去。

「不是我殺死你的，阿不思。」一個平靜的聲音說。

惡咒破解了，粉塵人形再度爆炸，但是在厚重的粉塵中，很難分辨來者是何人。

哈利用魔杖指著粉塵中心。

「不要動！」

但是他忘了布萊克夫人的畫像，隨著哈利一聲高喊，遮蓋她的簾子倏地拉開，她開始尖叫：「**麻種和髒貨玷污我的房子——**」

榮恩與妙麗也衝下樓梯，站在哈利後面，和他一樣用魔杖指著在底下大廳中，雙手高舉的不知名來者。

「不要動手，是我，雷木思！」

「喔，謝天謝地。」妙麗無力地說，魔杖反過來指著布萊克夫人，砰的一聲，簾子立刻關上，一切恢復寂靜。榮恩也放下他的魔杖，但哈利沒有。

「現身！」他喊道。

路平往前走到燈光下，雙手依然高舉做投降狀。

「我是雷木思・約翰・路平，狼人，有時又叫月影，劫盜地圖四位創始者之一。妻子是小仙女，人稱東施。是我教你如何施展護法的，哈利，你的護法是一隻雄鹿。」

「喔，好吧，」哈利說，放下魔杖，「但我總要檢查一下吧，不是嗎？」

「以我過去黑魔法防禦術老師的身分來說，我十分同意你必須檢查。榮恩、妙麗，你們不該這麼快就放鬆防衛。」

他們衝下樓梯朝他跑去。身上裹著厚厚黑色旅行斗篷的路平顯得筋疲力盡，但很高興見到他們。

「這麼說，你們沒看到賽佛勒斯？」他問。

「沒有。」哈利說，「出了什麼事？大家都好嗎？」

「是的，」路平說，「但我們都受到監視，外面廣場上有兩個食死人——」

「——我們知道——」

「——我必須剛剛好現影在大門前最上面的一級台階，這樣他們才不會看到我。他們不可能知道你們在這裡，否則我相信他們會派更多人來。他們到處圍堵任何和你有關的地方，哈利。我們到下樓去吧，我有好多話要告訴你們，我要知道你們離開洞穴屋之後發生了什麼事。」

他們下樓到廚房，妙麗用魔杖對壁爐一指，一團爐火立刻出現，為硬邦邦的石牆增添幾分舒適的假象，同時照亮了木頭長桌。路平從他的旅行斗篷底下掏出幾瓶奶油啤酒，他們一起坐了下來。

「我三天前就到了，但我必須擺脫跟蹤我的食死人。」路平說，「那麼，你們是在婚禮後就直接到這裡？」

「沒有，」哈利說，「我們先在圖騰漢廳路的一家咖啡館裡，對上了兩個食死人。」

路平一驚，奶油啤酒灑在桌上。

「**什麼**？」

他們敘述經過情形。說完之後，路平面露驚詫。

「可是，他們怎麼會這麼快就找到你們？你不可能追蹤任何現影的人，除非在他們消影的時候抓住他們！」

「而且他們似乎也不可能剛好那個時候在圖騰漢廳路上巡邏，不是嗎？」哈利說。

「我們懷疑，」妙麗假設性地說，「是不是哈利身上還有魔法偵測咒？」

「不可能，」路平說。榮恩露出了得意的神色，哈利則大大鬆了口氣。「別的不提，假如哈利身上還有魔法偵測咒，他們一定會知道他在這裡，對不對？不過我看不出他們如何追蹤你到圖騰漢廳路，這很令人擔憂，真的令人擔憂。」

路平一臉煩惱，但哈利並不急著知道這個問題的答案。

「告訴我們一些我們離開後的情形。自從榮恩的爸爸告訴我們家人都平安後，我們就再也沒有接獲任何消息。」

「啊，金利救了我們。」路平說，「多虧他的警告，大部分參加婚禮的賓客都能在他們抵達前消影。」

「他們是食死人還是魔法部的人？」妙麗插嘴問。

「都有，但以種種意圖和目的來說，他們都是一丘之貉了。」路平說，「他們大約有十幾個人，但他們不知道你們在這裡，哈利。亞瑟聽到謠言，說他們殺死昆爵之前，曾企圖以酷刑咒向他逼問你的下落。假如這是真的，那顯示他並沒有出賣你。」

哈利望著榮恩與妙麗，他們的表情和他一樣，又震驚又感激。他始終不是很喜歡昆爵，不過假如路平所說屬實，那昆爵的最後表現是試圖保護哈利的。

「食死人把洞穴屋徹底翻遍了，」路平繼續說，「他們找到了惡鬼，但是不願意太靠近——接著他們花了好幾個小時訊問我們這些還留下來的人，他們想得到關於你的情報，哈利。不過，當然啦，除了鳳凰會的人知道你去過之外，沒有別人知道。

「他們破壞婚禮的同時，更多的食死人強行進入這個國家內和鳳凰會有聯繫的每一個家庭，不過沒有人喪生。」他搶在他們發問前又接著說，「但是他們很強悍，他們燒毀了迪達勒斯．迪歌的房子，不過你們也知道他不在家。他們還對東施的家人施酷刑咒，同樣也是想知道你去過他們家以後的下落。他們都沒事——當然是嚇得發抖，不過除此之外還算沒事。」

「食死人可以通過那些保護咒？」哈利問，想起他摔落在東施父母花園的那天晚上，這些保護咒是多麼有效。

「哈利，你必須明白，食死人現在有魔法部的全力支援了。」路平說，「他們有能力執行殘暴的咒語，而不需要許可或擔心被逮捕。他們能滲透我們用來阻止他們的每一個防禦性咒語，而且一旦進入，他們就完全不隱瞞他們的來意。」

「他們會找藉口虐待人，好讓他們供出哈利的下落嗎？」妙麗語氣尖銳地問。

「這個嘛。」路平說，猶豫了一下，然後拿出一份折好的《預言家日報》。

「拿去，」他說，將報紙推到哈利面前的桌上，「反正你早晚都會知道，那是他們追查你的託辭。」

哈利攤開報紙，他的一張大照片占滿頭版的整個版面。他讀著上頭的標題：

緝拿偵訊有關阿不思·鄧不利多的死因

榮恩與妙麗發出憤怒的叫聲，但哈利沒說什麼。他推開報紙，他再也不想讀了，他已經知道上面會怎麼說。除了曾經在塔樓頂上的人之外，其他人都不知道到底是誰殺死了鄧不利多，而且麗塔・史譏已經告訴過魔法界，鄧不利多墜塔後不久，有人看見哈利匆匆離開現場。

「我很抱歉，哈利。」路平說。

「這麼說，食死人也已經接收《預言家日報》了？」妙麗氣憤問道。

路平點頭。

「可是大家一定都明白到底是怎麼回事吧？」

「這場政變已被敉平，局面已經平靜下來。」路平說，「昆爵遇害的官方說法只提到是他主動辭職，他的職務由派厄思・希克泥接任，他現在根本被蠻橫咒控制住。」

「為什麼佛地魔不乾脆宣布自己當魔法部長算了？」榮恩問。

路平大笑。

「他沒這個必要，榮恩。實際上他**就是**部長了，但他何必坐在魔法部的辦公室內？他的傀儡希克泥負責管理每天的庶務，佛地魔才有空將他的勢力擴展到魔法部以外的地區。

「自然有許多人會推斷到底出了什麼事，過去幾天魔法部的政策有了急遽轉變，許多人都在竊竊私語一定是佛地魔在背後操控。然而，重點就在這裡，他們竊竊私語；他們不敢相信彼此，不知道該信任誰；他們怕說出來，怕萬一他們的疑慮成真，他們的家人就會成為迫害目標。是的，佛地魔在玩一種非常聰明的遊戲，公開自己也許會引起叛變，繼續留在幕後才能製造矛盾、不確定和恐懼。」

「魔法部政策急轉彎，」哈利說，「當中有沒有包括警告魔法界對抗我，而不是對抗佛地魔？」

「那當然是其中的一部分，」路平說，「這可是個神來之筆。現在鄧不利多死了，而你——『活下來的男孩』——理所當然成為抵抗佛地魔的象徵與號召中心。但如果宣告你和這位老英雄的死有關，佛地魔就不僅是在你頭上貼上一張價目表，而且也是在許多保護你的人當中製造了疑慮和恐懼。

「同時，魔法部也已經對麻瓜出身的人展開不利的行動。」

路平指著《預言家日報》。

「看第二頁。」

妙麗翻開報紙，臉上出現和她在拿《黑魔法的秘密》時一樣憎惡的表情。

「『麻瓜出身審議』，」她大聲念出來，「『魔法部目前正在進行一項所謂「麻瓜出身」的調查，希望能多了解他們是如何擁有魔法的秘密。

「『由神秘部門最近推動的一項研究結果顯示，魔法只能在巫師生出下一代時才能由血統互相傳承。因此，無法證明自己的祖先裡有巫師的人，即所謂麻瓜出身的人，極有可能是由偷竊或暴力取得魔法的力量。

「『魔法部決心根除這類僭盜魔法力量的人。為了達成目標，已發函給每一位可能是麻瓜出身的人，親自接受新任命的麻瓜出身審議委員會的面談。』」

「人們不會讓這種事發生的。」榮恩說。

「它**就是**發生了，榮恩，」路平說，「在我們談話的此時，麻瓜出身的人已經被下達召集令了。」

「可是他們如何『偷竊』魔法？」榮恩說，「那是屬於心靈的東西，假如魔法能偷竊，就不會有什麼爆竹了，不是嗎？」

「我知道，」路平說，「儘管如此，除非你能證明你至少有一位魔法界的近親，否則你就會被視為非法取得魔法力量，必須接受懲罰。」

榮恩瞥一眼妙麗，然後說：「如果是由純種或混種宣示，麻瓜出身的人是他們家族的一分子呢？我會告訴大家說妙麗是我表妹——」

妙麗的手覆在榮恩手上，並捏了他一下。

「謝謝你，榮恩，但我不能讓你——」

「妳別無選擇，」榮恩嚴肅地說，也抓住她的手，「我會告訴妳我的家譜，這樣妳就可以回答相關問題了。」

妙麗發出顫抖的笑聲。

「榮恩，我們正和這個國家的通緝要犯哈利波特一起逃亡，我不認為這件事會比它更要緊。如果我回到學校，情況也許會不一樣。佛地魔對霍格華茲有什麼計畫嗎？」

她問路平。

「現在每個年輕的女巫和巫師都必須接受義務教育，」他回答，「這是昨天宣布的。這是一項改革，因為以前從來不是義務教育。當然，英國每一個女巫和巫師幾乎都在霍格華茲接受教育，但他們的父母有權在家自己教育他們，或送他們出國讀書，這個辦法使佛地魔今後得以從兒童開始控制魔法界。另外還有一個剷除麻瓜出身的辦法，因為學生必須在獲准入學以前交出他們的血統證明——意味著他們已經向魔法部證明他們是巫師的後代。」

哈利又難過又憤怒。此刻許多興奮的十一歲孩子，一定正專心研讀一堆剛買的咒語書，殊不知他們也許永遠見不到霍格華茲，或者再也見不到他們的家人。

「這……這……」他低喃著，想找些話來表達他內心恐懼的思緒，但路平平靜地說：「我知道。」

然後路平停頓了一下。

「假如你無法證實，哈利，我會了解的，但鳳凰會以為鄧不利多已經把一個任務交代給你。」

「沒錯，」哈利回答。「榮恩和妙麗也加入了，他們會和我一起去。」

「你能告訴我是什麼任務嗎？」

哈利注視著這張提早出現皺紋的臉，和那一頭厚重但灰白的頭髮，但願能給路平一個不一樣的答案。

「我不能，雷木思，我很抱歉。如果鄧不利多沒有告訴你，我想我也不能講。」

「我早就料到你會這麼說。」路平說，一臉失望，「不過我對你或許還是有點用處，你知道我是怎樣的人，也知道我的能力。我可以和你們一起去，保護你們，你們不需要明確告訴我你們的任務。」

哈利很猶豫，這是個非常誘人的提議，不過他無法想像，如果路平一直跟他們在一起，他們要如何保守這個任務的秘密。

但妙麗露出不解的神情。

「那東施呢？」她問。

「她怎麼樣？」路平說。

「啊，」妙麗皺眉說道，「你們結婚了啊！你跟我們去的話，她會怎麼想？」

「東施會很安全，她會住在她父母家。」

路平的口氣有點怪，幾乎稱得上是冷漠。而且東施躲在她父母家這件事也有點怪異，她畢竟是鳳凰會的一員，就哈利所知，她應該也會希望加入才對。

「雷木思，」妙麗試探問，「一切都好嗎……你知道……你們之間——」

「一切都很好，謝謝妳。」路平的語氣有點衝。

妙麗臉紅了。談話再度中斷，氣氛顯得尷尬又不自然，接著路平勉為其難地開口了，好像不得不承認某件不愉快的事情一樣。「東施懷孕了。」

「喔，太棒了！」妙麗大叫。

「好極了！」榮恩也熱切地說。

「恭喜。」哈利說。

路平苦笑的樣子有點像在扮鬼臉，然後說：「那……你們接受我的提議？三人行變成四人行？我無法想像鄧不利多會不同意，畢竟是他指派我擔任你們的黑魔法防禦術老師。我必須告訴你們，我相信我們正面臨許多人都未曾遭遇或想像過的魔法。」

榮恩與妙麗都望著哈利。

「我們先——先把事情搞清楚，」他說，「你把東施放在她父母家，然後要和我們一起走？」

「她在那裡很安全，他們會照顧她。」路平以近乎漠不關心的語氣斷然說，「哈利，我相信詹姆會希望我在你們身邊。」

「這個嘛，」哈利緩緩說，「我不認為。老實說，我相信我父親會想知道，為什麼你不跟著自己的孩子？」

路平的臉上倏然失去血色，廚房裡的溫度好像一下子降了十度。榮恩環顧著房間別處，彷彿有人囑咐他要把它記在腦子裡似的。妙麗的視線則在哈利和路平之間移動著。

「你不了解。」路平終於說。

「那請你解釋。」哈利說。

路平嚥了口口水。

「我——我不該和東施結婚，我沒有經過深思熟慮，事後非常後悔。」

「原來如此，」哈利說，「所以你要拋棄她和孩子跟我們走？」

路平跳了起來，他的椅子掀倒在地上，他用嚴厲的眼神望著他們，狼的陰影頭一次顯現在他的人臉上。

「你不明白我對我的妻子和未出世的孩子做了什麼嗎？我根本不該娶她，我害她遭人唾棄！」

路平把他撞翻的椅子一腳踢開。

「你只看到我是鳳凰會的一員，或是在霍格華茲接受鄧不利多的保護！你不知道魔法界大多數人是如何看待我這樣的生物！就算他們知道我的痛苦，他們也幾乎不會願意和我交談！你不明白我做了什麼嗎？連她的父母都厭惡我們的婚姻，有哪個父母希望他們的獨生女嫁給狼人？還有，那個孩子——那個孩子——」

路平抓著自己的頭髮，看起來精神有點錯亂。

「我這種人通常是不該生養後代的！我確信，生下來的孩子一定像我——我明知可能會將我的情況遺傳給一個無辜的孩子，我如何能原諒自己？假如奇蹟出現，他不像我，那麼少了一個會讓他蒙羞的父親會比較好，甚至是好一百倍！」

「雷木思！」妙麗眼角泛淚小聲地說。「不要這樣說──孩子怎麼會以你為恥？」

「喔，我不知道，妙麗，」哈利說，「我就會非常以他為恥。」

哈利不明白他的怒氣從何而生，但這股怒氣也使他站了起來。路平的表情彷彿挨了哈利一拳。

「如果新政權認為麻瓜出身不好，」哈利說，「他們會如何對付一個父親在鳳凰會的半狼人？我父親為了保護我的母親和我而死，你想他會叫你拋棄你的孩子和我們一起去冒險嗎？」

「你──你怎麼能這麼說？」路平說，「我又不是為了──為了冒險或是個人的榮耀──你怎麼能──」

「我覺得你的想法有點魯莽，」哈利說，「你想步天狼星的後塵──」

「哈利，不要！」妙麗哀求他，但他繼續瞪著路平鐵青的臉。

「我從來就不相信，」哈利說，「教我對抗佛地魔的這個人，會是個──懦夫。」

路平拔出魔杖的速度極快，哈利差點來不及摸到自己的魔杖。砰的一聲巨響，他感覺自己像挨了一拳似地往後飛。哈利撞上廚房的牆壁滑到地上時，一眨眼只見路平的斗篷下襬已消失在門口。

「雷木思，雷木思，回來！」妙麗大聲喊，但路平沒有回答，一會後他們聽見前門砰的一聲關上。

「哈利！」妙麗長嘆，「你怎麼能這樣？」

「這很簡單。」哈利說。他站了起來，並感覺頭上撞到牆的地方腫了一個包，但他仍然氣得渾身發抖。

「不要用那種眼神看我！」他對妙麗吼道。

「你不要嚇她！」榮恩也大吼。

「不——不——我們不能吵架！」妙麗說，然後站到他們兩人中間。

「你不該對路平說那種話。」榮恩對哈利說。

「他自找的。」哈利說。破碎的影像相繼出現在他心上：天狼星墜入紗幕；鄧不利多渾身是身，飛入半空中；一道綠色的光和母親求饒的聲音……

「父母，」哈利說，「不該離開他們的孩子，除非——除非他們不得不如此。」

「哈利——」妙麗說，想伸手去安慰他，但哈利把她的手甩掉後走開，兩眼凝視著妙麗召現出來的爐火。他曾在這座壁爐旁和路平說話，想從他那裡得到他對詹姆的信心，當時路平還安慰他。現在路平飽受苦惱的蒼老臉龐似乎在他眼前的空氣中飄移，他感到一陣揪心的懊悔。榮恩和妙麗都沒開口，但哈利相信他們一定都在他背後面面相覷，默默溝通。

他轉身，發現他們急忙分開。

「我知道我不該說他是懦夫。」

「你是不該。」榮恩立刻說。

「但他表現的像個懦夫。」

「你還是不該……」妙麗說。

「我知道，」哈利說，「可是，假如這樣能讓他回到東施身邊，就值得了，不是嗎？」

他掩藏不住懇求的語氣。妙麗顯得很同情，榮恩則是露出了不確定的表情。哈利低頭注視自己的腳，心裡想著他的父親。詹姆會支持哈利對路平說的話嗎？還是他會為兒子對待老朋友的態度而生氣？

寂靜的廚房似乎還籠罩著剛才令人震驚的一幕，以及榮恩與妙麗未說出口的譴責氣氛。路平帶來的《預言家日報》仍躺在桌上，報紙頭版上哈利的臉瞪著天花板。他走過去坐下，隨意翻開報紙假裝在讀，但一個字也讀不進去，滿腦子仍然想著剛才與路平的那番交手。他相信榮恩與妙麗一定又隔著《預言家日報》做無聲的溝通。他大聲地翻動報紙，鄧不利多的名字跳進他的眼簾，片刻之後他才察覺這張照片的意義。原來這是張全家福，照片下寫著幾個字：鄧不利多全家福：由左至右，阿不思、博知維、新生兒亞蕊安娜、甘德拉以及阿波佛。

他的注意力被吸引住了。哈利仔細觀察這張照片，鄧不利多的父親博知維長得很英俊，即使是在這張褪色的舊照片上，那雙眼睛似乎依然炯炯有神。嬰兒亞蕊安娜比一條麵包長不了多少，看不出清楚的輪廓。母親甘德拉的一頭烏黑秀髮在腦後梳成一個高髻。她的臉線條分明，儘管她穿著一件高領的絲質禮服，但哈利仔細研究她的黑眼珠、高顴骨和高挺的鼻梁，想到的卻是美國原住民。阿不思和阿波佛穿著一樣的蕾絲領外套，有著一模一樣的及肩長髮。阿不思看起來大上幾歲，此外兄弟倆長得十分相像，因為阿不思這時鼻梁還沒被打斷，也還沒開始戴眼鏡。

這一家人看起來很幸福、很平凡，在報紙上安詳寧靜地微笑。襁褓中的嬰兒亞蕊安娜微微揮動著一隻手，哈利看了看照片上方，發現一行標題：

即將出版的阿不思．鄧不利多傳記獨家書摘

麗塔．史譏

哈利心想，再難過也不過如此了，於是開始往下讀：

在丈夫博知維被廣為通緝，最後監禁在阿茲卡班後，驕傲自大的甘德拉．鄧不利多再也無法忍受繼續住在軟泥山丘。因此她決定舉家遷移到高錐客洞，這個小鎮，後來因為哈利波特從「那個人」手中奇蹟似地逃過一劫而聲名大噪。

和軟泥山丘一樣，高錐客洞也住著許多巫師家庭，但因甘德拉一個都不認識，她便

可避免像在前一個鎮上一樣，面臨人們對她丈夫罪行的好奇心。她一再拒絕新的巫師界鄰居友善的拜訪，因此很快就沒有人願意接近她的家人了。

「我帶著幾個手工大釜蛋糕向她表示歡迎，她卻當著我的面把門關上。」芭蒂達．巴沙特說，「他們搬來的頭一年我只見過那兩個男孩，要不是我在他們搬來後那年冬天曾在月光下摘轟隆草，看見甘德拉帶著亞蕊安娜走進後花園，我也不會知道她還有個女兒。她一手緊緊抓著她，帶她在草地上走一圈後，便又把她帶進屋內。當時根本看不清是怎麼一回事。」

看來甘德拉以為遷居到高錐客洞，是把亞蕊安娜永遠藏匿起來的一個絕佳機會，她有可能早已計畫多年。時間點是重要因素，亞蕊安娜消失不見時年僅七歲，七歲正是多數專家認為魔法會自然顯現的年齡，如果本身有魔法的話。如今依然健在的人，沒有一個記得看過亞蕊安娜曾經施展過一丁點魔法的能力。因此顯然地，甘德拉決定寧可把她的女兒藏起來，也不願忍受坦承她生下一個爆竹的恥辱。搬離認識亞蕊安娜的朋友與鄰居，當然使甘德拉更容易將她軟禁起來，這樣她便可以信賴屈指可數的幾個知道亞蕊安娜的人會保守秘密。其中包括她的兩個哥哥，他們會避重就輕地以母親教他們的話來回答令人尷尬的問題；「我妹妹身體太差，無法上學。」

下週預告：阿不思．鄧不利多在霍格華茲——獎賞與偽裝哈利錯了，他所讀的的確使他更難過。他再度望向那張快樂的全家福照片，這是真的嗎？他如何才能查明真相？即使芭蒂達的狀況不適合和他交談，他還是想去高錐客洞，他要探訪這個他與鄧不利多都失去了親人的地方。他捲起報紙，正要問榮恩與妙麗的意見，忽然聽到震耳欲聾的**啪答**一聲在廚房裡發出迴音。

三天來頭一次，哈利完全忘了怪角這回事。他以為是路平又回來了，一時間竟沒料到會有一團不斷掙扎的軀體，平空出現在他的椅子旁邊。他急忙站起來，怪角已經掙扎著爬起來，向哈利深深一鞠躬，啞著嗓子說：「怪角帶著小偷蒙當葛．弗列契回來了，主人。」

蒙當葛也掙扎著爬起來，並拔出他的魔杖，但妙麗比他快一步。

「去去，武器走！」

蒙當葛的魔杖飛到空中，妙麗將它接住。眼神狂亂的蒙當葛想往樓梯下衝去，榮恩以橄欖球的擒抱姿勢將他攔截，蒙當葛摔倒在地，發出沉重的撞擊聲。

「怎麼啦？」他大喊著，拚命掙扎，想從榮恩的懷中掙脫。「我做了什麼？派一個該死的家庭小精靈來抓我，你們在搞什麼飛機？我做了什麼？放我走，放我走，否則——」

「你沒有立場威脅我們。」哈利說。他拋開報紙、大步繞過廚房後，蹲在蒙當葛身旁。蒙當葛一臉驚慌地停止掙扎，榮恩站起來，喘著氣看著哈利以魔杖指著蒙當葛的鼻子。蒙當葛身上散發出陳腐的汗臭味與菸草味，他的頭髮失去光澤，長袍上污跡斑斑。

「怪角很抱歉，這麼久才把這個小偷抓來，主人。」小精靈啞著嗓子說。「弗列契很懂得如何逃避追捕，他有許多藏身窟和共謀，但怪角終於還是把這個小偷逮到了。」

「你做得很好，怪角。」哈利說。小精靈又深深一鞠躬。

「好，我們有幾個問題要問你。」哈利對蒙當葛說，蒙當葛立刻大聲說：「我嚇壞了，行了吧？我本來就不想去，不是有意冒犯，兄弟，但我從來沒有說要自願為你送死，而且該死的『那個人』正對著我飛過來。換了誰都會逃走，我一再說我不幹——」

「告訴你，我們當中可沒有一個人消影。」妙麗說。

「你們都是天殺的一群英雄啊，不是嗎？我可從來沒有假裝我要去自殺——」

「我們對你為什麼拋下瘋眼自己逃走沒興趣，」哈利說，他的魔杖更逼近蒙當葛鬆弛的眼袋與滿布血絲的眼睛，「我們早知道你是個不可靠的人渣。」

「那，幹嘛要叫家庭小精靈來追捕我？或者，又是那些金杯？我一個都沒有了，不然可以全部給你——」

「和金杯也沒有關係，不過快接近了。」哈利說，「閉嘴，聽好。」

能找個事情做，能找個人問出一點真相的感覺真好。哈利的魔杖幾乎點在蒙當葛的鼻梁上，使蒙當葛的兩隻眼睛幾乎變成鬥雞眼。

「你把這間屋子值錢的東西洗劫一空時……」哈利說，但蒙當葛又打岔。

「天狼星從來不在乎那些垃圾——」

接著傳來啪答啪答一陣跑步聲，一道銅器的強光閃過之後，傳出哐噹一聲震耳欲聾的巨響和疼痛的尖叫聲。原來是怪角抓起燉鍋，衝過去往蒙當葛頭上用力敲下。

「叫他住手，叫他住手，應該把他關起來！」當怪角又舉起沉重的燉鍋時，蒙當葛畏縮著尖叫道。

「怪角，不要！」哈利大聲說。

怪角纖細的手臂因承受不住鍋子的重量而發抖，但仍舉得高高的。

「再一下就好，哈利主人，討個吉利？」

榮恩大笑。

「我們需要他保持清醒，怪角。不過假如他還執迷不悟的話，你可以有這個榮幸。」哈利說。

「非常多謝，主人。」怪角一鞠躬說，然後退到一旁，一雙蒼白的大眼依舊厭惡地注視著蒙當葛。

「你把這間屋子所有能找到的值錢東西洗劫一空時，」哈利又說，「也從廚房的櫥櫃拿走一堆東西，其中有個小金匣，」哈利忽然覺得嘴巴很乾，他可以感覺到榮恩與妙麗也既緊張又興奮，「你後來如何處置它了？」

「怎麼？」蒙當葛問，「它值錢嗎？」

「還在你手上！」妙麗大叫。

「沒有，沒在他手上了。」榮恩尖酸刻薄地說，「他在想，他當初是不是該多撈點錢。」

「多撈一點？」蒙當葛說，「天殺的一點也不難……該死的送掉了，不是嗎？沒機會了。」

「你說什麼？」

「我在斜角巷兜售時，那女人走過來，問我有沒有販賣魔法工藝品的執照。該死的抓耙子，她要罰我錢，但她很喜歡那個小金匣，便說她要拿走，這次就放過我，算我走運。」

「這個女人是誰？」哈利問。

「我不認識，魔法部的某個醜老太婆。」

蒙當葛想了一下，眉頭皺起。

「矮個子，頭上還有一朵蝴蝶結。」

他皺皺眉後又加上一句，「長得像隻蟾蜍。」

哈利垂下他的魔杖，正好點中蒙當葛的鼻子，朝他的眉毛射出一道紅色的火星，他的眉毛立即著火了。

「水水噴！」妙麗大叫一聲，一道水柱從她的魔杖射出，噴得蒙當葛滿臉，害他差點嗆到。

哈利抬起頭，在榮恩與妙麗的臉上看到和他一樣震驚的表情。他右手手背上的疤痕，似乎又開始刺痛起來。

12 魔法即是力量

八月一天天過去，古里某街中央廣場茂密的蕪草，在烈日曝曬下逐漸枯黃，最後變得焦褐脆弱。附近住家誰也沒見過十二號的住戶，其實就連十二號這棟屋子他們也看不見。古里某街的麻瓜，在許久之前就習慣了這個戶政編號上的錯誤，習慣了十一號的隔壁就是十三號。

然而最近廣場卻吸引了三三兩兩的訪客，他們似乎認為此地異常的門號很是迷人，幾乎每天都會看見一、兩個人來古里某街，看似無所事事，只是倚著面對十一號和十三號的欄杆，看著兩屋的銜接之處。窺探的人絕不會連著兩天是同一個人，不過他們似乎都有個共通點，就是不喜歡正常的衣著。大多數經過他們身旁的倫敦人對衣著古怪的人士早已是見怪不怪，也不太在意。只是偶爾還是會有人回頭瞄個一眼，心裡納悶大熱天的，怎麼還會有人披著長斗篷？

監視者似乎並沒有什麼收穫，偶爾有人會興奮地向前張望，彷彿終於發現了什麼有趣的東西，隨即又一臉失望地垮下肩膀。

九月的第一天，在廣場窺探的人變得更多了，六名長斗篷客默然而立，提高警覺地凝視十一號與十三號。但無論他們等的是什麼，依舊是全無蹤影。天色漸暗，突然下起了數週以來的第一陣冷雨。這時，他們又好像看見了什麼值得注意的動靜。那個面容扭曲的人伸手一指，最靠近他的同伴，一名矮胖蒼白的人便挺身向前，但一陣子後，又恢復了原先的姿態，一臉的失望氣餒。

同時，在十二號裡，哈利剛踏進玄關。剛才他現影在前門台階上時險些失去平衡，手肘露出了一下子，他覺得食死人可能察覺到了。哈利謹慎地關上大門，脫下隱形斗篷掛在手臂上，匆匆沿著陰森森的走廊朝通往地下室的門走去，一手還緊抓著偷來的《預言家日報》。

一如往常，迎面而來的是「**賽佛勒斯．石內卜？**」的低聲詰問，隨即冷風掃過，他的舌頭捲起來一會。

「你不是我殺的。」他說，屏住呼吸等著灰塵般的惡咒人形爆散。一直等他走到廚房樓梯的一半，確定不在布萊克太太的聽力範圍內，塵煙也都消散之後，他才開口喊：「新消息，你們一定不會喜歡的。」

廚房的改變幾乎讓人認不出來，現在每一處都光潔如新。黃銅煮鍋、平底鍋無不擦拭得散發出玫瑰紅的色澤，木桌桌面閃閃發光，晚餐的餐具已擺設妥當。爐火熊熊燃燒，火上的大釜咕嚕直響，把桌上的酒杯、盤子映照得閃閃發光。不過這些改變都還不及此刻快步走向哈利的家庭小精靈。他穿著雪白的毛巾，耳毛如棉花般乾淨蓬鬆，獅子阿爾發的小金匣在他瘦弱的胸膛上彈跳。

「拜託請脫鞋，哈利主人，飯前要先洗手。」怪角粗聲說，抓住隱形斗篷，佝僂著背將斗篷掛在牆壁上的衣鉤。掛鉤旁邊還有幾件復古舊長袍，也都洗得乾乾淨淨。

「什麼消息？」榮恩驚懼地問，他和妙麗一直在長桌另一端研究攤了滿桌的筆記和手繪地圖，但此時兩人都抬頭望著哈利大步過來，把手上的報紙擲在四散的羊皮紙上。

一大幀照片瞪著他們，照片上的人鷹鉤鼻、黑頭髮，照片上方的標題寫著：**賽佛勒斯．石內卜確定接任霍格華茲校長**。

「不！」榮恩與妙麗齊聲大喊。

妙麗的反應最快，她一把抓起報紙，大聲念出完整的報導。

「『賽佛勒斯．石內卜，霍格華茲魔法與巫術學校資深魔藥學教授，今天獲派為此一歷史悠久之學校校長。此外亦有幾項重要之人事異動，前麻瓜研究教授辭職，遺缺由艾朵．卡羅接任，而黑魔法防禦術教授則由她的哥哥艾米克擔任。』

「『我很榮幸能有機會維護我們最優秀的巫師傳統及價值——』哼，像是謀殺和割掉別人的耳朵嗎？石內卜當校長！石內卜坐進鄧不利多的辦公室——梅林的內褲啊！」她說著說著突然尖叫，嚇得哈利和榮恩跳了起來。而她自己也從椅子上跳起來，一陣風似地衝出廚房，一面還大喊：「我馬上回來！」

「『梅林的內褲』？」榮恩一臉好笑地說，「她一定是氣壞了。」他把報紙拉過來，閱讀有關石內卜的文章。

「其他老師不會接受的。麥教授、孚立維和芽菜都知道真相，他們知道鄧不利多是怎麼死的，不會坐視石內卜當校長。還有這兩個卡羅兄妹是誰啊？」

「食死人。」哈利說，「裡頭有相片，石內卜殺害鄧不利多時他們也在塔裡，所以現在是一窩蛇鼠當道了。再說，」哈利苦澀地往下說，拉來一張椅子，「我看不出其他老師除了留下之外還有什麼選擇。要是石內卜的後面有部長和佛地魔撐腰，那不是留下來繼續教書，就是到阿茲卡班去關個幾年——那還得要運氣夠好呢。我猜他們會留下來，盡量保護學生。」

怪角匆忙端著一只有蓋深碗到桌前，把湯舀入樸實無華的碗中，一邊還咬著牙吹氣。

「謝了，怪角。」哈利說，將《預言家日報》拋開，以免看到石內卜那張臉。「嗯，至少現在我們知道石內卜會在哪裡。」

他開始一匙一匙喝湯。自從他把獅子阿爾發的小金匣送給怪角之後，怪角的廚藝也有了驚人的進步，今天的法式洋蔥湯就是哈利從未嚐過的美食。

「外面還是有一堆食死人在監視，」他一面喝湯一面向榮恩說。「比平常多。看來他們好像是在等我們抬著學校的行李箱，大刺刺出門去搭霍格華茲特快車。」

榮恩看了看錶。

「我一整天都在想這件事。火車大概六個小時前就開走了。我們沒坐在上頭，感覺真怪，對不對？」

哈利心中似乎看見猩紅色的蒸氣火車頭在田野和山陵間熠熠生輝，有如一隻蠕動的猩紅色毛蟲，因為他和榮恩曾有一次在空中跟著列車行進。他確信金妮、奈威和露娜這時正坐在車廂的某一處，或許正猜測他、榮恩和妙麗人在何方，也可能在爭辯破壞石內卜新政權的最佳方法。

「剛才他們差點就看見我進來了。」哈利說，「我現影得很爛，隱形斗篷滑開了。」

「我每次都是。哦，她來了。」榮恩說，在座位上伸長了脖子看著妙麗進入廚房，「看在梅林最寬鬆的三角內褲分上，妳到底在幹什麼？」

「我想起了這個。」妙麗回答。

她將著一個大畫框放在地板上，再從廚房餐具櫥抓出她的珠珠包，打開包包來，硬是把畫往裡塞。雖然畫框顯然太大，塞不進小包包，但幾秒鐘後，畫框竟然不見了，就如同許多其他物件一般，都被珠珠包的大肚量給吞下了。

「非尼呀．耐吉。」妙麗解釋著，順手將皮包丟在廚房桌子上，而那當然發出了很沉重的撞擊聲。

「什麼？」榮恩問，但哈利聽懂了。非尼呀．耐吉．布萊克的畫像能夠在古里某街及霍格華茲校長室間來去。如今得意洋洋的石內卜無疑就坐在那圓形的塔頂房間內，占據了鄧不利多那些精巧的銀色魔法儀器、儲思盆、分類帽，以及除非已經被移走，不然還會在那的葛來分多寶劍。

「石內卜可以派非尼呀．耐吉來偵察這棟屋子。」妙麗向榮恩解釋，一邊坐下，「哼，就讓他試試看吧，非尼呀．耐吉只能看到我皮包裡那些亂七八糟的東西。」

「妳想得真周到！」榮恩說，一臉的欽佩。

「謝謝。」妙麗笑著說，把湯碗拉過去。「好了，哈利，今天還有哪些事？」

「沒有了。」哈利說，「今天監視魔法部入口七個小時，沒看見她，倒是看見了你爸，榮恩，他看來很好。」

榮恩點頭表示感謝。三人都同意，在衛斯理先生進出魔法部時與他連絡太過冒險，因為他的四周總是有魔法部的同事。不過能看見他，多少讓他們安心不少，儘管他的模樣總是非常緊張焦慮。

「爸常說魔法部大多數人都是用呼嚕網上班。」榮恩說，「所以我們才會看不到恩不里居，她才不會用走的，她覺得自己太重要了。」

「那麼那個穿海軍藍袍子的好笑老女巫和矮巫師呢？」妙麗問。

「喔，那傢伙是魔法維護部門的人。」榮恩說。

「你怎麼知道他是魔法維護部門的人？」妙麗問，湯匙懸在半空中。

「爸說魔法維護部門都穿海軍藍的袍子。」

「你幹嘛不早說！」

妙麗放下了湯匙，把剛才哈利進廚房時她和榮恩在研究的那捆筆記和地圖拉過來。

「這裡完全沒提到什麼海軍藍袍子，一個字也沒有！」她說，急急忙忙翻著紙張。

「這有什麼要緊的？」

「榮恩，**每件事**都很要緊！要是我們想在他們**格外**防範闖入者的節骨眼上溜進魔法部而不被發現的話，每一個小細節都要注意！我們已經做了一次又一次，我是說，要是連這件事你都懶得開口告訴我們，那我們這一趟又一趟的偵察有什麼意義——」

「哎唷，妙麗，我不過忘了一件小事——」

「你總了解吧，如果說現在全世界有哪個地方對我們來說最危險的話，那肯定是魔法部——」

「我覺得應該明天就動手。」哈利說。

妙麗一下子啞了，張大口合不攏嘴。榮恩則被一小口湯嗆到。

「明天？」妙麗接口說，「你不是說真的吧，哈利？」

「我是說真的。」哈利說，「我覺得，就算我們再在魔法部入口探頭探腦一個月，我們也不會比現在準備得更充分。拖得越久，小金匣就越遙不可及。恩不里居很可能已經把它給丟了，只因為那東西打不開。」
「除非，」榮恩說，「她找出了打開的方法，現在已經被附身了。」
「反正也沒差，她本來就夠邪惡的了。」哈利聳聳肩不在乎地說。
妙麗咬著唇，陷入沉思。
「重要的事我們都知道了。」哈利接著對妙麗說，「我們知道不能再用現影術進出魔法部，我們知道只有最資深的魔法部人員才可以用呼嚕網連絡家人，因為榮恩聽見了兩個『不可說』在抱怨。我們也大概知道恩不里居的辦公室位置，因為妳聽到那個留鬍子的人跟他的同伴說——」
「『我要上地下一樓，桃樂絲找我。』」妙麗立即複述。
「一點也沒錯。」哈利說。「我們也知道要進去得用那些可笑的硬幣，或是代幣，隨便它叫什麼，因為我看見了那個女巫師找朋友借——」
「可是我們沒有啊！」
「要是計畫行得通，我們就會有。」哈利鎮定地說下去。
「我不知道，哈利，我不知道……很多地方都可能出錯，太多事要靠運氣……」
「就算再花三個月時間準備，情況也會如此。」哈利說，「我們該行動了。」
他能從榮恩與妙麗的表情看出他們嚇壞了，他自己也不是多有自信，然而他很肯定該把計畫付諸行動了。

前四週他們輪流披上隱形斗篷，監視魔法部入口，多虧了衛斯理先生，榮恩從小就很熟悉這地方。他們跟蹤魔法部員工，偷聽他們的對話，小心觀察哪個人每天會在固定時刻單獨出現。偶爾他們會有機會從某人的公事包中摸走一份《預言家日報》，就這樣，他們慢慢畫出草圖，寫下筆記，也就是眼前攤在妙麗面前的那堆紙。

「好吧。」榮恩慢吞吞地說。「就明天去好了……我覺得應該就我和哈利兩個人去。」

「喔，別又來了！」妙麗嘆了口氣，「我們不是已經說定了？」

「躲在隱形斗篷裡在入口附近晃是一回事，可是這不一樣，妙麗。」榮恩用一根手指戳著《預言家日報》。「妳在名單上，妳是沒有出面接受審問的麻瓜出身者！」

「而你不是應該因為染上多發性點狀爛痲疹而在洞穴屋垂垂待斃嗎？要說誰不該去的話，應該是哈利，他的人頭可是值一萬加隆呢——」

「那好，我留下來。」哈利說。「等你們打敗了佛地魔，可別忘了通知我一聲。」

榮恩、妙麗笑了起來，哈利額上的疤卻猛然刺痛，他的手飛快地按向額頭，同時看見妙麗瞇起了眼睛。他假裝用手拂開眼前的頭髮，想遮掩過去。

「好吧，我們三個都去，那我們得分開消影。」榮恩說。「我們已經沒辦法再一起擠到隱形斗篷裡了。」

哈利的疤越來越痛，他站了起來，怪角卻立刻迎上來。

「主人的湯沒喝完。主人是想吃辣燉菜，還是主人非常偏好的糖蜜餡餅？」

「謝謝，怪角。我一下就回來——呃——洗手間。」

知道妙麗正狐疑地看著他，哈利匆匆上樓到大廳，再衝進二樓的浴室，並把門閂上，痛得悶哼。他彎腰俯身在水龍頭是個張口毒蛇造型的黑色水槽上方，閉上眼睛……

他正在黎明的街上滑行，兩側的建築物都有高聳的木頭山形牆，看起來好像薑餅屋。

他接近其中一棟，看見自己修長白皙的手放在門上，敲了敲門，感覺體內的興奮正在攀升……

門打開了，一名笑嘻嘻的婦人站在門口，一看見哈利的臉，笑聲就戛然而止，換上的是恐怖……

「葛果羅威？」一個高亢冰冷的聲音說。

婦人搖搖頭，試圖把門關上。一隻白皙的手卻牢牢抓住門把不放，不讓她有機會當著他的面關上門……

「我要找葛果羅威。」

「Er wohnt hier nicht mehr[3]！」她高喊，一面搖頭。「他沒住這裡！他沒住這！我不認識他！」

婦人放棄關門，一步步退入黑暗的玄關，哈利也步步進逼，朝她滑行，修長的手抽出了魔杖。

「他在哪裡？」

「Das weiβ ich nicht[4]！他搬走了！我不知道，我不知道！」

他舉起魔杖，婦人放聲尖叫，兩名幼童跑進玄關，婦人想用雙臂保護他們，只見一道綠光閃過——

「哈利！**哈利**！」

哈利睜開眼，原來他跌坐在地上了。妙麗正猛捶著浴室門。

「哈利，開門！」

他知道自己剛才大喊了出來，他起身打開門閂，妙麗立刻跌撞進來，等她恢復平衡之後，立刻懷疑地東張西望。榮恩緊跟在後，神情緊張地用魔杖指著冰冷浴室的四角。

「你在做什麼？」妙麗嚴厲地問。

「妳覺得我在做什麼？」哈利反問，裝得很勇敢，卻沒有說服力。

「你在裡頭鬼吼鬼叫！」榮恩說。

3. 此句為德文，意思是「他不住這裡了」。
4. 此句為德文，意思是「我不知道」。

「喔……我一定是睡著了——」

「哈利，拜託不要侮辱我們的智商。」妙麗說，深吸了好幾口氣。「我們知道你在樓下時額頭上的疤就在痛，而且你的臉色跟紙一樣白。」

哈利坐在浴缸邊緣。

「好吧。我看見了佛地魔殺害了一個婦人，現在他可能把她一家子都殺光了，而且他其實用不著殺人。這完全是西追事件重演，他們只是倒楣，剛好在**那裡**……」

「哈利，你不能再讓這種事情發生了！」妙麗喊道，聲音在浴室中迴盪。「鄧不利多要你用鎖心術！他認為那樣的連結是很危險的——佛地魔能**利用**它，哈利！看見他殺人、折磨別人有什麼好處？有什麼幫助？」

「那表示我知道他在做什麼。」哈利說。

「所以你連**試著**去阻隔他都不願意？」

「妙麗，我辦不到。妳知道我的鎖心術一團糟，我從來就抓不到竅門。」

「你從來沒有真心試過！」她激動地說，「我真不懂，哈利——你是不是**喜歡**這種特殊的連結，還是關係，還是什麼——什麼——」

她突然結結巴巴，因為哈利站起來時，給了她一個很難看的臉色。

「喜歡？」他靜靜地說，「換做是**妳**會不會喜歡？」

「我——不——我很抱歉，哈利，我不是要——」

「我恨透它了，我恨透了他能滲透我的內心，恨透了我得在他最危險的時刻看著他，可是我還是要利用這點。」

「鄧不利多——」

「別管鄧不利多了，這是我的選擇，誰也插不上手。我想知道他為什麼苦苦尋找葛果羅威。」

「你說誰？」

「他是位外國的魔杖製造師。」哈利說，「他曾幫喀浪製造魔杖，喀浪說他很厲害。」

「可是根據你自己的說法，」榮恩說，「佛地魔已經抓了奧利凡德，不知道把他關在哪裡了。既然他已經有了一個魔杖製造師，何必又要再找一個呢？」

「也許他認同喀浪的看法，也許他認為葛果羅威更高明……也可能是他以為葛果羅威能夠解釋為什麼他在追我時，我的魔杖會有那種反應，因為奧利凡德並不清楚。」

哈利瞧了一眼破裂又沾滿灰塵的鏡子，看見榮恩、妙麗背著他互換了一個懷疑的眼神。

「哈利，你一直在說你的魔杖做了什麼，」妙麗說，「可是那是**你**讓它辦到的！你為什麼就是死也不肯承認那是你自己的力量？」

「因為我知道不是我！佛地魔也知道，妙麗！我們兩個都知道究竟是怎麼一回事！」

兩人怒目相視。哈利知道他並沒有說服妙麗，也知道她正在整理反駁的論點，駁斥他對自己魔杖的認知，以及他允許自己偷窺佛地魔內心這件事。幸好，榮恩即時插嘴，讓他鬆了口氣。

「算了啦，」他勸妙麗。「就由著他吧。我們明天不是要闖入魔法部嗎？你們不覺得我們應該再把計畫溫習一遍？」

兩人都看得出妙麗是心不甘情不願地暫時擱置這件事，不過哈利很肯定，逮住機會她一定會立刻攻擊。不過目前他們一起回到地下室的廚房，怪角送上了燉菜和糖蜜餡餅。

當晚他們很晚才就寢。他們花了好幾個小時反覆溫習，到最後都可以倒背如流。哈利躺在天狼星的臥室床上，魔杖光芒照亮那張他父親、天狼星、路平和佩迪魯的舊合照，他又喃喃複習了十分鐘。等他熄滅了魔杖光芒後，他心中想的卻不是變身水、嘔吐糖片或是魔法維護部門的海軍藍袍子，而是那個魔杖製造師葛果羅威，以及一旦佛地魔全心全意要找到他，他究竟還能躲多久？

黎明似乎是一過午夜就來臨了。

「你的臉色差透了。」榮恩進房間叫醒哈利，劈頭就是這句話。

「馬上就會變了。」哈利說，打個哈欠。

他們發現妙麗在樓下廚房，怪角已為她準備了咖啡、熱捲餅。她的臉上微微帶著狂熱的表情，哈利不禁想到考前的複習時刻。

「袍子。」她壓低聲音說，朝他們緊張兮兮地點了個頭，算是招呼，仍忙著在她的珠珠包裡翻找。「變身水……隱形斗篷……詭雷……你們都該帶著一、兩個，以防萬一……嘔吐糖片、鼻血牛軋糖、伸縮耳……」

他們狼吞虎嚥地吃下早餐，立刻邁步上樓，怪角鞠躬送他們離開，答應等他們回來會有香噴噴的牛肉腰花派等著他們。

「祝福他，」榮恩用寵溺的語氣說，「誰想得到，我曾經想把他的頭剁下來，掛在牆上呢。」

他們無比謹慎地走到前門台階上，看見仍有兩名長著金魚眼似的食死人從對面迷霧籠罩的廣場監視著房子。妙麗先和榮恩消影離開，再回來帶哈利。

經歷咒語一貫的短暫黑暗及幾近窒息的感覺後，哈利發現自己置身在小巷中，在這裡他們需要展開計畫中的第一階段。巷道中不見人影，只有一、兩個大型垃圾箱。魔法部最早上班的員工，也要將近八點才會出現。

「好，」妙麗看了看錶說道。「她應該再五分鐘就到了，等我昏擊她——」

「妙麗，我們都知道了。」榮恩不客氣地說，「不是說我們應該在她到之前開門嗎？」

妙麗尖叫了一聲。

「我差點忘了！退後——」

她用魔杖指著一旁加了掛鎖又滿是塗鴉的逃生門，逃生門立即打開，並發出很大的聲音。根據他們仔細的偵察得知，門裡幽暗的走道連往一家空劇院。妙麗將門拉上，讓逃生門看起來好像仍然緊閉著。

「再來，」她說完向後轉，面對走道上的兩人，「我們披上隱形斗篷——」

「——然後等待。」榮恩幫她說完，抖開斗篷往妙麗頭上罩下，彷彿是拿厚羊毛氈罩住籠中的虎皮鸚鵡一樣，同時朝哈利翻了個白眼。

不出一分鐘，輕輕的一聲啵，一名嬌小的女巫在咫尺之內現影，她的灰髮飄揚，突如其來的光亮讓她連連眨眼。朝陽剛從一朵雲後露出了臉，但她連享受溫暖陽光的時間都沒有，妙麗就以無聲的昏擊咒命中了她的胸膛，而她立刻摔了個四腳朝天。

「幹得好，妙麗。」榮恩說，從劇院門旁的一個垃圾箱後出來，哈利也脫下隱形斗篷，兩人合力將嬌小的女巫抬入了通往後台的陰暗走道。妙麗拔了幾根她的頭髮，加入一瓶混濁的變身水中。榮恩則在女巫的手提包內翻找。

「她是瑪法達．霍克克。」榮恩說，邊瀏覽著一張識別證，上頭說她是魔法不當使用局的助理。「妳最好拿著，妙麗，代幣在這裡。」

他遞給她幾枚從女巫的手提包中找到的小金幣，金幣上都刻著M.O.M.字樣。

妙麗喝下已經變成漂亮淡紫色的變身水，不出幾秒鐘，站立在他們面前的人就換成了瑪法達．霍克克的翻版，她又摘下瑪法達的眼鏡戴上。哈利看了看手錶。

「我們拖太久了，魔法維護部門的那位先生隨時會到。」

他們急忙關上門，把正牌的瑪法達關在裡頭。哈利與榮恩披上隱形斗篷，但妙麗就大方站在巷道中等著。幾秒鐘後，又是輕輕的**啵**一聲，一名個子矮小、頗似雪貂的巫師就出現在他們面前。

「哦，早啊，瑪法達。」

「哈囉！」妙麗用顫巍巍的聲音說，「你好嗎？」

「其實不太好。」矮小巫師答道，一副垂頭喪氣的模樣。

妙麗與巫師朝大馬路而行，哈利、榮恩則悄悄躡腳跟上。

「真遺憾你的身體不舒服。」妙麗說，堅定地打斷了巫師的話，不讓他說明他的問題所在。現在妙麗必須在走到大馬路前攔下他。「來，吃顆糖。」

「啊？哦，不用了——」

「不要客氣！」妙麗不讓他有拒絕的機會，拿著一袋嘔吐糖片在他面前搖晃。矮小巫師一臉驚惶地伸手拿了一個。

藥效可說是立見分曉，糖片一觸及他的舌頭，矮小巫師就猛嘔起來，連妙麗拔了他一把頭髮他都沒發覺。

「哎呀！」她喊道，看著他吐得滿地都是，「你今天還是請個病假好了！」

「不——不！」他嗆岔了氣又猛烈的乾嘔，雖然已挺不直腰，仍然想繼續前進。「我一定——今天——一定得去——」

「別傻了！」妙麗說，忍不住驚慌，「你這樣子哪能上班呢——我看你應該到聖蒙果去，讓他們幫你治一治！」

巫師已癱倒在地上，四肢撐地，喘得厲害，卻仍固執地朝大街上爬去。

「你這樣子真的不能上班啊！」妙麗大喊。

好不容易，他似乎承認妙麗的話不無道理，抓著也開始反胃的妙麗慢慢爬起來，一轉身就消失了蹤影，一點痕跡也沒留，只剩下榮恩在他消失前從他手上搶下的皮包，以及遍地飛濺的嘔吐物。

「噁，」妙麗說，撩起袍子下襬以免沾到穢物。「昏擊他起碼乾淨得多。」

「是啊。」榮恩說，拎著巫師的袋子從隱形斗篷下現身。「只不過我還是認為一堆不省人事的巫師更容易引起注意。說真的，他這個人還真是盡忠職守啊，對不對？把頭髮和藥水拿來吧。」

兩分鐘內，榮恩就搖身變成那名生病的巫師，個子矮小，貌似雪貂，穿著海軍藍袍子。那件藍袍原先折得好好的，放在他的皮包裡。

「真怪，他今天居然沒穿上，他不是急著要上班嗎？算了，不管他。根據這背後的標籤，我是雷格・卡特摩。」

「在這裡等著，」妙麗對著仍躲在隱形斗篷下的哈利說道。「我們會帶頭髮回來給你。」

哈利等了十分鐘。但對他而言，時間似乎更加漫長。他一個人躲在濺了嘔吐物的小巷中，身邊的那扇門後藏了被昏擊咒擊中的瑪法達。終於，榮恩和妙麗回來了。

「我們不知道他是誰。」妙麗說，交給哈利幾根黑色鬈髮。「可是他因為鼻血不止回家了！來，他的個子很高，你會需要大一點的袍子……」

她拉出一套怪角為他們洗淨的舊袍子。哈利找了個地方喝藥水、換衣服。

痛苦的變身完成後，他足足拉高到六呎以上。從他那身肌肉來看，他的體格也很棒，而且還留了鬍子。哈利把隱形斗篷及眼鏡收入新袍子底下之後，便出去與另外兩人會合。

「哇，真是嚇人。」榮恩說，一邊抬頭看哈利，現在換成哈利居高臨下地俯視他了。

「拿一個瑪法達的代幣。」妙麗告訴哈利。「走吧，快九點了。」

三人一同步出小巷，沿著擁擠的人行道前進五十碼，只見兩道階梯，階梯有黑色尖鐵扶手，一邊標示著「男士」，一邊標示著「女士」。

「一會後見了。」妙麗緊張地說，蹣跚走下女士專用階梯。哈利與榮恩加入一群穿著古怪的人，進入看似一般的地下室公廁，地磚是骯髒的黑白雙色。

「早啊，雷格！」一名身穿海軍藍袍子的巫師高喊，然後把金色代幣投入門上小孔，進入了廁所。「真教人受不了，對不對？強迫我們這樣子上班！他們以為誰會闖進來啊？哈利波特嗎？」

那名巫師對自己的幽默感很是得意地捧腹大笑，榮恩只得硬擠出笑聲。

「是啊，」他說，「真是無聊，對吧？」

他和哈利進入了相鄰的兩間廁所。

哈利的左右兩邊都傳出沖水聲，他彎腰從隔間的底部空隙看過去，正好看見一雙穿靴子的腳伸入隔壁的馬桶內。他看向左邊，榮恩正對著他眨眼睛。

「我們得把自己沖進去？」他低聲說。

「好像是。」哈利也低聲回答，他的嗓音十分低沉。

兩人都挺直腰，感覺蠢得無法形容。哈利踏進馬桶。

他立刻就知道自己做對了。儘管他看似站在水中，但他的鞋子、雙腳和袍子下襬仍然相當乾燥。他伸手拉拉鍊子，下一分鐘已滑下短短的斜槽，從一處壁爐進入了魔法部。

哈利笨拙地站了起來，他的身體一下子長大太多，讓他有些適應不良。中庭似乎比哈利記憶中來得陰暗，之前大廳的中央有座黃金噴泉，木頭地板和牆壁上會映照出閃爍的光點，如今卻只見一尊巨大的黑色雕像統轄著這裡，看起來很嚇人。雕像是一對男女巫師端坐在雕飾華麗的寶座上，俯瞰魔法部的員工從下方壁爐踉蹌而出。雕像底部還有一呎高的大字，寫著：**魔法即是力量**。

哈利感到腿上猛然一撞，是另一名巫師從後方的壁爐飛了出來。

「滾開，你是瞎了——喔，抱歉，藍孔！」

那名禿頭巫師顯然是嚇壞了，忙不迭走開。不用說，哈利假扮的這個藍孔是個讓人退避三舍的傢伙。

「嘿！」一個聲音響起。哈利轉頭，發現一名纖細的女巫與一名貌似雪貂的魔法維護部門的巫師在雕像那邊揮手，哈利趕緊過去。

「你進來沒出問題吧？」妙麗低聲對哈利說。

「不，他現在還卡在廁所裡。」榮恩說。

「哦，很好笑……真可怕，對不對？」她對哈利說，他正抬頭瞪著雕像，「你有沒有看見他們坐在什麼上頭？」

哈利更仔細看，這才發現方才他以為是精雕細琢的寶座，原來竟是一堆雕刻的人：上百具赤裸的人體，男人、女人、兒童，都長了張愚昧醜陋的臉，扭曲擠壓在一起，撐起那兩名俊美巫師的重量。

「麻瓜，」妙麗低聲說，「適得其所。來吧，走了。」

他們融入了男女巫師的人潮，向中庭盡頭的黃金大門移動，儘可能偷偷觀察四周，卻到處都看不見顯眼的桃樂絲．恩不里居。他們通過了門，進入較小的廳堂。二十個黃金柵門前排了幾條長龍，等著搭電梯。他們才剛挑了最近的一排隊伍排隊，就聽見有人喊：

「卡特摩！」

三人轉頭張望，哈利的胃翻了個筋斗。一名目睹鄧不利多死亡的食死人大步朝他們過來，他們四周的魔法部員工都噤若寒蟬、低垂視線，哈利能感覺到恐懼如漣漪般擴散開來。食死人那張蹙著眉、略顯猙獰的臉，與他那身有金線刺繡的莊嚴袍子格格不入。電梯附近有人拉高嗓門大喊：「早啊，牙克厲！」但牙克厲理都不理他。

「卡特摩，我要求魔法維護部門的人來修理我的辦公室，現在那裡還在下雨。」

榮恩左顧右盼，彷彿是希望有人出面緩頰，但誰也不開口。

「下雨……你的辦公室？那——那可不太好啊，是不是？」

榮恩緊張地笑了笑，牙克厲瞪大了眼睛。

「你覺得好笑是嗎，卡特摩？」

兩名巫師脫離了等候電梯的隊伍，急步離開。

「不，」榮恩說，「不，當然不——」

「你知道我現在正要下樓去審問你老婆吧，卡特摩？說真的，我還真是意外呢，你竟然沒在樓下握著她的手，陪她一起等。已經當她是破爛一樣不要了啊？算你識相，下次討老婆別忘了討個血統純正的。」

妙麗發出了小小聲的驚恐尖叫，牙克厲看了她一眼，她假裝咳嗽，轉過身去。

「我——我——」榮恩不知如何接口。

「要是**我的**老婆被控是麻種，」牙克厲說，「——我這可不是在說我娶的女人會被人誤會是那種賤種——而魔法執法部門的長官有工作交代，我就會列入第一要務，卡特摩，聽懂了嗎？」

「懂了。」榮恩低聲說。

「那就快去做，卡特摩。如果我的辦公室在一小時之內還乾不了，你老婆的血統就會比現在更加可疑。」

他們面前的黃金柵門打開來。牙克厲朝哈利點頭，露出一抹教人不舒服的笑容，顯然哈利還得對他這樣處置卡特摩表達欣賞之意，然後牙克厲像一陣風似地進了另一部電梯。哈利、榮恩、妙麗進了他們的電梯，但沒有人跟著進來，好像他們有傳染病似的。柵門鏘的一聲關上，電梯向上攀升。

「我該怎麼辦？」榮恩立刻向另外兩人求救，他一臉的驚恐。「要是我不出面，我老婆——我是說卡特摩的老婆——」

「我們跟你去，我們三個不能分散——」哈利開口，但榮恩用力搖頭。

「開玩笑，我們的時間又不多，你們兩個去找恩不里居，我去修理牙克厲的辦公室——可是我要怎麼做才能讓雨停？」

「試試『止止，魔咒消』，」妙麗立刻就說，「如果是因為厄咒或詛咒的話，這樣應該可以讓雨停。不行的話，就是大氣咒出了問題，這就更難修理了，暫時先用『止止，不透』來保護他的東西——」

「再說一次，慢一點——」榮恩說，忙著在口袋裡找羽毛筆。但就在此時電梯停住，只聽到一名不見其人只聞其聲的女子說：「地下四樓，奇獸管控部門，合併有野獸處、生命處、靈魂處、妖精連絡處和有害動物諮詢局。」接著柵門打開，兩名巫師進了電梯，還有幾架淡紫羅蘭色紙飛機也飛了進來，在電梯中央的燈下打轉。

「早，亞伯。」一名滿臉虬髯的巫師衝著哈利笑著說。電梯嘎吱一聲向上爬升，他瞧了榮恩與妙麗一眼，妙麗這時正慌亂地低聲指示榮恩。虬髯巫師歪向哈利，眼神邪惡地咕噥道：「德克．柯斯維啊？妖精連絡處的？幹得好，亞伯。我有八成把握，他的位子是我的了！」

他眨眨眼，哈利也報以微笑，希望這種反應就足夠了。電梯停住，柵門再次開啟。

「地下二樓，魔法執法部門，包含魔法不當使用局、正氣師總部和巫審加碼行政單位。」不見其人的女聲說。

哈利看見妙麗輕推了榮恩一把，他趕緊出了電梯，另外兩名巫師也跟著出去，留下哈利與妙麗兩人。金色柵門一關，妙麗就開口，說話速度飛快：「說真的，哈利，我覺得我還是跟他去比較好，我想他可能不知道該怎麼做。萬一他出了紕漏，那整件事——」

「地下一樓，魔法部暨支援處。」

金色柵門再次滑開，妙麗抽了一口氣。四個人站在門前，其中兩人正熱切交談著。一位是穿著華麗黑金色長袍的長髮巫師，另一位則是矮胖有如蟾蜍的女巫，她的短髮上繫著天鵝絨蝴蝶結，胸前還緊抓著記事板。

13 麻瓜出身審議委員會

「啊，瑪法達！」恩不里居看著妙麗說，「崔佛叫妳來的，是不是？」

「是——是。」妙麗尖聲說。

「好，妳一定能勝任。」恩不里居說，接著又朝那名黑金袍巫師說道：「那麼這個問題就解決了，部長。如果瑪法達能夠來幫我們記錄，我們就能馬上開始了。」她看了看手上的記事板。「今天有十個人，其中一個還是魔法部員工的太太！嘖，嘖……就連這裡，就連魔法部的核心都不能倖免！」她進入電梯，站在妙麗身旁，另外兩名靜聽恩不里居與部長交談的巫師也跟著進了電梯。「我們立刻下樓去，瑪法達，妳需要的東西都在審判室裡。早安，亞伯，你不是到這一樓的嗎？」

「對，沒錯。」哈利用藍孔的低沉聲音說。

哈利踏出電梯，金色柵門在他身後關上。他回頭向後看見妙麗焦急的臉漸漸下降，失去了蹤影。她兩邊各站了一名高大的巫師，恩不里居的紫羅蘭色蝴蝶結與她的肩膀齊高。

「你上來有什麼事，藍孔？」新任魔法部長問。他的黑色長髮和鬍鬚都參雜了銀絲，額頭又大又突出，在閃爍的眼睛上投下了陰影，讓哈利想起從岩石下探出頭的螃蟹。

「有事找……」哈利遲疑了一下，「亞瑟·衛斯理，有人說他到地下一樓來了。」

「啊，」派厄思·希克泥說，「是不是逮到了他跟某個不受歡迎人物連絡？」

「不，」哈利喉嚨發乾地說，「不，不是的。」

「啊，那也不過是遲早的事。」希克泥說。「要是問我啊，背叛血統的人就跟麻種沒什麼兩樣。祝你有美好的一天，藍孔。」

「祝你有美好的一天，部長。」

哈利目送希克泥在鋪著厚地毯的走廊上走遠，一等部長離開視線，哈利立刻從沉重的黑斗篷下拿出隱形斗篷披在身上，沿著走廊往相反方向而去。不過藍孔實在太高了，哈利不得不彎腰駝背，以免那雙大腳露出來。

驚慌在他胃裡不斷竄動，他經過一扇又一扇晶亮的木門，門上都掛著小牌子，上面寫著員工的姓名和職稱。魔法部的勢力、它的複雜、它的堅不可摧，似乎排山倒海向他湧來，讓他和榮恩、妙麗四週來仔細推敲出的計畫顯得幼稚可笑。他們一心一意只考慮要如何神不知鬼不覺地混入魔法部，卻完全忘了思索一旦進來之後，要是三人被迫分開，那時應該如何是好？如今妙麗被困在審判室中，審訊無疑會持續好幾個鐘頭；榮恩則要絞盡腦汁去施展些哈利深信超出他能力範圍的魔法，而結果很可能攸關一名婦人的自由；至於哈利自己，則是在地下一樓亂闖，而他明知自己的目標物才剛搭電梯下樓去了。

他靠著牆停步不動，設法決定該何去何從。靜默當頭罩下，附近沒有說話聲，也沒有迅捷的腳步聲，鋪著紫色地毯的走廊彷彿被下了嗡嗡嗚咒。

她的辦公室必然是在這一樓，哈利心想。

恩不里居不太可能把珠寶擺在辦公室裡，但從另一個角度想，不去搜查一遍又太輕率不負責任了些。於是他又開始在走廊上前進，沿途沒有遇見一個人，只有一名眉頭緊鎖的巫師正對著飄浮在面前的羽毛筆喃喃下令，讓羽毛筆在一疊羊皮紙上疾書。

現在，哈利專心注意門上的名牌，然後轉了個彎。在走到下一條走廊的中間時，他進入一處寬敞的開放空間，有十二名男女巫師坐在一排排小桌前。小桌子很像學校的課桌，但當然要精美得多，也沒有滿桌的塗鴉。哈利停下來觀察他們，因為整體看來，眼前這一幕相當有催眠作用。十二個人整齊劃一地揮舞著魔杖，一張張有顏色的紙朝著四面八方飛行，就像粉紅色小風箏。沒多久，哈利才看出整個過程是有節奏的，而且紙張的樣式都是一樣的，多看幾秒，他才明白原來他們是在裝訂小冊子。方形紙張是書頁，經過組裝、折疊、施以魔法，隨即整齊地落在每一名巫師的身旁，堆成一疊疊。

雖然那些員工都專心做著手邊的工作，不太可能注意到踩在地毯上的模糊腳步聲，但哈利仍然躡手躡腳地再走近一些，從一名年輕女巫桌上摸走一本剛完成的小冊子，拿到隱形斗篷下檢視。冊子封面是粉紅色的，上頭有燙金的標題：

麻種

暨他們對祥和的純種社會之危害

標題下有朵紅玫瑰，花瓣中心有張傻笑的臉，玫瑰被長了獠牙、皺著眉頭的綠色野草給勒住。小冊子上沒有列出作者名，但他右手背上的疤痕似乎刺痛起來。果然，旁邊的年輕女巫證實了他的猜測。她一邊揮舞轉動著魔杖，一邊說：「醜老太婆是不是一整天都要偵訊麻種啊，有人知道嗎？」

「小心點。」她身旁的巫師說，緊張地環顧四周，不小心讓一張紙掉落在地上。

「怎麼，難不成她除了千里眼之外，又多了順風耳？」

女巫瞄了面對滿室製冊員的桃花心木門一眼，哈利也跟著抬頭看去，這一看之下，他只覺得滿腔的憤怒有如毒蛇般昂起了頭。桃花心木門上有個像麻瓜大門上的窺視孔，但是上頭卻嵌了一顆圓圓的大眼珠，有著鮮藍色的虹膜。任何熟識阿拉特·穆敵的人，都會覺得那顆眼珠十分眼熟。

剎那間，哈利忘了自己身在何處，又是在做什麼事，他甚至忘了自己是隱形的。哈利大步走到門前去檢查眼珠，眼珠一逕茫然地瞪著上方，動也不動。眼珠下方的牌子寫著：

桃樂絲・恩不里居
魔法部政務次長

下方還有一個更亮一點的牌子寫著：

麻瓜出身審議委員會會長

哈利回頭看著那十二名製冊員，儘管人人都專心工作，他卻不能大膽假設沒有人會注意到，一間空辦公室的門竟然會自行打開。於是他從內袋掏出一個怪東西，那東西有兩條揮動的腳，身體卻是個橡膠球喇叭。他蹲下來，將詭雷放在地上。

詭雷立刻就在男女巫師腳下鑽來鑽去。哈利走到門邊，一手握住門把等待著。幾分鐘後，一聲砰然巨響，角落冒出大量辛辣的黑煙。前排的年輕女巫尖叫一聲，粉紅書頁群飛亂舞，她和同事紛紛跳起來東張西望，尋找引發騷動的禍首。哈利乘亂轉動門把，溜進恩不里居的辦公室之後，立刻把門關上。

才一踏進去辦公室，哈利頓時覺得時光倒流，這裡就和恩不里居在霍格華茲的辦公室一模一樣。蕾絲窗簾、花邊墊子，乾燥花擺滿了所有能放東西的空間，牆上也同樣掛著裝飾的盤子。盤面上五彩繽紛、裝飾著緞帶的小貓正在雀躍嬉戲，可愛得令人作嘔，辦公桌上還覆著一塊鑲有荷葉邊的印花布。在瘋眼的眼珠後還裝設了望遠鏡，讓恩不里居能夠監視門外製冊員的一舉一動。哈利看了一眼，發現巫師們仍聚集在詭雷四周，他把望遠鏡從門上拔掉，留下了一個洞，再把魔眼珠挖出來，放入口袋。之後，他再次轉身看著房間，舉起魔杖喃喃念道：「速速前，小金匣。」

一點動靜也沒有，他並不意外，恩不里居當然熟稔各種保護咒。於是他匆匆走到辦公桌後，將抽屜一個個拉開。他看見羽毛筆、筆記本、魔法膠帶，而被施了魔法的迴紋針像蛇一般盤捲在抽屜內，他費了一番手腳才擊退它們。一只花稍的小蕾絲盒裝滿了備用的蝴蝶結及髮夾，但是沒有小金匣的蹤影。

辦公桌後有個檔案櫃，哈利又轉移了搜索目標。就像飛七在霍格華茲的檔案櫃一樣，裡頭有各式各樣的檔案，每個都貼有姓名。哈利一直翻到最底層才看見了讓他分心的東西——衛斯理先生的檔案。

他將檔案抽出來，打開來看。

亞瑟・衛斯理

血統型態：純種，卻具有不可被接受之麻瓜友好傾向。鳳凰會成員。

家庭背景：妻（純種），育有七個孩子，最小的兩個孩子於霍格華茲就學。

注意：么子目前在家，重病，魔法部檢查員已確認。

安全評等：**監視中**。所有行動受到監視。

頭號不受歡迎人物極可能會與之連絡（之前曾寄居衛斯理家）。

「頭號不受歡迎人物。」哈利壓低聲音喃喃念道，把衛斯理先生的檔案放回去後關上抽屜。他覺得自己很清楚那指的是誰，而且果不其然，就在他直起腰身環顧辦公室尋找其他藏物地點時，哈利看見牆上有張他的海報，他的胸前寫著「**頭號不受歡迎人物**」幾個字。海報上還貼了小張的粉紅色便條紙，紙張一角有隻小貓。哈利走近一看，上面是恩不里居的筆跡，寫著「待懲處」。

怒火愈熾，他繼續搜索花瓶底部和裝著乾燥花的籃子，什麼也沒發現，但哈利毫不意外。他最後掃視了辦公室一眼，心跳卻漏了一拍。鄧不利多正從一個三角形小鏡子裡瞪著他，鏡子就擺在辦公桌旁的書架上。

哈利跑過去，一把抓起鏡子，不過在拿起來的那一瞬間他就明白這不是鏡子。鄧不利多是在一本紙面光滑的書皮上若有所思地笑著。哈利並沒有立刻注意到鄧不利多帽子上那一行龍飛鳳舞的綠色字體：鄧不利多的人生與謊言，也沒看見他胸膛上一行較小的字：麗塔．史譏著，暢銷書《阿曼多．狄劈：大師或白痴？》之作者。

哈利隨意翻開一頁，看見一張照片，笑得開懷的兩名青年互摟著肩。相片中的鄧不利多髮長及肘，留了一小撮山羊鬍，與喀浪那撮氣得榮恩牙癢癢的鬍子頗為相似。那名在鄧不利多身旁默然大笑的男孩有種歡天喜地、狂野不馴的味道，金色頭髮一捲捲落在肩膀上。哈利猜想他可能是年輕的道奇，但他還沒有時間讀圖片說明，辦公室的門就打開了。

要不是希克泥進門時剛好扭頭向後看，哈利絕不會有時間把隱形斗篷拉上。儘管他匆忙披上了斗篷，可是他仍然懷疑希克泥可能看見了什麼，因為一瞬間他動也不動、好奇地盯著哈利所站之處。或許是認定他看見的只不過是封面上的鄧不利多在搔鼻子（哈利在倉卒間將書放回了書架），希克泥終於走向了辦公桌，用魔杖指著插在墨水瓶中的羽毛筆，羽毛筆立刻跳出來，開始寫下給恩不里居的便條。哈利大氣都不敢喘，以非常慢的速度一步步退出了辦公室。

製冊巫師們仍聚集在殘餘的詭雷附近，詭雷仍冒著煙，虛弱怪叫著。哈利快步走上走廊，耳邊仍聽見年輕的女巫說：「我打賭是從實驗魔咒委員會那裡溜出來的，他們老是粗心大意的，還記不記得那隻有毒的鴨子？」

哈利加速朝電梯前進，思索接下來該怎麼做。小金匣本來就不可能會在魔法部，而恩不里居目前正在擁擠的審判室內，也不可能用咒語把東西從她身上弄走。眼下的當務之急，是在身分暴露之前離開魔法部，改天再來。現在，他要做的第一件事是找到榮恩，再來就是想個辦法把妙麗從審判室中救出來。

電梯來了，裡頭空無一人，哈利跳進去，在電梯下降時脫下了隱形斗篷。電梯在地下二樓停下來時，他大大鬆了口氣，因為進來的是渾身溼淋淋、眼神徬徨的榮恩。

「早──早安。」榮恩對著哈利結結巴巴地說。電梯繼續向下。

「榮恩，是我，哈利！」

「哈利！天啊，我忘了你的樣子了──妙麗怎麼沒跟你在一起？」

「她跟恩不里居到下面的審判室去了，她不能拒絕，所以──」

哈利話還沒說完，電梯又停住了，門打開來後，衛斯理先生一面走進來，一面與一名年長的女巫交談。她把一頭金髮梳得高高的，活像在腦袋上頂了一座蟻丘。

「……我能了解妳的意思，娃康妲，但我恐怕沒辦法參加──」

衛斯理先生突然頓住，他注意到了哈利。被衛斯理先生用那麼討厭的眼神怒視，對哈利來說還真是個奇怪的經驗。電梯門關上，四人再次搖搖晃晃地往下降。

「哦，嗨，雷格。」衛斯理先生聽見榮恩的袍子不斷滴水，轉頭看見了他。「你太太今天不是要接受訊問嗎？呃——你是怎麼啦？為什麼全身都是水？」

「牙克厲的辦公室在下雨。」榮恩說，對著衛斯理先生的肩膀說話，哈利很肯定榮恩是怕如果他們筆直望著彼此的眼睛，他父親會認出他來。「我沒辦法止雨，所以他們要我去找伯尼——皮斯華茲，我想他們是這麼叫他的——」

「對，最近有很多辦公室都在下雨，」衛斯理先生說，「你有沒有試過『撤撤——氣象』？賴里用了滿有效的。」

「『撤撤——氣象』？」榮恩喃喃說，「沒有，謝了，爸——我是說謝了，亞瑟。」

電梯門打開，頭上頂了蟻丘的老女巫離開，榮恩也衝了出去，哈利也想跟上，卻發現去路被擋住。派西．衛斯理大步進入電梯，整張臉埋入正在閱讀的文件中。

一直到電梯門鏘的一聲關上，派西才發現自己與父親同在一座電梯內。他抬頭看見了衛斯理先生，一張臉立刻脹紅。等到電梯門一開，他急急忙忙走出去，哈利又想跟著出去，但這次擋住他的竟是衛斯理先生的手臂。

「等一等，藍孔。」

電梯門又關上，繼續往下層樓移動。衛斯理先生說：「我聽說你密告了德克．柯斯維？」

哈利察覺到，衛斯理先生的怒氣並沒有因為偶遇派西而消減，他決定最好的方法就是裝傻。

「你說什麼？」他說。

「少來，藍孔。」衛斯理先生兇巴巴地回說，「你揪出那些偽造族譜的巫師，是不是？」

「我——是又怎麼樣？」哈利說。

「德克·柯斯維比你這個巫師強上十倍。」衛斯理先生低沉地說，電梯繼續往下降。「要是他能在阿茲卡班熬過來，你等著他找你算帳吧。別忘了他的太太、他的兒子們，還有他的朋友——」

「亞瑟，」哈利打斷他的話，「你知道，你也被監視了吧？」

「你是在威脅我嗎，藍孔？」衛斯理先生大聲說。

「不，」哈利說，「只是個事實！他們在留意你的一舉一動——」

電梯門打開，他們到了中庭，衛斯理先生惡狠狠瞪了哈利一眼後，才走出了電梯。哈利愣在原地全身發抖，他真希望假扮的是別人，不是藍孔……電梯門又鏘的一聲關上。

哈利拉出隱形斗篷披上，他得在榮恩應付下雨辦公室時，設法獨自把妙麗弄出來。電梯門打開，他步入由火炬照明的通道，這裡與上層鑲著木牆、鋪著地毯的走廊迥然不同。電梯嘎吱啟動，哈利微微顫抖，看著前方那扇進入神秘部門的黑門。

他邁開步伐，但目標不是黑門，而是記憶中左手邊的入口，那裡有一道樓梯往下通往審判室。他拾級而下，在心中盤算著各種可能。他還有幾個詭雷，但也許直接敲門，以藍孔的身分進入審判室，要求與瑪法達說幾句話會比較好？當然啦，他不知道藍孔的分量夠不夠做這種要求，就算這樣可行，但妙麗一去不回，有可能會在他們安全離開魔法部之前，引發一場尋人行動……

哈利陷入沉思之中，沒有立刻注意有一股不自然的寒意悄悄裹住了他，彷彿他落入了迷霧中，每走一步他就越冷。寒意筆直侵入他的咽喉、撕扯他的肺葉，接著他感覺到絕望與無助逐漸滲透、填滿了他，在他的心中擴散……

催狂魔，他心想。

他來到了樓梯最後一級，轉向右邊卻看見了可怕的一幕。審判室外陰暗的通道塞滿了高大漆黑、戴著帽兜的形體，完全看不見臉，整個地方只有牠們刺耳的呼吸聲。被帶來接受偵訊的麻瓜出身者呆若木雞，瑟瑟發抖地坐在堅硬的木椅上擁著彼此。大多數人以手掩面，或許是本能地想要阻擋催狂魔貪婪的嘴。有人由家人陪伴，有人孤零零坐著。催狂魔在他們面前來回飄行，而此地的寒冷、絕望、無助，都像詛咒一般壓在哈利身上……

抗拒它，他告誡自己，但他知道不能召喚護法，這樣只會立刻洩漏自己的身分，所以他向前移動，儘可能不發出聲響。可是每走一步，他就越感覺到麻痺悄悄侵入他的頭腦，他強迫自己去想妙麗與榮恩，他們需要他。

在那些高聳漆黑的身影間移動實在恐怖，那一張張沒有眼睛的臉隱藏在兜帽下，他經過時隨著他轉動。他很肯定牠們感受到他，也許是感受到一個人類存在，而這個人類仍有希望，仍有復元的能力……

就在此時，左邊走道一扇地窖的門突然打開，在冰冷的靜默中嚇了所有人一大跳，而後門裡傳出尖叫聲。

「不，不，我是混血，我是混血，我說真的！我父親是個巫師，他**是**啊！你查他的資料啊，阿基．阿德吞，他是著名的掃帚設計師，查他的資料，查啊——把你的手拿開，把你的手拿開——」

「這是最後一次警告。」恩不里居輕柔的聲音經過魔法放大，清楚地蓋過了那人絕望的尖叫。「你敢掙扎的話，就讓你嘗嘗催狂魔之吻。」

那人的尖叫聲減弱，但整個通道仍迴盪著無淚的哽咽。

「帶走。」恩不里居說。

兩名催狂魔出現在審判室門口，腐爛長癬的手攫住那名巫師的上臂，巫師一副快暈倒的樣子。牠們帶著他滑下走廊，身後留下的黑暗吞沒了他的蹤影。

「下一個——瑪麗．卡特摩。」恩不里居喊道。

一名嬌小的婦人起身，從頭到腳都在顫抖。她的黑髮向後梳成一個髮髻，穿著樸實無華的長袍，臉上毫無血色。她從催狂魔面前走過，哈利看見她打了個冷顫。

他心中毫無計畫，完全依照本能行事。他受不了眼睜睜看著她孤零零地走入地窖，因此趁著門緩緩關上之際，哈利尾隨她進入了審判室。

這間審判室不是他上次因為不當使用魔法而接受偵訊的那一間。這間審判室小得多，倒是天花板一樣高，給人一種困在深井底部的幽閉感覺。

審判室內有更多催狂魔，整個房間瀰漫著牠們散發出的刺骨氛圍。牠們站在距離高台最遠的角落，有如無臉的哨兵。而恩不里居則高踞在欄杆之後，一邊是牙克厲，一邊是臉色蒼白不下卡特摩太太的妙麗。高台腳下有隻銀色長毛貓在梭巡，哈利明白，這是用來保護偵訊者不受催狂魔散發的絕望所影響。絕望是特地留著折磨被告的，可不是偵訊者。

「坐下。」恩不里居以絲綢般溫柔的語氣說。

卡特摩太太踉蹌走向高台下方、房間中央唯一的一張椅子。她才坐下，椅臂立刻竄出鐵鍊將她縛住。

「妳是瑪麗．伊莉莎白．卡特摩？」恩不里居問。

卡特摩太太發著抖，微微點了個頭。

「魔法維護部門的雷格．卡特摩之妻？」

卡特摩太太哭了出來。

「我不知道他在哪裡，他應該跟我在這裡碰頭的！」

恩不里居不理她。

「梅西、艾莉和阿弗烈的母親？」

卡特摩太太哭得更加厲害。

「他們嚇壞了，他們以為我可能回不了家——」

「省省吧，」牙克厲啐道，「麻種生的小雜種是無法引起我們同情的。」

卡特摩太太的啜泣掩蓋了哈利的腳步聲，他悄悄移向通往高台的階梯。一經過貓護法巡行的地方，他就感覺到溫度的改變，這裡溫暖怡人。他很確定護法是恩不里居的，而護法光芒如此耀眼，是因為恩不理居在這裡很開心的緣故，她正如魚得水地維護自己協助撰寫的扭曲法令。哈利十分謹慎緩慢地從牙克厲、妙麗、恩不里居後方的高台擠過去，在妙麗身後落座。他生怕會把妙麗嚇得跳起來，於是考慮要在恩不里居及牙克厲身上使用噏噏鳴咒，但就算是壓低聲音念咒，也可能會嚇到妙麗。正在他猶豫的時候，恩不里居突然拉高嗓門訊問卡特摩太太，哈利趕緊把握良機。

「我在妳後面。」他附著妙麗的耳朵低聲說。

不出他所料，妙麗猛然震了一下，差點打翻供她記錄庭訊過程用的墨水瓶，幸虧恩不里居和牙克厲都專注在卡特摩太太身上，沒有人注意到她的反應。

「今天妳抵達魔法部之後，魔杖就被沒收了，卡特摩太太。」恩不里居說，「八又四分之三吋長，櫻桃木加獨角獸毛。以上描述有誤嗎？」

卡特摩太太搖頭，用袖子拭淚。

「麻煩妳告訴我們，這魔杖是妳從哪位巫師的手上奪取的？」

「奪——奪取？」卡特摩太太哽咽，「我沒有——我不是奪取的，是我十一歲的時候買——買的，是它——它——它**選擇**了我。」

她哭得更淒慘了。

恩不里居像個小女孩似地笑了，哈利氣得想攻擊她。她探出身子靠在欄杆上，想把受害人看得更仔細點，有個金色東西也跟著懸在半空中、向前晃動，是小金匣。妙麗也看見了，發出小小聲的尖叫，但恩不里居與牙克厲虎視眈眈盯著獵物，什麼也沒聽見。

「不，」恩不里居說，「不，我可不這麼認為，卡特摩太太。魔杖只會挑選巫師或女巫，而妳並不是。我這裡有妳填寫的問卷調查——瑪法達，拿過來。」

恩不里居接著伸出一隻小手。她那副德行像透了蟾蜍，哈利很訝異她的手指之間竟然沒有長蹼。妙麗因為震驚而雙手發抖，她在身旁椅子上堆放的那厚厚一疊文件中翻找，終於抽出一張羊皮紙，上頭有卡特摩太太的名字。

「那個——那個真漂亮，桃樂絲。」妙麗說，指著在恩不里居上衣荷葉邊裡閃爍發光的墜飾。

「什麼？」恩不里居厲聲說，跟著目光向下。「哦，對——這是件古老的傳家寶。」她說，拍了拍貼在她大胸脯上的小金匣。「這個『S』代表塞溫……我和塞溫家有親戚關係……說真的，還沒有幾個血統純正的家族跟我沒關係呢……可惜，」她用較大的音量繼續說話，同時翻開卡特摩太太的問卷，「妳卻不像我，父母職業——蔬果商。」

牙克厲嘲諷地大笑。下方一團毛球似的銀貓來回巡邏，而催狂魔在角落等候。

恩不里居的謊言聽得哈利心中熱血沸騰，一時之間忘了要謹慎行事。某個小賊賄賂她的東西，竟成了她提升自己純正血統的證明。他舉起魔杖，甚至不在乎要用隱形斗篷藏住形跡，開口就是：「咄咄失！」

紅光一閃，恩不里居向前仆倒，額頭因此撞上了欄杆，卡特摩太太的檔案從她的膝頭滑落到地板上，而下方的銀貓也在轉瞬間消失無蹤。冰寒的空氣立刻如狂風般襲來，一臉茫然的牙克厲轉頭尋找麻煩的來源，只見平空出現一隻手，手上魔杖指著他。他想拔出自己的魔杖，但為時已晚。

「咄咄失！」

牙克厲滑到地板上，身體蜷縮成一團。

「哈利！」

「妙麗，要是妳以為我會坐在這裡，讓她假裝——」

「哈利，卡特摩太太！」

哈利倏然轉身，拋開隱形斗篷。下方催狂魔已離開了角落，朝被縛在椅子上的婦人滑去，不知是因為護法消失，或是牠們察覺到主子已不再掌控大局，反正牠們似乎已經掙脫了限制。一隻黏呼呼、長著疥癬的手握住了卡特摩太太的下巴，強迫她把頭仰起，她發出慘叫。

「**疾疾，護法現身！**」

哈利的魔杖尖端湧出了一頭雄鹿，躍向催狂魔，牠們立刻撤退，又融入陰影中。雄鹿的光芒比小貓來得強盛溫暖，照亮了整個地窖，繞著房間不斷慢跑。

「去拿分靈體。」哈利告訴妙麗。

他跑下階梯，把隱形斗篷塞入袋中，接近卡特摩太太。

「是你？」她低聲說，凝視他的臉。「可——可是雷格說，是你把我的名字交給委員會的！」

「是我嗎？」哈利咕噥道，拉扯縛住她手臂的鐵鍊，「哦，我改變主意了。吩吩綻！」毫無反應。「妙麗，要怎麼鬆開這些鐵鍊？」

「等等，我這裡正在忙——」

「妙麗，我們可是被催狂魔團團包圍了！」

「我知道，哈利，可是萬一她醒來發現小金匣不見了——我得複製一個……雙雙製！好了……應該能騙過她……」

妙麗跑下來。

「我想想……嘶嘶退！」

鐵鍊鏘啷一聲縮回椅臂內，但卡特摩太太驚惶的表情完全沒變。

「我不懂。」她喃喃說。

「妳跟我們一起離開這裡。」哈利說，拉她站起來，「回家去，帶著妳的孩子躲起來，逼不得已的話就出國去吧，偽裝身分趕快逃命去。妳也看見這裡是怎麼回事了，妳在這裡是不可能得到公正審判的。」

「哈利，」妙麗說，「這麼多催狂魔守在門外，我們要怎麼離開這裡啊？」

「召喚護法。」哈利說，用魔杖指著他自己的護法。雄鹿慢下來，但仍光芒耀眼，接著朝門口走去，「越多越好，召喚妳的護法，妙麗。」

「疾——疾疾，護法現身。」妙麗說，但什麼也沒出現。

「這是她唯一不靈光的咒語。」哈利對完全目瞪口呆的卡特摩太太說。「真是很遺憾……妙麗，快點……」

「疾疾，護法現身！」

一隻銀色水獺由妙麗的魔杖尖端湧出，優雅地在空中游動，與雄鹿會合。

「走吧。」哈利說，領著妙麗及卡特摩太太到門口。

護法一飄出地窖，外頭等候的人就發出驚愕的叫聲。哈利四下環顧，催狂魔向兩側倒退，融入黑暗中，在銀色生物之前四散潰逃。

「委員會決議你們都應該回家，帶著家人躲藏起來。」哈利告訴等候的麻瓜出身者，他們被護法的光芒弄得目眩神迷，而且仍然有點畏縮。「可以的話，出國去，反正就是離魔法部越遠越好。這是——呃——新的官方立場。好，請各位跟著護法，馬上就可以由中庭離開了。」

他們總算順利走上了石階，但在接近電梯時，哈利卻憂慮了起來。如果他們湧入中庭時，不但有一頭銀色雄鹿和水獺在半空飛旋，還有二十來個人一同出現，其中一半還是被指控的麻瓜出身者，他無論怎麼想都覺得勢必會引起注意。才剛做出這討厭的結論，電梯就在他們面前停下。

「雷格！」卡特摩太太尖聲喊，投入榮恩懷抱中。「藍孔放我走，他攻擊了恩不里居和牙克厲，還要我們全部都出國去。我想我們最好照做，雷格，真的。我們趕緊回家帶孩子，然後——你怎麼會像隻落湯雞呢？」

「因為有水。」榮恩一邊掙脫開卡特摩太太，一邊咕噥道。「哈利，他們發現有人闖入魔法部了，好像是恩不里居的辦公室門上破了個洞。我預計我們還有五分鐘，只要——」

妙麗的護法**啵**一聲消失了，她滿臉驚恐地望向哈利。

「哈利，萬一我們困在這裡——！」

「動作快就不會。」哈利說。接著他對默默尾隨在後、目瞪口呆看著他的一群人說話。

「誰有魔杖？」

大約一半的人舉手。

「好，沒有魔杖的人緊抓著有魔杖的人，我們動作要快——免得被他們攔住。快點。」

全部人都擠入了電梯，哈利的護法有如哨兵般在金色柵門前守衛。電梯門關上，開始向上爬升。

「地下八樓。」冷靜的女巫聲音說，「中庭。」

哈利立刻知道他們有了麻煩。中庭已經到處有人在一個個壁爐間移動，開始將壁爐封死。

「哈利！」妙麗尖叫，「我們要怎麼——？」

「**住手！**」哈利放聲大吼，藍孔有力的聲音在中庭迴響，連正在封閉壁爐的巫師都僵住了。「跟我來。」他朝那群嚇慌了的麻瓜出身者低聲說，他們推推擠擠地向前移動，榮恩和妙麗像牧羊人似地在後頭催趕他們。

「怎麼回事，亞伯？」早先跟著哈利從壁爐出來的那名禿頭巫師問，一臉的緊張。

「這群人需要在出口封閉之前離開。」哈利說，儘可能擺出一副高高在上的樣子。

他前方的巫師們彼此面面相覷。

「我們奉命封閉所有出口，不讓任何人——」

「**你是在跟我唱反調**？」哈利惡狠狠地大聲說。「你是不是要我檢查你的族譜，跟德克．柯斯維作伴去？」

「對不起！」禿頭巫師倒抽了一口氣，連連倒退。「我沒有別的意思，亞伯，只是我以為……我以為他們是來受審訊的……」

「他們的血統都純正。」哈利說，低沉的嗓音在大廳中迴盪，很是威風。「我敢說比你們許多人都要純正。你們走吧。」他朝麻瓜出身者們低聲喝斥，所有的人都匆匆忙忙走入壁爐，一對一對的消失。魔法部的巫師站在後面，有的不知所措、有的害怕氣憤，就在這時——

「瑪麗！」

卡特摩太太聞聲立刻扭頭回望，正牌的雷格．卡特摩已不再嘔吐，卻虛弱蒼白地從電梯裡跑出來。

「雷——雷格？」

她看看丈夫，又看看榮恩，榮恩正在大聲咒罵。

禿頭巫師張大了嘴，一顆腦袋像博浪鼓似地轉向雷格．卡特摩，又轉向另一個。

「嘿——這是怎麼回事？怎麼回事？」

「封閉出口！**封閉！**」

牙克厲從另一部電梯疾衝而出，朝壁爐邊這群人奔來。除了卡特摩太太之外，所有麻瓜出身者都由壁爐離開了。禿頭巫師正想舉起魔杖時，哈利舉起巨大的拳頭，往他身上揮去，打得他飛上了天。

「都是他協助麻瓜出身者逃走的，牙克厲！」哈利大喊。

禿頭巫師的同事紛紛發出不平之鳴，榮恩趁著一團混亂，抓住卡特摩太太就往仍未封閉的壁爐裡塞，一起消失了蹤影。牙克厲迷惑地看看哈利，又看看挨揍的巫師，而正牌的雷格．卡特摩則大聲尖叫：「我太太！跟我太太在一起的是誰？這到底是怎麼一回事啊？」

哈利看見牙克厲轉過頭來，那猙獰的臉上露出了恍然大悟的神情。

「快走！」哈利朝妙麗大吼，抓住她的手，兩人一起跳入壁爐。牙克厲的詛咒擦過哈利的頭頂，他們旋轉了幾秒鐘之後才從馬桶冒出來。哈利撞開廁所門，榮恩站在洗手台邊，仍在與卡特摩太太角力。

「雷格，我不懂——」

「放手，我不是妳丈夫，妳得趕快回家去！」

他們身後的廁所跟著傳來動靜，哈利回頭一看，牙克厲出現了。

「**快走！**」哈利大喝，一手抓住妙麗的手，一手揪住榮恩的手臂，立刻轉身。

黑暗吞沒了他們，還伴隨著壓縮感，但不知道哪裡不對勁……妙麗的手似乎要從他的掌中滑脫了……

他很納悶自己是否要窒息了，他無法呼吸，什麼也看不見，唯一具體的東西是榮恩的手臂及妙麗的手指，但她的手指在鬆脫……

突然間，他看見了古里某街十二號的前門，還有門上的蛇型門環，但他還沒能吸口氣，就聽見一聲尖叫。一道紫光閃過，妙麗的手猛然像虎頭鉗般箍住他，一切又歸於黑暗。

14 小偷

哈利睜開眼睛，看見刺眼的金色和綠色。他想不通出了什麼事，只知道自己好像躺在枝葉上。他費力地將空氣吸入壓扁的肺裡，眨眨眼後這才看清楚，豔麗的金光是來自頭頂樹枝間灑入的陽光。有什麼東西挨著他的臉抽動，他手腳並用地爬起來，準備面對某隻小猛獸，才發現原來是榮恩的腳。哈利四下掃視，看見他們和妙麗躺在一處森林空地，這裡顯然只有他們三個人。

哈利第一個念頭是禁忌森林。雖然他知道出現在霍格華茲的土地上是既愚蠢又危險的事，但他想到或許可以穿過樹林偷溜進海格的小木屋，心跳不禁加快。但沒多久，榮恩發出低聲的呻吟，哈利爬向他，才發現這裡根本不是禁忌森林。這裡的樹木看起來較年輕，樹林不那麼濃密，地上也比較乾淨。

妙麗也手腳並用爬過來，他們聚在榮恩的身旁。哈利的視線一落在榮恩身上，心中所有的思緒就全飛到九霄雲外去了，因為榮恩的左側半邊盡是鮮血淋漓，而他的臉是一片灰白，和滿地的落葉成了對比。變身水的藥效正逐漸消退中，榮恩一半像卡特摩，一半像他自己，頭髮越來越紅，臉上僅有的血色也漸漸褪盡。

「他怎麼了？」

「分肢。」妙麗邊說，邊忙著捲起榮恩的衣袖，這裡是血最溼且最深的地方。她撕開榮恩的襯衫後，哈利驚駭不已。以前他總覺得分肢是件很滑稽的事，可是現在……哈利看著妙麗把榮恩上臂的袖子撕開，他的五臟六腑痛苦地揪成一團，榮恩的上臂像是被利刃整整齊齊切掉了一塊肉。

「哈利，快，我的袋子裡有個小瓶子貼著『白鮮液』——」

「袋子——好——」

哈利迅速爬向妙麗降落的地方，抓起小小的珠珠包。一手探了進去，立刻摸到一件又一件物品：有書本的皮封面、毛線衣的袖子、鞋跟——

「**快點！**」

他從地上抓起魔杖，指著珠珠包的深處。

「速速前，白鮮液！」

他一把接住飛出包包的一只褐色小瓶子，趕緊回到妙麗和榮恩身邊。榮恩眼睛半開，眼瞼間只看見眼白了。

「他昏過去了。」妙麗也是一臉蒼白地說，她看起來已經不像瑪法達了，只是頭髮仍有些灰白。「哈利，幫我打開，我的手抖個不停。」

哈利扭開瓶口的塞子，妙麗一接過，就在血流不止的傷口上滴了三滴。綠煙裊裊升起，煙散開之後，哈利看見傷口已經沒有在流血，變成像是幾天前的舊傷，剛才還是皮開肉綻的地方已漸漸長出了新皮膚。

「哇。」哈利說。

「我只敢用這個。」妙麗顫巍巍地說。「有些咒語可以讓他完全復元，可是我不敢用，怕做錯了反而造成更大的傷害……他已經失血過多了……」

「他是怎麼受傷的？我是說，」哈利搖搖頭，想釐清思緒，為發生的事找出個脈絡，「我們怎麼會在這裡？我們不是要回古里某街嗎？」

妙麗做了個深呼吸，都快哭出來了。

「哈利，我想我們不能再回去了。」

「妳說什——？」

「我們消影的時候，牙克厲抓住了我，我甩不開他，他太壯了。我們到達古里某街後，他還是抓著我，那時——哎，我覺得他一定看見大門了，以為我們會停下來，所以他鬆了手，我乘機甩開他，把我們三個帶到了這裡！」

「那他人？等等……妳不會是說他在古里某街吧？他進得去嗎？」

妙麗點頭，眼中閃爍著淚光。

「哈利，我想他進得去。我——我用了反感惡咒逼他放手，可是我已經把他帶進了忠實咒的保護網。自從鄧不利多死後，我們就是守密人，所以我等於已經把秘密告訴他了，是不是？」

用不著假裝，哈利確信她說對了，這真是個嚴重的打擊。如果牙克厲進得去裡面，他們就不能再回去了。而現在，他很可能用現影術把其他食死人帶入屋內了。儘管那棟房子陰森又有壓迫感，卻是他們僅有的避風港。怪角現在變得又開心又友善，那裡已經像個家了。哈利想像家庭小精靈忙著烹調牛肉腰花派，但他和榮恩、妙麗三人卻無福消受，心中不禁湧起一絲懊悔，只不過這股懊悔與食物沒有關係。

「哈利，對不起，真的對不起！」

「別傻了，又不是妳的錯！要怪也只能怪我……」

哈利伸手到口袋裡，掏出瘋眼的眼珠，妙麗一臉驚恐地顫抖了一下。

「恩不里居把這個塞在她辦公室的門上，用來監視別人。我不能讓它留在那裡……結果反而讓他們知道有人闖入了。」

妙麗還沒回答，榮恩就呻吟了一聲，睜開了眼睛，不過他的氣色仍然很壞，臉上的汗珠閃閃發光。

「你覺得怎麼樣？」妙麗低聲問。

「爛透了。」榮恩啞著聲音說，受傷的手臂讓他痛得臉揪成一團。「這裡是哪裡？」

「之前舉辦過魁地奇世界盃的森林，」妙麗說，「我想要一個封閉的隱密地方，而這裡——」

「——是妳第一個想到的地方。」哈利幫她說完，環顧這片無人的空地。但他忍不住又想起他們上次現影到妙麗第一個想到的地方，結果食死人一下子就找到了他們。難道是破心術？佛地魔或他的走狗現在是否已經知道妙麗帶他們到了哪裡？

「你覺得我們是不是該換個地方？」榮恩問哈利。哈利一看他的表情就知道，他們想的是同一件事。

「不知道。」

榮恩還是一臉蒼白，全身又溼又黏。他沒有試著坐起來，看起來似乎是虛弱到起不了身，要移動他想必是一件大工程。

「暫時先待在這裡吧。」哈利說。

妙麗鬆了一口氣，然後跳了起來。

「妳要去哪裡？」榮恩問。

「既然要留下，就應該在四周設下一些保護咒。」她答道，舉起了魔杖，開始繞著哈利、榮恩走了很大一個圈子，一邊念念有詞。哈利看見四周空氣微微波動，彷彿妙麗在空地上罩下了一層熾熱的薄霧。

「安安，除厄咒……全全，破心護……去去，麻瓜走……嗡嗡鳴……你可以把帳篷拿出來了，哈利……」

「帳篷？」

「在袋子裡！」

「在袋……哦，好。」哈利說。

這次他不用自己動手翻找了，而是用了另一個召喚咒。一團帆布、繩索、柱子應聲出現。哈利一看就知道，這就是他們在魁地奇世界盃那晚睡的帳篷，當然，還有一部分原因是帳篷散發出來的貓臊味。

「這不是魔法部那個叫薄京的傢伙的東西嗎？」他問，動手解開帳篷樁。

「顯然他不要了，他的腰痛太嚴重了，」妙麗用魔杖揮出複雜的八個動作，然後補充說：「所以榮恩的爸爸說我可以借用。高高起！」魔杖指著不成形的帆布，帆布立即流暢地飛向空中，張開成一頂帳篷，落到哈利面前，而哈利手中的木樁也突然飛向天空，穿過拉線，砰的一聲插入土中。

「護護，敵不近。」妙麗朝空一揮，完成了所有的防護措施。「我只能做到這樣了，最起碼他們要是來了，我們應該會馬上知道，但我不能保證擋不擋得住佛——」

「別說他的名字！」榮恩語氣粗魯地打斷她。

哈利與妙麗面面相覷。

「對不起。」榮恩說，支起上半身看著他們，微微呻吟，「可是那感覺好像是——是惡咒或什麼的。難道不能叫他『那個人』嗎，拜託？」

「鄧不利多說對於名稱的恐懼——」哈利開口。

「可能你沒注意到，兄弟，直呼『那個人』的名字，並沒有讓鄧不利多有什麼好下場啊。」榮恩不客氣地搶話。「就算——就算對『那個人』稍微有點敬意好了，行不行？」

「**敬意**？」哈利不以為然地說，但妙麗的表情提醒了他，他不該在榮恩身體虛弱時與他爭辯。

哈利和妙麗半抬半拖地把榮恩弄進了帳篷口，帳篷內部與哈利記憶中一模一樣，裡頭就像一間小公寓，有浴室及小廚房。他推開一張舊扶手椅，小心地將榮恩放在雙層床鋪的下層。即使是如此短短的一段路，都讓榮恩的氣色更差。他們讓他在床上躺好，他馬上把眼睛閉上，好一會都說不出話。

「我來泡茶。」妙麗上氣不接下氣地說，從包包深處掏出了水壺和馬克杯就往廚房走。

哈利發現，一杯熱茶就像瘋眼罹難那晚的火燒威士忌一樣，可以安撫人心，他胸口的恐懼似乎稍微給燙掉了一些。一、兩分鐘後，榮恩打破了沉默。

「你們覺得卡特摩夫婦會怎麼樣？」

「運氣好的話，他們也逃走了。」妙麗說，緊握發熱的馬克杯尋求安慰。「只要卡特摩先生沒傻掉，他就會用隨行現影術帶著卡特摩太太離開，現在正帶著孩子逃離這個國家。哈利是這麼教她的。」

「老天，真希望他們逃走了。」榮恩說，靠著枕頭，熱茶似乎讓他好了一些，他的臉上稍微恢復了血色。「從我假扮他時，別人對我說話的方式來看，我覺得雷格．卡特摩不是個腦筋很靈光的人。天啊，我希望他們成功了……如果他們夫妻倆因為我們進了阿茲卡班……」

哈利看著妙麗，想問說：卡特摩太太少了魔杖，是否會影響她和丈夫一起現影？但這問題卻卡在喉頭問不出口。妙麗看著榮恩為卡特摩夫妻的命運煩惱，表情溫柔無比。哈利覺得現在問這問題，幾乎就像是在妙麗親榮恩時，突然去嚇她一樣。

「所以，東西到手了嗎？」哈利問她，也是提醒妙麗別忘了還有他在這裡。

「什——什麼東西？」她說，微微一驚。

「我們剛才忙了半天為的是什麼？小金匣啊！小金匣在哪？」

「**你們拿到了**？」榮恩大喊，把自己稍微從枕頭上撐起來一些，「我都不知道！拜託，你們總得說一下啊！」

「你忘了，我們剛才不是忙著躲開食死人逃命嗎？」妙麗說，「拿去。」

她從袍子口袋掏出小金匣，交給了榮恩。

小金匣差不多跟雞蛋一樣大，上頭有個花體字母「S」，鑲了許多綠碎鑽。被帳篷頂透進的光線一照，小金匣隱隱閃動著光芒。

「怪角拿到之後，不會有人碰巧毀了它吧？」榮恩充滿希望地說。「我是說，我們能確定這玩意還是分靈體嗎？」

「我想是。」妙麗說，拿回小金匣，仔細審視，「要是用魔法破壞過，應該會留下痕跡。」

她將小金匣交給哈利，哈利將小金匣在指間翻動。這東西看來完美無瑕，保持了原來的面貌。他記得毀去分靈體之後的日記已面目全非，鄧不利多毀去戒指的分靈體之後，戒指上的寶石也裂開了。

「我看怪角說得對。」哈利說。「在我們毀掉它之前，我們得先研究該如何打開它。」

正說著，哈利突然被點醒了，他明白了手中握的是什麼東西，也清楚知道那金色的小門後面有著什麼。雖說他們費了一番功夫才取得小金匣，但哈利卻有股衝動想把它扔得遠遠的。在控制住自己後，哈利設法用指甲撬開小金匣，又用了妙麗打開獅子房門的符咒，但兩樣都沒有效。他把小金匣遞給榮恩和妙麗，兩人都想盡了辦法，就是打不開它。

「你感覺到了嗎？」榮恩壓低聲音問，將小金匣緊握在拳中。

「什麼意思？」

榮恩將分靈體遞給哈利，一會之後，哈利知道榮恩的意思了。是他自己的血液在血管中搏動？還是什麼東西在小金匣中跳動，彷彿是顆小小的金屬心臟？

「我們要拿它怎麼辦？」妙麗問。

「妥善保管，直到找出摧毀它的方法為止。」哈利答道，儘管不願意，他仍然把小金匣掛在自己的脖子上，讓小金匣藏入長袍下，貼著他的胸膛，緊挨著海格給他的皮袋。

「我覺得我們該輪流在帳篷外站崗。」他對妙麗說，站了起來，伸伸懶腰，「我們還得想想怎麼弄到食物。你留在這裡。」哈利高聲補充最後一句，因為榮恩作勢要起來，但臉色立刻發青。

哈利把妙麗送給他當生日禮物的測奸器，小心安置在帳篷裡的桌子上之後，便和妙麗這天輪流站崗。不過測奸器始終默默無聲，也不知道是妙麗布設在四周的保護咒和麻瓜驅逐咒見效，或是很少有人來到此地。反正除了偶爾幾隻飛禽與松鼠外，這片林間空地絲毫不受打擾，到了夜裡還是一樣。哈利點亮魔杖，與妙麗在十點時換班。他眺望著不見人跡的四周，注意到蝙蝠在他頭頂振翅，從這片受保護的空地上方，飛越過星光點點的夜空。

哈利的肚子咕嚕咕嚕叫，也有些頭重腳輕。因為妙麗原本以為當晚他們就會返回古里某街，所以並沒有在她的魔法珠珠包裡準備食物。她在附近的樹林採集野菇，胡亂用鐵壺燉了湯，他們就以此充飢。榮恩吃了幾口就推開不吃了，擺出作嘔的怪樣。哈利為了不傷妙麗的心，才硬著頭皮吃了個精光。

奇怪的窸窣聲以及好像樹枝斷裂的聲音，打破了周遭的靜謐。哈利認為多半是動物，不是人類，但他仍握緊魔杖，擺出蓄勢待發的姿勢。他的五臟六腑早因為那少得可憐的橡皮野菇而覺得不太舒服，此刻更是痛了起來。

他原本以為偷回分靈體之後自己會興高采烈，但結果卻完全不是這麼一回事。此時此刻，他坐在這裡凝望著黑夜，凝望著魔杖尖端透出的那一點幽光，不斷擔憂未來會發生什麼事。他覺得他好像朝這一刻狂追猛衝了好幾週、好幾個月甚至好幾年，如今卻突然停住，一切都進了死胡同。

外頭還有其他的分靈體，但他卻絲毫猜不透會在哪裡，甚至不知道會是什麼模樣。現在，他完全不知道該如何摧毀他們找到的這個分靈體，這個正貼著他胸前肌膚的分靈體。奇怪的是，小金匣並沒有因為他的體溫而變熱，依舊是冷冰冰的，好像剛從冰水中撈出來似的。哈利不時感覺那小小的搏動聲與自己的心跳聲一起不規則的跳動，但也有可能只是他的想像。

哈利坐在黑暗中，無可形容的不祥預感爬上他心頭，他設法抗拒、驅逐，但大禍臨頭的感覺仍然無情地湧上來。兩者無法同存於世。榮恩和妙麗在他身後帳篷中輕聲談話，他們只要願意，大可拍拍屁股走人，他卻不行。哈利獨自坐在帳篷外，盡力控制自己的恐懼與疲憊。貼著他胸膛的分靈體砰砰作響，似乎是在數著他所剩無多的光陰……

別傻了，他告誡自己，**別這麼想……**

他的疤又刺痛了起來，他怕是因為自己胡思亂想才讓傷疤又開始痛，連忙將思緒轉到別的方向。他想著可憐的怪角在等他們回家，結果反而等到了牙克厲。小精靈是會三緘其口，還是對食死人知無不言、言無不盡？哈利想要相信過去一個月來，怪角已經轉而對他忠心耿耿，但誰料得到會發生什麼事？萬一食死人折磨小精靈呢？令人作嘔的影像湧入哈利腦海，他盡力把它們驅逐出去，因為他現在對怪角也是愛莫能助。他和妙麗已經決定不召喚怪角，唯恐會有魔法部的人尾隨而來。他們不能保證小精靈的現影術沒有破綻，不會像牙克厲扯住妙麗的衣袖一起回到古里某街一樣，也讓別人搭了便車。

哈利的疤變得滾燙。他想到他們有太多事不了解，路平說得對，這世上尚有許多魔法是他們沒見識過，也想像不出來的。鄧不利多為何不多解釋一些？難道他以為時間還多，他還能和他的朋友尼樂．勒梅一樣活上幾年、幾個世紀？果真如此的話，他錯了……石內卜幫他畫下了休止符……石內卜，那隻沉睡的毒蛇，在塔頂發動攻擊……

而鄧不利多墜塔……墜落……

「**給我，葛果羅威**。」

哈利的聲音高亢、清晰、冷酷，他的魔杖舉在身前，握在一隻修長白皙的手中。被他指住的人倒吊在半空中，卻沒有繩索縛住他。他平空旋轉，受到無形的詭異束縛，四肢緊貼著身體，臉色驚惶，正對著哈利的臉，倒流到腦中的血讓他脹紅了臉。他滿頭白髮，留著一圈大鬍子，活像一個被五花大綁的聖誕老人。

「不在我這裡，不在我這裡了！幾年前被偷走了！」

「不准在佛地魔王的面前說謊，葛果羅威。他無所不知……他一向無所不知。」

吊在半空中的人，兩個瞳孔因為恐懼而放大，而且似乎還在膨脹。它們越脹越大，最後黑暗吞沒了哈利整個人——

現在哈利正快步走在陰暗的走廊上，尾隨著矮小結實的葛果羅威。葛果羅威高舉著提燈，衝入走道盡頭的房間，提燈照耀著一個看似工作坊的房間，木屑、黃金在燈光中閃爍。而在窗台上，有一名金髮青年像大鳥般蹲伏著，提燈的光芒一照亮他，哈利就看見他英俊臉龐上的喜悅。隨後這位闖空門的小偷魔杖一揮，發出昏擊咒，乾淨俐落地跳出窗外，留下一串大笑的聲音。

而哈利又回到了那兩個隧道似的放大瞳孔中，葛果羅威的臉上寫滿了恐懼。

「**小偷是誰，葛果羅威？**」高亢冷酷的聲音問道。

「**我不知道，一直都不知道，一個年輕人——不——求求你——求求你！**」

尖叫聲持續不斷，接著一道綠光閃現——

「**哈利！**」

哈利睜開眼睛，發現自己喘息不定、額頭刺痛。他倚著帳篷暈倒了，然後順著帆布滑到了一側，正趴在地上。他抬頭看著妙麗，她蓬鬆的頭髮遮住了頭頂茂密樹枝中露出的那一小片夜空。

「我做夢了。」他說，立即坐起來，想在妙麗的皺眉怒視下裝無辜，「一定是打瞌睡了，對不起。」

「我知道是你的疤！我從你的表情看得出來！你又在看佛——」

「別提他的名字！」榮恩憤怒的聲音從帳篷內傳來。

「**不說就不說！**」妙麗頂回去。「你又在看『**那個人**』的心思了！」

「我不是故意的！」哈利說，「只是做夢！難不成**妳**可以控制自己做什麼夢嗎，妙麗？」

「要是你能學會使用鎖心術——」

但哈利沒興趣聽人說教，他想要做的是討論剛才看見的事。

「他找到葛果羅威了，妙麗，而且我認為他殺了他。可是在他動手之前，他讀了葛果羅威的心，我看見——」

「既然你累得會打瞌睡，還是我來守夜好了。」妙麗冷冷地說。

「我可以！」

「不，你顯然累壞了，進去躺下吧。」

妙麗一臉頑固地一屁股坐在帳篷口。哈利怒火中燒，卻不想吵架，只好轉身走進帳篷。

榮恩從下層臥鋪探出他那張依舊慘白的臉。哈利爬上了上鋪躺下，瞪著漆黑的帆布天花板。幾分鐘後，榮恩說話了，他把聲音壓得低低的，不讓帳篷入口縮成一團的妙麗聽見。

「『那個人』做了什麼？」

哈利瞇眼細想每一個細節，也低聲開口。

「他找到了葛果羅威，把他綁了起來，並且動手折磨他。」

「要是葛果羅威被綁了起來，那他要怎麼幫他製造一根新的魔杖？」

「我不知道……真怪，對不對？」

哈利閉上眼，思索他看到和聽到的事情，越是回想，就越覺得沒道理……佛地魔沒提到哈利的魔杖，沒提到兩人使用孿生杖芯，更沒提說要葛果羅威製作一根能夠擊敗哈利魔杖的新魔杖……

「他想從葛果羅威那裡得到什麼，」哈利說，仍緊閉雙眼。「他要他交出來，但葛果羅威說被偷走了……之後……之後……」

他記得自己以佛地魔的身分，闖入了葛果羅威的眼睛，進入他的記憶……

「他讀取了葛果羅威的心思，我看見一個年輕人蹲在窗台上，朝葛果羅威發射了詛咒並跳出了窗外。是他偷的，他偷了『那個人』在找的東西。我……我覺得在哪裡見過他……」

哈利真希望能再瞧瞧那個大笑的男孩一眼。依照葛果羅威的說法，偷竊事件發生在很久以前，那麼為什麼那位年輕的竊賊看起來很眼熟？

帳篷內聽不清周遭森林的動靜，哈利只聽見榮恩的呼吸聲。過了一會，榮恩喃喃問：「你沒看見小偷手上拿著什麼嗎？」

「沒有……一定是很小的東西。」

「哈利？」

榮恩在床上換了個姿勢，木床嘎吱作響。

「哈利，你看『那個人』不會是在找另一個可以變成分靈體的東西吧？」

「不知道，」哈利慢吞吞地說，「也有可能。可是再做一個分靈體，對他來說不是太危險了嗎？妙麗不是說他已經把靈魂分裂到極限了嗎？」

「是啊，不過可能他自己並不知道。」

「是啊……也許。」哈利說。

他一直很確定佛地魔是在找方法解決使用孿生杖芯的問題，也很確定佛地魔是想從老魔杖製造師那裡找到答案……但他卻殺了他，而且顯然連一個涉及魔杖的問題都沒問。

佛地魔究竟在找什麼？為什麼魔法部及巫師界都已匍匐在他腳下，但他仍風塵僕僕，窮追一件葛果羅威曾經擁有，卻被不知名竊賊偷走的東西？

哈利仍能看見金髮青年的臉。那張臉快樂狂野，帶著弗雷與喬治惡作劇得逞時的味道。他有如一隻振翼翱翔的鳥飛出窗外，而且哈利從前見過他，卻想不起來是在什麼地方……

如今葛果羅威一死，有危險的人就成了那名神色愉快的小偷，而哈利的心思也一直在他身上打轉。聽著榮恩的鼾聲在下鋪逐漸變響，他自己也再度緩緩飄入夢鄉。

15
妖精的報復

翌日一大清早，另外兩人還沒清醒，哈利就離開帳篷，尋找最古老、最多瘤、最有彈性的樹。找到之後，他在樹蔭下埋葬了瘋眼穆敵的魔眼，用魔杖在樹幹刻下小小的十字做標記。這不算什麼隆重的葬禮，但哈利覺得瘋眼寧可葬身荒野，也不願嵌在桃樂絲．恩不里居的門上。完成之後，他就回到帳篷等其他人醒來，討論下一階段的計畫。

哈利與妙麗都主張不該在同一個地點停留過久，榮恩也附議，只有一條但書，就是下一站必須要在培根三明治伸手可及之處。因此妙麗移除了她在空地四周所下的魔咒，哈利與榮恩則清除所有痕跡，要讓這裡看不出曾經有人紮營，接著他們就消影到一處市集小鎮的外緣。

他們在一叢樹木的掩護下紮好帳篷，下了防禦魔咒後，哈利就披上隱形斗篷去尋找食物。可惜事與願違，他剛要進鎮，就突然起了一陣大霧，夾帶著極不自然的冷冽，天空也突然變黑。哈利僵在原地，動彈不得。

「可是你可以召喚很棒的護法啊！」榮恩抗議，看著哈利空手而回，上氣不接下氣，只說得出「催狂魔」三字。

「我……沒辦法。」他喘息著，緊抓住疼痛的側腹。「召喚……不來。」

兩人的驚愕失望之情讓哈利羞愧。他曾經有過一段夢魘般的經驗，看著催狂魔由遠處的迷霧中飄出，卻發現自己的肺部因為麻痺的寒冷而窒息，耳中充斥著模糊的尖叫，無法保護自己。哈利使盡全身力氣才能拔腿逃跑，避開那些無眼的催狂魔，任牠們在麻瓜之間滑行。那些麻瓜雖然看不見他們，但必然也感受到催狂魔所經之處散播出的絕望。

「結果我們什麼吃的也沒有。」

「閉嘴，榮恩。」妙麗厲聲喝止他，「哈利，怎麼回事？你覺得是什麼原因讓你無法召喚護法？你昨天不是沒有問題嗎？」

「我不知道。」

他頹然坐在薄京的一張舊扶手椅內，覺得越來越羞愧。他害怕是體內出了什麼問題，昨天似乎離他好遙遠，今天他彷彿又回到了十三歲，唯一一個在霍華格茲特快車上昏倒的人。

榮恩踢了一支椅腿。

「怎麼？」他對妙麗咆哮，「我餓死了！我流血流得半死，卻只有幾個蘑菇下肚！」

「那你出去，跟催狂魔殺出條血路來啊。」哈利被他的話刺痛，立刻嗆了回去。

「我是很想，可是你大概沒注意到，我的手臂吊著吊帶！」

「喲，可真是個好藉口。」

「這話是什麼——？」

「這就對了！」妙麗喊了起來，用一隻手拍了一下額頭，嚇得兩個男生噤聲不語。「哈利，把小金匣給我！快點。」她不耐煩地說，看他沒反應又朝他彈指。「分靈體，哈利，你還戴著！」

她雙手都伸了出來，哈利趕忙把金鍊從頭上拿下來。小金匣一離開哈利的肌膚，他就突然覺得活動自由、如釋重負。他之前甚至沒發覺自己的皮膚又溼又黏，也不知道似乎有重物壓迫著胃部，直到兩種感覺都離開後，他才恍然大悟。

「好多了？」妙麗問。

「嗯，好太多了！」

「哈利，」她蹲在他面前說，哈利覺得她的語氣好像是在安慰垂死的病人，「你有沒有覺得被附身呢？」

「什麼？沒有！」他憤慨地說，「我記得戴著這玩意時發生的每一件事，要是我被附身，我就不會記得了，是不是？金妮跟我說過，她被附身的時候，有時候會什麼都不記得。」

「嗯，」妙麗說，俯視沉重的小金匣。「也許我們不該戴著它。我們可以把它放在帳篷裡。」

「我們不能把分靈體到處放。」哈利堅定地說。「萬一弄丟，萬一被偷了——」

「噢，好啦，好啦。」妙麗說完，把小金匣戴在自己的脖子上，塞入襯衫。「不過我們要輪流戴，以免一個人戴太久。」

「好極了，」榮恩暴躁地說，「既然這件事解決了，可不可以去弄點食物來了？」

「可以，不過要換個地方。」妙麗說，偷瞧了哈利一眼。「既然知道催狂魔在附近出沒，就沒道理再留在這裡。」

這天晚上，他們最後落腳在一處偏僻的農田露營。這塊農田屬於一戶孤立的農莊，他們設法從農莊那裡弄到了蛋和麵包。

「這不算偷竊吧，是不是？」在他們狼吞虎嚥吃下炒蛋和吐司時，妙麗用擔憂的口吻問，「我有在雞舍留下錢。」

榮恩翻個白眼，兩頰塞得鼓脹，口齒不清地說：「妙膩，爺擔心，晃輕鬆！」

是的，肚子填飽之後，要放輕鬆確實是容易得多。當天晚上，為了催狂魔吵架一事已在笑聲中被遺忘了，哈利心情大好，甚至充滿了希望，開心得自願擔任第一輪守衛。

這是他們第一次領略到飽腹就有好精神，相反的空腹則會引來爭執與消沉。關於這一點，哈利是三人中最不意外的，因為他在德思禮家就有幾次差點餓死的經驗。在他們只能找到野莓或走味餅乾的那幾晚，妙麗的脾氣或許會比平時火爆，沉默不語時也頗為冷峻，但倒還算是明理和氣。然而榮恩習慣了每日三餐美食，以及母親或霍格華茲家庭小精靈的殷勤服侍，一旦挨餓，整個人就變得不可理喻、暴躁易怒。只要是缺乏食物的日子輪到榮恩佩戴分靈體，他就會變得令人不敢恭維。

「下一步呢？」是榮恩總掛在嘴邊的嘮叨。他自己似乎毫無主張，一心只期待哈利與妙麗想出計畫，而他則坐在一旁，為匱乏的食物補給生悶氣。因此，哈利與妙麗也不得不白白浪費數小時的工夫，努力想出哪裡可以找到另一個分靈體，又該如何摧毀到手的這一個。到最後，他們的對話越來越舊調重彈，因為完全沒有新的資訊。

鄧不利多告訴過哈利，他相信佛地魔會將分靈體藏在對他十分重要的地方，因此他們不斷複述自己所知道佛地魔住過或造訪過的地方，幾乎已經有點像在念經了。他出生長大的孤兒院；霍格華茲，他受教育之處；波金與伯克氏，他畢業後工作的商店；阿爾巴尼亞，他的流亡地。他們的臆測範圍不出這幾個地方。

「對，我們到阿爾巴尼亞去，應該不用一個下午就可以搜查完整個國家了。」榮恩諷刺。

「那裡不可能藏東西。他在流亡之前已經製作了五個分靈體，鄧不利多很肯定蛇是第六個。」妙麗說，「我們知道蛇不在阿爾巴尼亞，牠總是跟佛——」

「**我不是要你們別再那麼說了嗎**？」

「好啦，蛇總是跟『**那個人**』形影不離——滿意了吧？」

「不算很滿意。」

「我也看不出他會在波金與伯克氏隱藏什麼。」哈利說，這點他已不知道說過多少遍，現在再說，只是為了打破喪氣的沉默，「波金和伯克都是黑魔法物品專家，一眼就可以分辨出分靈體來。」

榮恩刻意打了個大呵欠，哈利壓下朝他丟東西的強烈衝動，故意起勁地說下去：

「我還是認為，他可能藏了什麼東西在霍格華茲。」

妙麗嘆氣。

「是的話，鄧不利多早就找到了，哈利！」

哈利又搬出他的那套理論。

「鄧不利多當著我的面說過，他從不自認了解霍格華茲的每一個秘密。我跟妳說，如果有個地方是佛——」

「**喂！**」

「『**那個人**』，行了吧！」哈利大吼，忍耐超出了極限。「如果說有哪個地方對『那個人』真的是萬分重要的話，就是霍格華茲！」

「哦，得了吧！」榮恩嗤之以鼻。「他的**學校**？」

「對，他的學校！那是他第一個真正的家，在那裡他很特殊，那裡是他的一切，而自從他離開後——」

「我們談的是『那個人』吧？不是在談你吧？」榮恩反問，拉扯著他脖子上繫著分靈體的金鍊。哈利頓時有股衝動，想抓住它塞進榮恩的嘴裡。

「你告訴過我們，『那個人』要求鄧不利多在畢業後給他一份工作。」妙麗說。

「沒錯。」哈利說。

「而鄧不利多認為他之所以想回來，是為了要取得某件東西，可能是另一名創辦人的東西，以便轉化為分靈體？」

「嗯。」哈利答道。

「可是他沒有得到工作，不是嗎？」妙麗說，「因此他也就沒有機會找到創辦人的東西，然後藏在學校裡！」

「好吧，好吧。」哈利無言以對，「忘了霍格華茲。」

由於毫無線索可循，他們前往倫敦，然後躲在隱形斗篷下尋找佛地魔長大的孤兒院。妙麗偷溜進一間圖書館，從館藏紀錄中得知孤兒院多年前就已經被拆毀。他們來到孤兒院的舊址，只看到一幢擎天的辦公大樓。

「我們可以試試看挖地基？」妙麗不太認真地建議道。

「他不會把分靈體藏在這裡。」哈利說。他一直都知道，孤兒院是佛地魔一心逃避之處，他絕不會將部分的靈魂埋藏在這裡。鄧不利多已經讓哈利明白，佛地魔的掩藏之處，若非富麗堂皇就是神秘玄奧。而倫敦這淒涼灰暗的一隅，絕對比不上霍格華茲、魔法部，或是巫師銀行古靈閣那種金色大門、大理石地板的氣派非凡。

即使沒有新的想法，他們仍然繼續在鄉間移動，為了安全起見，每晚都在不同地點紮營。每天早晨他們都會確認已經清除了一切痕跡，然後就出發尋找另一個孤寂隱密的地點，以現影術前往更多森林、陰暗的懸崖縫隙、紫色的荒野、覆滿荊豆的山坡，有一次還找到一個位置隱密、遍地鵝卵石的小海灣。每隔十二個小時左右，他們就將分靈體交給下一個人，彷彿在玩什麼麻煩的慢動作傳物遊戲，唯恐音樂突然停住。因為得到的獎品，會是十二個小時漸漸凝聚的恐懼與焦慮。

哈利的疤時時刺痛。他注意到戴著分靈體時痛得最頻繁，有時候他實在受不了，難免會有反應。

「怎樣？你看見了什麼？」只要榮恩注意到哈利皺起一張苦臉，就會如此追問。

「一張臉。」哈利也總是含混不清地回答。「同一張臉，是那個葛果羅威家的小偷。」

而榮恩就會轉過頭去，毫不掩飾他的失望。哈利知道榮恩是希望能得到家人或是鳳凰會成員的消息，但哈利畢竟不是電視天線，他只能看見佛地魔當下的想法，無法隨自己的意思調頻。而顯然佛地魔整個心思都在那個滿臉喜悅的不知名青年身上，至於他的姓名、他的下落，哈利敢說佛地魔也不比他知道得多。哈利的疤持續灼痛，那名快活的金髮男也不斷折磨著他的記憶。哈利也學會了壓抑任何疼痛或不適的跡象，因為只要一提到那名竊賊，另外兩個人除了不耐煩之外，就沒有其他反應了。在這個急於找到分靈體線索的節骨眼上，他也不能完全怪他們。

一天天過去，一週週過去，哈利開始疑心榮恩、妙麗背著他密談。有好幾次，只要哈利突然走入帳篷，他們便立刻閉口不言，有兩次他撞見他們兩個縮在一段距離之外，頭靠在一起快速交談著。當他們發現哈利走來，便立刻中斷談話，假裝忙著蒐集木柴或飲水。

哈利不由得猜想，他們當初是否以為哈利隱瞞了什麼秘密計畫，時候到了自然會告訴他們，所以才同意與他一起踏上如今變得漫無目標、四處流浪的旅程？榮恩毫不掩飾他的壞心情，而哈利也開始害怕連妙麗都對他可憐的領導能力感到失望。情急之下，他絞盡腦汁思索另一個分靈體的藏匿處，但想來想去老是想到霍格華茲，可是又因為榮恩和妙麗都認為不可能，他也只好不再提起了。

秋天與他們一起踏遍了鄉間，此時他們在遍地的落葉上露營。自然界的霧與催狂魔散發出的霧氣融合，風雨更增加了他們的麻煩。雖說妙麗辨識可食蕈類的本事越來越高竿，但整體而言卻是於事無補。他們還是繼續孤立無援，沒人作伴，也對外頭那場對抗佛地魔的大戰一無所知。

有一晚他們在威爾士的一處河岸紮營。「我媽呀，」榮恩坐在帳篷裡說，「可以平空變出一桌的美食。」

他不開心地戳著盤中焦黑又灰沉沉的魚肉。哈利不由自主地瞥向榮恩的頸間，果然看見了分靈體的金鍊閃爍著光芒。他花了一番力氣才克制住朝榮恩大罵的衝動，他知道榮恩的態度會在拿掉小金匣之後稍微改善。

「你媽不可能平空變出食物來，」妙麗說，「沒有人能辦得到。食物是岡普基本變形定律的五大例外——」

「喔，說人話行不行？」榮恩說，從齒縫裡挑出一根魚刺。

「平空變出美食是絕不可能的！如果你知道食物在哪裡，你可以把它召喚來，或是轉換它。如果手上已經有食物，可以增加分量——」

「——哈，用不著增加這些，難吃死了。」榮恩說。

「魚是哈利捉到的，我也盡力了！我注意到每次都是我在處理食物，就因為我是個**女孩子**！」

「不，是因為妳的魔法應該是最強的！」榮恩吼回去。

妙麗跳起來，幾塊烤白斑狗魚從她的錫盤掉落到地上。

「那明天就換**你**做飯，榮恩，**你**去找食材，你去想辦法用魔法把它變成可以下嚥的東西，我就坐在這裡，擺張臭臉碎碎念，你就可以看看你是多——」

「閉嘴！」哈利說，高舉雙手跳了起來。「馬上閉嘴！」

妙麗一副要噴火的模樣。

「你怎麼可以站在他那邊？他根本連飯都沒——」

「妙麗，別吵，我聽見有人來了！」

他側耳傾聽，仍然高舉雙手警告他們不准開口。接著，除了帳篷旁邊那條陰暗小河水流洶湧的聲音外，他又聽見了人聲。他看了測奸器一眼，測奸器沒動。

「妳在帳篷上下了嗡嗡嗚咒了，是吧？」他低聲問妙麗。

「我什麼都做了。」她也低聲回答，「嗡嗡嗚咒、麻瓜驅逐咒、滅幻咒，全都用上了。不管是誰，應該都聽不見我們，也看不見我們。」

沉重的刮擦聲，加上石頭滾動、樹枝踩斷的聲音，在在說明有好幾個人爬下陡峭多樹的斜坡，朝他們紮營的狹窄河岸而來。三人抽出魔杖，全神戒備。他們在四周下的魔咒應該能在這幾近全黑的夜晚保護他們，不受麻瓜或一般巫師的注意。但是萬一來的是食死人，那麼他們的防護就必須首次接受黑魔法的測試了。

那群人接近河岸，說話聲變大了，卻仍聽不清楚。哈利估計說話者距離他們不到二十呎，但翻騰的河水讓他很難斷定。妙麗一把抄起珠珠包，開始東翻西找，一會後，她拉出三副伸縮耳，各拋給哈利與榮恩一副。兩人急急忙忙把肉色繩索末端塞入耳朵，再將另一端伸到帳篷入口外。

不出幾秒鐘，哈利就聽見一個疲憊的男人聲音。

「河裡應該會有鮭魚，還是說現在還不到產季？速速前，鮭魚！」

一陣嘩啦聲響，隨後是魚身拍打的聲音，有人感激地咕噥了幾聲。哈利將伸縮耳更往外伸，在湍急的水流聲外，他能聽見更多說話聲，但說的話不是英語，也不是他聽過的人類語言。那是一種粗糙而無韻律的語言，連珠砲似的嘟囔，而且說話的人似乎有兩個，其中一個聲音較低沉，說話速度比較慢。

帆布外側有火光跳動，大塊陰影在火焰與帳篷之間來去。可口的烤鮭魚香氣朝他們飄來，惹得他們口水都快掉下來了。接著傳來刀叉、盤子的叮噹聲，第一個說話的男人再次開口。

「來，拉環，果納。」

妖精！妙麗朝哈利無聲地說，哈利點頭。

「謝謝。」兩名妖精一起用英語回答。

「所以，你們三個原來在跑路啊，多久了？」一個圓潤怡人的新聲音說。哈利覺得有點熟悉，他的腦海中浮出一名肚子圓滾滾、笑容滿面的男人。

「六個，還是七個禮拜……我忘了。」那疲憊的男人說，「頭幾天就遇到拉環，不久又加上了果納，有同伴挺不錯的。」一陣靜默，響起了刀子刮擦盤面的聲音，還有錫杯拿起又放回地上的聲響。「你為什麼要逃，泰德？」那人接著說。

「我料到他們會來找我。」聲音圓潤的泰德說。剎那間，哈利知道了他是誰——東施的父親。「聽說食死人上禮拜在附近，我就決定最好還是跑路吧。我不願去做麻瓜出身登記，這是原則問題，懂吧？所以我知道這是遲早的事，到頭來我不走都不行。我太太應該沒事，她是純種。後來我又遇上了丁，多久了？幾天前的事了吧，孩子？」

「對。」另一個聲音說，哈利、榮恩、妙麗默不吭聲地瞪著彼此，但卻興奮得不得了，他們很肯定聽見的是葛來分多同學丁．湯馬斯的聲音。

「你也是麻瓜出身？」第一個人問。

「不確定。」丁說，「我爸在我小時候離開了我媽，我沒辦法證明他是巫師。」

接著是片刻的沉默，只有吃東西的聲音，然後又是泰德開口。

「德克，我得說會碰到你真的很意外，很愉快但還是意外，因為我聽說你已經被抓了。」

「我是被抓了，」德克說。「我已經在往阿茲卡班的半路上，不過我逃脫了，我昏擊了鈍力。偷了他的掃帚，比你想像中容易。我覺得他那時候有點不對勁，可能是給下了迷糊咒。真要是的話，我倒真想找到那位下咒的巫師或女巫，跟他握個手，他救了我的命。」

又一陣沉默，只聽見營火劈哩啪啦作響，河水洶湧。接著泰德說：「你們兩位又是怎麼回事？我，呃，有個印象，妖精都是支持『那個人』的。」

「你的印象錯誤。」嗓門較高的妖精說。「我們並沒有選邊站，這是巫師的戰爭。」

「那你們怎麼也到處躲？」

「我認為這叫做謹慎。」聲音較低沉的妖精說。「我拒絕了一樁無禮的要求，我看得出來，我個人的安全岌岌可危。」

「他們要你做什麼？」泰德問。

「完全不符合我們一族尊嚴的事情。」妖精回答，他的聲音較粗嗄，更不像人類，「我可不是家庭小精靈。」

「那你呢，拉環？」

「類似的理由。」聲調較高的妖精說，「古靈閣已經不再完全由我們一族控制了，我可不會認巫師做我的主人。」

他又壓低聲音用妖精語說了些什麼，果納笑了起來。

「有什麼好笑？」丁問。

「他說，」德克回答，「有些事連巫師也看不出來。」

短暫的沉默。

「我聽不懂。」丁說。

「我在離開前，小小報復了一下。」拉環用英語說。

「好漢子——我是說好妖精。」泰德匆匆更正。「你該不會是把哪個食死人，關進一個戒備森嚴的老金庫裡了吧？」

「真把他關進去的話，寶劍也沒辦法幫他逃出來。」拉環回答。果納又笑了起來，就連德克都乾笑了幾聲。

「丁跟我還是沒搞懂。」泰德說。

「賽佛勒斯．石內卜也是，不過這件事他倒是不知情。」拉環說，兩個妖精一起捧腹大笑，笑得很邪惡。

帳篷內，哈利因為太興奮，呼吸變得很急促。他和妙麗瞪著彼此，儘可能專心聆聽。

「泰德，你難道沒聽說嗎？」德克問，「霍格華茲有些孩子，想把葛來分多寶劍從石內卜的辦公室偷出來？」

哈利心中彷彿竄過一道電流，電得他每根神經都在顫抖，他的腳像生了根似地動彈不得。

「從來沒聽說過。」泰德說，「《預言家》沒報導吧？」

「壓根沒見報。」德克咯咯笑著說。「拉環跟我說，他是從在銀行工作的比爾．衛斯理那裡聽來的，其中一個想偷寶劍的孩子是比爾的妹妹。」

哈利瞧了瞧妙麗和榮恩，他們兩人都像抓住救生索似地緊揪著伸縮耳。

「她跟幾個朋友潛入石內卜的辦公室，砸碎了放寶劍的玻璃匣，可惜在偷運下樓時被石內卜逮個正著。」

「哎呀，上帝保佑他們。」泰德說，「他們是在想什麼，以為這把寶劍能對付『那個人』嗎？還是要對付石內卜？」

「這個嘛，不管他們打算用那把劍幹什麼，反正石內卜認定寶劍放在學校不安全。」德克說，「幾天後，我猜是得到了『那個人』的同意，他把寶劍送到了倫敦，寄放在古靈閣裡。」

妖精們又哈哈大笑。

「我還是不知道有什麼好笑的？」泰德說。

「那是把假劍。」拉環嘎聲說。

「葛來分多寶劍？」

「噢，沒錯，那是把複製品——極為高明的複製品——是由巫師打造的。真正的寶劍是幾個世紀前由妖精打造的，上頭有些唯有妖精製造的甲冑才具備的特質。無論真正的葛來分多寶劍在哪裡，反正絕不是在古靈閣銀行裡。」

「哦，我懂了。」泰德說。「我想你們應該沒有告訴食死人這件事吧？」

「我看不出幹嘛要拿這點芝麻小事去煩他們。」拉環自負地說，這下子連泰德、丁、果納和德克都一起開懷大笑了。

帳篷裡哈利閉上眼睛，想用念力支使某人問出他非常想知道答案的問題，漫長得像十分鐘的一分鐘過後，丁彷彿聽見了他的要求。對了，丁也是金妮的前男友（哈利想到此，不禁心頭一震）。

「金妮跟其他人怎麼樣了？那些想偷劍的學生？」

「哦，他們受罰了，而且還是重罰。」拉環漠不關心地說。

「他們沒事吧？」泰德急切地問。「我是說衛斯理家不需要再有孩子受傷了，不是嗎？」

「據我了解，他們沒什麼大礙。」拉環說。

「幸好，幸好。」泰德說，「以石內卜的紀錄來看，他們還活著，我們就該謝天謝地了。」

「這麼說你也相信那說法了，泰德？」德克問。「你相信是石內卜殺了鄧不利多？」

「我當然相信。」泰德說，「你該不會是要坐在那裡，當著我的面說這件事和波特有關吧？」

「這些日子來很難判斷真假。」德克嘟囔道。

「我認識哈利波特，」丁說，「我認為他就是那個——那個『被選中的人』，或者隨便你們想怎麼叫。」

「是啊，很多人都願意相信他是，孩子，」德克說，「包括我本人。可是現在他人在哪裡？照目前的情況看來，也是在東躲西藏。你會以為要是他知道什麼我們不知道的事情，或是真有什麼特殊之處，他現在應該要挺身而出，號召大夥抵抗，而不是藏頭縮尾的。你也知道，《預言家》說的也並不是沒有道理——」

「《預言家》？」泰德不以為然，「你要是還看那種垃圾，那就活該被騙，德克。你如果想知道真相，就去看《謬論家》。」

突如其來的嗆咳聲、作嘔聲，還有砰砰的捶背聲，聽聲音是德克吞了根魚刺。最後他急促地說：「《謬論家》？贊諾．羅古德的瘋言瘋語？」

「最近沒那麼瘋了。」泰德說，「你應該看看，贊諾刊登了所有《預言家》遺漏的新聞，上一期一字不提犄角獸。不過很難說他們會讓他逍遙多久，贊諾可是在每一期的頭版上都寫了，所有反對『那個人』的巫師，都應該把幫助哈利波特視為第一要務。」

「要幫助一個從地球表面消失的男孩是很難的。」德克說。

「聽著，到現在他們都還抓不著他，就已經是個很了不起的成就了。」泰德說，「我倒是很樂意跟他討教幾招，我們現在不也都在想辦法保住自由之身嗎？」

「唉，你這話倒是有道理。」德克沉重地說，「整個魔法部和他們的眼線都在找他，我還以為他早就被抓了。不過，誰說他們不是早把他給抓住殺掉了，卻故意隱瞞消息？」

「嗳，德克，別這麼說。」泰德喃喃說。

一陣漫長的沉默，只聽見刀叉的聲音。等他們再度開口，已是在討論該睡在河岸，還是退回上方的樹林斜坡。他們決定樹木可以提供更好的掩護後，便熄滅了營火，又爬上陡坡，聲音逐漸遠去。

哈利、榮恩和妙麗將伸縮耳捲起。剛才覺得偷聽得越多就越難保持沉默的哈利，此時卻發現自己除了說出「金妮——寶劍——」幾個字之外，什麼也說不出口。

「我知道了！」妙麗說。

她衝向小小的珠珠包，這一次則是把整條手臂都探了進去。

「有……有了。」她咬著牙說，拉出一個顯然是壓在最底下的東西。慢慢地，一個華麗相框的一角在眼前出現，哈利趕緊去幫忙。好不容易將非尼呀．耐吉空盪盪的畫像拉出袋子之後，妙麗用魔杖指著它，準備隨時對它下咒。

「要是有人在寶劍仍掛在鄧不利多辦公室裡的時候，將它以假換真，」她喘著氣說，兩人合力將畫像立在帳篷一側，「非尼呀．耐吉會看見是誰做的，他就掛在劍匣的旁邊！」

「除非他當時睡著了。」哈利說，但仍屏住呼吸等妙麗跪在空盪的畫布前，用魔杖對準畫布中心，清清喉嚨說：「呃——非尼呀？非尼呀．耐吉？」

毫無反應。

「非尼呀．耐吉？」妙麗再次呼喚。「布萊克教授？請問我們能不能跟你說句話？拜託？」

「『請』這個字永遠有效。」一個冰冷、挖苦的聲音說，非尼呀．耐吉滑入了畫像之中。妙麗立刻大喊：「遮遮，蒙眼！」

一塊黑布出現在非尼呀．耐吉聰慧漆黑的眼睛上，害他撞上了畫框，痛得大叫。

「怎麼——妳好大膽——妳這是——？」

「真是非常對不起，布萊克教授，」妙麗說，「但這是必要的預防措施！」

「馬上把這可惡的東西拿掉！拿掉，我說！妳毀了一幅偉大的藝術品！這裡是哪裡？這是怎麼回事？」

「不用管這裡是哪裡。」哈利說，非尼呀．耐吉聞聲渾身一僵，不再嘗試要將畫上的蒙眼布摘掉。

「這可是那位神龍見首不見尾的波特先生嗎？」

「可能。」哈利說，知道這樣回答能讓非尼呀．耐吉上鉤。「我們有幾個問題想問你——是和葛來分多寶劍有關的。」

「啊！」非尼呀．耐吉說，一會將頭轉向右，一會轉向左，想要看見哈利。「沒錯，那個蠢女孩的行為完全不可理喻——」

「少說我妹妹的壞話。」榮恩粗聲粗氣地說，非尼呀．耐吉傲慢地挑高了眉毛。

「還有誰在這裡？」他問，一顆頭轉來轉去。「你的語氣我很不喜歡！那女孩跟她的朋友根本就是愚不可及，竟敢偷竊校長的物品！」

「他們不是偷竊，」哈利說，「寶劍不是石內卜的。」

「寶劍是屬於石內卜教授的學校的。」非尼呀．耐吉說。「衛斯理家的女兒憑什麼要那把劍？她活該被罰，那個白痴隆巴頓跟那個瘋子羅古德也一樣！」

「奈威不是白痴，露娜也不是瘋子！」妙麗說。

「這裡是哪裡？」非尼呀．耐吉又問了一次，再次開始和蒙眼布奮戰。「你們把我帶到了哪裡？你們為什麼把我帶出祖傳的屋子？」

「別管那個了！石內卜是如何懲罰金妮、奈威和露娜的？」哈利急忙問。

「石內卜**教授**把他們送進了禁忌森林，幫那個笨蛋海格做事。」

「海格不是笨蛋！」妙麗尖叫著說。

「石內卜或許以為那樣叫處罰，」哈利說。「不過金妮、奈威、露娜很可能和海格一起大笑了一場。禁忌森林……他們見識過比禁忌森林更恐怖的地方，沒什麼了不起！」

他覺得鬆了口氣，他一直在想像極為恐怖的懲罰，最起碼也會是酷刑咒。

「布萊克教授，我們真正想知道的是，有沒有別人把寶劍，呃，拿走了？也許是拿去清理——或什麼的？」

非尼呀．耐吉又停下掙脫蒙眼布的動作，開始暗自竊笑。

「果然是**麻瓜出身**，」他說，「妖精製作的兵器根本不需要清理，頭腦簡單的女娃。妖精的銀不會沾染俗世的灰塵，反而會攝取能強化它的物質。」

「別說妙麗頭腦簡單。」哈利說。

「我快受不了你們老跟我唱反調了，」非尼呀．耐吉說。「也許該是我回校長室的時候了？」

他蒙著眼，開始摸索畫框的一側，想要摸出離開畫像的出路，回到霍格華茲的那幅畫中。這時哈利忽然有了靈感。

「鄧不利多！能不能帶鄧不利多過來？」

「你說什麼？」非尼呀．耐吉問。

「鄧不利多教授的畫像——你能不能帶他過來，進入你的畫像中？」

非尼呀．耐吉轉過頭，正對哈利的聲音來處。

「顯然不只是麻瓜出身的人缺乏知識，波特。霍格華茲的畫像可以互通有無，可是卻不能離開城堡的範圍，除非是去拜訪自己懸掛在別處的畫像。鄧不利多不能跟我一起來，而且在受過這樣的待遇之後，我跟你保證我是不會再回來的！」

哈利略感氣餒，他看著非尼呀．耐吉更加努力地想離開這個畫框。

「布萊克教授，」妙麗說，「能不能**請**你告訴我們，寶劍上一次從劍匣中拿出來是什麼時候？我的意思是，在金妮拿出來之前？」

非尼呀‧耐吉不耐地嗤之以鼻。

「我相信上次看見葛來分多寶劍離開劍匣，是鄧不利多教授拿出來斬斷一只戒指。」

妙麗猛然旋身盯著哈利，兩人在非尼呀‧耐吉面前都不敢多說什麼，而他終於找到了出口。

「哼，晚安了。」他稍顯浮躁地說，再次離開了畫面，唯有帽子邊緣仍露在外面。這時，哈利突然大喊。

「等等！你告訴石內卜這件事了嗎？」

非尼呀‧耐吉又把蒙著眼的頭伸回畫像中。

「石內卜教授心裡有更多重要的事情，不會想知道阿不思‧鄧不利多的諸多怪癖。**再見**，波特！」

說完，他便徹底消失了，只留下模糊的背景。

「哈利！」妙麗高喊。

「我知道！」哈利也大叫。他無法保持冷靜，拚命對空振臂，這消息遠遠超出了他的期望。哈利在帳篷內大步踱來踱去，感覺自己可以開心地跑上個一哩路，他甚至忘了飢餓。妙麗又把非尼呀‧耐吉的畫框塞入珠珠包中，扣上了釦環之後，隨手將包包丟在一旁，對著哈利抬起笑容燦爛的臉來。

「寶劍可以摧毀分靈體！妖精製造的刀刃會攝取能強化它的物質——哈利，那把劍當時被灌注了蛇妖的毒！」

「鄧不利多不給我寶劍，是因為他還要用，他想要用在小金匣上——」

「——而且他一定明白，要是他寫在遺囑上，他們一定不會交給你——」

「——所以他複製了一把——」

「——而且把假劍放在玻璃劍匣裡——」

「——那他會把那柄真劍，放在……哪裡？」

兩人凝視著彼此。哈利覺得答案就懸在半空中，近在咫尺，卻可望不可及。鄧不利多為何不告訴他？或者他其實告訴了哈利，只是哈利當時並不了解？

「仔細想想！」妙麗低聲說。「仔細想想！他會放在哪裡？」

「不會在霍格華茲。」哈利說，又開始踱步。

「活米村呢？」妙麗建議。

「尖叫屋？」哈利說，「沒有人會去那裡。」

「可是石內卜也知道怎麼進去，那樣不會太冒險了嗎？」

「鄧不利多信任石內卜。」哈利提醒她。

「也沒信任到告訴石內卜，他把寶劍掉包了。」妙麗說。

「對，妳說得對！」哈利說。想到鄧不利多畢竟對石內卜的忠誠度有所保留，即使只是稍微保留一絲絲，他的心情也因此更加快活起來。「那麼他會把寶劍藏在遠離活米村的地方囉？你覺得呢，榮恩？榮恩？」

哈利轉頭回望，一時之間他困惑地以為榮恩在帳篷外，隨即才看清榮恩躺在下鋪的暗處，一臉的冷漠。

「喔，想起我啦？」他說。

「什麼？」

榮恩瞪著上鋪的床底板，用鼻子噴氣。

「你們兩個繼續啊，別讓我壞了你們的興致。」

哈利一頭霧水地轉向妙麗求助，但她只是搖搖頭，顯然和他一樣不知所以然。

「你有什麼問題？」哈利問。

「問題？沒有問題。」榮恩說，仍然不看哈利。「反正對你來說是沒有問題。」

頭頂的帆布**滴答**作響，外頭開始下雨了。

「顯然你有些問題，」哈利說，「那就說出來吧。」

榮恩的兩條長腿跨下床，坐了起來，表情很難看，那樣子完全不像他。

「好，我就說出來。別指望我因為我們還有另一個該死的東西要找，就在帳篷裡興奮地跳來跳去，那只是代表你不知道的事又多了一樁而已。」

「我不知道？」哈利重複著。「**我**不知道？」

滴答，滴答，滴答……雨越下越大，打在四周落葉如毯的河岸上，也打在河水中，隨著河水一起潺潺流過黑夜。恐懼澆熄了哈利歡欣鼓舞的心情，榮恩說出了哈利的懷疑，說出了哈利一直以來害怕的想法。

「我可不是吃飽了沒事幹，來這裡度假。」榮恩說。「你知道，我的手臂受傷，又餓著肚子，每天晚上凍得要命。我只是希望在我們到處跑了幾個禮拜之後，會有什麼進展。」

「榮恩。」妙麗叫喚他，但語氣太虛弱，幾乎被打在帳篷上的雨聲蓋住，榮恩假裝沒聽見。

「我還以為，當初你加入時心裡有數。」哈利說。

「是啊，我也以為我是。」

「那又是哪裡不合你的期望了？」哈利問，怒火漸漸上升。「你以為我們會住在五星級大飯店？每隔一天就找到一個分靈體？你以為能在聖誕節之前就回到媽咪的身邊嗎？」

「我們以為你知道自己在做什麼！」榮恩大吼地站了起來，他的話有如灼熱的刀子刺穿了哈利。「我們以為鄧不利多交代了你做什麼，我們以為你有完備的計畫！」

「榮恩！」妙麗喚他，這次明顯拉高了嗓門，蓋過了落在帳篷頂的大雨，但榮恩仍舊不理她。

「哼，很抱歉讓你們失望了。」哈利說，他的語氣倒還平靜，但其實心中卻覺得空洞、無能。「我從一開始就對你們實話實說。鄧不利多告訴我的，我都一五一十轉告了你們。你八成沒注意到，我們找到一個分靈體了──」

「是啊，而且我們只差一步就能擺脫掉那玩意，找到其他的分靈體了──換句話說，就是八字都還沒有一撇！」

「把小金匣拿下來，榮恩，」妙麗說，聲調不尋常地高亢。「拜託你拿掉。你要不是戴了一整天，就不會這樣講話。」

「不，他會。」哈利說，他不想為榮恩找藉口。「你們以為我不知道你們兩個背著我嘀嘀咕咕嗎？你們以為我沒想到是這個原因嗎？」

「哈利，我們不是──」

「少騙人了！」榮恩突然轉向她。「妳不是也這麼說，妳說妳很失望，妳說妳以為他不是只會──」

「我不是那樣說的──哈利，我沒有！」她大喊。

大雨重擊帳篷，妙麗的臉上也滾下淚珠。幾分鐘前的興奮煙消雲散，好像從來沒有存在過，就像短命的煙火，剛點燃就熄滅了，讓黑暗包裹了一切，又溼又冷。葛來分多寶劍隱藏在他們毫無頭緒的地方，而他們只是帳篷裡的三個青少年，迄今唯一的成就，只是還沒丟掉自己的小命。

「那麼你幹嘛還留在這裡？」哈利問榮恩道。

「問倒我了。」榮恩說。

「那你就回家啊。」哈利說。

「搞不好我真的會！」榮恩大吼，朝哈利跨了幾步，哈利也毫不退縮，「你沒聽見他們怎麼說我妹妹的嗎？可是你根本連屁也懶得放一個，對不對？不過就是禁忌森林嘛！**什麼大風大浪都見過**的哈利波特壓根就不在乎她出了什麼事。我告訴你，我可在乎，巨型蜘蛛還有其他精神不正常的玩意——」

「我的意思是——她還有別人陪伴，而且他們是跟海格一起——」

「——是啊，我知道，你根本不關心！還有我其他的家人呢？『衛斯理家不需要再有孩子受傷了』，你難道沒聽見？」

「有，我——」

「不過你不在乎那是什麼意思，是不是？」

「榮恩！」妙麗喊他，硬擠入兩人之間。「那句話的意思，並不表示又發生了什麼我們不知道的事。榮恩，你想想，比爾已經一臉傷疤，很多人一定也看到喬治少了一隻耳朵，而大家又以為你因為患有多發性點狀爛麻疹而來日無多了，我相信他就是這個意思——」

「喔，妳相信是嗎？那好，那我就不用瞎操心了。你們兩個都覺得無所謂，對不對？你們的父母安全地置身事外——」

「我父母已經**死**了！」哈利咆哮。

「我父母很可能也一樣！」榮恩大吼。

「那就**走**啊！」哈利怒吼，「回去找他們啊！假裝你的多發性點狀爛麻疹復元了，媽咪又可以把你餵得飽飽的，幫你——」

榮恩猝然做出動作，哈利也及時反應，但在兩人的魔杖從口袋中抽出之前，妙麗已舉起了她的魔杖。

「破心護！」她高喊，一面無形的盾牌豎在三人之間，一邊是她與哈利，一邊是榮恩，三人都被咒語的力量逼得後退了幾步。哈利與榮恩在透明屏障的兩邊怒目相向，彷彿是今天才看清了彼此。哈利覺得對榮恩產生了一股尖酸的痛恨，兩人之間有個東西破裂了。

「把分靈體放下。」哈利說。

榮恩一把扯下金鍊，將小金匣拋在附近的椅子上。他轉向妙麗。

「妳打算怎麼辦？」

「你是什麼意思？」

「妳是要留下，還是怎樣？」

「我……」她一臉的痛苦焦急。「對——對，我要留下，榮恩，我們說過要和哈利一起走，我們說過要幫忙——」

「我懂了，妳選了他。」

「榮恩，不——拜託——回來，回來！」

但是妙麗被自己的屏障咒給阻擋住，等到她解除咒語，榮恩已經氣急敗壞地衝入夜色之中。哈利動也不動地站在原處，默默聽著妙麗啜泣奔出，並在林間呼喊榮恩的名字。

幾分鐘後，妙麗回來了，溼透的頭髮貼在臉上。

「他走——走——走了！消影了！」

她撲向一張椅子，蜷起身體埋頭痛哭。

哈利感到一陣暈眩。他彎下腰來拾起分靈體，戴在自己脖子上。他從榮恩的床鋪拉下毯子蓋在妙麗身上，然後就爬上了自己的床，瞪著黑漆漆的帆布屋頂，聽著冷雨敲打的聲音。

高錐客洞

第二天早上哈利醒來，愣了幾秒才想起發生了什麼事，然後他很孩子氣地希望那不過是場夢，希望榮恩仍在這裡，從來沒有離開過。但他在枕頭上一轉頭，卻看見榮恩被遺棄的床鋪，就像一具掉在路上的死屍，教人不想注意也難。哈利跳下床，刻意迴避榮恩的床位。在廚房忙碌的妙麗沒跟他說早安，反而是在他經過時，刻意別過臉。

他走了，哈利告訴自己，**他走了**。他在盥洗更衣時，必須不斷想著這件事，彷彿一直不停去想，就能讓震驚平緩下來。**他走了，而且再也不會回來了**。哈利知道，事情就是這麼簡單，因為他們下了保護咒，所以一旦他們離開此地，榮恩就很難再找到他們。

他和妙麗默默吃完早餐。妙麗的眼睛又紅又腫，看似一夜不曾闔眼。他們收拾東西時，妙麗卻故意拖延。哈利知道她為什麼要在河岸多待一些時間，有好幾次他看見妙麗渴望地抬頭，他知道她在欺騙自己，她在大雨中聽見了腳步聲，但是事實上並沒有紅髮人出現在林木間。哈利也和妙麗一樣，每每左顧右盼（他也忍不住在心中抱持小小的希望），卻只看見下著雨的森林，其他就什麼也沒有了，這時他就會忍不住發火。他彷彿聽見榮恩說：「我們以為你知道自己在做什麼！」然後他回頭繼續收拾，而他的胃好像打上了一個死結。

營地旁混濁河流的水位因下雨而高漲，很快就會淹沒河岸。他們比平常離開營地的時間晚了一個小時，最後，在重新整理珠珠包三次之後，妙麗似乎再也找不到拖延的理由。她與哈利手牽手消影了，重新出現在一處風勢強勁、覆滿石南的山坡。

他們一抵達，妙麗立刻放開哈利的手，走到別的地方，最後選了塊大岩石坐下，把臉埋在雙膝間，全身顫抖。哈利知道她在啜泣，他看著她，覺得應該去安慰她，可是不知道為什麼，他的腳底像生了根一樣動也不動。他只覺得心灰意冷，並又再次看見榮恩臉上輕蔑的表情。哈利大步從石南叢中走開，以心煩意亂的妙麗為中心點繞了一個大圈，接手妙麗平常的責任，布置咒語保護他們的安全。

往後幾天，他們絕口不提榮恩。哈利下定決心不再提榮恩的名字，妙麗似乎也知道硬是提起榮恩一點好處也沒有。不過有幾個晚上，哈利卻聽見妙麗以為他睡著了，在旁邊偷哭。另一方面，哈利又拿出了劫盜地圖，就著魔杖光檢查。他期待看到榮恩的小點出現在霍格華茲的走道上，證明他已返回舒適的城堡，而他的純種血統讓他在那裡安全無虞。不過榮恩始終沒有出現在地圖上。一陣子後，哈利發現他拿出劫盜地圖，純粹是為了盯著女生寢室中金妮的名字，心裡胡思亂想著，他熾熱的凝視是否能夠進入她的夢中，讓她知道他正想念著她，並祈求她平安無恙。

白天他們集中精神，設法判斷葛來分多寶劍的可能位置，但越是談論鄧不利多會藏匿寶劍的地點，他們的臆測就越離譜。儘管哈利絞盡了腦汁，就是想不起鄧不利多是否提過他可能藏東西的地點。有時他甚至不知道自己是比較氣榮恩還是鄧不利多。我們以為你知道自己在做什麼……我們以為鄧不利多交代了你做什麼……我們以為你有完備的計畫！

他無法自欺欺人，榮恩說得對，鄧不利多留給他的幾乎是零。他們找到了一個分靈體，卻沒有辦法摧毀它，其他的分靈體則依舊是遙不可及。逼人的無助感包圍著他。現在哈利猶疑不安，想到自己竟魯莽得接受朋友的提議，讓他們陪他走向這趟曲折、漫無目的的旅程。他根本一無所知、毫無頭緒，隨時隨地都得提心吊膽，等著妙麗也跟他說，她受夠了，她也要離開。

有許多個晚上，他們在幾近無言中度過。妙麗養成了一個習慣，把非尼呀．耐吉的畫像取出來放在椅子上，好像如此可以填補榮恩離開後留下的大洞。儘管非尼呀．耐吉先前信誓旦旦地說不會再回來，但他似乎抗拒不了探查哈利意圖的好奇心，竟同意每隔幾天就蒙著眼出現一次。哈利連看見他都覺得高興，他起碼是個伴，儘管略嫌挖苦譏誚了些。他們迫不及待地吸收任何在霍格華茲發生的新聞，可惜非尼呀．耐吉不是很理想的消息來源。他尊敬石內卜，只因石內卜是繼他之後，第一位史萊哲林出身的校長，所以他們得注意不可以批評或是詢問一些與石內卜有關的無禮問題，否則非尼呀．耐吉就會馬上離開他的畫像。

不過他的確透露了一些訊息，石內卜似乎老是得面對一群頑固學生的反抗搞怪。金妮已經被禁止前往活米村，石內卜又重申了恩不里居的老規矩，不准三名以上的學生集會，禁止任何非官方的學生團體。

哈利從這些事情推論，金妮，可能還有奈威和露娜，仍然盡全力讓鄧不利多的軍隊繼續下去。這貧乏的消息增強了哈利想念金妮的念頭，像胃痛一樣越來越劇烈，但這也讓他想起了榮恩，想起鄧不利多，想起霍格華茲，這些思念就如同他對前女友的思念一般強烈。坦白說，在非尼呀．耐吉談論石內卜的鎮壓時，有那麼電光石火的一秒，哈利瘋狂地想回到學校，加入破壞石內卜政權的搗蛋行列。在此時此刻，吃得飽飽的，有張柔軟的床，由別人領軍作主似乎是世上最美妙的一件事。但他旋即想起，他是頭號不受歡迎人物，他的人頭值一萬加隆，而他走入霍格華茲就像走入魔法部一樣危險。事實的確如此，就像非尼呀．耐吉偶爾會插入一些問題，打探哈利與妙麗的所在，但這反而不經意地強調了他們處境的危險。每次他這麼一問，妙麗就會硬把他塞回珠珠包，而非尼呀．耐吉每每會因為這種不成體統的斥退方式，好幾天拒絕現身。

天氣越來越冷，最教他們煩惱的是地上堅硬的霜。不過他們也不敢在一個地區停留過久，所以他們並沒有在英國南部逗留，反倒繼續上山下海到處跑，勇敢地走遍冰霰重重敲擊帳篷的山麓、刺骨冰水淹入帳篷的大沼澤，以及大雪在一夜之間將帳篷掩埋一半的蘇格蘭湖中小島。

他們從幾戶人家的客廳窗子看見聖誕樹在閃耀生輝之後，哈利下定決心再次提出建議，他認為這個建議是唯一一條尚未探索的道路。他們剛吃過一頓異常豐盛的晚餐：妙麗披著隱形斗篷跑了趟超市（還不忘把錢留在一個打開的現金抽屜中）。哈利認為，裝了一肚子的波隆那義大利麵和罐裝西洋梨的妙麗，應該比較好說話。他也有先見之明地建議，他們暫時休息幾個小時並都不要戴分靈體，所以小金匣現在就掛在他身旁的床尾。

「妙麗？」

「嗯？」她正縮在一張下陷的扶手椅上，讀著《吟遊詩人皮陀故事集》。哈利無法想像她究竟能從書中看出多少端倪，這本書畢竟不是很長，但顯然她仍在解讀裡頭的什麼東西，因為椅臂上攤開了一本《符咒家的字音表寶典》。

哈利清清喉嚨，感覺就像數年前，德思禮夫婦沒在同意書上簽名，但他仍然大膽詢問麥教授是否能去活米村一樣。

「妙麗，我一直在想——」

「哈利，你能不能幫我一個忙？」

她顯然沒在聽他說話，她的身體前傾，把《吟遊詩人皮陀故事集》遞給哈利。

「看看這個符號。」她說，指著書頁的頂端。哈利猜想可能是故事的篇名上有個圖案（他看不懂古代神秘文字，因此不能確定），看起來像是一個三角形的眼睛，瞳孔裡有條垂直的線。

「妙麗，我沒修過古代神秘文字。」

「我知道，不過這不是古代神秘文字，而且也不在《符咒家的字音表寶典》裡頭。我原本以為是一隻眼睛的圖案，可是現在卻覺得不對！這是用墨水畫的，看，有人畫上去的，書上本來沒有。想想看，你從前看過嗎？」

「沒……不，等等。」哈利看得更仔細，「這不就跟露娜的爸爸戴在脖子上的符號一樣嗎？」

「果然跟我想的一樣！」

「那這就是葛林戴華德的標記了。」

妙麗瞪著他，張大嘴巴。

「**什麼**？」

「喀浪跟我說……」

他重述維克多．喀浪在婚禮上告訴他的故事，妙麗聽得一臉驚愕。

「**葛林戴華德**的記號？」

她看看哈利，又看看怪異的符號，再回頭看哈利。「我從沒聽說葛林戴華德有什麼記號啊，我讀過的書沒有一本提到它。」

「啊，就像我剛才說的，喀浪是在德姆蘭的一面牆上看見這個符號的，而且那是葛林戴華德弄上去的。」

妙麗沉坐回椅子裡，蹙眉苦思。

「真奇怪，既然這是個黑魔法的標記，怎麼會出現在一本童書裡呢？」

「是啊，還真怪。」哈利說，「再說，昆爵應該會一眼就認出來才對，他是部長，應該是黑魔法這類東西的專家。」

「我知道……也許他以為這是一隻眼睛，跟我先前的想法一樣。書裡的每篇故事標題上都有一個小圖案在上頭。」

她不再說話，只是反覆細看那個奇怪的記號。哈利再試一次。

「妙麗？」

「嗯？」

「我一直在想，我──我想去高錐客洞。」

妙麗抬頭看他，但眼神渙散，哈利敢說她仍在思索書上的神秘記號。

「對，」她說，「對，我也一直在想這件事，我認為我們必須走一趟。」

「妳有聽清楚我在說什麼嗎？」哈利問。

「當然聽清楚了。你想到高錐客洞去，我同意，而且認為我們應該去。我的意思是我怎麼想也想不出第二個地方，危險是當然很危險，可是我越思考就越覺得應該是在那裡。」

「呃——**什麼**東西在那裡？」哈利問道。

聽見這句話，妙麗的迷糊表情就跟他心裡的感覺一樣。

「當然是寶劍啊，哈利！鄧不利多一定猜到了你會想回去，我是說高錐客洞可是高錐客．葛來分多的出生地呢——」

「真的？葛來分多也是高錐客洞的人？」

「哈利，你到底有沒有翻過《魔法史》？」

「這個嘛，」他拉長聲音，幾個月來第一次由衷地微笑，臉上的肌肉感覺異常僵硬，「買的時候，妳知道，我大概翻了一下……就那麼一次……」

「嗯，那座村子就是以他為名的，所以我以為你可能會聯想到。」妙麗說，聽起來比較像從前的那個她了，哈利還以為她會宣布她要上圖書館去了。「《魔法史》裡頭提到了那個村子，等一下……」

她打開珠珠包，翻了一會，終於掏出了她的舊課本，芭蒂達．巴沙特寫的《魔法史》。她翻開書，找到了她要的那一頁。

「『一六八九年國際保密法令簽定後，巫師紛紛隱居。他們很自然地在同一個社區內形成了自己的社群，許多小村莊吸引了魔法家庭，他們彼此照料，自成一派。康瓦耳郡的亭沃茲村落、約克郡的上弗雷格利、英格蘭南岸的奧特瑞聖凱奇波等，都是知名的巫師家庭歸隱地點。

「『他們與個性寬容或有時是被下了迷糊咒的麻瓜比鄰而居。而其中最著名的半魔法住宅區，可能就屬高錐客洞了。這座位在西部的村莊是偉大巫師高錐客・葛來分多的出生地，也是巫師鐵匠「弓人・萊特」鑄造出第一個金探子的地方。此地的墓園處處可見古老的魔法家族姓氏，而這無疑也讓這裡傳出許多糾纏小教堂數世紀之久的鬧鬼傳聞。』」

「書裡沒提到你和你父母，」妙麗說，闔上了書本，「因為巴沙特教授只記錄到十九世紀末期的歷史。你現在知道了吧？高錐客洞、高錐客・葛來分多、葛來分多寶劍，你不覺得鄧不利多會希望你找出這其中的關連嗎？」

「喔，對……」

哈利不想承認他建議跑一趟高錐客洞，壓根就不是因為他心裡惦記著寶劍。對他而言，村子的吸引力完全在於他父母的墳墓，還有他死裡逃生的屋子，以及芭蒂達・巴沙特這個人。

「還記得牡丹說過什麼嗎？」他終於問。

「誰？」

「就是那個啊，」他含糊其辭，不想提起榮恩的名字，「金妮的姑婆，婚禮上那個說妳的腳踝瘦巴巴的那個人。」

「喔。」妙麗應道。

這一刻實在是又悶又棘手，哈利發現到妙麗也覺得榮恩的名字已呼之欲出，只好趕緊往下說：「她說芭蒂達．巴沙特仍住在高錐客洞。」

「芭蒂達．巴沙特。」妙麗喃喃說道，食指撫過《魔法史》封面上浮凸的作者名。「嗯，我覺得——」

她非常誇張地倒抽了一口氣，嚇得哈利五臟六腑都要翻了過來，他立刻掏出魔杖，回頭盯著帳篷入口，以為會看見有隻手硬伸進來，可是什麼動靜也沒有。

「怎麼了？」他半是惱怒半是放心地問道。「妳幹嘛嚇我？我還以為妳看見食死人拉開帳篷的拉鍊呢，至少——」

「哈利，**要是**寶劍在芭蒂達那裡呢？要是鄧不利多託她保管呢？」

哈利想著這個可能性。芭蒂達現在一定是老態龍鍾了，依照牡丹的說法，她還變得「很痴呆」。鄧不利多可能會把葛來分多寶劍藏在她那裡嗎？果真如此的話，哈利覺得鄧不利多可是冒了很大的風險：鄧不利多從未透露他拿了假劍來魚目混珠，也從未提過他與芭蒂達是朋友。不過眼前不是質疑妙麗理論的時刻，尤其是在她如此心甘情願配合哈利最激切的願望時。

「是啊，很有可能！那麼，我們是要跑一趟高錐客洞了？」

「對，可是我們得先通盤考慮一遍，哈利。」她坐直了身體，哈利看得出擬定計畫的需要讓妙麗與他自己的心情都振奮了起來。「一開始我們得練習一起在隱形斗篷下消影，滅幻咒多少也該練習，除非你認為我們應該從頭到尾都使用變身水？那我們就得蒐集頭髮。哈利，其實我覺得最好那樣做，我們的偽裝越多就越保險……」

哈利任由她高談闊論，只在她停下來歇口氣時點頭附議，但他的心思早已不知飄到哪裡去了。自從得知古靈閣中的寶劍是贗品之後，他還是第一次這麼興奮。

他就要回家了，就要回到那個曾有他家人的地方。若不是佛地魔作梗，他就會在高錐客洞長大，度過每一個學校假日。他會邀請朋友到家裡來……他甚至還可能會有弟妹……他十七歲的生日蛋糕，會是他母親親手烘焙的。他錯失的生活從來不像此刻這麼真實，因為他知道他就要親眼看見那個被剝奪的地方。當晚妙麗睡著之後，哈利悄悄從她的珠珠包裡找出他的帆布背包，從裡頭拿出海格在許久前送他的相簿。幾個月來，他第一次細看父母的舊相片，看著他們在相片中對他微笑揮手，而這就是他父母僅剩下的遺物了。

哈利很樂意隔天就啟程前往高錐客洞，但妙麗有她的堅持。她深信佛地魔會預料到哈利終將返回他父母遇害之地，所以她下定決心，還沒確定做好了最完美的偽裝之前，他們不會出發，因此又拖了整整一星期。等他們偷偷摸摸取得了忙著為聖誕節採購的麻瓜頭髮，並且披著隱形斗篷練習現影與消影術之後，妙麗才同意可以動身了。

他們打算以夜色為掩護，現影到村子裡，所以他們等到接近黃昏時才吞下變身水。

哈利變身為一名頭頂漸禿的中年麻瓜，妙麗變成他個子矮小、羞怯內向的太太。裝著他們所有物品的珠珠包塞入了妙麗的大衣內袋（分靈體仍戴在哈利頸上），而她的大衣鈕釦一路扣到了喉嚨。哈利將隱形斗篷罩在兩人身上，他們隨即沒入了令人窒息的黑暗中。

心臟快要跳出咽喉之際，哈利睜開了眼睛。他們手挽著手站在一條白雪鋪地的小巷中，天空是一片暗藍，夜晚的第一群星星已閃爍著微光。狹窄的巷子兩側矗立著鄉村小屋，窗上都有亮麗的聖誕裝飾。前方幾步之外，幾盞金黃街燈照亮了小村的中心。

「在下雪！」妙麗在斗篷下低語。「我們怎麼會忘了下雪？不管再怎麼小心，我們還是會留下腳印！得想辦法清除——你走前面，我來處理——」

但哈利不想像默劇裡的馬一樣，一面要掩藏住自己，一面還要抹去足跡再進入這個村子。

「乾脆脫掉隱形斗篷算了。」哈利說。但一看到妙麗害怕的神情，他又提醒道：「喔，拜託，我們的樣子變了，附近又沒有人。」

哈利將隱形斗篷收進外套裡，兩人光明正大地邁步向前，冰寒的空氣刺痛他們的臉。他們走過一家又一家的小屋，其中很可能就有詹姆與莉莉住過的屋子，或是芭蒂達目前的居處。哈利凝視每戶人家的大門，凝視覆滿白雪的屋頂及前廊，不由得自問他是否還記得什麼，但其實他心裡知道這根本不可能。他才不過一歲多就永遠離開了這裡，他甚至不敢說是否還能看見那棟舊居，他不知道那屋子的忠實咒一旦被咒語破解之後，會有什麼下場。他想著想著，往小巷左邊轉了個彎，小村的中心，也就是一個小廣場，在他們面前展開。

廣場上裝飾了一串串的彩色燈泡，正中央像是座戰爭紀念碑，一半被枝椏隨風起舞的聖誕樹給遮住了。四周有幾家商店、一家郵局、一間酒館和一座小教堂，教堂的彩色玻璃在廣場的對面閃耀著珠寶般的光輝。

廣場這裡的雪比較扎實，被一整天來來去去的人踩得堅硬滑溜。村民在他們面前穿梭來去，他們的行影在街燈下暫顯清晰。酒館的門開開關關，流洩出陣陣笑聲及流行音樂的旋律，接著他們聽見教堂中唱起了頌歌。

「哈利，我想今晚是聖誕夜！」妙麗說。

「是嗎？」

他早忘了今天是幾月幾號，他們已有好幾週沒看報了。

「我想應該是。」妙麗說，視線落在教堂上。「他們……他們會在裡面，是不是？你媽媽和爸爸？我能看見後面的墓園。」

哈利頓時一陣激動，遠非興奮二字所能形容，反倒比較像是近鄉情怯。墓園這時已近在眼前，他卻不禁懷疑他是否真的想看。妙麗或許是能體會他的心情，因為她牽住了他的手，第一次由她帶路，拉著他向前。然而在穿過廣場一半時，她卻突然停下腳步。

「哈利，看！」

她指著戰爭紀念碑。在他們經過時，紀念碑變形了。原先是一座方尖碑，碑面上鐫滿了姓名，但此刻卻變成了三個人：男人一頭亂髮，戴著眼鏡；女人長髮披肩，有張清秀親切的臉，而她懷中還抱著一名男嬰。白雪落在三人的頭頂上，彷彿蓬鬆的白帽。

哈利趨前，抬頭凝視父母的臉。他完全沒想到這裡竟然會有一座雕像……好奇怪，看著自己的石像，一個額頭上沒有傷疤的幸福嬰兒……

「走吧。」看夠了之後，哈利說道，兩人再次轉向教堂。穿越廣場時，他扭頭回望，雕像又變回了戰爭紀念碑。

越接近教堂，歌聲就越響亮，聽得哈利喉嚨一緊，猛然想起了霍格華茲，想起了皮皮鬼躲在盔甲裡大唱粗俗的改編聖誕歌，想起了餐廳十二株聖誕樹，想起了鄧不利多戴著他從巫師爆竹中得到的軟帽，想起了榮恩穿著手織毛衣……

墓園入口有一個雙扇柵門，妙麗儘可能輕輕把門推開一條縫，兩人側身穿過。通往教堂大門的小徑兩側，白雪堆積得很深，而且完全沒有足跡。他們繞過教堂，挨近窗下的陰影，從雪地穿過後，留下了深深的四道足跡。

教堂後面一排排雪白的墓碑，突出在一片毯子似的淡藍色雪地上，雪地上還有斑斑點點的紅、金、綠光，那是彩繪玻璃反射在雪地上的光線。哈利一手在口袋中緊握著魔杖，移向最近的一座墳墓。

「看，這個人姓艾寶，可能是漢娜很久以前的親戚耶！」

「別大聲嚷嚷。」妙麗拜託他。

他們踏雪深入墓園，在身後留下漆黑的足跡，兩人不時停下來，彎腰注視某個古老墓碑上的銘文，而且隨時瞇眼留意黑暗的四周，確定附近只有他們兩人。

「哈利，這裡！」

妙麗在兩排墓碑之外，他必須往回走。他的心臟怦怦怦地撞擊胸膛。

「是不是——？」

「不是，可是你看！」

她指著暗色的石頭，哈利彎下腰去看，在點點苔蘚又結冰的花崗岩上鐫刻著「甘德拉·鄧不利多」，而在她的生日與忌日之下不遠處，還刻著「與她的愛女亞蕊安娜」一行字。

此外還有一句引文：

珍寶在何處，心就在何方。

這麼看來，麗塔·史譏和牡丹有些事情還真說對了。鄧不利多一家確實是定居此地，而且家族中有人也在此過世。

親眼看見墳墓比只是聽說的感覺要來得更可怕。哈利忍不住想，他和鄧不利多在這座墓園中都有深不可拔的根，鄧不利多實在應該告訴他的，然而鄧不利多卻從沒想過要把這層連結說出來。他們本來是可以一起來這裡的，一時之間，哈利想像著與鄧不利多一同來此，想像著那會是怎樣的一種牽繫，想像著那對他會是如何的意義重大。然而對鄧不利多而言，他們的家人一起安葬在同一處墓園似乎只是無關緊要的巧合，而且或許，與他希望哈利去做的事毫不相干。

妙麗盯著哈利看，他不禁慶幸陰影遮掩了自己臉上的表情。他再次閱讀碑文。珍寶在何處，心就在何方。他不懂這是什麼意思。想當然，這是鄧不利多選擇的銘文，因為他母親過世後，他就是一家之主。

「你確定他提都沒提過——？」妙麗開口問。

「沒有。」哈利草草回應。「繼續找吧。」說完他就轉身走掉，暗自希望沒見過這塊墓碑，他不願讓他的興奮顫慄沾染上怨恨。

「在這裡！」幾分鐘後妙麗又從一片漆黑之中高喊，「喔，錯了，對不起！我看錯了，我還以為上頭寫著『波特』。」

她在擦拭一塊覆滿了青苔、崩塌的石頭，接著凝神細看，並微微蹙眉。

「哈利，過來一下。」

他不想又被耽擱了，但還是心不甘情不願地踏雪回頭去找妙麗。

「怎麼了？」

「看這個！」

這座墳墓極為古老，受損嚴重，碑上的文字難以辨認。妙麗指著底下的符號。

「哈利，這是書上的記號！」

他凝視妙麗手指之處，墓碑損壞得太嚴重，很難看出上頭刻了什麼，不過在無法辨認的姓名下方，確實有個像三角形的記號。

「對……可能是……」

妙麗舉起魔杖，指著石碑上的姓名。

「那是伊——伊諾特，我想……」

「我要去找我父母的墓碑，可以吧？」哈利說，語氣略顯不悅，然後就逕自走開，留下妙麗一個人蹲在古老的墓碑前。

和剛剛的艾寶一樣，他每走幾步就會看見一個和霍格華茲同學一樣的姓氏。有時同一個巫師家族會有好幾代都埋葬在這個墓園裡，哈利從日期看得出某個家族不是後繼無人了，就是遷離高錐客洞了。他越走越深入，只要一遇上新墳，他的心就會抽一下，既驚懼又期待。

夜色與寂靜似乎是在眨眼之間變得越加深濃。左右張望的哈利因此惴惴不安，想到了催狂魔。突然發覺歌聲停止了，教堂裡的人出來，走進廣場，交談聲、走動聲也漸漸遠去。教堂裡有人把燈關了。

這時妙麗的聲音第三次在黑暗中響起，尖銳清晰，就在幾碼外。

「哈利，他們在這……就在這裡。」

一聽她的口氣，哈利就知道這次是他的父母親。他朝她移動，感覺有什麼沉重的東西壓住他的胸口，就跟鄧不利多去世後的感覺一樣。那股悲痛實實在在地重重壓住他的心和肺。

白色大理石墓碑距離甘德拉與亞蕊安娜的只有短短兩排，與鄧不利多家的墳墓一樣，白色大理石在夜色中似乎會反光，讓碑文讀起來較容易。哈利不必跪下來，也不必非常靠近，就能看見銘刻在碑上的文字。

詹姆・波特　生於一九六〇年三月二十七日，卒於一九八一年十月三十一日

莉莉・波特　生於一九六〇年一月三十日，卒於一九八一年十月三十一日

最終之大敵為死亡。

哈利緩緩讀著碑文，彷彿他只有一次機會去了解其中的含意，而且他大聲讀出了最後一句。

「『最終之大敵為死亡』……」一個恐怖的想法竄入腦海，還夾帶著一股恐慌，

「這不是食死人的想法嗎？為什麼會刻在這裡？」

「這裡說的並不是像食死人那種擊敗死亡的方法，哈利。」妙麗說，聲音溫和，「這裡的意思是……你知道……超越死亡，雖死猶生。」

可是他們並不是雖死猶生，哈利心裡想，他們是真的走了。空洞的碑文遮掩不了真相，他父母腐朽的遺體就躺在白雪與石頭之下，無知無感、漠不關心。淚珠在猝不及防間滾落，燙著他的肌膚，隨即立刻凍結在臉上。何必擦去，又何必假裝？他任由眼淚落下，雙唇緊緊抿住，低頭看著掩住莉莉與詹姆最後安息地的厚厚一層白雪，如今他們只剩下白骨了，或許已化為塵埃，不知道也不在乎他們孑然一身的獨生子離他們這麼近。因為他們的犧牲，哈利的心臟仍在跳動著，他仍然活著，但此時此刻卻巴不得和父母一起躺在雪地之下。

妙麗又牽起他的手，緊緊握住。他不敢看她，卻回捏了她的手，一面大口吸入夜晚的空氣，試著鎮定下來，試著恢復自制。他真應該帶點什麼過來，之前他完全沒想到，而墓園中的植物，不是光禿禿就是被冰雪封住了。妙麗舉起魔杖，凌空劃了一圈，變出一個玫瑰花編成的聖誕花圈。哈利伸手接住花圈，放在父母墳上。

哈利一站起來就想離開，他不認為還能再多撐一分鐘。他攬住妙麗的肩膀，妙麗也摟住他的腰，兩人默然轉身，邁步走開。經過鄧不利多的母親及小妹的墳前，走回陰暗的教堂，以及已被白雪掩沒的雙扇柵門。

17 芭蒂達的秘密

「停，哈利。」

「怎麼了？」

他們剛走到那個不知名的艾寶墓前。

「有人，有人在監視我們。我感覺得到，那裡，灌木叢那邊。」

兩人一動不動，緊摟著彼此，凝目望著墓園邊緣的濃密黑暗，但哈利什麼也看不見。

「妳確定嗎？」

「我看見有東西在動，我敢發誓我真的……」

她掙脫開來，抽出她使用魔杖的那條手臂。

「我們兩個看起來像麻瓜。」哈利提醒她。

「兩個在你父母墳上獻花的麻瓜！哈利，我確定有人在那邊！」

哈利想到《魔法史》，據說墓園鬧鬼，萬一真的有——？正在胡思亂想時，他聽見了沙沙聲，看見妙麗所指的灌木叢有一小塊雪掉落。幽靈可不會讓雪塊崩落。

「是隻貓，」哈利過一、兩秒後說，「不然就是鳥。如果是食死人，我們兩個早就死了。反正還是趕快離開這裡吧，然後我們可以把隱形斗篷穿上。」

他們離開墓園，不斷回頭察看。哈利雖然嘴上說得輕鬆，其實一顆心卻懸著。幸好他們平安來到墓園大門，踏上了滑溜的人行道。他們又罩上了隱形斗篷。酒館的客人比剛才更多，裡頭有許多人在大唱聖誕頌歌，跟剛才他們接近教堂時聽見的那首一樣。有那麼一秒鐘，哈利考慮要建議妙麗到酒館內先避一避，但尚未開口，妙麗就低聲說：「我們走這邊。」她拉著他走向幽暗的街道。這條街往村外走，與他們進村的方向正好相反。哈利依稀看得出房屋消失的地方，巷道外又是一片開闊的鄉野。他們儘可能快步走，經過了更多閃爍著彩色燈泡的窗戶，從窗簾間瞥見的是黑漆漆的聖誕樹輪廓。

「我們要怎麼找出芭蒂達家？」妙麗有點發抖地問道，而且不時回頭掃視。「哈利？你說呢？哈利？」

她拉扯他的手臂，但哈利卻毫無所覺。他正定睛看著立在這排房屋盡頭的一團東西。下一秒鐘，他已拖著妙麗拔腿飛奔，妙麗的腳在冰上微微一滑。

「哈利——」

「看……看那裡，妙麗……」

「我不……喔！」

他看見了，忠實咒必然已經隨著詹姆和莉莉的死去而解開了。自從十六年前，海格將哈利從那堆亂石中帶走後，樹籬已蔓生得不像話，雜草也長到及腰的高度。小屋大部分依然豎立，雖然完全被漆黑的常春藤及白雪覆蓋，但仍看得出右半邊的屋頂被徹底炸開，哈利很肯定那裡就是詛咒逆火反彈擊中的地方。他與妙麗站在院門外，抬頭注視之前應該與兩邊小屋一模一樣的房屋殘骸。

「不知道為什麼沒有人重建它？」妙麗低聲說。

「也許是因為不能重建？」哈利回答，「也許就像黑魔法造成的傷口，是沒辦法修復的？」

他從斗篷下伸出一隻手，抓住覆蓋著白雪、鏽蝕嚴重的柵門，但並不真的想要打開門，只是想握住這屋子的一部分。

「你不會是要進去吧？看起來很不安全，也許——喔，哈利，快看！」

接下來發生的事似乎是因為他碰觸了柵門所致，他們面前的土地上那亂糟糟的蕁麻和野草中浮起一塊木牌，恍如某種怪誕、加速生長的花朵，木牌上金色的字寫著：

一九八一年十月三十一日晚間，莉莉及詹姆．波特在此地喪失了生命。
他們的兒子哈利，成了史上唯一在索命咒下逃生的巫師。
這棟屋子，麻瓜無法看見，保留了殘存的原貌，以紀念波特夫婦。

並提醒後人，莫忘害他們家破人亡的暴力。

而在這幾行文字旁還有許許多多筆跡，都是其他男女巫師前來此地，瞻仰「那個活下來的男孩」絕處逢生之地時留下的。有的人只是用恆久墨水簽名，有的人把姓名縮寫刻在木牌上，有的人還留下感言。最新的感言亮晃晃的，在累積十六年的魔法塗鴉中極為突出，大致的意思都一樣。

「祝你幸運，哈利，無論你在何方。」「哈利，如果你看見這個，我們都支持你！」「哈利波特萬歲。」

「他們不應該寫在木牌上！」妙麗憤慨地說。

可是哈利卻對她綻開燦爛的笑容。

「棒極了，我好高興他們寫了，我……」

他倏然打住。一道裹得密密實實的人影朝他們蹣跚而來，遠方廣場上的燈光照亮了來人的輪廓。雖然不是很篤定，但哈利認為那是個女人。她移動得很緩慢，可能是怕在滑溜的雪地上跌倒。她的彎腰駝背、她的臃腫、她拖著腳走路的姿態，在在給人一種年紀非常大的印象。他們默默看著她過來。哈利在等著看她是否會走入某棟屋子，但直覺卻告訴他，她哪棟屋子都不會進去。最後她在距離他們幾碼處停下，僅僅站在冰封的街道中央，面對他們。

用不著妙麗捏他的手臂，哈利也知道這名老婦人絕不會是麻瓜，她站在那裡凝視著一棟只有巫師才看得見的屋子。即使她**是**女巫，在這麼寒冷的晚上跑出戶外，只為了來看一座廢墟，那也是極怪異的行為。而且依照所有正常的魔法定律，她應該看不見妙麗與他，然而哈利卻有種很奇怪的感覺，她知道他們在這裡，也知道他們是誰。就在他做了這個讓人不安的結論時，她已舉起一隻戴手套的手，招手叫他們。

妙麗在隱形斗篷下更挨近他，手臂緊貼著哈利的手臂。

「她怎麼會知道？」

哈利搖頭。老婦人再次招手，幅度更大。哈利可以想出各種理由不去理她，但是他們站在空盪的街上面對著彼此，他對老婦人身分的臆測卻益發篤定。

難道她在這漫長的幾個月來一直等著他們？難道鄧不利多要她等待，交代過她哈利必然會出現？可不可能就是她暗藏在墓園陰影中，跟蹤他們來到此處？就連她那彷彿鄧不利多的察覺力，都是哈利前所未見的。

最後哈利說話了，嚇得妙麗倒抽一口氣，驚跳起來。

「妳是芭蒂達嗎？」

緊裹著披肩的人影點頭，再次招手。

隱形斗篷下，哈利與妙麗面面相覷。哈利挑高眉毛，妙麗緊張地輕輕點頭。

他們走向老婦人，而她立刻轉身，蹣跚走上他們方才過來的街道，帶領他們經過了幾棟屋子後，她走進一扇大門。他們隨著她步上小徑，前院的花園就與他們剛才離開的那棟屋子一樣荒草蔓生。她在前門摸索了一陣，才終於找到鑰匙打開門，並退後一步讓他們通過。

她身上的味道很臭，也可能是她的房子發臭。哈利皺皺鼻子，側身從她身旁走過，脫掉了隱形斗篷。一站到她旁邊，他才發現她實在很嬌小，因為上了年紀而挺不直腰，現在只差不多到他的胸膛那麼高。她關上了前門，門板上斑駁的油漆襯出她青色、長了老人斑的指關節。關好門後，她轉身直視哈利的臉。她的兩眼都有厚厚的眼翳，眼窩凹陷，四周的皮膚有如一道道縐褶的透明紙，而她整張臉分布著蜘蛛絲般的血管及肝斑。哈利不由得懷疑她究竟看不看得見他，即使看得見，她大概也只能看見他偷來的麻瓜相貌。

年老的氣味、灰塵的氣味、髒衣服與陳腐食物的氣味，在她摘掉蠹蛾咬嚙的黑色披肩後更加濃烈。摘掉披肩後，她露出了白髮稀疏、頭皮清晰可見的頭顱。

「芭蒂達？」哈利再問一次。

她也再次點頭。這時哈利明顯感受到貼著肌膚的小金匣，小金匣內那時而輕淺搏動、時而沉重撞擊的東西醒了，他能感覺到它透過冰冷的金屬外殼在脈動。難道是它感受到了？難道是，它知道摧毀它的東西就近在眼前了？

芭蒂達拖著腳從他們面前走過，順手將妙麗推開，彷彿沒看見她，隨即消失在看似客廳的地方。

「哈利，我覺得不大妙耶。」妙麗低聲說。

「妳看她的個子，必要時我們可以撂倒她。」哈利說。「聽著，我應該告訴妳的，我知道她不怎麼對勁，牡丹就說她『很痴呆』。」

「來！」芭蒂達從隔壁房間喊。

妙麗嚇得全身一震，抓緊哈利的手臂。

「沒關係。」哈利安慰她道，率先進入客廳。

芭蒂達正忙著在室內點蠟燭，但客廳仍十分幽暗，更別提有多髒了。他們腳下是厚厚的一層灰塵，哈利的鼻子除了嗅到陰冷潮溼及發霉的味道外，更恐怖的是還有肉類腐敗般的怪味。他不禁納悶不知道上一次有人進入芭蒂達家查探她過得如何，已經是何年何月的事情。她似乎忘了她會魔法，因為她笨拙地點起一根根的蠟燭，袖口垂掛的蕾絲隨時有著火的危險。

「讓我來吧。」哈利自告奮勇，從她手上接過火柴。她站在一旁看著他點完房間四周放在小碟上的蠟燭，每根蠟燭都只剩一小截，極危險地擺在書籍和小几上，而小几上還堆滿了有裂縫的發霉茶杯。

哈利看見最後一處擺著蠟燭的地方是圓凸形的木櫃，上頭放著大量相片。燭火點燃後，火光在布滿灰塵的玻璃杯及銀器上搖曳。他看見相片中有輕微的動作，芭蒂達又忙著找木柴生火，哈利則喃喃念道：「哆哆潔。」相片上的灰塵消失，他立刻看見最大、最精美的相框中有六張相片失蹤了，不知道是芭蒂達還是別人拿走的。接著立在後方的一張照片攫住了他的視線，他一把抄起來。

是那神情愉快的金髮小偷，蹲在葛果羅威窗台上的青年露出慵懶的笑容，從銀框中看著哈利。哈利立刻想起在哪裡見過他。在《鄧不利多的人生與謊言》裡，與十來歲的鄧不利多手牽手。原來那些失蹤的相片是跑到那裡去了，在麗塔的書裡。

「巴沙特——太太——小姐？」他說道，聲音微微顫抖。「這個人是誰？」

芭蒂達正站在客廳中央，看著妙麗生火。

「巴沙特小姐？」哈利再說一次，手中捧著相框向前一步，這時壁爐中也竄起了火花。芭蒂達循聲抬頭，分靈體貼著他的胸膛跳得更快。

「這個人是誰？」哈利再問，把相片向前遞。

她肅穆地凝視相片，接著抬頭看哈利。

「妳知道這是誰嗎？」他再問一遍，聲音較平常響亮，速度也較平常慢。「這個人？妳認識他嗎？他叫什麼名字？」

芭蒂達只是一臉的茫然，哈利頓時像洩了氣的皮球。麗塔・史譏是如何開啟芭蒂達的記憶的？

「這個人是誰？」他再次大聲地問。

「哈利，你在幹什麼？」妙麗問。

「這張照片，妙麗，是那個小偷，那個偷了葛果羅威東西的小偷！拜託！」他對芭蒂達說。「這人是誰？」

但她只是瞪著他看。

「妳為什麼要我們跟妳過來，巴沙特——太太——小姐？」妙麗問道，也拉高了嗓門。「妳是不是有話要告訴我們？」

芭蒂達絲毫沒有聽見妙麗說話的跡象，只是朝哈利又走近了幾步，頭微微一歪，看著玄關。

「妳要我們離開？」他問道。

她重複這個動作，這一次先指了指他，再指指自己，第三次指著天花板。

「哦，好……妙麗，我想她是要我跟她上樓去。」

「好吧，」妙麗說，「我們走。」

但是妙麗一動，芭蒂達就奮力搖頭，力道之大令人意外，她再一次指指哈利，又指指自己。

「她要我單獨跟她上去。」

「為什麼？」妙麗問，她的聲音在燭光搖曳的客廳中顯得既尖銳又清澈。老婦人對這麼大的聲音搖了搖頭。

「也許是鄧不利多交代她把寶劍給我，只能給我一個？」

「你真的覺得她知道你是誰嗎？」

「對。」哈利說，俯視那雙盯住他的白濁眼睛。「我認為她知道。」

「嗯，那好吧，可是快點，哈利。」

「帶路吧。」哈利對芭蒂達說。

她似乎聽懂了，因為她踉蹌繞過哈利身邊，朝門口走去。哈利扭頭看了妙麗一眼，給她一個安慰的微笑，不過妙麗可能沒看見。她立在燭光點點的客廳，雙手交抱，看著書架。哈利步出客廳，趁著妙麗和芭蒂達不注意時，將那幀不知名小偷的銀框相片塞入了外套裡。

樓梯又陡又窄，哈利微微有股衝動，想用雙手去扶著臃腫的芭蒂達的臀部，以免一個不穩，她向後仰跌到他身上。這實在是非常可能發生的意外。幸好，她緩慢地一級一級爬上了樓，雖然喘息未定，但立刻又轉身向右，帶領他進入一間天花板很低的臥室。

室內黑得伸手不見五指，而且氣味恐怖至極。哈利才依稀看出床底下露出一只夜壺，芭蒂達就關上了房門，這一下連夜壺也沒入了漆黑之中。

「路摸思。」哈利念道，魔杖發出光芒。他嚇了一跳，芭蒂達就在這幾秒內挪到他身旁，而他竟沒有聽見她的腳步聲。

「你是波特？」她低聲問道。

「對，我就是。」

她緩緩點頭，十分嚴肅。哈利感覺分靈體跳動得更快速，比他的心跳還快，給他一種很不愉快的鼓噪感覺。

「妳是不是有什麼東西要給我？」哈利問，但她似乎被他發光的魔杖給分散了心神。

「妳是不是有什麼東西要給我？」他再問一遍。

她閉上眼睛，就在這個時候，有許多事同時發生了：哈利的疤痛得厲害；分靈體拚命抽動，連他的毛衣前襟都跟著動；漆黑腐臭的房間暫時消散。他感到一股狂喜，隨即用高亢冷酷的聲音說：「**絆住他！**」

哈利搖晃不定，漆黑惡臭的房間似乎從四面八方朝他逼來，他完全不知道剛才是怎麼回事。

「妳是不是有什麼東西要給我？」他更大聲地問了第三遍。

「這裡。」她低聲說，指著角落。哈利舉高魔杖，看見在緊閉的窗簾下有張凌亂的梳妝台。

這一次她沒有帶路，哈利舉著魔杖，從她和凌亂的床鋪間擠過去，他不想讓視線離開她片刻。

「什麼東西？」他問道，走向梳妝台，台面上堆滿東西，散發像是骯髒衣服的味道。

「那裡。」她說，指著看不出形狀的一團。

他別過臉去，眼睛開始搜尋這個亂七八糟的地方，想找到裝飾著紅寶石的劍柄，就在這個時候，芭蒂達開始了詭異的動作。哈利用眼角餘光察覺到動靜，立刻驚慌地轉過來，接著恐懼地當場愣住。那個老婦人的身體瓦解了，從她的脖子處冒出了一條巨蛇。

哈利舉高魔杖，巨蛇立刻攻擊，狠狠一口咬中他的前臂，魔杖也飛向了天花板，杖頭光芒在室內飛旋，隨即熄滅。接著蛇尾重重打在他的腰部，一舉榨乾了他肺裡的空氣，哈利退向梳妝台，在那堆髒衣服裡跌了個四腳朝天——

背一貼地，哈利立刻翻滾，身體重重撞在地板上，千鈞一髮之際避開了用力抽向梳妝台的蛇尾，玻璃碎片像雨點般撒在他身上。「哈利？」他聽見妙麗在樓下喊。

他來不及吸氣回答，就又被一團沉甸甸的東西打倒在地，他感覺那東西滑過他，強勁有力、肌肉結實——

「不！」他喘著氣喊叫，卻被釘死在地板上。

「對。」那聲音嘶嘶說，「對……絆住你……絆住你……」

「速速……速速前，魔杖……」

沒有反應。他雙手一起使力，阻止巨蛇收縮，但巨蛇已纏住他的四肢，擠壓出他肺中僅剩的空氣，將分靈體嵌入他的胸膛。分靈體就像一個有脈搏的冰冷圓圈，距離他狂亂的心臟只有幾吋，而他的腦海充斥著冰冷的白光，腦袋一片空白。他呼吸困難，遠處傳來腳步聲，一切都……

一顆金屬心臟在猛烈撞擊他的胸膛，此刻他在飛翔、飛翔，滿心是勝利，無須飛天掃帚或騎士墜鬼馬……

他猛然間在惡臭的黑暗中驚醒，娜吉妮放開了他。他手腳並用地爬了起來，看見漸行漸近的光亮照出巨蛇的輪廓。牠無聲出擊，妙麗驚叫起來向一旁躲開，她的詛咒偏離，擊中了窗簾掩住的窗子，窗戶立刻粉碎。刺骨的空氣接著灌入臥室，哈利一低身，躲開另一陣玻璃雨，腳踩中了鉛筆似的東西——他的魔杖——

他彎腰一把攫住魔杖，但現在房間處處是蛇影，蛇尾亂揮。哈利看不見妙麗，一時之間心中充斥著最壞的結果，但隨即震天價響的砰一聲，一道紅光掠過，巨蛇飛上了天，盤捲著撞上天花板，中途還重重撞擊了哈利的臉。哈利舉起魔杖，傷疤卻如撕裂般疼痛，這是多年來第一次痛得這麼厲害。

「他來了！**妙麗，他來了！**」

他大聲吼道，巨蛇也跌落地面，瘋狂的嘶嘶叫。眼前一團混亂：巨蛇擊毀了牆上的架子，瓷器碎片迸向四面八方。哈利躍過床鋪，抓住他認為是妙麗的黑影——

妙麗痛得大叫，哈利拉著她退到床後。巨蛇再次後縮，但哈利知道比巨蛇更恐怖的東西就要來了，或許此刻已站在門口，他的頭痛得像要裂開來——

巨蛇前撲，哈利奮力一躍抓住妙麗，妙麗尖聲喊著：「爆爆炸！」她的咒語在臥室內飛旋，炸毀了衣櫃上的鏡子，碎片又朝他們飛散而來，在地板與天花板之間來回彈跳。哈利感覺咒語的熱力燒灼了他手背，玻璃割傷了他的臉頰，他拖著妙麗，從床鋪躍向破碎的梳妝台，一衝到粉碎的窗戶前就往下跳。妙麗的尖叫聲在黑夜中迴盪，兩人在半空中扭動……

說時遲那時快，他的疤爆破了，他變成了佛地魔，正奔過髒污的臥室，修長白皙的雙手緊抓住窗台，正好瞥見禿頭男子與嬌小女人一起扭動消失。他憤怒大叫，與女孩的尖叫聲混和在一起，遠遠傳送到敲響鐘聲宣告聖誕節來臨的教堂……

而他的尖叫就是哈利的尖叫，他的痛就是哈利的痛……竟然是在這裡，在曾經發生過的地方……這裡，那棟他差點嘗到死亡滋味的屋子就近在眼前……死亡……痛苦太過可怕……被從他的身體撕下……可要是他沒有身體，為什麼他的頭痛得這麼厲害？如果他死了，為什麼會感覺這麼煎熬？難道痛苦不會隨死亡停止，難道……

溼冷風大的夜晚，兩名兒童打扮成南瓜，搖搖晃晃穿過廣場。商店櫥窗貼著紙蜘蛛，俗豔的麻瓜裝飾，但實際上他們卻並不相信真有這樣一個世界存在……他向前滑行，心中有種有所為而來、大權在握、義無反顧之感。在這類場合，他總是會浮現這種感受……不是憤怒……憤怒是留給那些比他軟弱的靈魂……是勝利，是了……他等候多時了，期望許久了……

「變裝得真棒，先生！」

他看見小男孩跑到他身邊，瞧見他斗篷帽兜底下的模樣，臉上的笑容頓時消失。他看見恐懼蒙上小男孩畫著油彩的臉，接著男孩一轉身拔腿就跑……他在袍子下握著魔杖……只需一個動作，那孩子就再也找不到媽媽……算了，不需要，完全不需要……

他沿著一條較暗的街道移動，而他此行的目標終於在望。忠實咒破除了，只是屋內的人仍然蒙在鼓裡……他悄無聲息地上前，聲音比街上枯葉吹過地面的窸窣聲還小，他走到陰暗的樹籬前，越過樹籬看過去……

他們並沒有拉上窗簾，所以他可以清楚看見他們在小客廳內。那名高大黑髮的男子戴著眼鏡，用魔杖變出五彩繽紛的煙，逗著那個一身藍睡衣的黑髮小男孩玩。小男孩哈哈笑，想去抓煙，抓在他小小的拳頭內……

一扇門打開，做母親的進來說了些什麼，但他聽不見，她深紅色的長髮落在臉上。這時做父親的抱起兒子交給了母親，他將魔杖丟在沙發上，伸伸懶腰，打個呵欠……

他推開大門，大門微微嘎吱響，但詹姆．波特沒聽見。他白皙的手抽出了斗篷下的魔杖，指著前門，大門砰的一聲飛開。

他跨過了門檻，詹姆也正奔入玄關。簡單，太簡單了，詹姆甚至連魔杖都沒拿……

「莉莉，抱哈利先走！是他！走啊！快跑！我來拖住他——」

連魔杖都沒有，還妄想拖住他！……他仰頭大笑，這才射出詛咒……

「啊哇呾喀呾啦！」

綠光湧入擁擠的走道，照亮了堆在牆腳的嬰兒車，樓梯欄杆也瞬間亮得一如閃電劃過，而詹姆．波特則如繩索被切斷的木偶般倒地……

他聽見她在樓上尖叫，苦無出路，不過只要她講道理，至少她是沒有什麼好怕的……他登上樓梯，微帶好笑地聽著她忙著設路障……她也沒有魔杖……真是一對愚蠢的夫妻，而且太輕信他人了，以為他們的安全可以仰賴朋友，以為武器可以片刻離手……

他使勁衝開了門，手上魔杖懶洋洋的一揮，那些倉卒之間用來擋住門的椅子和箱子就飛到了一邊……而她就站在那裡，將孩子抱在懷中。一看見他，她就將兒子放入身後的嬰兒床，並張開雙臂阻擋，以為這樣會有用，以為遮掩住他的視線就能以身相代……

「別殺哈利，別殺哈利，求求你別殺哈利！」

「滾到旁邊去，妳這個蠢妞……滾到旁邊去，快呀……」

「別殺哈利，求求你放過他，殺我吧，讓我代他死——」

「這是最後一次警告——」

「別殺哈利！求求你……發發慈悲吧……求你發發慈悲……不要殺哈利！不要殺哈利！求求你——要我做什麼都行——」

「滾到旁邊去——滾到旁邊去，小妞——」

他是可以逼她離開嬰兒床，不過把他們母子倆一塊殺掉還是比較妥當……綠光照亮了房間，而她也像她丈夫一樣倒地。小男孩自始至終都沒有哭，他已經會站了，緊抓著嬰兒床的欄杆，抬頭看著闖入者的臉，透著一種興致勃勃的味道。或許是以為斗篷下的人是他父親，會變出更多漂亮的火花，而他母親隨時都會跳起來，咯咯笑著——

他十分慎重地將魔杖舉高，對準小男孩的臉。他要親眼看見，親眼看著這一個無法解釋的威脅被毀滅。小男孩哭了起來，他看出他不是詹姆了。他不喜歡他哭，他從來就受不了孤兒院裡那些小傢伙哀哀叫——

「啊哇咀喀咀啦！」

話聲甫落，他就破碎了。他什麼都不是，唯有痛苦恐怖，而他必須要藏起來，不是藏在這堆破瓦亂石中，不是在那個小男孩被困住、大聲尖叫之處，而是遙遠的地方……遙遠的地方……

「不。」他呻吟著。

巨蛇在骯髒凌亂的地板上爬行，他殺了那個男孩，可是那男孩又是他自己……

「不……」

此刻他佇立在芭蒂達家破碎的窗前，深陷在他損失最慘重的回憶中，腳邊是巨蛇在遍地的碎瓷器、碎玻璃上滑行……他低頭看，看見了某個東西……某個不可思議的東西……

「不……」

「哈利，沒事了，你安全了！」

他俯下身子，拾起那張粉碎的相片。原來是他，那個不知名的竊賊，他遍尋不著的小偷……

「不……我弄丟了……我弄丟了……」

「哈利，沒事了，醒醒，醒醒啊！」

他是哈利……哈利，不是佛地魔……而沙沙作響的東西不是巨蛇……

他睜開了眼睛。

「哈利。」妙麗喃喃說，「你——你還好嗎？」

「嗯。」他說謊。

他在帳篷裡，躺在下層床鋪，身上蓋了一堆毛毯。從周遭的寧靜、寒冷的程度還有帆布帳頂外隱晦的光線，他可以猜出目前已接近黎明。他全身是汗，連床單、毛毯都被汗水滲透。

「我們脫逃了？」

「對。」妙麗說，「我必須用飛行咒把你送上床，我抬不動你。你一直……呃，你一直不是很……」

她的褐眼下有陰影，哈利注意到她手上還有一塊小小的海綿，她一直在幫他擦臉。

「你病了。」她把話說完。「病得很重。」

「我們離開多久了？」

「幾個小時，現在是一大清早。」

「而我一直……呃，昏迷不醒？」

「不算是。」妙麗不太自在地說，「你又叫又呻吟的，還有……別的。」她再補充，語氣讓哈利發毛。他還做了什麼？像佛地魔一樣尖聲施展詛咒？還是像嬰兒床中的小男孩般哭泣？

「我沒辦法拿下你身上的分靈體，」妙麗說，哈利知道她是想改變話題。「它嵌在你的胸膛上了。你身上又多了一道傷疤，我很抱歉，我不得不用切除咒。你也被蛇咬了，不過我清洗了傷口，敷了一點白鮮液……」

他把身上汗溼的T恤脫掉，低頭察看。他的心臟位置有一個鮮紅色的橢圓形傷口，是小金匣燒出來的，此外他也看見了前臂上那半癒合的小孔。

「妳把分靈體放在哪裡？」

「在我的包包裡，我想我們暫時先別戴它。」

他躺回枕頭上，凝視她憔悴灰白的臉。

「我們不該去高錐客洞的，都怪我，一切都怪我。妙麗，對不起。」

「不能怪你，我也想去。我真的以為鄧不利多會把寶劍放在那裡，等你去找。」

「對，嗯……我們猜錯了，不是嗎？」

「是怎麼回事，哈利？她把你帶上樓之後發生了什麼事？那隻蛇是不是躲在那裡？牠是不是跑出來殺了她，又攻擊你？」

「不是，」他說，「**她**就是蛇……也可以說蛇就是她……一開始就是。」

「什——什麼？」

他閉上眼睛，鼻孔中仍縈繞著芭蒂達家的臭味，整件事詭異得教人打顫。

「芭蒂達一定是死了一段時間了，那條蛇藏……藏在她身體裡。『那個人』教牠埋伏在高錐客洞等我，妳說得對，他知道我會回去。」

「蛇藏在她**身體裡**？」

他再次睜開眼睛，看見妙麗一臉的噁心反胃。

「路平說有些魔法是我們想像不到的。」哈利說，「芭蒂達不想當著妳的面說話，因為那條蛇說的是爬說語，一直都是爬說語，只是我當時不明白，而我當然能聽得懂她說的是什麼。當我們到了樓上房間，蛇就送了訊息給『那個人』，我在腦海中聽見了，我感覺他變得興奮，要牠把我留下……然後……」

他憶起巨蛇由芭蒂達的頸子竄出來，不過妙麗不需要知道這些細節。

「……她就變了，變成那條蛇，攻擊了我。」

他低頭看著手臂上的傷痕。

「牠不是要殺我，只是要把我留下，等到『那個人』趕到。」

要是他設法殺了那條蛇，那麼這一趟就還算是有點收穫……他感到沮喪，掀開了毛毯坐起來。

「哈利，別起來，我覺得你應該休息！」

「妳才是應該睡覺的人，沒冒犯，可是妳的臉色難看極了。我沒事了，我來看守，我的魔杖呢？」

妙麗沒有回答，只是看著他。

「我的魔杖呢，妙麗？」

她咬住下唇，泫然欲泣。

「哈利……」

「**我的魔杖到底在哪裡**？」

妙麗俯身從床側取出了他的魔杖。

冬青木加鳳凰羽毛的魔杖幾乎從中斬斷，兩截木頭只靠一縷脆弱的鳳凰羽毛連結，木頭完全碎裂了。哈利用雙手捧住，彷彿那是活生生的東西受了重傷。他的腦筋無法正常思考，只覺得驚惶及恐懼讓他的腦子有如一團漿糊。過了一會，他把魔杖遞到妙麗面前。

「修好它，拜託。」

「哈利，我不覺得可行，已經損壞到了這種程度——」

「拜託，妙麗，試試看！」

「復——復復修。」

懸吊的那一半魔杖重新彌合，哈利舉起它來。

「路摸思！」

魔杖迸出幾點火花，隨即熄滅。哈利指著妙麗。

「去去，武器走！」

妙麗的魔杖微微抽動了一下，卻沒有離開她的手。不過是小小的兩個咒語，就讓哈利的魔杖承受不住，又斷成了兩截。他大驚失色地瞪著魔杖，無法相信自己的眼睛……這把身經百戰的魔杖……

「哈利。」妙麗低聲說，聲音小得幾乎聽不見。「對不起，對不起。我想是因為我，我們逃走的時候，你知道，那條蛇撲了過來，我就發射了爆破咒，結果它到處彈跳，一定是擊中了——擊中了——」

「那是意外。」哈利機械似地說，心裡空盪盪且驚愕不已。「我們——我們會找到辦法修復它的。」

「哈利，我不覺得會有辦法。」妙麗說，淚珠滾下臉頰，「還記得……還記得榮恩嗎？撞車那次他的魔杖斷了？從此就再也不能恢復老樣子，他只好換一根新的。」

哈利想到了奧利凡德，他被佛地魔綁架拘禁，又想到葛果羅威，他已不在人世。他還有什麼辦法能找到一根新魔杖呢？

「唔，」他假裝用實事求是的語氣回答說，「唔，在我守衛的時候，只好暫時借用妳的魔杖了。」

妙麗一臉的淚痕，將自己的魔杖遞過去。哈利讓她一個人坐在床邊，一心只想著現在能夠離她越遠越好。

18

鄧不利多的人生與謊言

太陽出來了。他的頭上是純淨無色的廣闊天空，無視於他和他的痛苦。哈利坐在帳篷入口，深吸一口乾淨的空氣。僅僅是活著，欣賞太陽升起，照射在亮晶晶的雪坡上，就是世上最大的享受，但他卻無心欣賞。失去魔杖的痛苦讓他的感覺麻木，他望著披覆皚皚白雪的山谷，遠處的教堂鐘聲在耀眼的寂靜中合鳴。

在不知不覺中，他緊緊捏著自己的手臂，彷彿在抗拒肉體上的疼痛。哈利流過的血不計其數，甚至曾經失去了整隻右手的骨頭，而這趟旅程使他除了手與額頭外，又在胸口與前臂增添了幾處疤痕，但是直到這一刻，他才感受到致命的虛脫、脆弱與赤裸，彷彿他最拿手的魔法能力被奪走了。他知道他若說出現在的感受，妙麗會說什麼：魔杖與巫師最多也不過是平分秋色。但她錯了，他的情況不同。她沒有感受過魔杖會像羅盤的指針一樣旋轉，並且朝他的敵人射出金色的火焰。他已經失去變生杖芯魔杖的保護，也只有在失去它後，他才恍然大悟自己有多依賴它。

他從口袋掏出斷裂的魔杖，沒有多看一眼，便放進脖子上那只海格給他的皮袋，皮袋內現在裝滿破碎與無用的東西。哈利的手隔著伸縮蜥皮觸摸到那顆舊的金探子，努力壓抑著想把它掏出來扔掉的衝動。它神秘莫測、毫無裨益、一無是處，就像鄧不利多遺留下來的其他東西一樣——

此刻哈利對鄧不利多的憤怒有如火山熔岩淹沒了他，燒焦他的內心，徹底覆蓋了其他任何感覺。在絕望之下，他們以為能在高錐客洞找到答案，以為他們能平安歸來，以為這是鄧不利多為他們安排的一條密道，但他們沒有地圖，沒有計畫。鄧不利多任他們在黑暗中摸索，和未知而且想都想不到的恐怖單打獨鬥，毫無後援。沒有留下任何解釋，沒有能輕鬆到手的東西，也沒有那把寶劍。現在，哈利連魔杖也沒了，又弄丟了那個小偷的照片。佛地魔一定很容易便能查明他是誰……現在佛地魔已經掌握了所有的情報……

「哈利？」

妙麗面帶憂懼，擔心哈利或許會用她自己的魔杖對她發出詛咒。她的臉上有明顯的淚痕，她蹲在他身邊，手上顫巍巍地端著兩杯茶，手臂底下有個厚厚的東西。

「謝謝。」他說，接過一杯茶。

「我可以和你說幾句話嗎？」

「可以。」他說，不想傷她的心。

「哈利，你想知道照片中的人是誰，對吧？我……我有那本書。」

她怯生生地將它推到他腿上，那是一本初版的《鄧不利多的人生與謊言》。

「妳從哪裡——怎麼——？」

「它在芭蒂達的客廳內，就放在那裡……封面上還貼著這張便條。」

妙麗大聲讀出上面幾行刺眼的綠色墨水手寫字。

「『親愛的老芭，謝謝妳的協助，寄上這本書，希望妳會喜歡。妳知無不言，言無不盡，儘管有些秘辛連妳自己也不記得。麗塔。』我想一定是真正的芭蒂達還活著的時候寄到的，不過她那時說不定已經無法閱讀了吧？」

「大概吧。」

哈利低頭注視著鄧不利多的臉，心裡不由得一陣高興。不管鄧不利多願不願意，現在哈利都要知道所有鄧不利多從來沒想過要說給他聽的事情了。

「你還在生我的氣，是嗎？」妙麗說。哈利抬起頭，看見她的眼睛裡再次湧出了淚水，他知道自己的表情一定很兇。

「不，」他靜靜地說，「不，妙麗，我知道那是個意外。妳想把我們從那裡救出來，妳很了不起，要不是妳來救我，我早就死了。」

他看著她帶淚的微笑，也對她笑了笑，然後又回到書上。書背還硬邦邦的，顯然沒有被打開過。他翻開內頁尋找照片，幾乎立刻就找到他要的那一張，年輕的鄧不利多和他俊朗的同伴，正在為一個早已被遺忘的笑話哈哈大笑。哈利讀著底下的圖片說明。

阿不思．鄧不利多在他的母親死後不久，與他的朋友蓋勒．葛林戴華德合影。

哈利看著最後幾個字，驚訝得張大嘴巴。葛林戴華德？他的朋友？葛林戴華德？他瞥了一眼妙麗，她仍在凝視那個名字，彷彿不相信眼前所見，接著她緩緩地抬起頭看著哈利。

「**葛林戴華德**？」

哈利顧不得其他照片，翻著書頁尋找這個驚人的名字。他很快便找到它，急忙閱讀，但有點茫然，必須再往前看才能明白。最後他終於在某一章的最前頭找到了，標題為〈更長遠的利益〉。他和妙麗開始一起讀：

十八歲生日快到了，鄧不利多頭上戴著耀眼的光環離開霍格華茲──男學生主席、級長、巴納布．芬克利傑出符咒獎、巫審加碼英國青年代表、開羅國際煉金術會議開創性貢獻金牌獎。接下來，鄧不利多有意和他千挑萬選、才智略低一等，但對他忠心耿耿的同學艾飛．「狗喘」．道奇一起參加環球之旅。

兩個年輕人當時在倫敦的破釜酒吧過夜，準備次日上午啟程前往希臘，這時一隻貓頭鷹帶來鄧不利多母親去世的消息，「狗喘」．道奇（他拒絕為本書接受訪問）向社會公開表達，他為後來發生的事件感到痛心。他表示，甘德拉之死是個悲傷的打擊，也表示鄧不利多決定放棄遠行以示自我犧牲的高貴情操。

當然，鄧不利多立即返回高錐客洞，「照顧」他的弟弟和妹妹，但他到底真正給了他們多少關心呢？

「他是個瘋子，那個阿波佛，」般尼．史密克說，他的家人當時住在高錐客洞近郊，「很野。當然啦，爸媽都死了，你不得不替他難過，只不過他老是把羊大便扔在我頭上。我想阿不思懶得理他，反正我沒看過他們在一起。」

假如阿不思沒有在安慰他野性難馴的弟弟，那麼他到底在做什麼？答案似乎是，他繼續在監禁他的妹妹。因為，先前監禁她的人雖然死了，亞蕊安娜．鄧不利多令人同情的境遇還是沒有改善。她的存在依然只有少數幾個外人知道，好比「狗喘」．道奇，只有他們才會相信她「健康不佳」的託辭。

這家人另外一個很容易上當的朋友是芭蒂達．巴沙特，在高錐客洞居住多年的著名魔法史學家。一開始，芭蒂達主動對新遷居到這個小鎮的家庭表示歡迎，甘德拉當然嚴峻拒絕她的好意。不過，若干年後，這位作家派一隻貓頭鷹送信給在霍格華茲的阿不思，對他在《今日變形術》上發表有關跨物種變形學的論文大加讚賞，這次接觸使她與鄧不利多全家開始有了私交。直到甘德拉去世，芭蒂達是高錐客洞唯一和鄧不利多母親談過話的人。

不幸的是，芭蒂達早年所展現的聰明才氣如今已黯然無光。套句艾瓦．敵隆思必的話，「火還在燒，但大釜是空的。」或般尼．史密克稍早所說：「她和松鼠便便一樣怪。」然而，我結合了種種努力與技巧，將足夠的事實真相串連在一起，交織成此一完整的醜聞。

和魔法界其他人一樣，芭蒂達將甘德拉之死的原因推給「符咒逆火」，這也是阿不思和阿波佛後來一再重複的藉口。芭蒂達同時附和他的家人針對亞蕊安娜的說詞，聲稱她「虛弱」和「弱不禁風」。不過，有件事芭蒂達倒是很值得我費盡心思對她使用吐真劑，因為她，也只有她，才知道阿不思．鄧不利多一生守得最嚴謹的秘密。這個秘密如今首度曝光，將引發鄧不利多的仰慕者紛紛對他產生各種質疑，例如他對黑魔法的痛恨，他反對壓迫麻瓜的立場，甚至他對他自己家庭的愛。

阿不思返回高錐客洞的同年夏天——此時的他已經是個孤兒，又是一家之主——芭蒂達．巴沙特同意接納她的姪孫蓋勒．葛林戴華德住進她家。

葛林戴華德也是個大名鼎鼎的人物，在「史上最危險的黑巫師」名單中，比他晚一代的「那個人」的出現，搶奪了他的榮冠，讓他不得不居於第二位。由於葛林戴華德始終沒有將他的恐怖勢力擴展到英國，有關他崛起的詳細情形並未在此間廣為流傳。

葛林戴華德早年在德姆蘭接受教育，遺憾的是，這所學校當時即以容忍黑魔法而聞名於世。葛林戴華德求學時代便和鄧不利多一樣展現他早熟的天分，但蓋勒．葛林戴華德沒有將他的才華用在爭取榮譽，而是致力於追求其他目標。他十六歲那年，就連德姆蘭也無法再對葛林戴華德乖張的實驗視若無睹，於是將他開除。

之後，就世人所知，葛林戴華德的下一個行動是「赴國外旅行數月」。如今已知葛林戴華德選擇了探望他住在高錐客洞的姑婆，他在那裡與阿不思．鄧不利多建立了親密的友誼，這點許多人如果聽了，一定都會感到震驚。

「在我眼中他是個迷人的孩子，」芭蒂達口齒不清地說，「不管他後來變成怎樣的人。自然，我把他介紹給可憐的阿不思，因為阿不思沒有同年齡的朋友。這兩個孩子立刻成為好朋友。」

果然，芭蒂達給我看她保存的一封信，是阿不思．鄧不利多在深夜中寫給蓋勒．葛林戴華德的。

「是的，即使他們白天已經聊了一整天——這兩個才氣縱橫的青少年，他們兩人就像火上的大釜——我有時還是會聽見貓頭鷹敲敲蓋勒房間的窗子，送來阿不思寫給他的信！他一有了什麼新點子，就立刻要讓蓋勒知道！」

他們的點子還真了不起，相信阿不思．鄧不利多的仰慕者知道後一定會很震驚。以下便是這位十七歲少年英雄寫給他新摯友的信（原件複本請見四百六十三頁）：

蓋勒：

你主張巫師統治世界，是**為麻瓜的利益著想**——我想這是個非常重要的觀念。是的，我們擁有天賦的能力，而且沒錯，這種能力讓我們具有統治權，但它同時也讓我們必須對受統治的人負起責任。我們必須強調這一點，它將成為我們的奠基石。毫無疑問地，只要有人反對我們，這種說法將成為我們所有辯詞的基礎。我們是為了**更長遠的利益**而取得控制權，將來無論在任何地方遭遇阻力，我們都只能在必要的時候才使用武力，而且不可戀戰。（這是你在德姆蘭所犯的錯誤！但我不能發牢騷，因為要不是你被開除，我們永遠也不會認識。）

阿不思

雖然他的許多仰慕者會感到震驚，但這封信仍證明了阿不思・鄧不利多曾經一度夢想推翻保密法令，建立巫師統治麻瓜的體制。這對那些視鄧不利多為最擁護麻瓜出身者的人是個多麼嚴重的打擊！這個令人髮指的新證據使那些倡議麻瓜權的言論顯得多麼虛偽！阿不思・鄧不利多不去哀悼他的母親，照顧他的妹妹，反而忙著策劃掌權，又是多麼可恥！

無疑地，那些誓言擁護鄧不利多的人會喋喋不休地說，他畢竟沒有將他的計畫付諸行動，他的心態必定改變了，又恢復理智。然而，事實真相似乎更令人震撼。

鄧不利多與葛林戴華德建立新友誼才兩個月，兩人便分道揚鑣，此後雙方不再見面，直到他們傳奇性的決鬥那天（詳情請參閱第二十二章）。什麼原因造成這次突然的決裂？是鄧不利多忽然恢復理智了嗎？是他告訴葛林戴華德他不再參與他的計畫了嗎？唉，都不是。

「我想，是可憐的小亞蕊安娜之死造成的。」芭蒂達說，「這對他來說是個可怕的打擊，事情發生時蓋勒在鄧不利多家，然後他忽然回來，告訴我他隔天想回家。太難過了，妳知道。所以我便安排了一個港口鑰，那是我最後一次見到他。

「阿不思對亞蕊安娜的死非常悲傷，這對兄弟倆來說簡直難以忍受。他們已經失去所有的親人，只剩下彼此，難怪脾氣會大一些。阿波佛責怪阿不思，妳知道，人在這種痛苦的情況下都會如此。但阿波佛一向瘋言瘋語，可憐的孩子。而且，在葬禮上打斷阿不思的鼻梁也不是高尚的行為。甘德拉要是看到她的兩個兒子在她女兒的屍體前爭吵，一定會心碎。可惜蓋勒無法待到葬禮結束……否則他至少還可以安慰阿不思……」

這場棺木前令人痛心的爭執，只有少數參加亞蕊安娜．鄧不利多葬禮的人才知道，這又引發若干疑問。到底為什麼，阿波佛．鄧不利多把他妹妹的死歸咎於阿不思？它真的如「老芭」所說的藉口，僅僅是哀傷情緒的流露？或者還有其他更具體的原因使他如此震怒？葛林戴華德因為攻擊他在德姆蘭的同學到幾乎致死，而被學校開除，現在又在亞蕊安娜死後數小時逃離英國，而阿不思（是基於慚愧，還是畏懼？）此後再沒見過他，直到在魔法界的請願下，不得不將他逮捕。

鄧不利多與葛林戴華德後來都不曾提過這段青少年時期短暫的友誼，然而毫無疑問，鄧不利多經過五年的動盪不安、不幸與失蹤，遲遲才對蓋勒・葛林戴華德發動攻擊，是他對這個人還有感情，還是怕人家知道他們曾經是摯友，而使鄧不利多猶豫不決？或者鄧不利多根本就不願意追捕這個他曾經歡喜相識的人？

又，神秘的亞蕊安娜是如何死的？她是某種無心黑巫術的受害者嗎？當兩個年輕人為他們的榮耀與統治而練習魔法之際，她無意中做了不該做的事嗎？亞蕊安娜・鄧不利多有可能是第一個「為了更長遠的利益」而犧牲的人嗎？

這一章到此結束，哈利抬頭。妙麗比他先讀完這一頁，對他臉上的表情起了警覺，便把書從哈利手中用力抽出來，闔上不看，彷彿在掩飾什麼不莊重的東西。

「哈利——」

但哈利搖頭，他內心有某種東西破滅了，那種感覺和榮恩離開時一模一樣。他一直都相信鄧不利多，相信他是善良與智慧的化身，現在這一切都化為灰燼。他還能再失去什麼？榮恩、鄧不利多、鳳凰魔杖……

「哈利，」她似乎聽見他的心聲，「聽我說，它——讀了它會心情不好——」

「——是啊，可以這麼說——」

「——但是不要忘了，哈利，這是麗塔・史譏寫的。」

「妳讀了他寫給葛林戴華德的那封信了，不是嗎？」

「是的，我——我讀了。」她遲疑了一下，一臉沮喪，冰冷的雙手捧著她的茶杯。「我想那是最糟糕的一點。我知道芭蒂達認為他們只是聊天，但之後『為了更長遠的利益』就成為葛林戴華德的口號，成為他日後種種殘暴行徑的正當理由。而且……從這裡來看……似乎是鄧不利多灌輸給他的觀念。聽說『為了更長遠的利益』這幾個字甚至刻在諾曼加的入口。」

「什麼是諾曼加？」

「葛林戴華德興建的監獄，用來監禁他的敵手。鄧不利多後來逮捕他，那裡也成為他的最終下場。總之，說——說鄧不利多的觀念助長了葛林戴華德勢力的崛起，實在是個可怕的想法。但從另一方面來說，就連麗塔也無法偽稱他們才一個夏天就非常了解彼此。那時候他們兩人都還很年輕，而——」

「我就知道妳會這樣說。」哈利說。他不想對她發脾氣，但他控制不了他的聲音。「我就知道妳會說『他們都還年輕』。他們和我們現在一樣年紀，我們冒著生命危險對抗黑魔法，他卻和他新交的摯友窩在一起，陰謀策劃他們對麻瓜的統治。」

哈利再也控制不了他的脾氣，他站起來走動，想把它壓下去。

「我不是在為鄧不利多那封信辯解，」妙麗說，「不是要為那些『統治權』之類的胡言亂語找藉口，那也是一種類似『魔法即是力量』的說詞。但是哈利，他的母親剛剛去世，他一個人悶在家裡——」

「一個人？他才不是一個人呢！他有弟弟和妹妹作伴，被他一直關起來的爆竹妹妹——」

「我不相信，」妙麗也跟著站起來，「不管那個女孩有什麼問題，我都不相信她是個爆竹。我們認識的鄧不利多絕不會允許——」

「我們以為我們認識的鄧不利多不想用武力征服麻瓜！」哈利大吼，他的聲音響徹空曠的山頂，幾隻黑鶇呱呱飛上天，在珍珠色的天空盤旋。

「他的觀念改變了，哈利，他的觀念改變了！就這麼簡單！也許他在十七歲時真的相信這些，但之後他一生都在致力於對抗黑魔法！擊敗葛林戴華德的人是鄧不利多，是他始終主張保護麻瓜與麻瓜出身者的權益，他從一開始便對抗『那個人』，又為了消滅他而死！」

麗塔的書躺在兩人中間，阿不思．鄧不利多哀傷的臉對著他們兩人微笑。

「哈利，我很抱歉，但我想你這麼生氣的原因，是因為鄧不利多始終沒有親口告訴你這些事。」

「是又怎樣！」哈利怒氣沖沖說。他高舉雙手，不知道是想控制他的憤怒，還是要保護自己，以免自己被理想幻滅的壓力壓垮。「妙麗，看看他對我的要求！你要冒生命的危險，哈利！一而再！再而三！不要期待我事事都向你解釋，要盲目地相信我，相信我知道我在做什麼，即使我不相信你，你也要相信我！永遠不要去了解全部的真相！

永遠不要！」

他的聲音因緊張的壓力而沙啞，他們在一片雪白與空曠中瞪著彼此，哈利覺得他們和廣大天空下的那些昆蟲一樣毫無價值。

「他愛你，」妙麗喃喃地說，「我知道他愛你。」

哈利放下手臂。

「我不知道他愛誰，妙麗，但絕不是我。他留給我這麼多麻煩，這不叫愛。他和蓋勒・葛林戴華德分享他該死的想法，比和我分享的還要多。」

哈利拾起他扔在雪地上妙麗的魔杖，又坐回帳篷入口。

「謝謝妳的茶，我來站崗。妳進去裡面會暖和一點。」

她猶豫了一下，但明白這是在下逐客令。於是她拿起書，從他身邊走進帳篷，經過他身旁時，她伸手在他頭上輕輕摸一下。他在她的觸摸下閉上眼睛，痛恨自己在內心期待她說的是真的——也就是鄧不利多真的愛他。

19 銀色雌鹿

半夜輪到妙麗守夜時，外面正在下雪。哈利的夢混亂而不安：娜吉妮穿進穿出，先是穿過一枚有裂縫的大戒指，接著又穿過一個玫瑰花編成的聖誕花圈。他數度驚醒，一直覺得有人在遠處呼喚他，還把風拍打帳篷的聲音聽成了腳步聲或是說話聲。

哈利終於還是在黑暗中起身，陪妙麗一起守夜。妙麗窩在帳篷入口，藉著魔杖尖端發出的光芒閱讀《魔法史》。大雪不停地下，哈利建議提早收拾上路，妙麗鬆了一口氣，高興地答應了。

「我們去更安全的地方。」妙麗說，並且在睡衣上多套一件毛衣，不住發抖。「我老覺得好像聽到有人在外面走動，有一、兩次甚至覺得好像有看到人影。」

哈利停下穿毛線衣的動作，瞥了一眼桌上靜止不動的測奸器。

「我相信那是我的幻覺，」妙麗緊張地說，「黑暗中的雪令人眼花撩亂……但或許我們應該披上隱形斗篷消影，以防萬一？」

半個小時之後，帳篷收拾好了，哈利戴上分靈體，妙麗抓著珠珠包，兩人一起消影。已經習慣的壓迫感包圍著他們，哈利的雙腳離開雪地，接著又重重落在覆蓋著樹葉的凍土上。

「我們在哪裡？」他看看四周一片蔥鬱的樹木問道。妙麗這時已經打開珠珠包，拉出帳篷的支柱。

「狄恩森林。」她說，「我和我爸媽在這裡露營過一次。」

這裡的樹上也覆蓋著雪，寒冷澈骨，但至少沒有風。他們白天多半躲在帳篷內，圍著妙麗最擅長製造的湛藍色火焰取暖。這種火焰可以捧起來，放在瓶子裡攜帶。哈利受到妙麗的激勵，覺得自己已經從一次短暫但嚴重的疾病中恢復。那天下午天空又降下片片雪花，連他們紮營的空地都覆上一層新下的雪粉。

兩天沒睡好覺，哈利的感官似乎比平常更敏銳。他們好不容易才從高錐客洞逃過一劫，卻感覺佛地魔好像比以往更接近、更危險。黑夜又逐漸逼近時，哈利婉拒妙麗值夜的提議，叫她上床睡覺。

哈利拿了一個舊椅墊在門口坐下。他把所有的毛衣都穿在身上了，還是冷得發抖。黑夜隨著時間的消逝越來越暗，終於伸手不見五指。哈利想取出劫盜地圖看看金妮的行蹤，但又想到現在是聖誕假期，她一定在洞穴屋。

在廣大的森林內，隨便一個小小的動靜似乎都會被放大。哈利知道這裡一定有許多活生生的生物，但他希望牠們都能保持安靜不動，他才能辨別牠們是沒有惡意的奔跑與潛行，還是其他邪惡的行動。他記得多年前曾聽過斗篷拂過地上落葉的聲音，立刻覺得他好像又聽到了，不由得從心底產生顫慄。幾個星期來，他們的保護咒都發揮了作用，有什麼理由現在會失效？但他仍然覺得今晚會有點不同。

好幾次哈利突然驚醒。他的脖子痠痛，因為他用不自然的姿勢靠在帳篷上睡著了。夜色有如一塊深黑的絲絨，讓他感覺自己彷彿卡在消影與現影之間。他伸出一隻手，正想看能不能分辨他的指頭時，事情發生了。

一道明亮的銀光出現在他的正前方，並在林間移動。無論光源來自何處，它的動作都悄然無聲，銀光似乎朝著他飄浮過來。

哈利跳了起來，他的聲音凍結在喉嚨裡發不出來。他舉起妙麗的魔杖，刺眼的強光使他瞇起眼睛，前方的樹木現出黑色的輪廓，那個東西持續靠近……

然後光源從一棵橡樹後面走出來，那是一隻銀白色的雌鹿，有如月光般清亮耀眼，寂靜無聲地從地上走過，卻沒有在細緻的雪粉上留下任何蹄印。牠朝他走來，揚著頭，美麗的頭部有一雙睫毛長長的大眼睛。

哈利注視著這個生物，心中充滿驚奇。不是驚訝於牠的不可思議，而是牠的一種親切感。他覺得自己一直在等候牠出現，但他一時忘記了，直到這一刻他們才終於見面。剛才他有股想把妙麗叫起來的強烈衝動，但這個衝動此刻消失了。他知道，他得自己冒這個險。牠是為他而來，而且只為他一個。

他們互相凝視良久，然後牠轉身走開。

「不，」他說，他的嗓子因為太久沒說話而沙啞，「回來！」

牠從容不迫地穿過樹林繼續往前走，牠的明亮很快便被茂密黑暗的樹林吞沒。有那麼令人顫慄的一瞬間，哈利猶豫了，謹慎地喃喃告訴自己：這有可能是個詭計，一個誘惑、一個陷阱。但本能，一種強烈的本能告訴他這不是黑魔法，於是他出發去尋找。

雪在他腳底下發出沙沙聲，但雌鹿穿過樹林時無聲無息，因為牠只是一道光，引導他走進森林深處。雌鹿帶他越走越深，哈利加快腳步，他相信牠若停下來，一定會允許他適度地接近牠。然後牠會張口說話，牠的聲音會把他必須知道的事情告訴他。

最後，牠終於停下來。牠再度把美麗的頭轉向他，他立刻跑上前想問牠，但就在他要開口問時，牠消失了。

雖然黑暗將牠整個吞沒，但牠逼人的影像已經深印在他的視網膜上，模糊了他的視覺，在哈利閉上眼瞼時依然明亮如故，使他迷失方向。現在恐懼襲上心頭了，有牠的存在，他才能安心。

「路摸思！」他小聲說，魔杖立即發出亮光。

他站在原地，每眨一下眼，雌鹿的影像便消失一點。

他傾聽森林遠處發出樹枝斷裂的聲音、傾聽下雪時柔軟的沙沙聲。他會不會遭受攻擊？牠是為了伏擊而引誘他的嗎？難道覺得有人站在魔杖光線以外的地方注視自己，只是他的想像嗎？

他將魔杖舉高一些，但沒有人朝他跑過來，沒有綠色的光從樹幹後面射出，那麼為什麼牠要把他帶到這個地方？

魔杖光線照射的地方有東西亮了一下，哈利猛然轉身，但發現那只是一方小小的冰凍池塘。他舉起魔杖察看時，它龜裂的黑色表面閃閃發亮。

他小心翼翼地走過去看，冰上反映出他扭曲的影子和魔杖射出的光芒，但在那厚厚的灰濁色龜紋冰層下面，還有個發光的東西，一個大大的銀色十字架……

他的心幾乎要跳到嘴邊了，他跪在池塘邊，用魔杖斜斜照射，儘可能照亮池底。深紅色的光閃了一下……那是一把劍柄上鑲著閃亮紅寶石的寶劍……葛來分多寶劍正躺在這座森林的池塘底下。

他屏著呼吸低頭注視。這怎麼可能？它怎麼會躺在一處森林的池塘底，又這麼靠近他們紮營的地方？是某種不得而知的魔法吸引妙麗來到這個地點，還是他認為是護法的這隻雌鹿其實是池塘的守護者？或者，寶劍是在他們抵達後才被放進池塘，只因為他們在這裡？如果是這樣的話，那個想把它交給哈利的人在哪裡？他再度將魔杖指向旁邊的樹木與矮樹叢，尋找人類的形跡或眼睛閃爍的光點，但他沒有看到任何人。他的注意力又回到靜靜躺在冰凍池底的寶劍上，恐懼與興奮同時在他心中滋長。

他用魔杖指著那個銀色的東西喃喃說：「速速前，寶劍。」

它沒有動，他本來就沒有預期它會動。如果寶劍是那麼容易得手，它就會躺在地上任他撿起來，而不是躺在冰凍的池底。他繞著冰池四周走一圈，心想上一次是寶劍自動交到他手上，那時他因為面臨極度的危機而開口求救。

「救救我。」他喃喃地說，但寶劍仍在池底，漠不關心，無動於衷。

哈利又繞著池子邊走邊問自己，上次他拿到寶劍時，鄧不利多對他說了什麼？只有真正的葛來分多學生，才有辦法拔出這把帽中劍。那麼葛來分多的特質又是什麼？哈利的腦子裡有個小小的聲音回答他：他們的勇敢、活力和騎士精神，是葛來分多特有的最大利器。

哈利停下腳步，發出一聲長嘆，霧狀的氣息在冰凍的空氣中迅速散開。他知道他該怎麼做了，如果他對自己誠實些，方才透過冰面發現寶劍那一刻，就該想到可能得如此。

他再看看四周的樹林，但他相信現在沒有人會來攻擊他，他獨自穿過森林時他們有得是機會，而且在他查看池塘時，他們也有許多機會。到現在遲遲沒有出現的唯一理由，是根本沒有立即的危機。

哈利開始笨拙地脫下身上一層層的衣服。他苦著臉想，「騎士精神」到底跟這件事有什麼關係？他不太清楚，不過大概是指不能要求妙麗來替他做這件事吧。

他在脫衣服時，一隻貓頭鷹呼呼叫，他難過地想起嘿美。現在他在發抖，牙齒拚命打顫，但他還是繼續脫到只剩內衣，光腳站在雪地中。他把裝著他的魔杖、母親的信、天狼星的鏡子破片，以及舊金探子的皮袋放在他的衣服上面，然後用妙麗的魔杖指著冰面。

「吩吩綻。」

冰面發出類似子彈的聲音，在寂靜中裂開。池塘的表面破了，大塊的深色冰塊在水中浮動。哈利判斷池水不深，但要取出寶劍，他必須完全浸入水中。

他預期眼前的任務不會太容易，也不會使池水變得更溫暖。他走到池邊，將妙麗的魔杖放在地上，魔杖的尖端依舊亮著。然後他努力不去想他會有多冷或他會抖得多厲害，隨即縱身跳進池中。

哈利身上的每一個毛孔立刻尖叫抗議，他的肩膀浸入冰凍的水中時，他的肺似乎也結凍了，他幾乎不能呼吸。他顫抖得非常厲害，攪得池水都漫過了池塘邊緣。他用腳去感覺那把劍，希望潛水一次就成功。

哈利遲遲不敢潛進水裡，他大口呼吸，全身顫抖，直到他告訴自己非這麼做不可，這才鼓起勇氣潛下去。

冰冷的感覺非常痛苦，有如烈火的攻擊。他撥開深色的水潛入池底，伸手去摸那把寶劍時，似乎連他的大腦也凍結了。他的手指握住劍柄，將它拉起來。

這時忽然有個東西緊緊扣住他的脖子，他以為是水草，但他潛水時旁邊並沒有東西。他用另一隻空著的手去摸，發現那不是水草，是分靈體的鍊子拉緊了，正緩緩地勒緊他的氣管。

哈利用力踢水，想讓自己升出水面，卻只是將自己推往池塘的岩石底。他猛力拍水、窒息，掙扎著要拉開勒緊他的鍊子，但他冰冷的手指卻無法鬆開它。

他眼冒金星，即將溺斃，卻一籌莫展、無能為力，而接著抱住他上身的那雙手，肯定是死神的……

全身溼透的哈利，呼吸困難又反胃，這輩子從來沒這麼冷過。他面朝下趴在雪地上，旁邊有個腳步蹣跚的人也在喘息、咳嗽。妙麗又來了，就像他被那條蛇攻擊時來拯救他一樣……但是聲音聽起來又不像她，那種用力咳嗽的聲音，還有從腳步聲的重量來判斷……

哈利沒有力氣抬頭看拯救他的人是誰，他只能舉起顫抖的手去摸脖子上被小金匣緊緊勒住的地方。小金匣不見了，有人把它割斷了，這時有個喘息的聲音在他頭上說話。

「你——你——**瘋**啦？」

就是聽了這個聲音，哈利才驚詫得有力氣起來。他抖個不停，搖搖晃晃地站了起來。站在他眼前的是榮恩，他穿著衣服，但全身溼透，頭髮貼在臉上，一隻手握著葛來分多寶劍，另一隻手抓著斷掉的鍊子，分靈體在斷掉的鍊子上晃啊晃的。

「搞什麼**鬼**？」榮恩喘著氣說。他手上拿著分靈體，它在變短的鍊子上前搖後晃，有如拙劣的催眠術。「潛水之前，幹嘛不先把這個東西拿下來？」

哈利無法回答。比起榮恩的再度出現，銀色雌鹿委實算不了什麼。他簡直不敢相信。凍得瑟瑟發抖的他，拿起扔在池邊的一堆衣服開始穿起來。哈利瞪著榮恩，手裡把毛衣一件又一件往頭上套，每次榮恩不在視線範圍內時，就猜想他會消失不見。但眼前的榮恩卻是真的，他剛才潛水進入池塘，救了哈利的性命。

「是你——你？」哈利總算開口，他的牙齒喀喀作響，聲音因為差點被勒死而比往常更微弱。

「嗯，是啊。」榮恩說，看起來有點困惑。

「那——那隻雌鹿是你叫出來的？」

「什麼？沒有，當然不是！我還以為是你叫的！」

「我的護法是一隻雄鹿。」

「喔，是喔，我還想說長得不一樣，沒有角。」

哈利將海格的皮袋套在脖子上，再穿上最後一件毛衣，走過去撿起妙麗的魔杖，然後再度面向榮恩。

「你怎麼會來這裡？」

榮恩顯然希望這個問題能以後再問，如果還有以後的話。

「這，我——你知道——我回來了，如果——」他清清嗓子，「你知道，如果你們還要我的話。」

一陣沉默。榮恩離開的話題彷彿像一堵牆隔開他們，但他在眼前，他回來了，他剛救了哈利一命。

榮恩低頭看著他的手，看見自己手上的東西，一時似乎有些詫異。

「喔，對，我把它拿出來了，」他有點多餘地說，伸出寶劍給哈利看。「你是為了這個才跳進去，是嗎？」

「是啊，」哈利說，「但我不明白，你是怎麼來的？你如何找到我們？」

「說來話長，」榮恩說，「我找你們好幾個鐘頭了，這是一座大森林，不是嗎？我剛剛還在想，我應該去樹下睡一覺等到天亮，結果就看到那隻鹿走過來，而你跟在後面。」

「你沒有看到其他人？」

「沒有，」榮恩說，「我——」

但他猶豫了一下，看看旁邊兩棵長得很靠近的樹。

「——我確實覺得好像看到那邊有東西在動，但是因為你一直沒浮出水面，所以我就跑向池塘，沒繞過去——嘿！」

哈利已經朝榮恩說的那個地方匆匆跑去，那兩棵橡樹靠得很近，在與眼睛等高的地方，樹幹中間的空隙只有幾吋寬，是個偷窺的理想地點，但樹根四周的地面沒有雪，所以哈利沒見到腳印。他走回榮恩站的地方，榮恩手上依舊握著寶劍和分靈體。

「那裡有什麼嗎？」榮恩問。

「沒有。」哈利說。

「那寶劍怎麼會在池塘裡？」

「一定是叫出那個護法的人放的。」

兩人都望著那把裝飾華麗的銀劍，鑲著紅寶石的劍柄在妙麗魔杖光線的照射下微微發亮。

「你想這把是真的嗎？」榮恩問。

「有個方法可以知道，不是嗎？」哈利說。

分靈體仍在榮恩手中搖晃，小金匣在微微抽搐。哈利知道裡面那個東西又在躁動了，它已經察覺到寶劍的存在，並企圖殺死哈利，不讓他得手。現在不是長談的時候，現在是徹底摧毀小金匣的時刻。哈利高舉起妙麗的魔杖，看看四周，看到了適合的地點：一棵美桐樹的陰影下，有一塊表面略微平坦的岩石。

「過來這裡。」哈利說並率先走過去，把岩石表面的雪掃掉，伸手要拿分靈體。榮恩交出寶劍，但哈利搖頭。

「不，應該由你來。」

「我？」榮恩說，一臉吃驚。「為什麼？」

「因為是你把寶劍拿出池塘的，我想應該由你來。」哈利不是故意表現好意或大方，就像他知道那頭雌鹿是善意的一樣，他知道揮劍的人必然是榮恩。鄧不利多至少還教過哈利某些魔法，教過他某些行為會產生力量龐大的魔法。

「我來打開它，」哈利說，「然後你用寶劍刺它。直接刺下去，好嗎？因為不管裡面是什麼東西，它都會反抗，瑞斗的日記就曾經企圖殺了我。」

「你要怎麼打開它？」榮恩問，一臉驚駭。

「我要用爬說語叫它打開。」哈利說。他迅速地脫口而出，好像內心深處早就知道了這個答案，也許是因為不久前與娜吉妮交手才讓他明白了這個道理。哈利注視著用閃亮綠寶石鑲嵌而成的蛇形「S」圖案，它看起來很像一條小蛇蜷曲在冰冷的石頭上。

「不！」榮恩說，「不，不要打開！我是說真的！」

「為什麼不要？」哈利問，「我們快點把它解決了，已經好幾個月——」

「我不行，哈利，我是說真的——你來刺——」

「為什麼？」

「因為那個東西對我不利！」榮恩說著並倒退幾步，想遠離岩石上的小金匣。「我不行！我不是找藉口，哈利，儘管我平常就喜歡找藉口，但它對我的影響比對你和妙麗還要嚴重。戴著它會讓我想一些事，想些雖然我平常就在想的事，可是它會讓所有的一切都變得更糟，我無法解釋。等我把它拿下來後，我的腦袋又能夠正常思考了，然後我又得把那個該死的東西再戴上去──我辦不到，哈利！」

榮恩搖著頭倒退著走開，一手還拖著寶劍。

「你可以的，」哈利說，「你可以的！你剛拿到寶劍，我知道揮劍的一定是你。拜託，快點把它解決了，榮恩。」

聽到自己的名字，似乎給他打了一劑強心針。榮恩嚥了一口口水，長鼻子發出沉重的呼吸聲，然後走向岩石。

「你來下令。」他啞著嗓子說。

「數到三。」哈利說，低頭望著小金匣。哈利瞇起眼睛，專注在那個「S」形字母上，想像那是一條蛇。小金匣的內部傳來騷動，彷彿有一隻蟑螂被關在裡面。如果不是哈利脖子上的勒痕還在灼痛，他還真要同情起它來了。

「一……二……三……開。」

最後一個字是嘶嘶的吼聲，小金匣微微喀的一聲打開。

裡面的兩扇玻璃窗內各有一隻活生生的眼睛，那雙眼睛烏黑而俊秀，和湯姆．瑞斗從前一樣，只可惜後來他的眼睛變成猩紅色，瞳孔成了一條線。

「刺下去。」哈利說，在岩石上將小金匣抓緊了。

榮恩顫抖的雙手舉起寶劍，劍尖懸在急速轉動的眼睛上方，哈利緊緊抓著小金匣，頭離得遠遠的，已經在想像鮮血會從窗內噴出。

然後小金匣內發出一個嘶嘶的聲音。

「我看過你的心，那是我的心。」

「不要聽他的！」哈利厲聲說，「刺它！」

「我看過你的夢，榮恩．衛斯理，而且我看過你的擔憂。你的一切欲望都有可能實現，但你的一切恐懼也有可能發生……」

「刺下去！」哈利大聲吼，他的聲音在四周的樹林間迴盪。劍尖在顫抖，榮恩低頭凝視著瑞斗的眼睛。

「你一向不受母親寵愛，因為她渴望有個女兒……現在那個女孩又不愛你，她比較愛你的朋友……你總是排在第二位，永遠躲在陰影下……」

「榮恩，現在就刺它！」哈利咆哮。他可以感覺到小金匣在他的掌中顫抖，他實在很害怕會出什麼意外。榮恩依然高舉著寶劍，瑞斗的眼睛見狀散發出紅光。

從小金匣的兩扇窗裡，從那兩隻眼睛裡，忽然冒出兩個怪異的泡泡，變成哈利與妙麗詭異扭曲的頭部。

小金匣繼續冒出兩個人形，榮恩驚叫一聲退後。人形先是出現上半身，然後是腰和腿，直到他們並肩站在小金匣內，像兩棵連理樹在榮恩與真的哈利頭上搖晃。小金匣突然熾熱無比，哈利只好放開手。

「榮恩！」他大聲喊，但瑞斗變的哈利開始用佛地魔的聲音說話，榮恩好像被催眠了似地凝視它的臉。

「你為什麼回來？我們少了你更好，我們少了你更快樂，你不在我們很開心……我們笑你的愚蠢、你的懦弱、你的冒失——」

「冒失！」瑞斗變的妙麗大聲附和。她變得比真的妙麗更美麗，但是也更可怕，她在榮恩面前左右搖擺、喋喋不休。榮恩一臉驚嚇，呆立不動，任寶劍無力地垂在他身邊。「誰會看你，誰會看你一眼，除了哈利波特以外？你做了什麼，能和那個『被選中的人』相比？比起『那個活下來的男孩』，你算什麼東西？」

「榮恩，刺它！**刺下去！**」哈利大聲吼，但榮恩不動，他瞪大了眼睛，瑞斗變的哈利和妙麗映在他的瞳孔上。他們的頭髮飛揚宛如火焰，他們的眼睛是耀眼的紅色，他們的聲音高亢猶如邪惡的雙重唱。

「你的母親坦承，」瑞斗變的哈利不屑地說，瑞斗變的妙麗在一旁嘲笑，「她寧可要我當她的兒子，她很樂意交換……」

「誰不是寧可要他？哪個女人會要你？比起他，你什麼也不是，沒得比，沒得比。」瑞斗變的妙麗輕聲說著，她的身體有如蛇一般伸展，纏繞在瑞斗變的哈利身上，緊緊地擁抱他，兩人的雙唇相接。

榮恩滿臉痛苦地站在他們前面，他高舉著寶劍，雙手發抖。

「動手，榮恩！」哈利大叫。

榮恩望著他，哈利彷彿看到他的眼中有一絲猩紅。

「榮恩——？」

寶劍銀光一閃，刺了下去。哈利跳開，他聽到金屬噹啷一聲和長長的尖叫聲。哈利驀然轉身後卻滑倒在雪地上，高舉魔杖準備自衛，卻發現自己無須攻擊。魔鬼版的哈利與妙麗不見了，只有榮恩手上垂著那把寶劍站在那裡，低頭注視著岩石上破裂的金匣碎片。

哈利緩緩走向他，不知道該說什麼或做些什麼。榮恩的呼吸沉重，他的眼睛已經不紅了，而是正常的藍色，還是溼潤的。

哈利假裝沒看見，彎腰撿起破裂的分靈體。榮恩把兩扇窗的玻璃都刺穿了，瑞斗的眼睛消失不見，小金匣內玷污的絲襯微微冒煙。先前蟄居在分靈體內的東西已經消失了，折磨榮恩是它最後一次惡行。

鏘啷一聲，榮恩把寶劍扔在地上，他跪下去用雙手捧著頭。榮恩在發抖，但哈利明白不是因為寒冷。哈利將破裂的小金匣放進他的口袋，也跪在榮恩身邊，一隻手小心地放在他肩頭上，他覺得榮恩沒有把它甩開是個很好的徵兆。

「你離開後，」他低聲說，很高興榮恩的臉藏了起來，「她哭了一個星期，搞不好更久，只是她不想被我看到。有好幾個晚上我們沒說一句話，你走了……」

他無法再繼續說下去，只有在這一刻，榮恩再度出現，哈利才明白他的缺席使他們付出多少代價。

「她就像我的姊姊，」他繼續說，「我像愛姊姊一樣愛她，我想她對我的感覺也一樣。一直都是這樣，我以為你都知道。」

榮恩沒有回答，但是把頭轉到一邊，大聲地用袖子擦他的鼻子。哈利再度站起來，走向榮恩丟在不遠處的帆布背包。剛才哈利快溺斃了，榮恩跑去池邊救他時，把背包扔在那裡。他把榮恩的背包扛在肩上走回榮恩身邊，哈利快接近時，榮恩撐著身體站起來，他的眼睛紅紅的，但還算鎮定。

「我很抱歉，」他用濃濁的鼻音說，「我很抱歉我離開了，我知道我是一個——一個——」

他看看漆黑的四周，彷彿希望會有個夠壞的字眼跳出來指責他。

「你今天晚上已經將功贖罪了，」哈利說，「拿到寶劍，粉碎了分靈體，還救了我的性命。」

「聽起來好像比真正的我還酷。」榮恩喃喃說。

「這種事聽起來，永遠比事實還要更酷。」哈利說。「好幾年來我就一直這樣告訴你。」

兩人同時往前跨了一步，互相擁抱彼此，哈利緊緊抓著榮恩仍在滴水的夾克背後。

「現在，」兩人分開後，哈利說，「我們要做的，是找到帳篷。」

但這其實不難。跟著雌鹿走在森林裡似乎時間相當漫長，但與榮恩並肩走回去時，時間卻出奇地短。哈利等不及想叫醒妙麗，他興奮地進入帳篷，榮恩稍稍落在後面。

經歷過冰冷的池水和森林後，帳篷裡面顯得格外溫暖。唯一的光源是依舊在地上的碗裡閃爍的藍色火焰。妙麗睡得很熟，靜靜蜷縮在她的毛毯內，哈利叫了幾聲，她才醒過來。

「**妙麗！**」

她動了一下，立刻坐起來，撥開臉上的頭髮。

「出了什麼事？哈利？你還好嗎？」

「沒事，一切都好，不只是好，而且很好。有人來了。」

「什麼意思？誰——？」

她看見榮恩握著寶劍站在那裡，身上的水滴在快磨穿了的地毯上。哈利退到陰暗的角落，放下榮恩的帆布背包，盡量不打擾他們。

妙麗下床，夢遊似地走向榮恩，眼睛緊盯著他蒼白的臉。她在他的面前停下腳步，嘴唇微張，兩隻眼睛睜得大大的。榮恩露出了滿懷希望又有氣無力的微笑，半舉著雙手。

妙麗衝上前，對著他身上搆得到的每一個地方用力搥打。

「好痛——好痛呀——住手！做什麼——？妙麗——好痛啊！」

「榮——恩——衛——斯——理——你——這——個——徹——頭——徹——尾——的——**大**——**混**——**蛋！**」

她每說一個字便捶一下。妙麗一直衝向前，榮恩則護著頭連連倒退。

「你——過——了——這——麼——多——個——星——期——才——爬——回——來——喔，**我的魔杖在哪裡？**」

她的模樣彷彿要把魔杖從哈利手中拽下來，哈利本能地做出反應。

「破心護！」

榮恩與妙麗中間突然出現一道看不見的屏障，強大的力量把她撞得連連後退，跌坐在地上。她吐出口中的頭髮，又跳了起來。

「妙麗！」哈利說，「冷靜——」

「我不要冷靜！」她放聲尖叫，從沒見過她如此失控，看起來相當瘋狂。

「魔杖還我！**把它還給我！**」

「妙麗，拜託妳——」

「你用不著告訴我怎麼做，哈利波特！」她尖叫，「你休想！現在就還我！還有**你！**」

她在嚴厲的譴責中指著榮恩，它就像是詛咒，哈利不能怪榮恩被嚇得連連倒退了好幾步。

「我在後面追你！我叫你！我求你回來！」

「我知道，」榮恩說，「妙麗，我很抱歉，我真的——」

「喔，你很**抱歉**！」

她笑起來，發出一種高八度的失控聲音。榮恩望著哈利向他求救，但哈利只是做了個愛莫能助的鬼臉。

「你過了幾個星期才回來——**幾個星期**——你以為光是說**抱歉**就沒事了嗎？」

「那我還能說什麼？」榮恩大聲說，哈利很高興榮恩開始反擊。

「喔，我不知道！」妙麗大聲嚷，明顯地嘲弄。「動動你的大腦呀，榮恩，只要一、兩秒鐘就可以想出來了——」

「妙麗，」哈利插嘴，他認為妙麗說得太過火了。「他剛才救了我的——」

「我不管！」她尖叫，「我不管他做了什麼！已經過了好幾個星期，他應該知道我們很可能就這樣**死**了——」

「我知道你們沒死！」榮恩大吼，頭一次壓過她的聲音，而且儘可能貼近隔開他們的屏障咒。「《預言家》上全都是有關哈利的報導，電台也一直在報導哈利，他們到處找你們。因為有這些謠言和瘋狂的報導，如果你們死了，我一定馬上就會知道，妳不知道那個滋味——」

「那**你**說，是什麼滋味？」

她的聲音高亢到只有蝙蝠才能立刻聽見，但她發飆已經到了一個巔峰，一時之間接不上話。榮恩立刻把握機會。

「我消影的那一瞬間就想回來了，但我撞上一群『死拿錢』，妙麗，哪裡也去不了！」

「一群什麼？」哈利問。這時妙麗已經坐在一張椅子上，雙手緊緊抱著雙腿，彷彿幾年也不想放開。

「死拿錢，」榮恩說，「到處都是這種人，一群靠追捕麻瓜出身和純種叛徒來賺取黃金的人，每抓到一個，魔法部就給他們獎金。我單獨一個人，看起來又像個學生，他們興奮極了，以為我是藏匿的麻瓜出身者。我得趕快說明，才免得被拖進魔法部。」

「你對他們說什麼？」

「告訴他們我是史坦・桑派，我第一個想到的名字。」

「他們相信了？」

「他們沒那麼聰明，其中一個一定有山怪的血統，臭烘烘的……」

榮恩瞥了瞥妙麗，顯然是希望她的態度會因為這個小小的幽默而軟化，但她的表情依舊冷漠，兩隻手緊緊抱在一起。

「總之，他們為了我到底是不是史坦而吵個不休，老實說看起來有點可憐，可是他們有五個人，我只有一個，他們還拿走了我的魔杖。後來其中兩個打了起來，我便趁其他人分心之際，朝抓我的那個人腹部打了一拳，搶下他的魔杖，用繳械咒解除拿我魔杖那個人的武器，然後消影。我做得不太好，又發生了分肢——」榮恩舉起他的右手，給他們看他少掉的兩片指甲，妙麗冷冷地抬高眉毛。「——而且我出來的地方離你們又很遠，等我再回到我們上次那個河邊時……你們已經走了。」

「天哪，好個感人的故事，」妙麗以她生氣時常用的高傲口氣說。「你一定嚇壞了。那段時間我們去了高錐客洞，然後，讓我想想看，哈利，我們在那邊遇到了什麼？喔，對了，『那個人』的蛇出現了，差點把我們兩個殺了。後來『那個人』還親自到場，我們兩個人在千鈞一髮之際逃了出來。」

「什麼？」榮恩說，張大嘴巴看看她又看看哈利，但妙麗不理會他。

「想想，少了兩片指甲耶，哈利！看來我們吃的苦頭也不算什麼了，不是嗎？」

「妙麗，」哈利平靜地說，「榮恩剛才救了我。」

她好像沒有聽到。

「不過，有件事我倒想知道，」她說，視線移到榮恩頭上一呎的某個定點，「你今晚是怎麼找到我們的？這很重要。一旦了解，以後就絕不會再有不速之客來拜訪我們。」

榮恩瞪著她，然後從牛仔褲口袋掏出一個銀色的小東西。

「這個。」

她不得不看著榮恩拿給他們看的東西。

「熄燈器？」她問，因為太訝異了，一時竟忘了維持臉上冷漠嚴峻的表情。

「它不只能點燈、熄燈而已，」榮恩說，「我不知道為什麼它只在那種時候才產生作用，平常都不行。因為自從離開後，我就一直想回來，但那天我在聽收音機，聖誕節那天一大清早，然後我聽到……聽到了妳。」

他望著妙麗。

「你在收音機上聽到我？」她懷疑地問。

「不，我從我的口袋聽到妳，妳的聲音，」他又舉起熄燈器，「從這裡出來。」

「我說了什麼？」妙麗問，她的語氣介於懷疑和好奇之間。

「我的名字『榮恩』，妳還說……說魔杖什麼的……」

妙麗忽然臉紅。哈利想起來了，那是自從榮恩走了以後，他們頭一次大聲說出他的名字，妙麗在談到修理哈利的魔杖時提起了他。

「所以我把它拿出來，」榮恩望著熄燈器繼續說，「它看上去好像沒什麼異樣，但我確信我聽到妳的聲音。於是我把它打開，我房間的燈熄滅了，但窗外卻出現另一種光。」

榮恩舉起空著的另一隻手指著前方，視線落在哈利和妙麗看不到的地方。

「那是一團光球，好像會跳動，而且是青色的。像港口鑰那種光，知道吧？」

「知道。」哈利和妙麗異口同聲說。

「我當時心裡就有數了，」榮恩說，「我立刻打包東西，然後扛起帆布背包，走進花園。

「那個小燈球在那邊徘徊，在等著我。我出來以後它跳了幾下，我跟著它來到車庫後面，然後它……它就進入我身體。」

「什麼？」哈利說，他沒聽清楚。

「它向我飄過來，」榮恩說，用他的食指做出動作。「飄到我胸前，然後——它就直接進去了，它在這裡。」他摸著心臟附近的一個點。「我可以感覺到它，它的溫熱。它進去我裡面之後，我就知道我該怎麼做了。我知道它會帶我去我必須去的地方，所以我就消影，來到一座山丘旁邊，那裡到處都是雪……」

「我們去過那裡，」哈利說，「我們在那裡待了兩個晚上，第二個晚上我一直覺得有人在附近的黑暗中走動，大聲叫喊！」

「是啊，那一定是我，」榮恩說，「反正你們的保護咒很有效，因為我看不見也聽不見你們，但我確信你們就在附近。所以我就睡在睡袋裡，等你們其中一個出現，我想你們收拾帳篷時總會出現吧。」

「不會，」妙麗說，「實際上，我們躲在隱形斗篷內消影，以防萬一。而且我們一大早就離開了，因為，就像哈利說的，我們聽到有人走來走去。」

「嗯，我在那座山上等了一天，」榮恩說，「一直希望你們會出現，但是等到天都快黑了，我知道我一定又和你們錯過了。所以我又打開熄燈器，青色光芒出現，又進入我身體，然後我消影來到這裡，這座森林。我還是看不見你們，只好期待你們當中的一個出現——結果哈利出現了。喔，我是先看到那隻雌鹿的。」

「你看到什麼？」妙麗忽然問。

他們將事情經過敘述一遍，說到那隻銀色雌鹿和那把寶劍時，妙麗皺著眉頭來回望著他們兩個，專注得忘了繼續緊抱雙手。

「但那一定是護法！」她說，「你們沒看見是誰叫出來的嗎？你們沒看見任何人？牠還引導你們去找寶劍！我簡直無法相信！然後呢？」

榮恩描述他看見哈利跳進池塘，所以在池邊等他上來。接著他知道事情不對勁了，便跳進去救哈利，然後拿出寶劍。他說到打開小金匣便遲遲說不下去，哈利插進來。

「——然後榮恩就用寶劍刺它。」

「然後……它走了？就這樣？」她悄聲說。

「啊，它——它還有尖叫。」哈利瞥一眼榮恩說。「在這裡。」

他將小金匣扔到妙麗的腿上，她小心翼翼拿起來，檢查它破裂的玻璃窗。
哈利認為現在總算安全了，便用妙麗的魔杖解除屏障咒，轉頭對榮恩說話。
「你剛才說你離開死拿錢時，有多出一根魔杖嗎？」
「什麼？」榮恩說，他正專注看著妙麗檢查小金匣。「喔——喔，有。」
他打開帆布背包的釦子，從口袋拉出一根短短的深色魔杖。「這裡，我想多一根備用總是比較方便。」
「你說得對，」哈利伸手說，「我的斷了。」
「你在開玩笑？」榮恩說，但妙麗站起來，榮恩又現出憂懼的神情。
妙麗已經將被破解的分靈體放進珠珠包內，然後回到她的床上，一語不發地躺下。
榮恩將新魔杖遞給哈利。
「我想這已經是最好的結果了。」哈利低聲說。
「是啊，」榮恩說，「這次還算好。記得她以前放出來攻擊我的那些鳥嗎？」
「我還沒完呢。」妙麗從毛毯底下悶聲說。但哈利看見榮恩從帆布背包拉出他的紫紅色睡衣時，臉上帶著微笑。

20 贊諾・羅古德

哈利壓根不指望妙麗的怒火會在一夜之間消失，所以第二天早晨，見她擺出一張臭臉，沉默不語的樣子，他一點也不意外。榮恩回應的辦法，則是在她面前裝出根本違反本性的陰鬱懺悔模樣。事實上，他們三個在一起的時候，哈利真覺得好像誤闖了一場冷冷清清的追悼會。但榮恩只要有機會跟哈利單獨相處（例如提水或到樹叢下採集蘑菇），他又會變回厚臉皮的快活樣。

「有人幫助我們耶。」他說了一遍又一遍。「有人刻意派雌鹿來耶，有人在暗中幫助我們。我們幹掉一個分靈體了，兄弟！」

終於摧毀小金匣分靈體，使他們士氣大振，開始討論其他分靈體可能在什麼地方。雖然這件事他們已經談過很多遍，但哈利充滿樂觀，確信接下來會有更多突破。妙麗的壞情緒妨礙不了他的好心情，他們的運氣忽然好轉、出現神秘雌鹿、找回葛來分多寶劍。更重要的是，榮恩回來了，哈利快樂得沒辦法板起臉孔。

那天傍晚，他跟榮恩再度躲開一肚子怨氣的妙麗，藉口去光禿禿的灌木叢裡找尋根本不存在的黑莓，繼續交換各方面的新聞。哈利終於把他跟妙麗到各地流浪的經歷，包括高錐客洞發生的一切，全盤講給榮恩聽。榮恩也把幾個星期來，他在廣大魔法界裡發現的每一件事，都向哈利報告。

「……你們怎麼會知道禁忌咒呢？」榮恩敘述完各地麻瓜出身者如何千方百計逃避魔法部後，便這麼問哈利。

「什麼？」

「你跟妙麗已經不提『那個人』的名字了！」

「哦，對啊。嗯，這是我們最近養成的壞習慣。」哈利道，「但我還是可以叫他佛──」

「**不可以！**」榮恩大吼，嚇得哈利跳進樹叢，坐在帳篷口埋頭讀書的妙麗，也怒目瞪了他們一眼。「對不起。」榮恩把哈利從荊棘叢裡拉出來說，「這個名字被下了惡咒，哈利，這就是他們追蹤的方法！說出這個名字，就會打破保護咒，產生某種魔法擾動──這就是為什麼他們會在圖騰漢廳路找到我們！」

「因為我們說了他的**名字**？」

「正是如此！你得承認他們有腦筋，這點子滿有道理的。只有真的願意挺身而出、跟他作對的人，像鄧不利多，才敢直呼他的名字。現在他們把這個名字下了禁忌咒，任何說出這個名字的人都會被追蹤──很快、很容易就能找到鳳凰會的人！他們差點逮著金利——」

「你在開玩笑？」

「才不是開玩笑。比爾說有一群食死人圍攻金利，但他在惡鬥中逃脫。現在他跟我們一樣，也在東躲西藏。」榮恩若有所思，用魔杖尖端搔搔下巴。「你想那頭雌鹿不會是金利派來的吧？」

「他的護法是一隻山貓，我們在婚禮上看過，記得嗎？」

「喔，對喔……」

他們沿著灌木叢向前走，遠離帳篷和妙麗。

「哈利……你覺不覺得那可能是鄧不利多？」

「鄧不利多什麼？」

榮恩顯得有點尷尬，但他壓低聲音說：「鄧不利多……那頭雌鹿呀？我是說，」榮恩用眼角瞟著哈利。「那把寶劍最後是在他手上，不是嗎？」

哈利沒有嘲笑榮恩，因為他太了解這個問題背後的渴望。鄧不利多設法回到他們身旁，他一直在看顧他們，這念頭帶來的安慰遠超過言語所能表達。但哈利搖搖頭。

「鄧不利多已經死了。」他說，「我看見它發生，我看見屍體，他確實不在了。況且他的護法是鳳凰，不是雌鹿。」

「護法會改變，不是嗎？」榮恩說，「東施的就變過，不是嗎？」

「是啊，但要是鄧不利多還活著，他為什麼不現身？他為什麼不直接把寶劍交給我們？」

「這我就不知道了。」榮恩說，「就跟他在世的時候，沒把劍交給你一樣的道理吧？就跟他留給你一個舊的金探子，又送妙麗一本童話故事書一樣的道理吧？」

「你說這是什麼道理？」哈利問，轉頭看著榮恩一心想找到答案的專注表情。

「我不知道。」榮恩說，「我無聊的時候胡思亂想，只覺得他在開玩笑，或者故意要增加事情的難度。但我想應該不是這樣，現在我已經不那麼想了。他送熄燈器給我，有非常清楚的用意，不是嗎？他——嗯，」榮恩的耳朵脹得通紅，全神貫注用腳趾頭撥弄腳邊的一撮青草。「他知道我一定會棄你們而去。」

「不對，」哈利糾正他，「他知道你一定會回來。」

榮恩顯得如釋重負，但還是有點尷尬，哈利試著改變話題。「說到鄧不利多，你有聽說史譏怎麼寫他的嗎？」

「哦，有啊。」榮恩立刻答道，「大家都在談這件事。當然，鄧不利多竟然是葛林戴華德的朋友這件事，要是情勢不同，一定會成為大新聞的。但現在對不喜歡鄧不利多的人而言，這不過是則笑話，而所有認為他是好人的人，卻如同迎面挨了一巴掌。但我認為這件事沒什麼大不了，他那時很年輕——」

「跟我們一樣大。」哈利就如同駁斥妙麗一般說道，他臉上的表情也使榮恩決定不再往下說。

荊棘叢裡有隻大蜘蛛坐在結了冰的蜘蛛網中央，哈利舉起榮恩前一天晚上給他的魔杖瞄準牠。妙麗對這根魔杖不屑一顧，認定它是用黑刺李做的。

「暴暴吞。」

蜘蛛抖了一下，在網上輕輕一躍。哈利再試一次，這回蜘蛛稍微變大了一點。

「別這樣。」榮恩不悅地說，「我很抱歉我說鄧不利多也年輕過，好嗎？」

哈利已經忘了榮恩怕蜘蛛這回事。

「對不起——啾啾縮。」

蜘蛛沒有縮小。哈利低頭看看那根黑刺李做的魔杖，那天他用這根魔杖施展的每個咒語，威力似乎都遠遜於他原來那根鳳凰魔杖。新魔杖有種格格不入的陌生感，就像把別人的手縫在自己的手臂上一樣。

「你只需要多練習。」妙麗說。她悄無聲息地從後面走過來，哈利嘗試放大和縮小蜘蛛時，她擔憂地在旁觀察。「純粹是信心問題，哈利。」

他知道她為什麼希望魔杖好用，對於哈利的魔杖被折斷一事，她仍覺得滿心愧疚。他咬牙吞下衝到嘴邊的反駁：如果她真的相信沒有差別，何不把黑刺李魔杖拿去，讓哈利用她的魔杖？但因為哈利渴望大家能恢復往日的友誼，所以只好勉強答應。不過榮恩試著對妙麗微笑時，她卻昂首闊步走開，再次躲到書本後面。

天黑的時候，他們三人回到帳篷，哈利輪到第一班守夜。他坐在帳篷口，試著用黑刺李魔杖舉起腳邊的小石頭，但他的魔法技巧好像比上次更笨拙無效。妙麗躺在床上看書，榮恩緊張地看了她許多眼，終於從帆布背包裡取出一個小小的木製無線電收音機，開始找頻道。

「有一個電台，」他壓低聲音對哈利說，「會報導真實的新聞。其他電台都靠攏『那個人』，照魔法部的新聞稿播報，但這家電台……你等一下聽聽看，棒透了。只不過他們沒法子每天晚上播放，他們被迫不斷變換位置，以免遭到突擊，必須有通關密語才能收聽……問題是，我錯過了上一次……」

他用魔杖輕敲收音機上端，用很小的聲音嘟囔著隨意拼湊的字詞。他偷看了妙麗好幾眼，唯恐她大發雷霆，但她好像根本當作沒有他這個人。榮恩花了大約十分鐘，不停敲打、叨念，妙麗翻著手中的書，哈利則繼續用黑刺李魔杖練習。

最後妙麗爬下床，榮恩立刻停止敲打。

「如果妳覺得煩，我就停止！」他緊張地對妙麗說。

妙麗無意回答，逕自走向哈利。

「我們得談談。」她道。

他看一眼她仍握在手中的書，是《鄧不利多的人生與謊言》。

「什麼事？」他擔心地問。他突然覺得書中想必有一個與他有關的篇章，他沒興趣知道麗塔．史譏怎麼描述他跟鄧不利多的關係，但妙麗的答案卻完全出乎他意料。

「我要去見贊諾．羅古德。」

哈利瞪著她。

「我沒聽懂。」

「贊諾．羅古德，露娜的父親。我要去找他談談！」

「呃——為什麼？」

她深深吸口氣，好像需要鼓起勇氣，然後說：「是有關這個記號，吟遊詩人皮陀的記號。你看！」

她把《鄧不利多的人生與謊言》湊到哈利不情願的眼睛下面，他看到鄧不利多寫給葛林戴華德那張信件的原稿照片，上面是鄧不利多那熟悉的纖細、歪斜字跡。他一點也不想知道那些字句真的是鄧不利多親手寫出，而非麗塔信口捏造的證據。

「簽名。」妙麗道，「看看那個簽名，哈利！」

哈利依言看了一下。起先他不懂她要他看什麼，但藉著魔杖的光仔細看了一會，他就發現鄧不利多用《吟遊詩人皮陀故事集》裡一模一樣，但稍微小一點的三角形記號，取代了他名字「阿不思」的大寫字母「A」。

「呃——你們在看什麼——？」榮恩試探地說，但妙麗瞪他一眼，讓他閉上嘴巴，隨即轉向哈利。

「這個記號一再出現，不是嗎？」她說，「我知道維克多說過，這是葛林戴華德的記號，但刻在高錐客洞那座古墓上的絕對就是它，而那座墓碑早在葛林戴華德出現之前就存在！現在又出現這個！也罷，我們沒法子問鄧不利多或葛林戴華德它有什麼意義——我甚至不知道葛林戴華德是否還活著——但我們可以去問羅古德先生，他在婚禮中佩戴著這個符號。我相信這件事很重要，哈利！」

哈利沒有馬上回答。他注視著她緊張、熱切的表情，然後望著周遭的黑暗，沉思著。經過很長一段沉默後，他說：「妙麗，我們最好不要再遇到高錐客洞那種事。我們自以為是地跑到那裡去，然而——」

「可是它一再出現啊，哈利！鄧不利多留給我《吟遊詩人皮陀故事集》，你怎麼知道，他不是要我們從這個標記中發掘什麼呢？」

「又來了！」哈利有點生氣。「我們一直在自我催眠，以為鄧不利多給我們留了秘密標記和線索——」

「結果證明熄燈器滿有用的。」榮恩在旁助陣。「我認為妙麗說得對，我相信我們該去找羅古德。」

哈利不滿地瞪了榮恩一眼。他確信榮恩支持妙麗的動機，並不是因為要了解神秘文字中三角形符號的意義。

「這跟高錐客洞不一樣。」榮恩補充說。「羅古德站在你這邊，哈利。《謬論家》一直支持你，它一再告訴每個人，他們應該幫助你！」
「我相信這件事很重要！」妙麗熱心地說。
「但你們不認為，如果這件事真的很重要，鄧不利多死前應該跟我提到嗎？」
「有可能……但也許你應該靠自己的力量追查。」妙麗一副不到黃河心不死的模樣。
「對啊，」榮恩諂媚地說，「這麼說很有道理。」
「不對，沒什麼道理。」妙麗搶話。「但我還是認為，我們該找羅古德先生談談。一個符號居然把鄧不利多、葛林戴華德、高錐客洞全牽扯在一起？哈利，我確定我們該多了解這件事！」
「我看我們不如來投票。」榮恩道，「贊成去見羅古德的人——」
他的手搶在妙麗之前就舉到半空中。她舉起手，嘴唇狐疑地掀動了幾下，欲言又止。
「少數服從多數，哈利，抱歉了。」榮恩拍拍他的背，說道。
「好吧。」哈利覺得既有趣又有點惱怒。「只不過，一見過羅古德，就要開始找其他分靈體，好嗎？再說，羅古德家在哪裡，你們有誰知道嗎？」
「知道啊，離我家不遠。」榮恩道，「我不知道確切的地址，但媽和爸每次提到他們，都指著那片山丘對面，應該不難找。」
妙麗回到床上之後，哈利壓低聲音。
「你會贊成，只是為了贏回她的好感。」

「正所謂情場如戰場，」榮恩輕鬆地說。「更何況我這次可是身在情場又在戰場啊。開心點，現在是聖誕節假期，露娜會在家的！」

第二天早晨，他們用消影術來到可以眺望奧特瑞聖凱奇波的一個小山坡。坡上涼風習習，在穿過雲縫、斜斜投向大地的一道道巨大朝陽光柱裡，整座小村活像一套玩具屋。他們站在那裡，用手遮住陽光，朝洞穴屋的方向看了一會，卻只看見替那棟歪七扭八小房子遮擋麻瓜視線的高大圍籬和樹木。

「這麼近卻不能去探望，感覺真奇怪。」榮恩說。

「咦，你不是才見過他們？你才剛回家過完聖誕節。」妙麗冷冷地說。

「又不是在洞穴屋！」榮恩乾笑，「你以為我會回那裡去，告訴他們我棄你們而去？是哦，弗雷和喬治會肯定我做得對。還有金妮，保證會很諒解我。」

「那麼你到哪裡去了呢？」妙麗驚訝地問。

「比爾和花兒的新家貝殼居。比爾一直對我很好，他——他聽到我的所作所為，不是很贊成，但沒說什麼，他知道我真的很後悔。家裡其他人都不知道我去了那裡，比爾告訴媽，他跟花兒不回家過節，因為他們想獨處。你知道，這是他們婚後第一次過節。我想花兒一定很樂意，妳知道她多麼討厭瑟莉堤娜．華蓓。」

榮恩轉身背對洞穴屋。

「我們試試這裡。」他一馬當先走向山頂。

他們走了幾個小時，哈利在妙麗堅持之下，用隱形斗篷藏住身形。這一片低矮的山丘看來無人居住，只除了一間似乎已被人遺棄的小木屋。

「你們想，這裡會不會就是他們的房子，但他們到外地去過聖誕節了？」妙麗說，隔著窗戶窺探那間窗台上擺著天竺葵的整潔小廚房。榮恩哼了一聲。

「我說，我有種感覺，如果是羅古德家的窗戶，應該一眼就可以看出來。我們試試下一座山丘。」

於是他們又用消影術，來到幾哩外的北方。

風吹拂著他們的頭髮和衣服，榮恩喊了聲：「啊哈！」他指著他們現影的山丘頂，那裡矗立著一座形狀奇怪得不得了的房子，宛如一根黑色的大圓柱，背後有輪鬼魅似的月亮，掛在午後的天空裡。「這一定是露娜的家，還有誰會住這種地方？看起來好像巨大的車！」

妙麗對那座高塔皺起眉頭說：「我怎麼看都不像一輛車子。」

「我說的是西洋棋的車棋，」榮恩道，「就是長得像城堡的『車』。」

榮恩的腿最長，第一個跑到山頂。哈利和妙麗氣喘吁吁、肚子幾乎要炸開了，趕上他的時候，只見他正咧開大嘴得意地傻笑。

「是他們家。」榮恩道，「看。」

一扇破門上掛了三塊手繪的招牌。第一塊寫著：「《謬論家》。編輯：X・羅古德」，第二塊：「請自行挑選槲寄生」，第三塊：「請勿靠近馭心梅」。

園籬門嘎吱一聲被他們推開。通往前門那條曲曲折折的小徑上，長了許多稀奇古怪的植物，包括一株結滿橘紅色果實的灌木，果實形狀像小紅蘿蔔，露娜有時會拿來當耳環。哈利覺得有一棵很像食肉藤，趕緊離它枯乾的樹樁遠一點。前門兩旁立著兩棵哨兵似的老山楂樹，雖然樹幹被風吹彎，樹葉也已掉光，卻仍長滿莓子大小的紅果實，樹冠上還有一大叢結著白色小果的槲寄生。一隻頭型像壓扁的老鷹的小貓頭鷹，從樹枝上低頭窺視他們。

「你最好脫掉隱形斗篷，哈利。」妙麗道，「羅古德先生要幫助的是你，不是我們。」

他聽從她的建議，脫下隱形斗篷，交給她收在那個珠珠包裡，然後妙麗在厚重的黑色大門上敲了三下。門上鑲著鐵釘，還有一個老鷹形狀的敲門環。

等了不到十秒鐘，門就豁然大開，贊諾．羅古德光著腳，穿著看起來髒兮兮的睡衣站在門口，一頭棉花糖似的白色長髮又髒又亂。相形之下，他參加比爾與花兒的婚禮時，打扮得整潔多了。

「什麼？怎麼回事？你們是什麼人？要做什麼？」他氣勢洶洶，吊高嗓門喊道。接著從妙麗看到榮恩，最後才看到哈利，然後他就張大嘴，做出一個完美而可笑的「O」。

「哈囉，羅古德先生。」哈利伸出手說。「我是哈利，哈利波特。」

贊諾沒有跟哈利握手，但那隻沒有內斜的眼睛，卻直愣愣盯著哈利額頭的疤痕。

「我們可以進去嗎？」哈利問。「有些事想請教你。」

「我……我不確定這麼做好不好。」贊諾小聲說。他吞了口口水，很快掃視了花園一眼。「真是太意外了……我說……我……我恐怕不認為我真的應該——」

「不會占用你多少時間的。」哈利說，對這麼不熱烈的歡迎，不禁有點失望。

「我——呃，好吧。請進，快點。**動作快點！**」

他們剛踏進門，贊諾就把門砰的一聲關上。這是哈利見過最奇怪的廚房，房間呈正圓形，感覺好像置身一個巨大的胡椒罐內部。所有的家具都配合牆面做成弧形，爐子、水槽、碗櫥，每件家具上都用鮮豔的原色畫了花朵、昆蟲和小鳥。哈利覺得露娜的風格躍然欲出，但在這麼狹小的空間裡，整體效果卻讓人覺得有點難以消受。

地板中間有座螺旋形的鑄鐵樓梯通往樓上。頭頂上傳來一片劈哩啪啦、乒乒乓乓的聲音，哈利很好奇露娜在做什麼。

「你們最好到樓上來。」贊諾說，他帶頭上樓，仍顯得非常不安。

樓上的房間似乎充當客廳兼工作室，比廚房更加擁擠。雖然這個房間小很多，而且又是正圓形，卻令人聯想到某次萬應室用幾百年來堆藏在裡頭的物品，變化成一個龐大迷宮的難忘經驗。每個平面上都擺著一堆堆的書和紙張。天花板上吊掛著許多做工精緻，哈利卻不認識的怪獸模型，有的拍打著翅膀，有的露出一口利齒，伺機咬人。

露娜不在這裡，發出響亮噪音的是一座木頭機器，裝了一大堆用魔法轉動的齒輪和輪子，乍看像是一張工作檯和幾排舊架子生出來的畸形兒，哈利好一會才看懂，原來這是一座老式印刷機，它正在吐出一份一份的《謬論家》。

「借過。」贊諾大步走到印刷機前，從厚厚一堆書本與紙張底下，抽出一塊髒兮兮的桌布，把所有的書和紙張都推到地上。他用桌布蓋住印刷機，多少使乒乒乓乓的噪音降低一點，然後面對哈利。

「你來這裡做什麼？」

哈利還沒來得及說話，妙麗就發出一聲低低的驚呼。

「羅古德先生——那是什麼？」

她手指著一個巨大的灰色螺旋形號角，看起來很像獨角獸的角，這個角掛在牆上，凸出好幾呎長。

「那是犄角獸的角。」贊諾回答。

「不對，它不是！」妙麗說。

「妙麗，」哈利抱怨，「現在這種時候，妳還——」

「但是哈利，那是爆角怪的角！那是二級管制品，放在家裡非常危險！」

「妳怎麼知道那是爆角怪的角？」榮恩問，並且在擁擠的房間裡，儘可能以最快的速度遠離那隻角。

「《怪獸與牠們的產地》裡有說明！羅古德先生，你必須立刻處理掉那個東西，你難道不知道只要輕輕碰一下，它就會爆炸？」

贊諾滿臉固執的表情，一個字一個字清楚地說：「犄角獸是很害羞的高等奇獸，牠的角——」

「羅古德先生，我認得環繞這東西基部的凹槽紋路，這是爆角怪的角，危險性極高——我不知道你從哪裡弄來——」

「我買的。」贊諾斬釘截鐵說，「兩星期前，一個討人喜歡的年輕巫師拿來賣給我，他知道我對高尚的犄角獸感興趣，這是我送露娜的聖誕驚喜禮物。好了，」他轉向哈利道，「你來這裡到底有何目的，波特先生？」

「我們需要幫助。」哈利搶在妙麗開口前說道。

「哦，」贊諾道，「幫助，嗯。」他那隻沒問題的眼睛再次轉到哈利的疤痕上，顯得既害怕又著迷。「是的，問題是……幫助哈利波特……很危險……」

「你不是一直告訴大家，幫助哈利是他們的第一要務嗎？」榮恩道，「在你自己辦的雜誌裡？」

贊諾回頭瞟了一眼在桌布底下仍然乒乒作響的印刷機。

「呃——是啊，我曾經表示過這種看法。不過——」

「——別人應該那麼做，但你自己不必？」榮恩道。

贊諾沒有回答。他吞了好幾口口水，眼睛在他們三個人身上骨碌碌地轉來轉去。

哈利覺得他的內心好像正在做痛苦的掙扎。

「露娜在哪裡？」妙麗問道，「我們來聽聽她的想法。」

贊諾咕嘟吞下一大口口水，好像在努力打定主意。最後他用發著抖，在印刷機噪音裡很難聽清楚的聲音說：「露娜在山腳下的溪邊，抓淡水長腿魚。她……她會很高興見到你們。我去叫她，然後——對了，很好。我會設法幫助你們。」

他走下螺旋梯，消失不見，他們聽見前門打開又關上。三人面面相覷。

「膽小的老傢伙。」榮恩說，「露娜有他十倍的勇氣。」

「他可能擔心萬一食死人發現我在這裡，會對他們不利吧。」哈利說。

「嗯，我同意榮恩的看法。」妙麗說，「假仁假義的可怕老頭，嘴巴鼓勵所有其他人幫助你，心裡卻只想獨善其身。還有，看在老天爺的分上，離那隻角遠一點。」

哈利走到房間對面的窗口，他望見一條溪流，遠遠躺在下面的山腳，像一條閃閃發光的細絲帶。他們的位置很高，他往洞穴屋的方向望去，剛好有隻鳥從窗前飛過。洞穴屋和他們中間隔著一片山嶺，所以他們什麼也看不見。金妮應該在山後某處。今天是從比爾與花兒的婚禮以來，他們倆距離最近的一次，但她不可能知道他正望著她的方向，思念著她。他想自己該為這一點慶幸，任何和他接觸過的人都有危險，贊諾的態度就是證明。

他轉身離開窗口，目光落在另一件怪東西上，它擺在塞滿東西的弧形壁櫃上：一尊石雕胸像，是個容貌美麗、但表情很嚴肅的女巫，戴著一頂形狀非常怪異的頭飾。兩個像是黃金打造的喇叭形助聽器的東西，從頭部兩側彎彎曲曲伸出來。她的頭頂上繫著一根皮帶，固定著一對閃亮的藍色小翅膀，另有一根皮帶橫過她前額，上面鑲了一顆橘色的小紅蘿蔔。

「看看這個。」哈利道。

「真迷人。」榮恩道，「奇怪，他怎麼不戴這玩意去參加婚禮。」

他們聽見前門關上，過了一會，贊諾爬上螺旋梯，回到房間，兩條細腿套上了長筒雨鞋，手中端一個托盤，擺著幾個不成套的杯子，和一個熱氣騰騰的茶壺。

「啊，你們注意到我最自豪的發明。」他說，把托盤交到妙麗手中，跟哈利一起站在雕像旁邊。「用美麗的羅威娜．雷文克勞的上半身為模特兒，可說恰如其分。**無盡的智慧是人類最大的財富！**」

他指著那像助聽器的東西。

「這是黑黴氣虹吸管——可以消除思考者身邊所有分心的因素。這個，」他指著那對小翅膀，「是旋舞針推進器，可以提升心靈架構。最後，」他指著那顆橘紅色的小紅蘿蔔，「用馭心梅提升認同超自然的能力。」

贊諾走回茶盤那裡，妙麗已經小心翼翼地把茶盤安頓在一張堆滿東西的茶几上。

「我有幸請大家共享鍋底根茶嗎？」贊諾道，「這是我們家自己做的。」他把茶倒出來，這是一種深紫色的汁液，看起來像甜菜汁，他又說：「露娜在溪底橋那一頭，她聽說你們來了，好興奮。她應該很快就會回來，她捕到的長腿魚差不多足夠煮湯給我們大家吃。請坐，自己加糖。

「好了。」他從扶手椅上搬開一堆搖搖欲墜的紙張，坐了下來，交叉起穿雨鞋的雙腿。「有什麼我能效勞的嗎，波特先生？」

「是這樣的。」哈利道，他看一眼妙麗，她鼓勵地點點頭。「是關於你參加比爾與花兒的婚禮時，戴在脖子上的那個符號，羅古德先生。我們想知道它的意義。」

贊諾挑起眉毛。

「你說的是死神聖物的標記嗎？」

21 三兄弟的故事

哈利回頭望著榮恩與妙麗，他們也都一副不知道贊諾在說什麼的表情。

「死神聖物？」

「正是。」贊諾說，「你們沒聽說過？我並不意外。很少、很少有巫師會相信這件事。瞧瞧你哥哥婚禮上那個蠢頭蠢腦的年輕人，」他說著，對榮恩點點頭，「只因為我戴著代表某位著名黑巫師的符號，他就莫名其妙地攻擊我！真是無知啊！死神聖物與黑魔法毫無關係——起碼不是在那麼膚淺的層次上。我們只是利用那個符號，向其他相信的人表態，希望他們在我們追尋聖物的過程中伸出援手。」

他在鍋底根茶裡加了好幾塊方糖，喝了兩口。

「抱歉，」哈利說，「我還是不懂。」

出於禮貌，哈利拿起杯子喝了一口，卻差點嗆住。這飲料非常噁心，好像是液態的鼻涕口味柏蒂全口味豆。

「是這樣的，你知道，相信的人就會追尋死神聖物。」贊諾咂著嘴巴，顯然覺得鍋底根泡的茶非常美味。

「但死神聖物**究竟**是什麼？」妙麗問。

贊諾放下他的空茶杯。

「我想你們都很熟悉〈三兄弟的故事〉？」

哈利說「不」，但榮恩和妙麗都說「是的」。

贊諾煞有介事地點點頭。

「好吧，好吧，波特先生，整件事要從〈三兄弟的故事〉說起……我有一本不知道放在哪裡……」

他茫無頭緒的環顧整個房間，打量著一堆堆羊皮紙和書籍，但妙麗說：「我有一本，羅古德先生，就在這裡。」

她從珠珠包裡取出那本《吟遊詩人皮陀故事集》。

「原始版本？」贊諾立刻問。妙麗點點頭，他就接著說：「好極了，妳何不朗讀一遍？這是確保我們大家都能理解的最好辦法。」

「嗯……好吧。」妙麗緊張地說。她翻開書，輕咳一聲開始朗誦，哈利看見他們要追查的符號就出現在那一頁最上端。

「『從前從前，有三個兄弟出外旅行。他們在黃昏時分走在一條荒涼曲折的小路上——』」

「是午夜，我媽總是這麼說的。」榮恩說。他伸長了腿，兩隻手臂抱在腦後聆聽。妙麗不悅地瞪了他一眼。

「抱歉，我覺得說午夜會比較恐怖！」榮恩說。

「是啊，因為我們的生活中確實需要更多恐懼。」哈利脫口說。贊諾的心思好像在別處，自顧自地望著窗外的天空。「繼續吧，妙麗。」

「『走了一陣子，三兄弟來到一條河邊，水太深，無法涉水而過，游泳過河，又太危險。好在這三兄弟懂得魔法，所以他們揮動魔杖，變出一座橋，橫跨湍急的河面。他們走到橋中央，忽然出現一個戴著兜帽的人影擋住去路。

「『死神對他們說話——』」

「對不起。」哈利說，「**死神**會跟他們說話？」

「這是童話故事，哈利！」

「對哦，抱歉。繼續。」

「『死神對他們說話。大多數旅客都淹死在河裡，這次他被騙了，失去三個新的受害者，心裡很生氣。但死神很狡猾，他假裝向三兄弟道賀，稱讚他們法力高強，並且說，因為他們那麼聰明，有本事逃出他的掌握，所以每個人可以贏得一件獎品。

「『大哥是個好大喜功的人，他要求一根比世界上任何魔杖都更有威力的魔杖，一根永遠能在決鬥中為主人贏得勝利的魔杖，才配得上曾經征服死神的巫師！於是死神過到對岸，走到河畔一棵接骨木旁，用垂掛下來的樹枝做了一根魔杖，交給大哥。

「『然後生性傲慢的二哥決定進一步羞辱死神，要求賦予他從死神手中召回其他死者的權力。於是死神從河邊撿起一塊石頭，交給二哥，告訴他，這塊石頭有召回死者的力量。

「『接著死神問三弟想要什麼。三兄弟當中，以這個小弟最謙虛也最有智慧，他不信任死神。所以他要求一件使他在離開這個地方以後，不必擔心死神跟蹤的寶物。死神很不情願地把自己身上那件隱形斗篷脫下來，交給他。』」

「死神有一件隱形斗篷？」哈利再度打岔。

「這樣他才能靜悄悄接近別人呀。」榮恩說，「有時他會拍著臂膀，一路怪叫著追趕他們，但有時他追煩了……對不起，妙麗。」

「『接著死神站在一旁，讓三兄弟離開，繼續他們的行程。他們在旅途中對這段奇遇驚嘆不已，並且把玩著死神的禮物。

「『分手的時刻來臨，三兄弟分道揚鑣，每個人有不同的際遇。

「『大哥走了大約一個星期，來到一個偏遠的小村，找一個曾經跟他發生過爭執的巫師。不消說，仗著接骨木魔杖做武器，接下來的戰鬥當然是他贏，敵人死在地板上。大哥離開後，走進一家小酒店大聲吹噓，宣稱自己從死神手中奪得了威力強大的魔杖，這根魔杖又如何使他所向無敵。

「『那天晚上，大哥喝得酩酊大醉，在床上睡得跟死人一樣，另一個巫師潛入他的房間。這小偷拿走了魔杖，然後為了斷絕後患，割斷了大哥的喉嚨。

「『於是死神把大哥納入掌中。

「『同時，二哥回到自己家中，獨自一個人生活。他取出那塊能召喚死者的石頭，拿在手裡，翻轉三次。他又驚又喜地發現，他一度想娶卻不幸夭折的那個女孩，再度出現在他面前。

「『但女孩非常悲傷而冷漠，好像有一道帷幕將他們隔開。她雖然回到塵世，卻不能真正歸屬人間，感到非常痛苦。最後二哥因希望落空而自殺，也唯有如此才能真正跟女孩在一起。

「『於是死神又得到了二哥。

「『但死神花了許多年找尋小弟，卻始終找不到他。小弟活到很老的年紀，才脫下隱形斗篷，把它交給自己的兒子。然後他像老朋友似地跟死神打招呼，以勢均力敵的姿態，跟著他離開，高高興興告別了人世。』」

妙麗合上書。過了好一會，贊諾才意識到她已停止朗讀，於是他把目光從窗外收回來，說：「很好，就是這樣。」

「對不起，我沒聽懂？」妙麗用困惑的語氣問。

「這些就是死神聖物。」贊諾說。

他從身旁堆滿東西的茶几上拿起一枝鵝毛筆，再從書堆中抽出一張破羊皮紙。

「接骨木魔杖，」他說，隨即在紙上畫了一條垂直線。「重生石，」他說，在直線上加了個圓圈。「隱形斗篷。」他畫了一個三角形，把直線和圓圈包在裡面，就成為妙麗深感興趣的那個圖案。「三樣東西合在一起，」他說，「就是死神聖物。」

「但故事裡完全沒有提到『死神聖物』這樣的字眼啊。」妙麗說。

「哦，當然沒有。」贊諾得意洋洋的神態看得人想發狂。「這是個兒童故事，娛樂效果大於教育意義。但我們這種內行人就知道，這則古老的故事指涉三件物品，或者應該說是聖物，三者結合在一起，持有者就成為死亡的主宰。」

一陣短暫的沉默，贊諾的眼睛又瞥向窗外，太陽已開始西沉。

「露娜應該快要抓夠長腿魚了。」他低聲說。

「你說『死亡的主宰』——」榮恩說。

「主宰，」贊諾揮著手，彷彿手中拿著魔杖。「征服者、勝利者，隨你愛用什麼字眼。」

「這麼說來……你的意思是……」妙麗說得很慢，哈利聽得出，她正努力隱藏懷疑的口氣，「你相信這些物品——這些聖物——真的存在？」

贊諾再次挑起眉毛。

「嗯，當然囉。」

「但是，」妙麗說，哈利聽出她已經漸漸藏不住懷疑，「羅古德先生，你怎麼**能**相信——？」

「露娜告訴過我妳是怎樣的人，年輕的小姐。」贊諾說，「據我推測，妳並非不聰明，只可惜心胸狹窄、見識短淺、觀念封閉。」

「或許妳該戴戴那頂帽子，妙麗。」榮恩朝那頂荒唐的頭飾點頭示意，他的聲音因極力克制不笑出聲而有點顫抖。

「羅古德先生，」妙麗再度開口，「我們都知道隱形斗篷確實存在。很少見，但確實有。可是——」

「哦，但第三件聖物是**真正**能隱形的斗篷，格蘭傑小姐！我的意思是，它不是隨便什麼浸泡過滅幻咒，或帶有炫眼厄咒，或用幻影猿毛編織的旅行斗篷。那些方法一開始雖然能使人隱形，但使用時間一久，就會變得不透明而失效。我說的是真正能使穿戴者完全隱形的斗篷，而且永不損壞，不怕任何咒語，能提供長時間、無法識破的隱形效果。妳見過多少**這樣**的斗篷，格蘭傑小姐？」

妙麗張口又止，顯得前所未有的困惑。她、哈利和榮恩相視無言，哈利知道他們都在想同一件事：就在這一刻、這個房間裡，正好有一件跟贊諾所描述的一模一樣的斗篷。

「正是如此，」贊諾繼續說，一副理直氣壯，已經把他們都打敗了的神態。「你們都沒有見過那樣的斗篷。持有者一定富可敵國，不是嗎？」

他的眼神又飄向窗外。天空已染上淡淡的粉紅色。

「好吧。」妙麗不安地說，「就假設隱形斗篷存在……那麼那個石頭呢，羅古德先生？就是你所謂的重生石。」

「怎麼樣？」

「嗯，那種東西怎麼可能存在呢？」

「那妳能證明它不存在嗎？」贊諾說。

妙麗看起來很生氣。

「但這——很抱歉，這完全是胡說八道！我哪有**可能**證明它不存在呢？你難道要我——要我拿全世界的石頭來測試？我的意思是，你不能只因為無法**證明**一樣東西不存在，就咬定**它**一定存在。」

「可以的，當然可以。」贊諾說，「我很高興，妳的腦筋終於有點開竅了。」

「所以，那根接骨木魔杖，」哈利趕快接口，免得妙麗又要反駁，「你認為它也真的存在？」

「哦，是啊，這方面的證據多得數不清。」贊諾說，「聖物之中，追蹤接骨木魔杖的下落最容易，因為它傳承的方式很特殊。」

「什麼樣的方式？」哈利問。

「就是說，擁有魔杖的人必須從前一個擁有者手中奪取它，才能成為它真正的主人。」贊諾說，「你一定聽說過卓越的艾格伯如何殺死壞人墨瑞克，而後魔杖才落入他手中？還有高德拉在魔杖被兒子西爾沃拿走後，死在自己的地窖裡？還有無法無天的盧錫斯如何殺死巴拿巴．得伏里之後奪得魔杖？翻開魔法界的歷史，斑斑血跡都是接骨木魔杖轉手的血腥過程。」

哈利瞥向妙麗。她皺起眉頭瞪著贊諾，卻沒有出聲反駁他。

「那麼你認為，接骨木魔杖現在在哪裡呢？」榮恩問。

「唉，誰知道？」贊諾眼睛望著窗外說，「誰知道接骨木魔杖藏在哪裡？從阿卡士和厲衛司之後，線索就斷了。誰說得出，他們兩人之中究竟哪一個打敗了盧錫斯，得到魔杖？誰又說得出，後來他們又落敗誰人之手？歷史啊，唉，可沒告訴我們。」

一陣沉默過後，最後妙麗僵硬地問道：「羅古德先生，皮福雷家族跟死神聖物有關嗎？」

贊諾大吃一驚，哈利也心頭一動，他似乎有印象，卻記不得究竟是什麼。皮福雷……他聽過這名字……

「原來妳在誤導我啊，小姐！」贊諾說，在椅子上坐正，瞪著眼睛觀察妙麗，「我還以為你們不知道聖物追尋這件事！很多追尋者都認為，皮福雷家族跟聖物很有關係——**大有關係！**」

「皮福雷家族是什麼人？」榮恩問。

「我們看過一塊刻有那個記號的墓碑，在高錐客洞。上面有個名字，」妙麗盯著贊諾不放，「伊諾特．皮福雷。」

「一點也不錯！」贊諾說，他像要教訓人似地伸出食指，「伊諾特墳上的死神聖物標記，就是最確鑿的證據！」

「什麼的證據？」榮恩問。

「這還用說！故事裡的三兄弟，實際上就是皮福雷三兄弟，安提歐、卡德馬和伊諾特！他們是聖物最初的擁有者！」

他又向窗外瞄了一眼，站起身後，端起托盤往螺旋梯走去。

「你們留下來吃晚餐吧？」他再次消失在樓梯下時喊道，「每個人都跟我們要淡水長腿魚湯的食譜呢。」

「或許是準備交給聖蒙果的毒物研究部門吧。」榮恩壓低聲音說。

哈利一直等到聽見贊諾在樓下廚房裡走動，才開始說話。

「妳覺得怎麼樣？」他問妙麗。

「哦，哈利。」她疲倦地說，「徹頭徹尾都是胡說八道，那個符號真正的意義絕不可能是這樣的，一定都是他自己的怪念頭。真是浪費時間。」

「我看這位老兄**就是**這樣掰出犄角獸來的。」榮恩說。

「你也不相信？」哈利問他。

「不信，這故事無非就是講給小孩子聽，教他們一些生活的道理，不是嗎？『別惹麻煩、別打架、別碰不該碰的東西！只要低著頭，管好自家的事，就不會出問題。』仔細想想，」榮恩又說，「或許就因為這個故事，接骨木做的魔杖才會被視為不祥之物。」

「你說什麼呀？」

「這是一個迷信，不是嗎？像是『五月生女巫，麻瓜做丈夫。』『黃昏下咒語，午夜就不靈。』『接骨為魔杖，運氣不會旺。』你們一定聽過。諸如此類的句子，我媽成天掛在嘴邊。」

「哈利和我都是麻瓜養大的。」妙麗提醒他，「他們教我們不同的迷信。」一股辛辣的氣味從廚房裡飄過來，她深深嘆了口氣。贊諾惹怒她唯一的好處，就是她似乎因此忘記繼續生榮恩的氣。「我想你說得對，」她對他說，「這不過是則寓言，誰都曉得哪件禮物最好，誰都會選——」

三人幾乎同時開口，妙麗說：「斗篷。」榮恩說：「魔杖。」哈利說：「石頭。」

他們又驚又喜地看著彼此。

「**理論上**是該選隱形斗篷沒錯，」榮恩對妙麗說，「但只要有了魔杖，誰還需要隱形？**所向無敵的魔杖耶**，妙麗，妳想想看！」

「我們已經擁有隱形斗篷了。」哈利說。

「而且它幫了我們很大的忙，或許你們還沒發現！」妙麗說，「至於魔杖則會惹來麻煩——」

「——除非你到處張揚。」榮恩辯說道，「除非你臭屁地跳著舞，高舉著魔杖揮舞，唱著：『我有根打不敗的魔杖，自以為了不起的人都來試試看。』只要你閉緊嘴巴——」

「是啊，問題是你**閉得緊**嗎？」妙麗滿臉不信，「你們知道，他跟我們講那麼多話，就只有一點符合事實，也就是超強魔杖的故事已經流傳數百年了。」

「果真有這種故事？」哈利問。

妙麗又一副生氣的模樣，哈利和榮恩對她這種表情真是再熟悉不過，不由得相視而笑。

「死神魔杖、命運魔杖，數百年來它們以不同的名字出現，通常都屬於某個自吹自擂的黑巫師。丙斯教授曾經提到其中幾個，但——哎呀，都是胡說八道啦。魔杖的威力不可能超越使用它的巫師。有的巫師就是愛吹牛，揚言自己的魔杖比其他人更強、更好。」

「但妳怎麼知道，」哈利說，「這些魔杖——死神魔杖或命運魔杖——不是數百年間以不同名稱現身的同一根魔杖呢？」

「怎麼，你意思是說，它們都是死神製作的那根接骨木魔杖囉？」榮恩說。

哈利笑了起來，他想到的怪念頭怎麼聽都覺得荒誕不經。他提醒自己，不論那次佛地魔在夜空中追逐他時，他的魔杖做了什麼，但它的材質是冬青木，而非接骨木，而且魔杖製造師是奧利凡德。再說，如果它真的所向無敵，又為什麼會折斷？

「那你為什麼選石頭？」榮恩問他。

「嗯，如果能使死者復活，我們可以召回天狼星……瘋眼……鄧不利多……我爸媽……」

榮恩和妙麗都沒有笑。

「但吟遊詩人皮陀說，他們不會想回來，不是嗎？」哈利想起剛剛才聽過的故事，「我想應該沒有很多故事提到讓人起死回生的石頭，對吧？」他問妙麗。

「是不多。」妙麗悲傷地說，「我想除了羅古德先生，沒有人會相信這種天方夜譚。皮陀可能是從魔法石得來的靈感，你知道，使人長生不老的石頭變成了可以逆轉死亡的石頭。」

廚房傳來的氣味越發嗆鼻，聞起來很像燒焦了的內褲。不論贊諾煮的是什麼，哈利真沒有把握自己能嚥下不至於令主人傷心的分量。

「那麼，隱形斗篷又怎麼說？」榮恩緩緩說，「你們有沒有發現，他說得很正確？我已經習慣哈利的隱形斗篷那麼好用，所以從來沒有多想。我從來沒有聽說過像哈利這件那麼好的斗篷，它從不出差錯，我們披上它就沒有人看得見——」

「當然——因為我們在隱形斗篷裡是隱形的，榮恩！」

「但贊諾說的那些斗篷——不是什麼十納特一件的便宜貨——妳知道，都是真實存在的！我以前沒想過，但我曾經聽說，有些斗篷舊了之後符咒會逐漸失效，有的則會被咒語撕裂，出現洞孔。哈利的斗篷來自他父親，所以從一開始就不那麼新，不是嗎？但它就是……十全十美！」

「是，沒錯。但榮恩，那個**石頭**……」

他倆低聲辯論，哈利則在房間裡四處走動，有一搭沒一搭地聽著。走到螺旋梯口，他心不在焉地抬頭看看上一層樓，注意力立刻被吸引。他自己的臉從上面那個房間的天花板回瞪著他。

迷惑了一會，他才發現那不是一面鏡子，而是一幅畫像。他好奇地爬上樓。

「哈利，你在幹什麼？他不在這裡，我覺得你最好不要亂跑！」

但哈利已經上了樓。

露娜用五張畫得很漂亮的臉孔，裝飾她臥室的天花板：哈利、榮恩、妙麗、金妮和奈威。它們不像霍格華茲的畫像會移動，但還是有某種魔法，哈利覺得它們都會呼吸。乍看好像有一條細細的金鍊子，纏繞著這幾幅畫，把它們串連在一起，但仔細觀察了一會，哈利發現所謂的鍊子，其實是用金色的墨水把一個字重複寫了上千遍：朋友……朋友……朋友……

哈利心中油然湧起對露娜的好感。他打量了一下這個房間，床畔有張大照片，裡面是幼年時的露娜和一個長得跟她很像的婦人，她們擁抱在一起。照片裡，露娜的髮型是哈利這輩子看過她梳得最整齊的一次。照片上滿是灰塵，這讓哈利覺得有點奇怪，他開始四下張望。

房裡有點不對勁。淺藍色地毯上積滿了灰塵，半開的衣櫃裡沒有衣服。床鋪也冷冰冰的，沒有被人動過的痕跡，好像已經幾個星期沒有人睡過了。就連近處的窗戶上都結了一張蜘蛛網，隔開血紅色的天空。

「怎麼了？」哈利下樓時，妙麗問。但哈利沒來得及回答，就見贊諾從廚房爬上樓來，這次他端來的托盤裡有好幾個碗。

「羅古德先生，」哈利說，「露娜在哪裡？」

「你說什麼？」

「露娜在哪裡？」

贊諾聞聲在樓梯頂端停下了腳步。

「我——我告訴過你們，她在溪底橋抓長腿魚。」

「那你為什麼只做四人份的晚餐？」

贊諾想說話，卻沒有發出聲音。室內的聲音只剩下印刷機持續運作的嘰嘰軋軋聲，還有托盤隨著贊諾的手抖動而發出的喀啦喀啦聲。

「我想露娜已經好幾個星期沒住在這裡了。」哈利說，「她的衣服不見了，床也沒有人睡過。她在哪裡？你又為什麼一直朝窗外張望？」

贊諾丟下托盤，碗掉在地上摔碎了。哈利、榮恩和妙麗都取出魔杖，贊諾的手已經差點伸進口袋裡，卻因此停了下來。就在這時，印刷機發出轟隆一聲巨響，許多份《謬論家》從桌布底下噴湧出來，撒滿一地，印刷機終於沉默了。

妙麗彎腰撿起一份雜誌，手中魔杖仍指著羅古德先生。

「哈利，看這個。」

他盡快穿過一片混亂，大步走到妙麗身旁。《謬論家》的封面是他的照片，大大寫著「頭號不受歡迎人物」，還列出緝捕他的懸賞金額。

「原來《謬論家》變換新角度了。」哈利冷冷地問，他的心思飛快轉動。「所以你到花園裡去，是為了這個目的，羅古德先生？送貓頭鷹去通知魔法部？」

贊諾舔舔嘴唇。

「他們帶走了我的露娜。」他低聲說，「因為我寫的那些東西，他們帶走了我的露娜，我不知道她在哪裡、他們怎麼對付她。但他們可能會把她還給我，如果我——如果我——」

「交出哈利？」妙麗替他把話說完。

「別想。」榮恩直截了當說，「讓開，我們要走了。」

贊諾臉色慘白，好像有一百歲那麼老，他牽動嘴唇，露出一個可怕的獰笑。

「他們隨時會趕到。我一定要救露娜，我不能失去露娜。你們不可以走。」

他張開手臂擋著樓梯，哈利突然想起：當初他的母親也是這樣擋在他的小床前，擺出同樣的姿勢。

「不要逼我們傷害你。」哈利說，「快讓開，羅古德先生。」

「**哈利！**」妙麗尖叫。

騎掃帚的人影從窗前掠過。趁他們三人目光轉開，贊諾抽出魔杖，幸好哈利及時警覺過來。他撲向一旁，推開榮恩和妙麗。贊諾的昏擊咒飛過房間，正好命中那支爆角怪的角。

一陣猛烈的爆炸。巨響似乎把房間震得四分五裂，木屑、紙張、垃圾向四面八方飛散，捲起一片濃密得無法穿透的白色塵霧。哈利被震飛到空中，然後重重跌落在地板上，瓦礫如雨點般落在他身上，哈利什麼也看不見，只好用手抱頭。他聽見妙麗尖叫、榮恩悶哼，還有一連串讓人不舒服的金屬撞擊聲，他知道這是贊諾被炸得往後跌倒，沿著螺旋梯滾下去的聲音。

半個人埋在磚瓦木片裡的哈利試著爬起身，灰塵彌漫使他幾乎不能呼吸。半個天花板都塌了下來，露娜的床掛在破洞口。羅威娜．雷文克勞的半身像躺在他身旁，半張臉不見了。撕裂的羊皮紙碎片在空中飛舞，大半個印刷機翻倒在地，擋住了通往廚房的上半截樓梯。然後一個白色人影靠過來，只見滿身灰塵、好像另一尊雕像的妙麗，用手指壓在嘴唇上。

樓下的門嘩啦一聲打開了。

「我不是跟你說過，沒有必要急著趕來的嗎，崔佛？」一個粗暴刺耳的聲音說，「我不是跟你說過，這個笨蛋照例又在做白日夢了嗎？」

砰的一聲，贊諾發出痛苦的慘叫。

「不……不……樓上……波特！」

「我上個星期怎麼跟你說的，羅古德？除非有具體的消息，否則我們不會再來！還記得上星期嗎？你想用那個該死的愚蠢頭飾交換你女兒？還有再前一個星期──」又是砰一聲，又一陣慘叫，「──你以為如果能證明犄角獸存在，我們就會──」**砰**，「──交還──」**砰**，「──你女兒？」

「不──不──求求你們！」贊諾抽泣道，「真的是波特！真的！」

「這次你叫我們來，只為了把我們炸成碎片！」那個食死人咆哮，一連串毆打的聲音穿插著贊諾痛楚的哀鳴。

「這地方看起來快塌了，賽溫。」另一個比較冷靜的聲音說，迴音沿著變形的樓梯傳上來，「梯子整個堵住了。可以清理一下嗎？說不定整棟房子都會垮掉。」

「你這撒謊的廢物。」一名叫賽溫的巫師吼道，「你這輩子都沒見過波特，對吧？你以為可以把我們騙到這裡來，殺死我們，是不是？你以為這麼做，你女兒就會回來？」

「我發誓……我發誓……波特在樓上！」

「人現現。」樓梯腳下那個聲音念道。

哈利聽見妙麗倒抽一口涼氣，而他有種古怪的感覺，好像有什麼東西低低地從他身上掠過，他的身體彷彿沉浸在它的陰影之中。

「樓上確實有人，賽溫。」第二個人隨即說。

「是波特，我告訴過你們，是波特呀！」贊諾抽抽搭搭地哭道，「求求你們……求求你們……把露娜還給我，我只要露娜……」

「你可以得回你的小女兒，羅古德。」賽溫說，「只要你上樓去，把哈利波特帶下來。但如果這是詭計，如果你有同謀埋伏在樓上想突襲我們，那就等著看，我們會不會留下一丁點你女兒的屍骨供你埋葬了。」

贊諾發出恐懼和絕望的哀鳴。接著有腳步聲和搬運東西的聲音，贊諾正在努力清除樓梯上的碎磚破瓦。

「來吧，」哈利悄聲道，「我們必須離開這裡。」

他利用贊諾在樓梯上製造的噪音做掩護，設法移開壓在身上的瓦礫。榮恩被埋得最深，哈利和妙麗儘可能安靜地爬過房裡的碎磚瓦，到他躺臥的地方，合力把一座沉重的五斗櫃從榮恩腿上搬開。贊諾乒乒乓乓清理樓梯的聲音逐漸接近時，妙麗已藉著飛行咒使榮恩脫困。

「好了。」妙麗低聲說，她仍然滿身白灰。擋在樓梯口的破損印刷機開始搖晃，贊諾距他們只有幾呎了，「你信任我嗎，哈利？」

哈利點點頭。

「那好，」妙麗輕聲道，「把隱形斗篷給我。榮恩，你把它穿上。」

「我？但是哈利——」

「**拜託，榮恩**！哈利，抓緊我的手，榮恩，抓緊我的肩膀。」

哈利伸出左手，榮恩消失在隱形斗篷底下。擋在樓梯口的印刷機不斷震動，贊諾嘗試用飛行咒變換它的位置，哈利猜不出妙麗在等什麼。

「抓緊。」她小聲提醒，「抓緊……準備好……」

贊諾蒼白如紙的臉，出現在櫥櫃頂端。

「空空，遺忘！」妙麗喊道，搶先用魔杖指著他的臉，然後又指向他們腳下的地板說：「窟窿現！」

妙麗在客廳地板上炸出一個洞。他們像石塊般向下墜落，哈利死命抓緊她的手不放，下方人群發出連連驚呼，他瞥見兩個男人正試著閃躲雨點般飛落在他們身上的大量瓦礫碎片和破損家具。妙麗在半空中一扭身，哈利的耳邊響起房屋倒塌的隆隆聲，而她拉著哈利，再度進入黑暗。

22 死神的聖物

哈利喘著氣跌落在草皮上，他立刻翻身站起來，他們好像從黑暗中降落在一片空地的一角。妙麗已經在他們周圍繞圈奔跑，邊揮舞著魔杖。

「全全，破心護……安安，除惡咒……」

「那個奸詐的老壞蛋！」榮恩氣喘吁吁地從隱形斗篷底下現身，並將它扔還給哈利。

「妙麗，妳真是天才，百分之百的天才。我真不敢相信我們能脫身！」

「護護，敵不近……我不是說過那是爆角怪的角嗎？我不是警告過贊諾嗎？現在他的房子被炸成碎片了！」

「活該。」榮恩檢查撕破的牛仔褲和腿上的割傷道，「妳想他們會怎麼對付他？」

「唉，我希望他們不至於殺了他！」妙麗嘆道，「所以我才安排讓食死人在我們離開前，看見哈利一眼，這樣他們才會知道贊諾沒有撒謊！」

「但是幹嘛要把我藏起來呢？」榮恩問。

「你應該患了多發性點狀爛痲疹躺在床上的，榮恩！他們綁架露娜是因為她父親支持哈利！如果被他們發現你跟哈利在一起，你的家人怎麼辦？」

「可是**妳的**爸媽呢？」

「他們在澳洲。」妙麗說，「他們應該沒事，他們什麼都不知道。」

「妳真是天才。」榮恩又重複一遍，一副肅然起敬的表情。

「是啊，真的，妙麗。」哈利熱烈響應。「真不知道我們沒有妳的話，要怎麼辦。」

她微微一笑，但又立刻恢復嚴肅。

「露娜怎麼辦？」

「嗯，如果他們說的是實話，然後她又還活著——」榮恩說。

「別這麼說，別說這種話！」妙麗尖聲叫道，「她一定還活著，一定的！」

「那我猜她應該在阿茲卡班。」榮恩說，「不知她能否在那種地方活下來，但……很多人都……」

「她會的。」哈利說。他不忍心想像別種可能。「露娜很堅強，她比你們認為的都還堅強得多。她說不定會教其他囚犯有關黑黴氣和水煙蟲的知識。」

「但願你說得對。」妙麗用手摀住眼睛說，「我真替贊諾難過，要不是——」

「——要不是他剛剛才把我們出賣給食死人，就是嘛。」榮恩說。

他們搭起帳篷，躲進裡面，榮恩替大家準備了熱茶。千鈞一髮的脫逃，再次回到這個寒冷、發霉的老巢，感覺就像回家一樣安全、熟悉又友善。

「哦，我們為什麼要到那裡去？」沉默了一會，妙麗呻吟道，「哈利，你說得對，根本就是高錐客洞的翻版，完全浪費時間！什麼死神聖物……胡說八道……不過話說回來，」她好像忽然想到一個新主意，「會不會一切都是他捏造出來的？或許他根本不相信什麼死神聖物，只是為了讓我們一直聊下去，等食死人趕到！」

「我可不覺得是這樣。」榮恩說，「要在壓力下捏造故事，遠比妳想像的困難多了，這是我被死拿錢抓到時的發現。偽裝是史坦，比捏造出一個全新的人容易多了，因為我對他多少有點認識。老羅古德承受的壓力大得不得了，他非得讓我們留下來不可，所以我相信他說的都是事實，或是他心目中的事實，這樣我們才會一直聊下去。」

「好吧，不過我覺得都無所謂。」妙麗嘆口氣，「即使他很誠實，我這輩子也沒聽過這麼荒唐的事。」

「慢著。」榮恩說，「當初大家也都以為密室是則傳說，不是嗎？」

「但死神聖物**不可能**存在，榮恩！」

「妳一直這麼說，但其中就有一樣存在。」榮恩說，「哈利的隱形斗篷——」

「〈三兄弟的故事〉只是個故事。」妙麗堅決地說，「講人類如何恐懼死亡的故事。如果生存只是躲進隱形斗篷那麼簡單，我們就不需要別的東西了！」

「我不知道，我們也用得著打不敗的魔杖。」哈利說，手中邊轉動著那根他非常不喜歡的黑刺李魔杖。

「根本沒有那種東西，哈利。」

「妳說過，曾經有好多魔杖——叫什麼死神魔杖或其他名字的——」

「好吧，即使你要自欺欺人說接骨木魔杖真的存在，那重生石又怎麼說？」她提到這些名稱時，用手指在空中畫個問號，語氣充滿嘲弄，「魔法不能使死人復活，這一點毫無爭議！」

「我的魔杖跟『那個人』的魔杖連接時，就出現我媽和我爸……還有西追……」

「但他們並沒有真正從冥界回來，不是嗎？」妙麗說，「那種——蒼白的模仿品，跟真正使一個人復活是不一樣的。」

「可是她，故事裡的那個女孩也沒有真正復活，不是嗎？故事說，一旦一個人死了，就隸屬死者的世界。但二哥還是可以看見她、跟她交談，不是嗎？他甚至跟她共同生活了一段時間……」

哈利看到妙麗臉上出現了憂慮和某種不容易確定的情緒並再看了一眼榮恩，他隨即明白，那就是恐懼。他高談闊論跟死者一起生活，嚇著了她。

「所以，葬在高錐客洞那個姓皮福雷的，」他倉卒地說，努力使語氣顯得清醒無比，「妳對他一無所知？」

「我不知道。」她答道，換個話題使她如釋重負。「我看到他墓碑上的記號之後，就做過調查，如果他很有名或做過什麼大事，我相信我們的書裡一定會提到。但我唯一找到『皮福雷』這名字的那次，是在《自然界的榮光：一部魔法家族史》裡，那本書是跟怪角借的。」見榮恩挑起眉毛，她解釋道：「書中列出現今已經斷了男嗣的純種家族，顯然皮福雷是最早消失的家族之一。」

「『斷了男嗣』？」榮恩重複一遍。

「就是說，這姓氏在幾百年前就沒人姓了。以皮福雷家族為例，他們可能還有後裔，但不姓皮福雷。」

哈利忽然心頭靈光一現，被皮福雷這名字挑動的記憶回來了。一個骯髒的老人當著魔法部官員的面，揮舞一枚醜陋的戒指。哈利大聲喊道：「魔佛羅．剛特！」

「你說什麼？」榮恩與妙麗異口同聲道。

「**魔佛羅．剛特**！『那個人』的外祖父！我在儲思盆裡見過他！當時鄧不利多跟我一起！魔佛羅．剛特說他是皮福雷的後裔！」

榮恩和妙麗滿臉迷惑。

「那個戒指後來成為分靈體的戒指。魔佛羅．剛特說過，上面有皮福雷家族的紋章！我看見他對一個魔法部的官員揮舞那枚戒指，他差點把戒指戳到人家鼻子裡！」

「皮福雷家族的紋章？」妙麗急促地問，「你有看到上面是什麼圖案嗎？」

「沒看清楚。」哈利努力回憶。「我印象中，沒什麼值得注意的東西，可能只是幾根線條。直到它被破壞以後，我才有機會近距離觀察它。」

哈利看見妙麗忽然瞪大眼睛，代表她懂了。榮恩來回掃視他們兩個，表情十分驚訝。

「天啊……你認為，又是那個標記？聖物的標記？」

「有何不可？」哈利興奮地說，「魔佛羅．剛特是個無知的老飯桶，日子過得像頭豬，他唯一在意的就是他的祖先。如果那枚戒指真的傳了好幾百年，他可能已經不知道它究竟代表什麼了。那棟房子裡沒有半本書，相信我，他也不是會念童話故事給孩子聽的那種人。他一定把寶石上的線條當成家族徽章，因為他唯一的認知就是，血統純正就等於皇家貴冑。」

「是啊……這一切都很有趣。」妙麗審慎地說，「但，哈利，如果你的想法跟我一樣——」

「嗯，有何不可？**有何不可？**」哈利把謹慎拋到一旁說道，「那是塊石頭，不是嗎？」他看一眼榮恩尋求支持。「如果那就是重生石呢？」

榮恩張大嘴巴說：「天啊——但它還管用嗎？如果鄧不利多破壞了——」

「管用？**管用**？榮恩，它從來就沒有管用過！**根本沒有重生石這種東西**！」妙麗跳起來，顯得又氣又惱，「哈利，你企圖讓每件事都符合聖物的故事——」

「**讓每件事都符合**？」他重複她的話。「妙麗，這一切本來就是這樣！我知道那塊石頭上有死神聖物的標記！剛特是皮福雷家族後裔這件事，也是他自己說的！」

「一分鐘前，你還說你沒有仔細看過石頭上的圖案！」

「你想那個戒指現在在哪裡？」榮恩問哈利，「鄧不利多硬把它破壞以後，怎麼處理它？」

但哈利的想像力向前飛馳，遠超過榮恩和妙麗所能及……

三件物品，又叫做聖物，如果聯合在一起，持有者就能主宰死亡……主宰……征服者……勝利者……最終之大敵為死亡……

他看見自己擁有這些聖物，面對佛地魔，分靈體無法匹敵……兩者無法同存於世……這就是答案嗎？聖物對抗分靈體？到底有沒有辦法確保他會獲勝？成為死神聖物的主宰就安全了嗎？

「哈利？」

但他幾乎聽不見妙麗說話，他取出隱形斗篷，在指縫間摩挲。布料像水般滑潤，像空氣般輕盈，置身魔法界將近七年以來，他從未見過類似的東西。這件隱形斗篷完全符合贊諾的描述：真正能使穿戴者完全隱形的斗篷，而且永不損壞，不怕任何咒語，能提供長時間、無法識破的隱形效果……

然後他倒抽一口氣，想起來了——

「我父母去世的那個晚上，我的隱形斗篷在鄧不利多手上！」

哈利的聲音顫抖，他意識到自己脹紅了臉，但他不在乎。「我媽告訴過天狼星，鄧不利多借走了隱形斗篷！就是這個緣故！他要研究它，因為他認為它就是第三件聖物！伊諾特・皮福雷葬在高錐客洞……」哈利下意識地繞著帳篷走來走去，覺得好像偉大的嶄新真相在他四周豁然開朗。「他是我的祖先！我是三兄弟的後代！這麼講很合理！」

他覺得滿腔自信，相信聖物就是他的後盾，光是渴望擁有它們的欲望，就足夠保護他。他轉身面對其他兩人時，心中只覺得欣喜若狂。

「哈利。」妙麗再次呼喚，但他忙著解下掛在脖子上的皮袋，手指抖得很厲害。

「讀讀看。」他把他母親的信塞進她手裡，對她說，「讀讀看！隱形斗篷在鄧不利多手上，妙麗！他還有什麼別的理由要拿它？他不需要隱形斗篷，他施展的滅幻咒強大到不需要斗篷就能隱形！」

有個發出亮光的東西掉到地上，滾到一把椅子底下。他取信的時候，把金探子也帶了出來。他彎腰撿起它，然後新湧起的奇妙發想源源不斷，給他帶來一件新禮物，心裡爆發的驚奇與喜悅使他大喊。

「**就在這裡面**！他把戒指留給我了——在金探子裡！」

「你——你這麼想？」

他不懂榮恩為什麼顯得那麼驚訝。在哈利看來，這件事再明顯、再清楚不過。所有條件都符合，每件事……他的隱形斗篷是第三件聖物，等他找到開啟金探子的方法，就會擁有第二件，然後就只需要找到第一件聖物，接骨木魔杖，然後——

但就像是燈光明亮的舞台突然落了幕，所有的興奮、所有的希望與快樂轉眼消失，他獨自站在黑暗裡，偉大的咒語被破解了。

他突然改變語氣，使榮恩和妙麗顯得更害怕。

「他要找的就是那個。」

「『那個人』要的就是接骨木魔杖。」

他轉身背對他們緊張而懷疑的臉孔。他知道這是真的，這樣才說得通。佛地魔不是要找新魔杖，他要的是一根舊魔杖，應該說是非常古老的魔杖。哈利走到帳篷的入口，探頭望著夜空沉思，忘記了榮恩和妙麗……

佛地魔在麻瓜的孤兒院裡長大。他小時候就像哈利一樣，沒有人會講《吟遊詩人皮陀故事集》給他聽。幾乎所有的巫師都不相信死神聖物，佛地魔有可能知道它們嗎？

哈利凝視著黑暗……如果佛地魔知道死神聖物，就一定會尋找它們，不計一切要擁有它們。擁有了三件物品就能主宰死亡？如果他知道有死神聖物，或許根本就不需要分靈體了。他把聖物變成分靈體這麼一個簡單的動作，不就證明他對這魔法的終極大秘密一無所知嗎？

換言之，佛地魔雖然在找尋接骨木魔杖，卻不了解它全部的威力，不知道它是三件物品之一……因為魔杖是一件無法隱藏的聖物，它的存在眾所周知……翻開魔法界的歷史，斑斑血跡都是接骨木魔杖轉手的血腥過程……

哈利看著多雲的天空，縷縷煙灰色或銀色的流雲，從白色的月亮表面飄過。這些不可思議的發現使他有點頭暈。

他轉身回到帳篷裡，吃了一驚，看到榮恩和妙麗仍站在他剛才離開時的相同位置，妙麗仍拿著莉莉的信，看起來有點焦慮的榮恩在她身旁。他們難道不知道，過去這幾分鐘當中，他們的旅程躍進了多大一截距離？

「就這麼回事。」哈利說，很想讓他們也感染他驚人的信心。「這解釋了一切。死神聖物真的存在，我得到了一件——說不定兩件——」

他舉起金探子。

「——而且『那個人』在追尋第三件，但他還沒有想通……他只知道那是一根威力強大的魔杖——」

「哈利。」妙麗走過來，把莉莉的信交還給他。「很抱歉，但我認為你弄錯了，徹底錯了。」

「但妳不明白嗎？一切都說得通——」

「不對，完全說不通。」她道，「說**不**通，哈利，你只是幻想過頭了。拜託，」他想開口，但她搶先了一步，「拜託，你只要回答我一個問題。如果死神聖物真的存在，鄧不利多又了解它們，知道擁有三件聖物的人能主宰死亡——哈利，那他為什麼不告訴你？為什麼？」

他早就準備好答案。

「但妳說過的，妙麗！你必須自己找到它們的意義！這才叫做追尋！」

「我之所以那麼說，不過是為了說服你去找羅古德！」妙麗氣得大喊，「我自己都不相信！」

哈利不理她。

「鄧不利多通常都讓我自己找出答案，他讓我測試自己的力量，讓我冒險。感覺上，這就像他會做的事。」

「哈利，這不是一場遊戲，這不是做習題！現在是來真的。鄧不利多給你非常清楚的指示：找到分靈體，摧毀它們！那個符號根本沒有意義，忘了死神聖物吧，我們不可以分散注意力——」

哈利幾乎沒在聽她說話。他拿著金探子在手裡轉來轉去，暗地裡希望它自動裂開，掉出重生石，證明給妙麗看他是正確的，死神聖物真的存在。

妙麗開始拉攏榮恩。

「你不信這套，對吧？」

哈利抬頭凝視榮恩，榮恩遲疑著。

「我不知道……我是說……有些部分好像說得通。」榮恩笨拙地說，「但整體看起來……」他深呼吸一口氣，「我想我們應該去摧毀那些分靈體，哈利。這是鄧不利多交給我們的任務，也許……也許我們不該管與聖物有關的事。」

「謝謝你，榮恩。」妙麗說，「第一班守夜我來負責。」

然後她大步從哈利身旁走過，坐在帳篷入口處，用這個動作畫下一個有力的句點。

但那天晚上，哈利幾乎無法入睡。死神聖物的念頭盤據了他的心神，興奮的意念在他心裡轉個不停，使他靜不下來。魔杖、石頭、斗篷，如果他能全部擁有……

我在結束時開啟……但結束是什麼？為什麼他不能馬上擁有那顆石頭？只要有了石頭，他就可以當面向鄧不利多提出這些問題……哈利在黑暗中對金探子喃喃低語，什麼都嘗試了，甚至包括爬說語，但那顆小金球就是不肯打開……

還有那根魔杖，接骨木魔杖，它藏在哪裡？佛地魔現在在哪裡搜索？哈利真巴不得額頭上的疤痕灼痛起來，讓他看見佛地魔的思想。這還是有生以來頭一遭，他跟佛地魔因為想要同樣的東西而聯合在一起……妙麗不會喜歡這念頭，當然……但話說回來，她也不相信……贊諾對她的評價多少有點正確……心胸狹窄、見識短淺、觀念封閉。事實就是，她對死神聖物的觀念充滿恐懼，尤其是重生石……哈利再次把嘴唇貼在金探子上，親吻它，幾乎差點要把它吞下肚，但冰冷的金屬不為所動……

快天亮時，他想起了露娜，獨自被關在阿茲卡班的牢房裡，四周都是催狂魔，他忽然覺得很慚愧。他一心只想著聖物，完全忘記了露娜。如果能把她救出來就好了，但是面對數量那麼多的催狂魔，想要救援簡直是以卵擊石。這讓他想到，他還不曾嘗試用黑刺李魔杖召喚護法……早上他一定要試試……

如果能取得更好的魔杖就好了……

取得接骨木魔杖、死神魔杖，永不失敗、所向無敵的欲望，再度將他淹沒……

第二天早晨，他們收拾好帳篷，在淒涼的苦雨中繼續前進。傾盆大雨一直追逐他們到海邊，夜間他們又搭起帳篷，就這樣不屈不撓地走了整整一個星期。一片溼淋淋的風景，使哈利覺得悲慘而沮喪。他心裡只想到死神聖物，就好像他心裡點燃了一把火，任何東西都不能使它熄滅，就算是妙麗直截了當地表示不相信，榮恩懷疑不已，那把火還是熊熊燃燒。問題是，對聖物的渴望越是在他心中熊熊燃燒，他就越覺得不快樂。他把一切怪到榮恩和妙麗頭上，認為他們表現出堅決的漠不關心，就跟下個不停的雨一樣惡劣，使他心情低落。但兩者都無法侵蝕他始終飽滿的信心，對聖物的信念與渴望，完全盤據了哈利的心思，甚至覺得自己無法認同兩個同伴，以及他們對尋找分靈體的執迷不悟。

「執迷不悟？」有天晚上，妙麗責備哈利對找尋其他分靈體無精打采時，他不小心用這字眼反駁。妙麗壓低聲音兇狠地說：「執迷不悟的不是我們，哈利！我們只是努力執行鄧不利多交代的任務。」

但他對這句含蓄的批評充耳不聞。鄧不利多留下了聖物的記號，要妙麗和他解讀，而且哈利也深信不疑，鄧不利多把重生石藏在金探子裡。兩者無法同存於世……死亡的主宰……為什麼榮恩和妙麗就是不懂？

「『最終之大敵為死亡』。」哈利鎮定地重述。

「我還以為我們要對抗的是『那個人』。」妙麗駁斥，哈利決定放棄跟她溝通。

就連那頭銀色雌鹿的來歷，即使其他兩人仍孜孜矻矻討論不休，哈利也覺得無所謂，在他看來，這不過是稍微有點意思的枝微末節罷了。他唯一在意的另一件事，就是額上的疤痕又開始刺痛，但他卻極力在同伴面前掩飾這件事。每次疼痛發作，哈利都設法獨處，但看到的畫面卻讓他失望。他與佛地魔分享的畫面品質發生了變化，總是模糊不清、晃動不已，好像不斷在變換焦距。哈利只分辨出一個好像骷髏頭的模糊物體，還有個像山的東西，但好像都只有陰影而沒有實體。習慣了清晰宛如實景的畫面，哈利對這種改變感到不安。他很擔心自己與佛地魔的連結已遭到破壞，他雖然對這連結感到恐懼，但不論他在妙麗面前怎麼說，他也覺得它很寶貴。他認為影像變得如此模糊不清晰，多少該歸咎於魔杖被毀，就好像他不能再清楚看見佛地魔的心思，都是那根黑刺李魔杖的錯。

一週一週過去，哈利雖然心有旁騖，但仍不免注意到，榮恩似乎成了這個小團體的發號施令者。或許因為他決心彌補拋棄他們的過失，也可能因為哈利鎮日無精打采，激發了沉潛在榮恩內心的領袖特質，現在都是他在鼓勵與勸導他們兩人採取行動。

「還剩三個分靈體。」他總是說，「我們需要行動計畫，來吧！哪裡還沒找過？

我們再來一遍，孤兒院……」

斜角巷、霍格華茲、瑞斗老屋、波金與伯克氏、阿爾巴尼亞，他們所知道每一個湯姆・瑞斗曾經住過、工作過、到過或殺過人的地方，榮恩和妙麗都翻遍了，哈利加入他們，只是為了不想聽妙麗嘮叨他。他寧可獨自一個人坐著，默然不語，試著解讀佛地魔的思維，設法進一步了解接骨木魔杖的內幕，但他發現，榮恩堅持繼續旅行，到越來越不可能有斬獲的地方，其實只是為了保持大家不斷前進。

「你永遠不知道。」這已經成了榮恩的口頭禪。「上弗雷格利是個巫師村，他可能曾經考慮住那裡。我們去打聽一下。」

常常這樣闖入魔法聚落，使他們經常遇見死拿錢。

「他們有些可能比食死人還壞。」榮恩說，「抓到我的那幾個可能有點遜，但比爾認為，他們有的非常危險。這是『波特觀察』上說的——」

「什麼？」哈利問。

「『波特觀察』，我沒告訴過你它叫這名字嗎？就是我一直想聽的那個廣播節目呀，那個唯一報導新聞真相的節目！幾乎每家電台都對『那個人』唯命是從，只有『波特觀察』例外。我真希望你能聽聽看，但頻率太難調了……」

榮恩每天晚上都用他的魔杖在無線電收音機上敲出不同的節奏，讓轉盤飛快轉動。偶爾他們會聽見治療龍痘的片段建議，還有一次聽到幾小節〈裝滿嗆辣愛情的大釜〉。

榮恩總是邊敲邊猜通關密語，低聲叨念著一連串七拼八湊的字句。

「通常都跟鳳凰會有關。」他告訴他們，「比爾總是有本事猜中，我早晚也會猜對一次……」

但直到三月，幸運還是沒有降臨到榮恩頭上。哈利坐在帳篷門口擔任警衛，懶洋洋地看著一簇鑽出寒冷地面的紫色風信子，榮恩忽然興奮地在帳篷裡大喊。

「我猜對了，我猜對了！通關密語是『阿不思』！快進來，哈利！」

多日來沉浸在死神聖物的思維裡，哈利第一次覺得興奮，他急忙跑進帳篷，只見榮恩和妙麗跪在小收音機旁的地板上。正在沒事找事做、擦拭葛來分多寶劍的妙麗，張口結舌瞪著那個小音箱，從裡面傳出一個熟到不能再熟悉的聲音。

「……為我們暫時在空中缺席表示歉意，這都是那些迷人的食死人在我們這地區拜訪很多住家所引起的。」

「這不是李．喬丹嗎！」妙麗說。

「我知道！」榮恩笑道，「很酷，嗯？」

「……現在我們找到另一個安全的場地。」李說，「我很高興告訴大家，今晚這裡有兩位固定為我們播報新聞的朋友。晚安，夥伴們！」

「嗨。」

「晚安，李溪。」

「『李溪』就是李。」榮恩解釋，「他們都有化名，但通常都猜得出——」

「噓！」妙麗說。

「在我們聽羅爺和雷姆洛說話前，」李繼續說，「讓我們先報導幾件巫師無線廣播網和《預言家日報》認為不重要、不屑一提的死亡事件。我們以最大的遺憾向聽眾報告，泰德．東施和德克．柯斯維遇害的消息。」

哈利覺得胃部一陣緊縮。他、榮恩、妙麗恐懼地相視一眼。

「有個名叫果納的妖精也被殺了。據信身為麻瓜出身者的丁．湯馬斯和另一個妖精，當時正與東施、柯斯維與果納同行，但他倆可能已經逃脫。如果丁在聽廣播，或有人知道他的下落，他的父母和姊妹都迫切渴望接到消息。

「同時，蓋得利有個麻瓜家庭，一家五口陳屍家中。麻瓜官方將死因歸咎於瓦斯外洩，但鳳凰會成員通知我們，死因是索命咒——這是新政權統治下，屠殺麻瓜已超出休閒娛樂範疇的進一步證據，如果這種事還有必要證明的話。

「最後，我們很遺憾告訴聽眾，芭蒂達．巴沙特的遺體已在高錐客洞被發現。證據顯示，她已去世好幾個月。鳳凰會通知我們，她的屍體上留有絕無疑慮是黑魔法造成的傷害。

「各位聽眾，我要請大家跟我們一起默哀一分鐘，悼念被食死人殺害的泰德．東施、德克．柯斯維、芭蒂達．巴沙特、果納，以及那個雖不知名姓，但同樣令人遺憾的麻瓜家庭。」

一陣沉默，榮恩與妙麗沒有說話。哈利一方面想聽更多消息，但另一方面，他對接下來會聽到什麼，卻感到非常害怕。這是很長一段時間以來，他第一次覺得跟外界有完整的聯繫。

「謝謝大家。」李的聲音說，「現在我們回到例行的特派員時間，羅爺會告訴我們，巫師界的新秩序影響麻瓜世界的最新動態。」

「謝謝，李溪。」一個絕不會被誤認的低沉、慎重、讓人安心的聲音。

「金利！」榮恩脫口說。

「我們都知道！」妙麗說，示意他安靜。

「麻瓜死傷慘重，但他們對苦難的來源仍一無所知。」金利說，「不過，我們不斷聽到發人深省的報導，男、女巫師為了保護麻瓜朋友與鄰居，正不惜冒著自身安全的危險，但往往麻瓜並不知情。我想呼籲所有的聽眾仿效他們，比方在你居住的街道上，對所有麻瓜房屋設保護咒。只要採取這麼簡單的步驟，就能挽救很多生命。」

「如果聽眾回答，時局這麼危險，應該『巫師優先』才對，你怎麼說，羅爺？」李問。

「我會說，『巫師優先』的下個階段是『純種優先』，然後就是『食死人』。」金利回答，「我們都是人類，不是嗎？每條人命的價值都相當，都值得搶救。」

「說得太好了，羅爺，如果我們脫離這場混亂，我一定投你一票，拱你當魔法部長。」李說，「接著請雷姆洛來進行本台最受歡迎的單元：『波特的夥伴』。」

「謝謝你，李溪。」另一個非常熟悉的聲音說。榮恩剛要開口，妙麗就搶先一步，低聲阻止他。

「**我們聽得出是路平！**」

「雷姆洛，你還是像每次上我們節目一樣，堅持哈利波特還活著嗎？」

「是的。」路平堅定地說，「我毫不懷疑，一旦他死亡，食死人一定會敲鑼打鼓，到處宣揚，因為這對反抗新政權者的士氣，是一個致命的打擊。『那個活下來的男孩』象徵我們努力爭取的一切：善良的勝利，天真的力量，繼續反抗的必要。」

哈利心中油然湧起感激與慚愧交雜的情緒。那麼，他上次跟路平見面時說的那些可怕的話，都已經被原諒了嗎？

「如果哈利在聽我們的節目，你要對他說什麼，雷姆洛？」

「我會告訴他，我們的精神與他同在。」路平說，然後稍微遲疑了一下，「我會鼓勵他追隨自己的直覺，他的直覺很棒，幾乎永遠是對的。」

哈利看妙麗一眼，她眼中盈滿淚水。

「幾乎永遠是對的。」她重複。

「哦，我不是跟妳說過嗎？」榮恩驚訝地說，「比爾告訴我，路平又回去跟東施一起生活了！她的肚子也越來越大了。」

「……我們照例要報導，那些因為對哈利波特忠心耿耿而受苦受難的朋友，近況如何呢？」李再問。

「嗯，固定收聽本節目的聽眾都知道，幾位最直言不諱、支持哈利波特的人士，現在已經入獄，包括《謬論家》前任編輯贊諾．羅古德——」路平說。

「起碼他還活著！」榮恩嘟囔。

「過去幾小時內，我們也聽說，魯霸．海格——」三人不禁都驚呼出聲，差點沒聽見接下來的句子，「——亦即霍格華茲學校著名的獵場看守人，在霍格華茲校園內，千鈞一髮地逃脫圍捕，據說當時他在家中舉行『聲援哈利波特』派對。不過海格還沒有被監禁，我們相信他在逃亡途中。」

「我想你在逃避食死人的時候，有個身高十六呎的同母異父弟弟，應該很有幫助吧？」李問。

「應該多少帶來一點優勢。」路平義正辭嚴地說，「請容我補充一句，我們『波特觀察』的同仁，都為海格的英勇叫好，但我們呼籲即使是哈利最忠實的支持者，也不要學習海格的榜樣。目前的氣氛下，舉行『聲援哈利波特』派對，實在是不智之舉。」

「確實如此，雷姆洛。」李說，「所以我們建議大家，用收聽『波特觀察』來表示你效忠那個額頭上有道閃電疤痕的人就夠了！接下來的報導是有關那位跟哈利波特一樣難以捉摸的巫師，我們姑且稱呼他『食死人酋長』。現在讓我們為大家介紹一位新特派員『鼠輩』，請他說說，他對幾則與『食死人酋長』有關的瘋狂謠言，有什麼看法。」

「『**鼠輩**』？」又是一個熟悉的聲音。哈利、榮恩和妙麗齊聲大喊：「弗雷！」

「不對——是喬治吧？」

「我想是弗雷。」榮恩湊得更近一點。不論是雙胞胎的哪一個，這人說：「我才不是『鼠輩』，別想，我告訴過你，叫我『小刀』！」

「唉，好吧。『小刀』，能否請你用自己的觀點，給我們說說食死人酋長最近流傳的幾則故事？」

「好的，李溪，可以的。」弗雷說，「聽眾都知道，除非躲在花園魚池底下或其他類似的所在，否則行蹤飄忽的『那個人』，都會造成可愛的小恐慌。請別搞錯了，如果所謂目擊他的事件都是事實，那這世上一定足足有十九個『那個人』在各地跑來跑去。」

「但這樣很稱他的心，」金利說，「保持神秘比實際現身製造了更多的恐懼。」

「同意。」弗雷說，「所以，各位，我們要盡量鎮定下來。不需要捕風捉影，情況就已經夠糟了。比方有新的謠言說，只要被『那個人』的眼睛一瞪，就會喪命。那是**蛇妖**，聽眾們。你可以做個簡單的測試，檢查一下，瞪著眼睛看你的那個東西有沒有長腳，如果有，大可放心看他的眼睛。不過如果對方當真是『那個人』，這仍然可能成為你這輩子的最後一件豐功偉業。」

幾個星期以來，哈利第一次哈哈大笑，他感覺得出緊張的壓力逐漸離他而去。

「還有他屢次在國外現身的謠言呢？」李問。

「這麼說吧，哪個人辛苦工作一陣子之後，不願意去度個愉快的小假呢？」弗雷說，「重點是，各位，不要因此被騙，以為他在國外，就興起錯誤的安全感。他或許在國外，也可能不在，但事實上只要他願意，絕對可以比賽佛勒斯・石內卜面對一瓶洗髮精時跑得更快。所以如果你計畫鋌而走險，千萬別指望他會鞭長莫及。我從來沒想到自己會說這種話，但安全第一！」

「非常感謝你給我們這些極具智慧的建議，小刀。」李說，「各位聽眾，今天的『波特觀察』就播送到此。我們不知道下次播音會是什麼時間，但可以確定，我們一定會回來。請繼續撥弄轉盤，下次的通關密語是『瘋眼』。讓我們互相保護、保持信心。晚安。」

收音機的調頻轉盤一陣急轉，頻道顯示板後面的燈光也熄滅了。哈利、榮恩和妙麗仍然滿臉笑容，聽見熟悉、友善的聲音有如一劑特效強心針，哈利已經習慣遺世獨立，差點忘記了還有其他人在反抗佛地魔。這感覺就像從一場漫長的睡眠中甦醒過來。

「很棒，嗯？」榮恩快樂地問。

「棒透了。」哈利說。

「他們好勇敢。」妙麗佩服地說，「如果被發現……」

「嗯，所以他們會不斷轉換地方，不是嗎？」榮恩說，「就像我們一樣。」

「但你沒聽見弗雷怎麼說的？」哈利興奮地問。現在廣播結束，他的心思又回到那個強大的執念上。「他在國外！他還在找魔杖，我就知道！」

「哈利——」

「別這樣，妙麗，妳為什麼就是不肯承認？佛——」

「**哈利，不要！**」

「——地魔在找接骨木魔杖！」

「這名字被下了禁忌咒！」榮恩咆哮，帳篷外傳來響亮的**啪**一聲，他跳起身來。「我告訴過你，哈利，我告訴過你，我們再也不能說那個名字——我們一定要重新布下保護——快點——他們就是這樣找到——」

榮恩忽然停下，哈利知道原因。桌上的測奸器忽然亮了，開始轉動不已。他們聽見人聲越來越接近，一片粗嘎、興奮的聲音。榮恩按了一下從口袋裡掏出的熄燈器，他們的燈熄了。

「舉起手，出來！」一個沙啞的聲音穿破黑暗。「我們知道你們在裡面！有六根魔杖指著你們，詛咒是不認人的。」

23 馬份莊園

哈利瞪大眼睛望向其他兩人，但黑暗中只看得見隱約的輪廓。他看見妙麗舉起魔杖，不是指著外面，而是對準他的臉。傳來砰的一聲，爆出一陣白光，他痛得彎下腰倒在地上，什麼也看不見，卻發覺手中自己的臉很快地膨脹起來，沉重的腳步聲立刻包圍了他。

「站起來，反賊！」

不知哪來的手，粗暴地把哈利從地上拖起來。他還來不及阻擋，就有人搜索他的口袋，搶走了那根黑刺李魔杖。哈利捧住疼痛不堪的臉孔，只覺得五官摸起來都變了樣，緊繃、腫脹的感覺，好像發生了嚴重的過敏反應。他的眼睛腫成一條細縫，幾乎沒辦法看東西。從帳篷裡被拖出來時，哈利的眼鏡掉了，只看見四、五個模糊的人影，把榮恩和妙麗也拖了出來。

「放——開——她！」榮恩大喊。接著顯然是拳頭打中肉體的聲音，榮恩痛苦地悶哼一聲。妙麗尖叫：「不要！別打他，別打他！」

「妳的男朋友要是在我們的名單上，下場會比剛才更慘。」一個熟悉得讓人害怕的沙啞聲音說，「嬌滴滴的女孩……多麼美味……嫩嫩的皮膚我最喜歡……」

哈利的胃一陣翻攪。他知道這是誰了，焚銳．灰背。這狼人因為行事兇殘，所以獲准穿上食死人的袍子。

「搜索帳篷！」另一個聲音說。

哈利臉朝下被扔在地上。砰的一聲，他知道是榮恩被丟在他身旁。他們聽見腳步聲和嘩啦啦的聲音，那些人搜索時把帳篷裡的椅子推翻了。

「現在，我們來看看抓到些什麼人。」上方傳來灰背貪婪的聲音，哈利被翻過來。一道魔杖射出的光照在他臉上，灰背哈哈大笑。

「這種長相，我要配著奶油啤酒才嚥得下。你怎麼了，醜八怪？」

哈利沒有馬上回答。

「我**說**，」灰背重複道，哈利的肚子挨了一拳，痛得他整個人縮成一半。「你怎麼了？」

「被叮的。」哈利嘟囔道，「蟲子叮的。」

「是啊，看起來也像。」另一個聲音說。

「你姓什麼？」灰背咆哮。

「達力。」哈利說。

「名字呢？」

「我——威農。威農・達力。」

「查一下名單，史卡皮。」灰背說。哈利聽見他向旁挪了一步，低頭看著榮恩，「你呢，紅毛小子？」

「史坦・桑派。」榮恩說。

「才怪，」那個叫史卡皮的人說，「我們認識史坦・桑派，他給我們添了不少麻煩。」

又是砰的一聲。

「偶叫巴迪。」榮恩說，哈利聽得出他滿口是血，「巴迪・衛嘟理。」

「衛斯理？」灰背獰聲道，「所以你即使不是麻種，也跟純種叛徒有親戚關係囉。最後輪到，你漂亮的小女朋友……」他垂涎欲滴的口吻，使哈利全身起了雞皮疙瘩。

「別那麼猴急，灰背。」史卡皮說，其他人一陣哄笑。

「哦，我暫時還不會動口。來看看她想起自己名字的速度有沒有比巴尼快，妳是誰，小妞？」

「潘妮・清水。」妙麗說。她聽起來嚇壞了，但是很具說服力。

「妳是什麼血統？」

「混血。」妙麗說。

「這很容易查清楚。」史卡皮說，「但他們看起來，好像都還是念霍格華茲的年紀——」

「偶們休學了。」榮恩說。

「休學，是嗎，紅毛小子？」史卡皮說，「你們決定來露營？你們以為可以拿黑魔王的名諱隨便開玩笑？」

「無是開玩笑。」榮恩含糊地說，「烏小心。」

「不小心？」又一陣戲謔的哈哈大笑。

「你們知道誰最喜歡說黑魔王的名字嗎，衛斯理？」灰背咆哮，「鳳凰會。這字眼跟你有關係嗎？」

「姆有。」

「我告訴你們吧，那些人不願對黑魔王表示適當的敬意，所以他的名字被下了禁忌咒，有幾個鳳凰會成員就這樣被抓到。我們來看看，先把他們跟另外兩個俘虜綁在一起！」

有人拽著哈利的頭髮，把他拖到一段距離外，推他坐下，然後把他跟其他人背對背綁在一起。哈利視力模糊，腫脹的眼睛幾乎什麼也看不見。綑綁他們的人終於走開後，哈利悄聲向其他俘虜打聽。

「還有人手裡有魔杖嗎？」

「沒有。」榮恩和妙麗在他兩旁齊聲說道。

「都是我的錯，我說了那名字，對不起——」

「哈利？」

這個新聲音很耳熟，說話者坐在哈利背後，妙麗的左邊。

「丁？」

「果然是你！如果他們發現抓到了什麼人——！他們是死拿錢，專門抓逃學生，賣了換賞金——」

「一個晚上有這樣的收穫滿不錯的。」灰背說，一雙打了平頭釘的靴子從哈利身旁大步走過，他們聽見帳篷裡傳出更多嘩啦嘩啦的聲音。「一個麻種、一個逃跑的妖精，還有三個逃學生。你名單查完了沒有，史卡皮？」他吼道。

「查完了。這裡沒有威農．達力，灰背。」

「有趣。」灰背說，「真有趣。」

他在哈利身旁蹲下，哈利透過浮腫眼皮間極細的縫隙，看見一張長滿雜亂無章濃密灰毛和鬍鬚的臉，嘴裡露出尖利的黃褐色長牙，口角有道綻裂的傷口。灰背身上散發出跟鄧不利多在高塔上死去那晚一模一樣的味道，混合著爛泥、汗水和血腥味。

「所以你沒有被通緝，是嗎，威農？還是這名單上列的是你另一個名字？你在霍格華茲屬於哪個學院？」

「史萊哲林。」哈利出於本能回答。

「真有趣，這些人怎麼都知道我們想聽什麼。」史卡皮在陰影中冷笑，「但他們都說不出交誼廳在哪裡。」

「在地窖裡，」哈利口齒清晰地說，「穿過牆壁進去。裡面有很多死人頭骨什麼的，它位在湖底下，所以光線永遠是綠色的。」

一段短暫的沉默。

「好極了，好極了。看起來我們真的抓到了一個小史萊哲林。」史卡皮說，「算你運氣好，威農，因為史萊哲林很少有麻種。你父親是什麼人？」

「他在魔法部上班。」哈利撒謊。他知道只要略做調查，所有的謊言都會穿幫，但話說回來，他的時間不多。一旦他的面貌恢復舊觀，遊戲就宣告結束。「魔法意外和災難部門。」

「你知道怎麼著，灰背，」史卡皮說，「那部門好像真的**有**個姓達力的。」

哈利差點被一口氣噎住，他們有沒有可能靠運氣，純粹的運氣，就平安脫困？

「很好，很好。」灰背說，哈利可以聽出他粗魯的聲音裡，參雜著微乎其微的膽怯。他知道灰背在考慮，這個遭到他攻擊和綑綁的人，是否真的是某位魔法部官員的兒子。哈利的心臟猛力撞擊著肋骨周圍的繩索，灰背若看得見他也不意外。「如果你說的是實話，醜小子，跑一趟魔法部你也沒什麼好擔心的。就憑送你回家這一點，你老子也該給我們酬金。」

「但是，」哈利說，他覺得唇乾舌燥，「如果你放了——」

「喂！」帳篷裡有人高喊，「來看看這個，灰背！」

一個黑色的人影向他們跑來，哈利在他們魔杖的光線中看見一道銀光閃過。他們找到了葛來分多寶劍。

「非——常——好。」灰背從同伴手中接過寶劍，滿意地說，「哦，真的非常好。看來是妖精的手工藝品，這玩意。你是從哪裡弄來的？」

「是我父親的。」哈利撒謊，抱著僥倖的希望，最好灰背沒看見刻在劍柄下面的名字，「我們借來劈柴火——」

「慢著，灰背！看這裡，《預言家日報》！」

史卡皮說話的時候，哈利額頭上因為皮膚腫脹而繃得很緊的疤痕，又劇痛了起來。他眼前出現一幅比周遭景物更清晰的畫面，有高大的建築物，一座漆黑而令人望之生畏的陰森古堡。佛地魔的想法突然又變得清晰，他向那棟大建築飄浮過去，心情愉快平和，目標明確……

好近……好近……

哈利使出全副意志力克制自己不接收佛地魔的思想，關閉心靈回到現實，坐在那裡，在黑暗中跟榮恩、妙麗、丁和拉環一起被綑綁著，聽灰背和史卡皮交談。

「『妙麗・格蘭傑，』」史卡皮說，「『據信跟哈利波特一起旅行的麻種。』」

哈利的疤痕在黑暗中默默灼痛，但他以無與倫比的毅力讓自己留在現實中，拒絕進入佛地魔的內心。他聽見灰背的靴子嘎吱嘎吱走過來，走到妙麗面前蹲下。

「知道嗎，小妞？這張照片看起來天殺的像妳。」

「不像！不是我！」

妙麗嚇壞了的尖叫聲，聽起來簡直像自白。

「『……據信跟哈利波特一起旅行。』」灰背低聲重複。

全場一片寂靜。哈利的疤痛得要命，但他竭盡所有的力量抗拒佛地魔思想的拉扯，他從不曾這麼迫切地需要保持頭腦清醒。

「這麼一來，情況就不同了，不是嗎？」灰背輕聲說。

沒有人答腔。哈利意識到所有的死拿錢都動也不動地瞪著他們，也感覺到妙麗的手臂在他旁邊發抖。灰背站起身，向哈利坐著的方向走了兩步，再次蹲下，仔細端詳他變形的臉孔。

「你額頭上是什麼，威農？」他低聲問，他伸出一根骯髒的手指觸摸繃緊的疤痕時，嘴裡噴出的臭氣衝進哈利的鼻子裡。

「不要碰！」哈利大喊，他控制不住自己，覺得痛得快要嘔吐了。

「我還以為你戴眼鏡，波特？」灰背從齒縫裡發話。

「我有找到眼鏡！」鬼鬼祟祟站在遠處的一個死拿錢高聲說，「帳篷裡有眼鏡，灰背，等我一下——」

沒一會，哈利的眼鏡就被戴回他臉上。所有的死拿錢都圍攏來，盯著他看。

「就是他！」灰背啞著喉嚨說，「我們抓到波特了！」

他們都退後了幾步，對自己所做的事感到吃驚。而頭痛欲裂、仍在掙扎企圖保持清醒的哈利，想不出該說什麼，片段的畫面不斷在他心頭突現——

……他在一座黑色堡壘的高牆周圍滑翔——

不，他是哈利，被綁住了，沒有魔杖，處境極為危險——

……抬頭望，望向最高的窗，最高的塔——

他是哈利，他們正在低聲討論他的命運——

……該起飛了——

「……送交魔法部嗎？」

「去他的魔法部。」灰背咆哮，「他們會搶走所有的功勞，我們一點好處都沾不到。我說，我們直接把他交給『那個人』。」

「你要召喚他？到**這裡**來？」史卡皮說，聽起來既敬又怕。

「不要。」灰背怒吼，「我還沒有——聽說馬份家是他的一個基地，我們把這小子帶到那裡去。」

哈利猜想他知道灰背為何不敢召喚佛地魔。這個狼人雖然因為有利用價值而獲准穿食死人的袍子，但只有佛地魔的親信才有資格烙上黑魔標記，灰背還沒有獲得這份最高殊榮。

他的疤又開始火辣辣作痛——

……他在黑夜裡升起，直接向塔頂那扇窗飛去——

「……百分之百確定是他嗎？如果弄錯的話，灰背，我們就死定了。」

「這裡誰當家？」灰背咆哮，企圖掩飾他力有未逮的困境。「我說他是波特，他加上他的魔杖，就是二十萬加隆！要是你們有哪個沒膽跟我一起來，我就可以多得一份。運氣好的話，還加上這女孩！」

……所謂窗戶，不過是黑色岩石上的一條隙縫，寬度還不夠一個人通過……透過窗縫，看見一個骷髏似的人形，蜷縮在毯子底下……死了，還是在睡覺……？

「好吧！」史卡皮說，「好吧，我們加入！其他幾個人怎麼辦，灰背？我們怎麼處置他們？」

「照樣領賞。我們抓到兩個麻種，又多十加隆。劍也交給我，如果鑲的是紅寶石，現成又是一筆小錢。」

幾名囚犯被拉起來，哈利聽見妙麗短促而恐懼的喘息。

「抓住他們，緊一點。波特我負責！」灰背一把抓住哈利的頭髮說，哈利感覺黃色的長指甲抓痛了他的頭皮。「數到三！一——二——三——」

他們用消影術帶俘虜同行。哈利試圖掙扎想擺脫灰背的掌握，但毫無希望。兩旁有榮恩和妙麗緊靠著他，三人綁在一起，誰也脫不了身。他覺得幾乎喘不過氣，疤也痛得越發厲害——

……他像蛇一樣，硬鑽進窗戶，像空氣一樣輕輕落地，進入那個地窖似的房間——

俘虜落在一條鄉間小路上，撞成一堆。哈利仍然浮腫的眼睛花了一會時間才適應，這是一條看起來很長的車道終點，前方有兩扇鑄鐵大門。他稍微鬆了口氣，最壞的狀況還沒有發生，佛地魔不在這裡。努力抗拒那些影像的哈利知道，佛地魔在一個類似古堡的陌生地方，在高塔之上。佛地魔一旦知道哈利在這裡，要花多少時間才能趕到，則是另一個問題……

一個死拿錢大步走到門口，用力搖晃那兩扇鐵門。

「我們怎麼進去？門鎖了，灰背。我不能——該死的！」

他害怕地縮回手。鐵門開始變形，抽象的線條與渦捲扭曲成一張可怕的臉，用喀啷喀啷帶有迴音的聲音發話：「說明來意！」

「我們手上有波特！」灰背得意洋洋地吼道，「我們抓到了哈利波特！」

大門呀的一聲敞開了。

「來吧！」灰背對部下說，俘虜被推進大門，沿著車道向前走。兩旁高大的樹籬掩蓋了腳步聲，哈利看見上方有個幽靈似的白色影子，細看才知道是一隻得了白化症的孔雀。他跌跌撞撞，被灰背拖著站起來，跟其他四人背靠著背綁在一起，只能側著身子橫向前進。哈利閉上浮腫的眼睛，任疼痛的疤痕暫時控制他，希望知道佛地魔在做什麼，不論他是否知道哈利已經被擒──

……那個憔悴的人影在薄薄的毯子底下動了一下，隨即翻身面對他，骷髏似的臉孔睜開雙眼……羸弱的人坐起身，凹陷的大眼睛瞪著他，瞪著佛地魔，然後露出微笑。他大部分牙齒都掉光了……

「終於，你來了。我以為你會……總有這麼一天。但你的旅程沒有意義，我從來就不曾擁有它。」

「你撒謊！」

佛地魔的怒火在心中高高竄起，哈利的傷疤也痛得快要爆炸，他把心靈拉回自己體內，努力留在現實中，隨著其他俘虜一起被推著沿碎石路前行。

光線流洩在他們每個人身上。

「什麼事？」一個女人冰冷的聲音問。

「我們來見『那個不能說出名字的人』！」灰背嘶聲說。

「你是誰？」

「妳認識我！」狼人的聲音帶著怨恨，「焚銳．灰背！我們抓到了哈利波特！」

灰背抓住哈利，把他拖過來面對光線，逼得其他俘虜跟著轉身。

「我知道他臉腫了，夫人，不過確實是他！」史卡皮插嘴，「妳仔細看看，就會看到他的疤。還有這個，看到這個女孩嗎？就是跟他一起旅行的那個麻種，夫人。千真萬確就是他，我們也有他的魔杖！在這裡，夫人——」

哈利看到水仙．馬份細看他腫脹的臉，史卡皮把黑刺李魔杖扔給她，她挑起眉毛。

「把他們帶進來。」她道。

哈利和其他人被連推帶踢，上了寬闊的石階，進入一條兩旁掛滿畫像的走廊。

「跟我來。」水仙領路穿過走廊，「我兒子跩哥回家過復活節長假，如果這是哈利波特，他一定認得。」

經過外面的黑暗，只覺客廳裡光芒萬丈，哈利雖然眼睛幾乎睜不開，但還是能察覺這房間有多麼寬廣。天花板懸掛著一盞水晶大吊燈，暗紫色的牆壁上掛著更多畫像。華麗的大理石壁爐前面，死拿錢把俘虜推進房間，有兩個人影從椅子上站起身來。

「怎麼回事？」

魯休思．馬份熟悉得令人害怕、慢條斯理的聲音進入哈利耳朵。他開始恐慌，找不到辦法脫困，而隨著恐懼升高，阻擋佛地魔的思想也容易多了，但他的疤仍然灼痛。

「這些人說他們抓到了波特。」水仙冰冷的聲音說，「跩哥，過來。」

哈利不敢正視跩哥，只用眼角餘光看他。有個體型比哈利略高一點的人影從扶手椅旁走過來，他淺色金髮底下的臉孔顯得蒼白、尖削。

灰背再次強迫所有俘虜轉身，把哈利推到水晶燈正下方。

「怎麼樣，小老弟？」狼人刺耳的聲音問。

哈利正對壁爐上方一面巨大的鏡子，鍍金鏡框上裝飾著非常繁複的渦捲花紋圖案。透過眼縫，他從離開古里某街以來第一次照到鏡子。

他的臉好大，呈現亮晶晶的粉紅色，五官都被妙麗的惡咒弄得變了形。他的黑髮及肩，下巴周圍有圈黑影。要是他不知道自己在照鏡子的話，一定猜不出這個戴著他眼鏡的人是誰。他決心不講話，因為說話聲音一定會洩漏他的身分，但跩哥走過來時，他還是避免接觸他的眼睛。

「怎麼樣，跩哥？」魯休思．馬份說，聽起來很貪婪，「是他嗎？是哈利波特嗎？」

「我不能——不能確定。」跩哥說。他跟灰背保持距離，而且好像比哈利更害怕跟他面對面。

「那就再看清楚一點，看啊！走過來一點！」

哈利不曾聽見魯休思．馬份的聲音這麼興奮過。

「跩哥，如果我們把波特交給黑魔王，一切都會被原——」

「等一下，我們沒忘記實際上逮到他的是誰吧，馬份先生？」灰背惡狠狠地說。

「那是當然，那是當然！」魯休思．馬份不耐煩地說。他親自走到哈利面前，近到哈利即使眼睛腫得不成樣子，也能清楚看見那張通常沒精打采的蒼白臉孔上所有的細節。彷彿戴著充氣面具的哈利，感覺像是透過牢籠的鐵欄杆往外張望。

「你對他做了什麼？」魯休思問灰背，「他怎麼會變成這種樣子？」

「不是我們幹的。」

「看起來像是螫人蟲咒。」魯休思說。

他的灰眼睛上下打量哈利的額頭。

「那裡有個東西。」他低聲說，「可能是疤痕，被繃得太緊……跩哥，過來看個清楚！你覺得怎麼樣？」

哈利看到跩哥的臉湊上來，就在他父親旁邊。這對父子長得絕頂相像，唯一的差別是做父親的滿臉興奮之情，但跩哥卻一臉的勉強，甚至恐懼。

「我不知道。」他說，隨即往站在壁爐前面旁觀的母親走去。

「我們最好要確定，魯休思。」水仙用冰冷、清晰的聲音對丈夫喊，「百分之百確定這就是波特以後，再召喚黑魔王……他們說這根是他的魔杖。」她仔細觀察手中那根黑刺李魔杖，「但是跟奧利凡德的描述並不符合……如果弄錯，如果無緣無故把黑魔王請來……還記得他怎麼處置羅爾和杜魯哈的嗎？」

「那這個麻種怎麼樣？」灰背冷哼說。哈利差點摔倒，死拿錢又拖著俘虜轉了個圈，讓光線照在妙麗身上。

「慢著。」水仙大聲道，「沒錯——是的，那次在摩金夫人店裡，她確實跟波特在一起！我在《預言家日報》上見過她的照片！看啊，跩哥，這不就是那個姓格蘭傑的女孩嗎？」

「我……可能……是的。」

「還有，那個就是衛斯理家的兒子！」魯休思大喊，他大步繞過幾個被綑綁的俘虜，面對著榮恩，「就是他們，波特的朋友——跩哥，看看他，是不是亞瑟．衛斯理的兒子，他叫什麼名字——？」

「是啊。」跩哥又說，背對著俘虜，「有可能。」

哈利背後，客廳的門開了。一個女人開口說話，她的聲音使哈利的恐懼上升到更高點。

「怎麼回事？出了什麼事，仙仙？」

貝拉．雷斯壯慢慢走過來，繞了俘虜一圈，停在哈利右手邊，用深陷的眼睛盯著妙麗看。

「真的，」她低聲道，「這是那個麻種女孩嗎？這就是格蘭傑？」

「是的，是的，正是格蘭傑！」魯休思大喊，「我們判斷，她旁邊那個就是波特！波特和他的朋友終於落網了！」

「波特？」貝拉尖叫，她退後一步，把哈利看得更清楚點。「你確定嗎？這樣的話，要立刻通知黑魔王！」

她拉起左邊衣袖，哈利看到烙在她手臂皮肉裡的黑魔標記，知道她打算碰觸它，把她心愛的主人喚來——

「我剛剛正想召喚他！」魯休思說，他抓住貝拉的手，不讓她碰觸那個標記，「應該由**我**來召喚他，貝拉。波特是被帶到我家，所以我有權——」

「你有權！」她嗤之以鼻，企圖掙脫他的掌握，「你失去魔杖的時候，就失去了權威，魯休思！你好大膽子！把手拿開！」

「這跟妳無關，那男孩又不是妳抓到的——」

「等一下，馬份**先生**。」灰背插嘴道，「抓到波特的是我們，應該由我們出面請領賞金——」

「賞金！」貝拉哈哈大笑，仍在努力甩開她妹夫的掌握，空著的那隻手在口袋裡摸索魔杖。「把你們的金子拿走，骯髒的獵賞者，我要黃金做什麼？我追求的是榮譽，是他的——他的——」

她不再掙扎，黑眼睛固定在某個哈利看不見的東西上面。見她投降，魯休思大喜過望，連忙放開她手腕，忙不迭撕破自己的衣袖——

「**停下來！**」貝拉大聲尖叫道，「不要碰它，如果黑魔王現在趕來，我們就都死定了！」

魯休思不敢動彈，食指懸在自己的黑魔標記上。貝拉大步走出了哈利有限的視野。

「這是什麼？」他聽見她問。

「一把劍。」一個看不見的死拿錢嘟囔道。

「給我。」

「不行，夫人，這是我的，是我找到的。」

砰的一聲，一道紅光閃過，哈利知道那個死拿錢中了昏擊咒。他的同伴發出一陣憤怒的咆哮，史卡皮抽出了魔杖。

「妳這娘們，想耍什麼花樣？」

「咄咄失！」貝拉喊道，「咄咄失！」

雖然以四敵一，他們仍不是貝拉的對手。哈利知道，她是個法力高強、毫無良心的女巫。死拿錢們紛紛倒地，只有灰背被迫下跪並伸出雙臂。哈利用眼角看見貝拉低頭望著那個狼人，她的手中緊握著葛來分多寶劍，臉色蒼白。

「你從哪裡弄來這把劍的？」她問，然後從灰背無法抵抗的手中抽出他的魔杖。

「妳好大膽！」他咆哮，嘴巴是他渾身上下唯一可移動的部位，他被迫抬頭仰望她，露出滿口尖牙，「放開我，娘們！」

「你在哪裡找到這把劍的？」她再問一遍，拿著劍在他眼前揮舞。「石內卜老早把它送到我古靈閣的地下金庫裡去了！」

「在他們的帳篷裡。」灰背嗄聲道，「我叫妳放開我！」

貝拉揮揮魔杖，狼人一躍站起，一副戒慎恐懼、不敢靠近她的模樣。他用一把扶手椅做屏障，骯髒捲曲的指甲緊扣著椅背。

「跩哥，把這批人渣弄到外面去。」貝拉指著倒了一地、失去知覺的人說，「如果你沒有膽子解決他們，就替我把他們丟到田野裡去。」

「不許妳這樣對跩哥說話——」水仙怒道，但貝拉尖聲大喊：「安靜！情況遠比妳所能想像的嚴重，仙仙！我們的麻煩大了！」

她站在那裡微微喘氣，低頭看著那把劍，檢查劍柄，然後轉身面對一群默不作聲的囚犯。

「如果真的是波特，絕對不能傷害他。」她喃喃道，比較像是自言自語。「黑魔王希望親自對付波特……但要是他發現……我必須……我必須知道……」

她又轉身對著妹妹。

「先把俘虜關在地窖裡，等我想出個對策！」

「這是我的房子，貝拉，妳不能在我家發號施令——」

「叫妳做就去做！妳不知道我們多麼危險！」貝拉尖叫。她看起來非常害怕，幾乎要瘋了。她的魔杖發出一道細細的火焰，把地毯燒出了一個洞。

水仙遲疑了一會，然後對狼人說：「把俘虜帶到地窖去，灰背。」

「等一下，」貝拉立刻說，「留下……留下那個麻種。」

灰背高興地哼了一聲。

「不要！」榮恩喊道，「留下我好了，留下我！」

貝拉給了榮恩一巴掌，響亮的聲音讓滿房間都是迴音。

「如果她熬不過訊問而送了命，接下來就是你。」她說，「在我的名單上，純種叛徒比麻種好不到哪裡去。把他們帶到樓下，灰背。把他們關好，但不要有進一步行動——時候還沒到。」

她把灰背的魔杖擲回給他，然後從袍子底下取出一把銀色小刀。她割開妙麗的繩子，讓她脫離其他俘虜，然後扯著她的頭髮，把她拖到房間中央。灰背則押解其他俘虜，蹣跚穿過另一扇門，走進一條黑暗的走廊。他把魔杖舉在面前，展示讓他們無法抵抗的無形力量。

「她用完那女孩，大概會讓我咬上一口吧？」灰背趕著他們往前走，一路自得其樂地說，「我應該可以咬到一、兩口吧，你怎麼說，紅毛小子？」

哈利感覺到榮恩在發抖。他們被迫走下一道陡峭的樓梯，大家仍然背對背綑綁在一起，要是一個不小心滑倒，隨時會有摔斷脖子的危險。樓梯下面是一扇沉重的門，灰背用魔杖輕敲，開了門鎖，然後把他們推進一個潮溼有霉味的房間，把他們留在全然的黑暗裡。地窖門砰的一聲關上，迴音還沒有消失之際，就有一聲可怕、悠長的慘叫，從他們正上方傳來。

「**妙麗**！」榮恩痛苦大吼，他開始扭動、掙扎，試圖掙脫把他們綑綁在一起的繩索，哈利被拖得搖搖欲倒。「**妙麗**！」

「安靜！」哈利說，「閉嘴，榮恩，我們得一起想個辦法——」

「**妙麗**！**妙麗**！」

「我們要有計畫，不要亂嚷嚷——先把繩子解開——」

「哈利嗎？」黑暗中有人輕聲問，「榮恩，是你嗎？」

榮恩停止喊叫，附近有移動的聲音，然後哈利感覺到一個人影靠了過來。

「哈利？榮恩？」

「**露娜**？」

「是的，是我！哦，不好，我不希望你們被抓住！」

「露娜，妳能幫我們解開繩子嗎？」哈利說。

「哦，是啊，我想可以……有根舊釘子，要破壞東西就用它……等一下……」

樓上再次傳來妙麗的尖叫，他們也聽見貝拉高聲叫罵，但聽不清楚她說了些什麼，因為榮恩又開始喊：「**妙麗**！**妙麗**！」

「奧利凡德先生？」哈利聽見露娜說，「奧利凡德先生，釘子在你那裡嗎？請你移動一下好嗎……我想它是在水罐旁邊……」

她很快就回來了。

「你們不要動。」她說。

哈利感覺到她用什麼東西刺進繩索粗糙糾結的纖維裡，設法把繩結弄開。樓上傳來貝拉的聲音。

「我再問妳一遍！這把劍從哪裡弄來的？**哪裡？**」

「我們找到的——我們找到的——**求求妳！**」妙麗又開始尖叫。榮恩更加奮力掙扎，生鏽的釘子滑到哈利手腕上。

「榮恩，拜託不要動！」露娜低聲道，「我看不見我在——」

「我的口袋！」榮恩說，「我的口袋裡有熄燈器，有很多光線！」

幾秒鐘後喀的一聲，熄燈器從帳篷裡的燈吸得的一團團光線，就飛進了地窖，這些光圈無法結合，只能像幾個小太陽般懸掛空中，照得地下室一片通明。哈利看見露娜蒼白的臉上只剩兩隻大眼睛，還有魔杖製造師奧利凡德一動也不動地蜷縮在角落裡。哈利伸長脖子四下張望，看見一起被囚禁的同伴：神志不太清醒的妖精拉環和丁綁在一起，繩索纏得拉環只能直挺挺站著。

「哦，這樣好多了，謝謝你，榮恩。」露娜說道，然後又開始破壞繩索。「哈囉，丁！」

樓上傳來貝拉的聲音。

「撒謊，妳這骯髒的麻種，我知道！妳偷進我古靈閣的金庫！說實話，**說實話！**」

又一聲淒厲的慘叫——

「**妙麗！**」

「妳還拿了什麼？妳還拿了什麼？告訴我真相，否則，我發誓，我要用這把刀刺穿妳！」

「好了！」

哈利覺得繩索掉落，轉過身搓揉著手腕，就看見榮恩在地窖裡繞圈遊走，抬頭望著低矮的天花板，找尋有沒有活門。臉上滿是瘀青和血跡的丁向露娜說聲謝謝，就站在那裡發抖。但拉環一屁股坐在地板上，顯得軟弱無力、茫無頭緒，黝黑的臉上有許多道傷痕。

榮恩開始嘗試不靠魔杖消影。

「出不去的，榮恩。」露娜看他白費力氣，便開口說，「這間地窖防範嚴密，根本逃不出去，我開始的時候也試過。奧利凡德先生在這裡已經待了很久，所有的方法他都試過了。」

妙麗又在慘叫，那慘叫聲就像身體上的痛楚一樣，刺穿了哈利。他對疤痕的強烈刺痛幾乎已沒有感覺，也開始在地窖裡繞室奔走，為他自己也不了解的原因試探牆壁，但心裡明白這麼做是沒有用的。

「你們還拿了什麼？還有什麼？**回答我！咒咒虐！**」

妙麗的慘叫聲在樓上四壁間迴盪，榮恩啜泣著用拳頭搥打牆壁。哈利在全然絕望中，取下脖子上海格送的小袋子，在裡面摸索。他掏出鄧不利多的金探子，搖搖它，不知道該期望什麼——什麼也沒有發生。他揮動斷成兩截的鳳凰魔杖，但它們一片死寂——鏡子的碎片落到地面，冒出一蓬火花，接著他看見一片耀眼藍光——

鄧不利多的眼睛從鏡子裡看著他。

「幫助我們！」他在瘋狂的絕望中對著鏡子喊道，「我們在馬份莊園的地窖裡，幫助我們！」

眼睛眨了一下，就消失了。

哈利甚至不確定它是否真的曾經出現。他把鏡子碎片拿起來左右端詳，除了這座監獄的地面和天花板，什麼也看不見。樓上妙麗的慘叫聲越來越慘不忍聞，榮恩在他身旁不斷嘶喊著：「**妙麗！妙麗！**」

「你們怎麼進入我的金庫的？」他們聽見貝拉大叫，「是不是地窖裡那個骯髒的妖精幫助你們？」

「我們今晚才第一次見到他！」妙麗啜泣道，「我們從來沒有進過妳的金庫……那把寶劍又不是真的！是仿製品，只是一把仿製品！」

「仿製品？」貝拉尖聲說，「哼，說得像真的一樣！」

「我們很快就可以查清楚！」魯休思的聲音說，「踋哥，去把那妖精找來，他可以告訴我們，這把劍是真的還是假的！」

哈利衝向地窖對面，跑到瑟縮在地板上的拉環身旁。

「拉環，」他湊在這妖精尖尖的耳朵旁邊低聲說，「你必須告訴他們，那把寶劍是贗品，不能讓他們知道劍是真的。拉環，求求你——」

他聽見有人快步下了地窖樓梯。不一會，踋哥顫抖的聲音從門後傳來。

「退後，到對面牆腳下排隊站好。別想搗鬼，否則我殺了你們！」

他們照他的命令做。開鎖時，榮恩按了一下熄燈器，所有光線都被收進他口袋，地窖恢復了黑暗。門砰的一聲打開，馬份快步走進來，魔杖舉在面前，臉色蒼白但表情很堅決。他抓著小妖精的手臂，拖著他離開。門轟隆一聲關上，在這同時，地窖裡也傳出響亮的**啪答**一聲。

榮恩打亮熄燈器。三個光球從他口袋飛回空中，突然他們看見家庭小精靈多比剛現影來到他們中間。

「**多**——！」

哈利打一下榮恩手臂，不讓他叫出聲，榮恩意識到自己差點鑄成大錯，也嚇壞了。頭頂的天花板傳來腳步聲，踋哥已把拉環帶到貝拉面前。

多比像兩顆網球似的大眼睛瞪得比平常更大，他從腳尖到耳朵尖都在發抖。再度回到從前老主人的家，他顯然很害怕。

「哈利波特。」他用最低的音量尖聲說，「多比來救你了。」

「但你怎麼會——？」

一陣淒厲的叫聲蓋過哈利的問話，妙麗又遭受酷刑了，他決定只問重點。

「你能消影離開這地窖嗎？」他問多比。多比點點頭，拍動著大耳朵。

「可以帶人類一起離開嗎？」

多比又點點頭。

「很好，多比，我要你抓住露娜、丁和奧利凡德先生，帶他們——帶他們去——」

「比爾和花兒的家。」榮恩說，「亭沃茲市郊的貝殼居！」

小精靈第三度點頭。

「然後回到這裡。」哈利說，「你能辦到嗎，多比？」

「當然，哈利波特。」小精靈低聲說。他匆匆走到只有意識還算清醒的奧利凡德先生身旁，握住這位魔杖製造師的一隻手，另一隻手伸向露娜和丁，但他們兩人都沒有動。

「哈利，我們想幫助你！」露娜低聲說。

「我們不能把你丟在這裡。」丁說。

「你們兩個快走！我們在比爾和花兒的家裡碰面。」

哈利說話時，疤痕感到前所未有的劇痛。有好幾秒鐘他低下頭，看著的不是眼前的魔杖製造師，而是另一位同樣蒼老、瘦弱，卻正在輕蔑哈哈大笑的老人。

「那就殺死我吧，佛地魔。我歡迎死亡！但我縱然死了，你也還是得不到你要找的東西……有太多事你不了解……」

他能感受到佛地魔的憤怒，但妙麗再次尖叫，關閉了這一幕，使他回到地窖面對自己當前的恐懼不安。

「走吧！」哈利懇求露娜和丁，「走吧！我們會跟去的，快走！」

他們握住小精靈伸出的手指。又一聲響亮的**啪答**，多比、露娜、丁和奧利凡德就消失了。

「那是什麼？」樓上的魯休思．馬份大聲問，「你們聽見了嗎？地窖裡怎麼有那麼大的聲音？」

哈利和榮恩面面相覷。

「跩哥——不對，去叫蟲尾！叫他去查看！」

腳步聲傳過頭頂的房間，然後一片寂靜。哈利知道客廳裡的人在監聽地窖裡是否會有更多的聲響。

「我們得設法對付他。」他悄聲對榮恩說。他們別無選擇，任何人走進牢房，發現少了三名囚犯，他們就完了。「留著燈光。」哈利又補充一句。他們聽見有人走下樓梯來到門口，就退往門的兩旁貼著牆壁。

「退後。」蟲尾的聲音道，「離開門口，我要進去了。」

門轟然打開，蟲尾探頭只見地窖裡空空如也，三顆浮懸空中的小太陽，將它照耀得光明無比。電光石火之間，哈利和榮恩撲到他身上，榮恩抓住蟲尾持魔杖的手臂，強迫它上舉；哈利一手摀住他的嘴，使他不能出聲。他們在沉默中搏鬥，蟲尾的魔杖爆出火星，銀製的假手緊扣住哈利的咽喉。

「怎麼回事，蟲尾？」魯休思．馬份在樓上喊。

「沒事！」榮恩回答，模仿蟲尾喘吁吁的聲音很逼真，「一切都很好！」

哈利幾乎不能呼吸。

「你要殺我嗎？」快要窒息的哈利試著扳開金屬手指，「我救過你，你欠我一條命，蟲尾！」

純銀手指放鬆了。哈利大喜過望，連忙掙脫它的掌握，訝異之下，哈利的手仍按著蟲尾的嘴。他看見那個老鼠似的小矮個兒，水汪汪的小眼睛裡滿是恐懼和驚訝，他好像跟哈利一樣，沒料到自己的手會有這種反應，會有這種一念之仁的小衝動。他使出更大的力量繼續掙扎，好像要彌補方才的錯誤。

「這就交給我們吧。」榮恩低聲說，從蟲尾的另一隻手中奪走魔杖。

失去了魔杖，全然無助的佩迪魯，瞳孔在恐懼中渙散。他的眼睛從哈利的臉轉到另一件東西上，他的銀手指無情地撲向自己的喉嚨。

「不——」

哈利來不及思考就試著拉回那隻手，卻無法阻止它。佛地魔交給他最懦弱僕人的純銀工具，對它已經被解除武裝、失去作用的主人展開反撲。佩迪魯因一時的遲疑、一時的憐憫得到了報應，他要當著他們的面被勒死了。

「不！」

榮恩也放開了蟲尾，他跟哈利一起試著把致命的金屬手指從蟲尾脖子上扳開，卻徒勞無功。佩迪魯的臉變成了藍色。

「嘶嘶退！」榮恩用魔杖指著那隻銀手，但什麼事也沒有發生。佩迪魯跪倒在地，同時上方又傳來妙麗一聲絕望的尖叫。蟲尾的眼睛在他的紫色臉龐上往上一翻，最後抽搐一下，就不動了。

哈利和榮恩互望一眼，把蟲尾的屍首留在地板上，一起跑上樓梯，回到通往客廳的陰暗走廊。他們步步為營地悄悄向前走，來到客廳門口，門半掩著。現在他們可以清楚看見貝拉低頭看著拉環，而拉環修長的手指正托著葛來分多寶劍。妙麗躺在貝拉腳邊，動也不動。

「怎麼樣？」貝拉問拉環，「這把劍是真的嗎？」

哈利屏住呼吸等待，努力壓抑疤痕傳來的痛楚。

「不。」拉環說，「是假的。」

「你確定嗎？」貝拉喘著氣，「非常確定嗎？」

「是的。」妖精說。

貝拉顯然鬆了口氣，所有緊張的表情都消失了。

「很好。」她說，漫不經心一揮魔杖，又在妖精臉上劃出一道很深的割傷。他慘叫一聲，倒在她腳下，她把妖精踢到一旁。「現在，」貝拉用充滿勝利的口吻說，「我們來召喚黑魔王！」

她拉起袖子，用食指碰觸黑魔標記。

頓時，哈利的疤痛得好像被重新割開一般。周遭的真實景物消失了，他是佛地魔，面前那個瘦如骷髏的巫師，張開無牙的口對他哈哈大笑。被召喚的通知使他勃然大怒——他警告過這班傢伙，他告訴過他們，除非抓到波特，不准召喚他。這次要是他們搞錯……

「殺了我吧！」老人要求，「你不會贏，你不可能贏！那根魔杖永遠、永遠不會屬於你——」

佛地魔怒火爆發，一片綠光充滿囚室，那具蒼老脆弱的身體從硬邦邦的床上飛起又墜落，沒有了生命。佛地魔轉向窗口，氣得幾乎失去控制……如果他們召喚他的理由不夠充分，一定要重重懲罰……

「我想，」貝拉的聲音說，「這個痲種可以解決了。灰背，你要她，就請便吧。」

「不不不不不不不不不不！」

榮恩衝進客廳，貝拉驚訝地四下張望，她立刻舉起魔杖，轉而面對榮恩——

「去去，武器走！」他用蟲尾的魔杖指著貝拉吼道。她的魔杖飛入半空中，被緊跟著跑進去的哈利接個正著。魯休思、水仙、跩哥和灰背都急忙轉過身來，哈利喊道：

「咄咄失！」魯休思．馬份便向壁爐倒去。幾道光芒從跩哥、水仙和灰背的魔杖射出，哈利撲倒在地上，滾到沙發背後躲避攻擊。

「停下，否則她就死定了！」

哈利喘著氣，從沙發邊緣望過去，貝拉手中挾持著似乎已失去知覺的妙麗，用小銀刀抵著妙麗的脖子。

「放下魔杖，」她低聲說，「放下，要不然我們就來看看，她的血究竟多麼骯髒！」

榮恩緊握著蟲尾的魔杖，不能動彈。哈利站起身，仍抓著貝拉的魔杖。

「我說，丟下魔杖！」她尖聲說，刀鋒緊貼著妙麗咽喉，哈利看到細細的血珠湧現。

「好吧！」他喊道，把貝拉的魔杖扔在腳邊地板上，榮恩也丟下蟲尾的魔杖。兩人都把手舉到肩膀的高度。

「很好！」她冷笑著說，「跩哥，把它們撿起來！黑魔王就要到了，哈利波特！你的死期到了！」

哈利很清楚，他的疤不斷劇痛，他感覺到佛地魔從遠方飛越天空，穿過一片波濤洶湧的黑色海洋。不久，他就會接近到可以用現影術直接來到他們面前，哈利找不到任何逃走的方法。

「現在，」跩哥捧著魔杖匆匆走回去後，貝拉柔聲說，「仙仙，我想我們該先把這幾位小英雄綁起來，同時讓灰背處置那位麻種小姐。就憑你今晚的功勞，我相信黑魔王不會吝惜那個女孩的，灰背。」

她說最後幾個字的時候，頭頂上方傳來一陣奇怪的嘰嘎聲。所有人都抬頭望去，正好看見水晶吊燈晃動，接著喀嚓一聲，帶著一陣很不妙的叮噹怪聲墜落，往站在正下方的貝拉身上砸去。貝拉驚呼一聲，放開妙麗之後跳向一旁。水晶吊燈砸碎在地板上，炸裂成一地的碎玻璃和鐵鍊，紛紛落在妙麗和仍緊握著葛來分多寶劍的妖精身上。亮閃閃的水晶碎片向四面八方飛散，跩哥彎下腰，用手摀住血淋淋的臉。

榮恩跑上前去，把妙麗救出險境。哈利也把握機會，跳過一張扶手椅，一把搶走跩哥手中的三根魔杖，接著全都指著灰背喊道：「咄咄失！」狼人被三重咒語的威力拎到空中，撞上天花板之後摔在地上。

水仙拉著跩哥閃到一旁，以免受到更大傷害。貝拉跳起身，披頭散髮地揮舞銀刀，這時水仙卻用魔杖指著門口。

「多比！」她喊道，就連貝拉也僵住了。「你！是**你**把水晶吊燈弄下來的——？」

瘦弱的小精靈跑到房間中央，用顫抖的手指指著過去的女主人。

「你們不可以傷害哈利波特。」他尖聲喊道。

「殺死他，仙仙！」貝拉尖叫，但又是一聲響亮的啪，水仙的魔杖也飛入半空，掉到房間另一頭。

「你這隻骯髒的小猴子！」貝拉破口大罵，「你膽敢奪取女巫的魔杖？你膽敢違抗主人？」

「多比沒有主人！」小精靈叫道，「多比是自由的小精靈。多比來救哈利波特和他的朋友！」

哈利的疤痛得他眼睛幾乎睜不開。他隱約知道他們沒有時間了，再過幾秒鐘，佛地魔就會趕到。

「榮恩，接住——我們走！」他大喊，把一根魔杖扔過去，然後彎腰把拉環從吊燈底下拖出來，把這個緊握寶劍不放、連聲呻吟的妖精架上肩膀，另一手抓緊多比，當場施展消影術，開始旋轉。

轉進黑暗之際，他瞥了客廳最後一眼：那兩個蒼白、靜止的身影是水仙和跩哥；一線紅光是榮恩的頭髮；一片模糊的銀光飛舞，是貝拉將銀匕首從房間另一頭擲向他消影的位置——

比爾與花兒的家……貝殼居……比爾與花兒的家……

他消失在未知之中。哈利所能做的，就是一再重複目的地的名稱，希望這麼做就足夠達成目標。額頭的痛楚刺穿他整個人，妖精的體重沉甸甸壓著他，他感覺葛來分多寶劍碰撞著他的背。多比的手猛然一拉他的手，他不知道這個小精靈是否企圖主導，把他拉到正確的航向，他捏捏他的手指，表示同意這麼做……

然後他們撞上堅實的地面，嗅到帶有鹹味的空氣。哈利雙膝落地，放開多比的手，試著把拉環輕輕放在地上。

「你還好嗎？」他問。妖精動了一下，但只發出幾聲嗚咽。

哈利瞇起眼睛，張望周遭的黑暗。遼闊的星空下，似乎有座小屋就在不遠的地方，他彷彿看見屋外有人走動。

「多比，這裡就是貝殼居嗎？」他輕聲問，抓緊從馬份家帶來的兩根魔杖，準備在必要時挺身作戰。「我們來對地方了嗎？多比？」

他環望四周，小精靈就站在幾呎外。

「**多比！**」

小精靈搖晃了幾下，星星映在他亮晶晶的大眼睛裡。他跟哈利同時低下頭，看著他起伏不已的胸膛上突出的銀色刀柄。

「多比──不──**救命呀！**」哈利朝著小屋以及走過來的那群人大吼，「**救命呀！**」

他不知道、也不在乎他們是巫師或麻瓜，是朋友或敵人。他唯一在乎的，是胸前有一片深色污漬不斷擴大的多比，以懇求的表情向哈利伸出細瘦手臂的多比。哈利抱住他，讓他側躺在涼爽的草地上。

「多比，不要，不要死，不要死——」

小精靈的視線找到了他，嘴唇顫動，努力想形成字句。

「哈利……波特……」

接著小精靈輕輕顫抖了幾下，就完全靜止不動了。他的兩顆大眼珠變成了又圓又大的玻璃球，灑滿了它們再也看不見的點點星光。

24 魔杖製造師

那就像落入了過去的夢魘之中，瞬間哈利又回到了霍格華茲高塔下，跪在鄧不利多的屍體旁。然而實際上他定睛看著的，卻是蜷縮在草地上的一具小小身體，貝拉的銀匕首插在他的胸前。哈利仍不停喚著：「多比……**多比**……」即使他知道小精靈不在了，再也喚不回他了。

過了一會，他才醒悟他們畢竟沒有跑錯地方，因為比爾與花兒、丁和露娜都往他跪在小精靈的地方聚攏。

「妙麗呢？」哈利突然問，「她人呢？」

「榮恩帶她進屋去了。」比爾說，「她不會有事的。」

哈利回頭俯視多比，伸手拔出小精靈身體上的銳利匕首，又脫下外套當作毛毯蓋住了多比。

附近某處傳來海水拍岸聲，哈利聆聽著海濤，其他人則在談話，討論一些他絲毫提不起興致，也無法做決定的事情。丁把受傷的拉環帶到屋裡，花兒匆匆跟上，而比爾則說著安葬小精靈的建議。哈利點頭附和，但並不是真的知道他說了些什麼。他一面點頭，一面俯視那具小小的軀體，額頭上的疤又灼痛起來，而在心底的一角，他看見佛地魔在馬份莊園裡懲罰那些被他們甩下的人，畫面模模糊糊的，好像望遠鏡拿反了一樣。佛地魔的怒火令人不寒而慄，然而似乎被哈利對多比的哀痛抵銷了不少，因此這一刻他的憤怒有如遙遠的風暴，隔著遼闊寧靜的海洋吹向哈利。

「我要照傳統來做。」這是哈利第一句意識清楚的話，「不用魔法，有沒有鏟子？」

不出多久，他就依照比爾的指示，在花園盡頭的灌木叢間，一個人開始挖掘墓穴。他起勁地挖著，盡情體驗著勞動的滋味，為了不使用魔法而感到自豪，因為每一滴汗、每一個水泡，都像是獻給救命恩人小精靈的禮物。

他的傷疤灼燙，但他是疼痛的主宰；他感覺到痛楚，但卻又與之脫離。他終於學會了控制，學會了向佛地魔關閉心靈，而這正是鄧不利多要他從石內卜那裡學習到的能力。正如同哈利為天狼星之死而哀痛不已時，佛地魔無法宰制哈利一樣，此刻佛地魔也無法滲透到哈利的心中，因為他正在為多比哀悼。悲傷，似乎能驅逐佛地魔……當然，或許鄧不利多會說，那是愛……

哈利不停挖掘，越來越深入堅硬冰冷的土壤，將悲傷化為汗水，不理會額頭上的痛楚。四周是一片黑暗，唯有他自己的呼吸聲以及洶湧的波濤聲與他作伴，馬份家發生的一幕又浮現眼前，他聽見的一字一句又鑽入耳裡，而在漆黑之中，理解之光也漸漸綻放……

手臂的動作與他的思緒一起打著拍子。聖物……分靈體……聖物……分靈體……但是他已經不再因為那種怪誕的著魔渴望而熱血沸騰。失落與恐懼已將渴望消滅，他覺得像是有人一巴掌打醒了他這個夢中人。

哈利將墓穴越挖越深，而他也知道了佛地魔今晚去了何處，在諾曼加最頂層的牢房殺了誰，又是為了什麼……

他也想到了蟲尾，只因為一點點下意識的慈悲之心就丟了性命……鄧不利多已預見了這一點……他究竟還知道多少？

哈利挖得忘了時間，只知道一片漆黑的天色變得稍微亮了一些，這時榮恩與丁也加入了他。

「妙麗怎麼樣了？」

「好多了。」榮恩說，「花兒在照顧她。」

哈利已想好了說辭，等他們問起他為什麼不索性用魔杖挖出一個完美的墓穴時，他就要以此反駁。但是他想好的話卻沒派上用場，因為丁和榮恩只是帶著自己的鏟子跳下洞來，三人合力默默挖掘，一直挖到墓穴夠深了為止。

哈利用外套將小精靈包得更緊。榮恩坐在墓穴邊緣，脫下了鞋襪，穿在小精靈的光腳上。丁拿出一頂羊毛帽，哈利小心地給多比戴上，蓋住了他蝙蝠似的大耳朵。

「我們應該闔上他的眼睛。」

哈利沒聽見其他人穿過夜色而來。比爾披上了旅行斗篷，花兒繫著白色大圍裙，口袋中露出半個瓶子，哈利認出是生骨藥。妙麗裹著借來的睡袍，臉色蒼白、顫巍巍地走過來，榮恩伸出手臂摟住了她。露娜包著花兒的大衣，蹲下來用手指溫柔的撫上小精靈的眼皮，蓋住了他無神的瞪視。

「好了。」她柔聲說，「現在他可以安息了。」

哈利將小精靈抱入墓穴，擺好他小小的四肢，讓多比看起來就像在安睡一樣。之後他爬出墓穴，最後一次凝視那小小的屍體。他想起了鄧不利多的葬禮，那一排又一排的黃金椅子，前排坐著魔法部部長，有人朗誦鄧不利多的諸多成就，白色的大理石陵墓看起來莊嚴肅穆。他覺得多比也該有那麼隆重的葬禮，然而小精靈卻葬身在灌木叢間一個隨便挖出來的洞。

「我覺得我們應該說點什麼。」露娜高聲說，「我先來，好嗎？」

每個人都看著她，她對著墓穴中的小精靈開口。

「非常感謝你，多比，把我從地窖救出來。你那麼好，那麼勇敢，可是你卻死了，實在太不公平了。我一輩子都不會忘記你為我們做的事，我希望你現在很開心。」

她轉身，期待地看著榮恩。榮恩清清喉嚨，用濃濁的聲音說：「咳……謝謝你，多比。」

「謝謝。」丁喃喃說道。

哈利吞了口口水。

「再見了，多比。」他說。他只能說出這幾個字，但露娜已為他道盡了一切。比爾舉起魔杖，墓穴旁的一堆土飛起，俐落地掩住了墳墓，堆出了一小丘泛紅的土堆。

「你們介意我留下一會嗎？」哈利問其他人。

大夥喃喃說了些什麼，但他沒聽懂，他感到背上有人輕拍，隨即大家三三兩兩走回小屋，留下哈利一個人陪著小精靈。

哈利環顧四周，花床邊緣圍著些白色的大石頭，被海浪磨得很平滑。他拾起最大的一塊，放在多比頭頂的位置，就像一顆枕頭似的。接著他伸手到口袋去找魔杖。口袋內有兩根魔杖。他都忘了，他想不起這些魔杖是誰的，只隱約記得是從某人的手上硬搶下來的。他挑了較短的那根，握起來挺順手的，然後指著石頭。

在他喃喃的指示下，石面上緩緩出現了深深的刻痕。他知道換妙麗來會做得更乾淨俐落，說不定速度也更快，但他想要自己來，就像他想徒手挖墓穴一樣。等哈利站起身，石頭上已經多出了一行字：

多比，一名自由的小精靈，安眠於此。

他低頭望著自己的字跡幾秒鐘，然後轉身走開，額上的疤痕仍然刺痛，而他的心也充滿了他在挖墓穴時想到的事，充滿了在黑暗中成形的主意，既驚人又恐怖的主意。

哈利走入小小的玄關，發現大家都坐在客廳裡，目光注視著正在說話的比爾。客廳的色調淡雅，壁爐中一小段浮木劈啪燃燒。哈利不想把地毯弄得到處都是泥巴，所以就站在門口傾聽。

「……幸好金妮放假。要是她在霍格華茲，他們就會在我們去接她之前先扣住她。現在我們知道她也安全了。」

他四下掃視，看見哈利站在門口。

「我把他們全都接出洞穴屋了，」他解釋，「送到牡丹那裡。現在食死人知道榮恩是跟你在一起的，勢必會鎖定我們全家——別道歉。」他看見哈利的表情，隨即又補上一句，「這不過是遲早的問題罷了，爸好幾個月前就料到了。我們可是史上最大的純種叛徒家族。」

「他們有什麼保護？」哈利問。

「忠實咒，爸是守密人。我也在這棟屋子下了忠實咒，我是這裡的守密人。我們大家都不能去上班，不過眼前這不是最重要的事。等奧利凡德和拉環恢復得差不多了，我們就會把他們倆也送到牡丹家去。這裡的房間不夠，她家倒是有很多房間。拉環的腿正在接受治療，花兒給了他生骨藥，應該再一個鐘頭左右就能送他們走——」

「不。」哈利插口，比爾一臉愕然，「我需要他們兩個留下，我需要跟他們談談。這事很重要。」

哈利聽見自己語氣中的權威、篤定，以及他在替多比挖墳時領悟到的新目的。每一張臉都轉過來，茫然地看著他。

「我去洗洗手，」哈利跟比爾說，俯視自己的雙手，上頭仍然沾滿了泥巴及多比的血，「然後我就必須見他們，一分鐘都不能等。」

哈利走入小廚房，走向眺望海洋的那扇窗，窗下有洗手檯。黎明將臨，地平線上漸漸綻放出貝殼般的粉紅色與淡淡的金光，他一面洗手，一面循著在黑暗花園中悟到的思路……

多比已經無法告訴他們究竟是誰要他去地窖的，但哈利知道自己的眼睛看見了什麼。一隻犀利的藍眸曾從鏡子碎片向外望，不久後救援就抵達。*只要發出求救信號，必然會有人對霍格華茲伸出援手。*

哈利擦乾手，不管是窗外的美景，或是客廳中其他人的竊竊私語，他都不為所動。他眺望著海洋，覺得今天破曉時的他，比從前都要貼近事情的核心。

他的傷疤仍在刺痛，他知道佛地魔也將恍然大悟。哈利了解，卻又不了解。他的直覺說的是一件事，頭腦說的卻是另外一回事。鄧不利多在哈利腦海中微笑，指尖互觸，祈禱似地打量著哈利。

你給了榮恩熄燈器。你了解他……你給了他回來的方法……

你也了解蟲尾……你知道在他心底深處仍有一絲絲懊悔……

如果你了解他們……那麼你又了解我多少，鄧不利多？

我是否應該只要知道就好，而不是去追尋？你知道我吃了多少苦才明白這點嗎？所以你才讓這一切這麼棘手，好讓我有時間明白這一點？

哈利如雕像般矗立，眼神呆滯，看著地平線漸漸升起一輪金光炫目的朝陽。過了一會，他低頭看著乾淨的手，有那麼片刻驚訝地看見自己的手上抓著布。他將布放下，回到玄關，就在這個時候，他感覺傷疤激烈跳動，如蜻蜓點水似的，心中掠過他極為熟悉的一棟建築物外觀。

比爾與花兒站在樓梯最底層。

「我需要和拉環與奧利凡德談談。」哈利說。

「不行。」花兒說，「你得等一等，阿利，塔們都病了，累了——」

「對不起，」哈利打斷她，語氣並不激烈。「可是我不能等，我必須現在就跟他們說話。私下說——而且是個別說。這件事很要緊。」

「哈利，究竟是怎麼回事？」比爾問，「你帶著一個死掉的家庭小精靈和一個神志不清的妖精出現，而妙麗則好像被折磨過的樣子，榮恩什麼也不跟我說——」

「我們不能告訴你們，我們在做什麼。」哈利淡淡地說，「你也是鳳凰會的人，比爾，你知道鄧不利多交給我們一項任務，我們不能對任何人說出和任務有關的事。」

花兒不以為然地哼了一聲，但比爾並沒有看她，而是盯著哈利。他的臉上布滿傷疤，難以分辨出表情。終於，比爾說：「好吧，你想先找誰談？」

哈利猶豫了。他知道自己的決定舉足輕重，他們剩下的時間不多了，眼前就是決定的時刻：分靈體或是聖物？

「拉環，」哈利說，「我要先跟拉環說話。」

他的心跳得飛快，彷彿他一直奔跑，而且還跳過了一道巨大的障礙。

「那就上來吧。」比爾說，帶路上樓。

哈利走了幾階，忽然停步回頭。

「我也需要你們兩個！」他朝榮恩和妙麗喊，他們兩人剛才在客廳門口探頭探腦的。

兩人一聽見立刻現身，露出終於鬆了一口氣的神情。

「妳覺得怎麼樣？」哈利問妙麗，「妳真是太厲害了——她那樣傷害妳，妳還能編出那個故事——」

妙麗虛弱地一笑，榮恩用一隻手摟摟她。

「我們現在要做什麼，哈利？」榮恩問。

「等著瞧，來吧。」

哈利、榮恩和妙麗跟著比爾登上陡峭的樓梯，來到一處小平台。這裡一共有三扇門。

「在這裡。」比爾說，打開了他與花兒的房間。這裡也可以俯瞰海景，而此刻的海面上正閃爍著點點的金色晨光。哈利走向窗邊，背對著壯麗的美景，雙手抱胸等待著，疤痕依舊刺痛。妙麗占了梳妝台旁邊的椅子，榮恩坐在椅子扶手上。

比爾再次出現，抱著矮小的妖精，小心翼翼地放到床上。拉環嘟囔著道謝，比爾隨即離開，順手帶上了房門。

「很抱歉打擾你休息。」哈利說，「你的腿還好嗎？」

「很痛，」妖精回答，「不過有好轉了。」

他仍然緊抓著葛來分多寶劍，臉上的表情很怪異，半兇猛、半迷惑。哈利注意到妖精蠟黃的皮膚、又細又長的手指，還有黑色的眼睛。花兒幫他脫掉了鞋子，他長長的腳丫子很髒。他比家庭小精靈的體型要大，但也大不了多少，他圓圓的頭顱則比人類大得多。

「你可能不記得——」哈利開口。

「——你第一次到古靈閣的時候，帶你到金庫的妖精是我？」拉環接口說完，「我記得，哈利波特。即使是在妖精的社會裡，你也非常有名。」

哈利與妖精看著彼此，互相打量對方。哈利的疤仍然刺痛，他希望能盡快結束與拉環的談話，但同時又生怕會走錯一步。他正在猶豫不決該用什麼方法提出要求時，妖精倒是先開口打破了沉默。

「你埋葬了那個小精靈。」他說，語氣出乎意料地充滿怨恨。「我從隔壁臥室的窗子盯著你看。」

「對。」哈利說。

拉環用眼尾斜挑的兩隻眼睛注視他。

「你是個很不一樣的巫師，哈利波特。」

「哪裡不一樣？」哈利問，漫不經心地揉著疤。

「你親手挖墳。」

「所以呢？」

拉環並沒有回答。哈利覺得自己是因為表現得像麻瓜而遭到白眼，不過他並不在乎拉環是否贊同多比的墳墓。他打起精神，準備出擊。

「拉環，我必須問你——」

「你也救了一個妖精。」

「什麼？」

「你帶我來這裡，救了我。」

「你該不會是不高興吧？」哈利略微不耐說。

「不，哈利波特，」拉環說，一根手指捲著下巴上稀疏的山羊鬍。「可是你真的是個很奇怪的巫師。」

「沒錯。」哈利說，「嗯，我需要幫助，拉環，而你就是可以幫助我的人。」

妖精毫無鼓勵的表情，逕自對著哈利蹙眉，好似從沒見過他這種生物。

「我需要闖進古靈閣的金庫。」

哈利其實無意說得這麼莽撞，而是因為痛苦有如閃電般刺穿了他的疤，他又看見了霍格華茲的輪廓，所以才會一時脫口而出。他堅定地關閉心思，目前他必須先對付拉環。榮恩和妙麗瞪著哈利，好像他發瘋了。

「哈利——」妙麗開口，卻被拉環打斷。

「闖入古靈閣金庫？」妖精重複，在床上換個姿勢，卻痛得縮頭皺眉。「那是痴人說夢。」

「不，不是。」榮恩反駁他，「以前就發生過一次。」

「對。」哈利說，「就在我遇見你的那一天，拉環。我的生日，七年前。」

「當時被闖入的金庫是空的。」妖精不客氣地說，哈利立刻看出，雖然拉環離開了古靈閣，但聽到古靈閣的安全門禁出現紕漏，他還是覺得很不高興。「那個地方的保全程度非常低。」

「嗯，我們想進去的金庫並不是空的，我猜它的保全措施會相當的嚴密。」哈利說，「是雷斯壯家的金庫。」

他看見妙麗和榮恩對望了一眼，表情驚愕，不過等到拉環回答之後，他就會有足夠的時間向他們解釋。

「你一點機會也沒有。」拉環斷然說，「一點機會也沒有。『如果你意圖追求我們的地下金庫，一份永不屬於你的財富——』」

「『竊賊啊，你已受到警告，當心——』對，我知道，我沒忘記。」哈利說，「可是我不是要為自己追求什麼財富，我不是為了私利，意圖拿走什麼。你相信我嗎？」

妖精斜眼打量哈利，哈利額頭上的閃電形傷疤又開始刺痛，但他不理會，也不去承認它的疼痛或是它的誘惑。

「要是說有哪個巫師不是追求私利的話，」拉環最後說，「我相信那會是你，哈利波特。妖精和小精靈很少受到像你今晚表現出的保護及尊重，不像那些耍魔杖的。」

「耍魔杖的？」哈利順口重複，他覺得這句話聽起來很怪。而在此時此刻，他的傷疤刺痛，佛地魔的思緒轉向了北方，而哈利則急著想詢問隔壁的奧利凡德。

「擁有魔杖的權力，」妖精靜靜地說，「許久以來就是巫師和妖精所互相爭奪的。」

「呃，但妖精不用魔杖就能施法啊。」榮恩說。

「這不是重點！巫師拒絕把魔杖學的奧秘和其他魔法生物分享，他們否決了我們拓展力量的可能！」

「那妖精還不是不願意分享他們的魔法。」榮恩說，「你們不肯告訴我們，如何像你們那樣打造寶劍和盔甲。妖精知道冶煉的技術，那是巫師從來不——」

「這件事不相干。」哈利說，注意到拉環的臉越來越紅。「我們談的不是巫師對抗妖精，或是其他具有魔法的生物——」

拉環發出刺耳的笑聲。

「相干，這事當然相干！黑魔王越是有力量，你們的種族就越高高在上，欺凌我的種族！古靈閣落入了巫師的掌握，家庭小精靈被屠殺，又有哪個耍魔杖的挺身而出？」

「我們啊！」妙麗說，眼睛明亮並坐得挺直。「我們提出反抗！而且我也跟其他的妖精和小精靈一樣被追捕，拉環！我是個麻種！」

「別這樣說妳自己——」榮恩喃喃說。

「有什麼不能說的？」妙麗反問，「我是麻種，而且我還引以為榮呢！在這個新的秩序之下，我的地位不比你們高出多少，拉環！在馬份家的時候，他們可是挑上我來拷問呢！」

她一邊說，一邊扯開睡袍的領口，露出貝拉劃下的傷口。傷口襯著她雪白的喉嚨，看起來十分的猩紅。

「你知道是哈利放多比自由的嗎？」她問，「你知道多年來我們一直努力要讓家庭小精靈自由嗎？」（榮恩坐在妙麗坐的椅子的椅臂上，不舒服地扭來扭去。）「你不會比我們更希望『那個人』失敗，拉環！」

妖精凝視妙麗，眼中帶著剛才看哈利同樣的好奇。

「你們想在雷斯壯家的金庫裡找到什麼？」他突然問，「裡頭的劍是假貨，這一把才是真的。」他輪流看了三人一眼，「我想這點你們早就知道了，在那邊的時候，你們要求我說謊。」

「可是，金庫裡不是只有假劍吧？」哈利問，「也許，你曾在裡面看到過其他的東西？」

他的心臟跳得更厲害，他也加倍努力忘掉傷疤的悸痛。

妖精又用手指絞著山羊鬍。

「我們的行規，禁止我們提起古靈閣的秘密。我們是稀世寶藏的守護者，對於委託我們照料的物品有一份責任，而這些物品常常都是我們自己打造出來的。」

妖精輕撫寶劍，黑色的眼珠飄向哈利、妙麗和榮恩，又轉了回來。

「這麼年輕，」他終於說道，「卻要打這麼多仗。」

「你願意幫我們嗎？」哈利說，「沒有妖精的協助，我們是不會有希望闖進古靈閣的。你是我們唯一的機會。」

「我會……考慮看看。」拉環說，他傲慢的語氣教人氣得牙癢癢。

「可是——」榮恩忿忿開口，妙麗卻用手肘戳了戳他的肋骨。

「謝謝。」哈利說。

妖精的大圓頭點了一下，算是答禮，隨即伸展他的短腿。

「我覺得，」他說，在比爾與花兒的床上躺得更舒適，「生骨藥的藥效退了，我總算可以好好睡一覺了。失陪了……」

「喔，當然。」哈利說，但在離開房間之前，他俯身抽走妖精身旁的葛來分多寶劍。拉環並未抗議，但哈利覺得在關門之前，他在妖精的眼中看見了憤慨。

「小兔崽子，」榮恩喃喃罵道，「故意吊我們胃口。」

「哈利，」妙麗壓低聲音說，將兩人拉到幽暗的樓梯平台中央，「你說的跟我想的一樣嗎？你是說雷斯壯家的金庫裡有個分靈體？」

「對。」哈利說，「貝拉以為我們闖進去過，簡直可以說是嚇破了膽。為什麼？她以為我們會看見什麼嗎？她以為我們還會拿走什麼嗎？一定是萬一『那個人』知道了，她鐵定吃不完兜著走的東西。」

「可是，我們不是應該要找那些『那個人』去過的地方嗎？他做過一些重要事情的地方？」榮恩問，一臉的困惑，「難道他進去過雷斯壯家的金庫？」

「我不知道他有沒有進去過古靈閣。」哈利說，「他年輕的時候不會在那裡存金子，因為根本就沒有人留給他任何東西。可是他一定從外面看過古靈閣，也就是他第一次到斜角巷的時候。」

哈利的疤抽痛，但他不理會。在他們去找奧利凡德談話之前，他希望能讓榮恩與妙麗明白古靈閣的事。

「我想他會很嫉妒擁有古靈閣金庫鑰匙的人，我想他會把它看成是歸屬於魔法界的真正象徵。別忘了，他很信任貝拉跟她丈夫，在他失敗之前，他們是他最忠心耿耿的僕人。在他消失之後，他們還去找過他。他在重生的那晚說的，我親耳聽見的。」

哈利揉著疤。

「不過我倒不認為他會告訴貝拉那是分靈體。他就沒有對魯休思．馬份說明那本日記的真相。他可能只是說那是個珍貴的物品，要求她放在她的金庫裡頭。海格說過，如果有什麼需要小心保管的東西，古靈閣是全世界最安全的地方……僅次於霍格華茲。」

哈利說完後，榮恩不斷搖頭。

「你真的了解他。」

「只是一部分。」哈利說，「一部分……我只希望我也有那麼了解鄧不利多。唉，再說吧。來吧——輪到奧利凡德了。」

榮恩與妙麗的表情迷惑，卻充滿了欽佩。他們跟著哈利穿越小小的樓梯平台，敲了敲比爾和花兒房間對面的門。一聲虛弱的「請進！」響起。

魔杖製造師奧利凡德躺在距離窗戶最遠的單人床上。他被禁錮在地窖長達一年多，吃足了苦頭，而且就哈利所知，他至少曾經受過一次的苦刑。他形容憔悴，臉上的骨頭突出，撐著泛黃的皮膚，一雙銀眼在深陷的眼窩中顯得大得不得了，擺在毛毯上的雙手真像是骷髏的手骨。哈利在旁邊的空床坐下，榮恩妙麗也在他身旁坐下。這裡看不見朝陽，房間面向懸崖頂端的花園及剛挖的那座新墳。

「奧利凡德先生，很抱歉打擾你。」哈利說。

「親愛的孩子，」奧利凡德的聲音很虛弱，「你救了我們。我還以為我們會死在那個地方，我再怎麼樣也**無法**表達我的感激之情於萬一……謝謝……謝謝……」

「你太客氣了。」

哈利的疤陣陣抽痛。他知道他的時間所剩不多，他必須比佛地魔先一步抵達目標，或是設法阻撓。他不禁感到一陣恐慌……然而他選擇先和拉環談話時就已經做了決定。他強做鎮定，伸手到頸上的皮袋中翻找，拿出他斷成兩截的魔杖。

「奧利凡德先生，我需要幫忙。」

「只管開口，只管開口。」魔杖製造師虛弱地說。

「你能修復這個嗎？可以修復嗎？」

奧利凡德伸出顫抖的手，哈利將兩截勉強連接在一起的魔杖遞過去。

「冬青木和鳳凰羽毛，」奧利凡德用顫抖的聲音說，「十一吋長，順手且柔軟靈活。」

「對。」哈利說，「你能不能──？」

「不能。」奧利凡德喃喃說，「我很抱歉，真的非常抱歉，一根受損如此嚴重的魔杖，是沒辦法用我所知道的任何一種方法修復的。」

哈利早有心理準備，然而親耳聽見他這番話，仍是不小的打擊。他拿回兩截魔杖，放回掛在脖子上的皮袋。奧利凡德瞪著魔杖消失在皮袋中，視線始終沒有離開過，直到哈利從口袋中取出他從馬份家奪來的兩根魔杖。

「你認得出這兩根嗎？」哈利問道。

魔杖製造師拿起第一根魔杖，舉到衰老的眼前，在骨節突出的指間轉動，微微彎曲魔杖。

「胡桃木和龍的心弦。」他說，「十二又四分之三吋，剛硬、沒有彈性。這是貝拉．雷斯壯的魔杖。」

「這一根呢？」

奧利凡德重複同樣的檢查動作。

「山楂木加獨角獸毛，剛好十吋長，彈性還可以。這根曾是跩哥．馬份的魔杖。」

「曾是？」哈利接口說，「這根不是仍然屬於他嗎？」

「可能不是，如果是被你奪過來——」

「——是我奪過來的——」

「——那就很可能變成你的了。當然啦，取得魔杖的方法是有影響的，但大部分仍要看魔杖本身。一般來說，魔杖如果是贏來的，它的忠誠就會跟著改變。」

室內一片靜默，唯有遠處的波濤拍岸聲。

「你這麼說，好像魔杖有感覺，」哈利說，「好像它們自己會思考。」

「魔杖選擇巫師。」奧利凡德說，「我們這些研究魔杖學的人，至少清楚這一點。」

「可是，一個人還是可以使用並沒有選擇他們的魔杖？」哈利問。

「哦，沒錯，只要你是巫師，你就能夠透過幾乎所有的器具傳輸自己的魔力。只不過最好的成果，仍然是來自於巫師與魔杖之間最強烈的結合。這種結合很複雜，一時也說不清。總之是要第一眼的吸引力，接著是對經驗的共同追求，魔杖從巫師身上學習，巫師也從魔杖身上學習。」

海潮來回拍打岸邊，聽來像極了哀悼。

「我從跩哥．馬份手裡硬搶來這根魔杖。」哈利說，「那麼我使用起來安全嗎？」

「我想是的。魔杖所有權的規範是很微妙的，不過被征服的魔杖通常都會向新主人輸誠。」

「那麼我該用這根魔杖了？」榮恩問道，從口袋中掏出蟲尾的魔杖，遞給奧利凡德。

「栗木和龍的心弦，九又四分之一吋。脆硬，沒有彈性。這根是我在受挾制的情況下做的，就在我被綁架之後為彼得．佩迪魯做的。是的，如果是你贏來的，那麼它很可能會聽從你的吩咐，而且比其他魔杖做得更好。」

「這道理可以適用在所有的魔杖上嗎？」哈利問道。

「我想是的。」奧利凡德回答，一雙凸眼緊盯著哈利的臉。「你的問題很深奧，波特先生。魔杖學是一門複雜又神秘的魔法。」

「那麼，要把一根魔杖據為己有，並不需要殺死前任主人囉？」哈利問。

奧利凡德嚥了口口水。

「需要？不，我想並不需要動用到殺戮。」

「有一些傳說，」哈利說，他心跳加快，額頭傷疤痛得更加劇烈，他很肯定佛地魔已經決定化想法為行動了，「是有關一根魔杖——或是許多根魔杖——聽說那根魔杖是靠謀殺來代代相傳的。」

奧利凡德的臉刷的一下變白，在雪白的枕頭上，他的臉色顯得有點慘白。布滿血絲的眼睛突出，瞪得有若銅鈴般大，眼底淨是驚恐。

「我認為只有一根魔杖。」他低聲說。

「而『那個人』很感興趣，是不是？」哈利問。

「我——你怎麼？」奧利凡德啞著聲音問，懇求地看著榮恩和妙麗，希望他們出來打圓場，「你是怎麼知道的？」

「他要你告訴他，如何克服我們兩根魔杖間的連結。」哈利說。

奧利凡德彷彿嚇壞了。

「他拷問我，你一定得了解這一點！是酷刑咒，我——我別無選擇，只能把我知道的、我臆測的部分都告訴他！」

「我了解。」哈利說，「你跟他解釋了『孿生杖芯』的事？你說他只需要借用其他巫師的魔杖？」

奧利凡德臉色駭然，呆若木雞，不敢相信哈利居然知道這麼多。他緩緩點頭。

「可是卻沒有用。」哈利往下說，「我的魔杖仍舊擊敗了借來的魔杖。你知道是為什麼嗎？」

奧利凡德一如剛才，慢吞吞地搖頭。

「我從來……從來沒聽過這種事，你的魔杖那晚的表現獨一無二。孿生杖芯之間會起連結是非常罕見的事，可是你的魔杖為什麼能折斷借來的魔杖，我一無所知……」

「我們剛才提到的那根魔杖，那根靠謀殺換主人的魔杖。在『那個人』知道我的魔杖做出了奇特的事之後，他又回來問起那一根魔杖，是不是？」

「你是怎麼知道的？」

哈利沒有回答。

「對，他問了。」奧利凡德低聲說，「他想知道有關那根被稱為死神魔杖、命運魔杖或是接骨木魔杖的一切知識。」

哈利斜眼看看妙麗，她看起來驚訝極了。

「黑魔王，」奧利凡德說，語氣沙啞驚恐，「一直很滿意我為他製造的魔杖——紫杉木加鳳凰羽毛，十三又二分之一吋——可是後來他發現了孿生杖芯之間的連結。現在他想找另一根更強的魔杖，只有這個方法才能征服你的魔杖。」

「即使他現在還不知道，很快也會知道我的魔杖斷了，無法修復。」哈利靜靜地說。

「不！」妙麗說，語氣驚惶，「他不可能會知道的，哈利，他怎麼可能——？」

「呼呼，前咒現。」哈利說，「我們把妳的魔杖跟那根黑刺李魔杖給掉在馬份家了，妙麗。只要他們好好檢查一下，讓魔杖重複最近施用過的咒語，他們就會知道妳的魔杖折斷了我的，也會知道妳嘗試過卻無法修復那根魔杖，然後他們就會明白，我從那時開始就一直使用那根黑刺李魔杖。」

他們抵達這裡後，她臉上稍微恢復的紅潤又消失殆盡。榮恩投給哈利責難的一眼，說：「暫時先別擔心這個吧——」

但奧利凡德先生插口。

「黑魔王尋找接骨木魔杖，不再只是為了要毀滅你，波特先生。他決心要占有它，是因為他相信那會讓他變成真正的天下無敵。」

「真的會嗎？」

「接骨木魔杖的主人必須時時刻刻提防有人會覬覦而攻擊，」奧利凡德說，「可是死神魔杖落到了黑魔王手裡，我必須承認那會……讓人坐立不安。」

哈利猛然想起他和奧利凡德初次見面時，就不是很確定他是否喜歡這個魔杖製造師。即使是現在，奧利凡德雖曾遭到佛地魔的軟禁與折磨，但黑巫師占有這根魔杖的想法卻既魅惑他，又讓他感到厭惡不已。

「你——你真的認為這根魔杖是存在的，奧利凡德先生？」妙麗問。

「喔，當然。」奧利凡德說，「它的蹤跡是絕對可由歷史去追溯的，當然其間會出現斷層，而且是漫長的斷層。那段時間它銷聲匿跡，暫時失去了蹤影或是被隱藏起來，但它總是會再重出江湖。它有些獨特的性質，深諳魔杖學的人一眼就認得出來。此外還有些文字紀錄，有些非常晦澀艱深，而我和其他的魔杖製造師都致力於這項研究。這些紀錄都相當具有權威性。」

「所以你——你不認為那只是童話故事，或是神話？」妙麗滿懷希望地問。

「不。」奧利凡德說。「但我不知道那根魔杖是否**需要**靠謀殺來代代相傳，它的歷史充滿血腥，不過那可能是因為它有太多人覬覦，迷惑了太多巫師的心。它的力量無法衡量，所遇非人的話會變得十分危險，而對我們這些研究魔杖力量的人來說，魔杖本身就是會讓人無法自拔的一件奇物。」

「奧利凡德先生，」哈利說，「你告訴『那個人』接骨木魔杖在葛果羅威那裡，是不是？」

奧利凡德的臉色蒼白得不能再蒼白了。他的嘴一張一闔，大驚失色。

「你是怎——你是怎麼——？」

「不用管我是怎麼知道的。」哈利說，閉上眼睛一會，因為他的疤痕灼燙，而就在幾秒鐘的工夫，他看見了活米村的大街，因為那裡地處極北，天色仍未亮。「你告訴『那個人』，魔杖在葛果羅威手上？」

「那是謠傳。」奧利凡德喃喃說，「謠傳，流傳了許多年了，那時你還沒出生呢！我相信這謠傳是葛果羅威自己散布出來的。你知道，那對生意的好處可大了，大家會以為他在研究和複製接骨木魔杖的特質！」

「對，我能了解。」哈利說，站了起來，「奧利凡德先生，最後一個問題，問完之後我們就不再打擾了。你對『死神聖物』知道多少？」

「什——什麼？」魔杖製造師問，大惑不解。

「死神聖物。」

「恐怕我不知道你說的是什麼，這也和魔杖有關嗎？」

哈利定睛細看奧利凡德瘦削的臉，相信他不是在演戲，他確實不知道什麼聖物。

「謝謝。」哈利說，「非常謝謝你，那我們就不打擾你休息了。」

奧利凡德愁眉苦臉。

「他折磨我啊！」他高喊，「是酷刑咒啊……你根本不知道……」

「我了解，」哈利說，「我真的了解。請休息吧，謝謝你告訴我這些事。」

他領著榮恩和妙麗下樓，哈利瞥見比爾、花兒、露娜和丁圍坐在廚房餐桌前，每個人面前都擺了杯茶。哈利一出現在門口，每個人都抬頭看，但哈利只是點個頭，沒有停下腳步，一直走到屋外的花園，榮恩和妙麗緊跟在後面。多比的紅土墳墓就在眼前，哈利走過去，他額上的疤痕痛得越來越劇烈。此刻他必須咬緊牙關，才能封鎖住不斷湧入的影像，但他知道只需要再抗拒一會就行了。他很快就會屈服，因為他必須知道自己的推論是否正確。他必須再抗拒一下，好向榮恩和妙麗解釋清楚。

「在很久以前，葛果羅威曾經擁有接骨木魔杖，」他說，「我看見『那個人』千方百計要找到他。等他終於逮到他之後，他發現魔杖已經不在葛果羅威手上了，被葛林戴華德偷走了。我不知道葛林戴華德是如何打聽到魔杖在葛果羅威手上的——可是葛果羅威要是笨到散播這種謠言，那要打聽到消息也不會有多困難。」

佛地魔就在霍格華茲大門口，哈利能看見他站在那裡，也能看見燈火在黎明前的昏暗中上下跳動，越靠越近。

「葛林戴華德就是靠接骨木魔杖才變得所向披靡。就在他的力量達到巔峰時，鄧不利多知道自己是唯一能收拾他的人，於是他和葛林戴華德決鬥，擊敗了他，接骨木魔杖也到了鄧不利多手裡。」

「**鄧不利多**擁有接骨木魔杖？」榮恩說道。「可是——現在它在哪裡啊？」

「霍格華茲。」哈利說，盡全力在懸崖頂的花園裡保持清醒。

「那還等什麼，我們快走啊！」榮恩焦急地說，「哈利，我們得快點，免得他捷足先登啊！」

「來不及了。」哈利說，哈利緊抱著腦袋，想幫自己抵抗那讓人受不了的疼痛。「他知道在哪裡，他已經在那裡了。」

「哈利！」榮恩忿忿說，「這件事你知道多久了——我們為什麼一直在浪費時間？你幹嘛還先找拉環說話？我們早就該去了——現在還來得及——」

「不。」哈利說，跪到草地上，「妙麗說得對，鄧不利多並不想讓我得到它。他不想讓我去拿，他要我去找分靈體。」

「那可是天下無敵的魔杖啊，哈利！」榮恩哀嘆。

「我不應該……我應該去找分靈體……」

此刻一切都清涼陰暗，地平線那端朝陽仍只是朦朦朧朧的，他朝湖邊滑行，身旁是石內卜。

「我很快就會到城堡裡找你，」他說，聲音高亢冷酷，「你先退下。」

石內卜鞠躬之後轉身走上小徑，黑斗篷在身後飛揚。哈利緩步走著，等待石內卜消失不見。不能讓石內卜或任何人看見他要往哪裡去。城堡的窗戶都沒有燈光，他可以掩飾自己的形跡……不到眨眼的工夫，他已在自己身上下了滅幻咒，連他都看不見自己。

他繼續前進，繞著湖岸，眼中映入他摯愛的城堡，他的第一個王國，他與生俱來的權利……

而它就在這裡，在湖畔，倒映在漆黑的湖水中。白色大理石陵墓，在這熟悉的景色中是一抹不必要的污漬。他再度感覺到那股大權在握的愉悅，那種一心一意旨在毀滅的感覺。他舉起老紫杉木魔杖，多恰當啊，以此作為它最後一次的偉大成就。

墳墓從上到下裂開。那裹著殮衣的軀體一如生前般修長瘦削。他再次舉起魔杖。

裹屍布如被利刃劃破。那張臉透明、蒼白、凹陷，卻幾乎與生前毫無二致。他們把他的眼鏡留在歪曲的鼻子上，他心頭浮起一股譏誚。鄧不利多雙手交握在胸膛上，手中就抓著它，隨他入土。

難道這老傻瓜以為大理石或是死亡就能保護魔杖？難道他以為黑魔王會膽怯畏縮，不敢侵犯他的墳墓？蜘蛛似的手指倏然伸出，抽走了鄧不利多手中的魔杖。一握住魔杖，杖端就噴出一陣火花，灑落在它前任主人的屍身上，它已準備好要服侍新主人了。

貝殼居

比爾與花兒的小屋獨自矗立在峭壁上，俯瞰著大海，小屋四壁嵌著貝殼，用石灰水粉刷過。這是個孤單美麗的地方。無論哈利進入小屋內，或是站在花園裡，潮起潮落的聲音總是不絕於耳，好像是什麼蟄伏的巨大怪物在呼吸。接下來幾天，他常託辭離開擁擠的小屋，渴望著崖頂開闊的天空與一望無垠的大海，讓帶著鹹味的寒冷海風吹在臉上。

到現在，哈利仍對自己放棄早佛地魔一步取得魔杖所下的這個重大決定，感到震驚不已。他從不記得自己有選擇過不去做任何行動。他心中充滿了疑問，而榮恩總忍不住會在他們獨處時大聲說出這個疑問。

「萬一鄧不利多是要我們及時解開符號之謎，找到魔杖呢？」「假如解開了符號之謎，就表示你『夠格』得到聖物呢？」「哈利，如果那真的是接骨木魔杖，那我們到底還有什麼辦法能解決掉『那個人』？」

哈利什麼答案也沒有，有時他會懷疑是自己精神錯亂，才沒去阻止佛地魔打開墳墓。他甚至無法提出令人滿意的解釋，說明自己為什麼會反對這件事。每次他在心中重建做出這個決定的理由時，都會覺得論點薄弱不堪。

最奇怪的是妙麗的全然支持，就如同榮恩的質疑一樣，讓他混亂迷惘。雖然妙麗被迫承認接骨木魔杖不是虛構的，但是她仍然堅稱它是邪惡的東西，而佛地魔取得的方式更是令人憎惡，不值得效法。

「你永遠也做不到的，哈利。」她反覆不停地說，「你不可能闖入鄧不利多的墳墓的。」

但是比起面對鄧不利多死後的遺體，哈利更害怕誤解了鄧不利多活著時的意圖。他覺得自己仍然是在黑暗中摸索，雖然他是自己選擇了這條道路，卻又不時回頭張望，胡思亂想自己是否誤判了徵兆，是否該選擇另一條路。他有時候會很氣鄧不利多，氣他沒有在死前把一切解釋清楚，而那股怒火就像小屋底下拍打峭壁的海浪一般激烈。

「可是他**真的**死了嗎？」榮恩問。這是他們抵達小屋的三天後，榮恩和妙麗找到哈利時，他正坐在分隔小屋花園與懸崖的圍牆上，遙望圍牆外的風景。他希望榮恩和妙麗沒找到他，因為他一點也不想加入他們的論戰。

「對，他死了，榮恩，**拜託**別又來了！」

「看看事實吧，妙麗。」榮恩說，越過哈利講話，而哈利依然自顧自地瞪著地平線。「那頭銀色雌鹿、寶劍，還有哈利在鏡中看見的眼睛——」

「哈利自己都承認，眼睛可能是他想像出來的！對不對，哈利？」

「很可能。」哈利說，看也沒看妙麗。

「可是你不認為是想像的，對不對？」榮恩問。

「對，我不認為。」哈利說。

「看吧！」榮恩搶在妙麗開口之前說，「要不是鄧不利多，多比怎麼會知道我們在地窖裡呢，妙麗？」

「我沒辦法解釋——可是你倒說說看，鄧不利多躺在霍格華茲的墳墓裡，他又要怎麼派多比過來救我們？」

「我不知道，搞不好是他的幽靈！」

「鄧不利多不會變成幽靈回來的。」哈利說。關於鄧不利多，他不確定的地方很多，但是他至少確定這一點。「他會一直走下去。」

「你說『一直走下去』是什麼意思？」榮恩問，但哈利還沒開口，他們身後就傳來聲音：「阿利？」

花兒從小屋出來，銀色長髮在微風中飛揚。

「阿利，拉環要跟你說話。塔在最小的房間裡，塔說不想讓別人偷挺。」

很明顯地，她厭惡妖精派她來傳話，因為她一臉惱怒地走回了小屋。

正如花兒所說，拉環在小屋三間臥室中最小的那間等他們，這間房也是妙麗與露娜晚上的寢室。他將紅色的棉布窗簾拉下來，遮擋明亮多雲的天空，所以房間多了一份火紅的光芒，與通風光亮的小屋格格不入。

「我已經決定了，哈利波特。」妖精說，盤腿坐在矮椅上，細長的手指敲著手臂。「雖然古靈閣的妖精會認為我這是低下的背叛，但我仍然決定要幫你——」

「太好了！」哈利說，立刻覺得心頭放下了一塊大石，「拉環，謝謝你，我們真的——」

「——回報我，」妖精堅定地說，「我要報酬。」

哈利微微吃了一驚，猶豫起來。

「你要多少？我有金子。」

「不要金子。」拉環說，「金子我自己有。」

他的黑眼閃爍，眼睛看不見眼白。

「我要寶劍，高錐客．葛來分多寶劍。」

哈利一顆心往下沉。

「不能給你。」他說，「很抱歉。」

「那麼，」妖精輕輕地說，「我們就有問題了。」

「我們可以給你別的。」榮恩焦急地說，「我敢打賭雷斯壯有不少好東西，等我們進了金庫，你可以隨便挑。」

他說錯話了。拉環憤怒地脹紅了臉。

「我不是小偷，小子！我可不是想偷取非分之財！」

「寶劍是我們的——」

「才不是。」妖精怒斥。

「我們是葛來分多學院的，劍又是高錐客．葛來分多的——」

「那在葛來分多之前，劍又是誰的？」妖精質問，坐得挺直。

「沒有人的，」榮恩說，「那是特地為他打造的，不是嗎？」

「才不！」妖精大喊，氣得頭髮倒豎，一根長手指指著榮恩，「又是巫師的自大！那把寶劍是妖精拉努克一世的，後來才被高錐客．葛來分多搶去了！那是件失去的珍寶，妖精的曠世巨作！是屬於妖精的！要我出力，代價就是寶劍，你們自己看著辦！」

拉環怒瞪著他們，哈利瞧了瞧其他兩人說：「拉環，可以的話，請讓我們討論一下。你能等我們幾分鐘嗎？」

妖精點頭，擺出了一張臭臉。

哈利下樓來到空盪盪的客廳，雙眉緊鎖地走向壁爐，設法思考該怎麼辦。在他身後，榮恩說：「真愛開玩笑，我們不能把寶劍給他。」

「是真的嗎？」哈利問妙麗，「寶劍是葛來分多偷的嗎？」

「我不知道。」她無助說，「巫師的歷史裡，經常會省略掉巫師對其他魔法種族所做的行為，不過我從來沒看過有哪本書上提到葛來分多偷了那把寶劍。」

「一定又是那種妖精自己編出來的故事，」榮恩說，「說什麼巫師是如何想要占他們的便宜啦。我看他沒要我們把魔杖給他，我們還應該覺得慶幸呢。」

「妖精不喜歡巫師並不是沒有道理的，榮恩。」妙麗說，「過去他們有過慘痛的經驗。」

「妖精可也不是什麼毛茸茸的可愛小白兔，不是嗎？」榮恩說，「他們殺了我們很多人，而且手段也不光明正大。」

「可是跟拉環爭辯誰的種族最陰險、最暴力，可沒辦法讓他更樂意幫助我們，不是嗎？」

三人苦苦思索一個解決的方案，客廳裡一片沉默。哈利望著窗外多比的墳墓，露娜正準備把海薰衣草插在墓碑旁的一個果醬罐裡。

「好吧。」榮恩說，哈利回頭看他，「這樣如何？我們跟拉環說，在進入金庫之前我們仍需要寶劍，等我們闖進去之後，寶劍就可以給他。裡頭不是有把假劍嗎？我們來個以假換真，把假的給他。」

「榮恩，他比我們更會分辨真假！」妙麗說，「他是唯一一個知道寶劍被掉包了的人！」

「沒錯，但是我們可以在他發現之前開溜——」

妙麗看榮恩的眼神，讓他畏怯地住了口。

「那麼做，」她靜靜說，「太可恥了。要求他幫忙，然後又來個黑吃黑？你還覺得奇怪妖精為什麼不喜歡巫師嗎，榮恩？」

榮恩羞得連耳根都紅了。

「好啦，好啦！我只能想出這個辦法！那妳說呢？」

「我們需要換別的東西給他，同樣價值的東西。」

「真天才，我馬上就去找另一個古代妖精打造的劍來，妳還可以把它包裝得漂漂亮亮的。」

沉默又彌漫室內。哈利很肯定即使他們可以給妖精等值的東西，但除了寶劍之外，他不會接受第二件替代品。然而，寶劍是他們對付分靈體不可或缺的武器。

他閉上眼睛，傾聽著海浪聲。寶劍是葛來分多偷來的，這個想法讓他覺得很不舒服。他始終以身為葛來分多的一員為榮，葛來分多一直是保護麻瓜出身者的鬥士，是與提倡純種的史萊哲林分庭抗禮的巫師……

「也許他說謊，」哈利說，睜開眼睛，「那個拉環。也許葛來分多沒有偷走寶劍，我們怎麼知道妖精版的歷史是正確的？」

「正不正確有差別嗎？」妙麗問。

「我的感覺會有差別。」哈利說。

他做個深呼吸。

「我們要告訴他，在他幫助我們闖入金庫之後，寶劍可以歸他——不過我們要小心，不能說出究竟**什麼時候**要給他。」

榮恩的嘴慢慢咧開來，但妙麗卻是一臉驚詫。

「哈利，我們不能——」

「劍可以給他，」哈利繼續說，「但要等我們毀掉所有的分靈體之後，我會保證那時他就可以拿到寶劍，我會履行承諾。」

「可是，那可能得拖上好幾年啊！」妙麗說。

「我知道，可是不需要讓**他**知道。這樣我並沒有說謊……不完全是。」

看著妙麗質疑的眼神，哈利的思緒混雜了叛逆和愧疚。他想起了鐫刻在諾曼加入口的字：為了更長遠的利益。他立刻將這想法推開，他們還有別的選擇嗎？

「我不喜歡。」妙麗說。

「我也不怎麼喜歡。」哈利坦言。

「嗯，我倒覺得很天才。」榮恩說，又站了起來，「我們去告訴他吧。」

回到最小的臥室，哈利負責發言，謹慎地迴避交付寶劍的確切時間。他說話時，妙麗蹙眉望著地板，哈利很火大，生怕她露出了馬腳。不過拉環的一雙眼睛只盯住哈利，根本沒注意其他人。

「如果我幫助你，哈利波特，你就答應把葛來分多寶劍給我？」

「對。」哈利說。

「那就握手成交。」妖精說，伸出了手。

哈利與他握手，心裡納悶那雙黑眼是否在他自己眼中看出了不安？接著拉環放開他，雙手緊握，說：「那好，我們開始吧！」

一切就如計畫闖入魔法部一樣，他們在最小的臥室裡開始沙盤推演，而房間裡總是依照拉環的偏好，弄得昏暗不明的。

「我曾到過雷斯壯家的金庫一次，」拉環告訴他們，「奉命去放那把假劍。那是最古老的庫房之一，最古老的巫師家族把他們的寶物存放在最深的一層，那裡的金庫最大，保護也最周延……」

他們每次都會在這間櫥櫃大小的房間裡關上幾小時。一天天過去、一週週過去，他們有一個接一個的問題需要克服，而其中一個問題就是他們的變身水儲量急待補充。

「僅有的藥水只夠我們其中一個人使用了。」妙麗說，斜拿著瓶子，就著燈光打量泥巴似的濃稠魔藥。

「那就夠了。」哈利說，他正在研究拉環手繪的地下最底層通道地圖。

貝殼居其他的人很難不去注意哈利、榮恩和妙麗只有在吃飯時間才出現，他們也料到必然是有什麼事情正在進行，但是沒有人發問。倒是哈利常常感覺比爾的目光落在他們三人身上，若有所思，擔憂關心。

他們花越多的時間在一起，哈利就越發現自己不怎麼喜歡這個妖精。拉環出乎意料地嗜血，對於次等生物的痛苦大加嘲笑，對於他們可能必須傷害其他巫師才能進入雷斯壯家的金庫更是雀躍不已。哈利看得出來，討厭拉環的不只他一個人，但是他們並沒有討論這一點，因為他們需要拉環。

妖精總是老大不情願地跟大家一起吃飯。即使在他的腿傷痊癒後，他仍然要求大家仿照身子仍然虛弱的奧利凡德，把他的餐點用托盤端上樓給他。後來還是比爾（在花兒發了一頓脾氣之後）上樓告訴他客房服務到此為止。之後，拉環就和他們一起在擁擠的餐桌上用餐，只是他仍然拒絕吃同樣的食物，堅持要吃大塊大塊的生肉、根莖類和各種菌類。

哈利覺得自己必須負起責任。畢竟，是他堅持要讓妖精留在貝殼居，好讓他問問題；而整個衛斯理家族必須東躲西藏的，也是他的錯；比爾、弗雷、喬治和衛斯理先生不能上班，也都是他的錯。

「對不起。」哈利對著花兒說。這是四月一個狂風暴雨的傍晚，他在幫她準備晚餐。「我不是有意害你們家這樣亂糟糟的。」

她剛剛施展魔法讓幾把刀子開始工作，為拉環和比爾切牛排。比爾自從被灰背攻擊之後，就喜歡吃血淋淋的肉。刀子在她身後切下一片片的牛肉，她略帶惱怒的表情軟化了。

「阿利，你救了窩妹妹的命，窩並沒有忘記。」

嚴格說起來並不真的是這樣，可是哈利思考再三，還是決定別去提醒她，那時佳兒其實並沒有真正的危險。

「反正啊，」花兒接著說，魔杖指著爐子上的一鍋醬汁，醬汁立刻就咕嚕嚕地冒泡，「奧利凡德先生今舔晚上就要到牡丹那裡去了，之後就輕鬆多了。那個妖精，」一提到他，她就微微皺眉。「可以搬到樓下來，你、榮恩和丁就可以睡那個房間了。」

「我們不介意睡在客廳。」哈利說。知道讓拉環睡沙發，他一定又會鬧情緒，而目前在他們的計畫中最核心的重點就是讓拉環開心。「別擔心我們了。」一見花兒想抗議，他立刻接著說：「我們也很快就要走了，榮恩、妙麗跟我，我們不會在這裡待太久。」

「你者是什麼意思？」她說，皺著眉頭，魔杖指著懸浮在半空中的燉鍋菜，「你們當然不能離開，你們在者裡很安全！」

她說話時的表情真像衛斯理太太，哈利很高興後門恰好在這個時候打開，露娜和丁進來了，被外面的雨淋溼了頭髮，兩人都抱了滿懷的浮木。

「……還有小小的耳朵，」露娜正在說，「爹地說有點像河馬，只不過是紫色的，又毛茸茸的。要是你想叫他們，你得哼歌，他們比較喜歡華爾滋，旋律不能太快……」

丁一臉的不自在，經過時朝哈利聳聳肩，跟著露娜走入了與客廳相連的餐廳，榮恩與妙麗正在擺餐具。哈利逮住機會，逃離花兒的詢問，抓起兩瓶南瓜汁，跟著他們離開廚房。

「……要是你到我家來，我可以帶你去看角。爹地寫信告訴我，可是我還沒看見，因為食死人把我從霍格華茲特快車上帶走了，我沒能回家過聖誕節。」露娜一邊說，一邊和丁重架柴火。

「露娜，我們跟妳說過了。」妙麗朝她大聲說，「那個角爆炸了，那是爆角怪的角，不是犄角獸的——」

「不，那絕對是犄角獸的角。」露娜平靜地說，「爹地告訴我的，現在可能已經重生了，妳知道，它們會自行痊癒的。」

妙麗搖搖頭，繼續擺叉子。這時比爾出現了，帶著奧利凡德先生下樓來。魔杖製造師仍是弱不禁風的模樣，緊攀著比爾。比爾一手攙扶老人，一手還提著大行李箱。

「我會想念你的，奧利凡德先生。」露娜說，向老人走去。

「我也會想妳，親愛的。」奧利凡德說，輕拍她的肩膀，「在那個可怕的地方，妳是我無法形容的安慰。」

「那麼再會了，奧利凡德先生。」花兒說，親吻他兩頰。「不知道能不能麻煩你，代窩送個包裹給比爾的牡丹姑婆？窩都還沒把塔借窩的頭冠還給塔呢。」

「這是我的榮幸，」奧利凡德先生微微鞠躬說。「我至少可以回報一下你們的慷慨款待。」

花兒拉出一個舊天鵝絨盒子，打開讓魔杖製造師看。低垂的燈光下，頭冠熠熠生輝。

「月長石與鑽石。」拉環說，他在哈利沒注意時側身進入了房間。「妖精做的吧？」

「而且巫師已經付過錢了。」比爾靜靜說，妖精立刻朝他投去既鬼祟又挑釁的目光。

比爾與奧利凡德先生沒入夜色中，一陣強風吹襲小屋。大家在餐桌前開始吃飯，擠得手肘碰手肘，幾乎沒有移動空間。他們身旁的爐火劈啪作響，哈利注意到花兒只是撥弄著食物，每隔幾分鐘就瞧一眼窗戶。幸好比爾在他們吃完第一道菜之前就回來了，長髮被風吹得糾結成一團。

「平安順利。」他對花兒說。「奧利凡德安頓好了。爸媽問候妳，金妮要我送上她對你們大家的愛。弗雷和喬治快把牡丹逼瘋了，他們仍然用貓頭鷹郵購在她的密室裡做生意。她的頭冠送回去了，倒是讓她很高興，她說她還以為我們想把它據為己有了呢。」

「喔，塔可診可愛啊，你的姑婆。」花兒沒好氣地說，邊揮舞魔杖，髒盤子立刻浮起在空中疊好，她伸手接住之後，大步離開房間。

「爹地也做了個頭冠。」露娜高聲說。「啊，其實比較像是皇冠。」

榮恩看見妙麗的眼神，咧嘴而笑。哈利知道他是想起了他們在贊諾家看見的那頂荒唐的頭飾。

「對，他是想要複製出雷文克勞遺失的王冕。他覺得他已經辨認出最重要的幾個特點，加上旋舞針的翅膀真的就有很大的差別——」

前門響起砰的一聲，每個人的頭都轉了過去。花兒從廚房跑出來，一臉的驚嚇。比爾跳了起來，用魔杖指著門，哈利、榮恩和妙麗也一樣。拉環悄悄溜到桌子底下。

「誰？」比爾高喊。

「是我，雷木思．約翰．路平！」一個人扯開嗓門壓過呼嘯的狂風，哈利頓時害怕得全身顫慄。出了什麼事？「我是個狼人，娶了小仙女．東施為妻。而你，貝殼居的守密人，告訴了我地址，要我在緊急事件發生時過來！」

「路平。」比爾喃喃說道，奔向門口，打開了門。

臉色雪白的路平踉蹌跨過門檻，身上緊裹著旅行斗篷，漸灰的頭髮被狂風吹亂。他挺直腰環顧室內，確定在場的人是誰，隨即大聲宣布：「是個男孩！我們叫他泰迪，以紀念小仙女的父親！」

妙麗尖叫。

「什麼——？東施——東施生了？」

「對，對，她生了！」路平大喊。環立在餐桌旁的人都發出喜悅的叫聲以及鬆了口氣的嘆息。妙麗和花兒高聲尖叫：「恭喜！」榮恩則說：「哇噻，生了孩子！」彷彿他從沒聽說過生孩子這種事。

「對——對——是個男孩。」路平又說了一次，似乎是快樂得頭暈眼花。他大步繞過餐桌，擁抱哈利，好像已經盡釋前嫌，古里某街地下室的那一幕從來沒有發生過。

「你願意當教父嗎？」他問，放開哈利。

「我——我？」哈利結結巴巴。

「對，當然是你——小仙女也同意，沒人比你更適合——」

「我——好——我的天啊——」

哈利既驚又喜，一時間亂了手腳。比爾趕去拿酒，花兒正在勸路平留下來喝一杯。

「我不能久留，得快點回去。」路平說，朝大家露出燦爛的笑容。看起來比哈利見過的他年輕了好幾歲。「謝謝，謝謝，比爾。」

比爾很快就斟滿了每個人的高腳酒杯，大家站起來，高舉酒杯祝賀。

「敬泰迪．雷木思．路平，」路平說，「未來的偉大巫師！」

「塔長得像誰啊？」花兒問。

「我覺得他像小仙女，可是她說像我，沒多少頭髮。他剛出生的時候頭髮是黑黝黝的，可是過了一個鐘頭又變成薑黃色的，等我回去搞不好已經變成金髮了。」美黛說，「東施的頭髮也是從出生那天開始就一直在變顏色。」他一口飲盡杯中的酒，「喔，管他的，再來一杯。」他滿面笑容地說，比爾又幫他斟滿酒杯。

強風吹襲小屋，爐火跳動燃燒，沒多久比爾又開了一瓶酒。路平的好消息似乎讓大家開心得不能自已，暫時忘記了他們是坐困愁城。新生命的降臨總是教人振奮，只有妖精似乎完全不受突如其來的歡樂氣氛影響，沒多久就偷偷溜回樓上那間他獨占的臥房了。哈利認為他是唯一一個注意到妖精的人，但他隨即發現比爾的目光也一直跟著妖精上樓。

「不……不……我真的該回去了。」路平終於說，婉拒了另一杯酒。他站起身，拉攏旅行斗篷。「再見了，再見了——過幾天我再帶幾張相片過來——他們知道我見到了你們一定很高興——」

他繫好斗篷，向大夥道別，擁抱了女士們，和男士們緊緊握手，然後笑容可掬地走入了風狂雨驟的夜色中。

「教父耶，哈利！」比爾說，兩人幫忙收拾餐桌，端著碗盤走入廚房。「這可真是莫大的榮幸呢！恭喜了！」

哈利放下端著的空酒杯，比爾乘機關上了身後的門，阻隔了仍然不絕於耳的嬉笑聲。雖然路平已離去，但大家仍然繼續慶祝。

「其實我是想私下找你談談，哈利。小屋裡擠滿了人，實在很難找到機會。」

比爾欲言又止。

「哈利，你正在和拉環計畫什麼。」

這不是問句，而是肯定的陳述，哈利也沒有費事否認，只是看著比爾，等待著。

「我了解妖精。」比爾說，「我從霍格華茲畢業後就在古靈閣工作。巫師與妖精間也可以有友誼存在，我有我的妖精朋友——至少是我比較熟，也比較喜歡的妖精。」比爾又是一副難以啟齒的模樣，「哈利，你找拉環做什麼？你又答應了他什麼回報？」

「我不能告訴你。」哈利說，「對不起，比爾。」

廚房門打開來，花兒端著更多的空杯子要進來。

「等一下，」比爾告訴她，「一下子就好。」

她退回去，比爾又關上了門。

「那我不得不說了。」比爾往下說，「要是你和拉環敲定了什麼交易，尤其是牽涉到寶藏，你就必須要格外小心。妖精對於所有權、償付、報酬等等的概念，和人類不一樣。」

哈利覺得微微的不安，好像有隻小蛇在他體內蠕動。

「你是什麼意思？」他問。

「我們說的可是一個不同的種族。」比爾說，「幾個世紀以來，巫師與妖精之間有許多恩恩怨怨——這點你從魔法史上就會知道。事實上兩邊都有錯，我不會說巫師始終是無辜的。不過，妖精間流傳一種想法，而古靈閣的妖精尤其相信這種說法。他們深信事關黃金與寶藏，巫師就絕對靠不住，因為巫師對妖精的所有權毫不尊重。」

「我尊重——」哈利張口，但比爾搖頭。

「你不明白，哈利，沒有人會明白，除非他們和妖精共同生活過。對妖精而言，任何物件的真正主人就是製造者，而不是購買者。在妖精的眼中，所有妖精製造的東西都應當是屬於他們的。」

「可是既然被買下了——」

「——那麼他們就會當作是租給了那個付錢的人。但是他們對於妖精製造的物品，從一名巫師傳到另一名巫師手中這種事，卻是無論如何也想不通的。你也看見拉環在頭冠經過他面前時的表情了，他很不以為然。我相信他的想法就跟那些最激進的妖精一樣：一旦原始買主死亡，頭冠就應該要歸還給妖精。在他們眼中，我們把妖精製造的物品代代相傳，卻不再支付妖精租金，這種行為與偷竊其實差不了多少。」

哈利現在有種不祥的感覺了，他猜想比爾知道的恐怕不只他透露的這一些。

「我這番話的意思是，」比爾說，一手按住通往客廳的門，「哈利，無論你答應了妖精什麼事，一定要格外小心。對妖精食言而肥，比闖入古靈閣還要危險。」

「好。」哈利在比爾打開門時說，「呃，謝謝，我會記在心裡。」

他跟著比爾回到客廳，心裡忽然閃過一個諷刺的想法，想必是因為喝了酒的緣故。他似乎是有樣學樣地踏上了天狼星·布萊克的後塵，天狼星這位教父是怎麼樣的魯莽輕率，他這位泰迪·路平的教父就是怎麼樣的魯莽輕率。

26 古靈閣

哈利和妙麗的計畫擬定了，一切都準備妥當。在那間最小的房間內，一根粗長的黑頭髮（從妙麗在馬份莊園時穿的毛衣上取下來的）捲曲地躺在壁爐上的一個小玻璃瓶內。

「妳就用她的魔杖，」哈利說，朝那根胡桃木魔杖點頭示意，「我想這樣妳就很像了。」

妙麗拿起魔杖，一臉害怕的樣子，彷彿怕它會刺她或咬她一口。

「我討厭它，」她低聲說，「真的討厭。總覺得不對勁，用起來很不順手……它有點像**她**。」

哈利不得不想起，當初妙麗對他討厭那根黑刺李魔杖的態度是多麼的不以為然，堅持說他認為那根魔杖沒有自己原來的好用純粹是想像過度，只要多練習就好了。但他決定還是不要用同樣的態度對她，明天就要潛入古靈閣了，他覺得還是不要惹她生氣為妙。

「但它說不定有助於妳融入她的個性，」榮恩說，「想想看那根魔杖殺過多少人！」

「我就是這個意思！」妙麗說，「這根魔杖虐待過奈威的爸媽，誰知道還有其他多少人？這根魔杖還殺了天狼星！」

哈利倒是沒想到這一點，他低頭望著魔杖，忽然有股衝動想把它拿起來，用擱在一旁牆上的葛來分多寶劍把它砍成兩半。

「我懷念**我的**魔杖，」妙麗黯然說，「真希望奧利凡德先生也能為我再做一根新的。」

奧利凡德先生那天早上送了露娜一根新的魔杖，此刻她正在後面的草地上，在夕陽下測試它的功效。魔杖被死拿錢奪走的丁，悶悶不樂地在一旁觀看。

哈利望著那一度屬於跩哥．馬份的山楂木魔杖，他倒是很驚訝自己用起來很順手，至少和妙麗的魔杖一樣好用。他想起奧利凡德對他說過魔杖的神奇特性，他知道妙麗的問題出在哪，這根胡桃木魔杖不是她從貝拉那裡奪來的，所以她並沒有贏得魔杖對她的忠誠。

臥室的門開了，拉環進來。哈利本能地將寶劍拉近他身邊，但立刻有點懊悔，他知道拉環注意到他的動作了。為了掩飾這尷尬的一刻，他說：「我們正在做最後的檢查，拉環，我們已經告訴比爾和花兒，明天一早就離開，請他們不要起來送我們。」

他們非常堅持這一點，因為妙麗必須在他們離開以前變身成貝拉，比爾和花兒對他們的行動知道或懷疑得越少越好。他們同時也表明不會回來了，由於他們在死拿錢抓到他們的那晚，弄丟了薄京的舊帳篷，所以比爾又另外借了他們一頂，現在已經打包好裝在珠珠包裡面。死拿錢抓到他們時，妙麗情急之下把她的珠珠包塞在襪子底下，哈利因而對珠珠包的表現更加欽佩不已。

雖然他會想念比爾、花兒、露娜和丁，更別提過去幾個星期他們在這個家所享受到的溫暖，但哈利卻想早點離開貝殼居。他實在不想再擔心會被竊聽、不想再關在那個又小又暗的房間，但更重要的是，他希望早點擺脫拉環。然而，他不知道什麼時候能夠擺脫這個妖精，又能不把葛來分多寶劍交給他，至今仍然想不出個解決之道。他們根本無法商量這件事，因為這個妖精很少離開哈利、榮恩與妙麗超過五分鐘。「我媽真該跟他討教幾招。」當妖精的長指頭不斷出現在門口時，榮恩抱怨地說。比爾的警告言猶在耳，哈利不由得懷疑拉環是在監視他們，以防他們欺騙他。妙麗強烈反對這種預謀欺騙的做法，所以他也不想再度挑起這個話題，免得被她嘮叨說這樣做怎樣不對；榮恩也只會在幾次拉環難得不在的時刻，提出於事無補的建議說：「我們就見機行事吧，兄弟。」

那天晚上哈利睡得很不安穩，就寢之後遲遲無法入睡。他想起他們滲透到魔法部的前一晚，他是如何的意志堅定，甚至是興奮不已，可是現在他卻充滿焦躁和疑慮，他無法擺脫可能會一敗塗地的恐懼。他不斷告訴自己，他們的計畫周詳，拉環知道他們會面臨哪些問題，他們對於即將遭遇的一切困難，都已做好充分的準備，但他還是感到不安。他有一、兩次聽到榮恩在翻身，知道他也一樣睡不著，但他們和丁一起睡在客廳，所以哈利沒作聲。

到了六點，總算可以鬆一口氣。他們離開睡袋，在半明半暗的光線下換衣服，然後悄悄來到花園與妙麗和拉環會合。黎明時分的空氣涼颼颼的，但因為是五月了，所以並沒有風。哈利抬頭，看見暗沉的天空還有幾顆星星閃耀著微光，聆聽海水來回拍打崖岸，他知道他會想念這種聲音。

多比的紅土墳上已經長出小小的綠色新芽，一年後這座小土堆就會蓋滿鮮花。鐫刻著多比名字的白石墓碑已經有點風吹日曬的痕跡，他明白再也沒有比這裡更美的地方可以讓多比安息，但想到要把他留在這裡，哈利仍然感到心痛。他低頭望著墳墓，仍然不明白，這個家庭小精靈怎麼會知道該去那裡拯救他們。他的手指漫不經心地摸著依舊掛在他脖子上的蜥皮袋，感覺到裡面的鏡子碎片，他曾經十分篤定自己透過碎片看到了鄧不利多的眼睛。然後他聽到開門的聲音，他回頭看。

貝拉・雷斯壯穿過草地邁開大步朝他們走來，一旁跟著拉環。她一面走一面把珠包塞進另一件他們從古里某街帶出來的舊長袍內袋。哈利雖然明知她其實是妙麗，但仍然忍不住感到一陣厭惡的顫慄。她的身材比他高大，黑色的長髮披在背後，一雙深凹的眼睛鄙夷地看著他，但是當她開口說話時，哈利還是能從貝拉低沉的嗓子裡聽出妙麗的聲音。

「她喝起來真**噁心**，比鍋底根還噁！好了，榮恩，你過來，我幫你……」

「好，但是要記得，我不喜歡鬍子太長——」

「喔，拜託，又不是看帥不帥——」

「不是啦，是那樣不方便！不過我喜歡我的鼻子短一點，試試看妳上回變的那樣。」

妙麗嘆口氣，一面嘀咕一面開始動手為榮恩變了幾個樣子。他們替他捏造出一個全新的身分，希望靠貝拉的惡形惡狀來保護他。同時，哈利與拉環將躲在隱形斗篷底下。

「好了，」妙麗說，「他看起來如何，哈利？」

偽裝之下仍然可以看出是榮恩，但哈利心想，那是因為他太了解他的緣故。榮恩現在的頭髮又長又亂，長了一臉濃密的棕色鬍鬚，沒有雀斑的臉上有著短短的寬鼻子和一對濃眉。

「嗯，他不是我喜歡的那一型，不過還過得去啦。」哈利說，「那，我們可以走了吧？」

三個人都回頭再看一眼默默矗立在黯淡晨星下的貝殼居，然後轉身走向圍牆外忠實咒消失的那個定點，之後他們就可以消影了。出了大門後，拉環開口。

「我可以爬上去了嗎，哈利波特？」

哈利彎腰，妖精爬到他背上，雙手攀住哈利的脖子。他不重，但哈利不喜歡他，也不喜歡妖精將他摟得那麼緊。妙麗從珠珠包內拉出隱形斗篷，蓋在他們兩人身上。

「好極了，」她說，彎腰察看哈利的腳，「我什麼都看不到。走吧。」

哈利肩上扛著拉環原地轉身，全神貫注地默念斜角巷入口的破釜酒吧。他們進入令人窒息的黑暗中時，妖精把他的脖子摟得更緊了。幾秒鐘後，哈利感覺到自己的腳站在人行道上，他張開眼睛，發現他們已經抵達查令十字路口。幾個麻瓜從旁匆匆走過，臉上帶著大清早懶洋洋的模樣，絲毫沒有察覺這個小店的存在。

破釜酒吧幾乎是空的，駝背缺牙的老闆湯姆正站在吧台後面擦玻璃杯；兩名男巫坐在遠處的角落小聲談話，看見妙麗之後立刻躲到暗處。

「雷斯壯夫人。」湯姆喃喃說。妙麗從他面前經過時，他立刻把頭垂下。

「早安。」妙麗說。哈利扛著拉環在隱形斗篷的掩護下從旁悄悄走過時，看見湯姆臉上驚訝的表情。

「太有禮貌了，」他們經過酒吧進入小小的後院時，哈利在妙麗的耳邊小聲說，「妳必須把人當渣滓看待！」

「好啦，好啦！」

妙麗拔出貝拉的魔杖，在他們面前一堵不起眼的磚牆上敲一下，磚牆立刻旋轉，中間出現一個洞，越來越寬，最後形成一道拱門。拱門後便是狹窄的圓石路，也就是斜角巷。

街道上很安靜，還不到商店開門營業的時間，所以也沒有逛街的人。彎曲的圓石路已經整修過，和多年前哈利在霍格華茲第一個學期來的時候不太一樣了。更多的商店被木板封起來，但也新開了幾家專營黑魔法的商店。許多店面的窗口貼著印有哈利照片的海報，他自己的臉凝視著他，海報底下的標題寫著「頭號不受歡迎人物」。

許多衣衫襤褸的人蜷縮在店門口，他聽到他們向路過的行人乞討黃金，說他們其實是巫師。其中一個人的一隻眼睛還蒙著血跡斑斑的繃帶。

他們走到街道上。乞丐們一看見妙麗就一哄而散，並拉起帽兜紛紛走避。妙麗好奇地望著他們，直到那個臉上有繃帶的人步履蹣跚地擋在她前面。

「我的孩子！」他指著她大聲說，他的聲音沙啞、尖銳，精神似乎有些錯亂，「我的孩子在哪裡？他把他們怎麼啦？妳知道，**妳知道！**」

「我──我真的──」妙麗結結巴巴說。

那個人衝向她，掐住她的喉嚨，然後砰的一聲，紅光一閃，他被往後拋到地上，不省人事。榮恩站在那裡伸出他的魔杖，鬍鬚後面一臉的驚愕。街道兩旁的窗戶出現許多面孔，幾個剛好目睹這一幕的路人撩起長袍，急忙以小跑步匆匆離開現場。

他們進入斜角巷不可能不引起注意，哈利心想他們或許最好先離開，另外再想辦法。但還沒來得及商量，他們就聽到背後傳來叫喊。

「嘿，雷斯壯夫人！」

哈利轉身，拉環立刻抓緊哈利的脖子。一個身材高瘦、白髮亂蓬蓬、鼻子又尖又長的巫師大步朝他們走來。

「那是崔佛。」妖精在哈利的耳邊小聲說，但哈利一時想不起來崔佛是誰。妙麗這時已經回過神來，儘可能用最傲慢的語氣說：「什麼事？」

崔佛停下腳步，顯然不是很高興。

「**他也是食死人！**」拉環小聲說，哈利悄悄走到妙麗旁邊轉告她這個情報。

「我只是想跟妳打個招呼，」崔佛冷冷說，「不過，要是我的出現不受歡迎……」

現在哈利認出他的聲音了，崔佛就是被召喚到贊諾家的食死人之一。

「不，不，一點也不，崔佛，」妙麗立刻說，試圖掩飾她的過錯，「你好嗎？」

「啊，我承認看到妳出來外面我有點驚訝，貝拉。」

「真的？為什麼？」妙麗問。

「這個，」崔佛咳嗽，「我**聽說**住在馬份莊園內的人都禁止外出，在……呃……**逃走事件**以後。」

哈利希望妙麗能保持鎮定，假如這個消息屬實，貝拉確實不應該出來——

「黑魔王原諒那些過去對他最忠誠的僕人，」妙麗模仿貝拉最傲慢的語氣說，「你的信用也許沒有我的好，崔佛。」

崔佛雖然有些不悅，但減了幾分懷疑。他再看看剛才被榮恩用昏擊咒擊昏的人。

「他怎麼冒犯妳了？」

「無所謂，不會再有第二次了。」妙麗冷冷說。

「這些沒有魔杖的人有些還真愛惹麻煩，」崔佛說，「他們乞討也就罷了，我不反對，但是上個星期有個女的竟然央求我在魔法部為她辯護。『我是個女巫，先生，我是個女巫，我可以證明給你看！』」他用尖銳的聲音模仿，「好像我會把我的魔杖給她似的──妳現在用的，」崔佛好奇問道，「是誰的魔杖，貝拉？我聽說妳的魔杖──」

「我的魔杖在這裡，」妙麗冷冷說，舉起貝拉的魔杖，「我不知道你哪裡聽來的謠言，崔佛，但你好像消息很不靈通。」

崔佛似乎有點詫異，他轉向榮恩。

「妳的朋友是誰？我不認識他。」

「這位是拽哥米．德斯巴，」妙麗說。他們決定讓榮恩假扮成外國人比較安全，「他不太會說英語，但他認同黑魔王的目標，他從外西凡尼亞來這裡觀摩我們的新政權。」

「真的？你好嗎，拽哥米？」

「逆好？」榮恩說，伸出他的手。

崔佛伸出兩根指頭和榮恩握手，彷彿怕被他弄髒一樣。

「那麼，什麼風把妳和妳這位──啊──認同的朋友這麼早就吹來斜角巷？」崔佛問。

「我要去古靈閣。」妙麗說。

「啊，我也是，」崔佛說，「黃金，骯髒的黃金！我們不能沒有它！但我承認我很遺憾不得不和我們的長指朋友打交道。」

哈利感覺拉環摟著他脖子的手忽然拉緊了。

「請吧？」崔佛說，示意妙麗往前走。

妙麗別無選擇，只好和他並肩走上蜿蜒曲折的圓石路，一起往高聳於其他店鋪之上的雪白古靈閣走去。榮恩走在他們旁邊，哈利和拉環跟在後面。

他們最不希望看到的就是最有防人之心的食死人，而更糟的是，崔佛和假冒的貝拉並肩走在一起，哈利根本沒辦法與妙麗和榮恩說話。他們很快便來到通往青銅大門的大理石台階底下，拉環早已警告他們，往常看守大門的制服妖精已被兩名巫師取代，他們都拿著細長的金色棍子。

「啊，誠實探針，」崔佛誇張地說，「做法太粗糙──但是有效！」

他走上台階，朝左右兩個巫師點頭示意，他們舉起金色棍子在他身體上下揮了幾下。哈利知道誠實探針是在偵測隱藏的咒語和魔法物品，他知道他只有幾秒鐘的時間，於是他以踹哥的魔杖朝兩名巫師點了一下，口中喃喃念了兩遍：「糊糊迷。」崔佛沒注意到，他正望著青銅大門裡面的大廳。咒語擊中兩名守衛時，兩人都微微抖了一下。

妙麗走上階梯，黑色的長髮在背後飄動。

「等等，夫人。」守衛說，舉起他的探針。

「你剛剛偵測過了！」妙麗用貝拉高傲、命令的語氣說。崔佛回頭，抬抬眉毛。守衛大惑不解，他看看他手上細長的金色探針，又看看他的同伴，他的同伴以略帶恍惚的聲音說：「是啊，你剛剛偵測過了，馬流斯。」

妙麗大步向前，榮恩走在她旁邊，哈利和拉環隱身跟在後面。進入大門後哈利回頭看他們，發現兩名巫師都在搔頭。

兩名妖精站在內門前面。內門由純銀打造，上面刻著詩句，警告竊盜的可怕報應。哈利抬頭看，猛然想起一段往事：他十一歲生日那天，他這輩子最棒的一個生日，他就站在這裡，海格站在他身旁說：「我可以告訴你，除非你是瘋了，才會想去搶他們。」那天的古靈閣似乎充滿神奇，有一堆他不知道屬於他自己的黃金寶藏，而他也絕沒有想到有一天他會回來偷……但轉眼間，他們已經站在銀行的大理石大廳內。

一長列櫃台後面的高凳上坐著幾個妖精，正在為早來的顧客服務。妙麗、榮恩與崔佛走向一個年老的妖精，他正透過一片眼鏡檢查一枚很厚的金幣。妙麗藉口向榮恩介紹大廳的特色，先禮讓崔佛。

妖精將他手上的金幣拋開，隨口說了一句「矮妖」，然後歡迎崔佛。崔佛遞給他一支金色的小鑰匙，他檢查過後又還給他。

妙麗走向前。

「雷斯壯夫人！」妖精說，明顯吃了一驚，「我的天！我——我今天能如何為妳效勞？」

「我要進我的金庫。」妙麗說。

老妖精似乎畏縮了一下。哈利看看四周，不僅崔佛嚇了一跳呆望著她，就連其他幾個妖精也都放下手上的工作抬頭望著妙麗。

「妳能……證明身分嗎？」妖精問。

「證明身分？我——我以前從來沒有被要求提出證明！」妙麗說。

「**他們知道了！**」拉環在哈利的耳邊說，「**他們一定已經接到警告，可能會有人來假冒！**」

「妳的魔杖就行了，夫人。」妖精說。他伸出微微顫抖的手，哈利突然心頭一驚，明白古靈閣的妖精知道貝拉的魔杖被偷了。

「**趕快行動，趕快行動，**」拉環在哈利耳邊小聲說，「**蠻橫咒！**」

哈利在隱形斗篷底下舉起山楂木魔杖，對著老妖精小聲說出他有生以來的第一句「噩噩令！」

一種奇異的感覺從哈利的手臂射出，一股刺刺的暖意彷彿從他的心傳到肌腱和血管，再連接魔杖和它剛射出的詛咒。妖精取過貝拉的魔杖，仔細檢查，然後說：「啊，妳換了一根新的魔杖，雷斯壯夫人！」

「什麼？」妙麗說，「不，不，這是我的——」

「一根新的魔杖？」崔佛靠近櫃台說，附近的妖精仍在觀望，「怎麼可能，哪個魔杖製造師幫妳做的？」

哈利不假思索，魔杖指著崔佛，口中再度喃喃念出：「噩噩令！」

「喔，對了，我明白了，」崔佛看著貝拉的魔杖說，「是的，非常棒，它好用嗎？我常覺得魔杖也需要多用才能順手，不是嗎？」

妙麗一臉莫名其妙，但她很快接受這個怪異的轉變，不再多說。哈利鬆了口氣。

坐在櫃台後的老妖精拍拍手，一名年輕的妖精過來。

「我需要『叮叮噹』。」他對那名年輕的妖精說，年輕的妖精立即離開，一會後回來時手上多了一個皮袋，皮袋內似乎裝滿叮噹響的金屬物品，他把皮袋交給上司。「好，好！麻煩妳，請跟我來，雷斯壯夫人。」老妖精說完，跳下凳子不見了，「我帶妳去妳的金庫。」

他從櫃台後面繞出來，愉快地走向他們，皮袋內的東西依舊叮噹響。崔佛靜靜站著，張大嘴巴。榮恩困惑地望著崔佛怪異的神態。

「等等——波羅！」

另一名妖精急忙從櫃台追出來。

「我們接獲指示，」他說，向妙麗一鞠躬，「原諒我，雷斯壯夫人，上面對雷斯壯金庫有特別的交代。」

他在波羅耳邊急促地說悄悄話，但被下了蠻橫咒的妖精搖頭。

「我知道上面的指示，雷斯壯夫人要進她的金庫……他們是非常古老的家族……老客戶……這邊，請……」

於是他依舊叮叮噹噹地快步走向大廳許多出口中的一道門。哈利回頭看崔佛，他表情茫然地仍然呆立在原地，於是他做了個決定，他魔杖一揮，讓崔佛也走過來，順從地跟在他們後面，一同進入一條粗石鋪成的石廊，石廊中點著燃燒的火炬。

「我們有麻煩了，他們起了疑心。」哈利說。門砰的一聲關上，他拉下隱形斗篷。拉環從他肩膀跳下來，崔佛和波羅看見哈利突然現身一點也不驚訝。「他們被下了蠻橫咒。」他又說，回答了妙麗與榮恩困惑的眼神。崔佛與波羅依舊茫然地站在原地。「我想力道可能有點不夠，我不知道……」

這時他又忽然想起一件事，當他第一次使用不赦咒時，真的貝拉．雷斯壯曾經對他厲聲說：「你必須真有心，波特！」

「我們怎麼辦？」榮恩問，「要不要趁現在還可以的時候出去？」

「如果出得去的話。」妙麗望著背後通往大廳的門說，誰也不知道那邊會有什麼狀況。

「都走到這了，我看我們繼續吧。」哈利說。

「好！」拉環說，「那，我們需要波羅來控制推車，我已經沒有權利了。不過那個巫師坐不下。」

哈利用魔杖指著崔佛。

「噩噩令！」

崔佛轉身，踢著正步往黑暗的走道走去。

「你叫他做什麼？」

「躲起來。」哈利說。他用魔杖往波羅一指，波羅立即吹口哨召來一部小推車，小推車從黑暗中出現，一路滾過來。他們爬進推車時，哈利確定他聽到後面大廳內有人在大呼小叫。波羅和拉環坐在推車前面，哈利、榮恩與妙麗一起擠在後面。

推車震動一下往前開，逐漸加速。他們很快地從崔佛旁邊通過，見他正用力擠進牆上的一處裂縫。然後推車開始扭來扭去穿過迷宮似的隧道，一路下坡奔馳而去。在推車滾動的嘈雜聲中，哈利聽不到其他聲響，他的頭髮往後飛，推車迂迴曲折地快速穿梭在鐘乳石間，直奔地心。但他不斷往後看，怕他們說不定留下了巨大的腳印。他越想越覺得叫妙麗假扮貝拉、帶著貝拉的魔杖是個愚蠢的主意，因為食死人知道是誰偷走魔杖的——

他們一直往下滑，比哈利以前去過的地方都還深。他們在高速中急轉彎，看見前方車道上有一片瀑布發出轟隆的水聲。哈利聽到拉環大叫一聲「不好了！」但推車沒有煞車，他們從瀑布底下穿過去，水灌進哈利的眼睛和嘴巴，使他看不見也不能呼吸。然後，一陣劇烈的搖晃，推車翻覆了，他們都被摔出車外。哈利聽見推車撞上石壁四分五裂的聲音，聽見妙麗尖叫，結果自己卻彷彿無重量似地輕飄飄滑到地上，一點也不痛地落在石廊地上。

「軟——軟墊咒。」榮恩拉著妙麗站起來時，她急促地說。但哈利驚駭地發現，她不再是貝拉了，只見全身溼透的妙麗穿著不合身的寬大長袍，已經完全恢復原狀；榮恩也恢復了他的紅頭髮，鬍鬚也不見了。他們望著彼此，摸摸自己的臉，心中已經明白。

「現形瀑布！」拉環說著從地上爬起來，回頭望著車道上的一大片水漬，哈利知道它不只是水而已。「它會洗掉所有魔咒，洗掉一切隱藏的魔法！他們知道古靈閣有冒牌竊賊，所以啟動防護來制止我們！」

哈利見妙麗檢查她的珠珠包還在不在，趕緊把手也伸進外套內，看他有沒有遺失隱形斗篷，然後他看見波羅滿臉困惑地搖著頭，現形瀑布似乎也解除了蠻橫咒。

「我們需要他，」拉環說，「沒有古靈閣的妖精，我們無法進入金庫，而且我們需要叮叮噹！」

「噩噩令！」哈利又說，他的聲音在石廊內發出迴音，他又再度感覺從大腦傳到魔杖那一股令人暈眩的控制力。波羅又一次順從他的命令，迷惑的表情立刻轉為冷淡的禮貌。榮恩急忙撿起裝著金屬物品的皮袋。

「哈利，我好像聽到有人來了！」妙麗說完，用貝拉的魔杖指著瀑布，大聲說：「破心護！」他們看見屏障咒射入石廊，截斷了現形瀑布。

「好主意，」哈利說，「帶路，拉環！」

「我們要怎麼出去？」他們加快腳步跟著妖精走進黑暗中時，榮恩問道。波羅喘著氣，像條老狗似地跟在他們背後。

「等必要時再來傷腦筋，」哈利說。他側耳聆聽，覺得好像聽到附近有東西移動的聲音，「拉環，還有多遠？」

「不遠了，哈利波特，不遠了……」

他們轉一個彎，哈利看見他預期的東西了，但幾個人還是都嚇了一大跳而停下腳步。

他們的前方有一頭巨龍被縛在地上，擋住了通往四、五座最深金庫的去路。巨龍的鱗片因長期被禁錮在地下，顏色已經變淡，表面也有些剝落。牠的一雙眼睛是混濁的粉白色，兩條後腿都戴著粗重的腳鐐，腳鐐上的鐵鍊和釘在岩盤上的巨大釘子扣在一起。牠巨大尖銳的兩翼折疊起來貼在身上，一旦張開足以覆蓋整個空間。牠將醜陋的頭朝向他們，一聲怒吼震動了四周的岩壁，牠又張嘴吐出一團火，逼得他們不得不往後退。

「牠有點瞎了，」拉環喘著氣說，「可是也因此變得更兇殘，不過我們有東西可以治牠。叮叮噹可是牠最怕的東西，把它拿來給我。」

榮恩把袋子交給拉環，妖精從袋子裡拉出一堆小小的金屬物品，搖晃一下就會發出叮噹巨響，有如一堆小鐵鎚敲在鐵砧上。拉環把叮叮噹遞給波羅，波羅卑躬屈膝地接了過來。

「你們知道該怎麼做，」拉環對哈利、榮恩和妙麗說，「牠聽了這個聲音就會想起疼痛，然後就會撤退，波羅必須把他的手掌放在金庫門上。」

他們再度繞到角落，搖晃著叮叮噹，聲音在岩壁間產生迴音，被放大了好幾倍，哈利的頭幾乎被叮噹聲震得顫動起來。巨龍又發出一聲怒吼才撤退，哈利看出牠在發抖，他又更接近時，發現巨龍的臉上有多處割傷，他猜想可能是在訓練牠服從叮叮噹的聲音時用利劍砍傷的。

「叫他把手放在門上！」拉環催促哈利，哈利再度把魔杖指向波羅，年老的妖精聽從命令，將手掌壓在木框上，金庫的門立刻消失，露出一個洞穴般的入口。裡面從地上到天花板都堆滿了金幣和金杯、銀盔甲，以及奇珍異獸的毛皮，有的有長長的脊椎，有的有下垂的雙翼，還有裝在珠寶瓶內的魔藥，和一個戴著皇冠的骷髏頭。

「搜，快！」哈利說，一行人匆匆進入金庫。

他已經向榮恩和妙麗形容過赫夫帕夫的金杯，但假如金庫內的分靈體不是金杯，他就不曉得會是什麼東西了。只不過他沒空查看四周，因為他聽到背後傳來砰一聲沉重的聲音，金庫的門又出現了，把他們關在裡面，陷入一片伸手不見五指的黑暗中。

「不要緊，波羅會放我們出去！」拉環說，「點亮你們的魔杖，好嗎？然後快一點，我們沒有多少時間了！」

榮恩發出一聲驚叫。

「路摸思！」

哈利用點亮的魔杖照亮金庫，光束落在亮晶晶的珠寶上，他看見那把仿冒的葛來分多寶劍和一堆瓷器一同擱在一個高高的架子上。榮恩與妙麗也都點亮他們的魔杖，查看四周一堆堆的物品。

「哈利，會是這個嗎——？啊啊！」

妙麗痛得大叫，哈利轉身看見一個鑲著珠寶的金杯從她手上掉下來，但它一邊落下一邊分裂複製，變成一堆從天而降的金杯。不一會，地上已經鋪滿一模一樣的金杯到處滾動，原來的那個已混在其中無法辨認。

「它把我燙傷了！」妙麗呻吟，吸吮她起泡的手指。

「它們被施了複製咒和辣辣燃咒！」拉環說，「你碰到的每樣東西都會燙手，同時也會複製，但那些複製品毫無價值——假如你一直去拿寶藏，最後你會被越來越多、越來越重的黃金壓死！」

「好，那麼都不要碰！」哈利絕望地說。但他雖然這樣說，榮恩還是不小心踩到一個掉下的金杯，正當他在原地跳腳時，立即又多冒出二十個金杯來。榮恩的鞋子因為接觸到滾燙的金屬而被燒掉一小塊。

「站好，不要動！」妙麗抓著榮恩說。

「用看的就好！」哈利說，「記住，那個杯子小小的，是金子做的，上面刻有一隻獾，有兩個握把——再不然看看其他地方有沒有雷文克勞的象徵，老鷹——」

他們小心翼翼站在原地，將魔杖指向每個角落和隙縫。不碰觸到任何東西實在不可能，哈利又弄出一大堆假的加隆，它們掉下去加入那些金杯。現在他們幾乎沒有立足之地了，而且閃亮的金杯散發灼熱，使得金庫內熱得像火爐。哈利的魔杖光芒掃過陳列在架子上的盾牌與妖精製造的盔甲，再移到天花板。光束一直往上移，直到他忽然發現一個東西，他的心怦然一跳，手開始發抖。

「**在那裡！它在上面！**」

榮恩與妙麗也把魔杖往上指，小金杯在三束光源的照射下閃閃發亮。這個金杯原屬於海加．赫夫帕夫，後來傳到花奇葩．史密手中時被湯姆．瑞斗偷走。

「我們到底要怎樣才能不碰到任何東西而拿到它？」榮恩問。

「速速前，金杯！」妙麗大聲說，她在情急之下顯然忘了拉環在策劃期間對他們說過的話。

「沒有用啦，沒有用！」拉環大聲說。

「那我們怎麼辦？」哈利瞪著拉環說，「拉環，如果你要寶劍，你就要多幫一點忙——等等！我可以用寶劍碰東西嗎？妙麗，寶劍拿來！」

妙麗從長袍裡面掏出珠珠包，撈了一會才拉出閃亮的寶劍。哈利抓住鑲了紅寶石的劍柄，用劍尖碰一下附近的一只銀酒瓶，它沒有分裂複製。

「如果我能用劍勾住杯子的握把——可是我要怎麼上去那裡？」

他們根本搆不到陳列金杯的架子，連身高最高的榮恩也搆不到。被施了魔咒的寶物散發出一波波熱浪，哈利在苦思取得金杯的辦法時，汗水不停從他的臉上與背上流下來。他又聽到巨龍在金庫門外怒吼，叮噹的聲音越來越大聲。

現在他們真的走投無路了，除了那扇門以外沒有任何其他出口，門外又似乎有一大群妖精正在逼近。哈利看看榮恩與妙麗，看見他們臉上的憂懼。

「妙麗，」叮噹聲越來越大聲，哈利說，「我必須上去，我們一定要除掉它——」

她舉起魔杖，對著哈利念念有詞說：「倒倒吊。」

哈利頓時頭下腳上倒吊在半空中，他的身體撞到一套盔甲，立刻冒出一堆熾熱的複製品塞滿空間。榮恩、妙麗和兩名妖精紛紛發出尖叫，被推倒在其他物品上，這些物品又立刻變出更多的複製品。他們的身體半埋在堆得越來越高的熾熱寶物中，一面掙扎、喊叫，哈利乘機將寶劍用力穿進赫夫帕夫的金杯握把，用劍身把它勾住。

「止止，不透！」妙麗拉高嗓門喊，試圖保護自己、榮恩和兩名妖精不受滾燙的金屬傷害。

但最可怕的一聲尖叫使哈利不由得往下看，榮恩與妙麗站在及腰的寶物中，正努力設法阻止波羅滑到越來越高的寶物底下，但拉環已經被淹沒，只看得見幾根細長的手指。

哈利抓住拉環的手指用力往上拉，燙出許多水泡的妖精大聲慘叫著，一點一點被拉出來。

「退退降！」哈利大喊一聲，只聽到一聲重擊，他和拉環雙雙掉落在逐漸升高的寶物堆上，寶劍從哈利手上飛出去。

「抓住！」哈利忍著灼熱大喊。拉環又再度爬上哈利的肩膀，說什麼也要避開越來越多的滾燙的物品，「寶劍在哪裡？上面有金杯！」

門的另一頭發出震耳欲聾的聲音——太遲了——

「在那裡！」

拉環看見寶劍了，立刻往前衝。這一刻哈利才明白，這個妖精根本就不指望他們信守承諾。他一手緊緊抓住哈利的一撮頭髮，免得再度跌落在火燙的黃金上，另一手抓住劍柄，舉得老高，連哈利都搆不著。

小小的金杯掛在寶劍的劍身上，寶劍一揮，金杯立刻飛上半空。拉環仍然騎在哈利肩上，但哈利身子一矮，接住了金杯。儘管他可以感覺到它在灼燒他的皮膚，他也不放手。數不盡的赫夫帕夫金杯從他的拳頭冒出，如雨點般落在他身上。這時金庫的門再度開啟，他發現自己失去控制地隨著山崩似的滾燙黃金、白銀往下滑，和榮恩、妙麗一起滑出金庫外面。

哈利這時候已經無暇顧及覆蓋全身的灼痛，拚命隨著排山倒海、不斷複製的寶藏往外衝。他將金杯塞進他的口袋，伸手又想搶回寶劍，但已不見拉環的蹤影。拉環從哈利的肩膀伺機滑下來後，縱身一躍跳向包圍他們的妖精尋求庇護，揮舞著寶劍高喊：「小偷！小偷！救命！小偷！」然後消失在手拿短刀進攻的妖精群中，他們不假思索地接納了他。

哈利在熾熱的金銀器中奮力站起來，他知道唯一的出路是衝出重圍。

「咄咄失！」他用力一吼，榮恩與妙麗跟進，幾束紅光飛進妖精群中，有幾個倒下去，但其他妖精仍持續進攻。哈利看見有幾個巫師警衛也從轉角的地方衝過來。

受縛的巨龍發出怒吼，一道烈焰飛過妖精頭上，巫師們紛紛走避退回來處。哈利突發奇想，又或者是出於瘋狂，他用魔杖指著把巨龍縛在地上的粗腳鐐，大聲吆喝：

「嘶嘶退！」

腳鐐發出砰的一聲巨響爆開了。

「這邊！」哈利高喊，一面朝進攻的妖精發射昏擊咒，一面跳到盲眼的巨龍身上。

「哈利——哈利——你在幹嘛？」妙麗大叫。

「上來，爬上來，快——」

巨龍並不知道牠已經得到自由，哈利的腳踩在巨龍後腿彎曲的地方，往上爬到牠的背上。牠的鱗片硬得像鋼鐵，似乎沒有察覺哈利騎在牠身上。他伸出一隻手，妙麗抓住順勢跳上去，榮恩也跟在後面爬到巨龍背上。片刻之後，巨龍才知道牠脫困了。

隨著一聲嘶吼，牠以後腿站立。哈利弓起膝蓋，儘可能緊緊抓住牠的翅膀，巨龍像踢球瓶般將尖叫的妖精一腳踢開，並展開雙翼。哈利、榮恩與妙麗匍匐在牠背上，與天花板擦身而過，巨龍往石廊的出口衝過去，在後面追趕的妖精拋出手中的短刀，但都只從牠的身體兩側擦過。

「我們出不去，牠太大了！」妙麗尖聲大叫，但巨龍張嘴又吐出火焰，將石廊炸開，地板與天花板應聲裂開倒塌。巨龍奮力往外爬，哈利的兩眼緊閉，避開熱浪與塵土。崩裂的岩石與巨龍的怒吼聲聲震耳，他只能緊緊攀附在牠背上，等著隨時被震下來，然後他聽見妙麗大喝一聲：「洞洞鑿！」

她在協助巨龍挖開石廊，清出天花板掉落的石礫。巨龍奮力往上尋找新鮮的空氣，遠離狂叫呼嘯和弄出叮噹響聲的妖精。哈利與榮恩也學她，用更多的鑿洞咒炸開天花板。他們飛過地下湖泊，張牙舞爪的巨龍似乎意識到前方就是自由與天空。在他們背後，通道被巨龍不斷拍打的尖尾巴、大塊的岩石和斷裂的巨型鐘乳石塞住，而妖精發出的叮噹聲響似乎越來越模糊了。在他們前方，巨龍依舊奮力吐出火焰，清除前進的障礙——

最後，在他們的咒語與巨龍的蠻力雙重輔助下，他們終於衝出重圍，殺入大理石大廳。妖精與巫師尖叫著走避，巨龍總算有足夠的空間展翅，牠頭角尖銳的腦袋朝向門外牠可以嗅到的清涼空氣，然後一個衝刺，牠背上載著哈利、榮恩與妙麗衝出青銅大門，把那兩扇大門撞得歪七扭八，只剩下鉸鍊顫巍巍地掛在那裡。然後牠蹣跚地闖進了斜角巷，最後一飛沖天。

27 最後一個藏匿地點

巨龍根本無法駕馭，因為牠看不見前方。哈利知道，萬一牠突然轉身或在半空中翻滾，他們就無法再攀附在牠寬闊的背上。然而，當他們越飛越高，倫敦像一幅灰綠交雜的地圖鋪在底下時，哈利對於能在千鈞一髮幸運逃出，還是懷有無比的感恩。他匍匐在龍背上，緊緊抓著金屬似的鱗片，清涼的微風舒緩了他起水泡的灼熱皮膚，巨龍的雙翼彷彿風車的風帆拍打著空氣。在他的背後，不知道是因為高興或是恐懼，榮恩不停扯開嗓門胡亂叫罵，而妙麗則好像在低聲飲泣。

大概五分鐘之後，哈利就不那麼擔心巨龍會把他們拋下去了，因為牠似乎只想儘可能遠離禁錮牠的地底囚籠，一直往前飛。但他們要如何下來以及何時下來，仍然教人擔心。他不知道一般的龍能在空中飛多久，也不知道這隻幾乎盲眼的巨龍要怎麼找個好地點降落。他不時看看地面，覺得他的疤痕好像又在刺痛……

佛地魔要多久才會知道他們闖入了雷斯壯的金庫？古靈閣的妖精要多久才會通知貝拉？他們幾時才會知道被偷了什麼東西？還有，他們何時才會發現金杯不見了？佛地魔終究會知道他們在獵捕分靈體……

巨龍似乎渴求更清涼新鮮的空氣，牠穩定地往上飛升，直到他們穿過一片片冷冽的雲層，哈利再也看不見汽車進出倫敦的彩色小點。他們繼續往前飛，越過鄉村與平疇綠野，越過蜿蜒曲折、有如一片片踏墊與光滑閃亮緞帶的道路與河流。

「你想牠在找什麼？」他們不停往北飛時，榮恩大聲喊。

「不知道。」哈利也大聲喊回去。他的手因為冰冷而發麻，但他不敢亂動。哈利已經想了好一陣子，萬一他們發現海岸就在底下，萬一巨龍還要一直往海上飛，那麼他們該怎麼辦？他冷得發麻，更別提飢渴交迫了。他突然想到，巨龍上回吃東西是什麼時候？牠一定得吃東西才有力氣繼續飛吧？萬一牠發現背上坐著三個美味可口的人類呢？

太陽低低斜掛在天空，天色已轉成靛藍，巨龍還在飛。都市與小鎮陸續從他們底下溜過，消失不見，牠巨大的身影有如一片龐大的烏雲掠過地面。哈利用力攀附在龍背上，已經全身痠痛。

沉默了好一陣子之後，榮恩大吼：「是我的想像，還是我們真的在下降？」

哈利往下望，看見深綠色的山脈與湖泊在夕陽下散發出古銅色。他從巨龍的側邊望去，地上的景物似乎逐漸變大，他懷疑巨龍是否從一閃而過的夕陽折射察覺到新鮮的水源。

巨龍發出長鳴，逐漸繞著巨大的圈子盤旋降低高度，看樣子牠好像要降落在小湖上。

「等牠再飛低一點時，我們就跳！」哈利朝身後大聲說，「趁牠沒發現之前直接跳進水中！」

他們都同意，但妙麗有點膽怯。現在哈利看見巨龍的黃色大肚子掠過水面。

「**跳！**」

他從龍背上滑到旁邊往下跳，兩腳朝著湖面。落水的力道超過他的預期，他重重墜入水中，有如石塊般沉入長滿蘆葦的冰冷綠色世界。隨後他兩腳用力一蹬浮出水面，看見榮恩與妙麗落水處形成的巨大漣漪。巨龍似乎沒有察覺到任何異樣，牠已在五十呎外的湖面上，垂下傷痕累累的嘴準備喝水。榮恩與妙麗掙扎著浮出水面時，巨龍又已經往前飛升，牠巨大的翅膀用力拍打，最後在另一頭的湖岸邊降落。

哈利、榮恩與妙麗往巨龍對面的湖岸游去。湖水似乎不深，但他們很快便發現要奮力游過蘆葦與泥巴的問題更大，好不容易，他們終於氣喘吁吁、全身溼透、筋疲力竭地爬上溼滑的草地。

妙麗倒在地上咳嗽發抖。哈利雖然很想躺下休息，但他還是掙扎著站起來，拔出他的魔杖先在四周施展保護咒。

施完咒後，他過去和榮恩、妙麗坐在一起。這是逃出金庫後他第一次仔細看他們，他們的臉上和手上都是紅色的燙傷痕跡，衣服也有多處燒焦。他們把白鮮液塗在傷處時都痛得齜牙咧嘴。妙麗將白鮮液遞給哈利後，又抓出三瓶她從貝殼居帶出來的南瓜汁，以及乾淨的乾袍子給他們。三人換了衣服後大口把南瓜汁喝下。

「往好處想，」榮恩坐著邊看他手上新長的皮膚說，「我們拿到分靈體了。往壞處想——」

「——寶劍沒了。」哈利齜牙咧嘴地說，一面把白鮮液往他牛仔褲的破洞上滴一些，破洞底下是被嚴重灼傷的皮膚。

「寶劍沒了，」榮恩跟著他又說一遍，「那個食言而肥的無賴……」

哈利從他剛脫下的溼外套口袋裡掏出分靈體，放在面前的草地上。他們大口喝著南瓜汁，分靈體在陽光下閃閃發亮，吸引著他們的目光。

「至少這次我們不用把它戴在身上了，那東西掛在脖子上看起來會有點怪。」榮恩用手背擦著嘴說。

妙麗望著湖的另一邊，巨龍還在喝水。

「你們想，牠會怎麼樣？」她說，「牠應該會沒事吧？」

「妳的口氣就像海格。」榮恩說，「牠是龍，妙麗，牠會照顧自己。我們才需要擔心自己。」

「什麼意思？」

「啊，我不知道該如何向妳解釋才好，」榮恩說，「但我想他們**說不定**已經發現我們闖進古靈閣了。」

三個人都笑起來，這一笑便不可收拾。哈利笑到肋骨都發疼了，他餓得頭昏眼花，但他還是躺在草地上，對著漸漸變紅的天空笑到喉嚨痛。

「那我們怎麼辦？」妙麗笑過之後正色說，「他會知道，不是嗎？『那個人』會知道我們已經曉得他有分靈體！」

「說不定他們會因為太害怕而不敢告訴他？」榮恩滿懷希望地說，「說不定他們會瞞著他——」

天空、湖水的氣味、榮恩的聲音忽然消失了，哈利的頭痛得有如被寶劍戳刺。他站在一個陰暗的房間內，幾個巫師圍成半圓形坐在他面前，他的腳下有個小小的、渾身顫抖的身影跪在地板上。

「你剛才說什麼？」他的聲音高亢而冷漠，但他的內心雜纏著憤怒與恐懼。他最怕的一件事——但這不可能是真的，他想不透他們如何……

妖精瑟瑟發抖，不敢回看高高在上的那雙紅眼睛。

「再說一遍！」佛地魔喃喃說，「**再說一遍！**」

「我——我的主人，」妖精結結巴巴說，害怕得瞪大了黑眼睛，「我——我的主人……我們拚——拚命——攔——攔阻那些……騙——騙子，我的主人……闖——闖進——進雷斯壯的金——金庫……」

「騙子？什麼騙子？我還以為古靈閣有辦法使騙子現出原形，他們是誰？」

「是……是……波——波特——小——小子和兩——兩個同黨……」

「**那他們拿走了什麼？**」他的聲音上揚，極度的恐懼，「告訴我！**他們拿走了什麼？**」

「一……一個小——小金杯——杯——我——我的主人……」

他發出難以置信的憤怒長嘯，那聲音彷彿出自陌生人之口。他快氣瘋了，這不可能是真的，不可能，沒有人會知道，這男孩怎麼可能知道他的秘密？

接骨木魔杖對空一揮，一道綠光劃過房間，跪在地上的妖精往地上一滾，死了。旁觀的巫師嚇得紛紛奪門而逃，貝拉和魯休思．馬份跑得比誰都快，搶先衝出門外。他一次又一次揮動魔杖，那些沒來得及逃的人都當場斃命，他們都是帶來這個壞消息的人，都是聽到有關金杯消息的人——

他一個人在屍體中走過來、走過去，往事歷歷在目。他的寶物、他的護身之物，他賴以長生不死的東西——日記被摧毀了，金杯又被偷了。萬一，**萬一**，這個男孩還知道其他那些分靈體呢？他有可能已經知道，有可能已經採取行動，已經在追蹤其他的分靈體嗎？這件事實際上是鄧不利多在主使嗎？鄧不利多始終懷疑他，鄧不利多已經死在他的命令之下，鄧不利多的魔杖現在屬於他了，但是他卻還從不光彩的死亡中，透過這個男孩施展他的影響力，**這個男孩**——

但是，如果這個男孩已經摧毀了任何一個分靈體，他——佛地魔王——一定會知道，一定會有感覺吧？他是世上最偉大的巫師，他是能力最強的人，他殺死了鄧不利多以及其他許多沒用的無名小卒。假如高高在上、舉世無雙的佛地魔王被攻擊、被殘害，他怎麼可能會不知道？

沒錯，他的日記被摧毀時他毫無感覺，但他認為那是因為當時他沒有身體可以感覺，連幽靈都不如……不，其餘的一定都很安全……其他的分靈體一定都完好無缺……

但他必須知道，他必須確認……他在房間裡來回踱步，一腳踢開擋路的妖精屍體，騷動不安的大腦隱約出現一些畫面：湖泊、小屋、還有霍格華茲——

現在他稍稍平靜下來了，那個男孩怎麼可能知道他把戒指藏在剛特的小屋裡？沒有人知道他和剛特家族有血緣關係，他隱瞞了這層關係，也沒有人找他追查殺戮事件。戒指，當然是安全的。

還有那個男孩，或其他任何人，怎麼可能知道那個洞穴，或是穿透它的保護網？小金匣被偷的想法太可笑……

至於學校，只有他才知道分靈體藏在霍格華茲的什麼地方，因為只有他才完全了解那個地方最隱晦的秘密……

還有娜吉妮，現在他必須把她留在身邊，不再派她去執行任務了，只在他的保護之下……

不過，為了確認，確認得清清楚楚，他必須重回每一個藏匿地點，他必須在他的每一個分靈體四周再加強保護……和搜尋接骨木魔杖一樣，這是他必須單獨執行的任務……

應該先去看哪一個？哪一個最危險？長久以來隱藏在他內心深處的不安，再度若隱若現。鄧不利多早已知道他的中間名……鄧不利多說不定已經知道他和剛特的血緣關係……他們久已廢棄的老家或許是他最不安全的藏匿地點，他應該先去那裡……

那座湖，絕對不可能……不過，鄧不利多或許從那所孤兒院，知道了他過去的一些惡行。

還有霍格華茲……但他知道他的分靈體在那裡是安全的，波特不可能神不知鬼不覺地進入活米村，更別提進入學校了。但他還是應該謹慎一點，警告石內卜那個男孩可能會企圖進入城堡……當然，告訴石內卜那個男孩為何會回去是件愚蠢的事。他犯了個大錯，太相信貝拉和馬份，他們的愚昧和疏忽，不就證明了相信他們是不智之舉？

那麼，他應該先去看剛特小屋，並且帶著娜吉妮，他再也不要和這條蛇分開了……他邁開大步離開房間，穿過大廳進入黑暗的噴泉花園，然後用爬說語叫喚那條蛇。牠緩緩爬到他身邊，彷彿一條長長的影子……

哈利猛然回到現實，睜開眼睛，他躺在夕陽下的湖岸邊，榮恩與妙麗正注視著他。從他們臉上憂慮的表情，以及持續疼痛的疤痕，他知道他們已經發現他突然進入佛地魔的思緒中。他掙扎著坐起來，全身發抖，有些驚訝地發現自己又全身溼透了，然後他看見金杯躺在他面前的草地上，深藍湖面在西斜的夕陽下閃著金色光芒。

「他知道了，」在佛地魔高亢的叫囂之後，他自己的聲音顯得陌生而低沉，「他知道了，他要去查看其他的分靈體。還有，最後一個分靈體，」他站起來，「藏在霍格華茲。我就知道，**我就知道**。」

「什麼？」

榮恩張大了嘴巴望著他，妙麗也一臉擔憂地坐起來。

「你看到了什麼？你怎麼知道？」

「我看到他發現金杯的事，我——我在他的腦袋裡面，他——」哈利想起了他可怕的殺戮，「他非常震怒，而且害怕，他不明白為什麼我們會知道。現在他要去查看其餘的分靈體是否安全，第一個要查看的是戒指。他認為霍格華茲最安全，因為石內卜在那裡，因為那裡守衛森嚴，我想他會最後一個檢查學校，但他也有可能在幾小時內就過去——」

「你有看到在霍格華茲的什麼地方嗎？」榮恩問，他也站了起來。

「不知道，他專心一意想要警告石內卜，沒有想它藏匿的地方——」

榮恩拿起分靈體，哈利也再次掏出隱形斗篷時，妙麗大聲說：「等等，**等等**！我們不能就這樣**去**，我們還沒有計畫，我們必須——」

「我們必須立刻動身。」哈利堅決地說。他也很想睡覺，很想住進新的帳篷，但現在根本不可能。「萬一他發現戒指和小金匣不見了，妳能想像會怎麼樣嗎？萬一他發覺分靈體藏在霍格華茲不安全，把它給移走呢？」

「那我們要怎麼進去？」

「我們去活米村，」哈利說，「等我們弄清楚學校四周有什麼保護措施，再來想辦法。到隱形斗篷裡面來，妙麗，這次我要我們三個都守在一起。」

「可是隱形斗篷沒有辦法完全遮住——」

「天黑了，沒有人會注意我們的腳。」

巨大雙翼撲動的聲音響徹黑色湖面，巨龍喝足了水後振翅飛上天空。他們停了下來，目送牠越飛越高，在迅速變暗的天上只見一團黑影，直到牠消失在附近的山巔。然後妙麗走過去站在他們兩人中間，哈利將隱形斗篷盡量往下拉，三人同時從原地進入令人窒息的黑暗中。

28 遺失的鏡子

哈利的雙腳踩在道路上，他看到十分熟悉的活米村大街。黑漆漆的店面、村外黑色山脈的輪廓、前方通往霍格華茲的迂迴道路，還有從三根掃帚窗口透出的燈光。他突然心裡一痛，清晰想起一年前他扶著虛弱不堪的鄧不利多降落在這裡。這一切都在他落地的一瞬間突然襲上心頭——然後，就在他鬆開榮恩與妙麗的手臂後，事情發生了。

空氣中傳來一聲尖叫，很像佛地魔發現金杯被偷時發出的尖叫聲。這聲音拉扯著哈利的每根神經，他立刻知道這是因為他們的出現所造成的。就在他看著隱形斗篷底下的另外兩人時，三根掃帚的門突然砰的一聲打開，十幾個穿著斗篷、戴起兜帽的食死人高舉著魔杖衝出街道。

榮恩舉起魔杖，哈利抓住他的手腕。對方人數太多，不容易昏擊，輕舉妄動反而會暴露形跡。其中一個食死人揮動魔杖，尖叫聲停止了，但仍在遠處的山中迴響。

「速速前，隱形斗篷！」一名食死人大吼一聲。

哈利抓住隱形斗篷的縐褶，但它沒有移開，召喚咒沒有對它產生作用。

「這麼說你沒有躲在你的斗篷底下了，波特？」發射召喚咒的食死人說，然後對他的同黨喊道，「散開，他在這裡。」

六個食死人朝他們這邊跑來，哈利、榮恩與妙麗盡速往後退，躲進最近的一條巷子內，食死人差幾吋就會發現他們。他們躲在暗處靜聽奔跑的腳步聲，光線從食死人的魔杖射出，掃過街道。

「我們快離開吧！」妙麗悄聲說，「現在就消影！」

「好主意。」榮恩說，但哈利還沒來得及回答，一名食死人就大喊：「我們知道你們在這裡，波特，你們逃不掉的！我們會找到你們！」

「他們早就等著我們，」哈利小聲說，「他們下的那個咒語會通知他們我們來了，我想他們一定會設法把我們扣在這裡，困住我們——」

「催狂魔呢？」另一名食死人大聲回答說，「放牠們出來，牠們很快就能找到他們！」

「黑魔王要親手殺死波特——」

「——催狂魔殺不死他的！黑魔王要波特的命，不要他的靈魂，如果他先被催狂魔吻過，殺起來會容易些！」

食死人們紛紛附和。哈利開始擔心，要驅退催狂魔就必須叫出護法，這樣就會立刻洩漏他們的形跡了。

「我們要想辦法消影了，哈利！」妙麗小聲說。

她剛說完，哈利便感覺街道上籠罩著一股不自然的寒冷。光線忽然被吸到天上的星星裡，最後連星星也消失了。在一片漆黑之中，他察覺妙麗抓著他的手，和他一起在原地轉身。

但是他們面前的空氣似乎變成了固體，他們無法消影，食死人同時也施了防止消影的符咒。寒氣逐漸逼進哈利的皮膚底下，他、榮恩與妙麗退到巷子裡，貼著牆緩緩移動，儘可能不出聲。然後，催狂魔從轉角處無聲無息地飄過，看得出大約有十個或更多，因為牠們比四周的背景色更深，都穿著黑色斗篷，手上長滿疥瘡和化膿的爛瘡。牠們能夠察覺周邊的恐懼嗎？哈利十分確定，因為牠們好像加快速度過來了，發出他最憎惡的粗啞深沉呼吸聲，品嘗著空氣中瀰漫的絕望，逐漸逼近——

他舉起魔杖，他不能忍受，也不願意讓催狂魔吻，他才不管接下來會怎麼樣。他想著榮恩與妙麗，口中喃喃說：「疾疾，護法現身！」

銀色雄鹿從他的魔杖射出，往前衝刺。催狂魔四下奔逃，附近看不見的地方傳來勝利的歡呼。

「是他，在這裡，在這裡。我看到他的護法了，是頭雄鹿！」

催狂魔退下，星星又出現了。食死人的腳步聲越來越大，哈利在驚慌中還沒來得及想出對策，這時旁邊傳出拉門閂的聲音，左邊的窄巷內有扇門打開了，一個人粗聲說：「波特，進來，快！」

他毫不遲疑地聽從他的話，三人急忙進門。

「上樓，穿著隱形斗篷，不要出聲！」一個高大的身影用低沉的嗓音說，然後從他們旁邊踏出門口走上街道，並隨手把門用力關上。

哈利本來不知道他們身在何方，但現在藉著一根搖曳的燭光，他看出這裡是髒兮兮又滿地木屑的豬頭酒吧。他們跑到櫃台後面，進入第二道門，門後有座搖搖晃晃的木梯，他們盡速爬上樓梯。樓梯盡頭是間客廳，地上鋪著快磨穿的地毯，還有一座小型壁爐，壁爐上掛著一幅很大的油畫，畫中的金髮女孩以一種茫然的美凝視著房間。

底下的街道傳來一陣叫囂，他們仍然罩著隱形斗篷，悄悄挨到髒兮兮的窗口往下看。哈利認出他們的救命恩人就是豬頭酒吧的酒保，他是唯一沒有戴兜帽的人。

「那又怎樣？」他正對著其中一個戴兜帽的人大吼，「那又怎樣？你們派催狂魔到我這條街上，我就叫出護法還以顏色！我不要牠們靠近我，我早就對你們說過了，我不要！」

「那不是你的護法！」一名食死人說，「那是頭雄鹿，是波特的護法！」

「雄鹿！」酒保怒吼，拔出魔杖，「雄鹿！你這個白痴──疾疾，護法現身！」

一頭巨大長角的東西從魔杖射出，頭朝下衝向大街，剎那間不見蹤影。

「我看到的不是這個──」食死人說，但他似乎也不是很肯定。

「有人違反宵禁，你聽到聲音了，」另一名食死人對酒保說，「有人違規出來街上——」

「如果我想把我的貓放出來，我就放出來，管你的宵禁！」

「是**你**觸動了貓叫春咒？」

「是我又怎樣？要把我送進阿茲卡班嗎？就因為我走出自己的家門就要殺我嗎？殺啊，要殺就殺！不過為了你們好，但願你們沒按你們的小黑魔標記把他叫來，他可不喜歡在這個時候，為了我和我的老貓被叫過來，不是嗎？」

「你用不著替我們擔心，」其中一個食死人說，「替你自己擔心吧，你違反了宵禁！」

「我的酒店如果關門，你們這些傢伙要把魔藥和毒藥運到哪裡？你們的小小副業又該怎麼辦？」

「你這是在威脅——？」

「我的口風很緊，所以你們才會來，不是嗎？」

「我還是覺得我看到的護法是雄鹿！」先前的食死人大聲說。

「雄鹿？」酒保怒吼，「那是頭**山羊**，白痴！」

「好吧，我們弄錯了，」第二個食死人說，「再違反宵禁，我們可沒那麼好說話！」

食死人慢慢走回大街。妙麗鬆了一口氣，從隱形斗篷底下鑽出來，坐在一張搖搖欲墜的椅子上。哈利把窗簾拉緊，從自己和榮恩身上拉下隱形斗篷。他們聽見酒保在樓下拴上酒店的門，然後爬上樓梯。

壁爐上的一個東西吸引了哈利的目光，一面長方形的小鏡子立在壁爐上，就在少女油畫的正下方。

酒保進入房間。

「你們這些笨蛋，」他粗聲說，輪流看著他們，「你們在動什麼腦筋，怎麼會來這裡？」

「謝謝你，」哈利說，「我們感激不盡，你救了我們。」

酒保嘀咕了一下。哈利靠近他，想從他一頭平直的鐵灰色長髮和鬍鬚之中看清他的臉。他戴著眼鏡，骯髒的鏡片後面是雙能把人看穿的湛藍眼珠。

「我在鏡子裡看到的是你的眼睛。」

房內沉默了下來，哈利和酒保凝望彼此。

「是你派多比去救我們。」

酒保點頭，轉頭找小精靈。

「我以為他會和你們在一起，你把他留在哪裡了？」

「他死了，」哈利說，「貝拉・雷斯壯殺了他。」

酒保臉上沒有任何表情，一會後他說：「我很難過，我喜歡那個小精靈。」

他轉身走開，用他的魔杖把燈點亮，不再看他們。

「你是阿波佛。」哈利對著那個人的背後說。

他不承認也不否認，只是彎腰點火。

「你是怎麼拿到這個的？」哈利問，走到天狼星的鏡子前面。這面鏡子和他兩年前打破的那面鏡子一模一樣。

「大約一年前向阿當買的，」阿波佛說，「阿不思告訴我它的作用，想用來留意你。」

榮恩張口結舌。

「那頭銀雌鹿！」他興奮地說，「也是你的？」

「你在說什麼？」阿波佛說。

「有人派了一頭雌鹿的護法給我們！」

「有這種腦袋，你可以去當食死人了，孩子。我剛才不是證明了我的護法是頭山羊嗎？」

「喔，」榮恩說，「是啊……啊，我餓了！」他趕快又說，肚子咕嚕咕嚕大聲叫起來。

「我有食物。」阿波佛說。於是他走出房間，一會之後再度出現，帶來一大條麵包、一些乳酪和一大罐蜂蜜酒。他把食物放在壁爐前的一張小桌上，幾個人便狼吞虎嚥吃喝起來。好一陣子大家都默默進食，房中只有劈啪的火聲、酒杯的碰撞聲和咀嚼食物的聲音。

吃飽喝足了，哈利和榮恩懶洋洋地靠在椅子上，幾乎打起瞌睡來，這個時候阿波佛說：「現在我們要想辦法讓你們離開這裡。晚上不行，你們都聽到了，假如有人夜裡在外走動，就會觸動貓叫春咒，他們會像木精找黑妖精的蛋一樣追殺你們，我想我沒辦法再叫出一頭山羊來假裝是雄鹿。等到天亮吧，等宵禁解除，你們就可以披上隱形斗篷走出去，馬上離開活米村到山上去，你們可以在那裡消影。說不定還會見到海格，自從他們開始追捕他以後，他和呱啦就一直躲在山上的洞穴內。」

「我們不走，」哈利說，「我們必須進入霍格華茲。」

「別傻了，孩子。」阿波佛說。

「我們不去不行。」哈利說。

「你們該做的是，」阿波佛說，身體往前傾，「離開這裡越遠越好。」

「你不明白，沒有多少時間了，我們必須進入霍格華茲。鄧不利多──我是說，你哥哥──要我們去──」

火光使阿波佛臉上骯髒的鏡片一時間變成了亮白色，讓哈利想起巨型蜘蛛阿辣哥的盲眼。

「我哥哥阿不思要的東西可多了，」阿波佛說，「他在執行他的偉大計畫時，總是有人受傷。你最好離他的學校遠遠的，波特，可以的話甚至出國，忘了我哥和他聰明的計謀。他已經去了再也沒有任何東西能傷害他的地方，你什麼也不欠他。」

「你不明白。」哈利又說。

「喔，我不明白？」阿波佛平靜地說，「你以為我不了解我自己的哥哥？你以為你比我更了解阿不思？」

「我不是這個意思，」哈利說，他的大腦因為太疲倦又吃飽喝足了而變得遲鈍，「這是……他留給我的一個任務。」

「是嗎？」阿波佛說，「但願是個好的任務。愉快嗎？輕鬆嗎？是不是那種不夠格的小巫師不需要太辛苦就能完成的任務？」

榮恩苦笑，妙麗一臉緊張。

「是──是不輕鬆，」哈利說，「但我必須──」

「『必須』？為什麼『**必須**』？他已經死了，不是嗎？」阿波佛滿不在乎地說，「算了吧，孩子，免得你步上他的後塵！救救你自己吧！」

「我不能。」

「為什麼？」

「我──」哈利很窘，他無法解釋，因此他改採攻勢，「你也在對抗呀，你加入鳳凰會──」

「我以前是，」阿波佛說，「但鳳凰會結束了，『那個人』獲勝了，大勢已去。任何人如果還要假裝一切都和以前一樣，那就是在欺騙自己。你在這裡絕對不安全，波特，他急著想逮到你。所以出國吧，去躲起來，救救你自己。最好把他們兩個也一起帶去。」他伸出大拇指朝榮恩和妙麗指了一下，「現在大家都知道他們和你在一起，他們的生命也會有危險。」

「我不能離開，」哈利說，「我有任務——」

「交給別人去做！」

「不行，一定要我去做，鄧不利多說過了——」

「喔，是嗎？他什麼都告訴你了嗎？他對你誠實嗎？」

哈利很想說「是的」，但這麼簡單的兩個字卻說不出口。阿波佛似乎知道他在想什麼。

「我了解我哥哥，波特，他從小就在我媽跟前學會保密。保密和說謊，我們都是這樣長大的，而阿不思……他在這方面很有天分。」

老人的視線落在壁爐上方的少女油畫上，哈利現在看清楚了，它是房間內唯一的一幅畫，這裡沒有阿不思．鄧不利多或其他任何人的照片。

「鄧不利多先生？」妙麗怯生生說，「那是你的妹妹嗎？亞蕊安娜？」

「是的，」阿波佛簡短地回答，「妳在讀麗塔．史譏的書嗎，小姐？」

即便旁邊有嫣紅的火光，還是可以明顯看出妙麗的臉紅了。

「艾飛．道奇跟我們提起過她。」哈利說，幫妙麗解圍。

「那個老笨蛋，」阿波佛嘀咕說，又喝了一口蜂蜜酒，「他覺得我哥哥身上的每個毛孔都會發光，他就是這樣認為。啊，許多人都這樣，看來你們三個也是。」

哈利不作聲，他不想說出他對鄧不利多的懷疑與不確定。這個問題已經困擾他好幾個月，但他在挖多比的墓穴時已經做了選擇，他要繼續朝阿不思．鄧不利多指引他的這條崎嶇危險的道路走下去，接受鄧不利多沒有告訴他所有他想了解的真相，只單純地相信它。他不想再去懷疑了，他不想再聽任何會使他偏離目標的話。他迎上阿波佛的目光，他的眼睛多像他的哥哥，那雙湛藍的眼珠彷彿是能把人看穿的X光。哈利覺得阿波佛知道他心中在想什麼，而且因此輕視他。

「鄧不利多教授關心哈利，非常關心。」妙麗低聲說。

「是嗎？」阿波佛說，「奇怪了，有多少被我哥哥關心的人，最後的下場都比不被他關心還慘。」

「你是什麼意思？」妙麗吃驚地問。

「這妳就不用管了。」阿波佛說。

「但你這種說法很嚴重！」妙麗說，「你是——你是在說你妹妹？」

阿波佛瞪著她，他的嘴唇在蠕動，彷彿在咀嚼他不想說出的話。然後他忽然開口。

「我妹妹六歲那年遭到三個麻瓜男孩的欺侮，他們從後花園的籬笆外偷看她，看見她施魔法。她那時還是個小孩子，不會控制，這種年齡的女巫或巫師都不會。我想，他們看了之後都很吃驚，於是他們翻過籬笆進來。當她做不出他們要求的把戲時，他們就會氣得給他們眼中的小怪胎一點教訓。」

妙麗的眼睛在火光中睜得老大，榮恩的表情看起來很難受。阿波佛站起來，他的身高和阿不思差不多，然後他忽然憤怒得激動起來。

「這件事毀了她，她再也沒有恢復正常。她不願意使用魔法，但又無法擺脫，於是魔法就悶在她的心裡，害她發狂。每當她無法控制時，它就爆發出來。有時她會變得古里古怪而且危險，但多半時候她都很可愛、很膽小，不會傷害別人。

「我父親去找那幾個傷害她的混蛋算帳，」阿波佛說，「攻擊他們。他們為此把他關進阿茲卡班，他死也不肯說出原因，因為假如魔法部知道亞蕊安娜變成這樣，就會把她送去聖蒙果永遠監禁起來。他們本來就認為她嚴重觸犯國際保密法令，因為她很不穩定，失控的時候魔法就會爆發出來。

「我們只好保護她，讓她安靜過日子。我們搬了家，對外宣稱她生病。由我母親照顧她，設法讓她平靜快樂。

「**我**才是她最喜歡的人，」阿波佛說。他說這句話時，似乎有個髒兮兮的小男孩從阿波佛的皺紋和糾結的鬍鬚中偷偷往外看。「不是阿不思。阿不思回家後總是關在他的房間裡讀書，數他得到的獎項，和那些旗鼓相當的人角逐『當代最傑出魔法師』，」阿波佛不屑地哼了一聲，「**他**才懶得管她。她最喜歡我，我母親叫她吃飯但她不肯吃時，只有我能哄她吃。她發怒時，只有我能讓她平靜下來。她總是幫我餵山羊。

「然後，她十四歲那年……那時候我剛好不在家，」阿波佛說，「如果我在家，我就能讓她平靜下來。那天她又發怒了，我媽已經年老力衰了，然後……那是個意外，亞蕊安娜無法控制，但我母親還是被殺死了。」

哈利有種既同情又厭惡的強烈複雜感覺，他不想再聽，但阿波佛滔滔不絕地說下去，哈利懷疑他有多久沒談起這件事，或者他根本就不曾說過。

「這件事破壞了阿不思和小道奇的環球之旅計畫，他們回來參加我母親的葬禮，然後道奇自己一個人去旅行，阿不思留在家中當一家之主，哈！」

阿波佛朝壁爐內的柴火呸一口痰。

「我跟他說，我來照顧她，我不在乎上學，我可以留在家裡照顧她。但他叫我一定要完成我的學業，**他**會接管我母親的工作。對傑出先生來說，這可委屈了，照顧半瘋癲的妹妹，每隔一天就要防止她把房子炸掉。這是沒有任何獎賞的工作，但他做了幾個星期，成果還不錯……直到那個傢伙出現。」

阿波佛臉上出現危險的表情。

「葛林戴華德。我哥哥總算有個**旗鼓相當**的對象可以交談了，這個人和**他**一樣聰明、才華洋溢。他們忙著醞釀新的魔法界秩序，找尋**聖物**，還有其他任何他們感興趣的事，照顧亞蕊安娜的事就退而求其次了。這是為魔法界全體族群謀福利的偉大計畫，阿不思是在為**更長遠的利益**而努力，一個小女孩被忽略了又有什麼關係？

「但幾個星期後，我受不了，我受不了了。這時差不多是我該回霍格華茲的時候，因此我告訴他們兩個，面對面地告訴他們，就像我現在和你們說話一樣。」阿波佛低頭注視哈利，哈利想像自己看見一個瘦削強壯的憤怒青少年對抗他哥哥。「我告訴他，你最好現在就打消這個念頭，你沒辦法移動她，她的狀況不好，你不能帶著她到處跑。不管你打算去哪裡，發表你那聰明的演說也好，煽動你的追隨者也好，但他聽了不高興。」阿波佛說。火光映照在他的鏡片上，鏡片又被反射成白茫茫的一片。「葛林戴華德更不喜歡，他非常生氣，說我是個愚蠢的小男孩，企圖阻攔他和我才華洋溢的哥哥……說難道我**不明白**，一旦他們改變世界，讓巫師出頭，給麻瓜一些教訓，我可憐的妹妹就**不需要**再被藏起來了？

「後來我們吵了起來……我拔出我的魔杖，他也拔出他的魔杖，我哥哥最要好的朋友對我用酷刑咒——阿不思想制止他，於是我們三個人互相決鬥，電光石火和爆炸聲把她逼瘋了，她受不了——」

阿波佛臉上失去血色，彷彿受到致命的創傷。

「——我猜她是想來幫忙，但她根本不知道她在做什麼，我也不知道到底是誰下的手，我們三個都有可能——結果她死了。」

他說出最後一個字後，在最近的一張椅子上頹然坐下。妙麗淚流滿面，榮恩的臉色也幾乎和阿波佛一樣蒼白。哈利只覺得十分厭惡，但願自己沒聽到這一切，但願能把剛才聽到的事情全部從記憶中洗掉。

「我真……我真抱歉。」妙麗悄聲說。

「過去了，」阿波佛啞著嗓子說，「都過去了。」

他用袖子擦擦鼻子，清清喉嚨。

「當然，葛林戴華德逃走了。他在他的國家本來就有些不良紀錄，現在更不願為了亞蕊安娜再添幾項罪名。阿不思卻解脫了，不是嗎？卸下照顧妹妹的重擔，他就可以自由自在地成為最偉大的巫師——」

「他從來沒有解脫過。」哈利說。

「對不起，你說什麼？」阿波佛說。

「從來沒有。」哈利說，「你哥哥去世那天晚上，他喝了一種會讓他失去理智的魔藥，他開始尖叫，向某個不在場的人求饒。『別傷害他們，求求你……讓我來代替他們受苦。』」

榮恩與妙麗都望著哈利，他始終沒有告訴他們在湖心小島上發生的一些細節。他與鄧不利多回到霍格華茲以後所發生的一切，使這件事顯得無足輕重。

「他以為他又回到你們和葛林戴華德決鬥的那一刻，我知道他是。」哈利說，想起鄧不利多哀求的模樣，「他以為他看到葛林戴華德在傷害你和亞蕊安娜……這件事折磨著他，如果你看到他當時的模樣，你一定不會說他解脫了。」

阿波佛緊握指節凸出、青筋遍布的雙手，似乎迷失在自己的沉思中。過了好一會，他說：「波特，你怎麼能肯定，我哥哥對更長遠的利益不會比對你的興趣大？你怎麼能肯定你不是可有可無，像我的小妹妹一樣？」

哈利的心彷彿被一片尖銳的冰刺穿。

「我不相信。鄧不利多愛著哈利。」妙麗說。

「那他為什麼不叫他去躲起來？」阿波佛反擊，「為什麼不叫他要保重，教他如何自保？」

「因為，」妙麗還沒來得及回答，哈利便說，「除了自己的安危之外，有時你**必須**想得更多！有時你**必須**想到更長遠的利益！這是戰爭！」

「你才十七歲，孩子！」

「我成年了，而且就算你放棄，我也要繼續對抗！」

「誰說我放棄了？」

「『鳳凰會結束了，』」哈利複述他的話，「『「那個人」獲勝了，大勢已去。任何人如果還要假裝一切都和以前一樣，那就是在欺騙自己。』」

「我沒說我喜歡這樣，但這是事實！」

「不，這不是事實。」哈利說，「你哥哥知道如何消滅『那個人』，他把這些知識告訴了我，所以我要一直做下去，直到我成功——或者我死。別以為我不知道這件事可能會有什麼結果，好多年前我就知道了。」

他等著阿波佛反唇相譏或提出辯解，但他沒有，他只是皺著眉頭。

「我們必須進入霍格華茲，」哈利又說，「如果你不能助我們一臂之力，我們就等到天亮，不再打擾你，我們會另外想辦法。如果你**能**幫我們——那麼，不如現在就提出來。」

阿波佛還是坐在椅子上，用跟他哥哥相似的那雙眼睛凝視著哈利。最後他清清嗓子站起來，繞過小桌來到亞蕊安娜的畫像前。

「妳知道該怎麼辦。」他說。

她微笑，轉身走開，但不像其他畫像那樣走出畫框，而是走進她背後一條長長的隧道。他們看著她纖細的身影逐漸走遠，最後終於消失在黑暗中。

「呃——怎麼——？」榮恩開口。

「現在要進去只有一條路，」阿波佛說，「你要知道，他們把所有舊的秘密通道兩端都封鎖了，在學校圍牆四周部署了催狂魔，還定時巡邏校園。這是我的消息來源告訴我的，這個地方從來不曾如此被嚴密防守過。現在的校長是石內卜，卡羅兄妹是他的左右手，就算你進去了又能怎樣？……不過那正合你意，不是嗎？你說你準備赴死。」

「可是怎麼……？」妙麗皺著眉望著亞蕊安娜的畫像說。

畫中的隧道盡頭出現一個小白點，亞蕊安娜又朝他們走回來，越來越近，她的人像也越來越大。但是還有個人跟她在一起。一個比她高大的人，一跛一跛的，一臉興奮。他的頭髮比哈利以前見過的更長，臉上似乎有好幾道刀疤，衣服也撕裂了。兩個人影越來越大，直到畫面中只剩他們的頭和肩膀，接著牆上的油畫像一扇小門似地往前打開，現出真正的隧道入口。然後，頭髮過長、臉上刀傷累累、衣服撕裂，真正的奈威·隆巴頓從隧道爬出來。他興奮得大呼小叫，從壁爐上跳下來，大聲喊：「我就知道你會來！**我就知道，哈利！**」

29 消失的王冕

「奈威——這是——怎麼——？」

但奈威已經發現榮恩與妙麗。他又一聲歡呼，接著擁抱他們。哈利越看奈威，越覺得他的外表傷得很嚴重：他的一隻眼睛是腫的，呈紫黃色；他的臉上有疤痕，整個人看起來有些邋遢，在在顯示他的日子並不好過，不過奈威飽經風霜的臉上閃耀著喜悅。他放開妙麗，又說：「我就知道你們會來！我一直告訴西莫，這是早晚的事！」

「奈威，你怎麼啦？」

「什麼？這個？」奈威搖頭，對他的傷勢毫不在意，「這沒什麼，西莫更嚴重，你們等一下會看到。那我們走吧？喔，」他轉向阿波佛，「老波，說不定還有一、兩個人會到，他們已經在路上了。」

「還有一、兩個人？」阿波佛複述他的話，覺得有點不妙，「你什麼意思？還有一、兩個人，隆巴頓？整個村子都實施宵禁，還有貓叫春咒！」

「我知道，所以我叫他們直接現影到酒吧，」奈威說，「他們到了以後就把他們送進通道，好嗎？多謝了。」

奈威伸手扶妙麗爬上壁爐進入通道，榮恩跟在後面，然後才是奈威。哈利對阿波佛說：

「我不知道要如何感謝你才好，你救了我們，還救了兩次。」

「那就好好照顧他們吧，」阿波佛用粗嗄的聲音說，「我說不定沒辦法再救你們第三次了。」

哈利爬上壁爐，鑽進亞蕊安娜畫像後的洞口。洞內有座平滑的石階，看來這條通道已經有一些年代了。旁邊的壁上掛著黃銅燈，泥地看得出歲月的痕跡，但還是平整的。他們走在通道內，影子散開成扇狀投射在石壁上。

「這條通道已經有多久了？」榮恩問，「它沒有顯現在劫盜地圖上，對不對，哈利？我還以為只有七條通道可以進出學校。」

「今年初那些通道就全被封鎖了，」奈威說，「現在不可能再從那些通道進出了，出入口都被施了詛咒，還有食死人和催狂魔守著。」他轉身倒著走，望著他們陶醉地笑著說，「不管那些了……是真的嗎？你們闖入古靈閣？你們騎在龍背上逃出來？到處都在談論這件事。泰瑞．布特晚餐時在餐廳高聲宣告這件事，結果被卡羅打了一頓！」

「是啊，是真的。」哈利說。

奈威笑得很開心。

「你們如何處置那條龍？」

「把牠野放了，」榮恩說，「妙麗倒是很想把牠養來當寵物——」

「少在那裡誇大了，榮恩——」

「你們都在忙什麼？哈利，大家都說你們在逃亡，但我不相信，我認為你們一定在忙什麼事。」

「你說得對，」哈利說，「不過，先告訴我們一些霍格華茲的事吧，奈威，我們什麼都不曉得。」

「它……唉，它現在已經不再是以前的霍格華茲了。」奈威說，笑容從他臉上退去，「你知道卡羅兄妹嗎？」

「那兩個在這裡教書的食死人？」

「他們不只是教書，」奈威說，「他們還掌管風紀。這對卡羅兄妹最愛處罰人了。」

「和恩不里居一樣？」

「不，和他們比，她算溫柔了。如果我們做錯事，其他教授就得把我們送去卡羅兄妹那裡。不過，他們都能免則免，看得出來教授們和我們一樣痛恨他們。」

「艾米克那個傢伙負責教從前的黑魔法防禦術，只不過這門課現在就叫做黑魔法，我們要把被罰勞動服務的人當對象，來練習酷刑咒——」

「什麼？」

哈利、榮恩與妙麗異口同聲，整條通道都響起迴音。

「是啊，」奈威說，「所以我才會有這個。」他指著臉上一條特別深的傷口，「我拒絕聽命，但是有人卻很喜歡，克拉和高爾就很愛。我想是因為這是他們第一次拿到優秀成績的一門課吧。

「艾朵，艾米克的妹妹，負責教麻瓜研究。這是每個人的必修課，我們都必須去聽她說麻瓜如何和畜牲一樣又笨又髒，說他們對待巫師有多壞，如何把他們逼得躲起來，以及要如何重建自然的秩序。這個，」他指著臉上另一道傷痕，「我問她，她和她哥哥有多少麻瓜血統，結果就多了這個東西。」

「我的天，奈威，」榮恩說，「你還真會挑時間頂嘴。」

「你人不在現場，」奈威說，「要是你聽她那樣說，一定也會受不了。問題是，起來對抗他們還是有用的，可以為大家多帶來一點希望。以前你每次這樣做的時候，我都注意到了，哈利。」

「可是那樣他們會拿你來殺雞儆猴。」榮恩說。他們從一盞燈旁邊經過，奈威的傷痕看起來似乎更猙獰了，榮恩微微畏縮了一下。

奈威聳聳肩。

「無所謂，他們不願意灑太多純種血，所以我們如果多嘴，他們只會折磨我們，不會殺死我們。」

哈利不知道哪個讓他比較難受，是奈威所說的事，還是他談這些事的時候那種稀鬆平常的口氣？

「真正有危險的人，是那些有家人、朋友在外惹禍上身的人。這種人會被抓去當人質。老贊諾．羅古德就是因為在《謬論家》發表的言論太過肆無忌憚，所以他們才會在露娜回去過聖誕節時，把她從火車上抓走。」

「奈威，她沒事了，我們已經見過她——」

「是啊，我知道，她有發訊息給我。」

他從口袋掏出一枚金幣，哈利認出那是以前鄧不利多的軍隊用來連絡彼此時所使用的假加隆。

「這些東西太棒了，」奈威笑著對妙麗說，「卡羅兄妹始終沒有查出我們是如何溝通的，他們快氣瘋了。我們以前都是在晚上偷溜出去，在牆上塗鴉，寫『鄧不利多的軍隊，仍在招募中』這類東西，石內卜恨死了。」

「你們**以前**？」哈利說，他注意到奈威用的是過去式。

「啊，現在越來越難了，」奈威說，「聖誕節之後少了個露娜，金妮在復活節過後也一直沒回來，這些本來是我們三個在帶頭的。卡羅兄妹好像知道我在幕後策劃，就開始注意我。後來麥可．寇那去救一個被他們用鍊子鎖起來的一年級生，結果被逮到，他們狠狠地修理了他一頓，這可把大家都嚇壞了。」

「這可不是開玩笑的。」榮恩咕噥說，此時通道的地勢開始變成上坡了。

「是啊，但我們不能教大家都以麥可為榜樣，所以我們放棄這類招數了。不過我們還在奮鬥，改做地下工作，直到兩個星期以前，他們認為只有一個辦法可以阻止我，於是他們找上我奶奶。」

「他們**什麼**？」哈利、榮恩與妙麗異口同聲地說。

「是啊。」奈威說，聲音有點喘，因為現在通道的坡度變得很陡，「嗯，現在你們可以看出他們的想法了，而且真的還滿有效。綁架小孩的確可以逼迫親人就範，我早就料到他們會來這套。問題是，」他面對他們，哈利看到他臉上居然還帶著笑容，覺得十分詫異，「他們在我奶奶那裡踢到了鐵板。小老女巫一個人獨居，他們也許認為不需要派什麼高手過去。總之，」奈威笑著說，「鈍力還在聖蒙果，我奶奶則在外逃亡，她送了一封信給我，」他伸手拍拍長袍胸部的口袋，「說她以我為榮，不愧是我爸媽的孩子，還叫我不要放棄。」

「好酷。」榮恩說。

「是啊，」奈威愉快地說，「不過，他們一旦發現威脅不了我，就會決定不讓我待在霍格華茲了。我不知道他們到時會把我殺了，還是會把我送進阿茲卡班，不管是哪個，我知道都該是我銷聲匿跡的時候了。」

「可是，」榮恩一臉困惑地說，「我們不是——我們不是要回霍格華茲嗎？」

「當然，」奈威說，「你等一下就知道。我們到了。」

他們轉了個彎，前方便是通道的盡頭，有幾級階梯通往一扇門，和隱藏在亞蕊安娜畫像後的那扇門一樣。奈威推門爬進去，哈利跟在後面，他聽見奈威對看不見的人喊道：「看誰來了！我不是告訴過你們嗎？」

哈利進入通道盡頭的房間後，立刻引發一陣尖叫歡呼——

「**哈利！**」

「是波特，是**波特！**」

「榮恩！」

「**妙麗！**」

他看到眼前這些五顏六色的吊飾、燈光和許多面孔，心中五味雜陳。下一刻，他、榮恩和妙麗就被一群人包圍、擁抱、拍背，還有人來揉揉他們的頭髮，和他們握手。人數不下二十位，情況就好像才剛剛贏得一場魁地奇決賽似的。

「好了，好了，安靜下來！」奈威大聲說，人群讓開，哈利這才有辦法看清楚他們。

這個房間對他來說十分陌生。房間很大，裡頭看起來很像豪華版的樹屋，或是一間大船艙。許多五顏六色的吊床從天花板和平台吊下來，平台沿著深色木鑲的無窗牆壁繞了一圈，牆上還掛著一些鮮豔的刺繡旗幟。哈利看到了繡在猩紅色旗幟的葛來分多金獅、繡在黃色旗幟的赫夫帕夫黑獾，以及藍色襯底的雷文克勞褐鷹，唯獨少了銀色與綠色的史萊哲林旗幟。房間內還有些裝得滿滿的書櫃，幾根掃帚靠在牆上，角落則有一台大型的木製無線電收音機。

「這是什麼地方？」

「當然是萬應室囉！」奈威說，「比以前更有看頭了，不是嗎？那時候卡羅兄妹在追我，我知道只有一個地方能躲，所以我就想辦法進來，結果發現裡頭就是這個模樣！啊，我剛到的時候不是這樣，那時候小多了，裡面只有一張吊床和葛來分多的壁掛，但是越來越多ＤＡ成員進來，它就加大了。」

「卡羅兄妹進不來嗎？」哈利看著房門問。

「進不來，」西莫．斐尼干說，哈利這時才認出他來，因為他的臉上一片青腫，「這裡是很好的藏匿地點，只要我們有人在裡面，門就不會打開，他們就抓不到我們。這全都虧了奈威，他真的很**懂**這間房間。你必須非常**精確地**告訴萬應室你的需要──比如說：『我不要任何支持卡羅兄妹的人進來』──然後它就會完全照你的意思變！你一定要說對要求，做到滴水不漏！這全都是奈威的功勞！」

「其實很簡單啦。」奈威謙虛地說，「我進來了大概一天半後，肚子餓得要命，就希望有東西可以吃。這時候通往豬頭酒吧的門開了，我走進去之後，遇到了阿波佛。他現在供應食物給我們，因為不知道什麼原因，萬應室唯獨這件事不靈。」

「是啊，岡普基本變形定律中有五種例外，食物是其中之一。」榮恩說，大家聽了都很驚訝。

「所以我們躲在這裡差不多兩個星期了，」西莫說，「每次有需要，吊床就會增加。女孩子開始住進來後，它甚至還變出一間很棒的浴室──」

「──它大概以為女生很喜歡洗澡。」文妲．布朗說。哈利這時才注意到她，現在他細看四周的人，認出許多熟面孔，巴提雙胞胎都在，還有泰瑞．布特、阿尼．麥米蘭、安東尼．金坦和麥可．寇那。

「告訴我們你們都在忙些什麼，」阿尼說，「外面有許多謠言，我們也試著從『波特觀察』了解你們的行蹤。」他指著無線電說。「你們不會真的闖進古靈閣吧？」

「是的！」奈威說，「而且巨龍的事也是真的！」

在場的人都熱烈鼓起掌，還有人歡呼。榮恩朝大家一鞠躬。

「你們在找什麼？」西莫急切地問。

他們還沒來得及想出迴避這個問題的答案，哈利突然感到閃電疤痕如火燒般的劇痛，他急忙轉身背對這群好奇又興高采烈的面孔。萬應室突然消失，他站在一間廢棄的石屋裡面，腐爛的木地板在他腳下斷裂，洞的旁邊有個金色的盒子，蓋子打開了，裡面卻是空的。佛地魔憤怒的尖叫震動了哈利的腦子。

哈利費了很大力氣，再一次退出佛地魔的思緒，回到萬應室他剛才站的地方。他的身體搖搖欲墜，冷汗從他臉上不斷流下，榮恩趕緊扶他站好。

「你還好嗎，哈利？」奈威說，「要不要坐下來？我想你累了吧——？」

「不。」哈利說。他望著榮恩與妙麗，想暗示他們，佛地魔已經發現另一個分靈體不見了。時間越來越緊迫，假如佛地魔選擇下一站到霍格華茲，他們就會錯失良機。

「我們得開始行動了。」他說，大家露出了認同的表情。

「哈利，那我們要怎麼做？」西莫問，「有什麼計畫？」

「計畫？」哈利茫然地說。他正使盡全力阻止自己再度屈服於佛地魔的震怒之下，他的疤痕還在灼燒。「啊，我們——榮恩、妙麗和我——有點事必須去辦，然後我們就要離開這裡了。」

笑聲與歡呼聲立刻止息，奈威一臉不解。

「什麼意思，『離開這裡』？」

「我們沒有打算要留在這裡，」哈利說，他揉著頭上的疤，想減少一些疼痛，「有件重要的事，我們必須去做——」

「什麼事？」

「我——我不能告訴你們。」

四周響起竊竊私語，奈威皺起了眉頭。

「為什麼不能告訴我們？這件事和對抗『那個人』有關，對吧？」

「這個嘛，沒錯——」

「那我們要幫助你。」

其他鄧不利多軍隊的成員都點頭，有些表情很熱切，有些一臉嚴肅，還有一、兩個甚至從椅子上站起來表達他們的意願，希望能立即展開行動。

「你們不明白，」哈利覺得過去這幾個小時裡，這句話他似乎已經說了好幾遍，「我們——我們不能告訴你們，我們必須去執行——而且只能自己去。」

「為什麼？」奈威問。

「因為……」哈利急著去尋找另一個分靈體，或者至少和榮恩與妙麗私下商量應該從何處下手，一時竟無法集中思緒。他的疤痕還在灼燒。「鄧不利多留下一個任務給我們三個人，」他謹慎地說，「我們不可以說出去——我的意思是，他要我們去執行，只有我們三個。」

「我們都是他的軍隊，」奈威說，「鄧不利多的軍隊。我們一直很團結，你們三個不在的時候，我們都一直保持運作——」

「這不是在郊遊野餐，兄弟。」榮恩說。

「我沒說它是，但我不明白你們為什麼不能相信我們。萬應室裡面這些人都在奮戰，而且都是因為被卡羅兄妹追捕，所以才躲進這裡。這裡每一個人都已經證明他們效忠鄧不利多——效忠你。」

「聽我說。」哈利實在不知該說些什麼，但已無關緊要，他們背後的通道門又打開了。

「我們接到你們的消息了，奈威！哈囉，你們三位，我就想你們一定在這裡！」進來的是露娜和丁，西莫大聲歡呼，衝上去擁抱他最要好的朋友。

「嗨，大家好！」露娜愉快地說，「喔，回來真好！」

「露娜，」哈利心不在焉地說，「妳來做什麼？妳怎麼——？」

「是我叫她來的，」奈威說，秀出假的加隆，「我答應她和金妮，如果你們來了，我會通知她們。我們都認為你回來就表示要革命了，我們要推翻石內卜和卡羅兄妹。」

「當然是這個意思囉，」露娜高興地說，「不是嗎，哈利？我們要把他們趕出霍格華茲？」

「聽我說，」哈利說，他的聲音有點慌，「我很抱歉，但我們不是為這個回來的。我們有任務在身，然後——」

「在這種混亂的時刻，你們還要離開我們？」麥可．寇那問。

「不！」榮恩說，「我們現在要做的事將來對你們都有利，就是要設法除掉『那個人』——」

「那就讓我們也來助一臂之力吧！」奈威氣憤地說，「我們也要參加！」

他們背後又傳來一個聲音，哈利轉身，他的心跳似乎放慢了。金妮正穿過牆上的洞爬進來，緊接著是弗雷、喬治和李．喬丹。金妮對哈利露出燦爛的笑容，他都忘了，或者是過去根本沒領悟到她是這麼漂亮，但哈利始終都很高興見到她。

「阿波佛有點火大，」弗雷說，舉手回應四周響起的歡呼聲，「他想睡覺，結果他的酒吧卻成了火車站。」

哈利接著張大嘴巴，在李．喬丹後面進門的是他的前女友張秋，她對他嫣然一笑。

「我接到消息了。」她舉起她的假加隆，然後走到麥可．寇那旁邊坐下。

「有什麼計畫，哈利？」喬治問。

「沒有。」哈利說，他對突然來了這麼多人仍然有點不習慣。他的疤痕還在灼痛，無法迅速做出反應。

「那就見機行事囉？我最喜歡這樣。」弗雷說。

「不要再這樣了！」哈利告訴奈威，「你把他們叫回來做什麼？這太荒唐了——」

「我們要抗爭，不是嗎？」丁拿出他的假加隆說，「這個訊息說哈利回來了，我們要抗爭！不過我得先找根魔杖——」

「你沒有**魔杖**——？」西莫說。

榮恩突然轉身對哈利說：

「為什麼他們不能幫忙？」

「什麼？」

「他們可以幫忙啊，」他壓低了聲音，除了站在他們中間的妙麗以外，其他人都聽不到，「我們又不知道它藏在哪裡，我們得快點找到它。我們用不著告訴他們那是分靈體。」

哈利看看榮恩又看看妙麗。妙麗小聲說：「我想榮恩說得對，我們甚至不知道我們要找的東西是什麼，我們需要他們。」看到哈利不以為然的表情，她又接著說：「你用不著樣樣都自己來，哈利。」

哈利迅速動著腦筋，他的疤痕還在痛，腦袋快裂開了。鄧不利多曾經警告他，除了榮恩與妙麗外，不可以把分靈體的事告訴任何人。保密和說謊，我們都是這樣長大的，而阿不思……他在這方面很有天分……難道他也變成鄧不利多，自己一個人緊守著秘密，不敢相信別人嗎？可是鄧不利多相信石內卜，結果呢？在高塔上被他殺死……

「好吧。」他低聲回答兩人，然後對萬應室的每一個人大聲說：「好。」在場的人都靜了下來。弗雷和喬治本來在和身旁的人開玩笑，這時也都沉默下來，大家臉上都露出警覺與興奮的神情。

「我們要找一樣東西，」哈利說，「一樣——一樣可以幫我們推翻佛地魔的東西。它就在霍格華茲校園裡，但我們不知道在哪裡。它可能是屬於雷文克勞的東西，有沒有人聽說過這樣的一件物品？比如說，某個上面畫著雷文克勞老鷹記號的東西？」

他滿懷希望地看著那一小群雷文克勞學院的人，芭瑪、麥可、泰瑞和張秋，但回答他的人卻是坐在金妮椅子扶手上的露娜。

「啊，她有個消失的王冕，我告訴過你了，記得嗎，哈利？下落不明的雷文克勞王冕？爹地正在想辦法複製它。」

「是啊，但這個消失的王冕，」麥可．寇那翻著白眼說，「早就**消失**了，露娜，重點就在這裡。」

「什麼時候消失的？」哈利問。

「聽說是好幾個世紀以前，」張秋說，哈利聽了心一沉，「孚立維教授說這頂王冕隨著雷文克勞本人一起消失了，大家都在找。可是，」她轉向她的雷文克勞同學，「沒有人找到過，不是嗎？」

他們都搖頭。

「抱歉，王冕**是**什麼東西？」榮恩問。

「那是一種皇冠，」泰瑞．布特說，「這頂雷文克勞的皇冠據說附有魔法，可以讓戴上的人增加智慧。」

「是啊，爹地的黑黴氣虹吸管——」

但哈利打斷露娜的話。

「你們都沒見過類似這樣的東西？」

他們都再次搖頭，哈利望著榮恩與妙麗，他們臉上也出現和他一樣失望的神情。

一件物品失蹤了這麼久，而且一點線索都沒留，似乎不像是適合藏在霍格華茲城堡內的分靈體……但他還沒提出另一個問題，張秋又開口了。

「哈利，如果你想看這個王冕長什麼樣子，我可以帶你去我們的交誼廳指給你看，它就戴在雷文克勞的雕像上。」

哈利的疤痕又痛了，萬應室突然在他眼前飄動，他看到黑色的土地從他腳下呼嘯而過，又感覺那條巨蛇纏繞在他脖子上。佛地魔又在飛了，他不知道是飛往洞穴裡的地下湖或是霍格華茲這裡，總之，沒有時間了。

「他開始行動了。」他低聲對榮恩與妙麗說。他看看張秋，然後回頭對兩人說：「聽我說，我知道這不能算是線索，但我還是要去看看那尊雕像，至少看看這個王冕長什麼樣。你們在這裡等我，保護——你們知道——那個東西。」

張秋站起來，但金妮馬上說：「不，露娜會帶哈利去，可以吧，露娜？」

「喔喔喔，是的，我很樂意。」露娜高興地說，張秋又失望地坐下來。

「我們要怎麼出去？」哈利問奈威。

「這邊。」

奈威帶領哈利和露娜來到一個角落，那裡有個小櫥櫃，打開來便是一個很陡的階梯。

「它每天的出口都不一樣，這樣才不會被發現。」他說，「唯一麻煩的是，我們永遠不知道出去後會通往哪裡。要小心，哈利，他們晚上都在走廊巡邏。」

「沒問題，」哈利說，「待會見。」

他和露娜匆匆爬上樓梯。樓梯很長，兩旁還有火炬照亮，而且總在令人意想不到的地方轉彎。最後他們終於看見一道看起來很堅固的牆壁。

「到這底下來。」哈利對露娜說，打開隱形斗篷，蓋住他們兩人。他在牆上輕輕一推。

牆壁被他一推，牆面立刻融化開來。他們悄悄出去，哈利回頭看見牆壁立刻又恢復原狀。他們現在站在一條黑暗的走廊上，哈利把露娜推進陰影中，從他脖子上的蜥皮袋裡摸出劫盜地圖，湊近他的鼻尖，終於找到他和露娜的小點。

「我們在六樓，」他小聲說，看到飛七從他們前方的走廊走開，「來，往這邊走。」

他們躡手躡腳地往前走。

哈利有過許多次深夜在校園內遊蕩的經驗，但從來沒有一次心跳得這麼快，也從來沒有覺得這麼身負重任過。他們走過映著片片月光的地板，經過一副又一副的盔甲。盔甲聽到他們輕柔的腳步聲時，頭盔便跟著轉頭而吱嘎作響。他們又冒險轉過幾個彎，不曉得轉彎之後會不會遇上哪個鬼鬼祟祟的傢伙。哈利與露娜往前走，一面用魔杖尖端發出的微光察看劫盜地圖，途中還兩次停下腳步，讓一個幽靈過去，免得被它發現。他隨時等著遭遇阻擾，而他最擔心的就是皮皮鬼，每走一步便豎起耳朵，仔細聆聽這個搗蛋鬼接近的前兆。

「這邊，哈利。」露娜小聲說，拉著他的袖子，拖著他走向一道螺旋梯。

他們爬上哈利以前從沒有來過、令人頭暈的狹窄樓梯，最後他們終於來到一扇門前。門上沒有手把，也沒有鎖孔，只有一片平滑的古老木板，和一個老鷹形狀的青銅敲門環。

露娜伸出一隻蒼白的手，那隻手沒有連接在手臂或身體上，看起來好像飄浮在半空中，感覺非常詭異。她敲了一下門，寂靜中的敲門聲在哈利聽來彷彿是砲彈的轟隆聲。老鷹立刻開口說話，但不是鳥叫聲，而是一個輕柔悅耳的聲音：「先有鳳凰還是先有火？」

「嗯……你說呢，哈利？」露娜說，一臉沉思。

「什麼？沒有通關密語嗎？」

「喔，沒有，你一定要回答這個問題。」露娜說。

「萬一答錯呢？」

「噢，那你只好等別人答對了再跟著進門，」露娜說，「這樣你才有學習的機會，明白吧？」

「話是沒錯……但問題是，我們沒辦法等別人啊，露娜。」

「沒錯，我懂你的意思。」露娜一本正經地說，「好吧，我想答案是，沒有誰先誰後。」

「有道理。」那個聲音說，於是門開了。

空盪盪的雷文克勞交誼廳是個寬敞的圓形房間，比哈利在霍格華茲見過的任何交誼廳都要大。牆上有幾扇優雅的拱形窗戶，還掛著藍色與青銅色的絲質吊飾。白天從雷文克勞交誼廳可以遠眺四周的山景，圓頂天花板畫著星星，與深藍色的地板相互輝映。房間內有桌子、椅子和書櫃，門對面有個壁龕，立著一尊高大的白色大理石雕像。

哈利看過露娜家中的半身像，所以認出這尊雕像就是羅威娜．雷文克勞。雕像旁有扇門，哈利猜想大概是通往樓上的學生寢室。哈利朝著大理石的女人雕像直接走去，而雕像則似乎用揶揄的神情似笑非笑地看著他，美麗但也令人有些膽怯。她的頭上戴著一個大理石複製的精緻環形頭飾，和花兒結婚時戴的頭冠有點相似。頭飾上刻著幾個小字，哈利從斗篷底下走出來，站到雷文克勞的雕像基座上去讀那行字。

「『無盡的智慧是人類最大的財富。』」

「會使你一無所有，精神錯亂。」一個沙啞的嗓子說。

哈利立刻轉身，跳下基座站在地板上，垂肩的艾朵．卡羅就站在他面前。儘管哈利已經舉起魔杖，但她還是伸出粗短的食指，按下手臂上那個烙印著骷髏頭與蛇的黑魔標記。

30 石內卜去職

艾朵的手才碰到黑魔標記，哈利的疤痕就開始劇痛。充滿星光的房間消失不見了，他正站在懸崖下方裸露的岩石上，大海在四周澎湃激盪，他的心裡滿是勝利的歡愉——**他們抓到那個男孩了**。

砰的一聲巨響，把哈利喚回原來的站立之處，他一時回不過神，立刻反射性地舉起魔杖，但面前的女巫已向前倒下。她撞擊地面的力道很大，書架上的玻璃都震得叮噹作響。

「除了在ＤＡ的課程上，我從來沒有對任何人用過昏擊咒。」露娜的口吻聽來有點興奮，「發出的噪音比我預期的大。」

確實，天花板開始搖晃。通往寢室的門後傳來倉卒的腳步聲，露娜的咒語把睡在樓上的雷文克勞學生都吵醒了。

「露娜，妳在哪裡？我要躲到隱形斗篷下面去！」

露娜的腳平空出現，他急忙跑到她身旁。她掀起隱形斗篷，剛好來得及趁門打開之前把他們兩人遮住，一大群身穿睡衣的雷文克勞學生湧進交誼廳。他們看見艾朵昏迷不醒躺在那裡，不禁嘖嘖稱奇。大家慢慢走過來圍在她四周，彷彿她是頭兇暴的野獸，隨時會醒來攻擊他們。後來一個勇敢的一年級生跑到她旁邊，用腳的大拇指戳戳她的背。

「我猜她死了！」他興高采烈地喊道。

「哦，看啊。」露娜看著雷文克勞的學生把艾朵團團圍住，快樂地悄聲說，「他們很高興呢。」

「是啊……好極了……」

哈利閉上眼睛，疤痕抽痛時，他選擇再度沉入佛地魔的思緒……他沿著隧道進入第一個洞穴……他決定先去確認小金匣再來這裡……這不會花他太多時間……

交誼廳的大門傳來敲門聲，所有雷文克勞學生都僵住了。哈利聽見那個老鷹敲門環用輕柔悅耳的聲音問：「消失的物品都到哪裡去了？」

「我不知道，我怎麼會知道？閉嘴！」一個粗魯的聲音怒吼道，哈利聽出他是卡羅兄妹中的哥哥艾米克。「艾朵？**艾朵**？妳在裡面嗎？抓到他了嗎？開門！」

雷文克勞的學生竊竊私語，但都嚇壞了。然後，毫無預警地傳來一連串響亮的乒乒聲，好像有人對著門開槍。

「**艾朵**！要是他趕來，而我們沒有抓到波特──妳想要跟馬份那家人落得一樣的下場嗎？**回答我！**」艾米克大喊，使出全身力氣晃動大門，但大門說不開就不開。雷文克勞的學生紛紛後退，最膽小的人開始往樓梯跑，準備回床上去。哈利正猶豫著是否要打開門，在這個食死人做出什麼傷天害理的事之前把他昏擊，這時又響起另一個熟悉無比的聲音。

「能否請教你在做什麼，卡羅教授？」

「打——開——這——扇——該——死——的——門！」艾米克怒吼，「去叫孚立維！叫他來開門，馬上去！」

「但令妹不是在裡面嗎？」麥教授問，「今晚稍早，孚立維教授不是在你一再要求之下，放她進去了嗎？或許她可以替你開門，這樣你就不用把全城堡都吵醒了。」

「她不應門，妳這老賤貨！**妳**來開門！快！現在就開！」

「當然，悉聽尊便。」麥教授極其冰冷地說。敲門環輕響一聲，那悅耳的聲音再次問道：「消失的物品都到哪裡去了？」

「進入不存在的狀態，也就是說，變成任何東西都有可能。」麥教授回答。

「說得好。」老鷹敲門環回答，門隨即開了。

艾米克揮舞著魔杖衝進來時，流連在後的少數幾個雷文克勞學生向樓梯飛奔而去。他跟他妹妹一樣駝背、小眼睛，蒼白的臉上滿是橫肉，一看到動也不動躺在地上的艾朵，就發出一聲充滿驚恐的怒吼。

「他們做了什麼，那些小混蛋？」他尖叫，「我要把他們通通抓來酷刑，直到他們招出是誰幹的——黑魔王會怎麼說呀？」他連聲哀哀叫，站在他妹妹身旁，用手掌敲打自己的額頭，「我們沒有抓到他，他們跑了，還把她殺了！」

「她只不過是被昏擊罷了。」麥教授彎下腰察看過艾朵後不耐煩地回答說，「她沒事。」

「天殺的她才不會沒事！」艾米克大吼，「黑魔王找到她，她就完了！她已經召喚他了，我感覺我的黑魔標記在灼痛，他一定以為我們抓到波特了！」

「『抓到波特』？」麥教授追問，「你說『抓到波特』是什麼意思？」

「他交代過，波特會嘗試侵入雷文克勞塔，一旦抓到波特，就要通知他！」

「哈利波特為什麼要進入雷文克勞塔？波特是我學院的人！」

在麥米奈娃滿是不信任和憤怒的聲音底下，哈利聽出了她那份自豪，心中湧起一股親切感。

「我們只聽說他可能到這裡來！」卡羅說，「我哪知道為什麼，不是嗎？」

麥教授站起身，瞇起眼睛打量整個房間。她的眼光兩度掃過哈利和露娜站立之處。

「我們可以把責任推給學生……」艾米克說，他的豬臉忽然變得狡猾起來，「對啊，就這麼辦。我們說艾朵中了學生的埋伏，就是樓上那批小鬼。」他抬頭望著通往寢室的星光天花板，「我們就說是他們強迫艾朵觸摸黑魔標記，害他收到假警告……他可以處罰他們。幾個小孩而已，有什麼不同？」

「真假不分、懦弱無能，」氣白了臉的麥教授說，「我想你和你妹妹就是這種人。但我要把話說清楚，你們別想把你們的無知、無能，推卸到霍格華茲的學生身上，我絕不允許。」

「妳說什麼？」

艾米克走上前，充滿攻擊性地逼近麥教授面前，他的臉距離她的只有幾吋遠。麥教授拒絕退讓，低頭看著他，好像他是被她發現黏在馬桶坐墊上的噁心東西。

「輪不到**妳**來允許，麥米奈娃。妳過氣了，現在輪到我們當家作主，妳不支持我，就會付出代價。」

他對著她的臉吐口水。

哈利掀開隱形斗篷，舉起魔杖說：「你不該那麼做。」

艾米克轉身時，哈利喊道：「咒咒虐！」

食死人懸在半空中，身體扭曲像個即將溺斃的人，痛苦得拚命掙扎，連聲哀號。然後哐噹一聲，玻璃四濺，他迎面撞上一座書架之後，失去知覺地倒在地上。

「我現在懂得貝拉的意思了。」哈利說，血液在他腦子裡隆隆作響，「你必須真有心。」

「波特！」麥教授撫著胸口低聲說，「波特——你在這裡！是什麼——？怎麼會——？」她力持鎮定，「波特，這麼做太不明智了！」

「他吐妳口水。」哈利說。

「波特，我——這真——你真是**見義勇為**——但你難道不知道——？」

「我知道。」哈利安慰她。不知怎麼回事，驚慌反而使他鎮定了下來。「麥教授，佛地魔正在趕來的路上。」

「哦，我們獲准說那個名字了嗎？」露娜拉開隱形斗篷，帶著感興趣的表情說。第二個亡命之徒現身，麥教授顯得益發不知如何是好，她抓緊舊格子睡袍的領口，倒退幾步之後，跌坐在一旁的椅子上。

「我覺得怎麼稱呼他都無所謂，」哈利對露娜說，「反正他已經知道我在哪裡了。」

哈利腦子裡有個偏僻的角落，跟那個疼痛、燃燒的疤痕連接在一起，從中他看見佛地魔乘著那艘鬼魅似的綠色小船，快速掠過黑色的湖面……他即將抵達那座有石盆的小島……

「你們快逃。」麥教授低聲說，「馬上走，波特，盡快逃跑！」

「我不能。」哈利說，「我必須完成一些工作，教授，妳知道雷文克勞的王冕在哪裡嗎？」

「雷文克勞的王——王冕？當然不知道——不是已經失蹤幾百年了嗎？」她稍微坐直身子，「波特，這很瘋狂，太瘋狂了，你這樣到城堡來——」

「我必須如此。」哈利道，「教授，這裡藏了一件東西，我非找到不可。**可能**就是那頂王冕——如果我能跟孚立維教授談談——」

接著傳來移動的聲音，還有玻璃撞擊聲，艾米克已經甦醒。哈利和露娜還來不及反應，麥教授就站起身，用魔杖指著那個昏頭昏腦的食死人說：「噩噩令。」

艾米克站起身，走到他妹妹身旁，撿起她的魔杖，然後馴服地走到麥教授面前，連自己的一起交出來。然後他在艾朵身旁躺下。麥教授再度揮動魔杖，空中出現一條閃閃發光的銀色繩索，纏住卡羅兄妹，把他們緊緊綁在一起。

「波特，」麥教授再次轉身面對他，絲毫不把卡羅兄妹的困境放在心上，「如果『那個不能說出名字的人』確實知道你在這裡——」

她說話的同時，一陣怒火像一道真實的烈焰穿過哈利全身，他的疤痛得像著了火。他有一瞬間低頭看著石盆，裡面的魔藥已變為清澈透明，他看見水面下沒有小金匣——

「波特，你還好嗎？」有個聲音問。哈利醒過來，他必須抓住露娜的肩膀才能站穩。

「時間不多了，佛地魔逼近了。教授，我奉鄧不利多的命令行事，我必須找到他要我找的東西！但我搜索城堡時，必須把學生都請出去——佛地魔要的是我，但他不在乎多殺幾個人，因為現在——」**現在他知道我在破壞分靈體**，哈利在腦子裡把句子說完。

「你是奉了**鄧不利多**的命令行事？」她重複一遍，帶著恍然大悟的神情，然後挺身站起。

「我們會動員全校師生一起對抗『那個不能說出名字的人』，讓你能搜索這個——這個東西。」

「這辦得到嗎？」

「我想可以。」麥教授用就事論事的語氣說，「我們老師的魔法都很高強，這你是知道的。我相信只要大家全力以赴，絕對可以擋住他一段時間。當然，石內卜教授的問題必須先解決——」

「讓我——」

「——還有，霍格華茲會被包圍，黑魔王會守在門口，所以無關的人最好儘可能疏散出去。但是呼嚕網受到監視，校園裡又不可能施現影術——」

「有個法子。」哈利趕緊說，他說明有條密道通往豬頭酒吧。

「波特，我們說的是數以百計的學生——」

「我知道，教授，但如果佛地魔和食死人把注意力集中在學校範圍裡，應該就不會注意到有人從豬頭酒吧消影離開了。」

「說得有道理。」她表示同意。然後用魔杖一指卡羅兄妹，就有張銀色的網落在他們被綑綁的身體上自動收緊，並把他們吊到空中，懸掛在藍金兩色的天花板下，像兩隻醜陋、巨大的海洋生物。「來吧，我們必須警告其他學院的導師。你最好把隱形斗篷穿回去。」

麥教授高舉魔杖衝向門口，魔杖尖噴出了三隻銀貓，每隻銀貓的眼睛四周都有眼鏡狀的花紋。護法們步履輕盈地往前奔去，在迴旋梯上灑滿了銀色的光芒，麥教授、哈利和露娜回頭往樓下跑。

他們在走廊上狂奔，護法們一個個離開了他們。麥教授的格子睡袍擦過地板，哈利和露娜披著隱形斗篷快步跟在她身後。

他們下了兩層樓，就有另一個靜悄悄的腳步聲加入。疤痕還在作痛的哈利第一個聽見，他伸手到脖子上的小袋裡摸劫盜地圖，但還來不及取出，麥教授也察覺了有人同行。她停下腳步，舉起魔杖，擺出備戰姿勢，說：「誰在那裡？」

「是我。」一個低沉的聲音說。

賽佛勒斯．石內卜從一副盔甲後走出來。

哈利一看見他，仇恨就在心中沸騰，他沒有因為石內卜罪惡滔天，就忘記他外表上的細節，沒有忘記他油膩的黑髮像簾子般垂在臉頰周圍，還有他黑眼睛裡那種死硬、冰冷的神色。石內卜沒穿睡衣，而是穿著日常的黑袍，而且也高舉著魔杖，準備作戰。

「卡羅兄妹在哪裡？」他低聲問。

「你吩咐他們去哪裡，他們就在哪裡，應該如此吧，賽佛勒斯？」麥教授說。

石內卜走上前一些，眼睛越過麥教授，望著她身後的空氣，好像知道哈利在那裡。

哈利也舉起魔杖，準備攻擊。

「我認為，」石內卜說，「艾朵好像抓到了一個闖入者。」

「真的嗎？」麥教授說，「你怎麼會這麼認為？」

石內卜烙有黑魔標記的左臂，直覺地輕輕動了一下。

「哦，對。」麥教授說，「你們食死人有自己的連絡方式，我倒忘了。」

石內卜假裝沒聽見。他一邊用眼睛探索麥教授周遭的空氣，一邊裝得若無其事似地逐漸靠過來。

「我倒不知道今晚輪妳巡視走廊，米奈娃。」

「你反對嗎？」

「我很好奇，這麼晚了，是什麼事讓妳離開床鋪？」

「我覺得好像聽見吵鬧聲。」麥教授說。

「真的嗎？但好像很安靜呢。」

石內卜注視她的眼睛。

「妳見到哈利波特了嗎，米奈娃？如果妳見到他，我堅持——」

麥教授動作之快，令哈利難以置信，她的魔杖瞬間劃過空中，哈利以為石內卜一定會倒在地上，不省人事，但他的屏障咒發動得更快，麥教授差點被打倒。她立刻把魔杖指向牆上的火把，火把飛出托架，正打算詛咒石內卜的哈利，不得不拉著露娜閃避從天而降的火焰，烈焰隨即變成一個涵蓋整個走廊的大火圈，像套索般向石內卜飛去——

但火焰隨即又變成一條巨大的黑蟒蛇，被麥教授炸成煙霧，幾秒鐘內又聚集凝固，成為一把把追逐的飛刀，石內卜趕忙讓盔甲移到面前，才沒有被刺中。所有的飛刀一把接一把，哐啷啷插進甲冑的前胸，迴音不斷——

「米奈娃！」一個尖細的聲音傳來，哈利一面替露娜擋住所有飛舞的咒語，一面回頭看，只見孚立維教授和芽菜教授穿著睡衣，沿著走廊快步跑來，體型龐大的史拉轟教授氣喘吁吁地跟在後面。

「不可以！」孚立維教授舉起魔杖尖聲喊道，「你不可以再在霍格華茲殺人！」孚立維教授的魔咒擊中了那件石內卜用來做屏障的盔甲，喀啦一聲，它有了生命。石內卜掙脫了它強大有力的臂膀，並使它凌空飛起，向他的攻擊者還擊，哈利和露娜不得不往一旁躲避。盔甲撞上牆壁，七零八落地散了一地。哈利再抬頭看時，石內卜正在拚命逃跑，麥教授、孚立維和芽菜在後面全力追趕。石內卜衝進一間教室，沒多久就聽見麥教授大聲罵道：「懦夫！**懦夫！**」

「怎麼回事？怎麼回事？」露娜問。

哈利扶她站起來，他們沿著走廊向前跑，隱形斗篷飛揚在身後，他們跑進那間空的教室。麥教授、孚立維和芽菜都站在一扇破碎的窗戶前面。

「他跳下去了。」哈利和露娜跑進去時，麥教授說。

「妳是說他**死**了？」哈利跑到窗口，無視孚立維和芽菜看到他突然出現時的驚呼。

「不，他沒有死。」麥教授怨恨地說，「可不像鄧不利多，他手中還有魔杖……而且他好像還跟新主人學了幾招。」

哈利心頭一顫，看到遠處暗影中，有個形似蝙蝠的巨大形體向校園圍牆飛去。

他們背後傳來沉重的腳步聲，還有一連串的喘息，史拉轟剛剛趕到。

「哈利！」他撫著翠綠真絲睡衣下肥碩的胸膛喘道，「親愛的孩子……真是意外……米奈娃，請解釋一下……賽佛勒斯……怎麼回事……？」

「我們的校長休假去了。」麥教授指著窗上那個石內卜形狀的破洞說。

「教授！」哈利用手按著額頭喊道。他看見那個滿是行屍的湖在腳下滑過，他感覺那艘綠色小船碰撞到地下湖的岸邊，還有佛地魔滿懷殺人的欲望，從船上跳下來——

「教授，我們必須在學校做好防禦措施，他快要來了！」

「好的，『那個不能說出名字的人』要來了。」麥教授告訴其他教授。芽菜和孚立維大吃一驚，史拉轟低低呻吟一聲，「波特奉鄧不利多之命，到城堡來執行一些任務。我們必須盡力部署所有保護措施，讓波特完成他該做的事。」

「妳當然知道，我們所做的一切，不可能永遠擋住『那個人』吧？」孚立維尖聲說。

「但我們可以拖延時間。」芽菜教授說。

「謝謝妳，帕莫娜。」麥教授說，兩個女巫交換了一個陰鬱的眼色，「我建議在學校四周建立基本保護措施，然後召集全體學生在餐廳集合。大部分的人必須疏散，不過成年的人只要願意留下來作戰，我想都應該給他們機會。」

「同意。」已匆匆向門口走去的芽菜教授說，「我二十分鐘後會帶齊我學院的學生，在餐廳跟你們會合。」

她快步走出視線時，他們都聽見她喃喃說：「毒觸手、魔鬼網、食肉藤豆莢……是的，我真想看看食死人怎麼跟它們作戰。」

「我在這裡就可以採取行動。」孚立維說。雖然他矮得幾乎看不見窗外的景色，但他還是揮著魔杖，透過那扇破窗，開始喃喃念誦非常複雜的咒語。哈利聽見一陣奇怪的聲音奔流而過，好像孚立維把風的力量釋放到整個校區。

「教授，」哈利走到這位矮小的符咒大師身旁，「教授，抱歉打擾你，但這件事很重要。你知道雷文克勞的王冕在哪裡嗎？」

「……破心護，強強厲威——雷文克勞的王冕？」孚立維尖聲說，「多一點智慧總是好的，波特，但我想在**目前**的狀況下，它也幫不上忙！」

「我的意思是——你知道它在哪裡嗎？你見過它嗎？」

「見過它？見過它的人都不在世上了！失蹤很久了，孩子！」

哈利的心情混雜著失望和驚慌。那麼，分靈體到底是什麼呢？

「請你帶著雷文克勞的學生和我們在餐廳會面，菲力！」麥教授說，並示意哈利和露娜跟她離開。

他們剛走到門口，史拉轟就開始喋喋不休。

「說真的，」臉色蒼白的他滿頭大汗，海象似的八字鬍不斷顫動，邊喘著氣說，「這真是大手筆！我不確定此舉是否聰明，米奈娃。他一定會想辦法進來，妳知道的，任何人試圖拖延他，都會有重大危險——」

「我希望你跟史萊哲林的學生也在二十分鐘內趕到餐廳。」麥教授說，「如果你想帶學生離開，我們不會阻攔。但如果你們有任何人企圖破壞我們的反抗行動，或拿起武器在城堡裡與我們對抗，赫瑞司，我們就以死相決。」

「米奈娃！」他震驚地說。

「史萊哲林選擇效忠對象的時刻到了。」麥教授打斷他，「去叫醒你的學生，赫瑞司。」

哈利沒有留下來聽史拉轟爭辯，他跟露娜跑步追上麥教授，她已經走到走廊中間，站定位置後舉起魔杖。

「雕像——哦，飛七，看在老天的分上，**現在**別來攪局——」

年老的管理員一拐一拐地剛走進眾人的視線裡，沿路大聲喊著：「學生離床！學生擅入走廊！」

「他們是奉命這麼做的，你這嘮叨的老糊塗！」麥教授大吼，「快去找點有建設性的事做！把皮皮鬼找來！」

「皮——皮皮鬼？」飛七結結巴巴地說，好像從來沒聽過這名字。

「是的，**皮皮鬼**，老糊塗，**皮皮鬼**！你不是抱怨他抱怨了大半輩子嗎？去把他叫來，馬上去！」

飛七顯然認為麥教授神志不清，但他還是縮著肩膀，低聲嘟囔並搖搖擺擺地聽令走開了。

「好了——雕像，行行起！」麥教授喊道。

走廊兩旁所有的雕像和盔甲都從台座上跳下來，根據樓上、樓下傳來的隆隆迴音，哈利知道它們在城堡裡所有的同伴，都同樣開始行動了。

「霍格華茲受到威脅！」麥教授大聲宣布，「保衛疆界，保護我們，為學校盡責！」

一片鏗鏗鏘鏘的聲音和吶喊聲傳來，成群會走動的雕像從哈利面前走過。其中有的很小，也有的比真人還大，此外也有動物，還有整副盔甲哐噹哐噹揮舞著寶劍和有刺釘的鍊球。

「去吧，波特。」麥教授說，「你和羅古德小姐最好回到你們的朋友那裡，帶他們去餐廳——我來叫醒其他的葛來分多學生。」

他們在下一座樓梯頂端分道揚鑣，哈利和露娜向萬應室隱藏的入口跑去。奔跑途中，他們遇見成群學生，大多在睡衣外面披著旅行斗篷，被老師和級長趕到餐廳去。

「那是哈利波特！」

「**哈利波特！**」

「是他，我發誓，我剛看見他！」

但哈利沒有回頭，最後他們回到之前萬應室的入口。哈利靠著魔法牆，牆壁打開，讓他們進入，他和露娜沿著陡峭的樓梯跑下去。

「怎——？」

看到房間時，哈利驚訝得從好幾級階梯上滑下來，這裡的人遠比他上次來的時候多。金利和路平抬頭看著他，還有奧利佛．木透、凱娣．貝爾、莉娜．強生、西亞．史賓特、比爾與花兒，以及衛斯理夫婦。

「哈利，發生了什麼事？」路平到樓梯口迎接他，開口問道。

「佛地魔要來了，他們在學校部署了防禦——石內卜逃跑了——你們在這裡做什麼？你們怎麼知道？」

「我們把消息傳給其他的鄧不利多的軍隊成員。」弗雷解釋，「你不會希望其他人錯過這麼好玩的事吧，哈利？ＤＡ知道消息以後又通知鳳凰會，然後一傳十，十傳百，就像滾雪球一樣。」

「首先該怎麼做，哈利？」喬治問，「現在情況如何？」

「他們在疏散年幼的孩子，所有人都在餐廳集合，組織起來。」哈利說，「我們要作戰了。」

大夥兒一陣喧鬧，立刻湧向樓梯，哈利被推到牆邊。鳳凰會成員、鄧不利多的軍隊以及哈利的魁地奇老隊友從他身旁跑過，每個人都抽出魔杖，趕赴城堡。

「來吧，露娜。」丁經過時喊道，伸出空著的那隻手。她握住那隻手，跟著他一起爬上樓。

人群變得稀疏了，只剩下一小群人留在萬應室裡，哈利加入他們。衛斯理太太在跟金妮爭執，他們周圍站著路平、弗雷、喬治、比爾和花兒。

「妳還未成年！」哈利走過去時，衛斯理太太正對女兒大吼，「我不准！男孩子可以，但是妳，妳給我回家！」

「我不要！」

金妮用力從母親手中抽出手臂，頭髮散亂。

「我加入了鄧不利多的軍隊——」

「——青少年幫派！」

「那是個敢向他挑戰的青少年幫派，還沒有其他人敢做這種事呢！」弗雷說。

「她才十六歲！」衛斯理太太大叫道，「她還沒成年！你們兩個在想什麼，竟然帶她來——」

弗雷和喬治露出有點不好意思的模樣。

「媽說得對，金妮，」比爾溫和地說，「妳不能這麼做。所有未成年的人都必須離開，這樣才對。」

「我不能回家！」金妮嘶吼，流下憤怒的眼淚，「我所有的家人都在這裡，我不可能獨自在那裡等著，什麼也不知道——」

她的眼光第一次跟哈利接觸，她哀求地看著他，但他搖搖頭，她怨恨地轉開頭。

「好吧，」她說，看著回豬頭酒吧的隧道入口，「那就再見了，然後——」

突然傳來一陣腳步聲，然後砰的一聲巨響，又有人從通道衝進來，但卻在稍微失去平衡後摔了一跤。他扶著最近的一把椅子站起身，透過歪向一邊的角質框架眼鏡，對四周打量一眼說：「我來得太遲了嗎？已經開始了嗎？我剛剛才知道，所以我——我——」

派西結結巴巴地陷入沉默，顯然並沒有料到會遇見這麼多家人。眾人驚訝得好一陣子說不出話來，終於，花兒向路平開口問話，結束了沉默，很明顯是為了打破緊張的氣氛，「所以——小泰迪好不好？」

路平眨眨眼，有點意外。衛斯理一家的沉默似乎已經凝固得結成冰塊了。

「我——呃，是的——他很好！」路平大聲說，「是的，東施陪著他——在她娘家。」

派西和衛斯理其他家人仍瞪著眼互看，僵持不動。

「來，我有照片！」路平大聲說，從外套裡取出一張照片，給花兒和哈利看，他們看見一個很小的嬰兒，長了一頭鮮豔的藍綠色頭髮，對著照相機揮舞胖嘟嘟的小拳頭。

「我是個笨蛋！」派西大吼，聲音大得差點讓路平嚇掉了照片，「我是個白痴，我是個自命不凡的大傻瓜，我——我——」

「一心想做官、嫌棄家人、利慾薰心的低能兒。」弗雷說。

派西接受了。

「是的，這就是我！」

「好啦，你這麼說再公平不過了。」弗雷說，向派西伸出手來。

衛斯理太太痛哭失聲。她推開弗雷，跑向前給派西一個幾乎勒死人的擁抱，他輕拍母親的背，眼睛卻轉向父親。

「爸，對不起。」派西說。

衛斯理先生的眼睛眨得很快，然後也衝上前去擁抱兒子。

「是什麼讓你恢復理性的，派西？」喬治問。

「已經有段時間了。」派西拉起旅行斗篷的一角擦拭眼鏡底下的眼睛，「但我必須找到方法出來，這在魔法部很難辦到，他們不斷把叛徒監禁起來。我設法跟阿波佛取得聯繫，他十分鐘前通知我，霍格華茲決定放手一搏，所以我就趕來了。」

「好啊，這種時刻，我們確實要仰賴級長的領導。」喬治模擬派西最神氣活現的架式，學得很像。「現在我們就上樓去作戰吧，否則所有厲害的食死人都被搶光了。」

「所以，這位就是我大嫂囉？」派西趁著跟比爾、弗雷和喬治向樓梯走去時，向花兒握手致意。

「金妮！」衛斯理太太大吼一聲。

金妮趁著室內一片言歸於好的氣氛，正打算偷偷跟著上樓。

「茉莉，這樣好了，」路平說，「何不准許金妮留在這裡？起碼她待在現場，可以知道發生了什麼事，只是不讓她參加戰鬥而已。」

「我——」

「好主意。」衛斯理太太堅決地說，「金妮，妳就待在這個房間裡，聽見了嗎？」

金妮似乎不怎麼喜歡這個點子，但在父親異乎尋常的嚴峻目光下，她點點頭。衛斯理夫婦和路平也向樓梯走去。

「榮恩在哪裡？」哈利問，「妙麗在哪裡？」

「應該已經到餐廳去了。」衛斯理先生回頭喊道。

「我沒看到他們經過我身邊。」哈利說。

「他們提到什麼廁所的事，」金妮說，「就在你離開之後不久。」

「廁所？」

哈利走到房間對面，走出敞開的門離開萬應室。他檢查門外的廁所，卻杳無人跡。

「妳確定他們說的是廁——？」

但這時他的傷疤忽然劇痛起來，萬應室消失了，他正隔著高高的鑄鐵大門往裡頭看，門兩旁的柱子刻著長了翅膀的野豬。黑漆漆空地的另一頭，整座霍格華茲城堡燈火通明，像著了火似的。巨蛇娜吉妮搭在他肩頭，他殺氣騰騰，心境冰冷、殘酷，目標明確。

31 霍格華茲大戰

餐廳裡黑沉沉的魔法天花板散布著星星，下面四張分屬各學院的長桌，坐滿了衣衫不整的學生，有的披著旅行斗篷，有的穿著睡袍，中間還穿插著發出珍珠白光澤的駐塔幽靈。不分活人或死人，每雙眼睛都盯在麥教授身上。她站在餐廳前端高高的講台上說話，背後站著留下來的老師，包括人馬翡冷翠，以及剛趕來參加戰鬥的鳳凰會成員。

「……疏散由飛七先生和龐芮夫人監督。各位級長，等我下令，你們就把各自學院的隊伍整好，領導大家有秩序地前往疏散地點。」

很多學生都嚇呆了。但就在哈利沿著牆壁向前走，往葛來分多桌位上找尋榮恩與妙麗的蹤影時，赫夫帕夫那桌的阿尼．麥米蘭站起來，高聲問道：「如果我們想留下來作戰怎麼辦？」

一陣稀稀落落的掌聲。

「如果你已成年，就可以留下。」麥教授說。

「我們的東西怎麼辦？」雷文克勞的一個女孩喊道，「我們的行李箱，我們的貓頭鷹？」

「我們沒有時間收拾個人物品，」麥教授說，「重要的是讓大家平安離開。」

「石內卜教授呢？」史萊哲林一個女孩大聲問。

「套句常用的說法，他腳底抹油，溜了。」麥教授回答。葛來分多、赫夫帕夫和雷文克勞都發出熱烈的歡呼。

哈利沿著葛來分多桌旁向餐廳前面走去，仍在尋找榮恩與妙麗。他經過時，許多人轉過頭來看他，背後傳來竊竊私語。

「我們已經在城堡周圍設了防線，」麥教授說，「但除非不斷加強防禦，否則不可能支撐太久。所以我要請大家快點行動，保持冷靜，服從級長的——」

響遍整個餐廳的另一個聲音掩蓋了她說的最後幾個字。那個聲音高亢、冷酷、清晰，不知來自何處，好像是從牆壁裡發出來的。就像那隻曾經聽它號令的蛇妖一樣，那個聲音可能已經在牆壁中沉睡了數百年之久。

「我知道你們打算戰鬥。」學生群中傳出尖叫，有些人緊抓住旁邊的人，驚恐的四下張望，找尋聲音的來源。「你們的努力毫無希望，你們是抵抗不了我的。我不想殺你們，我非常尊敬霍格華茲的老師，我不想傷害魔法界的人。」

餐廳裡一片沉默，是那種壓迫著耳鼓，又巨大得好像會把牆壁撐破的沉默。

「把哈利波特交出來，」佛地魔的聲音說，「就沒有人會受傷。交出哈利波特，我就不動學校一草一木。只要交出哈利波特，你們就會得到獎賞。

「限你們午夜之前交出波特，我等著。」

沉默再次將所有人吞噬。每個人都轉過頭，在場的每雙眼睛似乎都找到了哈利，使他在數千個無形的光圈照耀下無法動彈。然後史萊哲林那桌有個人站起來，他認出那是潘西．帕金森，她舉起顫抖的手，尖聲叫道：「他就在那裡！波特在**那裡**！誰去抓住他！」

哈利還來不及說話，一大群人已經展開動作。他面前的葛來分多同學全體起立，但不是面向哈利，而是面對史萊哲林。赫夫帕夫學院也站了起來，而幾乎同時站起的是雷文克勞學院，他們全都護衛著哈利，瞪著潘西。哈利深受感動，卻不知道該如何反應。只見每個人都從斗篷或袖子裡取出魔杖，放眼望去到處都是魔杖。

「謝謝妳，帕金森小姐。」麥教授簡潔地說，「妳跟飛七先生第一批離開餐廳，請和她同一學院的人跟上去。」

哈利聽見長椅摩擦地面的聲音，然後史萊哲林學生列隊從餐廳另一側離開。

「雷文克勞的同學，跟著走！」麥教授喊道。

慢慢地，四張長桌都空了。史萊哲林那桌的人幾乎全走光了，但有幾個年紀較大的雷文克勞學生在別人排隊離開時，仍坐在位子上，赫夫帕夫留下的人更多，葛來分多甚至有一半學生留在座位上，逼得麥教授不得不走下講台，把未成年的學生挑出來。

「絕對不可以，克利維，走吧！**還有**你，皮克斯！」

哈利快步向衛斯理一家人走去，他們都坐在葛來分多那桌。

「榮恩和妙麗在哪裡？」

「你還沒找到——？」衛斯理先生反問，顯得很擔心。

但他突然停了下來，因為高台上的金利向前走了一步，向留下的人講話。

「現在距午夜只有半小時，我們必須盡快行動！霍格華茲的老師和鳳凰會已經就作戰計畫達成共識。孚立維教授、芽菜教授、麥教授分頭率領戰士，防守最高的三座塔——雷文克勞塔、天文塔和葛來分多塔——他們從那裡居高臨下，視野良好，也是施咒語的好據點。同時，雷木思，」他指著路平，「亞瑟，」他指著坐在葛來分多長桌的衛斯理先生，「和我，會帶幾組人馬防守城堡四周。我們還需要人手，防禦進入學校的各處通道入口——」

「——聽起來就像是我們的工作。」弗雷高聲說，指著自己和喬治，金利點頭表示同意。

「好了，請各隊領隊上來，我們來分配隊員。」

學生湧到台前，爭取作戰位置，聽取指示，此時麥教授匆匆走到哈利面前說：「波特，**你不是要去找什麼東西嗎？**」

「什麼？哦。」哈利說，「哦，是的！」

他幾乎把分靈體忘得一乾二淨，幾乎忘了這場戰爭是因為他要找分靈體而起。榮恩和妙麗無緣無故失蹤，使他一時之間忘了其他所有的念頭。

「那就去吧，波特，快去！」

「是——好——」

哈利感覺好多雙眼睛跟隨著他跑出餐廳。他來到仍然擠滿有待疏散學生的入口大廳，混在人群中，一起上了大理石樓梯。但到了樓梯頂，他就挑了一條空曠無人的走廊，快步往前走。恐懼與慌亂使他思路不清，他努力讓自己鎮定下來，專心思考尋找分靈體的方法，但大腦就像被困在玻璃下的黃蜂，只會白費力氣地瘋狂嗡嗡叫。沒有榮恩與妙麗在旁幫忙，他好像失去了主見。他放慢腳步，在空盪盪的走道中間停下，一屁股坐在一個雕像已經離開的台座上，從脖子上的蜥皮袋裡取出劫盜地圖。地圖上找不到榮恩和妙麗的名字，不過他想，正在向萬應室移動的一大堆小點點裡，可能藏有他們的名字。哈利把地圖收好，雙手摀著臉，閉上眼睛，努力集中精神……

佛地魔認為我會去雷文克勞塔。

就是那裡。毫無疑問，他應該從那裡開始。佛地魔派艾朵．卡羅看守雷文克勞的交誼廳，只有一個解釋：佛地魔害怕哈利已經知道，他的分靈體跟雷文克勞學院有關。

但唯一能跟雷文克勞扯上關係的物品，就是失蹤多年的王冕……那頂王冕怎麼可能成為分靈體？史萊哲林出身的佛地魔，怎麼可能找到歷代雷文克勞學生都找不到的王冕？如果見過王冕的人都已不在世上，那麼還有誰能告訴他到哪裡去找？

不在世上……

哈利搗在手指底下的眼睛忽然睜開。他從台座上跳起來，沿著來路走回去，追逐他最後一個希望。距大理石樓梯越近，數百人走向萬應室的腳步聲越響。級長們大聲發號施令，努力掌握自己學院每一個學生的行蹤，大家你推我擠。哈利看見災來耶．史密繞過低年級生，搶到隊伍前端。到處都看得到淚汪汪的低年級生，年紀大的學生則拚命喊著朋友或弟妹的名字……

哈利看到一個珍珠白光澤的人影，飄過下方的入口大廳。他使出肺活量大喊，希望能壓過周圍的嘈雜聲。

「尼克！**尼克**！我要跟你談一談！」

他推擠著穿過學生人潮，終於來到樓梯底層。葛來分多的駐塔幽靈，差點沒頭的尼克站在那裡等他。

「哈利！親愛的孩子！」

尼克伸出雙手握住哈利的手，哈利覺得自己的雙手好像泡進冰水裡了。

「尼克，你得幫我個忙。雷文克勞的駐塔幽靈是誰？」

差點沒頭的尼克有點驚訝，也有點不高興。

「當然是灰衣貴婦囉，但如果你需要幽靈為你服務——」

「非她不可——你知道她在哪裡嗎？」

「我看看……」

尼克的頭東轉西轉，縐褶領上的那顆腦袋差點要掉下來，他對著擁擠的人群仔細觀察。

「那邊那個就是，哈利，那個長頭髮的年輕女人。」

哈利順著尼克透明的手指方向望去，看見一個瘦高的幽靈。她看見哈利在注視她，便挑起眉毛，穿過一道實心圍牆遁走了。

哈利追在她身後打開了門，進入她消失的那條走廊，接著看見她就在走廊盡頭，仍在優雅地滑行，試圖遠離他而去。

「喂——等一下——回來！」

灰衣貴婦決定停下來，飄浮在離地面幾吋的高度。根據她背後及腰的長髮和拖在地面上的斗篷，哈利猜想她很漂亮，但她也顯得很傲慢自大。哈利靠近她，認出曾經在走廊裡見過她幾面，但從來沒有交談過。

「妳就是灰衣貴婦嗎？」

她點點頭，沒說話。

「雷文克勞的駐塔幽靈？」

「正確。」

她的語氣一點也不親切。

「請幫個忙，我需要協助。我要知道與消失的王冕有關的消息。」

她彎了彎嘴唇，露出一個冷漠的微笑。

「恐怕我不能幫忙。」她轉身就要離開。

「慢著！」

哈利不想大吼大叫，但憤怒與驚慌使他幾乎失控。他趁她飄浮在面前時，瞥一眼手錶，距午夜十二點只差一刻鐘了。

「事情很緊急。」他焦急說，「如果王冕在霍格華茲，我必須找到它，要盡快。」

「你不是第一個垂涎那頂王冕的學生，」她輕蔑地說道，「歷代以來都有學生來煩我——」

「這不是為了爭取好成績！」哈利對她喊，「是佛地魔——打敗佛地魔——難道妳對這件事不感興趣？」

灰衣貴婦不會臉紅，但透明的臉頰變得比較不透光，她回答時聲音帶著怒意：

「我當然——你怎敢說這種話——？」

「好呀，那就幫我！」

她的神態不再泰然自若。

「問——問題不在於——」她有點口吃，「我母親的王冕——」

「妳**母親的**？」

她對自己的失言一副很不滿的模樣。

「我在世的時候，」她僵硬地說，「名叫海倫娜．雷文克勞。」

「妳是她**女兒**？那妳一定知道王冕的下落囉！」

「雖然那頂王冕號稱能賦予智慧，」她說，顯然在力持鎮定，「但我不認為它能幫助你擊敗那個自稱佛——」

「我不是告訴過妳，我根本不想戴它！」哈利急得快瘋了，「來不及解釋了——但如果妳在乎霍格華茲，如果妳想看佛地魔完蛋，就必須告訴我，妳所知道有關王冕的一切！」

她動也不動地飄浮在空中，低頭看著他，哈利不禁陷入深沉的絕望。當然，如果她知道任何事，一定都已經告訴過孚立維或鄧不利多了，他們也一定問過她相同的問題。哈利搖搖頭，決定轉身走開，但她用很小的聲音說：

「我從我母親那裡，偷走了那頂王冕。」

「妳——妳什麼？」

「**我偷了王冕**。」海倫娜．雷文克勞輕聲說，「我想讓自己變得比母親更聰明、更有地位，所以帶著它逃走了。」

他不知道自己是如何贏得她的信任，但也沒有問出口，只是用心聆聽。她繼續說：

「人家說，我母親始終不承認王冕不見了，假裝它還在她手上。她隱瞞自己的損失、我可怕的背叛，就連其他霍格華茲創辦人都不知情。

「後來我母親病了──是不治之症。雖然我那麼不成材，但她還是迫切想見我最後一面。她派了一個始終愛著我，向我求愛卻被我拒絕的男人來找我。她知道他永遠不會放棄，一定會找到我為止。」

哈利等待著。她深吸一口氣，仰起頭。

「他追蹤我到我藏身的森林。我不肯跟他回去，他變得很暴力。男爵的脾氣向來火爆，被我拒絕後，他勃然大怒，對我的自由又滿懷嫉妒，就刺了我一刀。」

「**男爵**？妳是指──？」

「血腥男爵，是的。」灰衣貴婦說，她掀起斗篷，露出雪白胸脯上一道深色的傷口，「他看到自己做了什麼，後悔得不得了。他拿起奪去我生命的武器，用它自殺。這麼多世紀以來，他都戴著鎖鍊以示懺悔……他也應該如此。」她恨恨地說。

「那……王冕呢？」

「我聽見男爵東砍西劈、穿過森林來找我的時候，我就把它藏了起來，現在還留在那裡，在一棵空心樹幹裡。」

「空心樹幹？」哈利重複說，「什麼樹？在哪裡？」

「阿爾巴尼亞的一座森林。那是個荒涼的地方，我認為它遠在我母親勢力範圍之外。」

「阿爾巴尼亞。」哈利重複。一片混亂之中，他的推理能力奇蹟似地恢復了，現在他明白，她為什麼會把這個不曾向鄧不利多或孚立維透露的消息告訴他。「這故事妳已經告訴過某人，對不對？另一個學生？」

她閉上眼睛，點點頭。

「我……不知道……他其實是……巴結我。當時他好像……很了解……很同情……」

是啊，哈利想，湯姆．瑞斗確實很能了解海倫娜．雷文克勞，那種妄想把自己難以擁有的知名寶物據為己有的渴望。

「這麼說吧，妳並不是第一個被湯姆．瑞斗套出秘密的人。」哈利喃喃說著，「如果他願意，他可以迷惑很多人……」

所以佛地魔設法從灰衣貴婦口中問出消失的王冕下落何方。他不遠千里去到那座偏遠的森林取回那頂王冕，可能在離開霍格華茲到波金與伯克氏工作之前，他就採取了行動。

多年後，那片遺世獨立的阿爾巴尼亞森林，是否也像個絕佳的避難所，讓佛地魔可以隱遁形跡達十年之久，完全不受干擾？

但那頂王冕變成他寶貴的分靈體後，就不可能再遺留在卑微的樹洞裡……不，王冕已經悄悄回到它真正的家，佛地魔一定把它藏在那裡——

「——他來求職的那天晚上！」哈利終於想通了。

「你說什麼？」

「他把王冕藏在城堡裡，就是他來求鄧不利多給他一份教職的那天晚上！」哈利說。大聲說出心裡的想法，幫他釐清了所有頭緒。「他一定是趁著出入鄧不利多的辦公室，在上樓或下樓途中把王冕藏起來的！但如果能得到那份工作，也很值得——那麼他就還有機會連騙帶偷，染指葛來分多寶劍——謝謝妳，多謝了！」

哈利讓她繼續帶著一臉極端困惑的表情飄浮在那裡。他繞過轉角，回到入口大廳，看了一眼手錶。距午夜只剩五分鐘了，雖然現在他知道最後一件分靈體是**什麼**，卻不見得能更快找到它的**下落**……

歷代學生都找不到王冕。換言之，它不在雷文克勞塔——但如果不在那裡，會在哪裡？湯姆．瑞斗在霍格華茲城堡內部找到什麼樣的藏匿場所，使他有把握永遠不怕被發現？

哈利沉浸在各種匪夷所思的猜測裡，心不在焉地轉了個彎。才走了幾步，忽然一陣震耳欲聾的碎裂聲響起。他左邊的窗戶被撞開了，他跳向一旁，一個巨大的軀體從窗子外面飛進來，撞上對面的牆壁。然後這個新來者又分裂出一個毛茸茸的大東西，唉唉低哼著向哈利撲來。

「海格！」哈利大叫，努力擺脫趴在腳下示好的巨型獵豬犬牙牙，「怎麼——？」

「哈利，你在這兒！**你在這兒！**」

海格彎下腰，匆匆給哈利一個足以折斷肋骨的擁抱，然後跑到破裂的窗口邊。

「好孩子，小呱啦！」他透過窗戶的破洞喊道，「咱們待會見啦，真是個好孩子！」

哈利從海格背後看見，黑暗夜色中的遠處亮起一片光，還聽見一種彷彿哀泣的怪聲。他低頭看一眼錶，剛好午夜，戰爭開始了。

「天啊，哈利。」海格喘著氣說，「時間到了嗎，嗄？開打了嗎？」

「海格，你從哪裡來的？」

「我們在山洞裡聽見『那個人』的聲音。」海格嚴肅地說，「聲音傳得很遠，不是嗎？『限你們午夜之前交出波特。』我就知道你一定在這兒，知道會發生啥事。**下來**，牙牙。所以我們趕來幫忙哩，我、呱啦，還有牙牙。牙牙和我從森林邊緣衝進來，呱啦扛著我們。我叫他把我放進城堡，他就把我從窗戶扔進來，上帝保佑他。不完全符合我的意思，但——榮恩和妙麗在哪兒？」

哈利說：「這真是個好問題，來吧。」

他們一起沿著走廊往前跑，牙牙在旁追趕。哈利聽見走廊裡到處都有動靜，奔跑的腳步聲、叫喊聲，他看到窗外黑漆漆的空地上有更多光芒閃動。

「我們要去哪兒？」海格喘著氣問，他在哈利身後大步追趕，地板都在震動。

「我還不太清楚，」哈利說，又隨便轉了個彎，「但榮恩和妙麗一定在附近。」

前方通道上，已出現戰爭的第一批傷患，從另一扇破窗飛來的惡咒劈碎了把守教職員休息室入口的兩個石像鬼，它們的殘骸在地板上掙扎。哈利跳過其中一顆掉落的頭顱，它有氣無力地呻吟道：「哦，別管我……讓我躺在這裡化成灰吧……」

它醜陋的石頭臉讓哈利忽然想起羅古德家那座羅威娜．雷文克勞雕像頭上的荒誕頭飾——然後又聯想到雷文克勞塔那尊雕像，它白色的鬈髮上有個石頭王冕……

他跑到走廊盡頭，第三尊石像的記憶浮上心頭，是個醜老巫師的雕像，哈利親手把一頂假髮和一個破舊不堪的頭冠戴在它頭上。哈利全身一震，就像喝了一口火燒威士忌，差點摔倒。

他終於知道分靈體在哪裡等著他……

誰也不信任、總是獨來獨往的湯姆．瑞斗，或許自大得以為只有他一個人能參透霍格華茲城堡最深奧的秘密。當然，像鄧不利多和孚立維那種模範生絕對不會涉足那個特別的地方，但哈利在學校經常有離群獨處的需求——終於有個秘密是只有他跟佛地魔知道，而鄧不利多不知道的——

他被芽菜教授驚醒。芽菜教授像陣旋風跑過，後面跟著奈威和其他五、六個人，大家都戴著耳罩，抱著看起來像是大型盆栽的東西。

「魔蘋果！」奈威邊跑邊回頭對哈利喊，「從牆上丟下去——保證他們不好受！」

現在哈利知道該去哪裡了。他以最快的速度奔跑，海格和牙牙在後面緊追不捨。他們經過一幅又一幅畫像，畫中人物也跟著他們跑，穿褶領與及膝馬褲、盔甲與斗篷的巫師和女巫，爭相擠進別人的畫框，尖聲報告城堡各處傳來的消息。他們來到這條走廊的盡頭時，整座城堡都搖晃起來，強大的爆炸力把一個大花瓶從台座上炸了下來，哈利知道是一股比所有老師與鳳凰會成員都更恐怖的魔法力量攫住了它。

「不要怕，牙牙——不要怕！」海格喊道，但碎瓷片像砲彈碎片般在空中飛舞，那頭虛有其表的大獵豬犬拔腿狂奔。海格大步去追受驚的狗，丟下哈利一個人。

哈利在搖晃的走廊裡繼續前進，把魔杖舉在身邊待命。畫中的小騎士卡多甘爵士陪他走了一整條走廊，從一幅畫跑進另一幅畫，身上的盔甲哐噹作響，聲嘶力竭地為他打氣，他那匹胖嘟嘟的小馬用小跑步跟在後面。

「吹牛大王、惡棍、走狗、無賴，趕他們出去，哈利波特，叫他們滾蛋！」

哈利匆匆彎進另一條走廊，看見弗雷和一小群學生，包括李．喬丹和漢娜．艾寶，站在另一個空了的台座旁邊。這裡本來有座雕像，用來遮住一條秘密通道的入口。他們抽出魔杖，專心聆聽通道裡的動靜。

「好個適合作戰的晚上！」弗雷喊道，城堡又搖晃了一次，哈利快步跑過，心中既興奮又害怕。他從另一條走廊衝過，到處是貓頭鷹，拿樂絲太太嘶嘶低吼，揮著爪子企圖抓傷牠們，無疑是想把牠們趕回該待的地方……

「波特！」

阿波佛．鄧不利多擋住前方去路，魔杖舉得高高的。

「好幾百個小孩從我酒吧裡跑過，波特！」

「我知道，我們在疏散。」哈利道，「佛地魔——」

「——發動攻擊，因為他們不肯把你交出去，是的。」阿波佛說，「我不是聾子，整個活米村都聽見他喊話。你們難道沒想到，可以留下幾個史萊哲林的學生當人質？你們剛才把好些食死人的孩子送到安全的場所，把他們留下豈不更聰明？」

「這麼做是擋不住佛地魔的，」哈利說，「而且你哥哥絕不會這麼做。」

阿波佛冷冷哼了一聲，快步走開。

你哥哥絕不會這麼做……嗯，這是事實，哈利一邊這麼想，一邊繼續向前跑。鄧不利多連石內卜都保護了那麼久，所以絕對不可能拿學生當肉票……

哈利以滑壘的動作繞過最後一個轉角，迎面看見兩個人，不禁既鬆了一口氣，卻又生氣地大叫了一聲。來的是榮恩和妙麗，兩人各抱著一堆骯髒、彎曲的黃色物品，榮恩腋下還夾著一根掃帚。

「你們**到底**跑哪裡去了？」哈利叫道。

「密室。」榮恩說。

「密——**什麼？**」哈利說，在他們面前戛然停下。

「是榮恩，全是榮恩的點子！」妙麗興奮地說，「是不是精采極了？你離開後，我們在那裡，我就對榮恩說，就算其他幾個通通找到，又要怎麼毀掉它們？我們連那個杯子都解決不了！然後他就想到了！蛇妖！」

「什麼——？」

「消滅分靈體呀。」榮恩簡潔地說。

哈利的眼光落在榮恩和妙麗緊抱在手中的那些東西，現在他看明白了，是從死去的蛇妖枯骨上拆下來的彎曲巨牙。

「但你們怎麼進得去呢？」他問，目光從蛇牙轉到榮恩身上，「你必須會說爬說語呀！」

「他會說！」妙麗小聲說，「示範給他看，榮恩！」

榮恩發出一種脖子被掐著似的恐怖嘶嘶怪聲。

「你就是這樣打開小金匣的。」他帶著歉意告訴哈利，「我試了幾次才弄對，但是，」他謙虛地聳聳肩膀，「最後我們還是進去了。」

「他真是**棒透了！**」妙麗說，「棒透了！」

「所以……」哈利努力趕上他們說的東西。「所以……」

「所以我們又破壞了一個分靈體。」榮恩說，他從外套裡取出被砸爛的赫夫帕夫金杯殘骸，「妙麗刺破的，我想該輪到她下手，她還沒機會享受這種樂趣呢。」

「真天才！」哈利喊道。

「沒什麼啦。」榮恩說，但他一副志得意滿的表情，「你那邊有什麼新消息？」

正當他這麼說的時候，頭頂上傳來爆炸的巨響，三人一起抬頭望，天花板上灰塵嘩啦啦落了下來，遠處還傳來一聲慘叫。

「我已經知道王冕長什麼樣子了，也知道它藏在哪裡。」哈利以很快的速度說，「就是我藏那本舊魔藥學課本的地方。幾百年來，大家都把東西藏在那裡，他還以為只有他找得到。來吧。」

牆壁又開始搖晃，他帶著其他兩人穿過秘密入口，下了樓梯進入萬應室。房間裡空盪盪的，只有三個女生，金妮、東施，還有一個戴著一頂蟲蛀帽子的老女巫，哈利立刻認出她是奈威的奶奶。

「啊，波特。」她立刻說，好像一直在等他似的，「你可以告訴我們外面情況如何嗎？」

「所有人都好嗎？」金妮和東施異口同聲地問道。

「就我們所知，都很好。」哈利說，「往豬頭酒吧的通路上還有人嗎？」

他知道，如果還有人在萬應室裡，房間就無法轉換。

「我是最後一個過來的。」隆巴頓太太說，「我把它封了起來，我想阿波佛離開酒吧以後，讓它開著是不智之舉。你有見到我的孫子嗎？」

「他在作戰。」哈利說。「那是當然。」老太太自豪地說，「恕我失陪，我必須去幫他。」

她以驚人的速度快步走向石砌的樓梯，哈利看了一眼東施。「我還以為妳留在娘家陪泰迪？」

「我受不了什麼都不知道——」東施的表情很痛苦，「我母親會幫我照顧孩子——你有看見雷木思嗎？」

「他計畫率領一群戰士到校園空地——」

東施一言不發，立刻離開。

「金妮，」哈利說，「對不起，但我們也要請妳離開。一會就好，妳馬上就可以回來。」

金妮對於有藉口離開這個避難所，似乎再高興不過了。

「妳馬上就可以回來！」哈利在金妮背後喊道，但她卻追在東施身後，一起上了樓梯。

「**妳一定要回來！**」

「等一下！」榮恩急著說，「我們還忘了一些人！」

「誰？」妙麗問。

「家庭小精靈，他們在廚房裡，不是嗎？」

「你是說，我們該派他們去作戰？」哈利問。

「不。」榮恩嚴肅地說，「我是說，我們該叫他們離開。我們不需要製造更多的多比，不是嗎？我們不能命令他們為我們而死——」

一陣劈哩啪啦響，妙麗手中的蛇妖牙齒全掉在地上。她跑到榮恩面前，嘴對嘴給他一個熱吻。榮恩也把手中的蛇牙和掃帚扔掉，熱烈回應，熱烈到把妙麗從地上舉了起來。

「這時候適合做這種事嗎？」哈利無力地問道，但只見榮恩與妙麗抱得更緊，身體還輕輕搖擺，他不得不提高聲音喊：「**喂！**外面在打仗呢！」

榮恩跟妙麗總算分開，但手臂仍纏繞在一起。

「我知道，兄弟。」榮恩看起來就好像後腦勺剛被搏格打中似的，「但是錯過現在，就沒有將來，不是嗎？」

「別鬧了，分靈體怎麼辦？」哈利大聲說，「你們可以——可以忍耐到我們拿到王冕嗎？」

「是啊——好啊——對不起——」榮恩說，他跟妙麗把蛇牙撿起來，兩個人臉頰都紅通通的。

三人回到樓上走廊。很明顯地，他們待在萬應室的這段期間中，城堡裡的戰況已急轉直下，牆壁和天花板搖搖欲墜，空氣裡滿是灰塵。透過最近的窗戶，哈利看見紅、綠兩色的光芒已逼進城堡腳下，他知道食死人即將攻進城堡裡了。哈利低頭一看，看到巨人呱啦迂迴跑過，手中甩著一個像是從屋頂拆下來的石像鬼的東西，非常不高興地大聲咆哮著。

「真希望他踩死幾個敵人！」榮恩說，附近傳來幾聲慘叫。

「只要不是踩死我們的人就好了！」一個聲音說。哈利回頭，看見金妮和東施，兩人都舉著魔杖，站在隔壁窗口，那扇窗已經少了幾塊玻璃。就在他看著的這個當下，金妮已經對下面混戰的一群鬥士，發出一個精準的惡咒。

「好女孩！」有個人穿過灰塵向他們跑來，哈利再次見到阿波佛，他灰髮飛揚，率領一小群學生通過。「看來他們即將攻陷北城垛，他們帶了自己的巨人來！」

「你有看見雷木思嗎？」東施在他背後喊道。

「他本來在跟杜魯哈對打。」阿波佛叫道，「後來我就沒再見到他！」

「東施，」金妮說，「東施，我相信他不會有事——」

但東施已經追著阿波佛身後，衝進滾滾塵煙中。

金妮無助地轉身面對哈利、榮恩和妙麗。

「他們不會有事的。」哈利說，雖然他知道這都是空話，「金妮，我們馬上就回來，避開這裡，注意安全——來吧！」他招呼榮恩和妙麗，他們跑回牆邊，萬應室在牆後等待，準備滿足下一個使用者的要求。

我需要一個藏所有東西的地方。哈利在腦海裡向它祈求，他們第三趟跑過時，那扇門出現了。

他們一走進門，就把身後的門關上，所有戰鬥的嘈雜聲頓時都消失了，只剩下寂靜。他們站在一個有大教堂那麼寬廣，乍看像座城市的地方，所有的高樓都是歷年來數以千計學生藏匿的物品所堆砌而成。

「他從來沒想到會有**別人**進來嗎？」榮恩說，他的聲音在寂靜中掀起迴音。

「他以為只有他。」哈利說，「我也有需要藏東西的時候，對他而言真是太不幸了……這邊走。」他補充說，「我想是這個方向……」

他走過山怪標本和跩哥．馬份去年修理好、釀成大禍的消失櫥櫃，然後開始猶豫，打量著前前後後的垃圾物品，他想不起來接下來該怎麼走……

「速速前，王冕。」妙麗無計可施地喊道，但沒有任何東西破空向他們飛來。這房間就像古靈閣的地下金庫，不會那麼輕易就把隱藏的物品交出來。

「我們分頭進行。」哈利對兩名同伴說，「找一座戴著假髮和頭冠的老頭子半身石像！擺在一個櫥櫃頂上，而且一定就在附近……」

他們分頭向鄰近的走道快步走去。哈利聽見其他兩人的腳步聲在堆得比山還高的垃圾間迴響，這裡有瓶子、帽子、木箱、椅子、書本、武器、掃帚、球棒……

「一定就在附近。」哈利喃喃自語，「在哪裡呢……在哪裡呢……」

他越走越深入這座迷宮，找尋前一次進入這房間時的物品。他的耳朵裡聽見自己的呼吸聲，然後他的心臟開始狂跳。就在那裡，正前方，表面起泡的老櫥櫃，裡頭藏著他用過的魔藥學舊課本。櫥櫃頂上有座千瘡百孔的老巫師雕像，戴了頂滿是灰塵的舊假髮，還有一頂看起來陳舊、褪色的頭冠。

雖然距離還有十呎遠，但他的手已經伸了出去，此時背後忽然傳來一個聲音：「慢著，波特。」

他戛然止步，轉過身來。克拉與高爾並肩站在他後面，用魔杖指著他。透過他們兩人獰笑臉孔中間的縫隙，他看見了跩哥．馬份。

「你拿的那根是我的魔杖，波特。」馬份從克拉與高爾中間的空隙，伸出手上的魔杖說。

「已經不是你的了。」哈利喘著氣說，握緊手中的山楂木魔杖，「勝者得之，馬份。你那把魔杖又是誰借你的？」

「我母親。」跩哥說。

哈利哈哈大笑，儘管當前的形勢並不怎麼好笑。他聽不見榮恩和妙麗的聲音，他們似乎為了找尋王冕，已經走到聽不見這頭聲音的地方。

「你們三個怎麼不去投奔佛地魔？」哈利問。

「我們會得到獎賞。」克拉說，他的聲音對塊頭這麼大的人而言，實在輕柔得令人訝異。從前哈利幾乎沒聽過他說話，克拉笑得像聽見人家承諾要給他一袋糖果的小孩。「我們留在後面，波特。我們決定留下，要抓你去交給他。」

「好計畫。」哈利嘲弄地故作佩服。他無法相信，已經這麼接近目標，卻被馬份、克拉與高爾阻撓。他開始不露聲色，朝斜戴在那座胸像頭上的分靈體慢慢後退。只要能在戰鬥開始前，拿到那個東西……

「那你們是怎麼進來的？」他問道，試圖轉移他們的注意。

「去年一整年，我等於是住在這個藏東西的房間裡。」馬份的聲音很尖銳，「我當然有辦法進來。」

「我們躲在外面的走廊裡。」高爾的聲音很低沉。「現在我們會滅幻咒！然後，」他咧開嘴，露出一個沒頭沒腦的傻笑，「你忽然出現在我們面前，說要找一個『完麵』！『完麵』是什麼玩意？」

「哈利？」哈利右側的牆後忽然傳來榮恩的聲音，「你在跟誰說話嗎？」

克拉動作極快，用魔杖指向那座高達五十呎，塞滿舊家具、破皮箱、舊書、袍子及其他無法辨識物品的小山，喊道：「低低降！」

那道牆開始搖晃，然後往榮恩站的那側倒塌下去。

「榮恩！」哈利大喊。從看不見的地方傳來妙麗的尖叫，哈利聽見不計其數的物品掉落在牆壁那頭的地上。他用魔杖指著殘餘的牆壁，喊道：「止止！」使它穩定下來。

「不要！」馬份喊道，拉住克拉的手臂，讓他不要重複施咒，「你如果把整個房間砸掉，搞不好連他那個什麼王冕也被埋進裡頭！」

「有什麼關係？」克拉抽出手臂，「黑魔王要的是波特，誰在乎什麼完麵？」

「波特特地來拿它。」馬份對同伴智商不足的不耐煩表露無遺，「這就代表——」

「『代表』？」克拉轉身面對馬份，惡狠狠地說，「誰在乎你怎麼想？我再也不聽你的命令了，**跩哥**。你跟你老爸都完蛋了。」

「哈利？」榮恩在廢棄物牆壁後面再次喊道，「到底怎麼回事？」

「哈利？」克拉模仿，「怎麼回事——**不要**，波特！咒咒虐！」

哈利已撲向那頂王冠，克拉的詛咒沒有擊中他，卻命中那座半身石像。石像飛到半空中，王冕也向上飛去，然後跟石像一起掉在一堆雜七雜八的物品中。

「**住手！**」馬份對克拉大聲喊道，他的聲音在大房間裡迴盪，「黑魔王要的是活口——」

「又怎樣？我沒要殺他，不是嗎？」克拉吼道，甩開馬份試圖制止他的手臂，「但如果我能，我會殺了他，反正黑魔王早晚要取他性命，有什麼不——？」

一道紅光以毫釐之差從哈利身旁飛過，妙麗從他背後的轉角跑過來，正對克拉頭部發出一道昏擊咒。若非馬份把他拉開，本來可以命中的。

「是那個麻種！啊哇呾喀呾啦！」

哈利看見妙麗向一旁閃避，克拉竟動用索命咒，令他大為憤怒，當下所有其他念頭都被拋到一旁。他對克拉發出昏擊咒，克拉往旁邊一閃，撞掉了馬份的魔杖，魔杖滾到堆積如山的家具與箱子底下，消失了蹤影。

「不要殺他！**不要殺他！**」馬份對瞄準哈利的克拉與高爾大吼，他們遲疑的短短一瞬間，就是哈利行動的良機。

「去去，武器走！」

高爾的魔杖脫手而飛，消失在他身旁堆積如山的物品裡。高爾愚蠢地撲過去，企圖取回魔杖。馬份剛跳出妙麗第二次發射昏擊咒的攻擊範圍，榮恩也忽然在走道另一頭現身，對克拉發射全身鎖咒，但差了一點，沒能命中。

克拉猛力轉身，再次尖聲喊道：「啊哇呾喀呾啦！」榮恩跳出視線，閃躲那道綠光。沒有了魔杖的馬份，躲在一座三隻腳的衣櫃後面，妙麗衝過來，途中用昏擊咒擊中高爾。

「就在這附近！」哈利對她喊道，指著舊王冠墜落的那堆垃圾，「妳先找一下，我去幫榮——」

「**哈利！**」她尖叫。

身後傳來一波隆隆巨響，給他短暫的警告。他轉身只見榮恩和克拉沿著走道，沒命地朝他們這方向跑過來。

「熱得舒服嗎，人渣？」克拉邊跑邊吼。

但他好像無法控制自己施展的魔法。一股龐大的烈焰追著他們，兩旁的垃圾牆都被火焰吞捲，所經之處牆壁倒塌，漸漸化為焦炭。

「水水噴！」哈利大叫，但魔杖尖端噴出的一道水箭，不一會就被蒸發了。

「**快跑！**」

馬份抓住被昏擊得昏沉沉的高爾，拖著他往外跑。克拉則跑得比誰都快，一副嚇壞了的模樣。哈利、榮恩和妙麗緊跟在他後面，火焰追逐著他們。這不是一般的火，克拉使用的是一種哈利完全不曉得的詛咒。他們轉彎的時候，火焰仍追著不放，好像有生命、有知覺，蓄意要殺死他們。現在火焰開始變形，幻化成一群巨大的火獸，有著了火的毒蛇、獅面龍尾羊還有龍，不斷生生滅滅，起起落落。百年垃圾成為牠們的獵物，被利爪拋向空中，送入血盆大口，然後被地獄的烈焰吞噬。

馬份、克拉與高爾已不見蹤影，但哈利、榮恩與妙麗卻進退不得。烈焰怪獸將他們團團圍住，揮舞著爪牙、尖角和尾巴，步步進逼，環繞著他們的熱度像實體的牆壁一般牢不可破。

「我們該怎麼辦？」妙麗在火焰震耳欲聾的咆哮聲中叫道，「我們該怎麼辦？」

「接著！」

哈利從最近的一堆舊東西裡，挑出兩根看起來很沉重的掃帚，把其中一根扔給榮恩。榮恩把妙麗拉上掃帚，讓她坐在自己背後。哈利跨腿騎上另一根掃帚，一蹬地面，他們就飛入空中。一隻長角的火焰猛禽對他們張開尖喙，卻差了幾呎沒咬到。煙霧與熱氣籠罩了一切，下方的詛咒之火大肆吞噬了歷代學生被通緝的走私物品、數以千計禁忌實驗的罪惡成果，還有不計其數在這個房間尋求庇護的靈魂秘密。哈利找不到馬份、高爾和克拉，他鼓起勇氣儘可能低飛，從恣意破壞的火魔上空掠過，希望能找到他們，但除了火焰，什麼也沒有。這種死法太可怕了……他從來沒有想過……

「哈利，我們出去吧，我們出去吧！」榮恩喊道，不過濃煙遮眼，根本看不見門在哪裡。

這時哈利在一片可怕的混亂與轟如雷鳴的火焰怒吼聲中，聽見一個悽慘、微弱的人類呼聲。

「太——危——險——了——！」榮恩大吼，但哈利卻在空中轉身。眼鏡提供他少許遮擋煙霧的保護，他細細觀察下方的烈火風暴，找尋生命跡象，以及還沒有被燒成焦炭的手臂或臉……

他看見他們了，馬份抱著昏迷的高爾，兩人蹲踞在幾張燒焦書桌堆成的高塔上，哈利俯衝下去。馬份見他過來，立刻舉起一隻手臂，但哈利一抓住就知道行不通，高爾太笨重，馬份又滿手汗水，他的手立刻從哈利手中滑脫——

「**如果你害我們為他們送命，我會殺了你，哈利！**」榮恩咆哮。一頭滿身烈焰的巨大獅面龍尾羊向他們撲來，他和妙麗連忙把高爾拖上他們的掃帚，東倒西歪地再度升空，馬份則爬上哈利的掃帚，坐在他背後。

「門口，到門口去，門口！」馬份湊在哈利耳邊尖叫。哈利加速前進，追在榮恩、妙麗和高爾後面，穿過令人幾乎無法呼吸的洶湧黑煙。正在他們周圍狂歡慶祝的詛咒之火中的怪獸，把最後幾件還沒燒毀的物品拋入半空，杯子、盾牌、閃閃發光的項鍊，還有一頂褪色的舊頭冠——

「**你幹什麼，你幹什麼？門口在那個方向！**」馬份尖叫，但哈利卻來個一百八十度大轉彎俯衝下去。頭冠彷彿以慢動作墜落，向張開大口的火毒蛇口中落去，不斷翻滾、發出光芒，然後他抓住了它，把它套在手腕上——

火蛇向他撲來，哈利再轉個身，凌空而起，向他祈禱是門口所在的方向直飛而去。榮恩、妙麗和高爾都不見了，馬份不斷尖叫地緊抱著哈利，勒得他肋骨發痛。總算飛出濃煙後，哈利看見牆上有個方塊，撥轉掃帚直飛過去，不久他就吸到了新鮮的空氣，接著撞上走廊對面的牆壁。

馬份從掃帚上摔下來，臉朝下趴在地上喘息，並發出咳嗽和乾嘔聲。哈利翻身坐起，萬應室的門消失了，榮恩和妙麗也坐在仍然不省人事的高爾身旁喘氣。

「克——克拉，」馬份一恢復說話的能力，就結結巴巴地說，「克——克拉……」

「他死了。」榮恩毫不留情地說。

一陣沉默，只聽見喘氣和咳嗽聲。然後一連串隆隆撞擊聲撼動了城堡，一群透明的騎士疾奔而過，他們把自己的頭顱挾在腋下，一路叫罵喊殺。無頭騎士狩獵隊經過時，哈利蹣跚地站起來張望一下左右，戰爭仍在四面八方進行。除了那批撤退的幽靈，他還聽見更多慘叫聲，心情又慌張起來。

「金妮在哪裡？」他焦慮地問，「她本來在這裡，她應該回萬應室去的。」

「天啊，你想，那房間燒過以後還能用嗎？」榮恩問，但他也站了起來，揉揉胸膛，東張西望了一下。「要不要我們分頭去找——？」

「不要。」妙麗站起來說。馬份和高爾仍無助地躺在走廊地板上，他們都沒有魔杖。「我們守在一起——哈利，你手裡拿的是什麼？」

「什麼？哦，對了——」

他取下手腕上的王冕，高高舉起。它還有點燙手，被煤煙燻得墨黑，但細看還能辨識鐫刻在上面的小字：無盡的智慧是人類最大的財富。

突然有種黑乎乎、黏搭搭像是血液的物質，從王冕裡流出來。哈利忽然感覺這東西一陣劇烈震動，接著就在他手中斷裂開來，同時他好像還聽見一陣微弱、遙遠的痛苦尖叫，不是從外面的空地或城堡某處傳來的迴音，而是來自這個剛在他手心裡碎裂的東西。

「一定是惡魔之火！」妙麗瞪著那些碎片低聲驚呼。

「什麼？」

「惡魔之火——詛咒之火——它也是可以破壞分靈體的東西之一，但我永遠、永遠不敢使用它，太危險了。克拉怎麼會知道如何——」

「或許是跟卡羅兄妹學的。」哈利陰沉地說。

「可惜他們教他如何使它停止時，他沒有專心聽課，真是的。」榮恩說，他的頭髮像妙麗一樣都燒焦了，臉也燻黑了。「要不是他企圖殺死我們，他死了我還滿難過的。」

「但你們沒想到嗎？」妙麗小聲說，「這代表，我們只要再解決那條蛇——」

她的話忽然停住，因為走廊裡忽然傳來一片吶喊、尖叫和清晰的打鬥聲。哈利的心跳幾乎停頓，莫非食死人已滲透到霍格華茲內部？這個時候弗雷與派西進入他們的視線之中，兩人都在跟戴著面具與帽兜的人作戰。

哈利、榮恩與妙麗跑上前助陣。一道道閃光飛向四方，跟派西對決的人快速退後，他的兜帽滑落，他們看見一個高高的額頭和亂糟糟的頭髮——

「哈囉，部長！」派西大吼，對希克泥發出一招乾淨俐落的惡咒，使他丟下魔杖，伸手抓住前襟，露出一副非常不舒服的模樣，「我有沒有跟你提過，我要辭職？」

「你在說笑話耶，派西！」弗雷喊道，跟他對打的食死人，在三招來自不同方向的昏擊咒攻擊之下不支倒地。而倒在地上的希克泥，全身還冒出一根根肉釘子，看起來活像個海膽。弗雷開心地望著派西。

「你真的**在**說笑話，派西……好久沒聽你說笑話了，自從你——」

空氣忽然炸裂開來。哈利、榮恩、妙麗、弗雷、派西，還有他們腳下的兩個食死人（一個被昏擊，另一個被變形）本來全都聚在一起，以為危險暫時遠去了，但就在那一瞬間，世界卻突然四分五裂。哈利的身體飛了出去，他只能用手臂護住頭部，盡量抓緊一根細細的木棒，也就是他僅有的武器。他聽見同伴尖叫、喝叱，卻無法知道他們發生了什麼事——

然後周遭的世界變得痛苦、昏暗，他半個人埋在遭受可怕攻擊而泰半倒塌的走廊廢墟裡。冷空氣告訴他，這半邊城堡被炸飛了，而臉頰上熱呼呼的黏膩感，則讓他知道自己流了很多血。然後他聽見一聲淒厲的哭喊，將他的五臟六腑抽緊，那哭聲裡的痛苦，絕非火焰、詛咒所能造成。他搖晃著站起身，這是一天當中他最害怕的一刻，甚至可能是他一生中最害怕的一刻……

妙麗也掙扎著從瓦礫中站起，看見三個紅髮男子圍在被炸飛的牆壁原處。哈利拉住妙麗的手，他們一腳高、一腳低地跨過碎石和木片。

「不——不——不！」有人在大喊，「不！弗雷！不！」

派西搖晃著弟弟，榮恩跪在他倆身旁，弗雷瞪大眼睛，卻什麼也看不見了，他最後一聲哈哈大笑的影子還留在臉上。

32 接骨木魔杖

世界已到了末日，為什麼戰爭還沒結束？城堡還沒在恐懼中歸於沉寂？戰鬥者還沒全數放下武器？哈利的心成了自由落體，一路失控翻騰，無法理解這不可能的結果。弗雷．衛斯理不可能會死，一定是他所有的感官都在撒謊——

然後一具人體從學校側面被炸出的大洞掉進來，詛咒從黑暗中向他們飛來，擊中他們背後的牆壁。

「趴下！」哈利喊道，更多詛咒從暗夜裡飛來，他跟榮恩一起抓住妙麗，拉她臥倒在地上，但派西卻趴在弗雷的屍體上，保護他不受更多傷害。哈利大吼：「派西，過來，我們得離開！」他卻拚命搖頭。

「派西！」哈利看見眼淚從榮恩髒兮兮的臉上流下，他抓住哥哥的肩膀，用力拉扯，但派西就是不肯聽話。「派西，你不能再替他做什麼了！我們要去——」

妙麗尖叫一聲，哈利回頭一看，不需要任何解釋。一隻如小型汽車般大小的可怕蜘蛛正嘗試從牆上一個大洞爬進來，阿辣哥的子孫也加入了戰役。

榮恩和哈利同聲大叫，他們的咒語撞在一起，那隻怪物向後被炸飛，許多隻腳瘋狂抖動，然後消失在黑夜裡。

「牠還帶了同伴！」哈利向其他人喊道，他從詛咒在牆上炸出的洞口察看城堡邊緣，更多巨型蜘蛛正沿著建築物側面爬上來，都是從禁忌森林跑出來的，顯然食死人已滲透到那裡。哈利向下發射昏擊咒，領頭的怪物跌到同伴身上，大蜘蛛一隻接一隻從建築物上滾落，掉到看不見的地方。然後有更多詛咒在哈利頭頂飛過，近得讓他可以感覺它們的力量吹得他頭髮飛揚。

「我們走，就趁**現在！**」

哈利把妙麗和榮恩往前一推，彎下腰從腋下托住弗雷的屍體。派西意識到哈利想做什麼，因此不再抱緊屍體，轉而動手幫忙。他們一起採取蹲姿，免得被下面飛來的詛咒擊中，接著把弗雷挪到一旁。

「這裡。」哈利說。他們把他放在一個原來陳列甲胄的壁龕裡，他不忍心再多看弗雷一眼，確認屍體藏好後，他就去追趕榮恩和妙麗。馬份和高爾已經失蹤了，他看見滿地灰塵和落石、窗上玻璃也已掉光的走廊盡頭，很多人正跑來跑去，但看不出那些人是敵是友。轉個彎，派西暴喝一聲：「**羅克五！**」就向一個正在追逐兩名學生的高個子男人狂奔過去。

「哈利，這裡！」妙麗喊道。

她已經把榮恩拉到一張掛毯後面。他們好像在摔角，撲朔迷離的一瞬間，哈利還以為他們又在摟摟抱抱，然後他看清妙麗是在努力拉住榮恩，不讓他跟在派西身後跑去。

「聽我說——**聽著，榮恩！**」

「我要去幫忙——我要殺食死人——」

榮恩扭曲著臉，滿臉灰塵黑煙，因為憤怒和悲傷而全身都在顫抖。

「榮恩，只有我們能結束這一切！拜託——榮恩——我們需要那條蛇，我們必須殺死那條蛇！」妙麗說。

但哈利了解榮恩的心情，追尋另一個分靈體已經不能滿足復仇的欲望。他也想去作戰，懲罰他們，懲罰那些殺死弗雷的人。他還想去找其他衛斯理家的人，最重要的是，他想確認金妮沒有——但他根本不准自己有這樣的念頭——

「我們**一定會**戰鬥！」妙麗說，「為了接近那條蛇，我們非戰鬥不可！但我們現在不能放棄——分內的工作！只有我們能結束一切！」

妙麗也在哭，她邊說邊用燒焦的破衣袖擦臉，然後她深吸一口氣，讓自己冷靜下來。妙麗仍緊緊抓著榮恩，轉身對哈利說：

「我們需要知道佛地魔在哪裡，因為他會跟那條蛇在一起，不是嗎？試試看，哈利——看進他的心！」

為什麼這麼容易？難道是因為他的疤已經痛了好幾個小時，渴望為他展示佛地魔的思緒？她一聲令下，他就閉上眼睛，尖叫聲、撞擊聲和所有戰鬥的雜音都被掩蓋，變得非常遙遠，好像他站在很遠、很遠的地方……

他站在一個荒廢但卻出奇熟悉的房間裡，牆上壁紙剝落，所有窗戶都釘上木板，只有一扇例外。進攻城堡的聲音微弱而遙遠，唯一沒被釘住的窗戶，可以望見遠處城堡所在的位置不斷迸出亮光，但房間裡很黑，只點了盞油燈。

他用手指轉著魔杖，看著它在手中滾動。他想著城堡裡的那個房間，只有他找得到的房間，那個房間就跟密室一樣，必須非常聰明、狡猾、充滿好奇，才找得到……他確信那個男孩一定找不到王冕……雖然這個鄧不利多的小木偶，進展遠比他預期……遠太多了……

「我的主人。」一個絕望而沙啞的聲音說。他回過頭，衣衫襤褸的魯休思．馬份坐在最黑暗的角落裡。那個男孩脫逃後他受懲罰的傷痕還在，他一隻眼睛仍然浮腫緊閉，「我的主人……求求您……我的兒子……」

「如果你的兒子死了，魯休思，那可不是我的錯。他沒有像其他史萊哲林的學生一樣來加入我，說不定他決定跟哈利波特做朋友？」

「不——不可能的。」馬份喃喃說。

「你最好希望不要發生這種事。」

「我的主人，難道——難道您不擔心，波特死在別人手中嗎？」馬份問，他的聲音在顫抖。「難道不該……原諒我……取消這場戰鬥，由您——您親自到城堡裡去找他，比較萬無一失嗎？」

「別裝了，魯休思。你希望停戰，這樣你才有機會知道你兒子發生了什麼事。我不需要去找波特，今晚結束之前，波特自己會來找我。」

佛地魔低頭再看一眼手中的魔杖。這讓他不安……讓佛地魔王不安的事，一定要設法解決……

「去把石內卜叫來。」

「石內卜，我的——我的主人？」

「石內卜。快去，我需要他。我要他的——服侍——快去。」

膽戰心驚的魯休思跌跌撞撞，從陰影裡走出來，離開了這個房間。佛地魔仍然站在那裡，用手指撥弄著魔杖，盯著它看。

「這是唯一的辦法，娜吉妮。」他低聲說，然後看了一下四周，那條粗壯的巨蛇懸在半空中，在他為牠創造的魔法空間裡優雅地扭動著。那是個星光閃耀的透明圓球，像個發光的籠子，也像個魚缸。

哈利吁了口氣退回來，他睜開眼睛，發覺耳中立刻充滿戰鬥的呼嘯喊叫、東西破碎和撞擊的聲音。

「他在尖叫屋。蛇跟他在一起，牠周圍有某種魔法保護。他剛派魯休思．馬份去找石內卜。」

「佛地魔坐在尖叫屋？」妙麗氣沖沖說，「他──他甚至沒參加**作戰**？」

「他不認為他需要作戰，」哈利說，「他認為我會去找他。」

「但是為什麼呢？」

「他知道我在找分靈體──他把娜吉妮留在身邊──顯然我非得去找他，才能接近那個東西──」

「這就對了。」榮恩挺起肩膀說，「所以你不能去，去了就正合他心意，落入他的算計。你留在這裡照顧妙麗，我去處理那條蛇──」

哈利打斷榮恩。

「你們兩個留下，我穿隱形斗篷去，我會盡快回來，只等──」

「不行。」妙麗說，「我穿隱形斗篷去比較合理──」

「想都別想。」榮恩向她怒吼。

妙麗還想繼續往下說，但才說出：「榮恩，我能力夠──」他們所在的那段樓梯頂端的掛幔忽然撕裂開來。

「**波特！**」

兩個戴面具的食死人站在那裡，但他們的魔杖還沒來得及舉高，妙麗已經喊出：

「光光滑！」

他們腳下的階梯忽然被拉平，樓梯變成了滑梯，她與哈利和榮恩急滑而下，無法控制自己的速度，食死人的昏擊咒則從他們頭頂飛過。他們穿過樓梯底部隱藏著入口的掛幔，在地板上轉了幾圈，隨即撞上對面的牆壁。

「硬硬堅！」妙麗用魔杖指著喊道，隨即傳出兩聲響亮而令人不快的喀嚓聲，掛幔變成了石板，把追趕他們的食死人撞昏倒地。

「退後！」榮恩喊道，他、哈利與妙麗貼門而立，麥教授正趕著一大群奔跑的書桌，轟隆轟隆地從他們面前經過。她披頭散髮，臉上還劃破一道傷口，顯然沒看見他們。她跑過轉角後，他們還聽見她喊：「**衝鋒！**」

「哈利，你穿上隱形斗篷。」妙麗說，「別管我們——」

但哈利甩開斗篷把三人都罩住，雖然他們體積龐大，但空氣裡塵土飛揚，不時有亂石墜落、咒語閃光，他不認為會有人注意到他們沒有身體的腳。

他們跑到下一道樓梯口，發現走廊裡有許多人正在捉對廝殺。戴面具或沒面具的食死人跟學生或老師大打出手，兩旁掛的畫框裡擠得水洩不通，都在高聲提供忠告或喝采。丁贏得一根魔杖，正迎戰杜魯哈，而芭蒂則正在跟崔佛決鬥。哈利、榮恩和妙麗同時舉起魔杖準備攻擊，但決鬥者不斷穿梭，跳來跳去，如果發出詛咒，很可能傷到自己人。就在他們全心戒備、找尋行動機會的當下，傳來一陣「**咿咿咿咿咿咿咿咿咿咿咿**

咿！」的怪叫，哈利抬頭看見皮皮鬼颼地從他們頭頂飛過，把食肉藤豆莢丟在食死人身上，讓他們的臉忽然蓋滿不停扭動、像胖毛毛蟲的綠色塊莖。

「哎呀！」

一把塊莖落在榮恩頭頂的隱形斗篷上，黏糊糊的綠色塊莖令人難以置信地懸浮在半空中，榮恩連忙設法把它們甩掉。

「這裡有隱形人！」一個戴面具的食死人用手指著大喊。

丁充分把握食死人一時分神的機會，用昏擊咒把他打得不省人事。杜魯哈企圖報復，但芭蒂對他發射了全身鎖咒。

「**我們走！**」哈利喊道，三人一起把隱形斗篷裹緊，低下頭從打鬥的人群中疾衝而過，途中踩在一攤食肉藤的汁液上，差點滑一跤，然後便向通往入口大廳的大理石樓梯跑去。

「我是跩哥．馬份。我是跩哥，我跟你們是同一邊的！」

跩哥站在樓梯口，向另一個戴面具的食死人求饒。哈利經過時昏擊了那個食死人，馬份四下張望，對他的救命恩人微笑，榮恩伸手從隱形斗篷底下打了他一拳。馬份一屁股坐在那個食死人身上，嘴巴流著血，滿臉困惑。

「這是今晚我們第二次救你的命了，你這兩面討好的混蛋！」榮恩大喊。

樓梯上和大廳裡有更多人捉對廝殺，哈利一眼望去，到處都是食死人。牙克厲在前門附近跟孚立維對打，他們隔壁有個戴面具的食死人在跟金利決鬥。學生到處跑來跑去，有人抬著或拖著受傷的同伴。哈利對那個戴面具的食死人發了個昏擊咒，非但沒有命中，還差點打到剛從不知道什麼地方鑽出來的奈威。奈威揮舞著一大把毒性強烈的毒觸手，它很高興地勾上最近的一個食死人，開始一圈圈纏上他的身子。

哈利、榮恩與妙麗快速跑下大理石階梯，他們左側有玻璃破碎了，記錄學院分數的史萊哲林沙漏裡面的綠寶石撒落滿地，害得跑來跑去的人失足滑倒或腳步不穩。他們跑到一樓時，有兩個人從樓上陽台摔下來，一陣灰霧掠過，哈利彷彿看見一隻四足動物從大廳那頭跑來，一口咬住其中一個摔下來的人。

「**不可以！**」妙麗尖叫，她的魔杖發出震耳欲聾的風暴，把焚銳．灰背從無力掙扎的文妲．布朗身上往後拋起。他撞上大理石欄杆後還想奮力站起，但接著一道白光閃過，啪的一聲，一顆水晶球砸在他頭上，讓他倒在地上不再動彈。

「我還有很多！」崔老妮教授從欄杆上探出頭來，尖聲叫道，「想要的人都有份！來呀——」

她擺出網球發球的姿勢，從手提包裡掏出另一顆巨大的水晶球，魔杖一揮，水晶球就飛過大廳，砸破窗戶後飛到戶外。同一時間，沉重的木製大門被炸裂開來，有更多巨型蜘蛛爬進入口大廳。

恐懼的尖叫聲撕裂了空氣，打鬥的人紛紛散開，食死人和霍格華茲這邊的人都一樣。紅、綠兩色的光芒在空中飛舞，攻擊新來的怪物，但牠們只是抖抖身子，就又昂首前進，變得更加令人害怕。

「我們該怎麼出去？」榮恩在一片尖叫聲中喊道，但哈利和妙麗還來不及答話，他們就都被推到一旁，因為海格像一陣雷似地衝下樓來，揮舞著他那把粉紅色花傘。

「不要傷害他們，不要傷害他們！」他喊道。

「**海格，不要！**」

哈利忘了一切，他從隱形斗篷底下跑出去，一路彎腰低頭，閃避著把整個大廳照得通亮的詛咒。

「**海格，回來！**」

但哈利還沒跑到半路，就看到發生了什麼事。海格衝進蜘蛛群中消失了人影，蜘蛛一陣倉皇疾走，在咒語的密集攻勢下擠成一團並宣告撤退，海格被埋在牠們中間。

「**海格！**」

哈利聽見有人喊他的名字，但他已不在乎那是敵是友，他狂奔下了前門的階梯，跑進黑暗的校園裡。但是成群結隊的蜘蛛群卻已經帶著牠們的獵物離開，他完全看不見海格的影子。

「**海格！**」

他依稀看見一隻巨大的臂膀，從蜘蛛群中向他揮舞，但他追上前去，卻被一隻巨大的腳擋住去路，那隻腳從黑暗中伸出來，踏一步就讓他腳下的地面搖晃不已。他抬頭望去，一個二十呎高的巨人站在他面前，他的頭藏在黑影裡，藉著城堡大門射出的光，只看得見他樹幹般毛茸茸的小腿。他兇狠而靈活地舉起巨大的拳頭，一拳打破高層的一扇窗戶，碎玻璃如雨般落下，打在哈利身上，迫使他退回門口躲避。

「天啊——！」妙麗不禁驚呼，她和榮恩趕上哈利，抬頭看到那個巨人正試著伸手到上面的窗戶裡，把人抓出來。

「**不要！**」榮恩在妙麗舉起魔杖時，抓住她的手制止，「要是昏擊他，他倒下時會壓垮半個城堡——」

「**哈哥兒？**」

呱啦從城堡一角蹣跚跑來，這時候哈利才明白，呱啦其實只是個小號的巨人。那個企圖把樓上的人捏死的大怪物四下張望一眼，發出一聲怒吼。他大步向體型較小的同族跑去時，石階也在震動，呱啦張開歪向一邊的嘴巴，露出有半塊磚頭大的黃板牙，然後他們像獅子般兇猛地扭打在一起。

「**快跑！**」哈利暴喝一聲。兩個巨人在夜色中打成一團，到處是駭人的怪吼與拳頭，他握住妙麗的手，一起衝下台階進入空地，榮恩跟隨在後。哈利還沒放棄找尋與解救海格的希望，他跑得極快，一直來到往禁忌森林的半途，才又突然停下來。

哈利立即感到呼吸不順，彷彿周圍的空氣結凍了，在他胸腔裡凝固成塊。形體從黑暗裡出現，非常深邃的黑暗形成迴旋流動的形體，像洶湧的波浪般湧向城堡。牠們的臉被兜帽遮住，牠們的呼吸嘶嘶作響……

榮恩和妙麗貼近他身旁，背後打鬥的聲音忽然消失了，像死一樣寂靜，唯有催狂魔能帶來的寂靜沉甸甸地降落在夜裡……

「快啊，哈利！」妙麗的聲音好像來自非常遙遠的地方，「召喚護法，哈利，快啊！」

他舉起魔杖，但黯淡的絕望散布到他全身。弗雷死了，海格一定會死，說不定已經死了。還有多少人死了他還不知道，他覺得靈魂好像已經離開他的軀殼……

「**哈利，快點！**」妙麗尖叫。

一百個催狂魔正在逼近，向他們滑翔而來，一路被哈利的絕望吸引。對牠們而言，這就像是一頓即將來臨的大餐……

他看見榮恩的銀色獵犬護法在空中迸現，微弱地一閃即逝，還看見妙麗的水獺也在空中扭動一下就不見了。他自己的魔杖在手中顫抖，他幾乎樂見即將來臨的遺忘，承諾將他掏空、不再有感覺……

這時，一隻銀色野兔、一頭野豬和一隻狐狸，從哈利、榮恩與妙麗頭頂飛過。這幾隻動物一接近，催狂魔就紛紛後退。又有三個人從黑暗裡走來，站在他們身旁，伸出魔杖繼續召喚護法，他們是露娜、阿尼和西莫。

「這樣就對了。」露娜鼓勵地說，好像他們又回到萬應室，這不過是一場單純的DA咒語訓練，「這樣就對了，哈利……來吧，想些快樂的事……」

「快樂的事？」他茫然地說，聲音沙啞。

「我們都還在這裡。」她低聲說，「我們都還在作戰。來吧，就是現在……」

一蓬銀色的火花，然後是顫動的銀光，他使出最大的力量，雄鹿從哈利的魔杖尖端跳了出來。牠向前奔馳，逼得催狂魔四散逃竄，夜晚立刻恢復了暖意，但周遭戰鬥的聲音又再次充斥他的耳際。

「真不知該怎麼感謝你們才好。」榮恩的聲音有點發抖，他向露娜、阿尼和西莫說，「你們剛救了——」

一聲怒吼，伴隨著山搖地動，禁忌森林的方向又有個巨人從黑暗裡跑出來，揮舞著一根比他們隨便哪一個都高的木棍。

「**快跑！**」哈利再次喊道，但其他人根本不需要提醒。大家在千鈞一髮之際散了開來，下一秒鐘，那怪物的大腳就落在他們剛才站的地方。哈利四下打量一眼，榮恩和妙麗還跟著他，但其他三人已經跑回去參加戰鬥了。

「我們趕快脫離攻擊範圍吧！」榮恩喊道，因為巨人再次揮起木棍，怪吼聲在黑夜裡迴盪，響徹了不斷爆發紅光、綠光照亮黑暗的空地。

「去渾拚柳那裡。」哈利說，「走吧！」

他奮力在心裡築了道牆，把所有的思緒塞進一個他現在不能去看的小空間。他想起了弗雷和海格，也替分散在城堡內外他所愛著的人擔驚受怕，但這一切都必須等待，因為他們必須快點跑，必須找到那條蛇以及佛地魔。因為正如妙麗說的，這是結束一切的唯一辦法——

哈利全速奔跑，對自己能否超越死亡感到半信半疑。從四面八方劃破黑暗的一道道光芒、湖邊澎湃如海的浪花，以及禁忌森林在無風的夜裡發出嘎吱嘎吱的怪聲，他都不放在心上。雖然連地面也好像故意跟他作對似地突然拉高了坡度，但他這輩子從沒有跑得這麼快過。他是三人之中第一個看到那棵大樹，那棵用鞭子般的枝幹東抽西打、保護樹根上秘密的柳樹。

哈利氣喘吁吁地放慢速度，繞過連番揮出重擊的柳樹枝幹，在黑暗中張望它粗大的樹幹，找尋樹皮上那唯一能使老樹癱瘓的節瘤。榮恩和妙麗追過來，妙麗喘得說不出話。

「我們該怎——怎麼進去？」榮恩氣喘吁吁說，「我——看得見那地方——要是歪腿還在——就好了——」

「歪腿？」妙麗喘不過氣地彎下腰，一手按著胸口，「**你到底是不是巫師啊？**」

「嗯——好吧——有了——」

榮恩四下看一眼，用魔杖指著地面一段樹枝念道：「溫咖癲啦唯啊薩！」樹枝從地面飛起，像被風吹襲般在空中打個轉，隨即箭也似地穿過充滿威脅、拍打不已的枝條，往樹幹上撞去。它撞上樹根附近一個部位，瘋狂擺動的樹立刻靜止下來。

「好極了！」妙麗喘著說。

「慢著。」

在那搖擺不定的一秒鐘裡，空氣裡滿是戰鬥破壞與撞擊的聲音，哈利遲疑了下來。佛地魔要他這麼做，要他來……他是否會把榮恩與妙麗也帶入陷阱？

但接著現實向他逼來，十分殘酷卻簡單明瞭。接下來唯一能做的就是殺死那條蛇，蛇跟佛地魔在一起，而佛地魔在密道的盡頭……

「哈利，我們來了，進去吧！」榮恩一邊說，一邊推他向前。

哈利鑽進藏在樹根下面的地道，發覺比上次他們進來時擠迫多了。地道低矮，四年前，他們就不得不彎著腰前進，現在更是除了爬行之外沒有別的選擇。哈利一馬當先，他用魔杖照明，預期隨時會碰到障礙，卻沒有遇見。他們默不作聲地前進，哈利的眼睛緊盯著手中魔杖發出的搖曳光線。

最後地道開始斜斜向上，哈利看見前方有一小點光線時，妙麗拉住了他的腳踝。

「隱形斗篷！」她低聲說，「披上隱形斗篷！」

他把手往後伸，她塞了一捲滑溜溜的布到他空著的手裡。他費了好些功夫，才把它罩在身上，輕輕說聲：「吶咯嘶。」然後熄了魔杖頂端的光，繼續手腳並用向前爬，儘可能保持無聲無息，所有感官提高警覺，心裡預期隨時會被發現，會聽見某個冷酷的聲音，會看見綠色光芒閃爍。

然後他聽見正前方的房間傳來說話聲，但因為密道的出口被一個看起來像舊板條箱的東西擋住，所以聲音有點不清楚。哈利幾乎不敢呼吸，慢慢接近出口之後，從板條箱和牆壁之間的縫隙向外窺視。

外面那個房間光線很暗，但他可以看見娜吉妮像條水蛇般身軀忽而扭曲，忽而盤起，十分安全地待在那個星光閃爍、不藉任何支撐卻能飄浮在空中的魔法圓球裡。他還看見一張桌子的邊緣有隻修長、蒼白的手，正在玩弄一根魔杖，然後輪到石內卜說話。哈利的心中一緊，他躲藏的地方距離石內卜只有幾吋遠。

「……我的主人，他們的抵抗即將瓦解——」

「——不需要你出力，就能達到這種結果。」佛地魔用他高亢、清晰的聲音說，「雖然你是個法力高強的巫師，賽佛勒斯，但我看現在你也不能造成任何差異了。我們幾乎已經成功了……幾乎。」

「讓我去找那男孩，讓我把波特帶來給您。我有把握找到他，我的主人，求求您。」

石內卜從缺口前面大步走過，哈利稍微後退一些，眼睛盯著娜吉妮，思索著有什麼咒語可以穿透牠周圍的保護層，但他什麼也想不出來。只要失敗一次，就會洩漏他的位置……

佛地魔站起身。現在哈利可以看見他，紅眼睛、扁平如蛇的臉，他的蒼白在昏暗的室內彷彿發出一種幽光。

「我有個問題，賽佛勒斯。」佛地魔柔聲說。

「我的主人？」石內卜說。

佛地魔舉起接骨木魔杖，非常珍惜而精確地舉著它，像指揮家拿著指揮棒似的。

「為什麼它在我手裡不能發揮作用，賽佛勒斯？」

沉默中，哈利想像他能聽見那條蛇在盤旋、伸展的時候，發出輕微的嘶嘶聲，又或許那是佛地魔如蛇的嘆息，停留在空氣裡？

「我的——我的主人？」石內卜不解地說，「我不懂，您——您已經用那根魔杖使出超凡入聖的魔法了。」

「不，」佛地魔道，「我使出的是一般的魔法。我是超凡入聖，但這根魔杖……沒有，它沒有實現它承諾的奇蹟。我覺得這根魔杖跟我多年前向奧利凡德購買的那根魔杖，沒什麼不同。」

佛地魔的語氣沉思而冷靜，但哈利的疤開始抽搐、疼痛。痛楚在他的前額累積，他感覺壓抑的怒氣在佛地魔心裡逐漸升高。

「沒什麼不同。」佛地魔重複了一遍。

石內卜沒有說話。哈利看不見他的臉，他不知道石內卜是否已意識到危險，試圖找到正確的應對方式，讓他的主人放心。

佛地魔開始繞著房間踱步，他走來走去時，哈利有好幾秒鐘看不見他，只聽見他用同樣控制得很好的聲音說話，但哈利承受的痛苦和憤怒卻在持續增加。

「我用心思考了很久，賽佛勒斯……你知道我為什麼把你從戰場上叫回來嗎？」

有一瞬間，哈利看到了石內卜的側影，他的眼睛盯著那條在魔法籠子裡盤起身子的蛇。

「不知道，我的主人，但我求您讓我回去。讓我去找波特。」

「你說這話真像魯休思。你們都不像我這麼了解波特，他不需要找，波特會來找我。我知道他的弱點，你瞧，他有個大弱點。他不願眼睜睜看著其他人為了他，在他身邊一一被打倒，他會不計代價終止這種事。他會來的。」

「但是，我的主人，他可能意外被別人殺死——」

「我給食死人的指令非常清楚，活捉波特、殺死他的朋友——殺得越多越好——但不要殺他。

「而我想談的是你，賽佛勒斯，而不是哈利波特。你對我來說很有價值，非常有價值。」

「我的主人知道我只願意為您服務，但——讓我去找那男孩吧，我的主人。讓我把他帶到您身邊，我有把握——」

「我告訴過你了，不行！」佛地魔說。他再度轉身之前，哈利看見他眼裡冒出紅光，他甩動斗篷的唰唰聲也像一條在地面遊走的蛇。透過灼痛的疤痕，哈利感覺到佛地魔的不耐煩。「目前我最關心的，賽佛勒斯，是當我終於見到那男孩時，會發生什麼事！」

「我的主人，毫無問題，一定是——？」

「——但的確**有**問題，賽佛勒斯。有的。」

佛地魔打住話頭，哈利又能清楚看見他，他讓接骨木魔杖在指尖滑動，盯著石內卜。

「為什麼我使用過的魔杖，用在哈利波特身上都會失敗？」

「我——我無法回答這個問題，我的主人。」

「無法嗎？」

怒火刺進哈利的額頭，像根釘子敲了進去，他把拳頭塞進嘴巴，以防自己痛喊出聲。他閉上眼睛，忽然他變成了佛地魔，瞪著石內卜蒼白的臉。

「賽佛勒斯，我的紫杉木魔杖能做到我要求的每一件事，除了殺死哈利波特以外，它失敗過兩次。奧利凡德在酷刑下告訴我孿生杖芯的秘密，他叫我用別人的魔杖，我照辦了，但魯休思的魔杖碰到波特的魔杖就碎裂了。」

「我——我想不出原因，我的主人。」

石內卜沒在看佛地魔，他的黑眼睛仍然盯著在保護球裡盤繞著身子的巨蛇。

「我找到第三根魔杖，賽佛勒斯，這根接骨木魔杖，也就是命運魔杖、死神魔杖。我從它前一個主人那裡把它取來，我從阿不思．鄧不利多的墳墓裡取得它。」

這次石內卜看著佛地魔，石內卜的臉像一張死亡面具，蒼白得像大理石，毫無表情、眼神空洞。他說話時真會教人大吃一驚，以為死人突然復活了。

「我的主人——讓我去找那男孩——」

「勝利已經在望，而我則是整個漫漫長夜都坐在這裡，」佛地魔說，音量像在說悄悄話，「思考著，思考著，為什麼接骨木魔杖不願展現它應有的優點？為什麼不能像傳說中那樣，為合法的主人發揮它應有的力量……然後我想我找到了答案。」

石內卜沒有說話。

「或許你已經知道了？畢竟你是個聰明人，賽佛勒斯。你一直是個忠心的好僕人，我對這種不得已的事感到很遺憾。」

「我的主人——」

「接骨木魔杖不能好好服侍我，賽佛勒斯，因為我不是它真正的主人。接骨木魔杖屬於殺死它上一個主人的巫師。你殺了阿不思．鄧不利多，只要你活著，賽佛勒斯，接骨木魔杖就不會真正屬於我。」

「我的主人！」石內卜抗議，舉起了魔杖。

「沒有別的辦法。」佛地魔說，「我必須成為魔杖的主人，賽佛勒斯。成為魔杖的主人，我才能贏過波特。」

佛地魔用接骨木魔杖劃破空氣，它沒對石內卜做什麼，極短的一瞬間，他似乎以為自己被赦免了，但佛地魔的企圖很快就明朗。蛇籠從空中滾來，石內卜連一聲都來不及喊，頭和肩膀就被它吸了進去，佛地魔用爬說語說：

「殺。」

一聲可怕的慘叫。哈利看見石內卜的臉失去了僅有的一點血色，臉色更加蒼白，黑眼睛瞪得極大。蛇的毒牙刺入他的咽喉，石內卜無法把魔法的籠子從身上推開，膝蓋漸漸無力，最後倒在地板上。

「我很遺憾。」佛地魔冷酷地說。

他轉過身，眼神裡毫無悲傷、毫無悔意。離開這間破屋去發號施令的時刻已經到了，現在魔杖會對他唯命是從。他用魔杖一指星光滿布的蛇籠，它就向上飄，放開了石內卜。石內卜倒向一旁，鮮血從脖子上的傷口泉湧而出。佛地魔頭也不回，快步走出房間，巨蛇飄浮在保護球裡，跟在他身後。

哈利在地道裡恢復自己的心智後睜開眼睛。他嘴裡有血的味道，之前為了不讓自己叫出聲，他緊咬住手指關節。現在他透過板條箱和牆壁之間的縫隙望去，只見一隻穿黑色靴子的腳在地板上顫抖。

「哈利！」妙麗在他背後輕喚，但他已經用魔杖指著擋住視線的木箱。它在空中升高一吋，無聲無息向旁邊移開。他儘可能不出聲地撐起身體，爬進房間。

他不知道自己為什麼要這麼做，為什麼要接近這個垂死的人。他不知道看見石內卜蒼白的臉，還有那幾根努力壓著脖子上血淋淋傷口的手指時，是什麼感覺。哈利脫下隱形斗篷，低頭看著他憎恨的這個人。石內卜渙散的黑眼睛看到了哈利，試圖要說話。哈利彎下腰，石內卜抓住他長袍的前襟，把他拉到面前。

石內卜喉嚨裡發出一陣可怕而刺耳的咕嚕咕嚕聲。

「拿……去……拿……去……」

除了血，還有別的東西從石內卜身上流出來，不是氣體也非液體的銀藍色物質，從他的嘴巴、耳朵、眼睛裡湧出來。哈利知道那是什麼，卻不知道該怎麼辦——

妙麗平空召現出一個長頸瓶，塞到他手裡。哈利用魔杖挑起那銀色物質放進瓶口，等到瓶子裝到將滿溢時，石內卜看起來體內已不剩一滴血，他抓著哈利長袍的手才放鬆。

「看……著……我……」他輕聲說。

綠眼睛迎上了那雙黑眼睛。過了一會，黑眼睛深處的什麼東西似乎消失不見，變得死板、僵硬而空虛。原本抓著哈利的手啪答一聲落在地板上，石內卜就此不動了。

33 王子的故事

哈利依然跪在石內卜身旁，低頭瞪著他，直到猝然間某個高亢冷酷的聲音在咫尺之處響起，哈利才跳了起來，雙手緊握住小水晶瓶，以為佛地魔又回到房間來了。

佛地魔的聲音在牆壁與地板間迴盪，哈利這才明白他是在對霍格華茲及附近地區說話。活米村的居民及那些仍在城堡中頑抗的人都會聽得一清二楚，好像他就站在他們旁邊，氣息就吹在他們的頸背上，隨時都能奪走他們的性命。

「你們戰鬥過了，」高亢冰冷的聲音說，「打得很英勇，佛地魔王懂得勇氣的可貴。

「然而你們的損失慘重。要是你們繼續抵抗，你們全都會死，一個也逃不了。我不希望走到這一步田地。魔法的血，每流一滴都是一種浪費和損失。

「佛地魔王是有慈悲心的。我在此命令我的部下撤退，立刻就撤退。給你們一個小時的時間，安葬你們的死者，照料你們的傷者。

「哈利波特，現在我直接跟你說話。你眼睜睜看著朋友為你而死，卻不敢自己來面對我。我會在禁忌森林等一個鐘頭，如果一個鐘頭之後你還沒來找我，還沒棄械投降，那麼戰火就將再度蔓延。而這一次，我會親自出馬，哈利波特，我會把你揪出來，我會懲罰每一個想窩藏你的男人、女人、小孩。一個鐘頭。」

榮恩、妙麗都拚命搖頭，看著哈利。

「別聽他的。」榮恩說。

「沒事的。」妙麗狂亂地說，「我們——我們回城堡裡吧，既然他是要去禁忌森林，我們只需要想出一個新的計畫——」

她瞧了石內卜的屍體一眼，匆匆走回隧道入口，榮恩尾隨她。哈利撿起隱形斗篷，低頭望著石內卜。他不知道有什麼感覺，只覺得震驚，石內卜竟然就這麼死了，而他被殺的原因竟是……

他們順著隧道往回爬，誰也不說話，哈利卻納悶不知道榮恩與妙麗是否和他一樣，至今仍能聽見佛地魔的聲音在腦海中迴響。

眼睜睜看著朋友為你而死，卻不敢自己來面對我。我會在禁忌森林等一個鐘頭……一個鐘頭……

城堡前方的草坪上似乎散落了一堆堆東西。此時距離黎明最多不過一個小時左右，卻暗得伸手不見五指。三人匆忙走向石階，只見眼前一段小船般大的圓木孤零零地倒在地上，不見呱啦或是攻擊他的人的蹤影。

城堡靜得很不自然。這時已不見閃光，也沒有轟隆聲、尖叫聲、吆喝聲。入口大廳的石板地上處處是鮮血，遍地都是綠寶石、大理石碎片和裂開的木頭，部分的欄杆也被炸掉了。

「大家都上哪裡去了？」妙麗低聲說。

榮恩領頭進入餐廳，哈利在門口停下。

學院的桌子不見了，餐廳擠滿了人。大難不死的人一群群站著，摟住彼此的肩膀。受傷的人躺在架高的平台上，由龐芮夫人及一群幫手治療。傷者中還包括了翡冷翠，他的側腹血流不止，他不停顫抖，幾乎無法站立。

死者則一排排躺在餐廳中央。哈利看不見弗雷的遺體，因為他的家人環繞著他。喬治跪在他的頭側，衛斯理太太全身顫抖地撲在弗雷的胸膛上，衛斯理先生輕撫她的頭髮，淚水也不斷滾落。

榮恩與妙麗一句話也沒對哈利說，逕自走開。哈利看見妙麗走向金妮，擁抱她，金妮的臉腫了，滿是髒污。榮恩加入了比爾、花兒和派西，派西伸手摟住了榮恩的肩膀。金妮與妙麗向其餘的家人靠近，哈利清楚地看見了躺在弗雷旁邊的屍體，那是雷木思與東施，兩人蒼白靜止、臉色祥和，看似在漆黑的魔法天花板下睡著了。

餐廳彷彿飛走了，變得更小，收縮了，哈利搖搖晃晃退向門口。他無法呼吸，他受不了看見更多屍體，看見還有誰為他而死。他沒辦法加入衛斯理一家人，沒辦法直視他們的眼睛，要是他一開始就投降，弗雷現在可能還好好活著……

他轉身衝上大理石階梯。路平、東施……他好希望沒有感覺……他好希望能扯出自己的心臟，所有的內臟，一切在他體內嘶吼的東西……

城堡空蕩蕩的，就連幽靈似乎都到餐廳與大家一起哀悼。哈利一路飛奔，手裡緊握住裝了石內卜最後思緒的長頸瓶，一口氣衝到校長辦公室外的石像鬼前。

「通關密語？」

「鄧不利多！」哈利不假思索地張口就喊，因為他一心期盼要見的人是他。讓他驚訝的是石像鬼竟然真的滑開，露出了後面的螺旋石梯。

可是哈利一衝入圓形辦公室，就發現辦公室不一樣了。掛滿了牆壁的畫像都是空的，一個前任校長都沒留下。看來每個都跑了出去，從排列在城堡中的畫像疾衝而過，以便看清楚目前的狀況。

哈利無助地瞧了瞧鄧不利多空空的畫像，那幅畫像就掛在校長的椅子正後方。接著他又向後轉，儲思盆仍安放在原本的櫃子裡。哈利將石盆端下來放在桌上，再將石內卜的記憶倒入邊緣有古代神秘文字的寬盆裡。躲進別人的腦海裡會是一種得天獨厚的解脫……就連石內卜留下的東西都不可能會比他自己的思潮更加恐怖了。回憶打著漩渦，呈現樣子奇怪的銀白色。哈利毫不遲疑地一頭栽了進去，甚至還帶著一點自暴自棄的心情，彷彿這樣可以減輕折磨他的悲痛。

他筆直落入陽光下，雙腳觸及溫暖的土壤。他站直身子後，看見自己是在一個沒什麼人的遊樂場裡。遙遠的天際線只有一根龐大的煙囪，兩個女孩在盪鞦韆，一個瘦巴巴的男孩躲在一叢灌木後看著她們。他的黑髮過長，衣服也互不搭配，倒像是故意的。他穿著過短的牛仔褲、可能是成人的過大破爛風衣，還有一件孕婦裝似的怪襯衫。

哈利朝那名男孩走去。石內卜不過九、十歲的年紀，黃黃瘦瘦的，肌肉倒很發達。他看著兩個女孩中年紀小的那個，她將鞦韆越盪越高，瘦削的臉上有著毫不遮掩的貪婪。

「莉莉，別這樣！」年紀大的女孩尖叫。

可是小女孩在鞦韆盪到最高點時鬆開了手，飛向天空，像真的在飛行似地快樂大笑。她並沒有摔落在遊樂場的瀝青地上，反而像馬戲團的空中飛人一樣在空中滑翔，停留了很長的時間之後，輕輕巧巧地落地。

「媽咪不是叫妳別這樣嗎！」

佩妮涼鞋的鞋跟拖在地上，停住了鞦韆，弄出了刺耳的嘎吱聲音，隨即跳下鞦韆，雙手扠腰。

「媽咪說妳不可以，莉莉！」

「可是我沒事啊。」莉莉說，仍然咯咯笑個不停，「佩妮，妳來看，看看我會什麼。」

佩妮東張西望，遊樂場除了她們姊妹倆之外，看不見一個人，她們當然不知道石內卜躲在附近。莉莉從石內卜藏身的灌木叢撿起一朵落花，佩妮走上前，顯然是在好奇心與責任感之間左右為難。莉莉等到佩妮夠近了，看得清楚時，她才攤開手掌。花朵在她手心上，花瓣一開一闔，就像有許多層殼的怪異牡蠣。

「不要弄了！」佩妮尖聲大叫。

「這不會傷害妳的。」莉莉說，不過她還是握起拳頭，把花丟回地上。

「這樣不對。」佩妮說，但一雙眼睛卻盯著落在地上的花，流連不去，「妳是怎麼弄的？」她又問，語氣中的渴望絕對錯不了。

「很明顯，不是嗎？」石內卜不再躲躲藏藏，反而從灌木叢後跳了出來。佩妮尖叫，向後跑到鞦韆那裡，莉莉雖然也嚇著了，卻一步也不動。石內卜似乎很後悔自己冒冒失失地跑出來，他看著莉莉，蠟黃的臉上泛出隱隱酡紅。

「什麼事很明顯？」莉莉問。

石內卜露出一種緊張興奮的樣子，他瞄了遠處的佩妮一眼，她在鞦韆旁進也不是退也不是，石內卜壓低聲音說：「我知道妳是誰。」

「你是什麼意思？」

「妳是……妳是女巫。」石內卜悄悄說。

她一臉不高興。

「**那**可不是什麼好聽的話！」她轉身，鼻子朝天，大步走向姊姊。

「不！」石內卜說，現在滿臉通紅。哈利不禁納悶他為什麼不脫下那件可笑的大衣，除非是因為他不想露出底下的孕婦裝。他追在兩個女孩身後啪嗟啪嗟跑著，活像隻蝙蝠，跟他成年的模樣極為相似。

姊妹倆打量著他，現在因為同仇敵愾而行動一致。兩人都握著一根鞦韆柱，彷彿那是最安全的保障。

「妳真的**是**，」石內卜對莉莉說，「妳真的**是**女巫，我觀察妳有一陣子了。女巫沒什麼不好，我媽就是女巫，而我是個巫師。」

佩妮的笑聲聽來像一盆冰水。

「巫師！」她尖聲大喊，如今既然已從他貿然現身的震驚中恢復過來，勇氣也跟著回來了。「**我**倒是知道**你**是誰，你是石內卜家的孩子！他們住在河邊的紡紗街。」她跟莉莉說，從她的口吻可以知道，那個地方是很上不了檯面的。「你幹嘛偷看我們？」

「我沒有偷看。」石內卜說，頭髮髒兮兮的他，在燦爛的陽光下覺得又熱又不舒服。「就算偷看也不是在看**妳**，」他不屑地又加一句，「**妳**只是個麻瓜。」

佩妮就算不懂那是什麼意思，也不會不明瞭他的口氣。

「莉莉，走了啦！」她尖刻地說。莉莉立刻聽姊姊的話，臨走前還惡狠狠地瞪了石內卜一眼。他站在原處，看著她們穿過遊樂場的柵門。此時只剩下哈利一個人看著他，他看出石內卜苦澀的失望表情，也明白了石內卜計畫這一刻已經有一陣子了，結果卻樣樣出錯……

這一幕逐漸淡去，在哈利回過神來之前，他已經置身另一個場景。此刻他在一小叢樹木間，一條波光粼粼的小河從樹木間穿過。樹木投下一片清涼的綠蔭，兩個孩子面對面盤腿而坐。石內卜已脫下大衣，那件奇怪的孕婦裝在半明半暗的光線下也比較沒那麼怪誕了。

「……要是妳在校外施展魔法，魔法部會處罰妳，妳會接到信的。」

「可是我**已經**在校外施展過魔法啦！」

「那不算，我們還沒拿到魔杖。小孩子是可以通融的，因為小孩子還沒辦法控制，可是只要一滿十一歲，」他鄭重其事地點頭，「他們開始訓練妳之後，那妳就得特別當心了。」

短暫的一陣沉默。莉莉撿起了一根小樹枝，在空中畫圈，哈利知道她是在想像樹枝尾端噴出火花。接著她放下了樹枝，身體傾向男孩說：「**是**真的，對不對？你不是在開玩笑吧？佩妮說你是在騙我，佩妮說根本就沒有學校叫什麼霍格華茲的。可是是真的，對不對？」

「對我們來說是真的，」石內卜說，「對她就不是了。不過我們會收到信的，妳跟我。」

「真的？」莉莉低聲問。

「百分之百真的。」石內卜說，即使頭髮剪得亂七八糟，身上的衣服也怪模怪樣，但是躺在莉莉面前的這個小男生卻顯露出不容人小覷的態度，對自己的命運充滿自信。

「真的會用貓頭鷹送來嗎？」莉莉低聲問。

「通常都是。」石內卜說，「可是妳是麻瓜家庭出身的，所以會有人從學校來，跟妳的父母解釋。」

「麻瓜出身會有什麼關係嗎？」

石內卜欲言又止，他的黑眸在綠蔭下焦急地搜尋那張蒼白的臉和那頭暗紅的頭髮。

「不會。」他說，「不會有什麼關係。」

「那好。」莉莉放鬆下來，很顯然她一直在為這件事擔心。

「妳有很強的法力。」石內卜說，「我親眼看見過，我一直在觀察妳……」

他的話說到一半就停下，因為她沒在聽。她伸展四肢，躺在鋪滿落葉的草地上，仰望著頭頂的樹葉。他盯著她看，貪婪的眼神一如在遊樂場時一樣。

「你家裡怎麼樣？」莉莉問。

他的雙眉間出現細微的皺紋。

「還好。」他說。

「他們不再吵架了嗎？」

「喔，他們還是照吵不誤。」石內卜說，抓起了一把落葉，一片片撕開，顯然沒察覺自己在做什麼。「反正不用再忍多久了，我要離開了。」

「你爸是不是不喜歡魔法？」

「他什麼都不喜歡。」石內卜說。

「賽佛勒斯？」

聽見她叫他的名字，石內卜的嘴角彎出一個微笑。

「幹嘛？」

「再跟我說一次催狂魔。」

「妳幹嘛老是問這個？」

「要是我在學校外使用魔法——」

「他們不會為了這點小事就把妳交給催狂魔的，催狂魔是專門對付真的做了壞事的大壞蛋，牠們是巫師監獄阿茲卡班的獄卒。妳不會被關到阿茲卡班的，妳太——」

他的臉又脹紅了，又撕碎了更多落葉。這時哈利身後傳來微微的沙沙聲，他轉過身，是佩妮，她藏在樹後，卻不小心弄出了聲音。

「佩妮！」莉莉喊，既驚訝又高興，但石內卜卻跳了起來。

「現在是誰在偷看了？」他大吼，「妳想幹嘛？」

佩妮大口喘氣，因為形跡敗露而狼狽不堪。哈利看得出她腦筋不停轉，想找出什麼傷人的話來說。

「哼，看你穿的是什麼狗屁。」她說，指著石內卜的襯衫，「你媽的衣服？」

啪一聲，佩妮頭上的樹枝掉落。莉莉大聲尖叫，樹枝打中了佩妮的肩膀，她踉蹌倒退，淚水奪眶而出。

「佩妮！」

但佩妮轉身就跑，莉莉氣沖沖轉過身來。

「是不是你弄的？」

「不是我。」他看來既挑釁又害怕。

「就是你！」她面對著他後退。「**就是**你！你弄傷了她！」

「不——不，我沒有！」

但他的謊言並沒有說服莉莉。莉莉兇巴巴地瞪了他一眼之後，就跑步離開小樹叢去追姊姊了，而石內卜一臉的淒慘迷惑……

場景再次改變。哈利左右張望，他在九又四分之三月台，微微駝背的石內卜站在他旁邊，他身邊是名與他極為神似、臉色蠟黃又表情不悅的婦人。石內卜瞪著不遠處的一家四口，兩個女孩稍微離開父母一段距離，莉莉似乎是在懇求姊姊。哈利走過去一點聽。

「……對不起，佩妮，真的對不起！妳聽我說——」她抓住姊姊的手，佩妮想要甩開，但她牢牢抓住不放。「等我到了那裡之後——不，聽我說，佩妮！等我到了那裡之後，說不定我可以去找鄧不利多教授，請他改變心意！」

「我——不——要——去！」佩妮說，硬生生甩掉了妹妹的手。「妳以為我會稀罕什麼白痴城堡，稀罕變成一個——一個——」

她淡色的眼睛在月台上來回梭巡，看見貓咪在飼主的懷中喵喵叫，貓頭鷹在籠子裡拍翅呼嚕。學生忙著把行李抬上猩紅色的蒸氣火車，有些已換上了黑色長袍，有些則高興地招呼一個暑假沒見的同學。

「——妳以為我會稀罕變成一個——一個怪胎嗎？」

莉莉的眼中盈滿了淚水，無力抓回姊姊的手。

「我不是怪胎。」莉莉說，「妳這樣說很過分。」

「妳現在，」佩妮意猶未盡地說，「就要去一間專門為怪胎開的學校。妳跟那個石內卜家的臭小子……怪胎，你們兩個都是。真是謝天謝地，把你們跟正常人隔離開來，這樣我們才安全。」

莉莉瞄了父母一眼，兩人正以津津有味的神情打量月台，不肯錯過眼前的一點一滴。莉莉轉過頭來，聲音低沉兇猛。

「妳在寫信給校長，哀求他讓妳入學的時候，可不覺得那是一間怪胎學校啊。」

佩妮一張臉脹成了豬肝色。

「哀求？我才沒哀求呢！」

「我看了他的回信，寫得真是親切啊。」

「誰叫妳偷看的——」佩妮低聲說，「那是我的信——妳怎麼敢——？」

莉莉偷瞄了附近的石內卜一眼，露出了馬腳。佩妮倒抽口氣。

「是那個臭小子！妳跟那個臭小子偷溜進我房間！」

「不——我們沒有偷溜——」這下換成莉莉在為自己辯護，「賽佛勒斯看見了信封，他只是不相信麻瓜可以和霍格華茲連絡罷了！他說一定是有巫師在郵政部門工作——」

「哼，巫師都是群愛管閒事的東西！」佩妮說，臉色白得像紙，「**怪胎！**」她恨恨地咒罵妹妹，跑回父母身邊……

這一幕又變模糊。緊接著石內卜快步走在霍格華茲特快車的走道上，他已換上學校長袍，可能是有生以來第一次脫掉可怕的麻瓜服飾。最後他停下來，站在一間車廂外，裡頭有群吵鬧的男生在講話，而莉莉就縮在窗邊一角，臉貼著玻璃窗。

石內卜打開車廂門，坐在莉莉對面。她瞧了他一眼，又回頭望著窗外。她剛才一直在哭。

「我不要跟你講話。」她用哽咽的聲音說。

「為什麼？」

「佩妮恨——恨我，因為我們看了鄧不利多的來信。」

「那又怎樣？」

她非常厭惡地瞪了他一眼。

「她是我姊姊！」

「她不過是個——」他及時吞下到口邊的話。莉莉忙著偷偷拭淚，沒聽見他說了什麼。

「可是我們要去了啊！」他說，無法抑制聲音中的狂喜，「我們現在就要到霍格華茲去了！」

莉莉點頭擦著眼睛，雖然難過，也忍不住綻開小小的笑容。

「希望妳是在史萊哲林。」石內卜更加開心地說，因為她也高興了一點。

「史萊哲林？」

車廂中有個男生原本對莉莉或石內卜興趣缺缺，一聽見這話就回過頭來。哈利原本全心全意看著窗邊的兩人，現在突然看見了他的父親。瘦小、黑髮，一如石內卜，但一看就知道他來自備受寵愛的幸福家庭，這是石內卜望塵莫及的。

「誰想要進史萊哲林啊？那我得趕快溜了，是不是啊？」詹姆問坐在他對面的男生，哈利悚然一驚，明白了他是天狼星。天狼星的臉上沒有一絲笑容。

「我們全家人都在史萊哲林。」他說。

「哎唷，」詹姆說，「不過你倒還挺正常的嘛！」

天狼星嘻嘻一笑。

「說不定我會打破傳統呢。要是你能選的話，你要進哪個？」

詹姆作勢舉起一把隱形的寶劍。

「『葛來分多，那裡有著蘊藏在內心深處的勇氣！』，就跟我爸一樣。」

石內卜不以為然地哼了一聲，詹姆轉過頭來。

「怎麼？你有意見嗎？」

「沒有。」石內卜說，但他那輕輕的一聲哼，說的卻是另一回事，「要是你情願要肌肉不要腦袋的話——」

「那你要念哪一個呢，既沒肌肉又沒腦袋的傢伙？」天狼星搶白說。

詹姆捧腹大笑。莉莉坐直，臉色很紅，厭惡地看看詹姆又看看天狼星。

「走吧，賽佛勒斯，我們換個車廂。」

「喲喲喲喲喲喲……」

詹姆和天狼星模仿她高傲的語氣，詹姆在石內卜走過時還伸腿想絆倒他。

「再會了，鼻涕卜！」一個聲音高喊，車廂門砰的一聲甩上……

眼前的情景又一次模糊……

哈利就站在石內卜的身後，面對著燭光閃耀的餐桌，一張張興奮的臉排成長龍。麥教授高聲唱名：「莉莉．伊凡！」

他看著自己的母親兩腿發抖地上前，坐在搖搖晃晃的凳子上。麥教授把分類帽戴在她頭上，帽子剛觸及那頭暗紅色的頭髮，不到一秒鐘，就高喊：「**葛來分多！**」

哈利聽見石內卜發出小小的呻吟。莉莉摘掉帽子交給麥教授，匆匆走向歡呼的葛來分多學生，但她一面走一面回頭看了石內卜一眼，臉上掛著淡淡的苦笑。哈利看見天狼星往旁邊挪了挪，讓出位子給她。她看了他一眼，似乎認出他是火車上的那個男生，立刻雙手抱胸，不客氣地背對著他。

唱名繼續。哈利看著路平、佩迪魯，還有他父親相繼加入莉莉與天狼星，在葛來分多餐桌上入座。最後，只剩下十二名學生尚待分類，麥教授叫了石內卜的名字。

哈利跟著他一起走向凳子，看著他戴上了分類帽。「**史萊哲林！**」分類帽高喊。

賽佛勒斯．石內卜走向餐廳的另一邊，與莉莉漸行漸遠，到了史萊哲林歡呼迎接他的地方。胸前掛著閃亮級長徽章的魯休思．馬份，在石內卜坐下時拍拍他的背……

場景又換……

莉莉與石內卜穿越城堡庭院，顯然在爭吵。哈利連忙趕上前去，聽他們吵些什麼。一走過去，他就明白他們兩個都長高了許多，可見已經是分類儀式結束後好幾年了。

「……我以為我們是朋友？」石內卜在說，「最好的朋友？」

「我們**是**啊，小勒，可是我不喜歡跟你來往的某些人！對不起，可我就是看艾福瑞和莫賽博不順眼！**莫賽博**！他到底哪裡好，小勒？鬼頭鬼腦的！你知不知道前天他對瑪麗．麥唐納做了什麼？」

莉莉走到一根柱子前，倚著柱子抬頭望著那張瘦削蠟黃的臉。

「那沒什麼。」石內卜說，「那只是開個玩笑而已——」

「那是黑魔法，要是你覺得那好笑——」

「那波特跟他那夥搞的鬼呢？」石內卜質問，臉色又脹紅，似乎無法克制他的忿恨。

「你怎麼會又扯上波特了？」莉莉問。

「他們晚上偷偷溜出去。那個路平一定有問題，他老是不見，去了哪裡？」

「他病了。」莉莉說，「他們說他是生病——」

「每次滿月就生病？」石內卜問。

「我知道你在想什麼。」莉莉說，聲音聽來頗為冰冷，「你為什麼一天到晚就只注意他們？你幹嘛去管他們晚上都在做什麼？」

「我只是想讓妳知道，他們並不像外表看起來的那麼好。」

他熱切地凝視，害她紅了臉。

「起碼他們不會使用黑魔法，」她壓低聲音，「而且你真的很忘恩負義。我聽說那天晚上發生的事情了，你偷偷摸摸下去渾拚柳旁邊的密道，還是詹姆．波特救了你——」

石內卜的五官都扭曲了，他結結巴巴地說：「救我？救我？妳以為他是英雄？他是在救他自己跟他那一夥！妳不准——我不准妳——」

「你**不准**？你說**不准**？」

莉莉的綠眼瞇成了一條縫，石內卜立刻改採低姿態。

「我不是那個意思——我只是不想看妳被愚弄——他對妳有意思，詹姆．波特對妳有意思！」這番話似乎是硬生生從他口中擠出來的，「而且他不是……大家都以為他是……魁地奇的大英雄——」石內卜的苦澀與厭惡害他前言不對後語，而莉莉的眉毛也越挑越高。

「我知道詹姆．波特是個自大的小混蛋，」她說，打斷了石內卜的話，「這點用不著你來告訴我。可是莫賽博和艾福瑞所謂的幽默感也一樣邪惡，**邪惡**，小勒。我真不懂，你怎麼能跟那種人交朋友。」

哈利懷疑石內卜是否聽見了莉莉對莫賽博和艾福瑞的批評，因為他似乎一聽見莉莉臭罵詹姆・波特，整個人就放鬆了下來。他們離開時，石內卜的腳上似乎裝了彈簧……

這一幕又淡去……

哈利再次看見石內卜，是在考過了黑魔法防禦術的普等巫測之後。那次他離開餐廳，從城堡出來信步閒晃時，漫不經心地走到了詹姆、天狼星、路平和佩迪魯坐的山毛櫸樹下。但哈利這次沒有跟著過去，因為他知道會發生什麼事。詹姆會將石內卜倒吊在半空中，開口嘲弄他。他知道他們做了什麼、說了什麼，而他絲毫不覺得再聽一遍會讓他開心。他看著莉莉加入這群人，為石內卜仗義執言。他模模糊糊聽見石內卜在羞怒交加下出言侮辱她，喊出那不可原諒的話：「**麻種**。」

場景又改變了……

「對不起。」

「我不想聽。」

「真的對不起！」

「你省省吧。」

這時是晚上。莉莉穿著睡袍，雙手抱胸，站在葛來分多塔入口胖女士的畫像前。

「我會出來，完全是因為瑪麗說你威脅要在門口打地鋪。」

「我真的會這麼做，但我不是故意要罵妳麻種的，只是——」

「不小心說溜了嘴？」莉莉的語氣毫無憐憫，「來不及了，這麼多年來我一直在為你找藉口，我的朋友沒有一個了解我為什麼會跟你說話。你跟你那群寶貝食死人朋友——看吧，你竟然連否認都沒有！你竟然沒有否認你們就是打算要變成那種人！你巴不得快點加入『那個人』是吧？」

石內卜張開嘴又閉上，一個字也沒說。

「我再也不能假裝了。你選了你的路，我選了我的。」

「不——聽我說，我不是故意——」

「——罵我麻種嗎？賽佛勒斯，每個像我這種出身的人都被你叫麻種，我又憑什麼特別呢？」

他苦苦思索，正要回答，她已經臉上掛著輕蔑，轉過身爬回了洞口……

走廊消失了，下一幕花了點時間才浮現。哈利似乎是飛過許許多多變幻不定的形狀和顏色，最後四周才終於穩定下來。他站在一座山頭，孤零零的一個人，夜寒露重，冷風拂過幾棵沒有樹葉的樹木。長大成人的石內卜不斷喘氣，東張西望，手中緊握魔杖，等待著某事發生，或是某人來臨……他的恐懼也感染了哈利，即使他知道自己是不會受到傷害的，但他也忍不住扭頭看，猜測石內卜是在等什麼——

忽然間，一道炫目的閃電形白光劃破天際，哈利第一個想到的是閃電，但石內卜卻跪下來，魔杖飛出了掌心。

「別殺我！」

「我並不想殺你。」

鄧不利多現影的聲響被風吹枝椏的聲音給掩蓋了。他站在石內卜面前，長袍呼呼作響，臉孔被手上魔杖的光芒給照亮了。

「怎麼了，賽佛勒斯？佛地魔王要你來傳什麼話？」

「不——不是傳話——是我自己要來的！」

石內卜不斷絞著手，看起來有點像瘋子，尤其是那頭糾纏的黑髮隨風亂舞的樣子。

「我是來警告你——不，是來請求你——拜託——」

鄧不利多輕點魔杖，雖然樹葉和樹枝仍被風吹得亂抖，但他與石內卜相對而立的地方卻是一片寂靜。

「食死人會想請求我什麼事？」

「那——那個預言……預測……崔老妮……」

「啊，是的。」鄧不利多說，「你對佛地魔王透露了多少？」

「每一個字——我聽見的每一個字！」石內卜說，「所以才——就是因為這樣——他認為那是指莉莉．伊凡！」

「預言並沒有提到女人，」鄧不利多說，「而是一個七月底出生的男孩——」

「你明明知道我的意思！他認為那是指她兒子，他決定要追捕她——殺光他們全家——」

「既然她對你這麼重要，」鄧不利多說，「佛地魔王總會看在你的面子上饒她一命吧？你難道不能為做母親的求情，拿她兒子的命來換她的？」

「我有——我求過了——」

「你真讓我噁心。」鄧不利多說，哈利從未聽過鄧不利多的聲音飽含這麼多的不屑，石內卜似乎有些畏縮。

「你是壓根就不在乎她丈夫和兒子的死活了？隨便他們去死好了，只要你自己如願就行了？」

石內卜一言不發，只是仰望著鄧不利多。

「那就把他們都藏起來，」他嗄聲說，「讓她——讓他們——安全，拜託。」

「而你要怎麼回報我呢，賽佛勒斯？」

「回——回報？」石內卜張口結舌地瞪著鄧不利多。哈利等著他抗議，但過了很久很久，他說：「悉聽尊便。」

山頂畫面褪去，哈利這次站在鄧不利多的辦公室裡，不知道是什麼發出了恐怖的聲音，好像是受傷的動物。石內卜的手肘撐著膝蓋，失魂落魄地坐在椅子上，鄧不利多站在他面前，臉色凝重。過了一、兩分鐘，石內卜抬起頭，神情就像是離開了山頂之後，已經在悲慘中度過了一百年。

「我以為……你會……保她……保她平安……」

「她和詹姆看錯了人。」鄧不利多說，「就跟你一樣，賽佛勒斯。你不是也希望佛地魔王會饒她一命嗎？」

石內卜的呼吸淺促。

「她的兒子活下來了。」鄧不利多說。

石內卜的頭微微一動，似乎在趕開一隻討厭的蒼蠅。

「她兒子活下來了，他有他母親的眼睛，一模一樣的眼睛。你記得莉莉·伊凡眼睛的形狀和顏色吧？」

「**住口！**」石內卜怒吼，「走了……死了……」

「這算懊悔嗎，賽佛勒斯？」

「我真希望……我真希望是**我**死了……」

「你死了又對誰有好處呢？」鄧不利多冷酷地說。「如果你愛莉莉·伊凡，如果你真的愛她，那麼你未來的道路早已寫得清清楚楚了。」

石內卜彷彿是從痛苦的迷霧向外看，鄧不利多的話隔了很久才鑽入他的耳中。

「你是——你是什麼意思？」

「你知道她是怎麼死的，又是為什麼而死。別讓她白白犧牲，幫助我保護莉莉的兒子。」

「他不需要保護，黑魔王走了——」

「──黑魔王會再回來，到時哈利波特就會陷入可怕的危險之中。」

漫長的一陣沉默，石內卜緩緩恢復了自制，控制住自己的呼吸，最後他說：「很好，很好。但是不准──不准說出去，鄧不利多！這件事只能你和我知道！發誓！我受不了……尤其是波特的兒子……我要你向我保證！」

「賽佛勒斯，你要我絕不能透露你高貴的一面？」鄧不利多嘆氣，俯視石內卜兇惡痛苦的臉，「哎，如果你堅持的話……」

辦公室漸漸消失，卻又慢慢出現。石內卜在鄧不利多面前來回踱步。

「──平庸、自大，跟他父親一個樣。不把校規看在眼裡，就愛出風頭、引人注意、莽撞、沒禮貌──」

「你只看見了你想看見的部分，賽佛勒斯。」鄧不利多說，一逕看著《今日變形術》，頭也沒抬。「其他老師都說這孩子謙虛可愛，而且相當有才華。我個人呢，倒覺得他是個很有魅力的孩子。」

鄧不利多翻了一頁書，仍是頭也不抬地說：「麻煩你留意一下奎若好嗎？」

四周色彩飛旋後一切變暗，緊接著石內卜與鄧不利多站在入口大廳一段距離外，耶誕舞會最後一批落單的學生從他們身前經過，準備回寢室睡覺。

「怎麼樣？」鄧不利多喃喃說。

「卡卡夫的標記也變暗了，他慌了手腳，唯恐會遭到報應。你也知道，在黑魔王失勢之後，他幫魔法部出了多少力。」石內卜斜睨鄧不利多歪鼻子的側影，「卡卡夫打算萬一標記灼痛，他就要逃之夭夭。」

「是嗎？」鄧不利多輕聲說。這時花兒．戴樂古與羅傑．達維咯咯笑著從外面進來。「那你是不是也心動了，想加入他？」

「不。」石內卜說，黑眸盯著漸行漸遠的花兒及羅傑，「我不是懦夫。」

「對，」鄧不利多同意，「你比依果．卡卡夫要勇敢多了。你知道，我有時候會覺得，我們分類分得太快了……」

他邁步走開，留下石內卜一臉愕然……

現在哈利又來到了校長室。時間是夜晚，鄧不利多斜靠在寶座似的椅子上，顯然陷入半昏迷狀態。他的右手無力地垂在身側，焦黑灼傷。石內卜喃喃念著咒語，魔杖指著鄧不利多的右手手腕，而左手則握著高腳金杯，將杯中濃稠的黃金藥液灌入鄧不利多口中。一、兩分鐘後，鄧不利多的眼皮眨了眨，睜了開來。

「為什麼？」石內卜說，一句廢話也沒有，「**為什麼**你要把戒指戴上？那上頭有詛咒，想必你也知道，為什麼還要去碰它？」

魔佛羅．剛特的戒指擺在鄧不利多面前的辦公桌上，已經裂開了，而葛來分多寶劍就放在旁邊。

鄧不利多露出苦澀的表情。

「我……是傻瓜，抗拒不了誘惑……」

「什麼誘惑？」

鄧不利多沒有回答。

「你能回到這裡根本就是奇蹟！」石內卜聽起來很火大，「那只戒指上頭被施了格外強大的詛咒，我們目前只能希望暫時壓制住它。我現在暫時把詛咒困在一隻手上——」

鄧不利多舉起他焦黑無用的手，細細檢查，臉上的表情像在檢視什麼有趣的古董。

「你做得很好，賽佛勒斯。你覺得我還有多少時間？」

鄧不利多的語氣就像在聊天，彷彿他只是在問天氣預報。石內卜躊躇了一下說：「我也說不準，可能一年吧。這樣的咒語是擋不住的，最後還是會擴散，那是一種力量與時俱增的咒語。」

鄧不利多微笑著，最多只能再活一年的消息對他好似無關緊要。

「我很幸運，非常非常幸運，有你在我身邊，賽佛勒斯。」

「要是你早點叫我，我說不定還可以幫你再爭取更多的時間！」石內卜忿忿說道，他低頭看著寶劍和破裂的戒指。「你以為粉碎戒指就可以破除詛咒嗎？」

「差不多……顯然我是興奮得沖昏了頭……」鄧不利多說，他費了番力氣才能在椅子上坐直。「啊，其實呢，這讓事情更簡單了。」

石內卜完全給弄糊塗了，鄧不利多卻微笑著。

「我說的是佛地魔王在我四周編織的羅網，他要那個可憐的馬份家男孩謀殺我的計畫。」

石內卜在哈利經常占據的椅子上坐下，看著對面的鄧不利多。哈利看得出來他還想繼續談論鄧不利多受詛咒的手，但鄧不利多卻禮貌地表示不願再談此事。石內卜皺著眉頭說：「黑魔王並不指望跩哥能得手，那只不過是要懲罰魯休思最近幾次的失敗，慢慢折磨跩哥的父母，讓他們眼睜睜看著兒子失敗，付出代價。」

「換句話說，那孩子就跟我一樣，已經被宣判死刑了。」鄧不利多說，「那麼一旦跩哥失手，接手這樁任務的不二人選，一定就是你囉？」

短暫的沉默。

「我想那就是黑魔王的計畫。」

「佛地魔王已經預見了在不久的將來，他已經不需要在霍格華茲設耳目了？」

「對，他相信學校很快也會落入他的掌握。」

「萬一真的落入了他的掌握之中，」鄧不利多說，幾乎像竊竊私語，「你向我保證過，你會盡全力保護霍格華茲的學生？」

石內卜僵硬地點頭。

「好。那麼現在，你的當務之急是打探出跩哥的計畫，一個嚇慌了的十幾歲少年無論對別人或對他自己都是莫大的危險。給予他幫助和指導，他應該會接受的，他喜歡你——」

「——自從他父親失寵之後，就沒那麼喜歡了。跩哥認為是我的錯，我篡奪了魯休思的位子。」

「還是一樣，去試試看吧。我倒不怎麼關心我自己，反而是那個孩子想到的計畫可能會牽連無辜的受害者，這點更教我擔心。當然，如果我們要讓他逃過佛地魔王的怒火，到頭來只有一個法子。」

石內卜挑高眉毛，譏誚地問：「你是打算讓他殺了你嗎？」

「當然不是。我要**你**來殺我。」

一陣漫長的沉寂，只有一種怪異的喀喀聲，是鳳凰佛客使正在嚼墨魚骨。

「你要不要我現在就殺啊？」石內卜問道，聲音裡充滿濃濃的諷刺。「還是先給你幾分鐘，讓你寫完你的墓誌銘？」

「喔，不是現在，」鄧不利多笑吟吟地說。「但我敢說時候很快就會到了。從今晚發生的事來看，」他指了指自己焦黑枯萎的手，「我們可以確定一年之內一定會發生。」

「既然你不介意死亡，」石內卜粗聲粗氣地說道，「那為什麼不乾脆讓跩哥下手算了？」

「那孩子的靈魂還不到無可救藥的地步。」鄧不利多說，「我不要因為我而徹底摧殘了它。」

「那麼我的靈魂呢，鄧不利多？我的呢？」

「只有你知道，幫助一個老人避免痛苦和羞辱，是不會傷害你的靈魂的。」鄧不利多說，「我向你討這個莫大的人情，賽佛勒斯。因為死亡確定會找上我，就跟查德利砲彈隊鐵定會在今年的聯盟賽事裡墊底一樣。我承認在這件混亂又勢必延長的事情上，我寧願選擇迅速無痛地退場，比如說，萬一灰背也牽涉在內的話——我聽說佛地魔又徵召他了？或是親愛的貝拉，她總喜歡在吃下食物前先盡情戲弄一番。」

鄧不利多的語氣輕鬆，但藍眸卻穿透了石內卜，就如經常穿透哈利一樣，彷彿他們所討論的靈魂是看得見的。最後石內卜又草草點了個頭。

鄧不利多看來很滿意。

「謝謝你，賽佛勒斯……」

辦公室消失，此刻石內卜與鄧不利多正在黃昏時空盪盪的校園漫步。

「你都在和波特幹什麼？這些晚上你們都關在辦公室裡？」石內卜突然開口問。

鄧不利多一臉疲憊。

「怎麼？你不會是**又**要罰他勞動服務吧，賽佛勒斯？這孩子很快就會有做不完的勞動服務了。」

「他完全是他父親的翻版——」

「外表上或許是，但內在的本質卻更像他母親。我跟哈利在一起，是有事要和他討論，給他一些資訊，以免來不及。」

「資訊？」石內卜接著說，「你信任他……卻不信任我。」

「這不是信任不信任的問題。我們兩人都知道，我的來日無多了，所以必須要把足夠的資訊交給這個男孩，讓他去做必須做的事。」

「那我為什麼不能知道同樣的資訊？」

「我比較喜歡不要把所有秘密都放在同一個籃子裡，尤其是一個長時間掛在佛地魔王手臂上的籃子。」

「那可是你吩咐我這麼做的！」

「而你做得非常好。別以為我低估了你目前的處境是步步為營，賽佛勒斯。讓佛地魔得到看似珍貴的情報，同時又要隱瞞住真正重要的內情，這樣的大事我只託付給你一個人。」

「可是你卻把許多機密，告訴一個連鎖心術都學不會、法力平庸無奇，還跟黑魔王心智有直接連結的小子！」

「佛地魔畏懼這份連結。」鄧不利多說，「就在不久前，他稍稍嘗到了什麼是分享哈利心智的真正滋味，那是他從未經歷過的痛苦。他不會再設法控制哈利了，這點我很確定，至少不是那種方式。」

「我不明白。」

「佛地魔王的殘破靈魂，沒辦法承受和哈利這樣的靈魂親密接觸。那就如同舌頭黏上了冰凍的金屬，血肉在火焰中燒灼——」

「靈魂？我們不是在談心智嗎？」

「以哈利和佛地魔王的例子來說，兩者其實是一體兩面。」

鄧不利多環顧四下，確定只有他們兩人。他們這時正在禁忌森林邊緣，四周沒有閒雜人等。

「在你殺了我之後，賽佛勒斯——」

「你凡事都對我有所保留，可是你卻還期望我為你做這件舉手之勞！」石內卜咆哮道，瘦削的臉上寫滿了真正的怒氣，「你把太多事看得太理所當然了，鄧不利多！說不定我已經改變心意了呢！」

「你答應過我了，賽佛勒斯。既然你說到了虧欠我的舉手之勞，你不是說會特別留意我們的史萊哲林小朋友嗎？」

石內卜滿臉惱怒的愛理不理，鄧不利多嘆了口氣。

「今晚到我辦公室來，賽佛勒斯，十一點，你就不會抱怨我有事瞞著你了……」

他們回到了鄧不利多的辦公室，窗戶黝黑，佛客使默默棲息在牠的位置上。石內卜也一動不動坐著，只有鄧不利多一面繞著他踱步，一面說話。

「哈利絕不能知道，要等到最後一刻，等到緊要關頭，否則他哪裡來的力量去做必須要做的事？」

「他到底必須要做什麼？」

「這是哈利跟我之間的事。現在聽仔細了，賽佛勒斯，將來會有一天——在我死後——別爭辯，別插嘴！將來會有一天，佛地魔王會擔心他那條蛇的生命。」

「娜吉妮？」石內卜愕然以對。

「一點也沒錯。如果有一天佛地魔王不再派他的蛇出外執行他的命令，卻讓牠安全地待在身旁，以魔法來保護牠。那麼我想，就可以告訴哈利了。」

「告訴他什麼？」

鄧不利多做個深吸吸，閉上眼睛。

「告訴他在佛地魔王想殺他的那晚，在莉莉用自己的生命擋在他們之間時，索命咒逆火反彈擊中了佛地魔王，結果佛地魔的靈魂有一小塊給炸飛了，那一小塊靈魂就附著在斷瓦亂石堆中唯一活著的靈魂上。有部分的佛地魔王活在哈利體內，就因為如此他才會說爬說語，才會和佛地魔王產生了他永遠也想不通的連結。然而只要那一小塊的靈魂，佛地魔未曾察覺的那片靈魂，一直附著在哈利身上，受了他的保護，佛地魔王就不會死。」

哈利似乎是從長長的隧道一端看著那兩個人，他們距離好遙遠，聲音很奇怪地在他耳中迴響。

「所以那孩子……那孩子非死不可？」石內卜相當鎮定地問。

「而且必須由佛地魔親自動手，賽佛勒斯。這點至關重要。」

又是一陣漫長的沉默，接著石內卜說：「我以為……這麼多年來……我們是為了她在保護他的，為了莉莉。」

「我們保護他，是因為必須要教導他、養育他，讓他鍛鍊自己的力量。」鄧不利多說，仍閉著眼睛。「而在此同時，他們之間的連結也越來越強，那是一種寄生蟲式的成長，有時我以為他自己也懷疑過。如果我算是了解他的話，哈利會在面對自己的死亡之前做好一切安排，而這意味著佛地魔的末日真的來臨了。」

鄧不利多睜開眼睛，石內卜一臉驚駭。

「你保他活命，就為了讓他在適當的時刻死掉？」

「別那麼震驚，賽佛勒斯。你親眼看過多少人死亡？」

「最近嘛，只有那些我實在無力拯救的人。」石內卜說，他站了起來，「你利用了我。」

「怎麼說？」

「我為你臥底、為你說謊、為你冒生命危險，而這一切應該都是為了讓莉莉．波特的兒子平安。現在你卻告訴我，你養大他，是為了讓他像送進屠宰場的豬——」

「啊，真是太感人了，賽佛勒斯。」鄧不利多嚴肅地說，「難道說你終究漸漸喜歡上那孩子了？」

「喜歡**他**？」石內卜大吼，「疾疾，護法現身！」

他的魔杖尖端湧出一頭銀色雌鹿，落在辦公室地板上，接著奮力一躍飛出了窗外。鄧不利多看著雌鹿飛走，銀光消逝之後，他才轉頭看著石內卜，眼中閃爍著淚光。

「這些年來都是這樣？」

「一直都是。」石內卜說。

這一幕消散。現在哈利看見石內卜對著辦公桌椅子背後的鄧不利多畫像說話。

「你必須把哈利離開他阿姨、姨丈家的正確日期告訴佛地魔。」鄧不利多說，「不這麼做的話，他必定會起疑，因為佛地魔深信你消息靈通。不過，你必須要耍點詐——這樣我想應該能確保哈利的安全。試試看對蒙當葛．弗列契下迷糊咒，還有，賽佛勒斯，要是你不得不加入追逐的話，別忘了要表演得惟妙惟肖……我現在完全靠你了，你得儘可能爭取佛地魔王的好感。否則的話，霍格華茲就會淪落到卡羅那對兄妹的魔掌中了……」

眼前的石內卜與蒙當葛頭抵著頭，坐在一間陌生的酒館中，蒙當葛的臉一片茫然，而石內卜則專注地鎖著眉頭。

「你要向鳳凰會建議，」石內卜喃喃說，「要他們使用替身。變身水，一模一樣的波特，這是唯一可行的辦法。你會忘記是我建議的辦法，你會當成是自己想出來的主意，聽懂了嗎？」

「懂了。」蒙當葛喃喃說，眼神迷離失焦……

這會哈利正與騎著飛天掃帚的石內卜併肩飛行，橫越黑暗清朗的夜空。同行的還有其他戴著兜帽的食死人，前方是路平與喬治假扮的哈利……一名食死人超前，舉起魔杖，對準了路平的背——

「撕淌三步殺！」石內卜大喝。

但是原本瞄準了食死人執杖那隻手的咒語，卻失了準頭，反而擊中了喬治——

接下來，石內卜跪在天狼星的舊臥室中，鷹鉤鼻端落下一顆顆淚珠，他正讀著莉莉的信。第二頁只有幾行字：

竟然會和蓋勒・葛林戴華德是朋友。我個人是覺得她的腦筋不太正常了！

送上一大堆的愛。

莉莉

石內卜拿走了有莉莉簽名、有她的愛的那頁信紙，塞到袍子底下，然後又把手中的相片撕成兩半，留下了莉莉大笑的那一半，而把詹姆和哈利的那一半隨手扔在地板上，相片飄入了五斗櫃下……

接下來石內卜站在校長室裡，非尼呀．耐吉匆匆忙忙跑回畫像中。

「校長！他們在狄恩森林裡露營！那個麻種——」

「別說那兩個字！」

「——好吧，那個格蘭傑女娃兒，她打開皮包時說到地名，被我聽見了！」

「好，非常好！」校長椅子後方的鄧不利多畫像喊道，「就是現在，賽佛勒斯，寶劍！別忘了寶劍必須要在緊急與果敢的非常狀況下才能得到——而且不能讓他知道是你給他的！萬一佛地魔讀取哈利的心思，看見你這麼做——」

「我知道。」石內卜簡短地回答。他走向鄧不利多的畫像，拉扯畫像邊緣。畫像向前旋開，露出了後面的一個洞，他伸手進去拿出葛來分多寶劍。

「你到現在還是不肯告訴我，為什麼這把劍對波特這麼重要？」石內卜說，一邊披上旅行斗篷。

「不，時候未到。」鄧不利多的畫像說，「他會知道怎麼用的。對了，賽佛勒斯，千萬要小心啊，喬治．衛斯理失去耳朵後，他們看見你可能不會太客氣——」

石內卜在門口轉身。

「放心吧，鄧不利多。」他鎮定地說，「我有一個計畫……」

說著石內卜離開了房間。哈利從儲思盆裡浮出來，片刻之後，他躺在鋪了地毯的地板上。他仍在同一個房間，就好像石內卜剛剛才關上門一樣。

34 重返森林

終於水落石出了。哈利趴在地上，將臉壓進沾滿灰塵的辦公室地毯裡。他一度以為他在這間辦公室裡學習的是勝利的秘密，但現在他終於了解自己不該活下去。他的任務就是平靜地走入死神歡迎的懷抱中，將佛地魔與他生命的殘餘連結給丟掉。所以等他最後撲上前擋住佛地魔的去路時，他不必舉起魔杖反抗。

結局清清楚楚，而早在高錐客洞就該了結的任務也會隨之完成：兩者都不會活，兩者都不能活。

他感覺心臟猛烈撞擊胸膛。真奇怪，就在他畏懼死亡的時候，它竟然跳得更有力，英勇地保住他一條命。可是它終究必須停止，而且就在不久之後。它的跳動次數已是屈指可數了。在他從地上爬起來，最後一次穿過城堡走進校園空地並進入森林之前，還剩下多少時間？

他趴在地板上，恐懼一波波襲來，胸口中的送葬鼓聲砰砰作響。死亡會痛嗎？那麼多次他以為難逃一死，卻僥倖逃生，而他卻從未思索過死亡本身的含義。他求生的意志總是比他對死亡的恐懼強得多，但是此刻他卻壓根沒有逃跑的念頭，沒有遠離佛地魔的念頭。結束了，他知道，唯一剩下的就是那件事——死亡。

如果他能在那個夏日晚上，最後一次離開水蠟樹街四號的時候死掉，那該有多好，但高貴的鳳凰羽毛魔杖卻救了他的命！如果他能像嘿美一樣，在還搞不清狀況之前就痛快地死了，那該有多好！又或者他飛身撲在一根魔杖之前，救了所愛之人的性命……這時他甚至羨慕起自己父母的死。像這樣冷血地走向自己的毀滅，需要的是另一種勇氣。他覺得手指微微發抖，趕緊費力壓抑，儘管沒有人看得見，因為牆上的畫像全都是空的。

慢慢地，非常非常慢地，他坐了起來。他這一動就覺得自己是活生生的，比從前更加意識到身體還活著。他為什麼從來不感激自己是個奇蹟？他的腦、他的神經、他那跳動的心？再過不了多久，這些全都會沒了……至少他這個人會沒了。他的呼吸低沉徐緩，嘴巴喉嚨非常乾燥，眼睛也是。

鄧不利多的背叛幾乎不算什麼了。當然會有個更宏觀的計畫，只是哈利自己太愚蠢，看不出來罷了，這點他總算是明白過來了。他從沒質疑過自己的假設，也就是鄧不利多想要他活下去。現在他了解，一旦摧毀掉所有的分靈體，他的生命也就會走到盡頭。鄧不利多把摧毀分靈體的任務交給了他，而他也乖乖地一點一點摧毀了不只是佛地魔的生命，還有他自己的生命！真是乾淨俐落啊，真是優雅啊，絕不浪費別的生命，而是把危險的任務交給那個早已被圈選出來預備犧牲的男孩。他的死非但不是災禍，反倒是對佛地魔的另一次打擊。

而且鄧不利多也料定了哈利不會推諉塞責，他會一路堅持到終點，即使那也是**他自己的**終點。因為鄧不利多費了很大力氣去了解他，不是嗎？鄧不利多知道，佛地魔也知道，一旦哈利發現了他有能力阻止，他就不會讓別人為他而死。弗雷、路平和東施毫無生氣地躺在餐廳的畫面又清晰生動地浮現眼前，一時之間哈利似乎無法呼吸：死神是沒有耐性的……

可是鄧不利多高估了他。他有個地方失敗了，那條蛇還活著。即使哈利被殺，仍然有個分靈體維持著佛地魔與這世間的連結。沒錯，這樁任務相對是簡單一些，但由誰來執行呢？……當然啦，榮恩與妙麗會知道必須做什麼……所以鄧不利多才要他對他們倆推心置腹……這麼一來，萬一他稍微提早了一些面對他真正的命運，他們也能繼續下去……

恍如冷雨敲窗，這些想法也拍打著不爭事實的堅硬表面，也就是他必須死。**我必須死**。一切必須結束。

榮恩與妙麗似乎在遙遠的距離外，似乎是在一個偏遠的國家，他覺得好像很久很久之前就跟他們分開了。不會有告別，不會有解釋，他決定了。這是一段容不下他們兩人的旅程，他們會用盡千方百計來阻撓他，而那只會浪費寶貴的時間。他低頭看著破爛的金錶，這是他十七歲的生日禮物。佛地魔限定的時間已經幾乎過了一半。

他爬起來，心臟猶如一隻發狂的小鳥般在他的肋骨間狂跳，也許它是知道自己沒有多少時間了，也許它是決心要在結束之前跳完一生該跳的次數。他關上了校長室的門，頭也不回。

城堡裡空盪盪的，哈利覺得自己像幽靈似地大步穿過室內，彷彿他已經死了。畫像中仍是一個人也沒有，整個地方靜得教人毛骨悚然，彷彿僅剩的生命之血都集中在餐廳裡，死者與悼亡者齊聚一室的地方。

哈利披上隱形斗篷，一層層下樓，最後走下了進入入口大廳的大理石階梯。或許心中還是有一小部分希望能有人察覺到他，有人看到他，有人阻止他，但隱形斗篷一如以往，完美無瑕地無法透視，他輕而易舉來到了前門。

這時奈威幾乎撞上他，他和另外一人從校園抬回一具屍體。哈利低頭看，覺得胃部又緊緊揪了起來，那是未成年的柯林·克利維，他必然是和馬份、克拉和高爾一樣偷溜了回來。死去的他看起來好幼小。

「我說啊，奈威，我一個人就扛得動他。」奧利佛·木透說，有如消防隊員一樣扛起了柯林，把他扛進餐廳。

奈威在門框上倚了一會，用手背揩了揩額頭。他的樣子很像個老頭子，接著他再次拾級而下，沒入黑暗中，尋找更多的屍體。

哈利回頭再看了餐廳的入口一眼。許多人在走動，試圖安慰彼此。有人喝水，有人跪在死者身邊，但他卻沒看見他深愛的人，到處都沒有妙麗、榮恩、金妮或是衛斯理家的人，連露娜也不見蹤影。他願意用僅餘的時間來換這最後一眼，可是真的看到了之後，他會有力量不再看下去嗎？最好還是就這樣吧。

哈利走下階梯，沒入夜色。這時已是將近清晨四點，校園的死寂彷彿是在屏息以待，看他究竟做不做得到他必須要做的事。

哈利朝奈威移動，他正彎腰俯視另一具屍體。

「奈威。」

「哎唷，哈利，你嚇得我差點心臟病發作！」

哈利扯下了隱形斗篷。他也不曉得是哪裡來的主意，純粹是想要百分之百確定。

「你一個人要上哪裡去？」奈威狐疑地問。

「這是計畫的一部分，」哈利說，「我有事得去做。聽著──奈威──」

「哈利！」奈威突然一臉驚駭，「哈利，你該不會是要把自己交出去吧？」

「不是。」哈利撒謊，一點也不臉紅，「當然不是……我得做別的事。不過我可能會暫時失蹤個一下子。你知道佛地魔的蛇嗎，奈威？他有一條巨蛇……他叫牠娜吉妮……」

「嗯，我聽說過……怎麼樣？」

「一定要把牠殺了。榮恩跟妙麗知道這件事，不過萬一他們——」

想到這個可能，哈利震驚得一下子嗆住了，說不出話來。但他盡力自制，這是個關鍵，他必須像鄧不利多一樣，保持冷靜的頭腦，確定還有備用計畫，有別的人會負責執行。鄧不利多撒手人寰時明白還有三個人曉得分靈體的事，現在奈威可以取代哈利的位置，仍然有三個人知道秘密。

「萬一他們——很忙——而你正好有機會——」

「把蛇殺掉？」

「把蛇殺掉。」哈利再說一次。

「好吧，哈利。你沒事吧？」

「沒事。謝了，奈威。」

哈利轉身要走，但奈威抓住他的手腕不放。

「我們會繼續戰鬥，哈利，你知道的吧？」

「嗯，我——」

窒息的感覺扼住了句子的下半段，他沒辦法再說下去。奈威似乎沒有發現哪裡不對，他拍拍哈利的肩膀後放開他，走開去尋找更多屍體。

哈利重新披上隱形斗篷，再次邁開步伐。不遠處有人移動，俯身查看另一具臥倒在地上的人體，他一直走到很接近時才看出那個人是金妮。

他猛然停步，她正俯身查探一名低聲叫喚母親的女孩。

「沒事了。」金妮在說，「沒事了，我們會把妳抬進去。」

「可是我要**回家**。」女孩低聲說，「我不要再戰鬥了！」

「我知道。」金妮聲音不穩地說，「很快就沒事了。」

哈利的皮膚上泛起一波波冷顫，他好想對著黑夜大吼，好想要金妮知道他在這裡，好想要她知道他正往哪裡去。他想要有人阻止他，有人把他拖回去，有人送他回家……可是他**已經**回到家了。霍格華茲是他第一個也是最好的一個家。他、佛地魔跟石內卜，三個沒人要的孩子，都在這裡找到了家……

金妮跪在受傷的女孩身旁，握著她的手，哈利費了極大的力氣才強迫自己前進。他好像看到金妮在他經過時左顧右盼，不禁猜測她是否感覺到有人從附近走過，但他沒有開口，也沒有回頭。

海格的小屋在黑暗中隱約可見，屋中沒有燈光，也沒有牙牙忙著抓門，高聲吠叫地歡迎客人。那一次次來此探望海格的回憶，那火爐上閃爍光輝的銅壺、石頭蛋糕和巨大的食物，還有他滿臉鬍鬚的大臉，還有榮恩不停嘔出蛞蝓，還有妙麗協助他拯救蘿蔔……

他向前走，到了森林邊緣之後停了下來。

樹木間有群催狂魔在滑來滑去，他能感受到牠們散發的寒冷。他沒把握是否能安然通過，他沒有力氣召喚護法，他再也控制不了自己的顫慄，死亡畢竟不是件簡單的事。他呼吸的每一秒，那青草的香味，還有臉上清涼的空氣，都是那麼的珍貴。想想看，那麼多人還有許許多多年可以活，他們有一大堆時間可以浪費，時間多得不得了，而他卻緊抓著每一秒。他覺得自己沒辦法前進了，但他也知道自己必須前進。漫長的遊戲結束了，金探子已被捉住，該離開天空了……

金探子。他麻痺的手指在脖子上的蜥皮袋裡翻找了一會，掏出了金探子。

我在結束時開啟。

哈利的呼吸變得又快又重，他低頭瞪著金探子。現在的他希望時間過得越慢越好，但時間卻似乎加速逃逸，而心領神會來得太過迅速，很像是一閃而過的雜念。現在就是結束，現在就是時候。

他把金探子舉到嘴邊，貼著嘴唇，喃喃說：「我快死了。」

金屬殼應聲而開。哈利放下抖個不停的手，在隱形斗篷下舉著跩哥的魔杖，低聲說：「路摸思。」

裂開成兩半的金探子中放著一塊黑色石頭，中央有一道閃電形的裂痕。重生石上劈開的直線代表接骨木魔杖，而代表隱形斗篷及重生石的三角形與圓圈依然清晰可辨。

再一次，哈利連想也不用想就明白了。重點不是在讓死者復生，因為他就要去加入死者了。他並不是去接回死者，而是死者要接走他。

他閉上眼睛，將手上的重生石翻轉三遍。

他知道有事情發生了，因為他聽見了四周有微微的聲響，告訴他有脆弱的身體走在森林外圍遍地樹枝的泥土地上。他睜開眼睛環顧四周。

他們既不是幽靈也不是真正的人，這點他看得出來。最接近的說法是，他們酷似許久許久以前從日記裡逃出來的瑞斗，由記憶組成、幾近實體的人形，比活生生的軀體要多一分空靈，卻又比幽靈多一分實感。他們朝他移動，每張臉上都掛著同樣的愛憐微笑。

詹姆與哈利一般高，穿著死亡時刻的那身衣服，頭髮亂糟糟的，眼鏡略有些歪斜，跟衛斯理先生一樣。

天狼星又高又帥，比哈利見過的他要年輕許多。他以優雅的步伐跳躍前進，雙手插在口袋裡，臉上掛著壞壞的微笑。

路平也比較年輕，沒那麼寒酸，頭髮也比較厚、比較黑。能夠回到少年輕狂的老地方，他似乎很開心。

莉莉是笑得最歡暢的一個。她撥開長髮向他走近，而她的綠眼，和他好像好像，正飢渴地搜尋著他的臉，彷彿怎麼看都看不夠。

「你一直都好勇敢。」

他說不出話來，貪婪地注視著她，覺得可以就這麼看下去，看上一輩子，一輩子才夠。

「你快到了。」詹姆說，「非常接近了。我們……我們都以你為榮。」

「會痛嗎？」

幼稚的問題，在哈利來不及阻止前就衝出了雙唇。

「死亡嗎？一點也不會。」天狼星說，「比睡覺還快，還要輕鬆。」

「而且他會想越快解決越好。他想要結束。」路平說。

「我不想要你們死，」哈利說，這句話不由自主冒出來，「你們每一個都是。對不起——」

他主要是對著路平說的，懇求他原諒。

「——你才剛有了兒子……雷木思，對不起——」

「我也覺得遺憾。」路平說，「遺憾我沒有機會認識他……可是他會知道我是為何而死的，我希望他會了解。我是在努力改變這個世界，讓他能夠過得更快樂。」

森林中心散發出的冷冽微風，吹開了哈利額上的頭髮。他知道他們不會叫他前進，這必須是他自己的決定。

「你們會陪著我吧？」

「一直到最後。」詹姆說。

「他們看不見你們吧？」哈利又問。

「我們是你的一部分，」天狼星說，「其他人都看不見。」

哈利注視著母親。

「緊緊跟著我。」他靜靜說。

於是他出發了。催狂魔的冰冷奈何不了他，他在同伴的陪伴下通過了牠們，而他的同伴就像護法一樣，和他併肩齊步穿過緊密生長在一起的古木。古木的樹枝交纏，多節瘤的樹根在腳下盤繞糾結。哈利在一片漆黑中抓緊隱形斗篷，越來越深入森林，完全不曉得佛地魔在哪裡，只知道一定會找到他。他的身邊有詹姆、天狼星、路平和莉莉陪著他走，一點聲響也沒有，而他們的存在就是他的勇氣，也是讓他繼續邁開腳步的理由。

此時他的身體與心智好像並沒有連結在一起。他的四肢並不是聽從意識的指揮，而是自己在動，彷彿在這具即將被拋棄的軀體中，他是名乘客，而不是駕駛。陪著他穿越禁忌森林的死者，現在倒反而比城堡中的活人更有生氣。在他跌跌撞撞邁向生命的終點，邁向佛地魔時，榮恩、妙麗、金妮和所有在城堡中的人，感覺上才是像幽靈的人……

一聲悶響、一聲低喃，附近有另一個活著的生物在動。哈利在隱形斗篷下停住，四下凝視、傾聽，他的父母親、路平及天狼星也停了下來。

「有人在這裡。」一個粗糙的聲音在附近響起，「他有隱形斗篷，會不會——？」

兩條人影從附近的樹後出現，他們的魔杖發光，哈利看見牙克厲和杜魯哈凝目望著黑暗，筆直望向哈利、他的父母親、天狼星，還有路平所站之處。顯然他們什麼也看不見。

「絕對錯不了，我聽見了什麼。」牙克厲說，「你覺得是動物嗎？」

「那個神經病海格在這裡頭養了一大堆怪物。」杜魯哈說，瞧了瞧肩膀後頭。

牙克厲低頭看錶。「時間快到了。波特耗了一個鐘頭，他不會來了。」

「他可是一口咬定他會來呢！他不會高興的。」

「最好還是回去吧。」牙克厲說，「弄清楚接下來有什麼計畫。」

他和杜魯哈轉身深入森林。哈利跟著他們，知道他們會帶他到他想去的地方。哈利瞧了瞧身邊，母親對他微笑，父親點頭鼓勵他。

他們又走了不到幾分鐘，哈利就看見前方有火光。牙克厲與杜魯哈走入一處林中空地，哈利認出這裡是從前可怕的阿辣哥住的地方。龐大的蜘蛛網仍留下殘骸，但那一窩窩的後裔早已被食死人給趕了出去，要牠們為食死人而戰。

林地中央燃著一個火堆，明滅不定的火光照映著一群提高警覺、大氣也不敢吭一聲的食死人。有些人戴著面具和帽兜，有些人則露出了臉。這群食死人的外圍坐了兩個巨人，在空地上投下龐大的陰影，他們的臉孔兇殘，像岩石般稜角分明。哈利看見了焚銳，他正畏畏縮縮地咬著自己的長指甲，金髮的羅爾則輕觸著流血的嘴唇。他也看見了魯休思．馬份，滿臉的挫敗驚惶，他太太水仙則是雙眼凹陷、眼神驚懼。

每雙眼睛都盯著佛地魔，他低垂著頭站著，白皙的手交握著接骨木魔杖，放在身前，有可能是在祈禱，也有可能是在心中默數，而哈利一動也不動地站在空地邊緣，竟荒誕地覺得，他像個正在捉迷藏遊戲中當鬼的小孩。在佛地魔的頭後面，那條巨蛇娜吉妮不停蠕動盤旋，飄浮在閃閃發亮的魔法籠子裡，像是個怪異的光圈。

杜魯哈及牙克厲回到圈子裡後，佛地魔抬頭看。

「沒有他的蹤跡，我的主人。」杜魯哈說。

佛地魔的表情不變，紅眼似乎在火光中燃燒。他緩緩抽出修長手指間的接骨木魔杖。

「我的主人——」

坐的位置離佛地魔最近的貝拉開口了，她蓬頭垢面的臉上略帶血跡，除此之外毫髮無傷。

佛地魔舉手要她安靜，她馬上一聲不吭，只用崇拜著迷的目光打量他。

「我認為他會來。」佛地魔用他那高亢清晰的聲音說，眼睛盯著跳動的火焰，「我期待他來。」

沒有人開口，他們好像跟哈利一樣害怕。哈利的心臟現在正全力撞擊他的肋骨，彷彿下定決心要逃出這個他即將丟棄的軀殼。他的手在冒汗，他扯掉了隱形斗篷，與魔杖一起塞入袍子底下。他不想貿然開戰。

「看來我竟然……猜錯了。」佛地魔說。

「你沒猜錯。」

哈利儘可能大聲地說，使盡了全身力氣，他可不願示弱。重生石從他麻痺的指間鬆脫，掉出了他眼角餘光能看見的範圍，他看著父母、天狼星和路平消失，而後大踏步走入光圈中。此時此刻，他覺得誰都不重要，唯一重要的是佛地魔。這是他們兩個人的事。

幻覺來得快去得也快。巨人怒吼，食死人紛紛起身，有許多人大喊，有人倒抽了一口冷氣，甚至還有人在笑。佛地魔凍結在原處，但紅色的眼睛卻盯上了哈利，盯著哈利走向他，兩人之間除了火堆之外毫無屏障。

突然一個聲音揚起——

「哈利！不要！」

他猛一轉身，看見海格被牢牢綁在附近的一棵樹上。他巨大的身體氣急敗壞地奮力掙扎，頭頂上的樹枝窸窣作響。

「不！不！哈利，你是怎——」

「安靜！」羅爾大喝，魔杖一揮，海格就發不出聲音了。

剛才一躍而起的貝拉，這會焦急地看看佛地魔又看看哈利，胸口上下起伏。在場唯一在動的東西是火焰及那條蛇，在佛地魔腦袋後頭的閃爍籠子裡不停盤捲又拉長。

哈利能感到他的魔杖抵著自己的胸膛，但他絲毫沒有抽出來的意思。他知道巨蛇被保護得太周密，知道萬一他用魔杖指著娜吉妮，自己會先被五十個詛咒擊中。佛地魔與哈利依然彼此對視，這時佛地魔微微歪了歪頭，衡量著面前的男孩，無唇的嘴咧開一個皮笑肉不笑的笑容。

「哈利波特。」他說，聲音非常之輕，不仔細聽很可能會誤認為是營火的劈啪聲，「那個活下來的男孩。」

食死人都沒有移動。他們在等待，一切都在等待。海格死命掙扎，貝拉在喘氣。不知道為什麼，哈利想著的卻是金妮，她亮麗的外表、她的唇貼住他的感覺——

佛地魔舉起魔杖。他仍歪著頭像個好奇的孩子，心裡盤算著接下來會發生什麼事。哈利回視那雙紅眼，想要現在就做個了斷，越快越好，趁著他還能站著，趁著他還沒失去控制，趁著他還沒洩漏了懼意——

他看見那張嘴動了，一道綠光閃過，一切都結束了。

35 王十字車站

他面朝下趴著，傾聽著萬籟俱寂。他是徹徹底底地獨自一人，沒有人在旁觀，也沒有人在這裡。連他自己都不敢百分之百篤定他本人在這裡。

過了很久之後，也說不定就是在下一秒，他想起了他必然是存在的，必然不只是不具形體的思想，因為他正躺著，絕對是躺著，躺在某種平面上。所以他才會有觸覺，而且他躺著的地方也是存在的。

幾乎是一做出這結論，哈利就意識到自己全身光溜溜的。他深信附近只有自己一個人，所以並不在意赤身露體，但他著實有些摸不著頭緒。他難免疑惑自己的視覺是否也和觸覺一樣正常。他慢吞吞地睜開眼睛，發現自己看得見。

他躺在明亮的霧中，但這種霧卻跟他見過的霧完全不同。他的四周並沒有被雲朵狀的水氣掩藏住，應該說是雲朵狀的水氣還沒融入四周環境。他躺的地上很像是白色的，既不溫暖也不寒冷，就只是在那裡的某種平坦空茫的東西。

他坐起來，身體似乎沒有傷痕。他摸摸臉，竟然連眼鏡都不用戴了。

突然從周圍不成形的空無中傳來聲音，是小小的、柔柔的撞擊聲，來自什麼會啪噠啪噠拍打、揮舞、掙扎的東西。這聲音聽起來很可憐，卻也有點骯髒。哈利有種不舒服的感覺，以為自己偷聽了什麼鬼鬼祟祟、見不得人的事。

醒過來後第一次，他希望自己有衣服可以蔽體。

這個想法剛在腦中成形，不遠處就出現了袍子。他抓過袍子套上。袍子柔軟、乾淨、溫暖。實在是太神奇了，他不過是剛想到衣服，袍子就出現了……

他爬起來東看西看，他難道是進了什麼厲害的萬應室了嗎？他看得越久，要看的東西就越多。頭頂上有一面玻璃圓屋頂，在陽光下熠熠發光，說不定這裡是宮殿。一切都噤聲靜止，只有霧中某處傳來的怪異撞擊聲和抽抽噎噎的聲音……

哈利緩緩循聲轉過身去，周遭環境似乎在他眼前自動生成。一處廣闊的地方，明亮乾淨，這座大堂比霍格華茲的餐廳還要寬闊，天花板是清澈的圓頂玻璃。大堂裡空盪盪的，只有他一個人，除了——

他瑟縮了一下，他看見噪音的來源了，它具備了一個赤裸小孩的形體，蜷縮在地上，皮膚粗糙龜裂，看似被痛打過。它被擱在椅子下，簌簌發抖，掙扎著呼吸，沒有人要，被塞到眼不見為淨的地方。

他怕它。儘管它幼小衰弱又受傷，但哈利卻不願接近它。雖然如此，他還是一小步一小步蹭過去，隨時準備往後跳。沒多久他就近得可以摸到它，但他無論如何也鼓不起勇氣伸出手。他應該安慰它的，但它只讓他反胃。

「你是幫不上忙的。」

他就地轉身。阿不思．鄧不利多朝他走來，腳步輕盈，抬頭挺胸，一身午夜藍色的長袍。

「哈利。」他張開雙臂，兩隻手都完整無傷、白皙健全，「你這優秀的好孩子，你這勇敢、無懼的男子漢。來，我們來談談吧。」

鄧不利多大步離開那個遭受毒打、哀哀哭泣的孩子，哈利目瞪口呆地跟上去。他帶著他到兩張椅子前，先前哈利沒注意到這裡還有椅子，在高聳閃亮的天花板下，椅子離他們有段距離。鄧不利多挑了一張坐下，哈利一屁股坐進另一張椅子裡，瞪著他的老校長。鄧不利多長長的銀髮銀鬚、半月形眼鏡後犀利的藍眸、歪扭的鼻子，處處都與他記憶中的校長相同。然而……

「你死了啊。」哈利說。

「喔，沒錯。」鄧不利多一副就事論事的樣子。

「那……我也死了嗎？」

「啊，」鄧不利多說，笑容更加燦爛，「這就是問題所在了，是不是？總而言之，親愛的孩子，我認為沒有。」

兩人對望，老人仍然笑容可掬。

「沒有？」哈利重複。

「沒有。」鄧不利多說。

「可是……」哈利直覺地伸手去摸閃電形的傷疤，但傷疤卻好像不在了，「可是我應該是死了——我沒有還手啊！我就是要讓他殺了我！」

「就是這一點，」鄧不利多說，「我認為，這讓一切改觀。」

鄧不利多的身上好似散發出一種快樂幸福的氣氛，有如光線，有如火焰。哈利從沒見過他這樣完完全全，這樣顯而易見的心滿意足。

「請解釋。」哈利說。

「可是你早就知道了啊。」鄧不利多說，邊轉著兩隻手的大拇指。

「我讓他殺了我，」哈利說，「對不對？」

「沒錯。」鄧不利多說，頻頻點頭，「說下去！」

「所以他在我體內的那一小塊靈魂……」

鄧不利多熱切地直點頭，催促哈利說下去，臉上還露出鼓勵的大大笑容。

「……除掉了嗎？」

「喔，是的！」鄧不利多說，「是的，他親手毀了它。你的靈魂完整了，百分之百是你一個人的了，哈利。」

「可是……」

哈利扭頭，看著那個小小的、受傷的生物在椅子下顫抖。

「那是什麼，教授？」

「一個我們倆都愛莫能助的東西。」鄧不利多說。

「可是既然佛地魔用的是索命咒，」哈利又往下說，「這次又沒人為我而死——我怎麼可能還活著呢？」

「我想你自己知道。」鄧不利多說，「仔細回想，別忘了他在倨傲自負下，在貪婪殘酷下做了什麼。」

哈利苦苦思索，同時視線飄向四周。他們坐的地方如果真是宮殿，那一定是個怪異的宮殿，這裡放著一排排的椅子，不時可看到欄杆，然而附近仍然只有他和鄧不利多，還有那個在椅子下的發育不良生物。他正打量著，答案突然脫口而出，毫不費力。

「他拿了我的血。」哈利說。

「一點也沒錯！」鄧不利多說，「他拿了你的血，重建了他的軀體！你的血液在他的血管中流動，哈利，莉莉的保護變成在你們兩個人的體內了！只要他還活著，你就不會死！」

「我活著……他也活著？可是我以為……我以為是反過來才對啊！我以為我們兩個都得死，難道不是這樣嗎？」

他被他們身後那個哀泣嗚咽、手腳亂踢的痛苦生物給分了神，又一次轉頭去看。

「你確定我們真的沒辦法做點什麼嗎？」

「什麼辦法也沒有。」

「那……那就解釋清楚一點。」哈利說，鄧不利多微笑。

「你是第七個分靈體，哈利，他在無意中製造的分靈體。他把自己的靈魂拆解得太不穩定了，所以在他犯下諸多無法形容的邪惡行為，像是謀殺你父母和試圖殺害一個孩子時，他的靈魂就分崩離析了。但從那個房間脫逃的東西其實並沒有他自以為的那麼少，他不僅是留下了軀殼而已，他還把部分的自己跟你，那個應該受害卻死裡逃生的人拴在一起。

「而他的見識始終是不完整得可憐，哈利！佛地魔不看重的事情，他也懶得花時間去理解。諸如家庭小精靈和童話故事，愛、忠誠及無邪，佛地魔壓根什麼都不知道，不明白。**什麼都不明白**。這一切種種都含有超越他能力的力量，是所有魔法都望塵莫及的力量，可是他從來都不懂得這個道理。

「他拿了你的血，以為他會因此而強大。他把你母親為你而死時加在你身上的一小部分魔咒注入了自己的身體，而他的身體一直讓你母親的犧牲活著，只要魔咒沒有破除，你也會活下去，佛地魔的最後一絲希望也會活下去。」

鄧不利多對著哈利微笑，哈利則瞪眼看著他。

「這件事你知道？你——一直都知道？」

「我是用猜的，不過我通常都猜得很準。」鄧不利多開心地說。兩人默默靜坐，彷彿過了很長的一段時間，他們身後的生物仍是不停哀泣發抖。

「不只是這樣，」哈利說，「不只是這樣。我的魔杖為什麼會折斷了他借來的魔杖？」

「說到這個，我就不是很有把握了。」

「那就猜猜看。」哈利說，鄧不利多呵呵笑。

「你一定得了解，哈利，你跟佛地魔王曾一起進入過未知的、未經測試的魔法領域。不過我的猜測是這樣，而且這件事可說是史無前例，無論哪個魔杖製造師都不曾料到，也沒辦法向佛地魔解釋。

「現在你應該知道，佛地魔王在恢復人形時，反而無意間加強了你們之間的連結。他有一部分靈魂仍然跟你的靈魂拴在一起，還接收了一部分你母親的犧牲，以為能讓自己變強。要是他能了解那份犧牲真正而可怕的力量的話，他說不定不會有膽子去碰你的血液……不過話說回來，要是他能夠理解的話，他也就不會是佛地魔王了，可能根本就不會下手殺人。

「在鞏固了這種雙層連結之後，在把你們的命運前所未有的緊緊包裹在一起之後，佛地魔又用那根和你的魔杖有孿生杖芯的魔杖攻擊你。就在這時，我們知道萬分奇怪的事發生了。佛地魔王不曉得他的魔杖跟你的是兄弟，而相同的杖芯以他料想不到的方式發生了互動。

「那天晚上他比你還要害怕，哈利。你已經接受了，甚至擁抱了死亡的可能，佛地魔王卻始終做不到這點。你的勇氣贏了，你的魔杖勝過了他的。因為如此，兩根魔杖間出現不尋常的現象，這現象反映了兩個魔杖主人間的關係。

「我相信那天晚上你的魔杖接收了佛地魔那根魔杖的力量和特質，也就是說你的魔杖包含了一點點的佛地魔本身。所以在他追逐你時，你的魔杖認出了他，認出他既是親屬又是致命的敵人，於是它使用了佛地魔自己的一些魔法來對付他，而它的魔法之強大是魯休思的魔杖所無法承受的。你的魔杖現在囊括了你的大無畏精神和佛地魔的致命能力，魯休思．馬份那根可憐的棍子哪裡有招架之力呢？」

「可是如果我的魔杖那麼強大，為什麼妙麗又能折斷它？」哈利問。

「好孩子，它卓越的功能是衝著佛地魔一個人來的，因為他不智地打亂了最深的魔法定律。只有針對他，你的魔杖才會湧現異乎尋常的力量。否則的話，它就跟一般魔杖沒有兩樣……當然還會是根好魔杖。」鄧不利多和藹地結束。

哈利靜坐沉思了很久，也可能只有幾秒鐘。在這裡，時間這種東西是很難確定的。

「他用你的魔杖殺了我。」

「他**沒能**用我的魔杖殺了你。」鄧不利多糾正哈利，「我想我們可以一致同意你並沒有死——不過呢，當然啦，」他又加上一句，彷彿是怕這麼說很失禮似的，「我並沒有小看你吃的苦頭，我相信這一定是很嚴苛的考驗。」

「可是我現在覺得很棒呢。」哈利說，俯視鄧不利多潔淨、毫髮無傷的手，「我們到底是在哪裡啊？」

「咦，我還打算要問你呢。」鄧不利多說，左右張望，「你看我們是在哪裡？」

在鄧不利多開口問之前，哈利毫無概念，可是等他一問，他卻發現自己早就有了答案。

「看起來，」他慢條斯理地說，「像是王十字車站，只不過乾淨得多，也空盪盪的，而且我也沒看見火車。」

「王十字車站！」鄧不利多咯咯笑，笑得還挺厲害的，「天啊，真的嗎？」

「嗯，不然你覺得我們是在哪裡？」哈利有點不高興地問。

「好孩子，我一點也不知道。就像俗話說的，這是**你的**派對呀！」

哈利完全不知道這話是什麼意思，只覺得鄧不利多真是氣人。他怒視著他，後來又想起一個比他們身在何方更緊迫的問題。

「死神聖物。」他說，很開心地看見鄧不利多臉上的笑容一掃而空。

「噢，這個。」鄧不利多說，表情甚至有些憂慮。

「怎麼樣？」

遇見鄧不利多之後，這是哈利第一次覺得他看來不像老人，一點也不像，反倒有那麼一會像個做錯事被當場活逮的小男孩。

「你能原諒我嗎？」他說，「你能原諒我不信任你嗎？原諒我沒告訴你？哈利，我只是害怕你會像我一樣失敗，我只是害怕你會重蹈我的覆轍。我懇求你原諒，哈利。我已經知道一段時間了，你是我們兩個之中比較好的那個。」

「你在說什麼啊？」哈利問，被鄧不利多的語氣和他眼中猝然湧出的眼淚嚇到了。

「聖物，聖物。」鄧不利多喃喃說，「走投無路之人的美夢！」

「可是聖物是真實的啊！」

「真實而危險的，是引誘傻子的誘餌。」鄧不利多說，「而我就是這樣的一個傻瓜。不過你知道了，是不是？我對你不會再有隱瞞了。你知道了。」

「我知道什麼啊？」

鄧不利多整個人轉過來面對哈利，淚光仍在他亮藍色的眼中閃爍。

「死亡的主人，哈利，死神的主人！說到底，我這個人真的比佛地魔好嗎？」

「你當然比他好。」哈利說，「這是當然的——你怎麼會問這種問題？你從來都不會濫殺無辜！」

「說得是，說得是。」鄧不利多說，像個孩子在尋求別人的肯定，「可是就連我也在尋找征服死亡的方法，哈利。」

「可是跟他那種找法不一樣。」哈利說。之前他那麼氣鄧不利多，此時此刻他卻坐在高高的圓頂天花板下，為鄧不利多辯護，感覺還真奇怪。「聖物，並不是分靈體。」

「聖物，」鄧不利多喃喃說，「不是分靈體。一點也沒錯。」

一陣停頓。他們身後的生物嗚嗚咽咽，但哈利已不再回頭看了。

「葛林戴華德也在找聖物？」哈利問。

鄧不利多閉上眼睛，過了一會，他點頭。

「就是這個東西把我們兩個拉到一起的。」他平靜地說，「兩個聰明自大的男孩子，都有同樣的痴迷。我想你也猜到了，他到高錐客洞來，是因為伊諾特．皮福雷的墳墓，他想去第三個兄弟死亡的地方一探究竟。」

「原來是真的？」哈利問，「整個故事都是真的？皮福雷三兄弟——」

「——就是故事中的三兄弟。」鄧不利多說，點點頭，「是的，我想是真的。至於他們有沒有在一條荒蕪小徑上遇見死神……我想皮福雷兄弟只是三位天賦異稟、十分危險的巫師，他們創造出那些力量強大的東西來。故事說他們擁有死神的三個聖物，在我看來就像是應運這類創造物而衍生的傳奇。

「你也知道，隱形斗篷流傳了好幾個世紀，父傳子，母傳女，一直傳到伊諾特最後一個在世的後裔，他也和伊諾特一樣在高錐客洞出生。」

鄧不利多朝哈利微笑。

「是我嗎？」

「是你。我知道，你猜到了隱形斗篷在你父母罹難那晚，為什麼是在我的手上。詹姆就在那幾天前拿給我看，這倒解釋了，為什麼他在學校的胡作非為總是能神不知鬼不覺！我簡直不敢相信自己的眼睛，所以就借了來，仔細檢查。我早就放棄要找齊死神聖物的夢想了，可是我還是抗拒不了，忍不住想看清楚一點……那是件我從沒見過的斗篷，十分古老，每個小細節都完美無缺……後來你父親過世了，我終於擁有了兩件寶物，都是我一個人的！」

他的口吻苦澀，教人不忍卒聽。

「反正隱形斗篷也沒辦法幫他們活下來。」哈利迅速地說，「佛地魔知道我爸媽在哪裡，隱形斗篷也不會讓他們百咒不侵。」

「沒錯，」鄧不利多嘆氣，「沒錯。」

哈利等待著，但鄧不利多沒有開口，所以他又開口催他。

「所以你在看見隱形斗篷時，已經放棄尋找聖物了，是不是？」

「啊，對。」鄧不利多含糊地說，他似乎是硬逼自己迎視哈利的目光。「你知道發生了什麼事，你知道。你不可能比我更鄙視我自己了。」

「可是我沒有鄙視你啊——」

「那麼你應該鄙視我。」鄧不利多說，深吸了一口氣，「你知道我妹妹身體差的秘密、那些麻瓜對她做的事，和她後來的樣子。你知道我可憐的父親復了仇，也付出了代價，死在阿茲卡班。你知道我母親放棄了她的人生，一心一意照顧亞蕊安娜。

「我怨恨這一切，哈利。」

鄧不利多冷酷、大膽地說了出來。現在他從哈利的頭頂看過去，盯著遠處。

「我很有天賦，我很聰明，我想要逃走，我想要發光發亮，我想要榮耀。

「別誤會了。」他說，痛苦掠過那張臉，讓他又成了老態龍鍾的模樣，「我愛他們，我愛我的父母，我愛我的弟妹，可是我很自私，哈利，比你自私得多。像你這樣無私無我、了不起的人是沒有辦法想像的。

「後來，我母親過世了，照顧心智受損的妹妹和倔強不聽話的弟弟這副重擔，就落到了我的肩頭。我回到了村子，心中充滿了憤怒和苦澀，覺得被困住了，才華白白浪費了！後來，當然，他來了……」

鄧不利多直勾勾望著哈利的眼睛。

「葛林戴華德。哈利，你沒有辦法想像他的想法有多麼讓我著迷，多麼讓我興奮。我們妄想強迫麻瓜俯首稱臣，讓我們這些巫師君臨天下。葛林戴華德跟我，光榮輝煌的年輕革命領袖。

「噢，我是有些顧慮，不過我用空洞的話來安慰自己的良心。這一切是為了更長遠的利益，就算會造成什麼傷害，也會因為有百倍的巫師受惠而得到補償。而在我內心深處，我知道蓋勒．葛林戴華德是什麼樣的人嗎？我想我知道，只是故意閉上眼不看。如果我們籌劃的一切最終會有成果，那我的夢想就都成真了。

「而我們計畫的核心就是死神聖物！他簡直是執迷不悟，我們兩個簡直是執迷不悟！那根天下無敵的魔杖，那是引領我們步向權勢的武器啊！重生石——雖然我假裝不知道，但那對他來說卻代表了一支行屍大軍！對我呢，我承認那表示我可以喚回我的父母，讓我卸下肩頭重擔。

「還有隱形斗篷……不知道為什麼，我們對斗篷的討論並不多，哈利。我們兩人不需要斗篷也能夠把自己隱藏得很好，當然，隱形斗篷真正的魔力所在是能夠保護、隱藏斗篷的主人和其他人。我覺得要是我們找到了隱形斗篷，就可以用來隱藏亞蕊安娜，不過我們對隱形斗篷的興趣，主要是它可以讓聖物齊全，因為根據傳說，擁有三樣聖物的人會是死亡的真正主宰，而我們的詮釋則是天下無敵。

「天下無敵的死神主宰，葛林戴華德和鄧不利多！兩個月的神志不清，做了兩個月殘酷的夢，整整兩個月忽略了我在世上唯一的兩個親人。

「然後……你也知道出了什麼事。現實回來了，現實化身為我那個粗魯不文，但更值得欣賞的弟弟回來了。我壓根不想聽他朝我吼叫的真相，我不想聽到自己不能拖著一個虛弱、不穩定的妹妹離家去尋找聖物。

「吵著吵著，我們打了起來。葛林戴華德失去了控制，其實我一直都有察覺到這點，只是我假裝不知道，但他的失控卻在這時具體化成恐怖的存在。亞蕊安娜……我母親那麼樣地呵護、愛惜……現在卻躺在地板上，死了。」

鄧不利多倒抽了一口氣，悲切地哭了起來。哈利伸出手，很高興發現他能摸到他。他緊握住鄧不利多的手臂，鄧不利多逐漸恢復了自制。

「唉，葛林戴華德逃走了，除了我之外，誰都早就料到了。他消失了，連同他的奪權大業，他折磨麻瓜的計畫，還有他擁有死神聖物的美夢，而我還曾經鼓勵過他，協助過他。他跑了，我留下來埋葬我的妹妹，學著和愧疚、和我恐怖的哀痛，和我羞恥的代價一起活下去。

「一年年過去了，時常有關於他的謠言傳出。聽說他取得了一根法力無邊的魔杖，而在此同時，我有機會接掌魔法部，不是一次，是很多次，而我自然是拒絕了。我得到了教訓，知道自己不是能握有大權的人。」

「可是你比夫子或是昆爵好得多，好太多了！」哈利脫口說。

「是嗎？」鄧不利多沉重地問，「我可沒那麼有把握。我在非常年輕的時候，就證實過權力是我的弱點，也是我的誘惑。說來也怪有意思的，哈利，但是最適合握有權力的人，可能是那些從未渴望過權力的人。那些人跟你一樣，是被眾人推上領導地位、戴上皇冠的，因為他們身不由己，後來卻意外發現皇冠十分適合。

「我在霍格華茲比較保險，我自認是個好老師——」

「你是最好的——」

「你真是太客氣了，哈利。可是就在我忙著訓練年輕巫師的時候，葛林戴華德卻在召募軍隊。大家都說他怕的是我，說不定他真的怕我，不過還比不上我怕他。

「喔，我不是怕死。」鄧不利多說，回應哈利疑惑的表情，「不是怕他可能施加在我身上的魔法。我知道我們兩個是半斤八兩，認真比較起來，我或許技巧稍微純熟一點。我怕的是真相，你看，我始終不知道在我們上次驚天動地的打鬥中，究竟是誰的詛咒殺了我妹妹。你可以罵我懦弱，這麼罵我絕對沒錯。哈利，我怕極了我的小妹是死在我的手下，我怕她的死不單是因為我的自大和愚蠢，更是因為我親手把她的生命給摧毀了。

「我想他也知道這點，我想他知道我最害怕的是什麼。我一直拖延不去面對他，到最後再拖下去就對不起良心了。很多人送命，他似乎所向無敵，而我不得不盡力而為。

「嗯，接下來的事你也知道了。我贏了決鬥，也贏了魔杖。」

另一陣沉默。哈利並沒有問鄧不利多，後來有沒有查出是誰殺了亞蕊安娜。他不想知道，更不願由鄧不利多來告訴他。他終於知道鄧不利多看著意若思鏡時會看見什麼，知道鄧不利多為什麼能那麼體諒它對哈利的蠱惑。

兩人靜坐良久，身後的哀泣聲已幾乎不會擾亂哈利了。

最後哈利說：「葛林戴華德想要阻止佛地魔得到魔杖。你知道，他說了謊，假裝他根本沒見過魔杖。」

鄧不利多點頭，俯視著膝蓋，歪曲的鼻子上仍閃爍著淚水。

「聽說他在晚年時頗有悔意，一個人關在諾曼加的牢房裡。我希望是真的。我情願去想，他真的感受到自己的所作所為有多恐怖、有多可恥。說不定對佛地魔說謊就是他想彌補……阻止佛地魔得到聖物……」

「……也說不定是想阻止他破壞你的墳墓？」哈利說，鄧不利多揩了揩眼睛。

又一次短暫的沉默後，哈利說：「你用過重生石？」

鄧不利多點頭。

「經過了這麼多年，我在剛特家的空屋裡找到了它，這是我最渴望的聖物——雖然年輕時我是為了不同的原因渴望它——我一時之間鬼迷了心竅，哈利。我忘了它已經是個分靈體，忘了那枚戒指必定帶著詛咒。我把它拿起來戴上了，有那麼一下子，我以為我會看到亞蕊安娜、我母親、父親，我可以告訴他們我有多麼多麼抱歉……

「我真是個大傻瓜，哈利。這麼多年來我什麼也沒學會。找齊死神聖物一點也不值得，我一而再、再而三地證實了這點，而這就是最後的證據。」

「為什麼？」哈利說，「這很正常啊！你想要再見到他們，這又有什麼不對了？」

「也許一百萬個人裡只有一個人能讓聖物齊聚，哈利。而我只配得到最不起眼的那個，最平凡無奇的那個。我只配得到接骨木魔杖，而且還不能對外吹噓，不能用來殺人。我之所以能夠馴服使用它，是因為我並不是為了貪念去奪取魔杖，而是為了拯救別人。

「但是隱形斗篷呢，我完全是因為無謂的好奇心，所以它就沒辦法像你，它真正的主人，使用起來那麼有效。我用重生石來拖回那些已經安息的人，而不是像你一樣，讓自己有自我犧牲的勇氣。你才有資格保有聖物。」

鄧不利多輕拍哈利的手，哈利抬頭看他，微微一笑。他實在忍不住，他怎麼還能氣鄧不利多呢？

「你為什麼要把它弄得這麼難？」

鄧不利多的笑容燦爛。

「恐怕我是仰賴格蘭傑小姐讓你慢下來，哈利。我怕你熱血沸騰的頭腦會主宰了你善良的心，我很怕萬一把這些誘人物品的真相直接攤在你眼前，你會像我一樣，在錯誤的時間，為了錯誤的理由去奪取聖物。我希望你能安全地擁有它們。你是真正的死亡主宰，因為真正的主宰不會想辦法逃避死神。他會坦然接受難逃一死這件事，並了解在生者的世界中，還有遠比死亡可怕好幾倍的事情。」

「佛地魔一直都不知道聖物的事？」

「我想是如此，因為他在把重生石變成分靈體的時候就沒認出來。不過就算他知道，哈利，恐怕他也只會對第一個寶物感興趣。他不會認為他用得上隱形斗篷，至於重生石嘛，他會想要讓誰死而復生呢？他怕極了死人，他不懂得愛的。」

「可是你料到他會去搶奪魔杖？」

「自從你的魔杖在小漢果頓的墓園擊敗了佛地魔的魔杖之後，我就很確定他一定會去搶奪魔杖。起初他怕你是因為法力更高超才擊敗他，可是等他綁架了奧利凡德之後，他才發現原來還有孿生杖芯的問題。他以為歸根究柢就是這麼一回事，可是借來的魔杖仍舊不能擊敗你的魔杖！但是佛地魔非但不自問，你有什麼特質能讓你的魔杖法力高強，你擁有什麼他沒有的天賦，反而是去尋找一根據說是戰無不勝的魔杖。對他來說，接骨木魔杖變成一種執迷，和他對你的執迷旗鼓相當。他深信接骨木魔杖能去除他最後的弱點，讓他真正的天下無敵。可憐的賽佛勒斯……」

「既然你計畫讓石內卜殺死你，你本來就打算最後讓接骨木魔杖在他手上結束，對不對？」

「我承認那是我的打算，」鄧不利多說，「可是事情並沒有順著我的計畫進行，是不是？」

「對，」哈利說，「那部分出了錯。」

他們背後的生物扭動呻吟，哈利和鄧不利多默然靜坐，這一次沉默得最久。而在漫長的時間中，下一步該做的事有如輕柔飄落的雪花，漸漸在哈利心中累積，讓他茅塞頓開。

「我得回去，對不對？」

「那要看你自己的決定。」

「我還有選擇？」

「喔，沒錯。」鄧不利多朝他微笑，「你不是說我們是在王十字車站嗎？我想，要是你決定不回去了，你就能夠……這麼說吧……坐上火車。」

「火車會開到哪裡？」

「一路走下去。」鄧不利多只說了這麼一句。

又是一陣沉默。

「佛地魔得到了接骨木魔杖。」

「沒錯，接骨木魔杖在佛地魔手上。」

「而你還要我回去？」

「我認為，」鄧不利多說，「要是你選擇回去，可能就會有個機會能永遠地解決掉他。但我不能保證什麼，可是我知道，哈利，要是你從這裡回去，更應該感到害怕的人是他。」

哈利又瞧了一眼遠處椅子底下那個渾身傷痕、顫抖哽咽的生物。

「別可憐死了的人，哈利，可憐活著的人，最重要的是可憐那些活著卻沒有愛的人。回去的話，說不定你可以讓更少的靈魂受到殘害，讓更少的家庭妻離子散。如果你覺得這是值得奮鬥的目標，那麼我們就暫時先說再會了。」

哈利點頭，嘆了口氣。離開這裡不會比走入禁忌森林時那麼難，可是這裡溫暖、明亮又祥和，而回去卻得忍受痛苦，還有唯恐失去更多的恐懼。他站起來，鄧不利多也是一樣，兩人凝視著彼此的臉良久。

「告訴我最後一件事。」哈利說，「這是真的嗎？還是說，這只是在我腦中發生的事？」

鄧不利多笑吟吟地說，聲音聽在哈利耳中既洪亮又有力，儘管明亮的霧氣再度籠罩，模糊了他的身影。

「當然是在你腦中發生的啊，哈利，但是它為什麼不能同時也是真實的呢？」

36 百密一疏

他再次臉朝下趴在地上。森林的氣息竄入鼻孔，他可以感覺到臉頰貼著又冷又硬的地面，剛才摔下來時眼鏡被撞歪了，此刻眼鏡尖銳的鏡腳頂著他的太陽穴。他全身上下每一寸肌膚都在發疼，而剛才被索命咒擊中的地方，就像是被一隻鐵甲拳頭重重揍了一拳似的。他一動也不動地躺在他剛才倒下的地方，左手角度怪異地攤放在地，嘴巴大大咧開。

他原本以為會聽到一陣慶祝勝利的歡呼與喧鬧，但此刻空氣中卻只飄盪著急促的腳步聲、耳語聲，以及焦慮不安的竊竊私語。

「我的主人……**我的主人**……」

這是貝拉的嗓音，她的語氣彷彿在對愛人細語呢喃。哈利不敢睜開眼睛，只能用其他知覺去探測自己目前的處境。他知道魔杖依然安穩地放置在他的長袍裡面，他可以清楚感覺到它就夾在他的胸口和地面中間。他的腹部彷彿貼了一層薄薄的護墊，他知道隱形斗篷也同樣好好地藏在看不見的地方。

「**我的主人……**」

「可以了。」佛地魔的嗓音說。

響起更多腳步聲，有幾個人正從同樣的地點離開。哈利急著想知道到底怎麼一回事，他的雙眼微微睜開一條難以察覺的細縫。

佛地魔似乎正要從地上站起來，許多食死人正快步從他身邊離開，返回他們在林中空地的位置。只有貝拉一人留了下來，跪在佛地魔身邊。

哈利再次閉上雙眼，暗自思索他剛才看到的景象。食死人簇擁在佛地魔身邊，他剛才似乎也倒在地上。在他用索命咒擊中哈利時，發生了某件事。佛地魔是否同樣不支倒地？看來似乎是這樣沒錯。他們兩人同樣都暫時失去知覺，此刻又同樣甦醒過來……

「我的主人，讓我——」

「我不需要幫助，」佛地魔冷冷地說，而哈利雖然看不見，但仍能在心中想像出貝拉趕緊收回手的糗樣，「那男孩……他死了嗎？」

林中空地一片死寂。沒有人朝哈利走來，但他可以感覺到他們專注的凝視，有如千斤重似地沉沉壓在他身上，嚇得他心驚膽顫，生怕自己的手指或是眼皮不小心動了一下。

「妳，」佛地魔說道，接著又砰的一聲，再響起一小聲痛苦的尖叫聲，「去檢查一下，告訴我他到底死了沒有。」

哈利並不知道他派什麼人來證明他的生死。他只能乖乖趴在原處，等著讓別人來檢查。他的心臟不爭氣地怦怦狂跳，但他同時也注意到，佛地魔十分謹慎，不敢親自走到他身邊，這表示佛地魔懷疑事情有可能出了差錯，哈利心中不禁閃過一絲既安慰又得意的感覺……

一雙比哈利預期中柔細得多的手，開始觸摸哈利的臉龐，翻開他的眼皮，把手探到他的襯衫下，貼到他胸膛上心臟的部位。他可以聽到這名女子急促的呼吸聲，她的長髮搔得他臉孔發癢。他知道她可以感覺到他肋骨下穩定的生命節奏。

「**跩哥還活著嗎？他在城堡裡面嗎？**」

她的耳語幾乎細不可聞。她的嘴唇緊貼在他耳邊，俯下頭來讓長髮覆蓋他的臉龐，遮住了其他人的目光。

「**是的**。」他輕聲回答。

他感覺到貼在他胸膛的手緊抓了一下，她的指甲刺痛他的肌膚。接著她就收回了手，坐了起來。

「他死了！」水仙．馬份朝著其他人喊道。

直到此刻他們才開始大聲喊叫，直到此刻他們才歡樂地跺著地面，狂吼出勝利的歡呼，而哈利雖然緊閉著眼睛，依然可以隱約看到空中爆出一陣陣歡鬧慶祝的紅光與銀光。

他依然趴在地上裝死，但此刻已了然於心。水仙知道她唯一能踏入霍格華茲去找兒子的機會，就是加入征服的大軍，她已經不再把佛地魔的成敗放在心上了。

「你們看到了吧？」佛地魔在喧鬧的鼓譟聲中尖聲喊道，「哈利波特已死在我的手中，現在世上已沒有任何人能再威脅我的地位！你們看！咒咒虐！」

這早在哈利預料之中，他知道敵人絕不會輕易放過他，任由他的屍體躺在森林中靜靜安息，他們必然會對他的遺骸百般羞辱，來證明佛地魔大獲全勝。一股力量使他竄到空中，他下定決心要盡力讓身體保持癱軟無力，但出乎意料的是他並未感到疼痛。他一次、兩次、三次被拋到空中，他的眼鏡飛落，感覺到長袍下的魔杖稍稍歪向一邊，但他依然努力一動也不動，讓自己看起來像是死去的屍體。而當他最後一次摔到地面上時，林中空地立刻迴盪著一陣陣震耳欲聾的尖叫嘲笑聲。

「夠了，」佛地魔說，「我們現在到城堡去吧，讓他們瞧瞧他們的英雄落到了什麼樣的下場。誰來搬運屍體？不——等等——」

又爆發出另一陣奚落的大笑聲，過了一會，哈利感覺到地面轟隆隆的震動。

「你來抬他，」佛地魔說，「他在你懷裡會顯得格外漂亮醒目，沒錯吧？把你的小朋友抱起來，海格。別忘了眼鏡——替他把眼鏡戴上——必須讓他們一眼就認出他才行。」

某個人故意粗魯地替他戴上眼鏡，但那雙將他抱起來的巨掌卻溫柔得出奇。在海格將哈利擁入懷中時，哈利可以感覺到海格的手臂因為激烈的抽泣而簌簌顫抖，斗大的淚珠啪噠啪噠地濺落到他身上，但哈利並不敢用動作或是話語，去暗示海格他們其實還沒有全盤皆輸。

「走。」佛地魔說。海格踉踉蹌蹌地硬擠過濃密的樹林，開始往回走出禁忌森林。橫垂的枝椏勾住了哈利的頭髮與長袍，但他依然保持不動，嘴巴大大咧開，雙眼緊緊閉上。在黑暗中，食死人全都環繞在他身邊，海格抽抽搭搭地哭個不停，沒有任何人察覺到哈利波特脖子上的血管隱約在跳動……

兩個巨人在食死人後方轟隆隆地大步前進，哈利可以聽到樹木在他們經過時劈哩啪啦地斷裂倒下，它們驚天動地的聲音嚇得鳥兒吱吱尖叫著飛到空中，甚至蓋住了食死人的喧譁嘲笑。這支勝利的隊伍朝著森林外的方向前進，過了一陣子，哈利可以透過緊閉的眼皮感覺到，四周不再像先前那般一片漆黑，看來樹林開始變得稀疏了些。

「**禍頭！**」

海格突如其來的大吼，讓哈利嚇得差點睜開了眼。「你現在高興了吧，你這個不肯作戰的膽小廢物？現在哈利波特——死——死了，你可高興了吧……？」

海格再也說不下去，又忍不住失聲痛哭。哈利暗自猜想，到底有多少人馬正在一旁默默目送這支行進的隊伍。他不敢睜開眼看，有些食死人在經過後，還不忘回頭大聲辱罵那些人馬。過了一會，哈利感覺到空氣變得清新許多，他們顯然已到達禁忌森林的邊緣。

「停。」

海格微微晃了一下，而哈利心想他必然是被迫聽從佛地魔的命令。此刻一陣冷冽的寒意朝他們襲湧而來，哈利聽到那些在外圍樹林巡邏的催狂魔刺耳的呼吸聲。牠們現在再也無法影響到他了。一想到自己仍能活在世上，他體內就升起一股火焰般的暖流，像護身符般抵擋住催狂魔的侵襲，就好像父親的雄鹿一直在他心裡守護著他一般。

某個人掠過哈利身邊，他知道那一定就是佛地魔，因為過了一會，佛地魔就開口說話，而他那經過魔法加大的嗓音響遍了整個校園，震得哈利耳膜發疼。

「哈利波特死了。他在逃命時被殺，就在你們為他犧牲性命的時候，他自己卻設法苟活求生。我們把他的屍體運過來，好證明你們的英雄已經死了。

「我們已經贏得勝利。你們損失了一半人手。我手下的食死人人多勢眾，而『那個活下來的男孩』也已經一命嗚呼，沒有必要再繼續作戰下去了。任何執意頑抗的人，不論男女老幼，一律格殺勿論，他們的家人也不得倖免。現在，立刻走出城堡，跪倒在我面前，我就饒了你們的性命。你們的父母子女和兄弟姊妹將會獲得赦免來保住一命，而你們則會全都投入我的麾下，跟我們一同開創新的世界。」

校園和城堡全都鴉雀無聲。佛地魔實在靠得太近，哈利根本不敢再睜開眼睛。

「來吧。」佛地魔說，哈利聽到他往前走，海格被迫跟在他身後。這時哈利趕緊微微睜開眼睛，看到佛地魔在他們前方大步行走，巨蛇娜吉妮此刻已離開牠的魔法蛇籠，盤繞在他肩上。但現在食死人正簇擁在他們兩旁列隊前進，而原本漆黑一片的夜色漸漸變得越來越明亮，哈利根本沒機會掏出藏在長袍下的魔杖……

「哈利，」海格抽抽噎噎地哭泣，「喔，哈利……哈利啊……」

哈利重新緊緊閉上雙眼。他知道他們正在往城堡方向走去，他豎起耳朵，努力想在食死人歡喜的喧鬧聲和沉重的腳步聲中，聽到從城堡傳出的一絲生命徵兆。

「停。」

食死人立刻停下腳步，哈利聽到他們散開來，面對著學校敞開的大門排成一排。他甚至可以透過緊閉的眼皮，隱約看到從入口大廳流洩出的微紅光暈。他靜靜等待，現在，那些他曾經為其無畏赴死的人們，隨時都會看到他失去生命躺在海格懷中的模樣。

「不！」

這聲尖叫遠比想像中更加淒厲駭人，哈利做夢也想不到麥教授會發出這麼恐怖的聲音。他聽到另一名女子在他附近放聲狂笑，他一聽就曉得是貝拉因為麥教授的絕望而得意洋洋地耀武揚威。他再次瞇眼偷瞄了一下，看到敞開的大門口擠滿了人，而那些倖免於難的戰士紛紛步下大門前的石階，去面對他們的征服者，並親眼見證哈利的死訊。他看到佛地魔站在他前方不遠處，用一根蒼白的手指撫摸娜吉妮的頭頂。哈利重新閉上雙眼。

「不！」

「不！」

「哈利！哈利！」

榮恩、妙麗和金妮的聲音甚至比麥教授更加淒慘，哈利恨不得能出聲回應他們的呼喚，但他仍一言不發地癱在海格懷中。他們三人的喊叫彷彿點燃了引信似的，在片刻間，所有倖存者也開始此起彼落的朝著食死人尖聲咒罵，直到——

「安靜！」佛地魔大吼，接著砰的一聲，閃過一道耀眼的光芒，所有的人都被迫安靜下來，「一切都結束了！把他放下來，海格，放在我的腳下，這才是該屬於他的地方！」

哈利感到自己被放置在草地上。

「你們看到了吧？」佛地魔說，哈利感覺到他在右方大步來回走動，「哈利波特已經死了！你們這些瞎了眼的傻瓜，現在總該清醒了吧？他根本什麼也不是，只不過是個仰賴其他人為他犧牲性命的蠢男孩罷了！」

「他打敗了你！」榮恩大喊，符咒已然破解，霍格華茲護衛隊又開始尖聲怒吼，接著響起第二聲更加洪亮的砰，他們的聲音再次沉寂下來。

「他是在企圖溜出校園潛逃時被誅殺，」佛地魔說，他在說這個謊言時，語氣流露出一絲興味，「在他設法逃命時被殺——」

但佛地魔並沒有把話說完。哈利聽到一陣搏鬥聲和一聲喊叫，接著又是砰的一聲，閃過一道光芒，最後是一聲痛苦的悶哼。他把眼睛微微睜開一道細縫，原來是某個人從霍格華茲陣營中衝出來，對佛地魔發動攻擊。哈利看到那個人影立刻被奪去武器，摔倒在地，佛地魔把攻擊者的魔杖扔到一旁，放聲大笑。

「這是誰呀？」他用他那如蛇一般的柔和嘶聲說，「是誰自告奮勇來向大家示範，那些在落敗後繼續頑抗的人會落到什麼樣的下場？」

貝拉樂不可支地咯咯狂笑。

「這是奈威．隆巴頓，我的主人！就是那個替卡羅家帶來大麻煩的男孩！他的父母都是正氣師，記得嗎？」

「啊，是的，我記得。」佛地魔低頭望著奈威說。奈威正掙扎著站起來，手無寸鐵、孤立無援地站在霍格華茲倖存者和食死人中間，「但你是個純種，沒錯吧，我勇敢的男孩？」佛地魔詢問奈威，而奈威雙手握拳，面對著他傲然而立。

「是又怎樣？」奈威大聲回答。

「你展現出膽量與勇氣，而且你也擁有高貴的血統，你會成為一名十分優秀的食死人。我們需要的就是你這種人，奈威．隆巴頓。」

「要我加入你的陣營，除非地獄全都凍成了寒冰。」奈威大聲說，「鄧不利多的軍隊！」他揚聲喊道，而群眾立刻爆出一陣回應的歡呼聲，佛地魔的靜默咒似乎對他們一點用也沒有。

「很好，」佛地魔說，他那柔滑的語聲，甚至比最強大的詛咒更讓哈利感到膽顫心驚，「如果這是你的選擇，隆巴頓，那我們就只好回歸原先的計畫。這是你自找的，」他平靜地說，「好好享受吧。」

仍在透過眼簾偷窺的哈利看到佛地魔揮了一下魔杖。過了幾秒，一個看起來像是變種畸形鳥的東西，從一扇殘破的城堡窗口飛出來，越過半明半暗的天空，落到了佛地魔手中。他拎起那個發霉怪玩意的尖角抖了幾下，那個軟趴趴、綴巴巴的破爛東西也跟著微微晃動，原來是分類帽。

「霍格華茲學校此後將完全廢除分類儀式，」佛地魔說，「學院也將不復存在。只要擁有我高貴的祖先薩拉札．史萊哲林的標誌、徽章和顏色，全校學生就應該感到心滿意足了，你說是不是，奈威．隆巴頓？」

他用魔杖朝奈威一指，奈威就直挺挺地站在原地，完全無法動彈。然後他硬把分類帽套在奈威頭上，帽簷垂下來蓋住奈威的眼睛。城堡前方的圍觀群眾開始騷動，食死人不約而同地舉起魔杖，制止霍格華茲戰士輕舉妄動。

「現在我要用奈威來殺雞儆猴，讓大家看看，那些愚蠢得繼續反抗我的人，會遭遇到什麼樣的慘痛後果。」佛地魔說，他輕輕彈了一下魔杖，分類帽突然起火燃燒。

尖叫聲劃破黎明的天空，奈威全身著火了，但他卻有如生根似地杵在原地，完全無法移動。哈利再也忍不住了，他必須展開行動——

接著許多事情在一瞬間同時發生。

他們聽到從遙遠的校園外傳來一陣喧囂，聽起來就像是有幾百人正成群結隊地越過看不見的圍牆，高喊著戰爭的呼號，朝城堡衝過來。在同一時間，呱啦也砰通砰通地從城堡側邊衝出來，大聲喊著：「**哈哥兒！**」他的喊叫引起了佛地魔麾下巨人的怒吼，他們拖著公象般沉重的身軀奔向呱啦，震得大地轟隆隆地晃動。接著又響起噠噠蹄聲與錚錚弓響，突然間，一波波箭矢朝食死人飛來，嚇得他們驚呼著四散分開。哈利將隱形斗篷從長袍中掏出來，蓋住全身，從地上跳了起來，而奈威也在此刻展開行動。

奈威以迅速敏捷的動作掙脫佛地魔施的全身鎖咒。燃燒的分類帽從他頭上掉了下來，接著他竟然從帽子裡，取出一把有著燦亮紅寶石劍柄的銀色物品——

在援軍進攻的怒吼、巨人轟隆隆的巨響，以及大批人馬湧來的雜沓蹄聲中，揮動銀色鋒刃的聲響完全被掩蓋了。但不知為何，閃亮的劍鋒卻在瞬間吸引住所有人的目光。奈威一劍砍下巨蛇的頭顱，蛇頭旋轉著竄到空中，在入口大廳湧出的燈光中發出閃爍光芒。佛地魔張開嘴巴，發出一聲無人聽見的憤怒尖叫，蛇身重重跌落在他腳下——

哈利躲在隱形斗篷下，趁佛地魔還沒舉起魔杖，趕緊在佛地魔和奈威之間施了一個屏障咒。然後，在周遭的尖叫咆哮與巨人搏鬥時驚天動地的踏步聲中，海格發出了響徹雲霄的喊叫聲。

「哈利！」海格大喊，**「哈利——哈利到哪兒去了？」**

場面陷入一片混亂。人馬猛烈的攻勢將食死人逼得四處逃竄，巨人狂踏的大腳讓所有人嚇得紛紛躲避，不知來自何方的援軍也發出陣陣巨響，越靠越近。哈利看到有著巨大翅膀的生物飛向高空，在巨人頭顱四周盤旋飛舞，騎士墜鬼馬和鷹馬巴嘴狂揮著利喙和爪子襲向巨人的眼睛，而呱啦則揮拳對巨人猛捶猛揍。在這完全失控的情況下，守護霍格華茲的巫師和佛地魔麾下的食死人，全都同樣被迫退回城堡。哈利不停對所有他看到的食死人施展各式各樣的惡咒與詛咒，而他們根本不曉得是誰下的手，就莫名其妙地倒在地上，被退入城堡的人潮無情地踐踏而過。

哈利仍然躲在隱形斗篷下，奮力擠進入口大廳。哈利搜尋佛地魔的身影，看到他就站在大廳對面，正舉著魔杖一面連連施展詛咒，一面往後退向餐廳。他左揮右指地發動凌厲的咒語攻擊，嘴裡仍不忘尖叫著對他的爪牙下達指令，哈利趕緊施展更多的屏障咒。原本會成為佛地魔手下亡魂的西莫·斐尼干和漢娜·艾寶，迅速掠過他身邊衝進餐廳，加入裡面那場早已展開的激烈戰鬥。

此刻又有越來越多人潮衝上大門前的石階。哈利看到查理·衛斯理快步趕到仍然穿著翡翠綠睡衣的赫瑞司·史拉轟身邊，他們似乎領著留守霍格華茲奮戰學生的親朋好友，以及活米村的店家和居民，組成了一支大軍後返回戰場馳援。人馬禍頭、如男和瑪哥仁伴隨著一陣震耳欲聾的蹄聲闖入大廳，而哈利背後那扇通往廚房的門也在同時砰的一聲敞開。

霍格華茲的家庭小精靈成群結隊地湧進入口大廳，他們尖聲狂叫，手裡揮舞著切肉刀和大菜刀，而怪角胸前掛著獅子阿爾發．布萊克的小金匣在蹦跳彈動，站在隊伍最前方，在周遭嘈雜的喧鬧聲中，他那如牛蛙般的破鑼嗓音卻依然清晰可聞：「衝啊！衝啊！為了我的主人，家庭小精靈的守護者奮勇作戰！以勇敢的獅子阿爾發之名打敗黑魔王！衝啊！」

他們朝著食死人的腳踝和小腿亂劈亂砍，一張張小臉充滿了強烈的怨恨，而哈利望眼所及，食死人不是被人多勢眾的援軍打得毫無招架餘地，就是在凌厲的咒語攻勢下俯首稱臣，不然就是忙著拔掉身上的箭矢，又或是被家庭小精靈砍傷雙腿。還有些人想乾脆溜之大吉，但接著就落入大批湧進的援軍手中。

而戰爭還沒有結束。哈利在激戰的決鬥者間穿梭狂奔，掠過極力掙扎的敗軍俘虜，衝入餐廳。

佛地魔站在戰場中央，忙著對所有在攻擊範圍內的人發出猛烈的咒語彈雨。哈利找不到機會對佛地魔下手，於是他披著隱形斗篷奮力擠過人群想靠近一些，這時所有還走得動的人全都紛紛闖進餐廳，室內開始變得越來越擁擠。

哈利看到喬治和李．喬丹聯手將牙克厲重重摔在地上；看到孚立維教授大顯神通，讓杜魯哈尖叫一聲跌倒在地；看到海格把瓦頓．麥奈扔到空中，讓他飛越房間，撞到對面的石牆，失去意識地滑落到地板上。他看到榮恩和奈威打倒焚鋭．灰背，阿波佛用昏擊咒擊中羅克五，亞瑟和派西兩人的攻擊讓希克泥倒地不起，而魯休斯和水仙夫婦狂奔著穿越人潮，尖聲呼喚他們的兒子，根本無意加入作戰。

佛地魔現在一人對抗麥教授、史拉轟和金利三人，他們在他四周左挪右閃地連連攻擊，卻始終無法結束他的性命，而佛地魔臉上流露出冰冷的恨意——

貝拉同樣也在距離佛地魔五十碼處繼續奮戰不休，就跟她的主人一樣以一敵三，妙麗、金妮和露娜全都使盡全力發動攻勢，但看來貝拉跟她們勢均力敵，並未處於下風。此時她突然對金妮施展索命咒，金妮驚險萬分地僥倖避開，差點就要死在她手中——

這讓哈利心神大震，完全分了心。他改變路線拋下佛地魔，直接朝貝拉衝過去，但他才跑了幾步，就被硬生生撞開。

「**不准碰我女兒，妳這個賤人！**」

衛斯理太太邊跑邊脱下斗篷扔到一旁，好讓雙手自由活動。貝拉急急旋過身來，朝著這名新出現的對手咯咯狂笑。

「**讓開！**」衛斯理太太對三個女孩喊道，奮力揮了一下魔杖，跟貝拉展開決鬥。

哈利懷著既害怕又興奮的心情，望著茉莉．衛斯理手持魔杖揮舞轉動，而貝拉．雷斯壯臉上的笑容迅速消失，面色猙獰地發出一聲咆哮。兩根魔杖射出一陣陣光芒，兩個女巫四周的地板變得灼燙並開始龜裂。這兩名女子都毫不留情地痛下殺手，想要取對方的性命。

「不！」衛斯理太太看到有幾個學生快步奔過來，想要替她助陣，她立刻大聲喊道，「退下！**退下**！她是我的！」

現在幾百人全退到牆邊，靜觀佛地魔以一敵三，以及茉莉單挑貝拉。披著隱形斗篷的哈利站在一旁，心中感到左右為難，既想發動攻擊，卻又擔心他施的咒語會傷及無辜。

「要是妳死在我手中，那妳的孩子要怎麼辦啊？」貝拉譏嘲地說，就跟她的主人一樣瘋狂，在茉莉猛烈的詛咒砲火下嬉鬧地蹦來跳去，「媽咪會不會步上小弗雷的後塵啊？」

「妳──休──想──再──傷──害──我──的──孩──子！」衛斯理太太尖叫。

貝拉放聲大笑，她的表弟天狼星往後栽倒穿越簾幕時，她也發出了一樣的狂喜笑聲。就在那一瞬間，哈利已經預料到尚未發生的一切。

茉莉施展的詛咒從貝拉伸出的手臂下竄過，不偏不倚地擊中她胸膛上心臟的位置。

貝拉幸災樂禍的笑容立刻僵住，她的眼珠似乎暴凸出來。在那彈指即逝的一剎那，她已經察覺發生了什麼事，然後就倒落在地。圍觀的群眾群起鼓譟，佛地魔厲聲尖叫。

哈利感到周遭的一切似乎全都轉變成慢動作。他看到麥教授、金利和史拉轟三人，被佛地魔因失去最後一名心腹大將所迸發的雷霆怒火震得騰空飛起，邊掙扎著揮舞手臂，身軀扭動地向後摔過空中。佛地魔舉起魔杖，指著茉莉．衛斯理。

「破心護！」哈利吼道，屏障咒隨即在餐廳中央設置了一道防線，佛地魔轉過頭來，想知道到底是誰在搞鬼，這時哈利終於脫下了隱形斗篷。

從四面八方傳來的驚叫、歡呼，以及「是哈利！**他還活著！**」的尖叫聲，但緊接著歡聲立刻平息下來。當佛地魔和哈利兩人視線相接，並同時開始盯著對方兜圈子打轉時，圍觀群眾全都感到膽顫心驚，室內突然變得鴉雀無聲。

「我不需要任何人幫忙，」哈利大聲說，在一片死寂中，他的聲音有如號角般清晰響亮，「非這樣不可。必須由我親自動手。」

佛地魔發出嘶嘶聲。

「別把波特的話當真，」他說，他的紅眼圓睜，「那可不是他向來的作風吧？今天你打算找誰來當替死鬼啊，波特？」

「誰也不找，」哈利淡淡回答，「現在已經沒有分靈體了，只有你和我。我們兩人注定無法同存於世，而我們其中一人即將永遠離去……」

「我們其中一人？」佛地魔譏諷地說，整個身軀緊繃挺立，一雙紅眼怒目凝視，活脫脫就像一條正準備發動攻擊的蛇，「你以為自己可以獲勝，是不是？你只是個純粹靠意外，再加上鄧不利多暗中操盤為你撐腰，才能僥倖活下來的男孩，沒錯吧？」

「我母親為了救我而死，算是意外嗎？」哈利問。他們兩人依然側身行走兜圈子打轉，跟對方保持同樣的距離，哈利雙眼專注地盯著佛地魔的面孔。「我決定在墓園跟你決戰，那算是意外嗎？我今晚毫不反抗地束手待斃，卻依然活著回來重新跟你作戰，難道這也算是意外嗎？」

「**當然是意外！**」佛地魔尖叫，但他依然未發動攻擊，圍觀的群眾彷彿被石化般呆若木雞，餐廳中雖然擠了好幾百人，卻是一片死寂，只能聽到佛地魔和哈利兩人的呼吸聲。「你完全是靠意外和機運，再加上你總是畏畏縮縮、哭哭啼啼地躲在那些本領比你高強的倒楣鬼背後，害他們變成我的手下亡魂！」

「今晚你休想再殺死任何一個人，」哈利說，兩人繼續兜圈子打轉，專注地凝視對方的雙眼。一對綠眼與一雙紅眼專注地互相對望。「你再也無法殺死任何一個人。你還不明白嗎？我先前為了阻止你再繼續傷害這些人而決心赴死——」

「但你可沒死啊！」

「——我打算赴死，而那才是重點。我做了跟我母親當年同樣的犧牲，他們因此而受到保護，不會再受到你的傷害。你難道沒注意到嗎，你剛才施展了那麼多符咒，卻沒有一個可以束縛住他們嗎？你無法對他們痛下毒手，你根本就傷不了他們。你直到現在還無法從錯誤中學到教訓，是不是，瑞斗？」

「**你竟敢**——」

「我有什麼好不敢的，」哈利說，「我知道你所不明瞭的事實，湯姆．瑞斗。我知道許多你不知道的重要事情。你要不要先聽一下，免得你再次鑄下大錯？」

佛地魔沉默不語，只是繼續繞圈子往旁邊挪動。哈利知道自己已暫時制住他，佛地魔開始懷疑，哈利或許真的知道一個決定成敗的秘密，所以不敢貿然發動攻擊……

「莫非又是什麼愛不愛的？」佛地魔說，那張如蛇般的面孔露出譏嘲的神情，「鄧不利多最鍾愛的萬靈丹，**愛**。他聲稱愛可以征服死亡，但愛怎麼沒阻止他從高塔上掉下來，像個老蠟像似地摔得粉身碎骨呢？**愛**，那可沒阻止我像踩死蟑螂似地殺死你的麻種母親，波特——再說，這次好像也沒人愛你愛到甘願挺身而出，來代你擋住我的詛咒。你倒是說說看，要是我現在發動攻擊，你還有什麼方法可以保住你的小命？」

「是有一個方法。」哈利說，而他們兩人依然全神貫注地盯著對方，繼續兜圈子。決戰一觸即發，只有那決定成敗的秘密，暫時阻隔了戰火。

「你這次若不是又巴望用愛來拯救你的小命，」佛地魔說，「想必就是你自以為擁有比我更高強的魔法，或是更厲害的武器？」

「我認為我兩樣都不缺。」哈利說，他看到那張如蛇般的面孔上掠過一絲震驚的神情，但接著立刻回復平靜。佛地魔開始放聲大笑，而他的笑聲甚至比他的尖叫聲更加恐怖駭人。他那冰冷而瘋狂的笑聲在寂靜的餐廳中嗡嗡迴盪。

「你真以為**你**的法力比我高強？」他說，「比**我**佛地魔王更勝一籌？你忘了我施展過鄧不利多連做夢也想不到的驚人魔法？」

「誰說他沒想到，」哈利說，「但他懂得比你多，所以他才不會貿然去行使那種魔法。」

「你應該說是他太懦弱了！」佛地魔尖叫，「懦弱得畏首畏尾，懦弱得不敢去爭取原本可能屬於他的珍寶，而那些珍寶全都會落到我的手中！」

「胡說，他比你聰明多了，」哈利說，「他是一位比你厲害的巫師，同時也是個比你傑出的人。」

「隨便你再怎麼耍嘴皮，阿不思．鄧不利多還不是死在我的手裡！」

「你以為如此，」哈利說，「但其實根本大錯特錯。」

圍觀的群眾首次開始出現騷動，所有聚在牆壁四周的人全都同時倒抽了一口氣。

「**鄧不利多死了！**」佛地魔對著哈利大聲怒吼，似乎認為光只是這句話，就可以讓哈利感到難以忍受的劇痛，「他躺在校園的大理石墳墓中漸漸腐爛，我親眼看到他的屍首，波特，他絕不可能復活！」

「是的，鄧不利多死了，」哈利平靜地說，「但他並不是死在你的手裡。他自己選擇了死亡的方式，他早在死前幾個月就已打定主意，跟那個你誤認是你爪牙的男人一同擬定全盤計畫。」

「虧你想得出這麼幼稚的白日夢！」佛地魔說，但他仍按兵不動，一雙紅眼依舊緊盯著哈利不放。

「賽佛勒斯・石內卜不是你的信徒，」哈利說，「他是鄧不利多的人馬。從你開始迫害我母親的那一刻起，他就轉投入鄧不利多的旗下。你會如此後知後覺，是因為你根本無法了解那是什麼樣的情感。你從來沒看過石內卜的護法，是不是，瑞斗？」

佛地魔悶不作聲。他們兩人繼續兜圈子，看起來就像兩頭恨不得將對方撕成碎片的惡狼。

「石內卜的護法是頭雌鹿，」哈利說，「就跟我母親的護法一模一樣，因為從他們的童年開始，他就深深愛著我母親，愛了幾乎一輩子。這你早該知道的，」哈利說，他看到佛地魔鼻翼怒張，「他求你饒過她的性命，不是嗎？」

「他只是想跟她玩玩罷了，」佛地魔不屑地說，「她死了以後，他也承認還是那些擁有純正血統的女人才能配得上他——」

「他當然會跟你這麼說，」哈利說，「但從你開始威脅到她安危的那一刻起，他就轉而投入鄧不利多的陣營。從那時候開始，他就一直在暗中做內應對抗你！在石內卜動手殺鄧不利多的時候，鄧不利多早就生命垂危了！」

「這並不重要！」佛地魔厲聲尖叫，他剛才專心聆聽哈利的話語，但此刻他發出一陣瘋狂的咯咯怪笑，「不管石內卜是我的心腹還是鄧不利多的奸細，不論他們企圖在我前方設下哪些微不足道的阻礙，我完全不放在心上！我會不費吹灰之力地將它們全數摧毀，就像我當初毀了你母親，和石內卜的**愛**！喔，但現在一切全都說得通了，波特，只是你自己完全搞不清楚狀況罷了！

「鄧不利多一直設法避免讓接骨木魔杖落入我手中！他意圖讓石內卜成為魔杖真正的主人！但我快了你一步，小子——你還來不及伸手，我就已經順利取得魔杖。我在你趕來前就悟出事情的真相，我早在三個鐘頭前就動手殺死賽佛勒斯．石內卜，而這根接骨木魔杖，這根死神魔杖，這根命運魔杖，已經完全歸我所有！鄧不利多最後的計畫已宣告失敗，哈利波特！」

「說得好，」哈利說，「完全正確。但在你動手殺我之前，我建議你先仔細思索你做過的一切……好好想一想，努力去感到一絲悔悟，瑞斗……」

「你在胡說什麼？」

哈利剛才對佛地魔訴說的種種真相或是譏嘲辱罵，震撼效果都遠不如這句話來得強烈。哈利看到佛地魔的瞳孔瞇成兩道細縫，看到他眼窩微微泛白。

「這是你最後一次機會，」哈利說，「你僅存的最後一絲希望……我知道你可以變得完全不同……變成一個有血有淚的人……試著……試著去感到一絲悔悟……」

「你竟敢——？」佛地魔再次喝道。

「我沒什麼不敢的，」哈利說，「因為被鄧不利多最後計畫的反作用逆火傷到的並不是我。它傷到的是你，瑞斗。」

佛地魔握住接骨木魔杖的手在顫抖，哈利用力抓緊手中跩哥的魔杖。他心裡明白，那關鍵的一刻即將來臨。

「那根魔杖之所以無法為你發揮作用，是因為你根本殺錯了人。賽佛勒斯・石內卜並不是接骨木魔杖真正的主人，他並沒有擊敗鄧不利多。」

「是他殺了──」

「你沒聽到我說的話嗎？**石內卜並沒有擊敗鄧不利多**！鄧不利多的死是他和石內卜兩人精心籌劃的結果！鄧不利多是那根魔杖真正的最後一位主人，而他原本就打算在不被任何人擊敗的情況下死去！如果一切都按照計畫進行，魔杖的法力就會在他死後完全消失，因為並沒有任何人從最後一位主人手中贏得魔杖！」

「但你卻沒料到，波特，鄧不利多等於是親手把魔杖交到我手中！」佛地魔的嗓音因充滿了惡意的歡愉而微微顫抖，「我從最後一任主人的墳墓裡偷走了魔杖！我在違反它最後一任主人希望的情況下把它拿到手！它的法力就此歸我所有！」

「你直到現在還搞不清楚狀況，是不是，瑞斗？光只是擁有魔杖不代表什麼！你握著它、使用它，並不能讓它真正屬於你。難道你沒聽到奧利凡德是怎麼說的嗎？是魔杖選擇巫師……接骨木魔杖在鄧不利多去世前已經認定了一位新主人，某個甚至連碰都沒碰過它一下的人。這位新主人在違反鄧不利多意志的情況下，讓他的魔杖離了手，但他並不明白自己做了什麼，也不曉得世上最危險的魔杖已經對他效忠……」

佛地魔的胸膛迅速起伏，哈利可以感覺到那致命的詛咒即將來臨，感覺到它正在那根直指他面孔的魔杖中凝聚成形。

「接骨木魔杖真正的主人，是跩哥・馬份。」

佛地魔臉上出現震驚至極的神情，但接著就立刻恢復平靜。

「但這又如何？」他柔聲說，「就算你說得沒錯，波特，這對你我來說都沒有任何差別。你已經失去了你的鳳凰魔杖，我們將純粹憑法力對決……等我殺了你以後，我再來好好收拾跩哥・馬份……」

「但你晚了一步，」哈利說，「你已經失去機會了，我早就搶先得手。我在好幾個星期前打敗了跩哥，從他手裡取得了這根魔杖。」

哈利抖動山楂木魔杖，感覺到它吸引了餐廳中所有人的目光。

「所以我們現在就只剩下一個問題，是不是？」哈利輕聲說，「你手中的魔杖是否知道，它的前任主人中了繳械咒？因為它若是知道的話……就會明白我才是接骨木魔杖真正的主人。」

距離他們最近的窗口，出現一角光芒萬丈的初升旭日，魔法天空突然出現一道金紅色的光芒。紅光同時照亮了兩人的臉龐，而佛地魔的面孔在剎那間變成一團朦朧的火紅光影。哈利聽到他高亢的嗓音尖聲大叫，而哈利也在此刻舉起跩哥的魔杖，滿懷希望地暗暗祈禱上蒼，大聲喊道：

「啊哇呾喀呾啦！」

「去去，武器走！」

一陣有如炸彈爆炸般的轟天巨響。在他們兩人中間，在他們剛才繞行的圓圈正中央，爆出了一堆金色火焰，顯示出兩人的咒語在此正面交鋒。哈利看到佛地魔射出的綠色光束迎上他施展的咒語，看到接骨木魔杖飛向高空，在光燦明亮的日出中顯得黑黝黝的，就像娜吉妮的頭顱一般，旋轉著飛躍過餐廳的魔法天花板，旋轉著飛向它所不願誅殺的主人，那個終於前來完全擁有它的人。哈利展現出搜捕手萬無一失的高超技巧，在空中抓住飛來的魔杖。佛地魔卻雙手外攤地往後栽倒，猩紅色雙眼中的細長瞳孔朝上一翻。湯姆・瑞斗摔到地上，結束了他在塵世的一生。他的身體癱軟萎縮，蒼白的掌中空無一物，如蛇般的面孔茫然空白。佛地魔死了，被他自己施展的詛咒反彈奪去了性命，而哈利握著兩根魔杖站在一旁，低頭凝視著敵人的軀殼。

在那有如天崩地裂的一刻，群眾因為過度震驚而陷入一片死寂。接著哈利四周的人潮開始騷動，群眾的尖叫喝采和吼叫聲隨即響徹雲霄。一輪光芒萬丈的新生豔陽照亮了所有窗口，人群喧鬧著朝他蜂擁而來。榮恩和妙麗搶先跑到他身邊，他們伸手擁抱他，嘴裡嘰哩咕嚕地亂喊一通，震得他雙耳發疼。然後金妮、奈威和露娜也迅速趕到，接下來是衛斯理全家和海格，還有金利、麥教授、孚立維和芽菜，每個人都在大吼大叫。哈利根本一個字都聽不懂，也分不清到底是誰在抓他、扯他，想要抱住他身體的任何一個部位。數百人爭先恐後地擠過來，全都打定主意要觸摸「那個活下來的男孩」，那位終結一切苦難的大功臣——

太陽緩緩爬上霍格華茲上空，此刻餐廳中充滿了明亮的光線與生命的活力。歡欣與哀傷、哀悼與慶賀同時傾巢而出，而在這種種悲喜交集的情緒中，哈利是不可或缺的靈魂人物。他們希望他能待在他們身邊，因為他是他們的領袖與象徵，他們的救星與嚮導，似乎沒有一個人想到他整夜沒睡，只深深渴望能跟少數幾位同伴靜靜談心。他必須跟死者的親屬說話，緊握他們的手，陪著他們流淚，接受他們的感謝。而現在隨著早晨來臨，又從四面八方不斷傳來各式各樣的消息：全國各地所有中了蠻橫咒的人已全都恢復正常，食死人不是亡命天涯就是束手就擒，阿茲卡班中的無辜囚犯也立刻重獲自由，金利．俠鉤帽暫代魔法部長……

他們將佛地魔的屍體搬到餐廳旁的一個房間，和弗雷、東施、路平、柯林．克利維，和其他五十名跟他奮戰而死的人區隔開來。麥教授已經把四張學院餐桌重新安置到原先的位置，但現在已經沒有任何人按照學院來選擇座位了，老師和學生、幽靈和家長、人馬和家庭小精靈，大家全都亂七八糟地混在一起。翡冷翠躺在角落靜靜養傷，呱啦透過一扇毀壞的窗戶盯著餐廳，大家紛紛把食物扔進他呵呵傻笑的大嘴巴。過了一陣子，早已筋疲力盡的哈利才坐到長椅上，發現露娜就坐在他身邊。

「我要是你的話，會很想找個地方靜一靜。」她說。

「我是很想。」他回答。

「我來引開他們的注意力，」她說，「讓你能披上隱形斗篷。」

他還來不及答話，她就大喊：「哇哇哇，快看啊，一隻八寶獸！」並伸手指向窗外。聽到的人全都回過頭去，哈利趕緊乘機站起身來，披上隱形斗篷。

現在他終於可以不受干擾地穿越餐廳了。他瞥見金妮坐在跟他隔了兩張餐桌的地方，把頭靠在母親的肩膀上。他現在不急著跟她說話，他們未來會有好幾個鐘頭、好幾天，甚至是好幾年的時間可以細細長談。他看到奈威在用餐，葛來分多寶劍就擱在他的盤子旁邊，他身邊還圍繞著一群熱情的仰慕者。在沿著餐桌間的通道往前走時，他看到馬份一家三口侷促不安地擠在一起，似乎不太確定自己是否該待在這個地方，但根本沒人多看他們一眼。他放眼望去，全都是家人重逢的感人場景，最後他終於找到那兩個他衷心渴望的同伴。

「是我，」他走到他們兩人中間蹲下身來說，「你們跟我來好嗎？」

他們立刻站起來，他便和榮恩、妙麗一起走出餐廳。大理石階梯變得殘破不堪，有些地方甚至連欄杆都不見了，他們每爬上幾級階梯，就會看到一堆瓦礫或是斑斑血跡。

他們聽到皮皮鬼在遠處颼颼地飛越走廊，高聲唱出一首自己創作的凱旋歌曲：

「我們真行，打垮敵人，我們波特是救星。

小魔魔完蛋啦，大家一起笑哈哈！」

「真不錯，確實傳達出一種波瀾壯闊的悲劇氣氛，對吧？」榮恩邊說邊推開一扇門，讓哈利和妙麗踏入房中。

他將會感到快樂，哈利心想，但此刻強烈的疲憊掩蓋住所有的欣喜，失去弗雷、路平和東施的傷痛，更讓他每走幾步就不禁感到心如刀割。此刻他只有一種如釋重負的感覺，並深深渴望能倒頭大睡一覺。但他有義務先向榮恩和妙麗說明一切，他們兩人長久以來陪他度過無數風風雨雨，一路情義相挺，他們有權利知道真相。他不厭其煩地詳細述說他在儲思盆中看到的景象，以及在禁忌森林中發生的一切，在兩人還來不及表現出心中的震驚與訝異時，他們就已默契十足地抵達那個無人開口提及卻一同前往的最後目的地。

自從他上次離開後，守護校長室入口的石像鬼也遭到戰火波及。它被撞歪的身子站在一旁，看起來似乎被揍得頭昏眼花，哈利不禁懷疑它是否還能分辨正確的通關密語。

「我們可以上去嗎？」他詢問石像鬼。

「請自便。」雕像呻吟著回答。

他們從它身上爬過去，踏上那有如手扶梯般緩緩上升的螺旋石梯。哈利伸手推開樓梯頂端的房門。

他才剛朝在書桌上的儲思盆瞥了一眼，耳邊就突然爆出一陣震耳欲聾的聲響，他不由得失聲驚呼，腦中湧出詛咒攻擊、食死人再度進攻，以及佛地魔重新復活等各種亂七八糟的念頭——

但那只是一陣掌聲。牆壁四周所有霍格華茲歷任的男、女校長全都站起來為他熱烈喝采。有些人揮舞著帽子，還有些人揮舞著假髮。他們把手伸出邊框，緊握住彼此的手，有些人還站在畫像中的椅子上雀躍跳動。得麗．德溫毫不掩飾地嗚嗚哭泣，而岱思特．福球揮舞著他的喇叭形助聽器，非尼呀．耐吉則用他那又高又尖的嗓音喊道：「別忘了史萊哲林學院也盡了一份力！千萬不能忘了我們的貢獻啊！」

但哈利眼中只看見那個站在校長座椅後方大型畫像中的人。淚水從半月形眼鏡後滑落，滲入長長的銀白鬍鬚，而他臉上流露出的驕傲與感激，有如鳳凰的歌聲般撫慰了哈利的心靈。

最後哈利終於舉起雙手，周圍的畫像立刻尊重地安靜下來，有的露出喜悅的笑容，有的擦拭臉上的淚水，急切地等待他開口說話。哈利的話是對鄧不利多說的，但他的態度顯得異常慎重。他此刻雖已筋疲力盡，累得眼睛都快睜不開，但他必須做最後一次努力，設法獲得最後一個建議。

「那個藏在金探子裡面的東西，」他開口說，「我把它掉在禁忌森林裡了。我不確定是掉在什麼地方，但我不打算去把它找回來。你贊成我這麼做嗎？」

「我親愛的孩子，我當然贊成，」鄧不利多說，其他畫像露出既困惑又好奇的神情，「這是個非常明智且勇敢的決定，我果然沒有看錯人。有其他人知道它掉在什麼地方嗎？」

「沒有。」哈利說，鄧不利多滿意地點點頭。

「但我打算把伊諾特的禮物留在身邊。」哈利說，而鄧不利多露出喜悅的微笑。

「那當然，哈利，它是永遠屬於你的，直到你把它傳給下一任主人！」

「然後還有這個東西。」

哈利舉起接骨木魔杖，榮恩和妙麗以崇敬的目光望著它。雖然哈利已經又累又睏，頭昏眼花，但兩人的目光還是讓他感到渾身不自在。

「我不想要。」哈利說。

「什麼？」榮恩大聲說，「你發什麼神經？」

「我知道它威力無窮，」哈利疲憊地說，「但我只想要自己的魔杖。所以說……」

他把手探入掛在脖子上的蜥皮袋，掏出那根斷成兩截，只靠堅韌鳳凰羽毛連結在一起的冬青木魔杖。妙麗說過它毀損得太過嚴重，已經不可能修復了。他只知道這是他最後一線希望。

他將斷裂的兩截魔杖放在校長的書桌上，用接骨木魔杖的尖端頂住它之後說：「復復修。」

他的魔杖天衣無縫地連結為一，尖端迸出一串紅色火花。哈利知道他成功了。他抓起內藏鳳凰羽毛的冬青木魔杖，手指突然感到一陣暖流，彷彿是魔杖和手指正在歡慶它們的重逢。

「我打算把接骨木魔杖，」他對鄧不利多說，老校長用慈愛而激賞的眼光望著他，「放回它原來的地方，讓它安置在那裡。我若是像伊諾特一樣自然死亡，魔杖的力量就會消失，是不是？前任主人永遠沒有被人打敗。這樣一切就可以宣告結束了。」

鄧不利多點點頭。他們微笑相望。

「你確定嗎？」榮恩說。他望著接骨木魔杖，聲音微微流露出一絲渴望。

「我認為哈利這麼做是對的。」妙麗平靜地說。

「那根魔杖威力強，但麻煩更多，」哈利說，「而且坦白說，」他轉身背對牆上的畫像，此刻他只想趕緊躺到葛來分多塔的四柱大床上，並暗暗猜想怪角會不會替他送份三明治過來。「我這輩子的麻煩已經夠多了。」

十九年後

那年秋季彷彿在瞬間降臨，九月的第一個清晨有如蘋果般清新甜蜜。當這個小家庭蹦蹦跳跳地穿越嘈雜的街道，奔向那被煤煙燻黑的大車站時，汽車的黑煙與行人吐出的白色氣息在冰冷的空氣中交織成一張閃爍發光的蛛網。一對父母推著兩台裝得滿滿的手推車，兩個大鳥籠在行李堆上嘎噠嘎噠響個不停。籠子裡的貓頭鷹老大不高興地嗚嗚啼叫，一個滿頭紅髮的小女孩緊抓著父親的手臂，眼淚汪汪、無精打采地跟在兩個哥哥背後。

「不用等多久，妳也可以去了啊。」哈利告訴她。

「還要兩年耶，」莉莉吸著鼻子說，「人家**現在**就要去啦！」

這家人穿越人群，走向第九和第十月台中間那堵牆時，旁邊的乘客都好奇地打量著那兩隻貓頭鷹。阿不思的嗓音在周遭的喧鬧聲中飄送到哈利耳邊，他的兩個兒子又開始繼續剛才在車上還沒吵完的架。

「我才**不會**呢！我才**不會**被分到史萊哲林呢！」

「詹姆，別再逗他了！」金妮說。

「我只是說他**可能**會呀，」詹姆說，朝他弟弟咧嘴一笑，「我又沒說錯，他是**可**

能會被分到史萊——」

但一看到母親凌厲的眼神，詹姆馬上乖乖閉上嘴。波特一家五口走到牆前。詹姆回過頭來，用略帶示威意味的眼神瞄了弟弟一眼，就從母親手中接過手推車，突然邁開步伐往前衝，轉眼間他就失去蹤影。

「你們會寫信給我，對不對？」阿不思趕緊趁哥哥不在身邊的難得機會詢問爸媽。

「你想要的話，我們每天都會寄一封信給你。」金妮說。

「不用**每天**啦，」阿不思立刻回答，「詹姆說，大部分學生都是一個月才會收到一封家裡的信。」

「我們去年每個禮拜都寄三封信給詹姆。」金妮說。

「你可別把詹姆對於霍格華茲的描述全都當真，」哈利插嘴，「你哥哥就是愛亂開玩笑。」

他們父子兩人肩並肩地推著第二輛手推車往前走去，並漸漸加快速度。在他們走到那堵牆前時，阿不思畏縮了一下，但他並沒有撞到東西。他們一家人踏入了九又四分之三月台，猩紅色的霍格華茲特快車噴出濃厚的白色蒸氣，讓四周變得霧濛濛的。模糊的人影成群結隊地穿越白霧，而詹姆已在人潮中失去蹤影。

「他們在哪裡呀？」阿不思焦急地問，隨著家人沿著月台往前走，眼睛緊盯著那些朦朧的人影。

「我們會找到他們的。」金妮安慰他。

但周遭的霧氣實在太過濃厚，根本無法辨識他人的面孔。在看不清誰是誰的情況下，嗓音反倒顯得異常清晰響亮。哈利好像聽到派西正在大聲說明飛天掃帚的法規，不禁暗自慶幸現在有藉口可以不用跟他打招呼……

「我看到他們了，小思。」金妮突然說。

濃霧中浮現出四個人的身影，就站在最後一節車廂旁邊。哈利、金妮、莉莉和阿不思朝他們走去，直到快接近時才終於看清他們的面孔。

「嗨。」阿不思用一種大大鬆了口氣的語氣說。

玫瑰已經穿上嶄新的霍格華茲長袍，笑吟吟地望著他。

「停車沒問題吧？」榮恩詢問哈利，「是我負責停車的耶，妙麗本來還不相信我居然能考到麻瓜駕照，對吧？她還以為我對監考官施了迷糊咒咧。」

「胡說，我才沒有呢，」妙麗說，「我一直對你非常有信心。」

「說實話，我**是**對他施了迷糊咒啦，」榮恩趁著和哈利一起把阿不思的行李箱和貓頭鷹搬上火車時，悄聲告訴哈利，「我只不過是忘了看後照鏡。話說回來，那玩意根本是多此一舉，只要施個超級感應咒不就成了。」

他們回到月台上，看到莉莉和玫瑰的弟弟雨果，兩人正熱烈討論著將來他們進入霍格華茲後，究竟會被分到哪個學院。

「你要是沒被分到葛來分多，就休想繼承我們的遺產，」榮恩說，「可別說我給你壓力喔。」

「**榮恩！**」

莉莉和雨果哈哈大笑，但阿不思和玫瑰卻變得臉色凝重。

「他是在開玩笑啦。」妙麗和金妮趕緊說，但榮恩現在已經沒在聽他們說話，他迎上哈利的目光，偷偷朝五十碼外的地方點了點頭。濃厚的蒸氣暫時變得稀薄了些，流動的霧氣中清晰浮現出三個人影。

「看看那是誰。」

跩哥．馬份穿著一件豎領的黑色大衣，和他的太太與兒子站在那裡。他前額的頭髮變得有些稀疏，將他的尖下巴襯得更加顯眼。就像阿不思活脫脫是哈利的翻版一樣，小男孩也跟跩哥長得十分相像。跩哥瞥見哈利、榮恩、妙麗和金妮正望著他，他簡短地點了點頭，就再度轉過身去。

「所以那就是小天蠍囉，」榮恩壓低聲音說，「妳每次考試一定都要比他高分才行，小玫瑰。感謝上帝，讓妳遺傳到妳媽的聰明頭腦。」

「榮恩，看在老天的分上，」妙麗又好氣又好笑地說，「拜託你別在他們還沒上學前，就這樣唯恐天下不亂地挑撥離間行不行！」

「是是是，妳說得沒錯，對不起啦，」榮恩說，但他還是忍不住補上一句，「但妳可不能跟他感情**太**好喔，小玫瑰。妳要是嫁給一個純種，衛斯理爺爺可是絕對不會原諒妳的。」

「嘿！」

詹姆再次出現。他已經拋下他的行李箱、貓頭鷹和手推車，顯然迫不及待地要向他們通風報信。

「泰迪在那裡，」他指著背後那片滾滾白霧，上氣不接下氣地說，「我剛剛看到他！你們猜他在幹嘛？**他在親薇朵兒耶！**」

他仰頭望著大人，顯然對他們的冷淡反應感到失望。

「**我們的**泰迪！**泰迪．路平**！在親**我們的**薇朵兒！**我們的**堂姊耶！我問泰迪他在幹嘛——」

「你居然還跑去當電燈泡？」金妮說，「你跟榮恩實在是**太**像了——」

「——他說他是來替她送行！然後就叫我走開。他在**親**她耶！」詹姆又說了一次，似乎是擔心剛才說得不夠清楚。

「喔，要是他們兩個能結婚的話，那就太棒了！」莉莉露出欣喜陶醉的神情輕聲說，「這樣泰迪就會真正變成我們的家人了！」

「他現在每星期大概有四天會到我們家來吃晚餐，」哈利說，「我看我們乾脆請他搬來跟我們一起住好了，這樣不是全都解決了嗎？」

「耶！」詹姆熱烈附和，「我可以跟小思擠一間——讓泰迪住我房間！」

「不行，」哈利堅決表示，「絕對不能讓你和小思住在一起，要不然房子都會被你們給拆了。」

他看了看費邊．普瑞留下來的破舊老手錶。

「快十一點了，你們最好快點上車。」

「別忘了替我們向奈威問好！」金妮在擁抱詹姆時告訴他。

「媽！我可不能隨便去向教授**問好**！」

「但你**認識**奈威啊——」

詹姆翻了個白眼。

「那是在校外，但在學校裡他就是隆巴頓教授，沒錯吧？我又不能在上藥草學的時候，大剌剌地走過去向他**問好**……」

母親的愚蠢讓他連連搖頭，朝阿不思的方向踢了一腳，好發洩心中的悶氣。

「待會見啦，小思。要當心騎士墜鬼馬喔。」

「牠們不是隱形的嗎？**你明明說過牠們是隱形的呀**！」

但詹姆只是呵呵大笑，讓母親親吻他的面頰，飛快地抱了父親一下，接著就跳上越來越擁擠的火車。他們看到他揮了揮手，就快步往前衝去找他的朋友。

「不用擔心那些騎士墜鬼馬，」哈利告訴阿不思，「牠們很溫馴的，一點也不可怕。再說，你根本不用坐馬車，一年級新生是坐船去學校。」

金妮跟阿不思吻別。

「聖誕節再見囉。」

「再見啦，小思，」哈利說著跟兒子擁別，「別忘了海格邀請你下星期五去他那裡喝茶。別去招惹皮皮鬼。沒學會足夠招數，別貿然去找人決鬥。還有，詹姆就是愛逗你，你可千萬別被他耍得團團轉。」

「那要是我真的被分到史萊哲林怎麼辦？」

他細微的耳語只有他父親才聽得到。哈利知道，只有在臨別的最後一刻，阿不思才會不得不透露出心裡有多麼害怕。

哈利蹲下身來，微微仰頭望著阿不思的小臉。在哈利的三個孩子中，只有阿不思遺傳了他母親莉莉的眼睛。

「阿不思．賽佛勒斯，」哈利刻意壓低聲音說，這樣除了金妮外沒人能聽得到他的聲音，而金妮也非常機靈地假裝在專心跟火車上的玫瑰揮手，「你是以霍格華茲兩任校長的名字命名，其中一位就是來自史萊哲林，而他或許是我這輩子所認識最勇敢的人。」

「但**要是**——」

「——那史萊哲林就會獲得一位優秀的學生，對不對？我們並不介意，小思。但要是你介意的話，你也可以捨棄史萊哲林，選擇葛來分多啊。分類帽會把你的選擇列入考慮。」

「真的嗎？」

「我當年就是這樣。」哈利說。

他從來沒跟孩子提過這件事，在他述說時，他看到阿不思臉上露出驚訝的神情。但此刻猩紅色火車的車門已開始砰砰響地紛紛關上，家長們朦朧的身影湧向前方，去跟孩子們做最後一次吻別、最後一次叮嚀。阿不思跳上火車，金妮替他關上車門。學生從他們附近的窗口探出身來，不論是車上車下，似乎都有許多人轉過頭來望著哈利。

「他們幹嘛要這樣**盯著**看啊？」阿不思問，他和玫瑰兩個人伸長了脖子望著其他學生。

「你不要擔心，」榮恩說，「他們是在看我。我實在太有名啦。」

阿不思、玫瑰、雨果和莉莉全都放聲大笑。火車開始往前行駛，哈利跟在車子旁邊一起往前走，望著兒子那張已散發出興奮光芒的細瘦臉龐。哈利帶著微笑不停揮手，但他看著兒子自他身邊漸行漸遠時，心中難免感到一絲失落……

最後一縷霧氣消散在秋日的空氣中。火車繞過轉角，哈利仍在舉手默默告別。

「他沒問題的。」金妮輕聲說。

哈利回頭望著她，垂下手來，心不在焉地摸摸額頭上的閃電疤痕。

「我知道他可以的。」

這十九年來，哈利的疤痕再也沒有發疼過。一切都十分幸福美好。

國家圖書館出版品預行編目資料

哈利波特⑦死神的聖物 / J.K. 羅琳 著；林靜華、張定綺、彭倩文、趙丕慧 譯. -- 二版. -- 臺北市：皇冠, 2021. 12
面; 公分. --(皇冠叢書；第4914種)(Choice；340)
譯自：Harry Potter and the Deathly Hallows
ISBN 978-957-33-3784-3(平裝)

873.57　　110013902

皇冠叢書第4914種

CHOICE 340

哈利波特⑦
死神的聖物

【繁體中文版20週年紀念】

Harry Potter and the Deathly Hallows

作　者—J.K. 羅琳（J.K. Rowling）
譯　者—林靜華、張定綺、彭倩文、趙丕慧
發 行 人—平　雲
出版發行—皇冠文化出版有限公司
臺北市敦化北路120巷50號
電話◎02-27168888
郵撥帳號◎15261516號
皇冠出版社(香港)有限公司
香港銅鑼灣道180號百樂商業中心
19字樓1903室
電話◎2529-1778　傳真◎2527-0904
總 編 輯—許婷婷
責任編輯—蔡承歡
美術設計—王瓊瑤
著作完成日期—2007年
二版一刷日期—2021年12月
二版五刷日期—2023年12月
法律顧問—王惠光律師
有著作權・翻印必究
如有破損或裝訂錯誤，請寄回本社更換
讀者服務傳真專線◎02-27150507
電腦編號◎375340
ISBN◎978-957-33-3784-3
Printed in Taiwan
本書特價◎新臺幣799元/港幣266元